CRONOS CUBE

Thekla Kraußeneck

DER CHAOSBRINGER

Oetinger Taschenbuch

Bereits bei Oetinger Taschenbuch erschienen:

Cronos Cube (Bd. 1)

MIX
Papier aus verantwortungsvollen Quellen
FSC® C014496

Originalausgabe
1. Auflage

Poppenbütteler Chaussee 53, 22397 Hamburg

Satz: Datagroup-Int SRL, Timișoara
Druck und Bindung: GGP Media GmbH, Karl-Marx-Straße 24,
07381 Pößneck, Deutschland
Printed 2019
ISBN 978-3-8415-0627-6

www.oetinger-taschenbuch.de

Für Inna

[1]

»Herein, setz dich her«, sagte Morris, ohne zur Eingangstür zu sehen. »Einen Red Rebel?«

Lachlan hatte sich noch nicht einmal die regennasse Kapuze vom Kopf gestreift, noch nicht einmal Hallo gesagt, da schenkte ihm Morris bereits ein Glas ein. Ohne zu antworten, ließ Lachlan den Blick durch das Pub schweifen, über die rotbraunen Holztische, das Sammelsurium an nautischen Gerätschaften an den Wänden und die gepolsterten Bänke, auf denen sich ein paar Stammgäste zusammendrängten. Der Sommer war ungewöhnlich kühl, weshalb im Kamin ein Haufen Kohlebrocken brannte. Lachlan zog den Reißverschluss des Parkas auf und schob sich auf seinen Stammplatz, den achten Barhocker von rechts.

Morris stellte ihm den Red Rebel hin.

»Bitte«, sagte er. »Wie geht's?«

»Danke. Gut. Und selbst?«

Lachlan – eine schlaksige Gestalt mit wirren schwarzen Haaren und der Gesichtsblässe eines Jungen, der zu wenig Sonne abbekam – erzählte Morris nichts von der Salbenkompresse auf seiner Brust, unter der eine schmerzende Brandwunde einfach nicht richtig heilen wollte. Er hatte das Gefühl, dass Morris schon zu viel ahnte – der Barkeeper beobachtete ihn ziemlich genau, obwohl er dabei immer so tat, als wäre er beschäftigt.

»Mir geht's immer gut«, sagte Morris.

Er kehrte zur Spüle zurück, an der er gestanden hatte, als Lachlan hereingekommen war, und griff zu einer Küchenschere. Mit Zeige- und Mittelfinger der rechten Hand zog er eine Strähne seiner widerspenstigen Locken lang und schnitt einen guten Zentimeter von ihr ab. Die Spitzen fielen in das Waschbecken. Lachlan spähte zu den anderen Gästen, doch die scherten sich nicht um ihren Barkeeper, sondern unterhielten sich über irgendetwas anderes, eine Hochzeit oder den Samstagsmarkt in Skibbereen.

»Ich fand auch immer, dass ich das viel besser kann als mein Friseur«, sagte Lachlan.

»Jemand, der so gut aussieht wie ich, braucht keinen Friseur«, entgegnete Morris.

Lachlan hob einen Mundwinkel.

»Nicht so bescheiden.«

Er hätte gern auf die Uhr gesehen, aber so etwas gab es in Morris' Pub nicht – diese kleine, mit Salz- und Regenwasser gewaschene Kneipe an der irischen Südküste verstand sich, genau wie ihr Barkeeper, als Oase in der Zeit. Zwar hing über dem Barbereich eine Uhr, doch die war stehen geblieben. Inzwischen musste es auf neun Uhr abends zugehen. Bei seinem Aufbruch hatte Lachlan noch eine halbe Stunde gehabt, also blieben ihm jetzt wohl noch ungefähr zwanzig Minuten … Nervös tippte er mit dem Fuß gegen den Barhocker. Über das Stimmengemurmel hinweg hörte er deutlich das Schleifen geschärfter Edelstahlklingen, die durch Haar schnitten. Von draußen drang das Rumpeln eines Boots herein, das vom Wind gegen eine Mauer getrieben wurde. Möwen schrien, kein Auto fuhr vorbei.

Lachlan behielt Morris nicht im Auge, doch er spürte dessen Blicke auf der Schläfe, wenn er gedankenverloren die Spirituosen betrachtete. Der Pub war so vollgestopft mit Dingen, dass man unmöglich alle gleichzeitig wahrnehmen konnte, und so entdeckte er jeden Tag etwas anderes an den Wänden oder in den Regalen: die Schiffsschrauben verschiedener Größe, ein verstaubtes Französischwörterbuch, ein Schwert der Royal Navy, vor dessen Griff ein kleiner Metallkäfig hing, der verhinderte, dass ein Gast das Schwert zog und einen Gratisdrink verlangte. An Lachlans erstem Tag im Pub hatte Morris erzählt, das Schwert habe einem Vorbesitzer des Pubs gehört, der in der Royal Navy gedient hätte. Wenn Morris nicht gerade Gesprächsthemen suchte oder sich die Haare schnitt, lehnte er in einer Zeitung blätternd am Tresen. Er tauschte die Fässer unter den Zapfsäulen aus, brachte vorgeschnittene Zitronenscheiben aus der Küche oder füllte neue Eiswürfel in eine Kunststoffschüssel. Immer wieder sah er verstohlen zu Lachlan hin.

»Wird dir hier nie langweilig?«, fragte Lachlan.

Morris zog eine neue Locke lang und schielte nach oben auf die Spitzen. »Wieso?«

»Hier ist jeder Tag gleich.«

»So ist das Leben.«

»Ist das hier dein Pub?«

»Nein. Ich schmeiße den Laden nur.«

Lachlan, der bislang noch nie andere Mitarbeiter im Pub gesehen hatte, schwieg verblüfft.

»Ich würde das nicht machen«, sagte Morris.

»Ein Pub eröffnen?«

»Ja. Ich mag es lieber ruhig.«

Schnipp! In der Spüle hatte sich bereits eine weiche Haarschicht gebildet. Morris zerzauste sich die dunkelbraunen Locken mit der Hand und schüttelte den Kopf.

»Reicht erst mal.« Er legte die Schere neben das schnurlose Festnetztelefon und das alte Französischwörterbuch. Lachlan fand, dass Morris auch eine Rasur hätte gebrauchen können, obwohl ihm der Dreitagebart irgendwie stand, genauso wie dieser graue Kapuzenpullover, den er jeden Tag trug, als hätte er sonst keine Kleidung.

»Hast du schon mal drüber nachgedacht? Über dein eigenes Pub?«, fragte Lachlan. Er war in der Stimmung für eine harmlose Unterhaltung.

Morris schüttelte den Kopf. »Ich war schon beruflich erfolgreich, das reicht für ein ganzes Leben.« Er hatte eine besondere Art zu sprechen, sehr langsam und ruhig. Nicht der Typ, der eine hitzige Diskussion führte. Auch die Art, wie er Menschen ansah, unterschied ihn von der aller Leute, die Lachlan in seinem Leben getroffen hatte; in diesem Moment tat er es wieder, er blickte Lachlan in die Augen, nicht flüchtig, sondern mit viel Zeit.

»Kommst du aus Dublin?«, fragte Morris.

»Wieso?«

»Du wirkst so …« Er überlegte. »Gehetzt.«

»Und das ist typisch für Dubliner?«

»Für Stadtmenschen.«

Morris nahm sich ein Glas, füllte Mineralwasser ein und tat etwas, was er noch nie zuvor getan hatte: Er kam um den Tresen herum und setzte sich auf den Hocker neben Lachlan.

»Und? Bist du aus Dublin?«

Ungefähr noch zehn Minuten, dachte Lachlan. Oder sieben. Er verlor in diesem Pub so schnell das Zeitgefühl; vielleicht lag es daran, dass er zu viel Zeit in Ma'quoia verbrachte, wo die Sonne rund um die Uhr schien.

»Kann sein«, sagte Lachlan. »Was meinst du damit, dass du schon beruflich erfolgreich warst?« Er konnte sich Morris nicht als Geschäftsmann vorstellen.

Morris saß mit dem Rücken zum Tresen und betrachtete einige gerahmte Fotografien, als überlegte er, sie zu putzen (es wäre wohl das erste Mal seit Jahrzehnten). Jetzt drehte er sich zu Lachlan um und berührte ihn mit dem Ellenbogen wie zufällig am Unterarm. »Erst du. Ich hab dich hier vorher noch nie gesehen. Wie heißt du?«

»Loki.«

»Du siehst sehr jung aus.«

»Ich bin einundzwanzig«, log Lachlan. Er fand nicht, dass die zweieinhalb Jahre einen so großen Unterschied machten, wollte aber auch nicht wie ein Teenager dastehen. Morris zuckte mit den Achseln.

»Das Alter spielt eh keine Rolle«, sagte er. »Ich bin neunundzwanzig, aber ich fühle mich, als hätte ich fünfzig Jahre im Leben übersprungen.«

»Inwiefern übersprungen?«

»Morpheus hat mir eine rote Pille geschenkt«, sagte Morris. »Warum siehst du ständig zum Telefon?«

»Was? – Oh, ich hab mich nur gefragt, ob – hast du hier irgendwo eine Uhr?«

»Kein Handy?«

»Nein.« Seit Griffin ihn vor zwei Wochen aus dem St. James's Hospital geholt hatte, war Lachlan nicht mehr mit einem Smartphone in Berührung gekommen.

»Ich auch nicht. Bei mir gibt's keine Uhren.«

»Ist mir schon aufgefallen.«

Morris lehnte sich vor, sodass er an Lachlan vorbeisehen konnte. »Hey, Bill! Wie spät ist es?«

Ein rotgesichtiger Mann, der mit anderen an einem der niedrigen Tische auf der Bank saß, schob sich den Pulloverärmel hoch. »Drei vor neun«, sagte er mit schwerer Zunge. Er arbeitete zwei Wochen im Monat als Elektriker auf einem Schiff, wie Lachlan inzwischen wusste; die anderen zwei Wochen ließ er es krachen, was ihn jeden Abend früher oder später zum Singen verleitete.

»Danke«, sagte Lachlan. Noch drei Minuten.

Bill bestellte ein weiteres Bier, und Morris brachte es ihm. Als er zurückkehrte, schob er den Hocker kaum merklich ein bisschen näher zu Lachlan, bevor er sich setzte. Lachlans Nacken verspannte sich; er trank vom Energydrink, gegen die plötzliche Trockenheit in seinem Mund.

Morris lehnte sich wieder an den Tresen und nippte am leise prickelnden Mineralwasser. »Ich sollte diese Bilderrahmen mal abwischen«, murmelte er.

»Morpheus' rote Pille«, sagte Lachlan spöttisch.

»Ja. Eines Morgens bin ich aufgewacht, und alles war anders. Ich war außerhalb der Matrix.«

»In Cronos?« Vielleicht meinte er die Blaue Pille.

»Nein. In *dieser* Welt.« Morris zeigte auf den Boden des Pubs. »Also, nicht hier. In London. Ich war in der Finanzbranche tätig – frag nicht.«

»Und da hat dir ein Kollege eine Droge untergejubelt?«

»Nicht ganz. Es war keine echte Pille im Spiel, ich hatte nur eine ziemlich schräge Episode mit einem Straßenmusiker. Jedenfalls hab ich am Ende meinen Rucksack gepackt und alles zurückgelassen, mein Loft, meine Karre, meinen Job, einfach alles. Und heute bin ich hier.« Morris öffnete die Hände, wie um sich zu präsentieren.

»Da war irgendwas mit einem Straßenmusiker, und daraufhin bist du einfach so ausgestiegen?«

»Ja.«

»An der Geschichte musst du noch ein bisschen arbeiten.«

»Sie ist wahr. Glaub mir ruhig.« Er griff nach Lachlans Unterarm und drückte ihn mit seiner kräftigen Hand. »Ich habe Lust auf ein Pint. Und du?«

Schon glitt er wieder um den Tresen herum und nahm gemächlich zwei Gläser vom Regal. Lachlan spürte Morris' Griff noch, als hätte dieser eine Phantomhand an seinem Arm zurückgelassen. Er rieb sich die Stelle unauffällig, um das Gefühl zu vertreiben. Wie brachte er Morris bei, dass er es nicht leiden konnte, berührt zu werden? Obendrein kannten sie sich gerade erst den vierten Tag. Aber vielleicht war Morris einfach so. Ein herzlicher Mensch, der seinen

Gesprächspartnern gern mal auf die Pelle rückte. Lachlan wollte Morris nicht kränken. Nicht, solange er Zugang zu dessen Festnetztelefon brauchte.

Ob die drei Minuten schon um waren? Es fühlte sich so an. Aber das Telefon klingelte nicht …

»Wenn du hier weder ein Handy noch einen Fernseher hast, weißt du dann von dem Anschlag?«

»Ja, davon habe ich gehört«, sagte Morris bedrückt. »Ich habe oben einen Fernseher in meiner Wohnung. RTÉ Euronews bringt viele Hintergrundberichte – es hat ein bisschen abgenommen, aber ich glaube, ich habe fast jeden einzelnen gesehen. Schreckliche Geschichte.«

»Zwölf Tote«, sagte Lachlan. Er hatte einen Teil dieser Sendungen auch gesehen. ›Die Opfer des Dubliner Anschlags – eine Spurensuche in den Familien‹ hatte eine davon geheißen. Eine Menge Zeitlupen von schluchzenden Eltern und Eheleuten. Lachlan hatte versucht, sich die Namen der Menschen zu merken, die ums Leben gekommen waren, als der Wagen in der O'Connell Street in die Luft flog. Ein blauer Ford. Uraltes Modell – verrückt, dass dieses Auto in der Dubliner Umweltzone überhaupt noch hatte fahren dürfen. »Was denkst du, wer es war?«, fragte er.

Morris hob die Schultern. »Cui bono?«

Die Worte durchschnalzten Lachlan wie ein Stromschlag. »Genau das sage ich auch. Cui bono – wer profitiert am meisten? Und das ist in diesem Fall eindeutig die META. Ein klarer Insidejob. Jetzt kann sie ihre kränksten Überwachungsfantasien ausleben.«

Morris platzierte ein Pint vor Lachlans Nase, ein Pint mit eingefallener Schaumkrone.

»Bist du auch ausgestiegen?«, fragte er.

»So was in der Art.«

»Machst du hier Urlaub mit deiner Freundin?«

»Die ist nicht meine Freundin.«

»Familie?«

»Nein.«

»Verstehe. Du bist in Baltimore, weil du es hier so wunderschön findest«, sagte Morris ironisch. Er hob das Glas, um mit Lachlan anzustoßen. Dieser wusste ganz genau, was Morris meinte – Baltimore hatte seine Glanzzeiten während der Weltwirtschaftskrise hinter sich gelassen. Die benachbarten Gebäude, auf den Tourismus angewiesene ehemalige Bars und Hotels, standen blind und verlassen da. Nur dieses eine Pub hatte sich als Zentrum des sozialen Lebens der Einheimischen gehalten.

Während sie tranken, schielte Lachlan wieder zum Telefon. Morris, der ihn anscheinend nie aus den Augen ließ, rief erneut nach Bill und der Uhrzeit.

»Acht nach neun. Soll ich dir meine Uhr leihen?«

Bill fing an, sie sich vom Handgelenk zu fummeln, aber Morris lehnte lachend ab. »Nee, nee.«

Acht nach neun.

Lachlan fühlte etwas in sich fallen, obwohl er schon damit gerechnet hatte. Das Telefon hatte nicht geklingelt, und das bedeutete nichts Gutes. Gib noch nicht auf, sagte er sich. Sie ruft vielleicht später an. Weil sie sich verhört hat. Oder wegen der Zeitverschiebung.

»Alles okay?«

»Jaa«, sagte Lachlan, obwohl überhaupt nichts in Ordnung war. Porkupine, diese quirlige Pazifistin aus Cronos, meldete sich nicht. Also wurde sie entweder daran gehindert, oder Erion hatte nicht bei ihr gewirkt – so wie sie bislang bei niemandem Wirkung gezeigt hatte.

Erion war ein Item, das Lachlans Vater in der virtuellen Welt programmiert hatte, eine irische Pfeife, die dazu imstande sein sollte, Menschen den freien Willen zu nehmen. Wer eine auf der Tin Whistle gespielte Melodie vernahm, wurde derart hypnotisiert, dass er für alle möglichen Befehle empfänglich war. Das Besondere daran: Das Opfer führte die Befehle nicht nur in Cronos aus, sondern auch in der wirklichen Welt – die perfekte Waffe für jeden, der die Europäische Republik in den Flammen einer Revolution aufgehen sehen wollte. Dummerweise war all dies bislang nur dunkle Theorie. Egal, was sie versuchten: Erion bewirkte nicht mehr als jede andere Flöte.

Auch diesmal nicht.

»Ich höre es richtig arbeiten«, sagte Morris, der Lachlan beim Denken zusah, als schaute er eine Fernsehsendung. »Was hast du auf dem Herzen, Loki?«

»Ich muss los«, sagte Lachlan.

»Wer wartet auf dich?«

»Meine Bekannte.«

Sie nahmen tiefe Schlucke von ihren Bieren. Als Morris sein Pint abstellte, streckte er die Hand nach Lachlan aus und legte sie ihm auf die Schulter. Es war eine schöne Hand, der man ansah, dass sie vor nicht allzu langer Zeit noch keine schwere Arbeit hatte verrichten müssen. Die schöne Hand eines schönen Mannes. Lachlan fühlte, wie ihm die Knie schwach wurden, und das machte ihm Angst.

»Vielleicht braucht jeder Mensch ein paar Geheimnisse«, sagte Morris. »Ich bin niemand Besonderes. Aber wenn dich deine Geheimnisse mal in Schwierigkeiten bringen, kannst du jederzeit herkommen.« Er nahm die Hand wieder weg, doch vorher strich er noch ein Stück über Lachlans Arm, wie um zu erfühlen, ob er wirklich so knochig war, wie er durch den Parka wirkte. Lachlan kippte sich das Bier in den Hals – er bemühte sich wirklich nicht mehr, es normal zu trinken, sondern schüttete es sich direkt in den Rachen, so sehr zog es ihn nach draußen. Morris bedachte seine Reaktion mit einem ahnungsvollen Schmunzeln.

»Schreibst du heute wieder an?«

»Ja«, sagte Lachlan; ans Bezahlen hatte er gar nicht mehr gedacht. »Ist das für dich okay?«

Morris winkte ab.

Das Bier hatte einen bitteren Geschmack auf Lachlans Zunge hinterlassen. Auf zitternden Beinen eilte er durch den Regen, eine mit Autos zugeparkte Einbahnstraße hinauf; links stand auf zerklüfteten Steinen die Burg Dún na Séad, die Juwelenfestung, rundum duckten sich Häuser mit gelben und weißen Fassaden, flankiert von Strommasten, von denen Leitungen in alle Richtungen strebten. In Baltimore, wo 2019 die Zeit stehen geblieben war, flogen keine Drohnen. Bei einer Einwohnerzahl von knapp dreihundert Menschen gab es dazu keinen Anlass. Sicherer wäre es nur auf Sherkin Island gewesen, aber Griffin hatte nicht gewollt, dass Melpo und er auf ein Boot und gutes Wetter angewiesen waren, falls sie überstürzt flüchten mussten. Die Insel lag immerhin eine gute Meile vom Festland entfernt.

Was die Aktion mit Porkupine und dem Telefon betraf, hatte Melpo schon vorher gewusst, wie sie ausging – so, wie sie immer alles besser wusste als Lachlan. Sie hatte ihm in Cronos vorgeworfen, einen Vorwand zu suchen, um wieder in das Pub zu gehen: »Ich weiß nicht, warum Erion bei einer Wildfremden funktionieren sollte, wenn sie bei mir schon nicht funktioniert.« Porkupine, die Pazifistin, war diese Wildfremde gewesen, aber Lachlan hatte sich seine Entscheidung gründlich überlegt. Er hatte Erion mehrfach an Melpo ausprobiert, passiert war nichts – zu Melpos Glück, denn hätte es geklappt, hätte er ihr befohlen, ins nächste Flugzeug nach Deutschland zu steigen.

Dass Erion ihm nicht gehorchte, mochte mehrere Gründe haben. Erstens: Er konnte die Pfeife nicht spielen (»Klar, genau das wird sich mein Vater gedacht haben: Mit diesem Ding hier kann man die Welt beherrschen, aber man muss erst Flöte spielen lernen«, hatte er dazu gesagt). Zweitens: Man musste eine bestimmte Melodie spielen (ausgeschlossen durch Punkt eins). Drittens: Melpo hatte die Pfeife nicht lange genug gehört (auch ausgeschlossen – Lachlan hatte ihr damit zehn Minuten lang ins Ohr gepfiffen, ohne einen Effekt zu erzielen). Danach war ihnen nur noch eine einzige Erklärung geblieben: Erion funktionierte nicht bei Menschen, die um die Wirkung ihres Spiels wussten. Also hatten sie zuerst nach einem ahnungslosen Anfänger Ausschau gehalten, waren dann aber über diese Pazifistin gestolpert, die sich vor Hilfsbereitschaft fast überschlug.

Lachlan hatte versucht, sie mit Erion zu hypnotisieren, und ihr aufgetragen, ihn heute, am 10. Juli 2030, um 21 Uhr im einzigen Pub Baltimores, County Cork, anzurufen. Ihre Reaktion darauf war die Frage gewesen, ob er bitte die Telefonnummer wiederholen könne.

»Die wird nicht anrufen«, hatte Melpo gesagt. »Man konnte doch sehen, dass es nicht geklappt hat.«

Aber Lachlan hatte es genau wissen wollen.

»Du willst doch nur ins Pub!«

Er konnte Melpo nicht ausstehen. War es ihm denn zu verübeln, dass er ab und zu aus diesem schlecht isolierten Haus, in dem sie seit zwei Wochen zusammengepfercht waren, herauswollte? Die Luft dadrin war kalt und feucht, was vermutlich sogar der Grund dafür war, dass seine Brandwunde so schlecht verheilte. Sie meldete sich jetzt wieder mit stechenden Schmerzen unter dem Verband; japsend blieb er stehen, hielt sich die Brust, zwang sich zu ein paar tiefen Atemzügen und setzte seinen Weg langsamer fort. Allmählich verkümmerte der Regen zu einem feinen Nieseln, und über Sherkin Island, das sich fernab der Küste dunkel aus dem Meer erhob, riss der Himmel auf. Abendlicht legte sich auf das stahlgraue Atlantikwasser.

Lachlan war froh, als er das Haus erreichte und sich im Bad die nasse Jeans von den Beinen schälen konnte. Er legte die Hose über den Rand der Badewanne, trocknete sich mit einem Handtuch ab und blieb vor Melpos geschlossener Zimmertür stehen. Er klopfte.

»Hey, Melpo. Bist du da?«

Keine Reaktion.

In seinem Zimmer tauschte er fröstelnd die Boxershorts gegen trockene Unterwäsche, schlüpfte in die Jogginghose, die er seit zwei Wochen trug, und kletterte ins Bett, wobei er den Cronos Cube einschaltete.

Er drückte eine Blaue Pille aus dem Blister, ließ sie mit der Zunge am Gaumen zerplatzen und trank gierig Wasser aus einer Flasche, bevor er sich die enge Stimulanzkappe überzog, die ihm ihre Elektroden fest auf die Kopfhaut presste. Lachlan erinnerte sich noch gut an seinen ersten Login in diesem Cottage. Die Angst vor der Gummimütze und dem Würfel hatte ihm tief in den Knochen gesteckt; bei seinem allerersten Login in Dublin war er in Emils Gewalt gewesen, und bei seiner Rückkehr aus Cronos hatte er weder Hände noch Füße bewegen können, den Spiritusgeruch des Bunsenbrenners in der Nase, während Emil gelassen einen Metallstab in der Flamme briet und sagte: »Das könnte gleich ein kleines bisschen wehtun …«

Diese Erinnerung befiel Lachlan zwar immer noch, wenn er den Cronos Cube vorbereitete, aber inzwischen überwog die Aussicht darauf, dass er in Cronos schmerzfrei sein würde. Nur die Panik vor der Rückkehr in die Realität, die er während seiner Anwesenheit in Cronos nicht beobachten und schon gar nicht kontrollieren konnte, würde ihn wohl nie wieder ganz verlassen. Lachlan schloss die Augen, als die Taubheit seinen Körper durchprickelte und ihm den Schmerz aus den Nervenbahnen wusch.

»Guten Tag. Der Cronos Cube wird hochgefahren. Bitte setzen Sie die Stimulanzkappe auf«, sagte die monotone Frauenstimme aus dem Würfel. Nach einer kurzen Pause, in der die Sensoren der Konsole registrierten, dass er die Mütze bereits trug, fuhr sie fort: »Beginne mit der Messung der Hirnfrequenz. Sie werden in zwei Minuten starten. Stellen Sie sicher, dass die Stimulanzkappe während der Schlafparalyse nicht herunterrutschen kann.«

Lachlan gewöhnte sich allmählich an den Login; es beunruhigte ihn nicht mehr, dass sich sein Herzschlag und seine Atmung verlangsamten, dass er die Hände plötzlich nicht mehr bewegen konnte und dass sich sein Bewusstsein wie eine schlüpfende Libelle aus dem Körper zurückzog.

»Zur Vermeidung nervlicher Überbelastung benötigen Sie ein Safeword, mit dem Sie sich aus dem Spiel ausloggen können, indem Sie es laut aussprechen. Achten Sie darauf, dass das Safeword für Sie gut zu merken ist und Sie bei spielinterner Konversation nicht behindert«, leierte die Konsole herunter. »Nennen Sie bitte jetzt Ihr Safeword.«

»Klandestin«, sagte Lachlan.

»Speichere Safeword: Klandestin. Ihr letzter Aufenthalt war in Kokonstadt. Wünschen Sie auch diesmal, dort zu starten?«

»Ja.«

»Genießen Sie Ihren Aufenthalt.«

Und dann ging es abwärts, als säße er am Scheitelpunkt einer Achterbahn, und der Waggon kippte eine Handbreit nach vorn. Es war ihm gelungen, die Angst vor diesem Augenblick abzustreifen; er vertraute darauf, dass der Sturz auch diesmal enden würde, und stellte sich vor, wie er durch das Bett und den Zimmerboden hinab in die Erde raste, so schnell, dass er unter Blitzen und Flammengestöber die Grenzen von Raum und Zeit sprengte und in eine Art Parallelwelt brach, die ihn mit einem weichen Bett empfing. Der freie Fall endete wie immer übergangslos, als hätte es nie einen Sturz gegeben. Lachlan fühlte seinen Körper wieder, unter dem Nacken ein Kissen und unter dem Rücken eine mit Federn gefüllte Bettdecke. In seiner Brust entlud sich ein elektrischer Schlag, der ihn bis in die Zehenspitzen verkrampfen ließ.

Er entspannte sich und öffnete die Augen.

Wie wunderbar, endlich schmerzfrei zu sein. Lachlan kostete das Gefühl aus, bevor er sich aus dem Bett schwang, das in einem gemütlichen Hotelzimmer in der Wabe eines Kokons stand. Durch das Fenster sah er die geschäftige Hauptstraße, Droschken rumpelten durch die wogende Menge maskierter Laubwichte und schillernd gekleideter Spieler. Alles leuchtete weich im Licht von Laternen und Fenstern. Hoch oben dehnte sich die dichte Laubdecke der Baumstadt aus, an deren Ästen die Kokons hingen, die Lachlan an haushohe Wespennester denken ließen. Die schwere, schwüle Luft war geschwängert vom Duft nach sommerblühenden Bäumen und Blumen – ganz anders als die kalte und fischige Küste Südirlands.

Lachlan hatte in Cronos noch nie einen anderen Alchemisten getroffen, und so war er nach seinem Empfinden der Einzige, der in einem mitternachtsblauen Pullover mit weißem Hemdkragen, einer schwarzen Bügelfaltenhose und polierten Halbschuhen herumlaufen musste. Manche Spieler, Anfänger wie er, musterten seine Kleidung spöttisch, wenn er an ihnen vorbeiging. Die erfahrenen Spieler aber, die schon mehr gesehen hatten als die Kokonstadt, betrachteten ihn ernster und hielten sich von ihm fern. Den Grund hatte er bislang noch nicht erraten.

Aus der Hosentasche zog er einen schmalen Stapel Karten. Sein Inventar hatte sich durch das tägliche Training ganz gut entwickelt: Er besaß einige Optimismusbonbons, fünf heilende Muffins, eine Scharfsichtbrille, einen mit Manchinelkrötengift bestrichenen Pfeil (für den er keinen Bogen besaß), mehrere Bomberfalterdüngerkugeln und fast zweihundert Pyrops, die Währung der virtuellen Welt. All diese Objekte waren zweidimensional auf den Spielkarten abgebildet. Ganz unten im Stapel befand sich sein erster Kondensator, die Waffe der Alchemisten, die er vor zwei Wochen von der holzbeinigen Weberin in der Mystagoge erhalten hatte. Sie sah aus wie eine Impfpistole und hatte einen Griff, in den sich eine Glasphiole stecken ließ – doch nachdem er gefühlt zweihundert infizierte Monster abgeschlachtet und doppelt so viele Aufträge für die Laubwichte erledigt hatte, war sein Level auf vierzehn geklettert, und deshalb durfte er seit ein paar Tagen einen neuen, besseren Kondensator benutzen, den er griffbereit als Murmel in der anderen Hosentasche trug.

Was er eigentlich im Kartenstapel suchte, waren die Tin Whistle und ein blaues Notizbuch.

Die Spielkarte, auf der die schlanke, schlichte Pfeife namens Erion abgebildet war, steckte er zur Murmel in die rechte Hosentasche. Die zweite Karte mit dem aufgedruckten Notizbuch schnippte er mit den Fingern an, woraufhin sie ihm aus der Hand flog und in einer glitzernden Rauchwolke verpuffte. Aus dem Flimmern fiel ihm das Notizbuch in die ausgestreckten Hände – jetzt nicht mehr klein wie eine Streichholzschachtel, sondern so groß wie ein Klassenbuch. Lachlan zog den Kugelschreiber ab, der am Deckel klemmte, und öffnete das Buch auf der dritten Seite. Es stand bislang nur wenig darin; er benutzte das Kommunikationsbuch nur, um mit Melpo Kontakt aufzunehmen, falls sie bereits in Cronos unterwegs war, wenn er sich einloggte. Eine unbequeme Notwendigkeit. Im Moment gab es kaum Menschen, denen er weniger gern geschrieben hätte als dieser dämlichen Kuh, die ihm den Platz als Griffins rechte Hand streitig machte. Widerwillig schrieb er:

Bin da, aber ohne gute Nachrichten. – L.

Melpo antwortete prompt, denn natürlich hatte sie das Notizbuch gerade aufgeschlagen vor sich liegen gehabt. Sie schrieb, dass sie im Halafaz sitze. Lachlan stellte sich vor, wie sie sich mit einem süffisanten Grinsen ihre Hab-ich's-doch-gesagt-Rede ausmalte, bevor sie damit fortfuhr, Griffin zuzutexten. Sie ging ihrem Anführer fast rund um die Uhr mit Nachrichten über das Kommunikationsbuch auf die Nerven. Wenn Lachlan wissen wollte, worüber sie redeten, lächelte sie nur überheblich, wie um zu sagen: *Das hat dich nicht zu interessieren, Soldat.* Und wenn Lachlan sie darum bat, Griffin zu fragen, warum dieser ihm nicht schrieb, erklärte sie von oben herab, er werde sich schon melden, wenn er es für nötig erachte. Lachlan widerstand regelmäßig dem Impuls, ihr das grüne Buch aus den Fingern zu reißen; er war davon überzeugt, dass Griffin ihr Anweisungen schickte, die ihnen beiden galten, und dass er nur keine Lust auf doppelte Arbeit hatte.

Vielleicht war sie eifersüchtig. Melpo hatte gewiss nicht das mit Griffin, was *er* mit ihm hatte, und tief in ihrem Inneren war ihr das bestimmt bewusst. Sie war schließlich nur ein Werkzeug ohne Verstand. Eine Marionette, die gedankenlos nach Griffins Pfeife tanzte. Er hingegen … er war etwas Besonderes. Ein verdammtes Genie, wie Griffin ihm oft genug gesagt hatte. *Du hast Talente, die niemand außer dir hat. Du bist zu Höherem bestimmt.* Die Erinnerung an diese Worte, weiße Buchstaben auf schwarzem Grund, klassisch, retro, wärmten Lachlan in den Stunden, in denen er sich nicht erklären konnte, warum Griffin sich nicht persönlich bei ihm meldete.

Lachlan dachte auf dem Weg zum Halafaz darüber nach, und als er dort ankam, hatte er kaum noch Zweifel. Wenn irgendjemand Griffins rechte Hand war, dann er. Auch wenn er nicht abstreiten konnte, dass Griffin sich bei ihrer ersten Begegnung vor zwei Wochen – in diesem beklemmenden Teehaus – recht unfair verhalten hatte. Dass Griffin Kontakt zu seinem Vater gehabt und ihm nie davon erzählt hatte, machte ihn immer noch verrückt. Und Griffin hatte noch so viel mehr gewusst, über Erion, über Emil und über diese Freemind-Sekte, anscheinend sogar über die Entführung. All das hatte er verheimlicht, obwohl sie jeden Tag gechattet und gemeinsam Revolutionspläne geschmiedet hatten. Jedoch hatte er, Lachlan, Griffin keine andere Wahl gelassen, oder? Er war so unkooperativ gewesen, dass er partout nicht nach Cronos kommen wollte. *Weil nur Loser Cronos spielten.* Er hatte keine Ahnung gehabt. Aber jetzt, wo diese Differenzen überwunden waren und er seinen Fehler eingesehen hatte, konnten sie nahtlos zu ihren Revolutionsplänen zurückkehren.

Gemeinsam, nur sie zwei.

Das hieß, wenn diese elende Klette Melpo endlich das Feld räumte. Sie geht mir so dermaßen auf die Nerven, dachte Lachlan mit zusammengebissenen Zähnen.

Die Bar für halluzinogene Drinks lag nur ein paar Kokons weiter, gleich neben Gus & Gambler, der Sammlung von Präparaten zur vorübergehenden Verbesserung von Statuswerten. Anders als im völlig überfüllten Ma'quoias Rast, in dem man ständig aufpassen musste, dass man niemandem auf die Füße trat, saß man im Halafaz ganz entspannt. Ein Spieler auf einem Hocker spielte Jazz, die Barkeeper – ebenfalls keine Laubwichte, sondern Menschen – trugen rote Fliegen, und zwischen den von weichen Lampen beleuchteten Tischen war es durch irgendeinen Trick so dunkel, dass man nicht sah, wo man hintrat. Am Empfang stand ein Spieler im Frack; seine Klasse war nicht zu erkennen. Er merkte auf, als er Lachlan sah.

»Sieh an, ein Alchemist. Seltener Besuch«, sagte er auf Englisch mit russischem Akzent. In seiner Stimme schwang ein herausfordernder Unterton mit.

»Ich bin hier verabredet«, antwortete Lachlan und zeigte auf Melpo, die vor der Bühne an einem Tisch saß und eifrig in ihr Notizbuch kritzelte. In der Realität wäre sie wohl mit einem Smartphone zugange gewesen. Lachlan ballte hinter dem Rücken eine Hand zur Faust.

»Herein, ist genug Platz«, sagte der Russe und machte eine einladende Handbewegung, wobei er Lachlan keine Sekunde aus den Augen ließ. »Aber behalte deinen Dämon bei dir, klar? Wir woll'n hier keinen Ärger.«

Er sah Lachlan wachsam nach, als dieser sich einen Weg durch die Tische bahnte. Melpo bemerkte ihn und schlug das Notizbuch zu. »Lachlan!«, flüsterte sie. »Ich hab's schon gelesen – ich hab dir doch gesagt –«

»Wir mussten es trotzdem versuchen«, unterbrach Lachlan sie und setzte sich an den Tisch. Sie hatte gerade erst zwei Sätze gesagt, da bekam er von ihrer nervigen Stimme schon wieder Kopfschmerzen.

»Dieser Typ im Pub wird irgendwann anfangen, Fragen zu stellen, wenn du zu oft da bist.«

»Den interessiert nichts«, sagte Lachlan lahm.

»Das sagst du.«

Anders als Lachlan passte Melpo in ihrem Kleid aus schwarzer Spitze, Rüschen und Schleifen ganz hervorragend nach Cronos. Sie sah hübscher und frischer aus als in Baltimore; ihr Gesicht war rein und mondhell wie ein Gemälde, und ihre langen schwarzen Haare mit dem Puppenponyschnitt glänzten wie in einer Shampoo-Werbung.

»Jetzt haben wir wirklich alles ausprobiert«, sagte Melpo und winkte dem Barkeeper, der unter rot und golden illuminierten Flaschen stand und einen viel distinguierteren

Eindruck machte als Morris in Baltimore. Er nickte Melpo zu und fing an, hinter dem Tresen herumzuhantieren.

»Wir müssen uns endlich der Möglichkeit stellen, dass die Erion, die wir haben, eine Mimikrykarte ist.« Sie meinte eine nutzlose Kopie, die genauso aussah wie das Original.

»Das glaube ich nicht.«

»Aber es ist gut möglich, Lachlan«, sagte Melpo eindringlich. »Überleg doch. Es ging deinem Vater darum, dich vor Emil zu retten, und das ist ihm gelungen, oder? Er wollte Erion eigentlich niemandem überlassen, wenn er dich also auch mit einem Trick retten konnte, wieso hätte er da die echte Erion schicken sollen?«

»Weil es Emil hätte auffallen können«, sagte Lachlan. »Und dann wäre ich mausetot gewesen.«

»Das wärst du sowieso gewesen, und das wusste dein Vater.«

Er machte die Lippen schmal. Sosehr ihm das auch widerstrebte: Sie hatte recht; Emil hatte nie vorgehabt, ihn am Leben zu lassen, und es konnte gut sein, dass sein Vater das gewusst hatte. »Möglicherweise wäre es für ihn zu riskant gewesen, uns die echte Erion zu schicken. Oder er wollte nicht, dass …«

»… dass wir sie haben«, beendete Melpo den Satz. Sie fügte leise hinzu: »Außerdem war ihm klar, dass Emil Erion nicht bekommen würde, sondern du, und damit *er*.«

Griffin.

Zwar wusste Lachlan es nicht genau, aber er konnte sich vorstellen, dass sein Vater und Griffin nicht gerade befreundet gewesen waren. Sonst hätte Griffin keinen Umweg gehen müssen, um an Erion zu gelangen. Entsprechend hätte Oliver Abercromby gute Gründe gehabt, die echte Erion aller Risiken zum Trotz zu behalten – Hauptsache, sie geriet nicht in falsche Hände. Griffins Hände.

Lachlan sah zum Nachbartisch, wo zwei Frauen mit offenen Mündern in die Luft glotzten. Sie schauten wohl einer Halluzination nach, die quer durch den Saal schwirrte. Ihre pinken Cocktails waren halb geleert, die Augen der Frauen verschleiert. Die kriegen nichts mehr mit, dachte Lachlan.

»Und jetzt?«, fragte er.

»Schau mal in dein Notizbuch.«

Der Saxofonist begann ein melancholisches Stück, als Lachlans Kommunikationsbuch auf die Tischplatte fiel. Er schlug es auf und sah zu, wie sich unter Melpos letzte Notiz eine neue Nachricht schrieb.

Etwas stimmt nicht mit Erion. Lass uns unter vier Augen darüber reden. Trink den Drink. – G.

Lachlan fühlte, wie ihm die Wangen heiß wurden. Endlich eine Nachricht von Griffin! Und sie würden unter vier Augen miteinander sprechen. Das war es, worauf er zwei Wochen lang gewartet hatte. Melpo hatte ausgedient.

Als hätte er auf Griffins Signal gewartet, kam der Barkeeper an ihren Tisch und stellte Lachlan einen froschgrünen Cocktail hin, in dem ein zur Spirale gewundener Strohhalm steckte. Er und Melpo tauschten einen Blick.

»Fein«, sagte Lachlan. Es gefiel ihm zwar nicht, dass Griffin nicht persönlich bei ihm aufkreuzte, aber das würde er ein andermal ansprechen. Lachlan zog den Strohhalm aus dem Cocktail, setzte sich das Glas an die Lippen und trank es in einem Zug aus, ohne sich damit aufzuhalten, dass der Cocktail – wie fast alles im Halafaz – fabelhaft schmeckte. Hätte er in einer Dubliner Bar einen Cocktail auf diese Weise geext, wäre er sofort betrunken gewesen – und ganz ähnlich fühlte er sich jetzt auch. Mit einem Kribbeln unter der Kopfhaut schloss er die Augen.

Er wartete darauf, dass sich die Atmosphäre, die Geräusche, die Gerüche veränderten, weil ihn der Cocktail in Griffins Teehaus brachte. Nichts dergleichen geschah. Jedenfalls fast.

Das Lied des Saxofonisten versickerte in einem Rauschen und Gluckern, und mit einem Mal war Lachlan an einem stillen Ort. Er fühlte kühlen Druck auf der Haut, und etwas Nasses brannte ihm in den Nasenlöchern. Lachlan schnappte nach Luft, doch stattdessen schluckte er einen Schwall Wasser. Er öffnete die Augen. Ein Gewässer umgab ihn grün und schwarz. Schwebende Lichtpartikel. Lachlan sah sich mit pochendem Herzen um. Etwas Helles funkelte über ihm, nur ein paar Armlängen entfernt … die Oberfläche. Er streckte die Arme aus, um zu dem Funkeln zu schwimmen.

In diesem Moment löste sich die Dunkelheit in Bewegung auf. Fische zuckten auf ihn zu, öffneten ihre Münder und schnappten nach ihm mit messerscharfen Zähnen. Lachlan schlug nach einem Fisch, der es auf seine Nase abgesehen hatte. Zwei andere stürzten sich auf seine Hand und bissen nach seinen Fingern. Er boxte nach ihnen, wirbelte im

Wasser herum, wischte durch einen Schwarm Fische, die es von der anderen Seite versuchten, und krümmte sich, als ihm ein grausamer Schmerz in der Wade fuhr.

Scheiße, dachte er, haut ab!

Er wusste, wo er sich befand, wusste, was das für Fische waren. Bei seinem ersten Besuch hatte er gesehen, was sie anrichten konnten. Dass sie eine Blume in Sekunden restlos auffraßen und vor einem Menschen nicht haltmachen würden. Damals war er allerdings *über* den See gegangen, um zu Griffins Teehaus zu gelangen – warum steckte er also diesmal in ihm? Irgendetwas hatte mit dem Cocktail nicht gestimmt. Gewiss steckte Melpo dahinter … sie hatte dem Barkeeper diesen Blick zugeworfen …

Lachlan trat in die Fischwolke, die ihm elegant auswich. Dann stürzten sich die Biester auf ihn, bissen so schnell wie Hunde – Blut nebelte aus einer Wunde – er strampelte gegen die Tiefe an, doch die Fische zogen ihn hinab. Er bekam keine Luft … seine Lunge würde platzen …

Hilf mir schon!, schrie er in Gedanken. Scheiße, hilf mir, verdammt!

Schwarzer Qualm rauschte ihm aus der Brust und umwirbelte ihn wie ein Strudel. Verschwommen nahm Lachlan wahr, wie sein Dämon die Fische in die Dunkelheit des Sees schleuderte. Licht füllte seinen Kopf … Er entglitt in eine Ohnmacht.

[2]

In den Sommerferien verließ Griffin das Haus nur zum Einkaufen. Er fuhr zu SuperValu, füllte seinen Wagen mit Toast, Marmelade und Milch und gab ein Vermögen aus für fünf Stangen Gauloises Brunes, die eine gute Woche halten würden. Nachdem er alles in Papiertüten gepackt hatte, belohnte er sich mit einem Schokodonut, den er am Steuer seines Wagens verspeiste. In einer schmuddeligen Wohnsiedlung in der Dubliner Nordstadt suchte er sich eine Parklücke, stieg aus dem Wagen, schüttelte sich die Krümel von der Windjacke und schleppte den Einkauf in den dritten Stock. Es war ungefähr halb neun, und die Sonne stand wie eine Münze im Westen.

Vor der Wohnungstür seiner Nachbarin Maron blieb er stehen, um zu klopfen. Die Eingangstüren lagen auf einer zum Hinterhof offenen Galerie, durch die der Wind ungehindert pfiff. Griffin ging in die Hocke, um die Milch aus der Einkaufstüte zu kramen, und richtete sich gerade auf, als die junge Frau ihm öffnete.

»Oh, Sie sind es«, hauchte sie durch den Spalt.

Griffin lächelte. »Ihre Milch«, sagte er und reichte ihr die Kunststoffflasche. »Alles gut bei Ihnen?«

»Ja, vielen Dank«, sagte Maron, so dünn, dass er ihr die Worte fast von den Lippen ablesen musste. Maron Rain hatte ein langes, leeres Gesicht; nur wenn sie lächelte, erahnte Griffin die schöne Frau hinter der Depression. Ob sie sich etwas antun würde, wenn er sie verführte und dann abservierte? Vermutlich. Aber er gehörte nicht zu den Männern, die ihre Spielzeuge zu schnell kaputt machten. Außerdem fand er es sinnvoll, jemanden im nicht beruflichen Umfeld zu haben, der im Notfall vor der Polizei aussagte: »Mr. Arnott? Dillen? Nie und nimmer! Er ist der netteste Mensch, den ich kenne.«

»Das ist wirklich nett von Ihnen, dass Sie meiner Kitty immer Milch mitbringen«, sagte Maron, wobei sie mit ihren verträumten Mondaugen zu ihm aufsah. »Ich fühle mich schuldig, kann ich Ihnen vielleicht …«

»Ach, das macht mir nichts aus«, wiegelte Griffin ab. »Wenn Sie etwas brauchen, kommen Sie einfach rüber.« Ihre Sozialphobie und ihre scheue Verliebtheit würden verhindern, dass sie dieser Aufforderung nachkam, darauf konnte er sich verlassen. »Ruhen Sie sich gut aus.«

»Danke«, flüsterte Maron.

Er zwinkerte ihr zu. Sie lief rosa an.

Nachdem er seine Wohnungstür von innen verriegelt hatte, trug er den Einkauf in die Küche. Butter, Marmelade und Toast quetschte er in den nach Fäulnis riechenden Kühlschrank, alles andere stellte er zwischen Pizzakartons, Red-Rebel-Dosen und dreckige Kaffeetassen auf die Anrichte.

In einer Kammer seiner Wohnung stellte er einen Teller mit Marmeladentoast auf einen Schreibtisch mit fünf Computermonitoren. Der alte Jogginganzug, den er trug, müffelte nach Faulheit, und unter dem Bart an seinem Kinn juckte ein Pickel, aber das kümmerte ihn nicht. Das war nicht das, worauf es ankam.

Nicht das, worum es ging.

Er wischte sich die rechte Hand am T-Shirt ab, bevor er sie auf einen flachen Scanner neben der Tastatur legte. Eine grüne LED leuchtete auf, und alle fünf Monitore erwachten gleichzeitig aus dem Stand-by-Modus. Griffin warf sich in den Chefsessel und pflanzte die Füße auf den Tisch, bevor er, in den Toast beißend, die Observation aufnahm.

Alles, was er wissen musste, verrieten ihm die Monitore. Auf dem Flachbildschirm rechts oben, einer Liveaufnahme der Eingangshalle Phoenix Manors, bewegte sich nichts. Die Familie Abercromby und ihr Schützling Zachary Murray – der wieder in Phoenix Manor wohnte, seit er seine Kabine im Wohnsilo vor zwei Wochen gekündigt hatte – waren gerade nicht zu Hause. Griffin gab das Codewort PERS am Monitor rechts unten ein: Das Display zeigte eine Landkarte Irlands an, die jetzt eine im Osten gelegene Küstenstadt heranzoomte. Dún Laoghaire, gut zu erkennen an ihren beiden vom Hafen abgehenden Seebrücken, die mit ihrem einwärts gekrümmten Verlauf wie die Mandibeln von Hirschkäfern aussahen. Unweit der Hafenstraße blinkte ein Punkt über einem Kongressgebäude. Persy Abercromby – PERS – hatte sich heute Morgen von ihrem Wagen zu diesem Gebäude fahren lassen und war seither darin verschollen. Die Konferenz dauerte mittlerweile zwölf Stunden an.

Ihr Ehemann Oliver Abercromby – OLIV, Enter – befand sich in der Dubliner Dependance des Spionagesoftwareherstellers GoodEye Systems, langweilte sich also in seinem Job. Aufgrund der fortgeschrittenen Uhrzeit tippte Griffin auf eine Betriebsfeier.

Zachary Murray – TROLL, Enter – fuhr durch die Stadt, im Bus, weil Lachlans Kawasaki immer noch auf dem Sicherstellungsgelände der Dubliner Polizei stand. Wohin er wohl wollte? Vermutlich ins Fitnessstudio, dachte Griffin. Um Zack würde er sich gleich kümmern.

Er rollte mit dem Chefsessel ein Stück zur Seite, um die anderen Monitore besser im Auge zu haben.

Auf dem Bildschirm links unten sah er das rudimentär eingerichtete Schlafzimmer eines Cottages, das am anderen Ende der irischen Insel stand. Die Mikrokamera, die ihm das gestochen scharfe Bild übermittelte, steckte im Kreuzschlitz einer Schraube, an der ein Bilderrahmen hing. Die Kameralinse zeigte auf das einzige Fenster des Schlafzimmers: braune und graue Dächer, Stromleitungen, der Turm einer Burgruine und die regenverwaschene Silhouette Sherkin Islands auf dem Atlantik. Ein Ausblick, den der Bewohner des Zimmers so satthaben musste, dass er in besserer Verfassung womöglich den Schrank vors Fenster gerückt hätte. Lachlan Abercromby war nicht da. Er trieb sich in Baltimore herum, wie Griffin sehr genau wusste. Er kannte auch den Grund. Für Morris Malone hatte er eine eigene Akte angelegt: ein ehemaliger Banker, geboren am 1. Januar 2001. Kaufte 2028 für eine Million Euro die Gitarre eines Dubliner Straßenmusikers und zog nach Baltimore, um in diesem ätzenden Pub zu jobben. Lebte jetzt in einer schäbigen Mitarbeiterwohnung über der Kneipe, in die er manchmal Männer einlud. Die spektakuläre Geschichte eines ansonsten langweiligen Menschen, von dem sie nichts zu befürchten hatten. Lachlan würde bald keine Zeit mehr für Morris haben, aber bis dahin brachte ihn der Barkeeper zumindest auf andere Gedanken.

Griffin wandte sich dem mittleren Bildschirm auf seinem Schreibtisch zu. Dieser zeigte ein japanisches Teehaus, oder einen Ausschnitt davon. Die Schiebetüren aus Holz und Papier waren geöffnet, dahinter dehnte sich ein dunkler See aus, auf dem vollmondrunde Laternen schwammen. Griffin stopfte sich das letzte Stück Toastbrot in den Mund, klopfte sich die Krümel an der Jogginghose von den Fingern und schlüpfte in die Datenhandschuhe, bevor er zur VR-Brille griff. Er dehnte das Gummiband mit den Händen, zog es sich über die strähnigen Haare und schob sich die Brille so über die Nase, dass er das Display vor Augen hatte. Die immersive Illusion war nahezu perfekt, das virtuelle Teehaus schien ihn ganz zu umgeben – wenn er auch den Körper des Avatars nicht fühlte, so wie bei einem Login über die Stimulanzkappe. Er drehte den Kopf und sah zu den schwarzen Fichtenwipfeln am Horizont. Violetter Himmel; die Nacht brach an. Das geschah in diesem Raum alle zwei Stunden. Dazwischen pendelte der Himmel von einer Dämmerung zur anderen, ein richtiger Tag wurde nie daraus. Die so entstehende Atmosphäre war jedoch nützlich; sie machte etwas mit den Menschen, die ihn besuchten; als wäre das unsichere Licht ein Beweis für seine Identität als geheimnisvoller, allwissender Rebellenführer.

Mit den Datenhandschuhen lenkte er die Hände seines

Avatars zu einem Notizbuch, das vor ihm auf dem Tisch lag. Er schlug es auf und blätterte zur letzten Seite. Eine handschriftlich verfasste Nachricht war in seiner Abwesenheit auf den Linien erschienen. Sie war von Melpo.

L. ist noch unterwegs, um zu prüfen, ob der letzte Versuch funktioniert hat. Ich habe ehrlich gesagt keine Hoffnung. Nimmst du das in die Hand? – M.

Griffin griff zum Bleistift und antwortete:

Ja. Bring ihn ins Halafaz. P. wird Bescheid wissen und ihm eine Kleinigkeit zu trinken geben. – G.

Nachdem er auch eine Nachricht an P., seinen Kontaktmann im Halafaz, verschickt hatte, warf Griffin die VR-Brille zwischen ein paar Platinen und einen in seine Einzelteile zerlegten Gameboy. Er lenkte seine Aufmerksamkeit wieder auf die Dubliner Stadtkarte und gab das Codewort TROLL in das Suchfeld ein, worauf die Karte in den Bezirk Finglas sprang. Der grüne Punkt bewegte sich schnell, also saß Zack noch im Bus. Griffin klinkte sich ins Überwachungssystem des Doppeldeckers ein. Der blasse Rotschopf mit den kräftigen Armen saß in der letzten Reihe, mit gebeugtem Nacken in sein Handy vertieft. Neugierig, mit welchen Belanglosigkeiten sich Zack heute die Zeit vertrieb, rief sich Griffin sein Handydisplay auf den Bildschirm. Er lachte auf. Zack sah sich ein Selfie von Lachlan an.

Der junge Abercromby trug eine Sonnenbrille und stand

auf dem Balkon eines Hotels, hinter sich das in der Sonne glitzernde Meer. Karibik? Vielleicht. Zack betrachtete das Foto eine Weile, ehe er das Löschsymbol aufrief, eine kleine Mülltonne, die rechts unten über dem Foto schwebte. Griffin sah, wie das Symbol aufleuchtete, als Zack es mit der Daumenkuppe berührte. Lachlan verschwand.

Griffin, seltsam berührt, zündete sich eine Gauloises an und lehnte sich zurück.

Das nächste Foto zeigte wieder Lachlan: Er spähte mit einem Auge durch Daumen und Zeigefinger, die er zu einem Ring zusammengelegt hatte. Eine Geste aus einem Film, von dem Lachlan ihm einmal im Chat erzählt hatte. Wieder leuchtete das Mülltonnensymbol auf. Ein weiteres Foto füllte den Monitor. Aufgenommen in einem Club. Zack hatte Lachlan den Arm um die Schulter gelegt, beide hielten sie Bierflaschen in der Hand. Zack grinste ins Blitzlicht der Kamera eines Partyfotografen, Lachlan hob nur einen Mundwinkel. Gelöscht. Jetzt wieder ein Selfie von Lachlan. Er hielt einer Drohne den Stinkefinger hin. Griffin musste lächeln.

Gelöscht.

Griffin aschte in eine alte Kaffeetasse.

Es folgten andere Fotos, in denen Lachlan aussah, als hätte man ihn zum Mitkommen gezwungen. Ein Konzert oder eine Party: Zack stand eingequetscht zwischen zwei aufreizend gekleideten Mädchen, während Lachlan, von einem der Mädchen an der Hüfte ins Bild gezogen, unbeteiligt in eine ganz andere Richtung schaute. Eines der wenigen Fotos, auf denen Lachlans Augen nicht eindeutig dunkelblau waren, sondern heller, sodass man die stechenden Pupillen sah. Zack tilgte auch dieses Foto von seinem Handy.

Nun kamen Bilder, die Lachlans kreative Seite bewiesen (Griffin hatte schon immer gesagt, dass ein Künstler in dem Jungen steckte): Lachlan in Grautönen, von unten mit einer Taschenlampe angestrahlt. Lachlan vor einer Treppenspirale; das Bild war so gedreht, dass es aussah, als stünde er kopfüber. Auf einem Selfie hatte er sich so vor einem Spiegel fotografiert, dass sich nicht mehr sagen ließ, welcher der echte und welcher der reflektierte Lachlan war. Wie bei diesen Faltbildern, bei denen man Acryl- oder Wasserfarbe auf ein Blatt Papier spritzte und es in der Mitte zusammenfaltete, sodass beim Öffnen ein symmetrisch perfekter Schmetterling entstand.

Beim letzten Bild, dem doppelten Lachlan, leuchtete das Mülltonnensymbol nicht auf, stattdessen wurde Griffins Monitor schwarz, weil Zack das Handydisplay ausgeschaltet hatte. Griffin drehte sich wieder der Aufnahme der Überwachungskamera zu und erkannte, warum: Der Bus hatte an einer Haltestelle gebremst. Zack linste aus dem zerkratzten Fenster auf das Bushäuschen herab. Vermutlich sah er sich die Leute an, die ein- und ausstiegen. Griffin beobachtete Zack nun schon lange genug, um zu wissen, dass er seine Umgebung penibel im Auge behielt, sobald er Phoenix Manor verließ – die Menschen, die ihm begegneten oder ein Stück folgten, und die Autos, die in seiner Nähe parkten oder den Bussen und Trams nachfuhren, in denen er saß. Griffin vermutete, dass er auf diese Weise dem Schnüffler O'Connor zu entgehen versuchte, der neuerdings eine mausgraue Schrottkarre fuhr und Zack bei jeder Gelegenheit auflauerte, um ihm immer die gleichen nervtötenden Fragen zu stellen.

Ein Mann in blauer Regenjacke kam die Treppe herauf. Er hielt sich fest, als sich der Bus ruckartig in Bewegung setzte, und wurde unsanft gegen das Geländer geworfen. Griffin sah, dass sich Zack das Gesicht des Mannes mit einem kurzen Blick einprägte: ein teigiges Gesicht mit depressiven Augen, wie bei einem Wohnsilobewohner. Griffin betrachtete die anderen Passagiere: ein fülliges Mädchen mit türkisblauen Haaren und einem Nietenhalsband, zugestiegen an der Dublin City University. Eine Frau, zierlich und sehr alt, mit einer Aktentasche auf dem Schoß. Ein Mann mit Wampe und Schirmmütze; er saß ganz vorne an der schmutzigen Frontscheibe. Dann waren da noch eine Mutter mit ihrem Kind, zwei giggelnde Mädchen und ein schweigendes Pärchen im vorderen Bereich.

Zack sank tiefer in den Sitz und entsperrte sein Smartphone. Griffin ließ sich den Inhalt erneut auf dem Monitor anzeigen, gespannt, welche Fotos von Lachlan Zack als Nächstes aus seinem Leben räumen würde. Zack übersprang den doppelten Lachlan und kam zu einer Aufnahme, die sie beide zusammen mit zwei Klassenkameraden zeigte. Griffin erinnerte sich an ihre Namen. Eliot und Conrad. Die vier Jungs standen schräg hintereinander und grinsten auf die dämlichste Weise in die Handykamera, die ein Mensch zustande brachte. Keiner von ihnen dürfte noch nüchtern gewesen sein, aber Lachlan hatte immerhin noch den Auslöser drücken können. Er lächelte. Richtig freundlich. Geradezu fröhlich. Aber eben auch stockbesoffen.

Dieses Foto löschte Zack nicht. Er wechselte zu einem Video, und aus den Lautsprechern in Griffins dunkler Kammer drang Lachlans Stimme.

»Alles klar? Kann's losgehen? Halt drauf, Eliot!«

»Ja, Mann«, sagte Eliot.

Das Video zeigte den Schulhof. Überall liefen Schüler herum – sie hatten die letzte Prüfung hinter sich und strömten in die Freiheit. Waren aufgedreht, wollten feiern, sich besaufen. Aber Lachlan hatte nicht vor, sich sofort aus dem Staub zu machen. Er zog sich den Pullover mit dem Schulwappen über den Kopf und stand nun in einem blütenweißen Hemd vor Zack. Er streckte die Hände aus, sodass er ein dünnes, menschliches T bildete. In der einen Hand ließ er den Pullover hängen.

»Ich erkläre hiermit feierlich das Ende!«, rief er in die Menge. Ein paar Schüler drehten sich zu ihm um und lachten, andere blieben stehen. Lachlan ging in die Knie, zog den Reißverschluss seines Rucksacks auf und wühlte darin. Mit einer Plastikflasche in der Hand richtete er sich wieder auf. »Der Soldat verlässt die staatliche Schularmee mit einem symbolischen Akt der Trennung!«

Griffin hatte nicht gewusst, dass es von dieser Aktion ein Video gab; Lachlan hatte ihm damals nur sehr stolz davon erzählt.

»Halt mal«, sagte Lachlan zu Zack und warf ihm den Pullover hin, um die Plastikflasche aufzuschrauben. Sogleich entriss er Zack den Pullover wieder und begoss ihn mit einer durchsichtigen Flüssigkeit. Ein paar Spritzer gingen daneben und verteilten sich über den Steinboden. Ihre Mitschüler (einige kannte Griffin persönlich) bildeten einen Kreis um Lachlan und Zack. Auch Griffin sah wie gebannt zu, obwohl er wusste, wie es weiterging. Die Kamera wackelte, weil jemand Eliot anstieß. Als er sich umdrehte, um den Mitschüler anzupflaumen, näherte sich ein Mitarbeiter der Security vom Eingang her.

»Mach schneller, Lach!«, sagte Eliot aufgekratzt und richtete die Kamera wieder auf Lachlan, der gerade die Hand aus der Hosentasche zog und einen Gegenstand emporhielt. Ein goldenes Benzinfeuerzeug.

Griffin lehnte sich nach vorn; die Zigarette hatte er vergessen, sie war ihm ausgegangen, Asche lag auf der Tastatur.

»Dies ist der glücklichste Tag meines Lebens«, erklärte Lachlan im Brustton der Überzeugung. Er klappte das Feuerzeug auf und hielt die Flamme an den nassen Pullover. Das Feuer loderte explosionsartig auf; selbst Lachlan erschrak und warf das brennende Kleidungsstück von sich. Es fiel auf den Steinboden und entzündete all die kleinen Lachen, die das Spritzwasser hinterlassen hatte. Geschrei brach los, manche jauchzten, Lachlan feixte. Genau an dieser Stelle, mit einer Aufnahme von Lachlans verwischtem Gesicht, endete das Video; Eliot hatte wohl wie die meisten anderen das Weite gesucht, weil das Sicherheitspersonal zu Knüppeln griff, um die Meute auseinanderzutreiben.

»Der glücklichste Tag meines Lebens«, flüsterte Griffin

bewegt. Er empfand eine Woge der Zuneigung für Lachlan, und auf einmal tat es ihm leid, dass er den Jungen seit zwei Wochen auf eine Nachricht von ihm warten ließ. Es war nötig gewesen, um ihm zu zeigen, wer der Boss war. Griffin wusste aus Erfahrung, dass sich anhängliche Menschen am besten durch Liebesentzug binden ließen. Lachlan war so ausgehungert, dass er auf Knien um eine Nachricht von ihm betteln würde, und das war ein Zustand, den Griffin besonders mochte.

Es wurde Zeit, dass er mal ein paar Worte mit ihm wechselte. Er würde Lachlan zu sich ins Teehaus einladen. Nicht heute, da hatte er noch etwas anderes mit ihm vor. Danach würde Lachlan ohnehin Gesprächsbedarf haben, und vermutlich würde er ziemlich wütend sein. Aber mit den alten Sprüchen wie »Du bist etwas Besonderes«, »Ich brauche dich« oder »Das ist unsere Revolution« würde Griffin ihn beruhigen. Die zogen bei Lachlan bisher immer.

Griffin zündete sich die Zigarette wieder an und sah zu, wie Zack aus dem Bus stieg.

Seltsam, dachte Griffin. Zum Fitnessstudio in der Melville Road hätte er noch zwei, drei Stationen weiterfahren müssen. Der grüne TROLL-Punkt aber leuchtete ein bisschen weiter südlich, in der Clancy Avenue. Griffin zoomte die schematische Stadtkarte näher heran und sah, dass Zack vor einem Reihenhaus mit vier Wohneinheiten langsamer wurde. Mit einer schnellen Tastenkombination startete er einen Suchlauf nach einer Überwachungsdrohne in der Nähe, für die er einen Code besaß, und nutzte die Wartezeit für eine Recherche in der Datenbank des Einwohnermeldeamts. In der Clancy Avenue gab es rund fünfzig Haushalte, die meisten in für solche Wohngebiete typischen, traurigen Reihenhäusern.

Das System teilte ihm mit, dass es eine Drohne ausfindig gemacht hatte, und Griffin wandte sich von der Datenbank ab, um die Drohne zu entern. Ein roter Punkt in der Ballygall Avenue, einen halben Kilometer entfernt. Das Interface fragte ihn nach dem Ziel der Observation; er gab die Adresse ein, drückte auf Enter und widmete sich wieder der Clancy Avenue, während sich der rote Punkt rasch in Richtung Finglas Park und McKee Road bewegte. Die Drohne würde in weniger als einer Minute am Ziel sein; das würde völlig ausreichen.

Die Datenbank des Einwohnermeldeamts gab ihm den Namen der Bewohnerin des Hauses aus, vor dem Zack jetzt stehen blieb: Kathleen Macfarlane. Griffin dachte kurz nach, dann ging ihm ein Licht auf. Die notorisch unpünktliche Kathy, eine Tanzlehrerin Mitte vierzig. Sie war so etwas wie eine Freundin für Persephone Abercromby. Damals in Paddy's Pub hatte sie Lachlan versetzt und somit den Diebstahl der Drohne Penny überhaupt erst möglich gemacht. An dem grünen Punkt sah Griffin, dass Zack Kathys Haus betrat.

»Was willst du bei der?«, murmelte er und klinkte sich in das Kamerasystem der inzwischen eingetroffenen Drohne ein.

Sie gewährte ihm bereitwillig Zugriff auf ihre Systeme, sodass er im nächsten Moment ein glasklares Bild des Hauseingangs hatte, durch den Zack gerade verschwand.

Mit seiner gelben Fassade hätte dieses Haus gut nach Baltimore gepasst. Ein winziges Auto stand in der Einfahrt. Zugezogene Vorhänge. Eine Katze auf der Mauer. Griffin ließ die Drohne nach Geräten in Kathys Haushalt suchen, in deren Firmware eine Version des Panoptikums steckte, und wurde sofort fündig. Zwei Handys, eines davon gehörte bestimmt Zack. Ein Kühlschrank, ein Fernseher, ein Tablet und eine zwei Jahre alte VR-Brille mit einer älteren, aber funktionstüchtigen Version des Panoptikums. Kathy hatte keine Überwachungskameras im Haus, auch keine zur Einbruchsicherung – diese warzenartigen Kugeldinger an der Decke, von denen die meisten Leute dachten, dass sie nur filmten, wenn niemand zu Hause war. Kathy vertraute auf eine altmodische Alarmanlage mit Zahlencode; auch ziemlich dämlich, wenn man bedachte, dass ihre digitalen Türen sperrangelweit offen standen.

»Hereinspaziert, hereinspaziert«, sagte Griffin im Ton eines Zirkusdirektors und wählte Kathys Handy aus. Das Bild wechselte anstandslos von der Drohne zur Smartphonekamera, und weil dieses gerade aufrecht in einer Dockingstation stand, hatte er allerbeste Sicht auf Kathys kleine Küche. Griffin lehnte sich zurück und genoss die Show.

Kathy nahm gerade einen Laib Brot aus einer Holzbox, schnitt eine Scheibe ab, bestrich sie mit Marmelade und stellte Zack den Teller auf den Tisch. Die Art, wie sie das tat, hatte etwas von einem Ritual. Griffin erinnerte sich daran, dass Lachlan erwähnt hatte, dass er Kathy seit dem

Kindergarten kannte. Sie hatte ihm und Zack bei den Hausaufgaben geholfen und war für sie lange wie eine Nanny gewesen.

Jetzt stellte sie einen Topf Milch auf den Herd und setzte Teewasser in einem Kocher auf.

»Danke«, sagte Zack mit vollem Mund.

»Hast du nicht bald dieses Vorstellungsgespräch bei der Bodyguard-Schule?«, fragte Kathy.

»SAP«, verbesserte Zack. »Sie heißt Schweizer Akademie für Personenschutz. Morgen.«

»Bist du sehr nervös?«

»Jaa … schon«, sagte Zack gedehnt.

Sie stellte ihm eine heiße Schokolade hin und goss sich Tee auf. Das ganze idyllische Gehabe kotzte Griffin an; er ließ die Zunge heraushängen und würgte laut.

»Ich erinnere mich noch gut an einen Zack, der total ausgerastet ist, wenn man nur das Wort Akademie in den Mund genommen hat«, sagte Kathy.

Zack schob sich das halbe Marmeladenbrot auf einmal in den Mund, ohne ihr zu antworten.

»Gibt es was Neues von Lachlan?«

Zack schüttelte kauend den Kopf.

»Wie geht es Persy?«

»Gampf okay.« Griffin hielt diese Antwort für untertrieben, denn Persy ging es fabelhaft. Man könnte meinen, Lachlan wäre nie Teil ihres Lebens gewesen.

»Und, was führt dich her?«

Zack schluckte. »Ich war schon länger nicht mehr hier.«

»Du bist neunzehn«, sagte Kathy. »Glaub ja nicht, ich

wäre eine dieser weltfremden Erwachsenen, die erwarten, von einem Teenager besucht zu werden.«

»Tut mir echt leid«, sagte Zack.

Sie tätschelte ihm die Hand. »Mach dir keinen Kopf. Soll ich ganz ehrlich sein? Du siehst fix und alle aus. Und ich meine ungesund fix und alle. Nicht so wie früher.«

Sie nippte an ihrem Tee.

»Du hast echt Glück, dass du mich erwischst. In den Sommerferien gebe ich nur ganz wenige Kurse – da sind die meisten Familien unterwegs, zum Beispiel in Ländern, in denen die Sonne scheint. Allerdings habe ich jetzt abends mehr Auftritte. Echt schade, dass mein neuer Partner das Weite gesucht hat …« Sie legte eine kurze Pause ein. »Du musst zugeben, dass das eine meiner besseren Überleitungen war.« Sie lächelte.

Griffin wusste, dass sie von Lachlan sprach. Seine Mutter hatte ihn dazu überredet, mit ihr vor Touristen aufzutreten; den ersten Auftritt hatte er wegen Kathys Unpünktlichkeit allein überstehen müssen. Und danach kam Penny.

»Ich wollte dich was fragen«, sagte Zack. »Nämlich, ob ich vielleicht deinen Cube benutzen könnte.«

»Meinen Cube?«

»Ja. Deinen Cronos Cube. Und zwar hier.«

»Du meinst, in meiner Wohnung?«

»Persy darf davon nichts erfahren – deshalb.«

»Hast du Sehnsucht?«, fragte Kathy. »Viele werden süchtig nach Cronos, wenn sie erst einmal angefangen haben. Du solltest dir überlegen, ob das die beste –«

»Ich will Lachlan suchen«, fiel Zack ihr ins Wort.

»Hoppla«, murmelte Griffin. Er hatte sich schon gefragt, wann Zack auf diese Idee kommen würde.

Kathy formte ein O mit den Lippen. »Das kommt jetzt ein bisschen plötzlich.«

»Ich weiß, dass er in Cronos ist. Ich kann dir nicht sagen, warum, aber ich habe keine Zweifel.«

»Warum hast du das nicht schon viel früher gesagt? Wenn Lachlan in Cronos ist, kann ich ihn doch suchen.« Kathy, das wusste Griffin, hielt sich oft in Cronos auf. Die Stimulanzkappe hatte auf ihrer Stirn bereits einen dünnen roten Streifen hinterlassen, der nicht mehr verblasste.

»Nein«, sagte Zack.

»Warum nicht?«

»Weiß ich auch nicht.« Er machte die Lippen schmal. »Sie lässt mich nicht aus den Augen, weißt du? Persy, meine ich. Sie macht mich wahnsinnig! Warum ist ihr das alles so egal? Wieso tut sie so, als ob Lachlan – ich meine, mir ist es auch egal. Mir ist es total egal. Sollte ich Lachlan jemals lebend wiedersehen, bringe ich ihn um.«

»Deine Schokolade wird kalt.« Kathy räumte den Teller ab.

Zack hielt sich die Stirn. »Sorry.«

»Komm runter«, sagte Kathy. »Klar willst du wissen, wo Lachlan ist und warum er abgehauen ist. Wollen wir alle.«

»Alle außer –«

»Glaub mir, sogar Persy will das wissen. Aber ein paar Stunden bringen dir gar nichts in Cronos. Da findest du nichts und niemanden, nicht mit Level eins.«

»Du aber schon?«

»Möglich wäre es. Ich könnte ihm zumindest eine Nachricht an seinen Namen schicken.« Sie zuckte mit den Achseln. »Aber möchte er denn gefunden werden?«

»Keine Ahnung.«

»Einen Versuch ist es wert.«

Zack sagte nichts.

»Wenn du mich fragst, fehlt er dir ein bisschen.«

»Ich lösche seine Fotos«, erwiderte Zack so prompt, als hätte er den Gedanken auch gerade gehabt. »Oder besser gesagt, ich lösche ihn aus meinem Leben.«

»Und dann willst du ihn suchen?«

»Was weiß ich denn? Ich weiß nicht, was mit mir los ist! Ich – mir ist die SAP scheißegal.«

»Dir?«, sagte Kathy amüsiert. »Mister Ich-schule-meine-Achtsamkeit-wie-ein-Superagent?«

»Ich weiß, ich habe jahrelang nichts anderes gewollt. Dieser Tag – dieses Vorstellungsgespräch – das war alles, was ich mir gewünscht habe. Und jetzt passiert es wirklich! Die meisten können nur davon träumen. Aber für mich wird der Traum wahr. Ich wurde wirklich empfohlen.«

»Und jetzt geht es dir am Arsch vorbei?«

»Und wie.«

Kathy nahm einen großen Schluck Tee, so langsam, als legte sie sich die Worte zurecht. »Das ist wirklich schade«, sagte sie. »Aber verständlich.«

»Was ist daran verständlich?«, brauste Zack auf.

»Ist doch klar. Du willst nicht irgendwelche Leute beschützen. Du willst *einen* Menschen beschützen.«

»Und wen?«

»Na, wen wohl.«

Zack machte ein so dummes Gesicht, dass Griffin versucht war, es auf einem Screenshot festzuhalten. Er würde ihn ausdrucken und sich in die Klokabine hängen.

»Hältst du mich für schwul?«, fragte Zack gereizt. Anscheinend hatte er es jetzt doch kapiert.

»Ich halte dich für einen Menschen«, sagte Kathy. »Und vielleicht noch für bisexuell.«

»Bin ich aber nicht.«

Griffin fand Kathys Theorie interessant. Während er sich eine Notiz machte, sagte Kathy: »Ich habe deine Mädchen ja kennengelernt.«

»Lachlan war einfach mein Kumpel. Bis er mir einen Betäubungspfeil in den Bauch geschossen und sich mit diesem Kerl verpisst hat.«

»Einem Kerl?«

Griffin spürte, was geschehen würde, und sein Herz setzte einen Schlag aus. Er hätte es verhindern können, indem er Zack angerufen und ihm gedroht hätte, doch er war nicht vorbereitet, und bevor er wusste, was er tun würde, war das Kind bereits in den Brunnen gefallen.

»Ja. Griffin, so heißt er.«

»Na, toll«, stöhnte Griffin. Das war doch unglaublich – zwei Wochen lang widerstand Zack den Drangsalen O'Connors, und jetzt erzählte er es ausgerechnet seiner Babysitterin. Hatte Zack denn immer noch nicht kapiert, dass die META ihn immer und überall hören konnte?

»Okay«, sagte Kathy langsam.

»Du darfst es niemandem sagen«, entfuhr es Zack. »Ich hätte das gar nicht verraten dürfen.«

»Wer ist Griffin? Lachlans Freund?«

»Ein Terrorist.«

»EIN WAS?«, rief Griffin und lachte diabolisch. Was für ein dressierter Affe Zachary doch war.

»Was redest du da denn nur?« Kathy griff nach Zacks Unterarm, wie um sich festzuhalten.

»Es ist wahr, Kathy. Einer von Griffins Leuten soll Brendan Blum erschossen haben, so einen Typen von GoodEye Systems. Kennst du ihn? Und der Anschlag in der O'Connell Street geht bestimmt auch auf sein Konto.«

Kathy schlug sich die Hand vor den Mund.

»Griffin plant seine Aktionen in Cronos. Er hat mit Lachlan Kontakt aufgenommen und ihn dazu gebracht, bei ihm mitzumachen. Deshalb ist Lachlan aus dem Krankenhaus verschwunden. Das war Griffin.«

»Aber – Zack! Der Anschlag in der O'Connell Street? Und Lachlan soll sich diesem Mann ange… – Mein Gott, hast du das schon der Polizei erzählt?«

»Klar«, sagte Zack. »Ich steh in Kontakt mit denen.«

Kleiner Lügner, dachte Griffin.

»Verstehe«, sagte Kathy aufgewühlt. »Meine Güte, Zack … All das trägst du die ganze Zeit mit dir herum? Wie hältst du das aus? Du bist doch erst neunzehn.«

»Fast zwanzig.«

»Erst in vier Monaten!«

Sie schwiegen betreten.

Griffins Blick fiel auf den Bildschirm links unten. Lachlan

lag in dem Bett seines Zimmers in Baltimore. Unter seinem T-Shirt zeichnete sich das Polster einer mit Pflastern verklebten Salbenkompresse ab. Lachlans Kopf steckte bereits in der Gummimütze des Cubes, der auf dem Nachttisch stand. Mist, dachte Griffin.

»Danke für die Schokolade, Kathy.«

»Nichts zu danken, Zack. Alles wird gut.« Sie lehnte sich zu ihm hin, um über seine Bartstoppeln zu streichen. »Ich bin mir sicher, Lachlan vermisst dich ganz furchtbar. Und du solltest dich rasieren.« Sie lächelte wehmütig. »Du siehst aus wie ein Leprechaun!«

Nach einer Umarmung brachte sie ihn zur Tür. Zack schlüpfte in die Sneakers, schulterte die Sporttasche und sagte ihr Auf Wiedersehen.

Griffin switchte um auf die Drohne vor dem Haus. Die Dämmerung war hereingebrochen. Klare dunkle Farben. Blaue Stunde. Die Drohne hatte noch nicht auf Infrarot umgeschaltet, trotzdem konnte Griffin Zack sehen. Er stand auf dem Bordstein, steckte sich die Kopfhörer in die Ohren und wollte die Straße überqueren. Da ging direkt vor ihm eine Autotür auf; Zack wurde langsamer, bemerkte einen mausgrauen Wagen und blieb stehen.

Aus dem VW stieg Detective O'Connor.

»'n Abend, Zachary«, sagte er im schleppenden Ton aufgesetzter Coolness. »Eine interessante Unterhaltung haben Sie dadrin gerade geführt. Ich finde, die sollten wir unter vier Augen fortsetzen, denken Sie nicht?« Er öffnete Zack die hintere Tür und streckte einladend den Arm aus. Griffin ahnte, was als Nächstes passieren würde: O'Connor würde

Zack in die Mangel nehmen, und wenn er Pech hatte, wanderte er noch heute Nacht nach Gundremmingen.

Selber schuld, du Trottel, dachte Griffin. Mich findet ihr trotzdem nicht. Und Lachlan auch nicht.

Er wandte sich dem Teehausmonitor zu.

Eine neue Nachricht von Melpo.

Lachlan ist da. – M.

Griffin setzte sich die VR-Brille auf. Das Teehaus umgab ihn wieder, Nacht war eingekehrt, in einer Ecke glomm eine Öllampe auf dem Futon. Griffin zog sich die Stimulanzkappe über. Sie war mit dem Computer und der VR-Brille verkabelt. Er befahl seinem Avatar in Gedanken, sich vom Tisch zu erheben, und der digitale Griffin reagierte.

Griffin schrieb Lachlan eine kurze Nachricht *(»Etwas stimmt nicht mit Erion. Lass uns unter vier Augen darüber reden. Trink den Drink. – G.«)*. Dann lenkte er den Avatar auf die Terrasse. Von dort aus führte ein Treppchen ins Wasser; eine Verbindung zum Festland gab es nicht. Jemand, der das Passwort kannte, konnte die Trittsteine hervorholen, die eine sichere Passage über das Wasser boten, doch heute wurden sie nicht gebraucht. Griffin hatte sich für seine Begegnung mit Lachlan etwas Effektiveres ausgedacht.

Die Vollmondlaternen spiegelten sich in der unberührten Wasseroberfläche. An einer Stelle schwankten sie auf und ab, aufgerüttelt vom Kampf zweier Fische.

Der See brach auf. Das Wasser spritzte hoch, klatschte

gegen das Teehaus und flutete die Veranda. Eine Laterne flog Griffin vor die Füße, doch er sah nicht hin, zu gebannt von der Gestalt, die über dem See schwebte. Sie trug einen bewusstlosen jungen Mann im Arm.

Lachlan.

Der Dämon, ein Doppelgänger Lachlans, war tintenschwarz und an allen Enden verzerrt – an den zu Krallen gebogenen Fingern, an den dürren Beinen und vor allem im Gesicht, wo ein Haifischmaul den Mund und rot glühende Schlitze die Augen ersetzten. Griffin fand, dass er ein gutes Stück gewachsen war – genug, um Lachlan im Arm zu tragen wie ein Kind. Der Schatten schwebte herab und legte Lachlan auf die Veranda. Wie eine Wolke blieb er über ihm hängen, bereit, neue Bedrohungen abzuwehren, Fische zum Beispiel, aber gewiss auch Diebe.

»Du störst«, sagte Griffin. Er befahl seinem Avatar, die rechte Hand zu heben, krümmte die Finger zu einer Klaue und stellte sich vor, wie er sie dem Dämon um den Hals legte. Durch die Lautsprecher der VR-Brille hörte er die Kreatur kreischen. Sie sprang in die Höhe, breitete die Arme aus, um sich auf Griffin zu stürzen – und zischte wie vom Wind erfasst rückwärts über den See. Griffin ballte die Hand zur Faust, hob sie empor, ließ sie fallen. Lachlans Dämon klatschte in den See.

Griffin ließ die Hand sinken und widmete sich Lachlan. Der Junge kämpfte mit der Ohnmacht, hielt sich prustend die Brust, bekam die Augen nicht auf.

Griffin drückte den Buchstaben C auf seiner analogen Tastatur. Die Texturen der virtuellen Welt veränderten sich;

er sah Lachlans Avatar nun als Polygonnetz vor sich. Nach einem zweiten Tastendruck las ihm der Computer die Items aus, die Lachlan bei sich trug. Einen Stapel Karten in der einen Hosentasche, einen Level-10-Kondensator in der anderen – zusammen mit einer einzelnen Karte, griffbereit abgesondert von den anderen.

Erion.

Griffin schaltete zurück auf die Normalansicht. Er wies seinen Avatar an, sich zu bücken, fasste in Lachlans linke Hosentasche und nahm die Karte an sich. Noch war er nicht willens zu akzeptieren, dass es sich hierbei um eine Fälschung handelte. Für einen Moment genoss er die Vorstellung, die mächtigste Waffe der Welt in Händen zu halten.

Griffin markierte Lachlan mit einem dritten Tastendruck und schickte ihn mit A aus dem instanziierten Raum. Lachlan würde jetzt in der Bar Halafaz die Augen aufschlagen und sich fragen, ob er nur halluziniert oder seinen Sturz in den See wirklich erlebt hatte. Dann würden ihm die Bisswunden der Piranhas auffallen, und kurz darauf, dass Erion verschwunden war … Griffin kehrte ins Teehaus zurück, setzte sich vor das Notizbuch und griff nach einem Bleistift.

Ich habe Erion an mich genommen. Du erhältst sie zurück, sobald ich weiß, was mit ihr los ist. – G.

Zufrieden zog er sich VR-Brille und Stimulanzkappe vom Kopf. Er wandte sich dem rechten Bildschirm zu, um nachzusehen, was bei Zack los war.

Der grüne Punkt namens TROLL bewegte sich in hohem Tempo über eine Bundesstraße im Osten der Stadt. Anscheinend saß Zack gerade im Auto – klar, der Detective hatte ihn ja eingesackt. Vermutlich brachte O'Connor ihn ins Hauptquartier der Polizei. Jedoch … Griffin rollte den Chefsessel vor den Monitor.

Jedoch nahm er dazu die falsche Route.

[3]

»Entspannen Sie sich«, sagte O'Connor. »Sie wussten doch, dass das früher oder später passiert.«

Zack brachte den Mund nicht auf. Ihm war heiß vor Angst, sein Magen zog sich zusammen, und in seinem Kopf überschlugen sich die Gedanken. Würde O'Connor ihn direkt ins Hauptquartier der Polizei bringen, in diese Bastion am Phoenix Park? Er würde heute Nacht wohl nicht mehr nach Hause kommen. Persy würde das merken; womöglich würde sie eigene Schlüsse ziehen und O'Connor anrufen, um ihn zu finden. Aber was, wenn nicht?

Tag für Tag hatte Zack das Haus mit dem Gefühl verlassen, dass er kein richtiges Leben lebte. Er war wie ein Boot auf dem Atlantik, das seine Segel verloren hatte und nicht wusste, an welchen Hafen die Wellen es spülen würden. Die META, die angeblich längst wusste, dass er eine Drohne geklaut hatte, ließ sich Zeit; Detective O'Connor machte keine Anstalten, ihn in Beugehaft zu nehmen, obwohl er immer noch zu Lachlans Verschwinden schwieg; und morgen hatte er ein Vorstellungsgespräch bei der Akademie für Personenschutz, wissend, dass er die SAP vergessen konnte, wenn es sich O'Connor oder die META plötzlich anders überlegten. So existierte er zwischen verschiedenen emotionalen Zuständen, pendelte von einer Laune zur anderen und hatte nichts unter Kontrolle, am wenigsten sich selbst. Weil er nicht wusste, worauf er sich einstellen musste. Was ihn erwartete.

Als O'Connor die Fahrertür zuschlug, sich anschnallte und den Motor startete, änderte sich das. Zum ersten Mal seit zwei Wochen sah Zack Land am Horizont. Aber es stand keine Akademie darauf. Sondern ein Gefängnis.

O'Connor bog in einen Kreisverkehr ein, auf dessen Insel ein Kunstwerk aus blauen Leuchtstäben stand. Der Kreisel unterbrach die schnurgerade Glasnevin Ave; dahinter kam lange nichts als Stadtrandidylle, kein Laden, keine Tankstelle, nur Häuser, Bäume, Mauern, Autos und stumm vorbeiflitzende Drohnen.

O'Connor schwieg.

Seltsam, dass der Detective ihm das Handy nicht abgenommen hatte. Ob er das nicht durfte, weil es noch keine Beweisaufnahme oder Verurteilung gab? Der Detective hatte ihm auch nicht seine Rechte erklärt, geschweige denn ihm Handschellen angelegt. Ich könnte einfach an einer roten Ampel rausspringen und weglaufen, dachte Zack. Aber was sollte das bringen? Eine Verfolgungsjagd wie Ende Juni wollte Zack nie wieder erleben. Er konnte ohnehin nur verlieren. Also was jetzt?

Zack sah sich im Wagen um. Er stank penetrant nach Nikotin, als wäre hier in den vergangenen Tagen deutlich mehr als eine Schachtel Zigaretten vernichtet worden. Das Licht der Straßenlaternen lief rhythmisch durch den alten VW Polo 6, doch Zack sah genug, um zu erkennen, was ihm schon viel früher hätte klar sein müssen. Die Karre besaß keine polizeiliche Ausstattung, sie war ein normaler Privatwagen, noch dazu ein altmodischer mit Benzintank und Handschaltung. Durfte O'Connor ihn überhaupt in so einem Wagen verhaften? Vermutlich schon. Aber bedeutete das nicht auch, dass ihn der Detective in seiner Freizeit observierte?

Zacks Puls beruhigte sich ein wenig. O'Connor war damit beschäftigt, den Wagen zu fahren; er würde ihn nicht daran hindern, Persy Bescheid zu geben. Sie hatte Zack vor zwei Wochen dazu gezwungen, die Notfallfunktion seines Handys zu aktivieren (»Ich zahle deine Rechnung und kann das jederzeit ändern«). Wenn er dreimal schnell hintereinander eine Taste am Rand drückte, bekam Persy eine SMS mit seinem Standort zugeschickt. Sie würde sofort begreifen und ihre Anwältin kontaktieren. Wenn Dr. Caolinn Quinn gerade in der Nähe war, würden sie vielleicht gleichzeitig im Hauptquartier der Garda Síochána eintreffen.

Zack schob die Hand in die Jackentasche. Er zögerte, ohne zu wissen, warum. Sie erreichten eine Kreuzung, die Zack kannte. Rechts lag eine Sportanlage der Gaelic Athletic Association, links eine Grundschule, auf die ihn seine Mutter vor zwölf Jahren beinahe geschickt hätte. O'Connor fuhr einen Umweg, falls er zum Phoenix Park wollte; er hätte schon in Finglas rechts, nicht links abbiegen müssen. Zack befühlte das Smartphone in der Jackentasche mit den Fingern, seine Ecken, seine Kanten, den Knopf, den er drücken musste.

O'Connor ordnete sich mittig ein.

Zack wartete mit einem Prickeln im Nacken darauf, dass

die rote Ampel auf Grün sprang. Der Detective wusste doch, dass er rechts abbiegen musste, oder?

Orange – dann Grün.

O'Connor ging aufs Gas und fuhr geradeaus. Er folgte weiter der R103, die irgendwann in Donnycarney enden würde, oder nein, in Killester. Wollte O'Connor ihn auf die Folter spannen? Dublin einmal umrunden, bevor er ihn im Hauptquartier ablieferte?

Beruhig dich, dachte Zack. Näherliegend war doch, dass O'Connor in einem Dezernat arbeitete, das irgendwo im Osten Dublins lag, und nicht im Phoenix Park. Ein neuer Gedanke stapelte sich auf die anderen. Hätte O'Connor nicht längst dort anrufen müssen? Vielleicht musste er nicht Bescheid geben. Womöglich reichte es, wenn er den Übeltäter einfach am Empfang abgab: »Hier, er hat gestanden, ich hab's aufgenommen.«

Sie folgten der langen R103 bis an ihr Ende. An einem SuperValu in Killester bog O'Connor nach links ab. Der Berufsverkehr verdichtete die Straßen, doch auch als sie in Blechschlangen darauf warteten, dass es voranging, schwieg O'Connor, und Zack wagte nicht zu sprechen. Vor ihnen fuhr ein Doppeldecker der Linie 31 nach Howth; in der Dunkelheit eine warm leuchtende Schachtel auf Rädern. Zack, dem vor Aufregung übel war, hielt es nicht mehr aus – und doch hinderte ihn etwas daran, die Taste dreimal zu drücken. Ein Gefühl. Eine Ahnung.

Etwas stimmte hier nicht.

Der Detective bog rechts ab, und plötzlich wusste Zack intuitiv, dass er nach Bull Island wollte, dorthin, wo um diese Uhrzeit niemand mehr war, wo sich nicht einmal Drohnen herumtrieben, weil es nichts brachte, ein paar windige Dünen zu observieren. Ob der alte Polo an das Überwachungsnetz angeschlossen war?

Die Allee öffnete sich unvermittelt. Vor ihnen lag die weite, flache Dünenlandschaft Bull Islands. Sie hatten Dublins Grenze erreicht, nur die schmale Halbinsel trennte sie von der Irischen See. O'Connors Wagen war der einzige, der diesen Weg einschlug.

Zack hielt das Handy in der Jackentasche umklammert. Er schwitzte. Jetzt oder nie, dachte er.

Aber O'Connor hatte etwas vor …

Vielleicht will er mich mit einer Waffe bedrohen, damit ich endlich alles erzähle, überlegte Zack.

Oder er wusste etwas über Lachlan.

Nein – es ging um Griffin. O'Connor hatte ihn belauscht. Er wollte unter vier Augen mit ihm sprechen. Aber warum hier im Nirgendwo? Zack biss sich auf die Zunge. Komm schon, sagte er sich, drück den Scheißknopf!

Da bemerkte er O'Connors Hände, die das Lenkrad festhielten. Er tippte mit dem Zeigefinger auf den Kunststoff, schnell wie die Flügel von Schmeißfliegen. Mit derselben Hand fuhr er sich über den Mund, ließ Daumen und Zeigefinger über das Kinn laufen und packte wieder das Lenkrad. Er fuhr sich durchs Haar. Wischte sich mit der Hand übers Bein, rieb den Zeigefinger über die Nasenspitze und zog am Kragen seines Hemds. Plötzlich sah O'Connor in den Rückspiegel. Ihre Augen begegneten sich.

Zack ließ das Smartphone los.

Die Straße nach Bull Island endete für Autos in einem von Parkplätzen gesäumten Kreisverkehr. Es war stockfinster, denn es gab keine Laternen und keine Gebäude mit beleuchteten Fenstern. Die Scheinwerfer strichen gelb über die Straße und das hügelig gewölbte Dünenland, bis O'Connor auf einem Parkplatz zum Stehen kam und den Motor ausschaltete. Das Brummen verstummte, und Zack hörte den Wind um den Wagen brausen.

»Schickes Büro«, sagte er.

O'Connor lehnte sich vor, holte etwas aus dem Handschuhfach und warf es Zack kommentarlos auf den Rücksitz. Zack sah es sich an: Es handelte sich um eine Metallschachtel, gerade groß genug für … Er begriff, steckte sein Handy hinein und verschloss die Schachtel.

»Lassen Sie das hier.«

Zack legte die Dose neben sich.

»Und jetzt kommen Sie.«

O'Connor stieg aus.

»Wozu dann die Schachtel?« Zack folgte O'Connor nach draußen. Der Wind fuhr ihm kühl unter die Jacke; er zog sich den Reißverschluss zu.

»Eine Vorsichtsmaßnahme!«, rief O'Connor gegen das Brausen an. »Wir hätten das schon vor einer halben Stunde tun sollen. Aber darauf kommt es jetzt nicht mehr an. Die wissen schließlich, wo Sie wohnen.«

»Wer? Die META?«

»Passen Sie auf, dass Sie nicht stolpern.«

O'Connor nahm den Weg quer durch die Dünen. Weil die Wolkendecke das Stadtleuchten rötlich zurückwarf, erkannte Zack einigermaßen, wo er hintreten musste. Auf den Buckeln wuchs der Strandhafer struppig und dicht, dazwischen sammelte sich das Wasser von Regen und Flut in flachen Pfützen. Zack strauchelte durch ein Loch im Boden, was O'Connor nicht mitbekam, weil er selbst auf seine Schritte achtgeben musste. Sie stießen auf eine Sandader, die sich in den Dünen verästelte, und folgten ihr gut einhundert Meter weit in Richtung See. Das Tosen schwoll an, bis Zack nicht mehr sagen konnte, wo der Wind aufhörte und das Meer begann. Die Ferne schluckte das Stadtleuchten. Glühende Hafenkräne, schreiende Möwen.

In der Dunkelheit blieb O'Connor stehen. Er zündete sich eine Zigarette an, nahm einen festen Zug und kam Zack nah, um nicht mehr brüllen zu müssen. »Eine Frage an Sie. Was glauben Sie, was hier los ist?«

»Was denn, heute nur eine Frage?«, erwiderte Zack.

»Jetzt spotten Sie vielleicht noch. Aber kommen wir ruhig noch mal auf meine Fragen zurück. Wer hat Ihnen gesagt, wo Lachlan festgehalten wird? Wer hat die Frau beauftragt, die Sie mit ihrem Wagen abgeholt hat? Sie wollten mir nie antworten. Und jetzt verstehe ich, warum.«

Er legte die Lippen um den Filter, die Glut leuchtete rot auf, er stieß den Rauch im Mundwinkel aus.

»Griffin ist also der Kerl, der Sie in Cronos kontaktiert hat. Und Griffin ist es, dem sich Lachlan angeschlossen hat. Sie haben keine Ahnung, Zachary.«

»Mehr als Sie offenbar«, sagte Zack.

»Was glauben Sie, warum ich Ihnen seit zwei Wochen immer die gleichen Fragen stelle?«

»Weil Sie im Dunkeln tappen?«

»Freut mich, dass Sie das glauben. Auch wenn das nicht heißt, dass die META genauso dumm ist. Ich habe Ihnen doch gesagt, dass die META weiß, dass Sie und Lachlan eine Drohne geklaut haben, oder?«

»Ja, das haben Sie«, sagte Zack. O'Connor hatte es ihm im St. James's Hospital erzählt, seine letzten Worte vor einem dramatischen Abgang. Zack fiel auf, dass er den langen Mantel seither nicht mehr trug.

»Aber die META hat Sie nicht verhaftet, oder? Sie sind immer noch ein freier Mann, oder nicht?«

»Sieht ganz so aus.«

»Und das ist nicht normal, Zachary«, sagte O'Connor. »Wenn die META einen Drohnendieb frei herumlaufen lässt, dann denkt sie sich etwas dabei.«

»Vielleicht suchen die noch Beweise.«

»Glauben Sie mir, das ist nicht der Fall. Die META saß Ihnen die ganze Zeit auf den Schultern. Von dem Moment an, in dem Sie das Pub verlassen haben, über die Taxifahrt nach Chapelizod bis hin zu Ihrem Gespräch mit Lachlan in der Bagel Bar – Sie erinnern sich?«

Zack erinnerte sich gut.

»Man könnte der META Nachsicht unterstellen, gäbe es nicht noch andere Gründe, Sie einzusammeln und zu den Glühwürmchen von Gundremmingen zu stecken.«

Zack kannte nur das havarierte Atomkraftwerk. »Und was für Gründe?« Griffin natürlich, dachte er.

»Ich sage es Ihnen, aber Sie sollen vorher wissen, warum ich das tue. Denn obwohl wir uns nicht leiden können, glaube ich, dass Sie ein guter Mensch mit einem starken Gerechtigkeitsempfinden sind.«

»Ja, das bin ich«, sagte Zack.

»Und das verbindet uns.« Er aschte auf seine Schuhe, ohne es zu merken. Nachdem er die Zigarette in ungeheurem Tempo aufgeraucht hatte, warf er den Stummel in den Sand und trat ihn aus. »Wissen Sie, ich bin seit zwei Wochen kein Detective mehr. Degradiert, noch an dem Abend, an dem Lachlan erneut verschwunden ist.«

»Und warum?«

»Das wollte ich auch wissen. Deshalb habe ich mir Ihre Akte geklaut, die da bereits topsecret war. Sie kommen nie drauf, was ich gefunden habe.«

Aus der Manteltasche holte er ein Tablet, das wie ein Blatt Papier dreimal gefaltet war. Er schüttelte es zu einer glatten Fläche auf und drückte einen Seitenknopf. »Es hängt nicht am Internet«, sagte er, »sonst könnte ich Ihnen das hier gar nicht zeigen.« Der Bildschirm war schwarz, bis er das Display antippte.

Ein Video begann. Aus der Vogelperspektive einer Drohne blickte Zack auf eine Menschenmenge und einen Stau herab. Er erkannte die O'Connell Street; das Datum zeigte den 24. Juni an, kurz nach halb drei. Mittig im Bild: ein rostiger blauer Ford. Melpos Auto, begriff Zack. Im Wagen saßen zwei Gestalten. Eine davon war er.

Melpo reichte ihm einen leeren Rucksack nach hinten. Er wickelte gerade Penny, die Drohne, in verstärkte Alufolie. Der Soldat mit der Maschinenpistole schritt die hintereinander wartenden Autos ab … gleich war er bei Melpos Wagen. Die Hintertür öffnete sich, und Zack schlüpfte heraus. Niemand hätte seine roten Haare verwechselt. Ohne vom Soldaten gesehen zu werden, rannte er in die Menschenmenge und verschwand. Die Leute mischten sich nicht ein, niemand schlug Alarm.

Der Soldat erreichte Melpos Ford. Er beugte sich herab, um in den Wagen zu sehen. Die Fahrertür sprang auf. Melpo rannte auf den Gehweg und in die Menge, dorthin, wo auch Zack untergetaucht war. In der Sekunde, als Zack kapierte, was geschehen würde, explodierte das Auto. Er zuckte zusammen: ein Knall und ein Feuerball, so groß, dass er das Kamerafeld der Drohne rot färbte, dann Qualm, Flammen, Chaos.

O'Connor faltete das Tablet zusammen, während Zack noch in die Luft starrte. Irgendwie hatte er sich erfolgreich eingeredet, Melpo hätte mit der Explosion nichts zu tun. Was war er nur für ein Idiot.

Aber sie war dem Auto noch rechtzeitig entkommen.

Melpo lebte also noch.

»Die META weiß, mit wem Sie kooperiert haben, Zachary. Und trotzdem sind Sie immer noch frei. Jeden anderen hätten die längst zu einem Glühwürmchen gemacht.«

»Was meinen Sie damit überhaupt?«

»Sagt Ihnen Gundremmingen was?«

»Das ist dieses Atomkraftwerk in Deutschland. Da gab es mal einen Terroranschlag, am Ende des Bürgerkriegs. Das war Teil der Abschlussprüfung.«

»Und was glauben Sie, wer da aufräumt?«

»Roboter«, sagte Zack.

»In Gundremmingen?«

»In China werden auch Roboter eingesetzt.«

»Aber nicht in Europa«, sagte O'Connor. »Hier bei uns löffeln diejenigen die Suppe aus, die sie eingebrockt haben. In der Fallout-Zone Gundremmingen werden Häftlinge eingesetzt, die nach Paragraf 16 des Antiterrorgesetzes inhaftiert wurden. Deshalb heißen sie Glühwürmchen. Aber Sie scheinen etwas Besonderes zu sein. Und ich glaube, das hat in diesem Fall nichts Gutes zu bedeuten. Wissen Sie überhaupt, wer Griffin ist, Zachary?« O'Connor sah ihm in die Augen, als wollte er Zack per Gedankenkraft die ganze Tragweite einer Erkenntnis übermitteln.

»Ein Terrorist«, sagte Zack.

»Das ist eine niedliche Beschreibung. Griffin ist die Königin eines Bienenstocks voll Terroristen. Er ist Europas schlimmster Feind. Die META ist nicht dumm und weiß über alles Bescheid. Wir müssen davon ausgehen, dass sie noch etwas mit Ihnen vorhat.«

Zack hatte das Bedürfnis, sich zu setzen.

»Aber Mrs. Abercromby wird verhindern, dass die mich nach Gundremmingen schicken.«

»Die würde nicht einmal mitbekommen, wie Sie verschwinden. Terrorverdächtige werden nicht einfach festgenommen. Sie werden verschleppt. In den Sack gesteckt. Sozusagen von der Landkarte gelöscht.«

Zack atmete tief ein, doch es war nicht genug; seine Lunge wollte keinen Sauerstoff mehr aufnehmen. Er sperrte den Mund auf und schnappte nach Luft.

»Beruhigen Sie sich«, sagte O'Connor.

Zack wandte sich ab, wie auf der Suche nach einem Fluchtweg. O'Connor packte ihn am Arm, und Zack fehlte die Kraft, um sich zu wehren. Er hatte doch nichts getan! Lachlan war von Griffin um den Finger gewickelt worden. Lachlan war Griffin gefolgt. Und er, Zack, hatte doch nur den Stein geworfen, damit Lachlan keine Probleme bekam!

»Ich habe eine Idee, Zachary, wie wir – hören Sie mir zu, Zachary!« O'Connor drehte Zack zu sich herum, dem in diesem Moment die Beine nachgaben. Zack plumpste in den Strandhafer. O'Connor hockte sich zu ihm. »Sie haben einen Vorteil. Sie wissen, dass da was faul ist. Kommen Sie denen zuvor: Machen Sie alles öffentlich.«

»Und wie?«

»Ich habe Sie zwei Wochen lang mit Fragen gelöchert, damit die META denkt, dass ich nur ein Bulle mit verletztem Stolz bin, der von einem Fall nicht ablassen kann. In der Zwischenzeit habe ich uns einen Kontakt besorgt. Einen Journalisten. Absolut vertrauenswürdig, mit Beziehungen ins Ausland. Wenn Sie mit dem reden, bevor die META bei Ihnen aufkreuzt, haben Sie einen Vorteil.«

»Und welchen?«

»Öffentlichkeit.«

»Aber wenn ich das tue, dann werde ich niemals auf die Akademie gehen.« Er dachte an Persy, die ihm einen maßgeschneiderten Anzug hatte anfertigen lassen, damit er morgen eine gute Figur machte.

»Wenn Sie es nicht tun, werden Sie vielleicht nie wieder irgendwohin gehen, Zachary«, erwiderte O'Connor. Er stand auf und reichte ihm die Hand.

Zack hätte alles dafür gegeben, sich verkriechen und das Problem aussitzen zu dürfen – wie bei einer eingeworfenen Fensterscheibe oder Billys blutiger Nase in der neunten Klasse. Er sammelte sich und ließ sich von O'Connor aufhelfen. Die Übelkeit traf ihn wie ein Faustschlag. »Ich kann das nicht.«

O'Connor klopfte ihm auf die Schulter. »Sie werden staunen, was Sie alles können.«

»Warum tun Sie das? Warum helfen Sie mir? Die META macht Sie auch zu einem Glühwürmchen.«

O'Connor drehte sich um und eilte voraus.

[4]

Sie kehrten zum Auto zurück, ohne zu sprechen. Zack versuchte sich vorzustellen, wie er in einer halben oder ganzen Stunde vor einem Journalisten sitzen würde. Was sollte er sagen, wo sollte er anfangen? Beim Drohnenklau? Oder gleich bei Lachlans Kontakt zu Griffin? Vielleicht sollte er sagen, dass sich Lachlan in Griffins Gewalt befand, denn wenn herauskam, dass er freiwillig gegangen war, würde man am Ende Lachlan in die Fallout-Zone schicken. Vielleicht konnte er den Journalisten glauben machen, dass Lachlan selbst gar nichts von Griffins Aktivitäten gewusst hätte.

Was aber nicht stimmte.

Zack erinnerte sich noch sehr gut an Lachlans letzte Worte. Er rief sie sich jeden Tag ins Gedächtnis und hatte sich zwei Wochen lang an sie gehalten: *Du darfst niemandem von Griffin erzählen, du darfst gegenüber niemandem Griffins Namen erwähnen, niemand darf wissen, dass ich mit Griffin gemeinsame Sache mache* und so weiter.

Die META würde Lachlan definitiv in ein Lager stecken. Und vielleicht gehörte er da auch hin.

O'Connor lenkte den Wagen mit nervösen Händen auf die Küstenstraße. Im immer noch dichten Verkehr kamen sie nur langsam voran; viele zusätzliche Minuten, in denen sich Zack unter Magenschmerzen den Kopf zerbrach. Sein

Gefühl sagte ihm, dass er einen großen Fehler machte, weil er zuerst mit Persy über alles reden sollte, bevor er zur Presse ging. Doch sein Handy lag noch in der Box.

Als hätte er Zacks Gedanken gehört, öffnete O'Connor an einer roten Ampel das Handschuhfach und holte eine Metallschachtel heraus, in der sich sein eigenes Smartphone befand. Er fummelte es heraus und schaltete es ein. Zack traute sich nicht, es ihm nachzumachen; wenn die META nach ihm fahndete, würde sie als Erstes sein Handy orten. Andererseits trug er auch gechippte Kleidung, und sie waren bestimmt schon an fünfzig Drohnen vorbeigekommen, die diese Chips nicht nur auslesen und zuordnen, sondern auch sein Gesicht erkennen konnten. Er rutschte tiefer in den Sitz und legte die Hand auf Nase und Mund. Ob die META ihn mitten auf der Straße aus dem Wagen zerren würde?

An einer roten Ampel nahm O'Connor das Smartphone zur Hand, vielleicht in der Absicht, dem Journalisten eine Nachricht zu schicken. Blecherner Krach brach aus dem Handy, als dieses auf einmal einen Metal-Song abspielte. O'Connor sah gestresst über die Schulter zu Zack, dann legte er den Anruf auf die Freisprechanlage.

»Teresa, ich kann jetzt nicht –«

»Cosy, du musst sofort herkommen!«, fiel ihm ein Mädchen ins Wort. Sie hörte sich an, als hätte sie geweint.

»Macht er wieder Stress?«, fragte O'Connor.

»Es ist furchtbar, Cosy, ich habe solche Angst!«

»Könnt ihr euch nicht für eine Stunde in Mamas Schlafzimmer einschließen? Ich verspreche dir, dass ich sofort komme, sobald ich kann, aber jetzt ist es –«

»Es ist schon zu spät, Cosy, Mama ist bei ihm im Zimmer«, sagte das Mädchen schrill. »Du hast versprochen, dass du kommst, wenn es wieder passiert, du hast es versprochen, Cosy, das hast du!« Sie fing an zu schluchzen.

O'Connor machte eine Bewegung, als wollte er mit voller Kraft aufs Lenkrad schlagen. Er riss sich im letzten Moment zusammen. »Ist gut, Teresa. Ich brauche fünf Minuten oder sechs – halte dich fern von ihm, ja?«

»Danke, Cosy, danke, danke –«

O'Connor beendete die Verbindung. »Wir machen einen kleinen Umweg.«

Er hielt in einer Straße aus roten Ziegelhäusern, die im Schatten des Croke-Park-Stadions standen. Keine Gegend, in die sich jemand verirrte, der nicht hier wohnte. Obwohl die Straße so schmal war, parkten die Autos rechts und links. In einigen Fenstern brannten Lichter hinter Vorhängen. Eine Frau hatte den Vorhang beiseitegeschoben und beäugte das Haus gegenüber, aus dem Geschrei zu hören war. O'Connor sah in dieselbe Richtung. Er schnallte sich ab und sagte: »Sie bleiben im Wagen und verhalten sich ruhig. Ich komme gleich wieder.«

Er stieg aus.

Durch den Vorhangspalt eines Fensters im Erdgeschoss sah Zack zwei wild gestikulierende Menschen. O'Connor ging auf das Haus zu; noch bevor er an der Tür war, wurde ihm geöffnet. Zack sah den Schatten einer zierlichen Frau mit langen Haaren. O'Connor drängte sie zur Seite und eilte in die Wohnung. Die Tür ging zu.

Zack erinnerte sich an die Streits zwischen seinen Eltern,

an das Geräusch, wenn die Hand seines Vaters das Gesicht seiner Mutter traf, und an seine Hilflosigkeit, wenn dieselbe Hand in unkontrollierter Wut auf ihn einprügelte. Nervös behielt er den Vorhangspalt im Auge – O'Connor kam jetzt bei den Streitenden an und ging anscheinend dazwischen, doch der Spalt war zu schmal, um die Szene genau verfolgen zu können.

Zack wandte sich ab, um die Straße nach verdächtigen Autos abzusuchen. Die META würde ihm hier sicher nicht zu Fuß auflauern. Aber wenn sie O'Connors Telefonat abgehört hatte, war sie ihnen vielleicht vorausgefahren und schon vor ein, zwei Minuten hier angekommen. Am Straßenrand standen mit großem Abstand gerade einmal vier Laternen, die wenig Licht spendeten. Auch die parkenden Autos und die fünf Buchen auf der rechten Straßenseite boten Menschen genügend Deckung – er würde die META-Agenten erst bemerken, wenn sie vor ihm standen. Und dann wäre es zu spät.

Er öffnete die Box, um ihr sein Handy zu entnehmen. Weil er es nicht ausgeschaltet hatte, stand es ihm sofort zur Verfügung; er zögerte nicht mehr und drückte die Taste am Rand dreimal schnell hintereinander. Auf dem Display stand: »Wir haben Ihren Notfallkontakt alarmiert.« Zack befeuchtete sich die Lippen. Bestimmt konnte die META auch diese Nachricht abfangen. Vielleicht sollte er Persy einfach anrufen …

Ein lautes *Krack!* ließ ihn aufschrecken. Die Fensterscheibe mit dem halb zugezogenen Vorhang hatte einen Sprung bekommen. Dahinter ein menschliches Gesicht, platt gepresst am Glas. Es war O'Connor – er rang mit einem anderen Mann, der ihn gepackt hielt. Der Mann zog O'Connor von dem Fenster weg und schubste ihn zurück.

Kra-ack!

Wie durch ein Wunder hielt die Scheibe unter O'Connors Kopf, der gegen das Glas knallte. Eine Frau kreischte: »LASS IHN LOS, LASS IHN LOS!« Zack sah etwas Rotes auf der platt gedrückten Wange. Der benommene O'Connor wehrte sich nicht.

Zack schnallte sich ab, war im Nu an der Tür und drückte den Klingelknopf am Rahmen. Durch die Milchglasscheibe sah er eine Bewegung. Ein Schatten näherte sich und öffnete ihm. Die Frau von vorhin, genauer: ein Mädchen mit langen fuchsbraunen Haaren, ungefähr so alt wie er.

»Lass mich rein«, sagte Zack und schob das Mädchen beiseite. Die verzweifelte Frau, wahrscheinlich ihre Mutter, stand auf der Schwelle eines Zimmers. Zack lief zu ihr, drängte sich vorbei. Jetzt stand er hinter dem Mann, der O'Connor gepackt hielt. Der Couchtisch war verschoben, der Fernseher umgefallen, die Bücher aus dem Regal gekippt, und auf dem Boden verteilte sich ein Kaminbesteck aus Edelstahl. Ein Feuerhaken lag neben dem Sofa.

Blutverklebt.

Zack schlang dem Mann die Arme um den Hals und zog ihn gewaltsam von O'Connor weg. Das Überraschungsmoment war auf seiner Seite; obwohl sein Gegner viel massiger war, gelang es Zack, ihn auf die andere Seite des Zimmers zu bugsieren. Er ließ ihn los und stellte sich mit halb ausgebreiteten Armen zwischen ihn und O'Connor, die Fäuste geballt. Er war bereit. Doch als der Mann ihn ansah, stutzte er, als hätte er nicht mit einem Fremden gerechnet. Auch die Frau war mit einem Mal verstummt.

O'Connor, der unter dem Fenster zusammengebrochen war, rappelte sich auf. Er sah schlimm aus; Blut lief ihm von einer Kopfwunde über das Gesicht. Zack verdrängte die Frage, ob dieser bullige Kerl ihm mit dem Feuerhaken ein Loch in den Schädel geschlagen hatte.

»Raus … raus hier«, stöhnte O'Connor in Richtung der Frau. Das Mädchen nahm sie am Arm und zog sie durch den Flur. Zack hörte sie Treppen steigen.

»Wer sind Sie? Was suchen Sie in meinem Haus?«, blaffte der Mann Zack an. Er war glatzköpfig, und sein breites Gesicht mit dem üppigen Kinnbart hatte eine rote, fast violette Farbe. Seine stierenden kleinen Mausaugen erinnerten Zack an seinen Vater; genau so hatte dieser in seinen cholerischen Momenten auch immer geguckt.

»WAS SIE IN MEINEM HAUS –«

Das Wort blieb ihm im Hals stecken, als sein Blick auf O'Connor fiel. Sein violettes Gesicht bekam käsige Flecken. »Raus hier«, sagte O'Connor, der eine Schusswaffe auf den Mann gerichtet hatte, mit gefährlich leiser Stimme. Er musste die Pistole unter der Jacke getragen haben.

»Cosimo«, keuchte der Mann.

O'Connor fletschte die Zähne. »Ichsagterausshier.«

»Du kannst mich nicht aus meinem Haus –«

»RAUS!«

»Du würdest niemals auf mich –«

Ein gedämpfter Knall – ein auffliegender Teppich – und

der Mann jaulte auf. Er sprang in die Luft, als die Kugel ein Loch in den Holzboden riss, dann schoss er wie ein geölter Blitz los. Sobald er auf dem Flur war, begann er aus ganzer Kehle zu fluchen, er nannte seine Frau eine Hure, seine Tochter eine Schlampe und O'Connor einen toten Mann. Er nahm seine Jacke und ließ die Haustür ins Schloss knallen, dass die Wände zitterten. Danach hörten sie ihn draußen auf der Straße randalieren; er trat gegen Mülltonnen und Zäune, doch er entfernte sich dabei, und das war das Wichtigste, fand Zack. O'Connor steckte die Waffe in das Holster, das sich tatsächlich unter der Jacke verbarg, schleppte sich zum Sofa und sank aufs Polster.

»War das Ihr Vater?«, fragte Zack.

»Stiefvater«, sagte O'Connor.

»Geht's Ihnen gut?«

»Cosy!« Das Mädchen kam ins Zimmer und schlug die Hände vor den Mund, als sie sein Gesicht sah. »Du blutest ja wie verrückt, wir müssen einen Krankenwagen rufen, Cosy, du siehst schrecklich aus!«

»Ist schon gut, ich halte das aus.«

Er wollte schon wieder aufstehen.

»Ihre Gesundheit ist jetzt wichtiger«, sagte Zack rasch. »Ich kann schon auf mich allein aufpassen.«

O'Connor betastete sein Gesicht und verdrehte die Augen, als er das Blut auf den Fingern sah. »Teresa, ruf den Notarzt«, sagte er widerwillig. »Aber ich fahre nicht ins Krankenhaus. Die sollen nur die Wunde reinigen.«

O'Connor ließ sich von Teresa einen Verbandskasten bringen und bat Zack, ihm zu sagen, wo genau sich die

Wunde befand. Obwohl er immer blasser wurde, konnte niemand ihn dazu bringen, sich auf dem Sofa langzumachen.

»Das ist halb so wild«, sagte er zu Teresa, die ihm das Blut von den Wangen wischte. »Am Kopf ist eben die Haut sehr dünn. Das blutet immer stark.«

»Ich weiß, Cosy, aber hast du eine Ahnung, wie du aussiehst? Als hättest du in einem Quentin-Tarantino-Film mitgespielt«, sagte Teresa liebevoll.

»Wo ist Mama?«

Es war komisch, O'Connor dieses Wort sagen zu hören.

»Oben. Sie hat eine Lorazepam genommen. Ich hab ihr gesagt, sie soll nicht runterkommen.«

Das schien ihn zu beruhigen.

»Wer ist dein Freund?« Sie sah zu Zack.

»Ich bin Zachary Murray.«

»Kennt ihr euch von der Arbeit?«

»Sozusagen.«

Sie lächelte ihm zu, und auf einmal traf es ihn wie der Blitz. Er kannte dieses Mädchen. Er hätte sie fast nach ihrer Handynummer gefragt, damals in Temple Bar, kurz bevor sie auf Penny gestoßen waren. Die Kleine in der Vogelbluse, mit den hübschen Brüsten und dem kurzen Faltenrock. Er war sich ganz sicher. Teresa war Vögelchen.

Zack lächelte zurück, bemüht, sich nichts anmerken zu lassen. Möglicherweise würde sie sich geschmeichelt fühlen, weil er sich immer noch an sie erinnerte. Wahrscheinlicher war, dass sie ihn für einen Psycho hielt, der sie stalkte. Immerhin wusste er heute noch, wann sie damals in dieses

Pub gekommen war und was sie getrunken hatte. Zehn Uhr abends, drei Pints. Sie war Raucherin.

Er wandte sich ab und trat ans Fenster, um durch den Vorhangspalt nach draußen zu spähen. In den Lichtkegeln der Straßenlaternen suchte er nach den Silhouetten von Menschen. Nichts. Er trat zurück, bemerkte den verästelten Sprung in der Scheibe. Es lief ihm eiskalt den Rücken runter. Er musste sich vorstellen, was ohne sein rechtzeitiges Eingreifen geschehen wäre, wie die Scheibe geborsten wäre und die Scherben O'Connor das Gesicht und den Kopf aufgeschlitzt hätten, und das berührte ihn mehr, als er wahrhaben wollte. Er schloss den Vorhangspalt, rieb sich den Nacken und sah zu O'Connor.

Teresa war aus dem Zimmer gegangen. Der Ex-Detective – welchen Rang er jetzt wohl hatte? – presste sich das Verbandspäckchen auf die Wunde. Er wirkte überfordert, niedergedrückt von der Verantwortung und frustriert, weil das Leben hartnäckig gegen ihn arbeitete, obwohl er sich so bemühte, Gutes zu tun. Ihn derart schwach und verletzlich zu erleben, war Zack unangenehm, geradezu peinlich.

»Mein Vater ist auch so«, sagte er, um das Schweigen zu brechen. »Hat gerne mal zugeschlagen. Wir sind ihn losgeworden, als ich sechs war oder so.«

O'Connor sah zu ihm auf, und in diesem Moment geschah etwas Merkwürdiges zwischen ihnen. Der Ex-Detective antwortete nicht, sondern musterte ihn nur und nickte. Zack schämte sich für seine Voreiligkeit; dass er sich O'Connor anvertraut hatte, fühlte sich an, als hätten sie einander ein paar Sekunden zu lang umarmt. Jetzt teilten sie

Informationen über ihr Privatleben, als wären sie Freunde. Dabei waren sie alles andere als das.

Zack fragte sich, was geschehen würde, wenn der Mann zurückkehrte, bevor die Sanitäter hier eintrafen. Musste er O'Connor und Teresa dann gegen ihn verteidigen? Jemand sollte die Tür von innen absperren. Er nutzte die Gelegenheit, um der seltsamen Stimmung im Wohnzimmer zu entkommen, und ließ O'Connor allein.

»Teresa?«

Sie stand in der Küche und wischte sich die Tränen aus den Augen, in einer Hand eine nicht angezündete Zigarette. Etwas regte sich in Zack; er wollte sie umarmen und ihr schönes Haar streicheln.

»Du bist in einer Gang, oder?«, sagte sie brüsk und legte die Zigarette weg. Keine Spur von Tränen in ihrer festen Stimme.

»Ich? In einer Gang?« Vielleicht fand sie das ja sexy, dann würde er so tun, als ob.

»Ich weiß, dass mein Bruder mit euch zusammenarbeitet, um Verbrechen aufzuklären. Aber ich habe ihm verboten, euresgleichen mit nach Hause zu bringen.«

»Irrtum, ich bin in keiner Gang«, sagte Zack.

»Ach.«

Sie musterte ihn von der Seite. Zack bedauerte, dass er eine Jacke trug, denn er hätte ihr gern seine Oberarme gezeigt. Dann hätte sie ihn darauf angesprochen, und sie hätten ein Thema gehabt, denn ihm fiel nichts mehr zu sagen ein. Es drohte gerade peinlich zu werden, als er sich erinnerte, warum er zu ihr gekommen war.

»Vielleicht sollten wir absperren.«

Sie begriff sofort, was er meinte, und ging in den Flur. Zack hörte einen Schlüsselbund klappern. In dem Moment, als Teresa ihn ins Schloss steckte, klopfte jemand an der Tür. Sie erstarrte und spähte durch die Scheibe.

»Sieht nicht nach ihm aus, oder?«, fragte sie.

»Nein«, sagte Zack. Die Umrisse der Person hinter dem Milchglas waren schmaler, eher die einer Frau.

Teresa öffnete der Besucherin vorsichtig.

»Hallo?«

»Guten Abend.« Eine vornehm gekleidete Frau mit langen dunklen Haaren stand auf dem Treppenabsatz, ihr Gesicht ein blasses Oval in der Nacht. »Mein Name ist Persephone Abercromby. Ich bin auf der Suche nach Zachary Murray, und da hier der Name O'Connor steht«, sie lehnte sich zur Seite, um das Klingelschild zu lesen, »denke ich, dass er hier ist.«

Teresa drehte sich zu Zack um. In ihren Augen glühte offene Bewunderung.

»Zachary! Da bist du ja.« Persy ließ sich nicht erst hereinbitten. Sie schwebte an Teresa vorbei und sah sich in dem winzigen Flur um, widmete der zerkratzten Tapete, einer Staubmaus und einem sinnlos aus der Wand ragenden Draht je eine Sekunde und erschnüffelte das Katzenfutter, das auch Zack schon die ganze Zeit in der Nase hatte. »Und hier lebt also Detective Cosimo O'Connor?«

»Nein, mein Bruder lebt hier nicht«, sagte Teresa, die mit rosa Wangen neben Persy eilte. »Er hat eine Wohnung in Kilmainham, eine richtig schicke – darf ich Ihnen vielleicht eine Tasse Tee anbieten?«

»Danke«, sagte Persy und lächelte kühl. »Aber wir werden gleich wieder fahren.«

Teresa wirkte enttäuscht.

»Können wir noch warten, bis die Sanitäter kommen? Ich würde Teresa ungern mit O'Connor allein lassen«, sagte Zack. Teresas Gesicht leuchtete auf.

»Warum? Was ist mit Cosimo?«

»Er hat in einem Tarantino-Film mitgespielt«, sagte O'Connor, der in diesem Moment in der Tür zum Wohnzimmer auftauchte, mit dem Verbandspäckchen auf dem Kopf und angetrocknetem Blut im Gesicht.

Persy schlug die Hand auf den Mund.

»Zachary, sag mir bitte nicht –«

»Zachary war's nicht«, sagte O'Connor. »Im Gegenteil.«

Persy ließ sich dazu herab, für ein paar Minuten im verwüsteten Wohnzimmer Platz zu nehmen, und wirkte dabei in ihrer schicken Designerkleidung ein wenig fehl am Platz. Bis jetzt hatte Zack das Haus der O'Connors gar nicht als besonders schäbig empfunden, obwohl er den Standard Phoenix Manors gewohnt war. Mit seiner Mutter hatte er ganz ähnlich gehaust, eigentlich sogar noch schäbiger – mit einem Badezimmer, in dem es schwer und süßlich roch und in dem sich das Licht nur durch eine Schnur anknipsen ließ, die von der Decke baumelte. Teresa servierte Persy Tee, wobei sie aussah, als wäre dies der schönste Tag ihres Lebens – absurd angesichts ihres verwundeten Bruders auf dem Sofa. Es hätte Zack nicht gewundert, hätte Teresa vor Persy einen Knicks gemacht.

»Ich erinnere mich daran, Sie darum gebeten zu haben,

nur noch über meine Anwältin Kontakt zu Zachary aufzunehmen«, sagte Persy kühl zu O'Connor.

»Das hatte mit diesem Fall nichts zu tun«, sagte O'Connor, ohne mit der Wimper zu zucken. »Nicht wahr?«

Zack zögerte. »Richtig.«

Persy nippte schweigend am Tee.

»Hübsch haben Sie es hier. Erinnert mich an das Haus einer Freundin in Finglas. Diese Reihenhäuser ähneln sich alle … Sie leben also nicht hier, Cosimo?«

»Es mag Sie überraschen, Persy, aber ich lebe tatsächlich nicht mehr bei meiner Mutter.«

»Was ist Ihnen zugestoßen?«

»Eine private Angelegenheit.«

»Und du warst zufällig in der Gegend, Zachary?«

»Er hat mich kontaktiert, damit ich ihm Tipps gebe«, sagte O'Connor. »Wir hatten uns getroffen.«

»Was für Tipps denn?«

»Für das Vorstellungsgespräch bei der SAP«, sagte Zack, der durchschaute, worauf O'Connor hinauswollte. »Weil sich Personenschutz und Polizei doch ganz ähnlich sind, dachte ich, er kann mir einen Rat geben.« Er fühlte sich nicht wohl dabei, Persy anzuflunkern – auch, weil mit jeder Lüge die Gefahr wuchs, dass sie ihm auf die Schliche kam. Er verlor langsam den Überblick, musste ständig auf der Hut sein, auf jedes seiner Worte achten. Andererseits, wenn er morgen alles einem Journalisten erzählte, würde das Versteckspiel ohnehin ein Ende haben. Und wenn nicht, würde ihn die META einsacken – da war Persy wirklich sein letztes Problem.

»Und, konnte er das?«, fragte sie.

O'Connor sprang ein. »Wir haben es nicht weit geschafft. Wie Sie sehen, ist mir leider die Familie dazwischengekommen.« Er zeigte auf sein Gesicht.

Persy blinzelte ein bisschen schneller. Sie liebte die professionelle Distanz; die Information, dass es in O'Connors Familie Probleme gab, war deutlich zu privat für ihren Geschmack. Sie rettete sich in ein förmliches Lächeln, und Zack beneidete sie darum, wie gut sie ihre Wohlfühlzone zu schützen wusste. »Sie werden hoffentlich keinen bleibenden Schaden davontragen. Es wäre jammerschade, wenn Sie uns mit Ihren Fragen nicht mehr belästigen könnten.«

Die Sanitäter rollten mit Blaulicht in die Gasse. Persy stand sofort auf und klopfte sich übertrieben ausgiebig die Kleidung ab. »Nun, Cosimo – ich wünsche Ihnen gute Besserung. Zachary, wir gehen.«

Sie stolzierte in den Flur, wo Teresa die Sanitäter hereinließ. Zack hörte sie sagen: »Die erste Tür rechts – es geht ihm ganz gut, er will nicht ins Krankenhaus –«

»Mr. O'Connor«, sagte Zack rasch, »ich glaube, in Phoenix Manor bin ich sicher. Wenn Sie –«

»Nenn mich doch Cosimo«, sagte O'Connor.

Zack stutzte mit einem bewegten Gefühl in der Brust. Er hatte sich nicht geirrt; zwischen ihnen war etwas passiert, etwas, das Nähe geschaffen hatte. Es wäre ihm lieber gewesen, er hätte O'Connors Angebot zurückweisen können. Doch dazu war er zu höflich.

»Oh … okay. Gut. Wenn du mich morgen abholst und wir du-weißt-schon-wohin fahren …«

»Machen wir. Pass gut auf dich auf.«

»Mir passiert schon nichts«, sagte Zack.

»Besser wär's«, sagte Cosimo.

Zack folgte Persy nach draußen. In der vom Blaulicht hell erleuchteten Gasse und unter den Augen der Nachbarn, die das Spektakel genau verfolgten, stiegen sie in Persys BMW. Zack sah die Straße entlang. Keine verdächtigen Gestalten in der Nähe. Zur Sicherheit verriegelte er die Beifahrertür von innen; Persy, der das nicht entging, zog die Augenbrauen hoch. Sie befahl dem Wagen, sie nach Hause zu fahren, und der Elektromotor ging surrend an.

[5]

Lachlan saß auf den Stufen zum Hafen und beobachtete die Arbeiter auf den Fischtrawlern, als Morris am Donnerstag das Pub aufschloss. Unten parkten Autos vor einem verlassenen Segelclubhaus, dahinter landete die rot-weiße Yoker Swan, die Fähre nach Sherkin Island.

»Hey, ist dir nicht kalt?« In Pantoffeln und Jogginghose trat Morris neben ihn. »Kaffee?«

Lachlan setzte sich auf seinen Stammplatz am Tresen und hörte, wie Morris in der Küche die Kaffeemaschine einschaltete. In der Luft hing der Geruch nach dem Bier und den Menschen des Vorabends, während durch die zum Lüften geöffnete Eingangstür ein Duft nach Algen und Regen hereinströmte. Lachlan wärmte sich die Finger an der Tasse, die Morris ihm hinstellte; er war zwei oder drei Stunden durch die feuchte Kälte gewandert, allein mit den Brachvögeln, Möwen und Krähen, den rumpelnden Booten und der Morgensonne, und hatte zugesehen, wie Sherkin Island langsam mit moosgrün leuchtenden Hügeln aus der dunklen Nacht aufgetaucht war.

»Lebt da drüben jemand?«, fragte er Morris.

»Auf der Insel? Ja. Inis Arcain hat ungefähr fünfzig Bewohner. Und im Sommer sind noch die Ferienhausbesitzer aus England da. Touristen ganz selten. Die meisten kommen nur, um hier die Wale zu sehen.«

»Wer kauft sich denn hier ein Ferienhaus?«

Morris zuckte mit den Achseln. »Menschen, die einfach nur ganz weit weg wollen von allem, ohne dafür achtzehn Stunden um die Welt fliegen zu müssen.«

So wie er, dachte Lachlan. Und ich.

Morris fegte den rotbraun gekachelten Boden. Er sah noch zerzauster aus als sonst und war schlecht rasiert; wahrscheinlich war er gestern Abend sofort ins Bett gefallen. Neben der Spüle standen Gläser mit angetrockneten Schaum- und Whiskeyresten, darunter ein Rotweinglas. Lachlan ging um den Tresen herum und drehte das Wasser der Spüle auf. Er hatte noch nie abgewaschen, aber so schwer konnte das ja nicht sein. Außerdem war Morris selbst ein entsetzlicher Kellner: Lachlan hatte gesehen, wie er mit demselben Lappen, mit dem er den Tresen abwischte, auch die Zapfhähne putzte, obwohl Spülmittel an Zapfhähnen nichts zu suchen hatte. Selbst kleinste Reste des Lösungsmittels veränderten den Geschmack des Biers, weshalb man die verchromten Hähne nur mit heißem Wasser reinigte. Als Sohn einer Familie von Feinschmeckern wusste Lachlan solche Dinge, abgesehen davon, dass er in seinem Leben schon viel zu viele Bars besucht hatte.

Morris' Gegenwart tat ihm gut, und der Abwasch lenkte Lachlan ab von der Wut in seinem Bauch. Als er vor ein paar Stunden im Halafaz die Augen geöffnet hatte, war ihm gewesen, als hätte ihm jemand den Stuhl unterm Hintern weggezogen. Griffin hatte gar nicht vorgehabt, mit ihm zu sprechen, er wollte sich lediglich Erion unter den Nagel reißen. Lachlan verstand zwar, dass Griffin Erion untersuchen wollte, aber er hätte ihn ja auch einfach darum bitten können, oder? Gemeinsam hätten wir eine Lösung gefunden, dachte Lachlan wütend. Wenn er innehielt, meinte er noch die Bisse der Fische zu fühlen, brennende Schmerzherde am ganzen Körper – eine ganz neue Variante des Phantomschmerzes. Fast noch schlimmer war Melpos Grinsen gewesen, als er nass und verwundet wieder vor ihr aufgetaucht war. Am liebsten hätte er ihr die Schadenfreude aus dem Gesicht geschlagen.

Seit seiner Rückkehr aus Cronos hatte er einen Stein im Magen. Hatte Griffin ihn von Anfang an beschissen? War *er* die hirnlose Marionette, das Werkzeug? Hatte er sich seine besondere Beziehung zu Griffin nur eingeredet, während es in Wirklichkeit Melpo war, der er nicht das Wasser reichen konnte? Lachlan merkte, dass er das Gesicht verzerrt hatte und dass ihm die Augen brannten. Er sortierte sich und schielte zu Morris, der beim Fegen verträumt durch die Haufen lief und den Dreck wieder im Pub verteilte. Reiß dich zusammen, dachte Lachlan.

Er spähte zum Festnetztelefon, das neben den Notizblöcken lag. Ob ihm Zacks Handynummer wieder einfiel? Oder er rief seinen ehemaligen IT-Lehrer an, dessen Nummer er aus Sicherheitsgründen nie gespeichert und deshalb noch im Kopf hatte. Mr. Arnott war absolut vertrauenswürdig; er konnte Zack kontaktieren und ihn zu sich nach Hause holen, und dann würden sie miteinander sprechen. Lachlan zitterte bei der Vorstellung. Vielleicht wollte Zack gar nicht mit ihm reden. Recht hätte er.

Lachlan dachte häufiger an Zack, als ihm lieb war. Sein

Unterbewusstsein steckte ihm bei jeder Gelegenheit fiese Erinnerungsnadeln ins Herz; jetzt zum Beispiel kam ihm in den Sinn, wie sehr Zack den IT-Unterricht in der Schule gehasst hatte. Der Grund war genau dieser Lehrer gewesen, Mr. Arnott. Ein IT-Gott, den das Unterrichten anödete und der nur freundlich wurde, wenn er sich mit Lachlan in die Tiefen der Materie diskutieren durfte. Sosehr Mr. Arnott seinen Lieblingsschüler mochte, so sehr verabscheute er Zack. Nun, eigentlich mochte Mr. Arnott neben Lachlan gar keine Schüler. Aber Zack benotete er besonders unfair; das fiel sogar Lachlan auf.

»Hier gibt's eigentlich 'ne Spülmaschine«, sagte Morris, der an Lachlans Seite kam und sich ein schmutziges Glas von der Anrichte nahm. »Machst du die Tür zu?«

Lachlan trocknete sich die Hände an einem Küchentuch ab und ging zum Eingang, um die Tür des Windfangs und des Pubs zu schließen. An der Treppe, die hinunter zum Hafen führte, stand ein blonder Mann und rauchte. Lachlan bückte sich, um den Türstopper wegzutreten; als er sich wieder aufrichtete, war der Mann verschwunden.

Lachlan schloss die Türen. Es herrschte eine herrlich private Stimmung im Pub. Die Gläser klirrten, wenn Morris sie zum Trocknen stellte.

»Hast du noch Kollegen?«

»Nein, ich schmeiß den Laden alleine«, sagte Morris.

Lachlan schob sich auf seinen Hocker.

Etwas regte sich in ihm, wenn er Morris zusah; ein bisschen Neid, aber auch Bewunderung. »So wie du sollte jeder Mensch leben dürfen. Einfach, wie er will.«

»Aber das kann jeder Mensch.«

»Nein«, widersprach Lachlan.

»Doch. Es ist nur in deinem Kopf. *Mens agitat molem,* um es mit Vergil zu sagen …« Er tippte sich mit dem feuchten Finger gegen die Schläfe.

»Und was ist mit einer alleinerziehenden Mutter, die ein kleines Kind hat? Oder mehrere?«

»Auch die.«

»Aber sie muss ihre Kinder ernähren. Da kann sie nicht einfach so aussteigen.«

Morris lächelte. »Warum so aufgebracht?«

»Bin ich gar nicht«, erwiderte Lachlan. »Ich denke nur, dass es eben nicht so einfach ist. Aber das sollte es sein. Eine alleinerziehende Mutter sollte ein selbstbestimmtes Leben führen können, mit ihren Kindern.«

Morris nickte langsam.

»War deine Mutter alleinerziehend?«

»Nein. Aber die eines Freunds.«

Morris ließ das Wasser aus der Spüle. »Die eines Freunds? Oder die deines Freunds?«

Lachlan öffnete den Mund, um zu antworten, als ihm aufging, was Morris gerade gefragt hatte. Er schloss den Mund wieder. Irritiert starrte er ihn an.

Morris zwinkerte ihm zu.

Hitze stieg Lachlan den Nacken hoch.

»*Eines* Freunds.«

Er hatte das Bedürfnis, zu flüchten. Es hielt ihn ja auch nichts hier. Aber wohin sollte er gehen, wenn er weglief? Zu Melpo ins Cottage? Der Gedanke widerstrebte ihm so sehr wie die Vorstellung, ein Glas Pisse zu trinken. Vielleicht würde er runter an den Hafen gehen und die Fähre nach Sherkin Island nehmen. Die Yoker Swan.

»Sorry, Mann. Ich wollte dir damit nicht zu nahe treten«, sagte Morris gelassen. Er stand mit dem Rücken zu Lachlan und wischte ein Regal ab. »Ich dachte nur, ich hätte da vielleicht was … empfangen.«

Die Tür ging auf, und mit einem Stoß frischen Winds wehte eine höchst aufgeregte Melpo herein. »Wusste ich doch, dass du hier bist«, stieß sie hervor.

Lachlan verkrampfte sich.

»Hallo«, sagte Melpo kurz angebunden zu Morris.

»Hi«, antwortete er.

»Lass mich in Ruhe«, sagte Lachlan matt.

»Aber es ist wichtig!« Mit einem misstrauischen Blick auf Morris lehnte sie sich vor und flüsterte hinter vorgehaltener Hand: »Lachlan, hör zu – wir wissen jetzt, was nicht stimmt mit – der Flöte.«

Morris musterte Lachlan im Augenwinkel, und aus unbegreiflichen Gründen löste das einen Krampf in Lachlans Bauchgegend aus. Er wünschte, Morris hätte erkannt, was Melpos Auftauchen für ihn bedeutete – dass er nicht nur wütend war, sondern auch Angst hatte, Angst vor Griffins falschen Absichten, und seiner Macht. Er sehnte sich nach jemandem, der sich schützend vor ihn stellte, so wie Zack es immer getan hatte. »Das ist schön für euch«, sagte er kühl.

»Was darf ich dir bringen?«, mischte sich Morris ein. »Einen Beruhigungstee? Einen Schnaps?«

»Danke, nichts, wir gehen gleich wieder«, sagte Melpo.

Wir. »Ich springe nicht, wenn ihr mich ruft«, sagte Lachlan. »Ich bin aus freien Stücken hier und ich lasse mich so nicht behandeln. Ich komme zurück, wenn –«

»Du hast keine Wahl«, unterbrach Melpo ihn. Ihr Ton hatte sich verändert, und der Protest blieb Lachlan im Hals stecken. »Du kommst jetzt mit!«

»Vielleicht möchte er aber hierbleiben«, sagte Morris ruhig. »Wir unterhalten uns gerade.«

Lachlan sah verblüfft zu ihm auf.

»Das geht Sie nichts an«, sagte Melpo brüsk.

»Vielleicht doch«, entgegnete Morris.

Die beiden starrten einander an, Morris mit einem Lächeln auf den Lippen. Lachlan saß erstarrt daneben. Er fühlte die Spannung, wartete auf den Knall.

»Ach«, rief Melpo, »wenn du so ein Weichei bist, dann bleib doch hier!« Sie stürmte aus dem Pub und schlug die Tür hinter sich zu.

Lachlan atmete auf.

»Lachlan also«, sagte Morris, ohne ein Geheimnis daraus zu machen, dass er sie belauscht hatte. Er verschränkte die Arme auf dem Tresen. »Was war da los?«

Angst legte sich wie ein Gürtel um Lachlans Brust. Morris wusste, dass er ihm gerade aus der Klemme geholfen hatte, und er würde etwas dafür wollen. Antworten, klar. Aber auch Nähe.

»Danke für deine Hilfe – aber sie hat recht. Ich muss los.« Lachlan trank den kalten Kaffee aus; seine Hände zitterten so sehr, dass die Tasse auf dem Tresen klapperte, als er sie abstellte. Morris blieb ganz ruhig.

»Ist sie deine Schwester?«

»Wenn sie es wäre, würde ich mich umbringen«, sagte Lachlan und rutschte vom Hocker, der dabei fast umfiel. Er stellte ihn wieder an seinen Platz. Sein Herz war überall, von der Stirn bis in die Knie. Weiche Knie. Morris betrachtete ihn mit halb geöffneten Augen. »Sorry – ciao«, sagte Lachlan und winkte. Morris winkte zurück.

Melpo war bereits auf halbem Weg die Einbahnstraße hinauf. Er rief ihr nach, worauf sie stehen blieb und ihm entgegenfunkelte. »So ein unverschämter Kerl!«, schrie sie, als Lachlan bei ihr ankam.

»Was hat Griffin geschrieben?«, fragte Lachlan.

»Jetzt interessiert es dich plötzlich? – Ach, was soll's. Griffin will, dass wir nach Flüsterheim kommen und ihn dort treffen.«

Griffin *will*. In den Jackentaschen ballte Lachlan die Hände zu Fäusten. »Warum da? Er ist doch sowieso in einem abgeschirmten Raum. Kann ihm doch egal sein, wo wir ihn betreten.«

»Er wird schon seine Gründe haben. Jedenfalls will er persönlich mit uns reden. Er wirkte nicht begeistert. Ich glaube, dass es sich bestätigt hat.«

»Was?«

Melpo zog den Schlüsselbund aus der Jacke. »Dass dein Vater uns eine Fälschung geschickt hat.«

[6]

Ma'quoias Rast war als das einzige Gasthaus der Kokonstadt außerordentlich gut besucht. Auf seinem Weg durch den Flur und die lange Wendeltreppe hinunter hörte Lachlan ständig Türen schlagen, Spieler drängten auf die Treppe, Fußgetrappel, Stimmengewirr.

»Weg da, Weißkragen!« Ein Shooter – schwarze Cargohose, Waffenholster an der Hüfte – stieß Lachlan beiseite, sprang die letzten drei Stufen auf einmal hinunter und eilte zum Ausgang. Lachlan rieb sich die Schulter und begegnete dem mitfühlenden Blick einer Muerto.

»Shooter sind Idioten«, sagte das Mädchen.

»Nicht alle«, erwiderte Lachlan.

Die Muerto schlüpfte in die überfüllte Hotelbar, Lachlan nahm den Weg ins Freie. Am Fuß der Außentreppe stand ein Briefkasten, vor dem sich eine Schlange gebildet hatte; Melpo war gerade an der Reihe, öffnete den Metallkasten mit einem winzigen Schlüssel, entnahm ihm eine Spielkarte und kam zu ihm herüber.

»Uns steht eine lange Reise bevor. Aber wir können leider keine Tunnelmurmel nach Flüsterheim nehmen, weil du noch nie dort gewesen bist.«

»Wie kommen wir dann hin?«, fragte Lachlan.

»Mit dem Wolkenwal. Erinnerst du dich noch an den Luftschiffhafen im Stamm?«

»Klar erinnere ich mich.« Die Vorstellung, einen der gläsernen, mit Libellenflügeln und Propellern betriebenen Wale zu betreten, reizte Lachlan. Er wünschte, er hätte die Reise ohne Melpo machen können.

»Da gehen wir jetzt hin. Komm.«

Auf dem Weg die belebte Einkaufsstraße hinauf hielten sie sich am Rand, um nicht von Droschken oder Leichentransporten überrollt zu werden.

»Hoffentlich erwischen wir gleich ein Schiff. Ich hab keine Lust, eine Stunde zu warten.«

Zwischen den Kokons, Büschen und Ästen ragte die graue Wand des Stamms auf. Kam es ihm nur so vor, oder war es in Ma'quoia finsterer als sonst? Lachlan fand in der Baumkrone einen Ausschnitt des Himmels – der nicht mehr blau war wie sonst, sondern sturmgrau bewölkt.

»Tolles Reisewetter«, sagte er.

»Was meinst du?« Melpo folgte seinem Blick und blieb stehen. »Was in drei Teufels Namen –«

»Was ist denn?«

»Das kann nicht sein. Über Ma'quoia scheint die Sonne – immer!« Sie wirkte aufrichtig besorgt.

»Vielleicht wollten sie das Wetter mal variieren.« Ihre dramatische Art nervte Lachlan mindestens genauso sehr wie ihre schrille Stimme.

Melpo rollte mit den Augen. »Du hast einfach keine Ahnung von Cronos, Lachlan.«

Sie waren ein wenig außer Atem, als sie den Temenos erreichten – Ma'quoias Zentrum, den hohlen Stamm des Baums, in dem neben Geschäften, einem Marktplatz, dem

Schattenantilopenstall und dem Leichentransportwagenverleih auch die Taxizentrale und der Hafen der Wolkenwale untergebracht waren. Sie ließen sich von der Menschenmenge durch das Tor in den Stamm spülen. Als sich der Pulk verlief, hielten sie direkt auf den Hafen zu. Eine Anzeigetafel gab ihnen noch drei Minuten bis zum Abflug nach Flüsterheim. An einem Brunnen wurde Melpo langsamer. Er war das auffälligste Bauwerk im Inneren des Stamms, denn in seinem Becken ragte eine Steinfigur auf, die eine nackte Frau mit einem gefiederten Umhang darstellte. Rund um den Brunnen standen drei gläserne Säulen, zwei leuchteten durch die Substanz in ihrem Inneren blau, die mittlere grün – zumindest hatte sie das bei Lachlans letztem Besuch im Temenos getan. Heute aber war von der Substanz nur ein Rinnsal übrig, und dieses glühte nicht grün, sondern feuerrot.

»Wir haben noch eine Minute«, drängte Lachlan.

Sie rannten zum Hafen und gingen über die Planke in das Luftschiff. Ein Laubwicht wuchtete hinter ihnen die Tür ins Schloss. »Geschafft«, sagte Melpo.

»Was war mit dieser Säule?«, fragte Lachlan.

»Ich habe keine Ahnung. Die Finalquests sind in Ma'quoia doch kinderleicht«, sagte Melpo zerstreut. Lachlan, der nicht wusste, was sie meinte, folgte ihr in den Bauch des Wolkenwals. Dieser hatte einen gläsernen Körper und eine Schwanzflosse in der Form eines Propellers; innen saßen die Passagiere an Tischgruppen. Lachlan und Melpo nahmen ebenfalls Platz, während die Halle unter ihnen in die Tiefe sank, die Menschen und Buden kleiner wurden und schließlich seitlich wegglitten, als der Wolkenwal auf die Schleuse zuhielt, durch die es nach draußen ging.

»Wollt ihr was trinken?«

Ein Roboter mit einer Schürze trat an ihren Tisch. Eine Purgatorin aus Chrom und Kupfer.

»Kann ich einen Blanko haben?«, fragte Melpo.

»Klar doch.« Die Purgatorin gab ihr einen leeren Becher, dann sah sie Lachlan an.

»Ähm – das gleiche.«

Als auch vor ihm ein leerer Becher stand, hüpfte die Purgatorin summend davon.

»In Cronos bekommt man auf Bestellung auch Luft serviert«, sagte Lachlan. »Das ist wahre Freiheit.«

»Ich zeig dir, wie es geht.« Melpo sah in ihren leeren Becher. »Irish Mist«, sagte sie. Der Becher füllte sich mit goldenem Likör.

»Irish Mist«, spottete Lachlan.

»Es ist wirklich ziemlich neblig in Baltimore«, wich Melpo aus. »Außerdem hab ich das in deinem Pub gesehen, der Name hat mir gefallen, ich wollte es probieren. Wie heißt dieser unverschämte Typ eigentlich?«

»Morris.« Lachlan fühlte sein Herz wieder; er war nervös.

»Hm«, machte Melpo abfällig.

Lachlan sah auf den Boden seines Bechers und sagte: »Red Rebel.« Eine rötliche Limonade blubberte in den Behälter und machte ihn bis zur Oberkante voll.

Das Luftschiff hatte Ma'quoias Stamm verlassen und glitt durch die Baumkrone nach oben. Ein paar Taxis begleiteten sie wie ein Schwarm Fische ein riesiges U-Boot. Nach und nach setzten sich die Taxis in die abzweigenden Schleusen ab, durch die sie in entlegenere Stadtbezirke gelangten. Das Blattwerk lichtete sich; Lachlan sah einen Gärtneraffen, der sich mit seinen sechs Armen durch das Gestrüpp schnitt; dann teilten sich die Zweige, und über der Wolkenwalkuppel öffnete sich der Himmel.

Melpo ließ ihren Likör sinken; die Leute an den Tischen verstummten; es wurde still im Saal.

»Das gibt es nicht«, flüsterte Melpo.

Wolkengebirge bedeckten den Himmel, schwarz wie die Nacht. Vereinzelt flackerten rote Lichter in ihnen auf. Lachlan spürte das Knistern der ionisierten Luft und sah, wie sich Ma'quoias Zweige im Wind bogen. Kein Vogel kreuzte den Weg des Luftschiffs. Es würde bald stürmen.

»Ist das so ungewöhnlich?«, fragte Lachlan, während das Luftschiff sein Tempo beschleunigte.

»Das ist hier noch nie vorgekommen.«

Sie tranken aus ihren Bechern.

Lachlans Gedanken drifteten ab.

Wenn Griffin Melpo für seine rechte Hand hielt, dann hatte er gewiss Vertrauen zu ihr. Was, wenn Melpo dieses Vertrauen ausnutzte, um Griffin Unwahrheiten über ihn zu erzählen? Sie könnte zu Griffin gesagt haben: »Lachlan würde dir niemals Erion überlassen. Er hat es mir selbst erzählt! Wenn du dir Erion holen willst, solltest du es mit Gewalt tun.« Eine ähnliche Lüge könnte dazu geführt haben, dass Griffin Lachlan nicht persönlich schrieb. Falls dem so war, gab es nur eine einzige Möglichkeit, Melpo zuvorzukommen: Er musste allein mit Griffin sprechen. Lachlan erwog, Griffin schriftlich darum zu bitten, doch das Risiko, dass er Melpo darüber informierte, war ihm zu hoch. Vielleicht, wenn sie sich in Flüsterheim trafen … wenn er sich das Passwort merkte und Griffin nach ihrem Meeting noch einmal allein aufsuchte … So mache ich's, dachte er.

Melpo holte die Karte hervor, die sie vorhin aus dem Briefkasten gefischt hatte. Wenn Lachlan nicht alles täuschte, handelte es sich um eine Geigensaite. Aus einer Tasche zog Melpo eine pinke Metallbox. Sie blätterte sich durch einen Kartenstapel, der deutlich höher war als Lachlans. »Zack hat eine meiner besten Violinen zerschossen«, sagte sie, nicht zum ersten Mal. »Es war eine gepimpte Glás-Geige. Unbezahlbar.«

Sie meinte den Tag, an dem sie ihnen – nur zum Schein – Erion gestohlen hatte.

»Zack wusste es nicht besser.«

»Ich weiß. Trotzdem würde ich ihm am liebsten den Hals umdrehen. Ist vielleicht ein Hexenklischee. Ein Shooter, der eine Hexe angreift, wann hat man so etwas das letzte Mal gesehen … ah.« Sie zog eine Karte aus dem Stapel. »Da ist sie ja, meine Molitor-Violine. Die ist absolut einzigartig und fast so stark wie die Glás.«

»Eine Nachahmung der Molitor Stradivari?«

Melpo sah ihn verblüfft an. »Genau. Nicht viele kennen die wertvollste Geige der Welt mit Namen.«

»Die Molitor Stradivari ist schon seit neunzehn Jahren nicht mehr die wertvollste Geige der Welt. Sie wurde 2011 von der Lady Blunt abgelöst«, sagte Lachlan.

Melpos Gesicht bekam rote Flecken. »Ja … ja, das weiß ich natürlich«, stammelte sie, ließ die eine Karte zur eleganten Stradivari und die andere Karte zur Geigensaite werden. Mit tief gesenktem Kopf begann sie, das Instrument neu zu bespannen. Sie sah erst auf, als das Luftschiff Ma'quoias nördliche Grenze erreichte: Das satte Grün der Baumkrone war längst dem knochenbleichen Gewirr der abgestorbenen Äste gewichen. Das Totholzgewirr endete abrupt an einem schwarzen Gewässer, über welches das Luftschiff rasch dahinglitt. Lachlan blickte zurück auf die Stelzwurzeln, die vom Fuß bis zu den höchsten Zweigen grün pulsierten. Grün wie der Schimmelpilz, der sie getötet hatte. Am Nordrand der Baumstadt lag ein geisterhaft verlassener Hafen, von dem ganz offensichtlich schon lange keine Schiffe mehr ablegten.

»Ich erinnere mich noch daran, wie Ma'quoia vor dem Ausbruch dieses grünen Pilzes ausgesehen hat«, sagte Melpo. »Das war ein vor Leben überlaufender Dschungel. Ich hatte ein Haus – ich meine, einen Kokon im Westhain. Das war mein erstes Zuhause. Aber dann ist über Nacht der Pilz aufgetaucht, und ich musste da raus. Ein Ersatzhaus hat es nicht gegeben. Eine ganze Menge Spieler hassen die Admins bis heute dafür, obwohl die wenig dafür können.«

Melpo hatte die neue Saite gerade auf die Molitor-Geige gezogen, als das Nordufer des schwarzen Sees in Sicht kam. Genau genommen handelte es sich dabei nicht um einen echten See. Weil das Luftschiff jetzt an Höhe gewann, sah Lachlan in der Ferne das blaue Meer, das sich am Horizont in einem weichen Lichtschimmer verlor. Das Meer umgab die Insel Ma'quoia vollständig, doch nur rund um den Baum war das Wasser so schwarz wie Pech. Ob das am Wetter lag? Aus der Distanz sah Lachlan, dass die finsteren, rötlich aufflammenden Gewitterwolken nur über dem Baum hingen; rundherum lösten sie sich in wattige Stratuswolken auf, und weiter südlich war der Himmel blau.

»Fertig.«

Melpo nahm die Geige andächtig in beide Hände, sagte: »Slot eins belegen«, und das Instrument zerplatzte in einen weißen Funkenregen. »So, das hätten wir.«

Das Meer lag nun weit hinter ihnen, und das Luftschiff schwebte über den Gipfeln eines ausgedehnten Gebirges. Es war ein klarer Tag, und auf den Bergspitzen saßen herrlich unberührte Schneehauben. Nur einmal sah Lachlan eine schmale, gerade Fußspur im Schnee, die gewiss nicht von einem Menschen stammte. Als er aufsah, bemerkte er, dass ein paar Hundert Meter vor ihnen die Luft wie Seifenblasenhaut schimmerte, von den Gipfeln bis hoch in den Himmel. Das Luftschiff flog direkt darauf zu.

»Achtung, Achtung«, sagte die Purgatorin durch einen Lautsprecher. Sie stand in einer Kanzel in der Mitte des Passagierbereichs vor einem Mikrofon. »Wir passieren gleich die Grenze zum Bezirk Limbus. Es ist dort Mittlerer Abend. Macht euch bereit für veränderte Lichtverhältnisse!«

Ein paar andere Spieler standen auf und liefen nach vorne zum Bug; nur eine Frau blieb sitzen, deren merkwürdige Aufmachung Lachlan schon länger beschäftigte. Sie trug einen schwarzen Bodysuit und eine Maske mit Katzenohren, alles aus einem Guss gefertigt. Von der Frau unter dem Kostüm waren nur das Kinn und die roten Lippen zu sehen.

Catwoman, dachte Lachlan spöttisch.

Draußen berührte die Nase des Luftschiffs den schimmernden Vorhang; Licht gleißte auf und glitt als Glutfaden über die Hülle hinweg, während sich das Luftschiff durch den Vorhang schob. Als das Luftschiff die Grenze zur Hälfte passiert hatte, veränderte sich das Licht. Rote Dämmerung. Dasselbe Gebirge, das gerade noch im weißen Tageslicht gestrahlt hatte, warf jetzt schwarze Schatten, während seine Gipfel orangefarben glommen. Lachlan sah in Richtung Heck: Dort strahlte noch das Tageslicht Ma'quoias, die Mittagssonne am blauen Himmel. Der Ausschnitt schrumpfte und war rasch vollständig verschwunden. Nun sah Lachlan die schimmernde Seifenblasenhaut von der anderen Seite. Am Horizont stand eine blutrote Sonne.

»Willkommen in Limbus«, sagte die Purgatorin. »Wir landen in zwanzig Minuten in der Hauptstadt Flüsterheim.« Die Spieler kehrten zu ihren Plätzen zurück, aufgeregt tuschelnd. »Bitte beachtet: Flüsterheim hat einen Sechzehnstundenzyklus. Das heißt, alle vier Stunden ändert sich die Tageszeit. Ihr werdet selber sehen, was das für Flüsterheim bedeutet. Nachts ist die Stadt ein reines Shooter-Areal! Wenn ihr zum ersten Mal in der Stadt seid, solltet ihr zusehen, dass ihr in die Residenz am Rande kommt, wenn die Sirene ertönt. Nach vier Stunden könnt ihr euch wieder nach draußen wagen. Hört auf mich, ich war auch mal wie ihr und dachte, ich wüsste es besser. Schon mal von 'ner Handgranate hochgejagt worden?«

»Jetzt übertreibt sie aber«, sagte Lachlan.

»Aber nur ein bisschen«, erwiderte Melpo.

Die Purgatorin erzählte von den Shooter-Clans, die sich um die Stadt prügelten, und Lachlan, der seinen Red Rebel ausgetrunken hatte, bestellte noch einen Blanko. Seine Gedanken kehrten zu Morris zurück, der mit solch magischen Bechern womöglich das Geschäft seines Lebens gemacht hätte. Nicht, dass ihm das wichtig gewesen wäre. Aber was war Morris überhaupt wichtig? Ein wenig Interesse hatte er an der Welt, sonst hätte er sich nicht alle Dokus zum Anschlag in der O'Connell Street angesehen. Aber was war dieses Ding mit der Zeit? Warum besaß er weder Uhren noch Handy? Andererseits war es nicht sein Pub, also lag es vielleicht am Besitzer, dass in der Stube keine Uhren hingen. Und wenn Morris alle Verbindungen zur modernen Welt gekappt hatte, war es nicht verwunderlich, dass er kein Handy besaß. Morris war ein Mensch, der das Konzept von Freiheit für sich verwirklicht hatte. Er war fast unabhängig, und der Job im Pub machte ihm anscheinend Spaß, auch wenn er nicht gut darin war. Morris lebte einen Traum, den Lachlan insgeheim lange gehegt hatte. Er war raus aus Dublin. Raus aus dem System, das ihm eine Reihe Lebenswege vorzeichnete, ihm die Wahl ließ und das dann Freiheit nannte. Begonnen hatte das alles mit Powerman, wurde es ihm schlagartig bewusst; Himmel, er hatte seit Jahren nicht mehr an Powerman gedacht. Ob Zack sich noch daran erinnerte? Er schob den Gedanken an Zack beiseite.

Sein Blick fiel wieder auf Catwoman: Sie studierte mit der Zungenspitze zwischen den Lippen eine riesige topografische Landkarte von Cronos. Neben ihr auf dem Tisch lag ein aufgeschlagenes Buch voller Zettel und Notizen. Sie hatte etwas von einer Forscherin; jedenfalls fühlte sie sich in Cronos offenbar zu Hause. Die virtuelle Welt war für sie das, was für Morris das Pub war.

Melpo und er hatten ihre Getränke zum zweiten Mal geleert und das Luftschiff das Gebirge längst verlassen, als in einem Talkessel Flüsterheim in Sicht kam. Wieder stürzten die anderen Spieler, Anfänger wie Lachlan, zum Bug und pressten die Nasen ans Glas. Unter ihnen lag im Abendlicht ein Meer aus dunkelgrau gedeckten Dächern. Fabrikschlote rauchten schwarz in den roten Himmel. Über den Straßen ein Gewirr aus Stromleitungen, darunter rauschten Trambahnen dahin. Die Bäume standen in herbstlich-braunen Alleen zusammen, ihr Laub häufte sich in den Bordsteinkanten. Am Nordende der Stadt ragte eine gigantische Wand auf; sie ähnelte dem Stamm Ma'quoias, nur war diese Wand aus Beton gemacht. Lachlan stockte der Atem.

»Der Staudamm«, sagte Melpo. »Die Reparaturen laufen immer noch. Siehst du die Kräne am linken Ende? Jemand hat vor Kurzem versucht, den Damm zum Einsturz zu bringen. Es ist ihm nicht gelungen, aber niemand weiß, wer es gewesen ist und ob er es noch mal versucht.«

»Hätte das die Stadt zerstört?« Lachlan konnte sich nicht vorstellen, dass die Cron Company, die Cronos entwickelte und betrieb, so eine Katastrophe hinnehmen würde. »Man könnte sie doch einfach resetten.«

»Aber so läuft das nicht in Cronos. Leider und zum Glück«, sagte Melpo mit belegter Stimme.

Lachlan spürte, wie er angestarrt wurde, und drehte den Kopf. Catwoman sah mit gespitzten Katzenohren zu ihnen herüber, die Schultern bis zu den Ohren gezogen. Hastig beugte sie sich wieder über die Landkarte – so tief, dass ihre Nasenspitze das Papier berührte.

Das Luftschiff landete auf einem Platz im Zentrum, am Fuß einer Kirche mit bunten Fenstern. Windböen fegten ihnen trockenes Laub um die Füße und zerrten an Melpos Rock, als sie den Bauch des Wolkenwals verließen. Die kalte Luft roch nach Petrichor, dem überwältigenden Duft regennasser Erde, und der Fluss, der sich am Hafen vorbeibog, rauschte laut in der fortgeschrittenen Abenddämmerung. Die mechanische Tafel mit den Abflugzeiten verhieß, dass der vorerst letzte Wolkenwal in Kürze abheben würde, Ziel: Vyllas im Bezirk Ayahascha. Die Namen ließen Lachlan an Sommer, Sonne, Strand und Cocktails denken. Hunderte Spieler drängten in das Luftschiff, als hätten sie den Winter im Nacken gespürt.

»Da ist noch ein freies Taxi«, rief Melpo, »ENTSCHULDIGUNG –«

Der Fahrer, ein angespannter Muerto, stieg aus dem Wagen und hielt ihnen die Hintertür auf.

»Danke«, sagte Melpo. Sie schlüpften auf den Rücksitz, und der Muerto schlug die Tür zu.

»Wohin darf's gehen?« Er zündete den Motor, der stotternd ansprang. Der Wagen war einem eleganten Adler Standard 6 aus den Neunzehnhundertzwanzigerjahren nachempfunden, mit einer Karosserie aus dunkelblau lackiertem Stahl, einem Tiefbettkastenrahmen und einem seitlich aufgehängten Ersatzrad.

Melpo wollte gerade antworten, als die Beifahrertür aufgerissen wurde und ein mondgesichtiges Mädchen den Kopf hereinsteckte. »Tut mir leid, aber darf ich bitte noch mitfahren? Alle Taxis sind belegt.«

Der Muerto warf einen Blick über die Schulter. »Darf

sie?«, fragte er. Doch bevor jemand antworten konnte, plapperte das Mädchen bereits weiter.

»Oh, ihr seid es! Was für ein Zufall!« Sie warf sich auf den Beifahrersitz. Es war Porkupine, eine junge Frau mit unfassbar langen, zu Zöpfen geflochtenen Haaren. »Ich bin *so* froh, euch zu treffen, es tut mir so leid, dass ich euch gestern nicht angerufen habe, ich habe mir einfach die Nummer nicht merken können, ich habe es wirklich versucht, ich saß an diesem Telefon und habe alles –«

»Können wir dann bitte fahren? Es wird Nacht«, sagte der Muerto genervt. Porkupine zog die Beifahrertür ins Schloss, wobei sie sich erneut entschuldigte.

»Und wohin jetzt?«, fragte der Fahrer.

Melpo öffnete den Mund.

»Oh, ich wünschte, ich könnte euch mit zu mir nehmen«, platzte Porkupine heraus. »Aber nachts ist es da nicht sicher – noch nicht –, also fahren wir lieber in die Residenz, da sind ja immer alle.«

»Das wollte ich gerade vorschlagen«, sagte Melpo.

»Also zur Residenz am Rande.« Der Muerto trat aufs Gaspedal. Der Wagen verließ den Platz, fuhr auf eine breite Straße und folgte ihr an Ampeln und Pferdekutschen vorbei. Sie fegten durch eine Allee aus halb nackten Bäumen, die beim Landeanflug noch belaubt ausgesehen hatten. Auch darüber hinaus verhielt sich Flüsterheim höchst seltsam. Als sie an einem Café vorbeikamen, brach dort ohne Vorwarnung die Fensterscheibe ein. Es blieb nicht das einzige Geschäft: Das wiederkehrende Klirren verfolgte sie die Straße hinauf, begleitet von Getöse, wenn ein Erker einkrachte oder ein ganzer Balkon von der Fassade brach. Durch das Heckfenster sah Lachlan Staubwolken aufsteigen: Ein Pavillon, womöglich eine Eisdiele, war eingestürzt. Niemand hielt sich mehr in den Straßen auf. Nur das Taxi.

»Ungemütliche Zeit für einen Ausflug«, sagte der Muerto.

»Ich finde, es sollte viel leichter sein, Friedenszonen einzurichten«, sagte Porkupine.

Melpo nickte. »Aber dann wäre bald die ganze Stadt eine Friedenszone, und die Shooter könnten sich überhaupt nicht mehr austoben. Nicht, dass das ein großer Verlust wäre«, fügte sie hinzu.

»Was meint ihr?«, fragte Lachlan.

»Weißt du nicht mehr, was die Purgatorin im Luftschiff gesagt hat? Nachts gehört die Stadt den Shootern, und vorher geht hier alles kaputt. Mit Ausnahme der Residenz am Rande, denn die liegt in einer Friedenszone. Es ist möglich, auch andere Bereiche in Friedenszonen zu verwandeln, aber niemandem ist es bislang gelungen.«

»Was ist, wenn die Nacht endet?«

»Das wirst du noch erleben.«

Porkupine grinste über die Schulter. »Jedenfalls müsst ihr mich dann besuchen kommen, ja? Ich möchte wiedergutmachen, dass ich nicht angerufen habe. Ich habe es wirklich versucht – ihr hättet mir die Nummer ein zweites Mal diktieren sollen, dann hätte ich sie mir aufgeschrieben – jedenfalls, mein Pub liegt in der Sonnensturzgasse 9, das ist gar nicht so weit weg vom Luftschi–«

»Und da wären wir«, sagte der Muerto laut und parkte den Wagen vor einem Torbogen am Ende eines Pfads, der einen Hügel hinauf zu einem warm leuchtenden Hochhaus führte. »Das macht zwanzig Pyrops. Danke!«

Sobald sie ausgestiegen waren, wendete er den Wagen, und kurz darauf sahen sie nur noch die Rücklichter, die hinter Staubwolken verblassten.

Das Gasthaus hieß Residenz am Rande, lag aber trotzdem zentral. Da es auf einem die Dächer knapp überragenden Hügel stand, konnte Lachlan nach fast allen Seiten die Stadt überblicken. Die Kathedrale am Luftschiffhafen – augenscheinlich die Mitte Flüsterheims – lag allenfalls einen Kilometer entfernt. Weiter hinten erhob sich gigantisch und grau der Damm. Ein wenig weiter links sah Lachlan die Türme einer Kohlegrube und rechts die Silhouetten von zwei Fabriken. Flüsterheim wirkte von hier aus noch größer als beim Landeanflug, ein wenig wie Dublin vom Aussichtsturm der Guinness-Brauerei aus.

Auch die Residenz selbst hatte nichts von der Villa, die sich Lachlan darunter vorgestellt hatte. Es handelte sich um einen sechs oder sieben Stockwerke hohen Klinkerbau, der einsam auf dem Hügel stand, umgeben von einem hübschen Garten aus Büschen, Girlanden und Laternen. Eine Gastwirtschaft nahm das Erdgeschoss ein, in den Geschossen darüber stapelten sich Hotelzimmer. Manche Fenster waren schwarz, andere flammten warm in die Nacht. Hinter einem Vorhang spähte etwas hervor, das Lachlan an ein verschrumpeltes braunes Marsmännchen denken ließ. Das Gesicht verschwand, als sich ihre Augen trafen. Melpo schritt voraus, den hell beleuchteten Kiesweg zum Eingang der Residenz hinauf.

»Kommst du?«

Wie in Ma'quoias Rast herrschte in der Residenz am Rande rege Betriebsamkeit. Das Erdgeschoss war ein einziger großer, von Säulen gestützter Schankraum, in dem sich Spieler aller Klassen tummelten. Sie saßen an Tischen, lehnten an Säulen, stießen mit Getränken an oder konzentrierten sich auf einen riesigen Bildschirm, der an der Wand hing. Es lief ein Sender, den Lachlan schon aus dem Versteck der Underminers kannte: CronTV.

Eine Bar gab es nicht, dafür ein Rondell in der Mitte, um das sich Zapfhähne reihten. Darüber schwebten kreuz und quer die verschiedensten Gläser: Tonkrüge für Bier, Gläser für Wein, Sekt und Champagner, Dubbe-, Pint- und Martinigläser, Cognacpfeifen, Tumbler und Blankobecher. Melpo wartete, bis ein bauchiges Weinglas vorbeischwebte, und streckte sich rasch danach aus, um sich einen granatroten Molitor Noir zu zapfen. Lachlan, zu aufgeregt und bestürmt von all den neuen Eindrücken, entschied sich für einen unkomplizierten Blanko. Für Wein hatte er nichts übrig, schon gar nicht für roten.

»Setzen wir uns, dann schreibe ich Griffin eine Nachricht«, sagte Melpo und hielt nach einem freien Tisch Ausschau.

»Es ist alles voll«, sagte Lachlan.

»Nein. Man muss nur lange genug schauen, dann findet man einen Tisch. Ganz egal, wie voll es hier ist, selbst wenn du die Gäste stapeln würdest – da, siehst du?«

Sie zeigte auf einen freien Tisch neben einer Säule. Lachlan war sich ganz sicher, dass er vor einer Minute noch nicht da gewesen war.

»Anders könnte das Gasthaus die ganzen Leute hier gar nicht aufnehmen«, sagte Melpo. Sie sortierte ihren üppigen Rock, bevor sie sich auf den Stuhl niederließ. »Ich habe mal gelesen, dass sich hier an einem guten Abend fast dreitausend Menschen aufhalten.«

»Was ist mit den oberen Stockwerken?«

»Da sind die Spawnräume, also die Hotelzimmer, außerdem wohnen da die Eksis«, sagte Melpo und schlug ihr Notizbuch auf. Sie sah nicht aus, als wollte sie das Thema vertiefen. »Ich schreibe nur kurz Griffin …«

Jemand ging vorbei und warf kommentarlos eine Broschüre auf den Tisch. Lachlan nahm sie zur Hand und las auf der Titelseite: ›Flüsterheims Führer für furchtlose Fußgänger. Herausgegeben von der Initiative Autofreies Cronos. Verfasst von Kathleen Macfarlane.‹ Er lachte verblüfft auf: Kathy! Was für ein Zufall.

Er schlug die Broschüre auf und belas sich über die Läden Flüsterheims, den Bahnhof, die Spinnerei, das Kraftwerk und einige andere Hotspots der Stadt. Er lernte, dass die Residenz am Rande eine sogenannte Friedenszone war, und zwar die einzige der Stadt. Es gab ein Straßenbahnnetz, das aus sieben Linien bestand. Bei den Drei Scherenschwestern konnte man als Anfänger die Kleider-Quest machen und sich danach direkt eine neue Garderobe schneidern lassen. Wer sein Level steigern wollte, musste in den Wald, in die Kohlengrube oder auf die Wombatwiese gehen – vom übrigen Flüsterheim hielten sich die Monster fern, sogar nachts, wenn ein Krieg zwischen Shooterclans die Stadt beherrschte.

Ein Raunen ging durch den Saal, gefolgt von Stille. Lachlan merkte auf. Die anderen Gäste starrten auf den Bildschirm. Durcheinanderlaufende Laubwichte waren darauf zu sehen, dann eine Kamerafahrt durch den Stamm Ma'quoias. Hunderte Spieler, die in einen Wolkenwal drängten, andere, die gerade ihre Waffen zogen.

Jetzt ein Wechsel an den Stadtrand. Zwischen grünen Büschen und Stelzwurzeln standen Laubwichte in einer Reihe. Sie hoben ihre kleinen Hände. Glühwürmchen wirbelten aus der Baumkrone herab und schichteten sich zu einer leuchtenden Wand auf … Als Nächstes schwebte die Kamera über dem alten Hafen Ma'quoias. Im trägen Wasser lag wie eine Warze die Kuppel eines U-Boots, und zwischen den Stelzwurzeln tummelten sich Spieler, die mitternachtsblaue Pullover mit weißen Krägen trugen. Alchemisten.

Einer sah zur Kamera auf und blieb stehen. Qualm quoll ihm aus dem Körper. Lachlan sah rote Augen aufblitzen – dann unterbrach weißes Rauschen die Verbindung. CronTV kehrte in den Temenos zurück. Auf einer Bauchbinde lief eine Nachricht über den Bildschirm:

ANGRIFF AUF MA'QUOIA – APOKALYPSE-MODUS GESTARTET!

Jemand drehte den Ton auf. Lachlan bemerkte, dass Melpo aufgehört hatte zu schreiben. Sie starrte auf den Bildschirm. »Das darf nicht sein!«

»Also – ich bin hier im Stamm der Kokonstadt, wie ihr sehen könnt. Das ist bekanntlich der Anfängerbereich, manche von uns waren schon seit Monaten nicht mehr hier –«

Eine aufgeregte Reporterin kam ins Bild. »Wir haben so viele Kugelfischkameras losgeschickt, wie uns möglich war, aber die Situation bleibt trotzdem rätselhaft. Das Einzige, was wir mit Sicherheit sagen können, ist, dass der Alarm vor ungefähr fünf Minuten losging.«

Im Hintergrund war eine Sirene zu hören. Die Reporterin ging ein paar Schritte und zeigte der ihr folgenden Kamera eine der drei Säulen. Es musste jene sein, die vorhin noch einen letzten Rest roter Substanz enthalten hatte. »Hier sehen wir, dass die Apokalypsensäule komplett leer ist. Das bedeutet, dass es schon lange niemandem mehr gelungen ist, eine der beiden Storyquests erfolgreich abzuschließen. Es liegt nahe, dass jemand die Dungeons manipuliert hat, denn es sind eigentlich die leichtesten Quests, die Cronos zu bieten hat. Selbst Anfänger auf Level fünf haben mit ihnen nie irgendwelche Probleme gehabt.

Hier im Stamm ist die Hölle los. Ständig tauchen neue Spieler aus High-End-Regionen auf, die sich der Bedrohung stellen wollen, um Ma'quoia zu retten. Die Anfänger werden dazu angehalten, im Wolkenwal nach Flüsterheim zu reisen, bevor hier alles hochgeht. Problematisch daran ist, dass in Flüsterheim gerade die Nacht anbricht. Ob sich die Shooter kooperativ zeigen werden?«

»Ich muss da hin«, sagte Melpo. »Es gibt nicht so viele Harmoniker meines Levels. Ich bin Damage-Dealer und Supporter zugleich, die brauchen mich! – Oh.« Sie bemerkte die unfertige Nachricht in ihrem Kommunikationsbuch und kritzelte sie zu Ende. Auf der Unterlippe kauend sah sie zurück zum Bildschirm. »Was jetzt?«

Lachlan fand ihre Aufregung – wie fast alles an Melpo – überzogen dramatisch. Aber wenn er sie loswurde, konnte er allein mit Griffin reden …

Die Reporterin hatte Gesellschaft bekommen: Ein Shooter stand neben ihr, jedoch nicht in eine schwarze Uniform, sondern in ein weißes Hemd mit hochgekrempelten Ärmeln, eine schwarze Weste und eine dunkelrote Krawatte gekleidet. Lachlan erkannte seine Klasse an dem Gewehr, das er an einem Riemen auf dem Rücken trug. Er wusste inzwischen, dass nur Shooter Schusswaffen benutzen konnten – mit Ausnahme der Alchemisten, die sich das weiße Aurum der Shooter stahlen und dann vorübergehend ebenfalls schießen konnten. »Neben mir steht jetzt der Admin Octavian«, sagte die Reporterin. »Octavian, was ist hier los?«

»Nun, es ist keine Übung, also dürfte allen klar sein, was das bedeutet«, sagte Octavian.

»Aber wer steckt dahinter? Wir haben gerade einige Alchemisten am alten Hafen gesehen. Sie sind offenbar mit einem U-Boot gekommen … Habt ihr sie zur Verteidigung des Außenbereichs zum Hafen gerufen?«

Octavian lächelte grimmig. »Nein. *Wir* haben die Alchemisten ganz bestimmt nicht gerufen.«

»Also sind sie die Bedrohung?«

»Sieht wohl so aus.«

»Octavian, du als Admin weißt doch bestimmt, was dahintersteckt.«

»Ja, durchaus.«

»Spieler müssen sich bei der Administration anmelden,

wenn sie die Apokalypse herbeiführen wollen, und eine gute Begründung angeben ...«

»Korrekt«, sagte Octavian verhalten.

Die Reporterin starrte ihn an, wie in Erwartung einer wertvollen Insider-Information.

»Aber natürlich darf ich nicht darüber sprechen«, sagte Octavian. »Ich kann nur sagen: Es wird schwierig, sie zu besiegen. Kommt her und helft mit. Wir brauchen die stärksten Spieler in Ma'quoia. Verpassen wir diesen Schweinen einen Tritt!«

Er wandte sich ab und eilte davon. Die Kugelfischkamera nahm wieder die Reporterin in den Fokus.

»Wir haben es gehört – es sind die Alchemisten! Die Alchemisten greifen Ma'quoia an. Aber wir haben keine Ahnung, warum sie das tun ...«

»Sag du es uns doch!«

Eine Munitionsweste schob sich in Lachlans Sichtfeld. Er sah hoch in das Gesicht eines Mannes, der eine dunkel getönte Schutzbrille im Stachelhaar trug. Mit dem ganzen Gewicht seiner wuchtigen Soldatenausrüstung beugte er sich zu Lachlan herunter.

»Wie bitte?«, fragte Lachlan ruhig.

»Du bist einer von denen, und ihr Alchemisten gebt euch doch nur mit euresgleichen ab, also fress ich meine Patronen, wenn du nicht Bescheid weißt.«

»Dann guten Appetit. Ich hab nämlich keinen Kontakt zu anderen Alchemisten«, sagte Lachlan.

Der Shooter packte ihn am Arm.

»Hey!«, rief Melpo und stand auf. »Du weißt genau, was passiert, wenn du ihm wehtust!«

Der Shooter riss Lachlan vom Stuhl und bugsierte ihn gegen die Säule. »Spuck's aus, Weißkragen!«

»Du hast wohl Lust auf eine Runde Celladom?« Melpo klatschte in die Hände und beschwor aus einem Lichtfaden die Molitor-Geige hervor. Angriffslustig legte sie den Bogen auf die Saiten. »Lass ihn los!«

»Eine Hexe«, sagte der Shooter, als hätte er eine Kakerlake vor sich. »Eine Hexe und ein Alchemist machen gemeinsame Sache. Würde mich nicht wundern, wenn die Hexen auch was mit Ma'quoia zu tun hätten.«

Die Gäste an den Nachbartischen gingen hastig auf Distanz. Ein Ring aus Beobachtern bildete sich um Lachlan, Melpo und den Shooter.

»Die Hexen würden Ma'quoia niemals etwas antun«, sagte Melpo. »Und jetzt lass ihn los, oder ich schwöre dir, du landest heute Nacht noch in Celladom.«

Der Shooter schmiss Lachlan erneut gegen die Säule. »Warum wehrt er sich nicht? Wo hat er denn seinen Dämon gelassen, der kleine Waschlappen?«

»Es besteht kein Grund, hier irgendjemanden zu verängstigen«, sagte Lachlan mit einem dumpf pochenden Schmerz im Hinterkopf, »nur weil ein einziger Trottel wie du meint, er müsse sich aufspielen.«

»Ts«, machte der Shooter – und holte mit der Faust aus. Melpo reagierte mit einem kreischenden Geigenstrich, der dem Shooter den Boden unter den Füßen wegriss. Polternd fiel er auf den Rücken. Die Menge lachte auf; auch Lachlan konnte sich ein Grinsen nicht verkneifen.

Der Shooter rappelte sich unbeholfen auf, dunkelrot vom Kinn bis zur Stirn.

»Das … wirst du bereuen«, sagte er leise. Er formte seine Hand zur Pistole und tat so, als knallte er Melpo damit ab; dann fegte er aus dem Schankraum. Die Menge machte ihm Platz. Niemand lachte mehr.

Als die Tür ins Schloss gefallen war, sagte ein Muerto laut: »Aber was er gesagt hat, stimmt. Die Alchemisten geben sich nicht mit anderen ab. Es ist gut möglich, dass der da weiß, was in Ma'quoia los ist.«

»Da muss ich euch enttäuschen«, sagte Lachlan.

»Also, ihr Alchemisten seid jetzt nicht gerade für eure Ehrlichkeit bekannt«, spottete der Muerto.

»In diesem Fall sagt er aber die Wahrheit«, mischte sich Melpo ein, immer noch mit der Geige in der Hand. »Er ist gerade mal Level 14. Zur GENA hatte er noch keinen Kontakt. Und das wird auch so bleiben.«

»Woher willst du das wissen?«, fragte eine Hexe.

»Vielleicht hat er dich auch getäuscht«, warf ein Purgator ein. »Könnte doch sein.«

»Er sagt die Wahrheit«, erklärte ein Mann, den Lachlan in der Menge nicht sehen konnte. »Ihr könnt das nicht spüren. Aber ich. Und die anderen Okkultisten hier bestimmt auch. Er macht sich vor Angst fast ins Hemd.«

»Vielleicht, weil er gerade auffliegt«, höhnte der Muerto.

»Nein. Weil alles neu für ihn ist. Außerdem kennen wir uns.« Aus einer der hinteren Reihen schlüpfte ein Mann in den freien Kreis. »Hi, ihr zwei.«

»Hideki!«, seufzte Melpo auf.

Hideki, ein dunkelhaariger Mann mit aristokratischen Gesichtszügen und einem Langschwert auf dem Rücken, kam auf sie zu. Er drehte sich zu den anderen Gästen um und sagte: »Seht her, ein Alchemist und ein Okkultist machen gemeinsame Sache, Leute! Das ist so, als würde eine Hexe einen Shooter knutschen. Alles ist in Ordnung. Dieser Typ da ist nur ein Anfänger in einem blauen Pullover. Und jetzt macht, was ihr schon die ganze Zeit macht, und seht fern.«

Seine Worte zeigten den erwünschten Effekt, die Leute wandten sich ab. Melpo und Hideki tauschten zur Begrüßung eine kurze Umarmung aus, Lachlan gab Hideki die Hand.

»Gewöhn dich an solche Situationen«, sagte Hideki, »Alchemisten sind nicht sehr beliebt.«

»Ich weiß«, sagte Lachlan kühl. Hideki hatte ihn das bei ihrem ersten Treffen spüren lassen.

»Kein Wunder, bei solchen Aktionen«, sagte Melpo, den finsteren Blick auf den Bildschirm gerichtet.

»Die Rekrutierung der Verteidigung läuft noch zwei Stunden. Das weiß ich von Hana, die drüben ist und uns gerade Tickets besorgt. Ehrensache, dass wir für die Kokonstadt in die Schlacht ziehen – ich freue mich schon darauf. Habe ewig keinen Dämon mehr eingesperrt.« Er bedachte Lachlan mit einem teuflischen Lächeln. »Apropos, wie geht es deinem Schatten, Kleiner?«

»Ich kann hier auch nicht tatenlos herumsitzen«, sagte Melpo. »Ich muss nach Ma'quoia, Hideki!«

Lachlan horchte auf.

»Dann lass uns aufbrechen«, sagte Hideki.

»Das Problem ist – wir sind hier gewissermaßen verabredet.« Unschlüssig sah sie Lachlan an, bevor sie einen Blick in ihr Notizbuch warf. »Oh, eine Antwort!«

Sie drehte Hideki den Rücken zu, las Griffins Zeilen und winkte Lachlan zu sich.

Gut, dass ihr Flüsterheim erreicht habt, bevor in Ma'quoia die Apokalypse ausgebrochen ist. Ich wollte euch das Chaos ersparen, außerdem brauche ich euch in Flüsterheim. Kommt zu mir. Du kennst das Passwort. – G.

»Anscheinend wusste er, was in Ma'quoia passieren wird, und hat uns deshalb nach Flüsterheim fliegen lassen«, sagte Melpo. »Was mache ich denn nur –«

»Wenn dir das so wichtig ist, dann geh«, sagte Lachlan leise, sodass Hideki sie nicht belauschen konnte. Er schlug einen verständnisvollen Ton an. »Ich werde dir hinterher alles erzählen, keine Sorge.«

»Meinst du, das ist so eine gute Idee?«

»Natürlich. Cronos ist wie ein Zuhause für dich. Du musst dich für dieses Zuhause einsetzen. Du würdest dir nie verzeihen, wenn Ma'quoia untergeht und du nicht dabei gewesen bist, um es zu retten.«

Sie suchte in seinem Gesicht nach einem Hintergedanken, doch Lachlan hatte Übung darin, sich nichts anmerken zu lassen. Außerdem wollte sie so unbedingt nach Ma'quoia, dass er leichtes Spiel hatte. Melpo nickte.

»Griffin wird das verstehen. Ich schreibe ihm von unterwegs eine Nachricht«, sagte sie zerstreut und wandte sich zu Hideki um. »Komm, lass uns aufbrechen! Ich muss Hana schreiben, dass sie mir auch ein Ticket besorgen soll …« Sie hastete davon, ohne ihren Molitor Noir auszutrinken.

Hideki reichte Lachlan erneut die Hand. Und hielt sie fest gepackt. »Ich weiß zwar nicht, worum es gerade ging, aber ich konnte fühlen, was du getan hast«, sagte er. »Du bist eben doch nur ein Alchemist. Und deshalb werde ich dich im Auge behalten, sei versichert.«

»Ich habe nichts getan«, sagte Lachlan lächelnd. »Und außerdem geht dich das nichts an.«

»Das hat uns Okkultisten noch nie gestört«, erwiderte Hideki. Er ließ Lachlans Hand los, zeigte mit dem Finger drohend auf ihn und folgte Melpo nach draußen. Erst als sie weg waren, fiel Lachlan auf, dass sie etwas Wichtiges vergessen hatten: das Passwort zu dem instanziierten Raum, in dem Griffins Teehaus stand.

Lachlan holte sein Kommunikationsbuch heraus und schrieb Griffin, Melpo habe darauf bestanden, nach Ma'quoia zurückzukehren, und ihn in der Residenz allein gelassen. Griffin antwortete ihm fast sofort. Er schickte ein Symbol mit, das wie eine stilisierte Vier aussah, und schrieb darunter: *Ich erwarte dich.*

[7]

Mitten in der Nacht öffnete Zack die Tür zu Lachlans Zimmer. Er schaltete das Licht ein, stieg über das Chaos hinweg, die getragenen Klamotten, den Elektroschrott, die Bücher und Schulhefte, und riss ein Fenster auf, um die Sommernachtluft hereinzulassen. Er konnte nicht schlafen – entweder wegen der Aufregung des Vorabends oder wegen des Vorstellungsgesprächs in ein paar Stunden –, und in solchen Nächten saß er häufig hier, seit Lachlan verschwunden war.

Er sank auf das Sofa und ließ die Augen auf dem Durcheinander ruhen. Auf dem Schreibtisch, an dem Lachlan damals die Drohne Penny geöffnet hatte, lagen noch leere Red-Rebel-Dosen und Schokoriegelpapierchen. Ein ums andere Mal hatte Zack der Versuchung widerstanden, in den Schubladen zu wühlen oder Lachlans PC einzuschalten; er fürchtete sich vor den Dingen, die er finden mochte. Nur gut, dass Persy O'Connor bislang daran gehindert hatte, Lachlans Zimmer zu durchsuchen. Wegen seiner Degradierung hatte er wohl einfach nicht mehr die Mittel gehabt, um sie dazu zu zwingen, und die META schien sich nicht für Lachlans Computer zu interessieren.

Zack erinnerte sich an ein Blatt Papier, das er im Drucker entdeckt und das Lachlan ihm entrissen hatte. Er stand auf und suchte in einer Ecke nach dem zerknüllten Blatt; er fand es eingeklemmt zwischen einer Kunststoffkiste und der Wand, wo eine Spinne ein Netz gebaut hatte. Zurück auf dem Sofa strich er es auf dem Oberschenkel glatt und las deprimiert die Überschrift »EUROPA HAT KREBS«.

Nach den Terroranschlägen des Jahres 2021 stand Europa am Scheideweg: Würde es seine demokratischen Grundwerte, die persönliche Freiheit und die Offenheit seiner Grenzen der Illusion von Sicherheit opfern? Den meisten Menschen war die Antwort auf diese Frage nicht wichtig; sie stören sich auch heute, im Jahr 2030, nicht an den omnipräsenten Überwachungsdrohnen. Nach zwei Bürgerkriegen, einer Weltwirtschaftskrise und etlichen Anschlägen ist die Paranoia zur Staatsräson geworden: Die ehemalige politische Mitte kooperiert bereitwillig mit rechtsextremen Parteien, die schon immer alle ihre Feinde mundtot machen wollten und nun die entsprechenden Werkzeuge zur Hand haben. Die 2025 aus der Not geborene Republik ist nicht mehr das Land des Götterfunkens, sondern ein krankes Konstrukt: Sie hat METAstasen, sie leidet unter einer ideologisch motivierten Massenobservation. Der widerspenstige Geist wurde in ein Panoptikum gesperrt, aus dem er bis heute nicht entkommen ist. Der allsehende Wächter, der vor uns verborgene Geheimdienst META, ist zum einzigen Kontrollorgan unserer Regierung geworden, ein Kontrollorgan, das nicht nur unsere Kanzler überwacht, sondern auch uns – uns, die wir auf unsere eigenen politischen Vertreter keinerlei Einfluss mehr nehmen können. Sehen wir der Tatsache ins Auge: Eu-

ropa hat Krebs. Wir haben uns zum Preis unserer Freiheit die Illusion von Sicherheit erkauft, und die Einzigen, denen es nützt, sind jene, die aus unseren Daten Profit schlagen. Indem wir die Überwachung zulassen, ermöglichen wir sie. Indem wir uns selbst zensieren, lassen wir sie zu! Steht auf gegen die Gedankenpolizei! Wir müssen Hammer sein, nicht Amboss, denn wir sind Europas letzte Rettung. Lasst uns das Geschwür herausschneiden, die Zeit zurückdrehen und die Republik zu dem machen, wovon unsere Eltern vor vielen Jahren geträumt haben: einer sozialen, gerechten und freien Union des Friedens. www.europahatkrebs.eu

Zack legte das Flugblatt beiseite.

Wann hatte Lachlan begonnen, so zu denken? Das Leben hatte ihm doch alles gegeben, was sich ein junger Mensch wünschte. Ein intaktes Elternhaus. Geld. Alle Computer und Spielekonsolen der Welt. Eine eigene Kawasaki zur Volljährigkeit. Eine passable Bildung. Intelligenz. Gut, vielleicht keine Freundin, aber das war eine Sache, die Zack nie verstanden hatte, denn Lachlan sah obendrein gut aus.

Also was war mit ihm geschehen?

Griffin hat ihm dieses Zeug eingeredet, dachte Zack. Doch die Antwort war ihm zu einfach. Ohne eine gewisse Basis wäre Lachlan für Griffins Ideologie gar nicht empfänglich gewesen, oder? Konnte es vielleicht doch sein, dass diese Gedanken auf Lachlans Mist gewachsen waren und Griffin ihm nur die Tür gezeigt, ihm den letzten Stoß versetzt, ihn radikalisiert hatte?

Er schob die Hand zwischen Lehne und Polster des Sessels und erfühlte einen USB-Stick. Es tat gut, ab und zu nach ihm zu sehen. Sicherzugehen, dass er noch da war. Vielleicht sollte er doch das tun, worum Oliver ihn gebeten hatte, und Erion benutzen, um Lachlan zurückzuholen … Nein. Denn damit würde er Lachlans freien Willen brechen. Und diese Grenze würde er niemals überschreiten.

Persy saß am Frühstückstisch, als Zack wenige Stunden später die Treppe herunterkam. Er trug seinen maßgeschneiderten Anzug, dunkelgrau, dazu eine dunkelrote Krawatte und ein Hemd mit gestärktem Kragen, so weiß wie frisch gefallener Schnee. Die Hose endete genau einen Zentimeter oberhalb des Schuhabsatzes – schwarze Lederschuhe, passend zum Gürtel.

In weniger als zwei Stunden würde er wissen, ob sich sein Traum von der SAP erfüllte. Auch, wenn es sich immer noch nicht wie ein Traum anfühlte.

»Stell dir vor, ich bin nicht mehr die Nummer drei auf der Forbes-Liste der mächtigsten Frauen der Welt!«, begrüßte Persy ihn mit gespielter Empörung. Sie saß bei einem Kaffee vor ihrem Tablet und ging die News durch; in der Küche hörte Zack die Mitarbeiter des Cateringdiensts herumhantieren. Ein Mixer ging, in einer Pfanne knisterte Fett.

»Auf welchen Platz sind Sie abgestürzt?«

»Platz vier. Und alles nur wegen – wie heißt sie?«

Persy tippte auf ihrem Tablet herum. »Leontine Ebsen. Die neue First Lady im Weißen Haus. Tse! Wie hast du geschlafen?«

»Ganz okay.«

Zack, der in Wahrheit die ganze Nacht kein Auge zugetan hatte, langte nach der Kaffeekanne. Zwei weiß livrierte Servicemitarbeiter trugen das Frühstück auf, Würstchen, gebratenen Speck, Kräuteromelett, geräucherten Lachs, Himbeeren und Blaubeeren zu Müsli, Süßgebäck und Croissants. Zack verspürte keinen Appetit, außerdem war es ihm auch nach all den Jahren noch peinlich, bedient zu werden. Er bedankte sich für Messer, Löffel und Teller jeweils einzeln, obwohl der Mann – Zack war versucht, ihn in Gedanken Diener zu nennen – ihm keine Beachtung schenkte.

Persy ließ sich das Frühstück mindestens zweimal wöchentlich von demselben Sterne-Cateringdienst zubereiten, der auch regelmäßig das Abendessen servierte. Sie verzichtete nur darauf, wenn sie auf Reisen war oder morgens zu Terminen musste. Dann trank sie lediglich einen Kaffee. Sie leistete sich ansonsten überhaupt kein Personal; nur eine Haushälterin, die einmal in der Woche zum Putzen und Waschen kam. Persy bügelte ihre Blusen und Hosen selbst und räumte alle zwei Tage die Spülmaschine ein und aus, als wäre sie nicht im Besitz von mehr als vierzig Milliarden Euro. Sie tat es wohl, so vermutete Zack, aus dem gleichen Grund, aus dem Lachlan nach dem Club immer einen riesigen Umweg durch die War Memorial Gardens gemacht hatte – um den Kopf freizubekommen.

Zack hätte auch gern gewusst, wie er einen klaren Kopf bekommen würde. Zwischen seinen Ohren herrschte Chaos. Cosimo hatte sich noch nicht gerührt, und die Erkenntnis, dass das Vorstellungsgespräch bei der SAP kurz bevorstand, hatte ihn heute Nacht wie eine Abrissbirne getroffen.

Er wusste nicht, ob er das Gespräch mit gutem Ergebnis bewältigen wollte oder ihm die Akademie wirklich egal war, wie er vor Kathy behauptet hatte. Möglicherweise hatte er sich das auch nur eingeredet, weil die META jederzeit auftauchen und ihn einkassieren konnte. Jetzt war er immer noch nicht verhaftet, also vielleicht bedeutete das Schweigen der META, dass er hoffen durfte. Und O'Connor? Zack sah auf die Uhr. Kurz nach sieben. Vielleicht wartete O'Connor – nein, Cosimo –, bis er das Vorstellungsgespräch hinter sich hatte …

Zack betrachtete das bunte Sammelsurium auf dem Tisch, die Cremes, Aufstriche und Avocadospalten, das frische Sodabrot, und fragte sich, wie er auch nur einen Bissen hinunterbringen sollte.

»Guten Appetit.« Persy schob das Tablet beiseite und griff nach dem Besteck. »Du siehst blass aus. Wahrscheinlich bist du ganz krank vor Aufregung.«

Er nickte.

»Das musst du nicht sein. Du wirst Lancaster mühelos überzeugen, mit deiner aufrichtigen Art, deiner Intelligenz und deinem eidetischen Gedächtnis.«

»Ich habe kein eidetisches Gedächtnis«, sagte Zack. Und wäre ich intelligent, säße Lachlan jetzt hier bei uns am Tisch, dachte er.

»Das Thema hatten wir bereits.«

»Trotzdem.«

»Erzähl mir etwas über unsere Caterer.«

Zack seufzte. »Der Typ mit den schwarzen Haaren hat uns die Aufstriche, den Lachs, die Baked Beans, das Obst und die Eier gebracht, unter seiner Uhr am linken Handgelenk hat er ein paar blasse Narben, wahrscheinlich eine Borderline-Störung in der Jugend, seine Schuhe sind von Lacoste, weiß, unbefleckt, also sind sie entweder neu, oder er legt großen Wert auf seine Garderobe, was dazu passt, dass er sich die Fingernägel manikürt – aber dass ich das gesehen habe, ist keine Gabe, sondern nur Training.«

»Nur Training«, spottete Persy. Es hatte keinen Sinn, sie vom Gegenteil zu überzeugen. »Gestern ist mir auch etwas aufgefallen, ganz ohne Begabung. Wieso habt ihr mich angelogen, du und Cosimo?«

Mit welcher Leichtigkeit sie den Namen aussprach, während er sich darüber den Kopf zerbrach, wie er mit dieser neuen Nähe zu O'Connor umgehen sollte, jetzt, nachdem er ihn zwei Wochen lang gemieden hatte.

»Wir haben nicht gelogen. Ich hatte ihn kontaktiert, weil ich wissen wollte …« Er kam ins Stocken und dachte fieberhaft nach, als ihm eine geradezu brillante Idee kam. »Ich wollte wissen, was für Noten ich brauche, um auf die Polizeiakademie zu gehen. Und ob er glaubt, dass ich dazu geeignet bin. Er sagt, dass er das glaubt.«

Die Lüge kam ihm so leicht über die Lippen, dass er sie um Haaresbreite selbst geglaubt hätte.

»Und so etwas fragst du ausgerechnet Detective O'Connor, der dich seit zwei Wochen schikaniert?«

»Er hat ja keine Wahl. Er muss all diese Fragen stellen, wenn er Lachlan aufspüren will, oder?«

»Seine Ermittlungen sind stümperhaft und unkreativ. Er verschwendet zu viel Zeit damit, Fragen zu stellen – stattdessen könnte er zur Abwechslung mit ein paar raffinierten Ideen aufwarten. Lässt er zum Beispiel bereits nach einem Mann fahnden, der eine Wunde hinter einem seiner Segelohren hat, weil du es ihm fast abgerissen hättest? Ich glaube, dass er etwas verbirgt. Und ich denke, dass er gestern mit dir darüber gesprochen hat.«

Der Nacken wurde ihm heiß.

»Hat er nicht.«

Persy strich lächelnd Butter auf eine Scheibe Sodabrot. »Am Ende kommt immer alles ans Licht. Man muss nur Geduld mitbringen, und die habe ich. Aber heute solltest du dich nur auf die SAP konzentrieren.«

Zack spürte, wie er wütend wurde, weil sie ihm so offen, so unverschämt misstraute, dass es ihn verletzte, obwohl er tatsächlich nicht ehrlich gewesen war.

»Aber –«

»Persy«, unterbrach ihn eine sonore Männerstimme aus dem Fernseher. »Es ist eine Minute vor halb acht. Ich habe die aktuellen Nachrichten für Sie.«

Persy nahm eine Serviette und tupfte sich Erdbeermarmelade vom Zeigefinger, während sie überlegte. Nach einem letzten Blick auf Zack befand sie die Diskussion für beendet. »Eric, zeig mir die Nachrichten«, sagte sie zur Smarthome-KI, die im gleichen Moment den Fernseher einschaltete. Das Esszimmer war der einzige Raum mit einer künstlichen Intelligenz, den Rest des Hauses hatte Persy, die auf Antiquitäten stand und wenig von diesem vernetzten Spielzeug hielt, davon sauber gehalten. Erics Hinweis und die Nachrichten gehörten allerdings zu ihrer Morgenroutine. Zack sah die Chance zur Flucht gekommen, warf sich seinen letzten Bissen Sodabrot in den Mund und goss Kaffee hinterher, während sich Persy dem Fernseher zuwandte. Es lief das Intro von RTÉ Euronews; eine computergenerierte Nachrichtensprecherin erschien.

»Guten Morgen, Persy«, sagte sie mit der perfekten Imitation einer rauchigen Frauenstimme. »Ich hoffe, Sie haben eine gute Nacht hinter sich. Ich freue mich, Ihnen jetzt die Themen des Tages präsentieren zu dürfen:

Brüssel. Die Kanzlerkammer diskutiert heute über neue Sicherheitsmaßnahmen in den europäischen Städten. Es ist die dritte öffentliche Sitzung seit dem Dubliner Terroranschlag am 24. Juni. Wollen Sie mehr darüber wissen, oder soll ich mit einer Zusammenfassung fortfahren?«

Zack, gerade im Begriff aufzustehen, hielt in der Bewegung inne. »Mehr darüber«, sagte Persy.

Er setzte sich wieder.

»Sehr gerne. Wie Sie bestimmt bereits wissen, diskutiert die Kanzlerkammer derzeit ein neues Sicherheitskonzept. Dieses wird die Menschen in Europa vor weiterem Schaden bewahren. Terroranschläge wie den im Dubliner Stadtzentrum wird es künftig nicht mehr geben. Die Europäische Republik entwickelt sich zum sichersten Staat der Erde – Freiheit und Sicherheit sind wieder gewährleistet.«

Die CGI-Nachrichtensprecherin dehnte ihren rosa Mund zu einem zufriedenen Lächeln und fuhr fort: »Präsident Adams sagte zum Auftakt der Verhandlungen, es reiche nicht, die Städte nur im Auge zu haben. Der Staat müsse auch jederzeit wissen, wer wann wo sei, und warum – und ob er da überhaupt sein dürfe. Nur wer sich uneingeschränkt in allen Bereichen des öffentlichen Lebens bewegen könne, sei auch imstande, unter friedlichen Menschen eine Bombe zu zünden. Die Kanzlerkammer diskutiert nun über die Einführung von Sicherheitszonen, die dann nur noch mit der entsprechenden Berechtigung betreten werden dürfen.

So sieht der Vorschlag für Ihre Heimatstadt aus, Persy.« Neben der Sprecherin tauchte eine Dubliner Stadtkarte auf. »Sie sehen hier mehrfarbige Ringe um die Zentren und Bahnhöfe, den Hafen und das Büroviertel. Die weißen Bereiche wären nach aktuellem Stand die A-Zonen, grün wären die B-Zonen und orange die C-Zonen. Möglich ist die Einführung zwei weiterer Zonen für besonders sensible –«

»Soll das heißen, wir dürfen bald nicht mehr gehen, wohin wir wollen?«, fragte Zack perplex.

Bevor Persy antworten konnte, sprang ihr Handy an – ein Bolero, den sie auch auf Vinyl besaß. Zack hatte ihn schon oft von ihrem Grammofon gehört.

»Nachrichten stoppen«, sagte Persy. Das Bild auf dem Fernseher fror ein. Persy nahm das Handy vom Tisch und hielt es sich ans Ohr. »Guten Morgen, Hares!« Der Name hatte auf dem Display gestanden, er gehörte zum neuen Werkschutzleiter der Destillerie in Donegal. »Wie geht es Ihnen? Haben Sie sich gut in Ihrem Job eingefunden?«

Zack starrte die CGI-Frau an, die so echt aussah wie gefilmt, nur mit zu perfektem Haar, das ihr Strähne für Strähne glatt auf die Schultern floss. Neben ihr schwebte noch die Dubliner Stadtkarte mit den Sicherheitszonen. Die O'Connell Street war weiß, genauso die Stadthalle, der Palast und das Viertel um Stephen's Green, also beinahe die ganze Innenstadt. Der Phoenix Park indes war grün, Chapelizod auch. Kilmainham hatte rote Bereiche, ganz besonders am Grattan Crescent rund um das Wohnsilo. Inchicore leuchtete knallrot. Wer bestimmte, wer welche Sicherheitsstufe bekam? Mussten Dubliner mit der Stufe C aus den A-Bereichen wegziehen? Das ist doch Irrsinn, dachte Zack. Total bescheuert. Er hatte da bestimmt irgendetwas missverstanden.

Er sah zu Persy; sie war verstummt. Mit schmalen Lippen betrachtete sie ein gekochtes Ei.

Was hatte sie noch mal gesagt, einen Tag nach dem Anschlag? Dass sich Europa verdunkeln werde, oder so. Es sei bereits alles vorhanden für einen vollendeten Überwachungsstaat: »Das Einzige, was uns davor schützt, ist der Frieden«, hatte sie gesagt, daran erinnerte er sich im Wortlaut. Aber nach einem Anschlag werde die Stimmung kippen, und dann sei der letzte Schritt getan. Europa werde seine Freiheit endgültig der Sicherheit opfern. Und sich verdunkeln.

Und alles nur wegen Melpo, dachte Zack mit Schuldgefühlen und brennendem Magen.

Nein, wegen Griffin.

»Wie heißt der Mann?«, fragte Persy.

Stille.

»Das sagt mir nichts, aber das muss nichts heißen. Nun, es besteht kein Grund, die Polizei mit einer solchen Lappalie zu behelligen.« Sie hatte nie sanfter geklungen. »Wir regeln das schon. Ich mache mich morgen auf den Weg und bin am frühen Nachmittag bei Ihnen. Machen Sie es unserem Besucher gemütlich, aber passen Sie auf, dass er nicht abhaut – ich habe da ein paar Fragen an ihn.«

Sie verabschiedete sich und legte das Handy auf den Tisch. Einen Moment lang sah sie noch das Ei an, dann blickte sie auf. »Um auf deine Frage zurückzukommen: Ja, das heißt es. Die META will uns in unseren Häusern einsperren, und niemand wird sie daran hindern. Achte mal darauf, ob sie in irgendeiner dieser Sendungen Convivari erwähnen. Die außerparlamentarische Opposition erhält immer mehr Zulauf, aber die Medien schweigen sie tot. Solche Dinge passieren, wenn die Falschen das Sagen haben.«

Zack fragte sich, wer ihrer Meinung nach die Richtigen wären; sie gab selten so deutliche politische Statements ab. Dass sie sich zur Partei Convivari bekannte, hörte er auch zum ersten Mal. »Ist in der Destillerie was passiert?«, fragte er. Und warum verzichtete sie auf die Polizei? Vielleicht behielt er diese Frage lieber für sich.

»Ein kleiner Einbruch. – Eric, schalte den Fernseher aus und lege die Sendung um zwölf Uhr auf meinen BMW.«

»Sehr gerne, Persy«, antwortete die KI.

»Ein Einbruch? Was wollten die stehlen, ein paar Flaschen Gallagher? Geheimrezepte? Maische?«

»Das wird mir unser Gast schon verraten.«

»Warum lassen Sie das nicht die Polizei machen?«

»Ach«, winkte sie ab und stand auf.

Zack war hin- und hergerissen: Wenn Persy Dublin verließ, brauchte er keine Angst mehr davor zu haben, dass sie ihm und Cosimo auf die Schliche kam. Aber andererseits wäre sie dann auch nicht da, wenn die META auftauchte, um ihn von der Landkarte zu löschen. Vielleicht sollte er ihr doch alles erzählen oder sie zumindest fragen, wie er notfalls schnell mit ihrer Anwältin in Kontakt treten konnte.

»Ich mach mich mal fertig. Atme doch ein bisschen tief durch – du wirst das heute perfekt hinbekommen, verstanden?« Sie lächelte und verließ das Esszimmer.

Zack blieb allein und angespannt zurück. Wieso meldete sich Cosimo nicht? Er vergewisserte sich auf seinem Smartphone, dass ihm kein Anruf entgangen war. Seine Twitterbekanntschaften Patricia und Rita schrieben ihm seit einer guten Woche nicht mehr, beleidigt, weil er so spärlich antwortete. Nach Lachlans Entführung hatte er einfach andere Dinge im Kopf gehabt, und daran hatte sich noch nichts geändert. Trotzdem hätte es gutgetan, wenigstens ihnen von diesem elenden Dilemma erzählen zu können – wenn auch nicht in allen Details.

Er wählte im Adressbuch O'Connors Namen an. Wenn es drauf ankam, würde er schon eine unverfängliche Formulierung finden. Genau: Er würde sagen, dass sie sich doch treffen wollten, damit Cosimo ihm Flyer der Polizeiakademie geben konnte. Und dann würden sie unauffällig einen Termin ausmachen.

Aber es ertönte nicht einmal ein Freizeichen. Eine Computerstimme sagte ihm, der Teilnehmer sei nicht zu erreichen. Cosimo hatte sein Handy ausgeschaltet.

Kurz vor neun Uhr parkte Persys BMW selbstständig vor dem Gelände der Personenschutzakademie ein. Sie legte das Tablet weg, in dem sie bis dahin gelesen hatte, und drehte sich zu Zack um. »Ich mache mir da überhaupt keine Sorgen«, sagte sie wie als Antwort auf eine Frage. »Du hast es so weit geschafft! Sie müssen dich aufnehmen.«

Zack, der sich auf seinem Smartphone mit ein paar Trailern zu Lili Yokohamas neuem Film ›Chronik der Aschevögel‹ abgelenkt hatte, steckte das Gerät weg, wischte sich die feuchten Hände an den Hosenbeinen ab und spähte durch das Tor. Es war vergittert. Auf den Mauern saßen steinerne Löwen, und darüber schwebte eine Drohne. Hinter dem Tor begann eine weitläufige Grünanlage; von der Akademie war nichts zu sehen. Ohne die Gitter und das goldene Schild an der Mauer hätte man das Gelände für einen gewöhnlichen Stadtpark gehalten.

»Bist du sehr nervös?«, fragte Persy.

»Geht schon«, sagte Zack, obwohl er sich vor Übelkeit am liebsten auf die Armaturen übergeben hätte.

Persy lehnte sich zu ihm, um ihm die Krawatte zu richten. Eine Jacquard-Krawatte aus reiner Seide, die etwa die Hälfte von dem kostete, was er bis vor zwei Wochen für die Wohnsilomiete hingeblättert hatte.

»Was sagst du, wenn du reinkommst?«

»Guten Tag, Mr. Lancaster, danke für die Einladung.« Zack streckte die Hand aus, um die Geste zu simulieren, als ihm einfiel, dass er feuchte Finger haben würde. Erneut fuhr er sich mit der Hand über die Hose.

»Hör auf, das dauernd zu tun, Zachary«, sagte Persy und schlug ihm auf die Finger. »Sprich mir nach. Ich habe mich für die SAP entschieden, weil sie die beste Ausbildung …«

»… im Bereich des Personenschutzes bietet.«

»Während meiner Zeit bei SecuGuard konnte ich erste Erfahrungen im Gebäudeschutz sammeln …«

»… wodurch ich mit Gewissheit sagen kann, dass ich mir zwar eine Tätigkeit im Sicherheitsgewerbe vorstellen kann, mir der Werkschutz jedoch …«

»… nicht ausreicht. Ich möchte …«

»… größere Verantwortung übernehmen und fühle mich den Herausforderungen gewachsen.«

»Hervorragend«, sagte Persy zufrieden. »Deine Stärken?«

»Ich bin belastbar, zuverlässig, pünktlich –«

»Vergiss dein eidetisches Gedächtnis nicht«, sagte Persy.

»Wenn ich ein eidetisches Gedächtnis habe, wie soll ich das dann vergessen?«

»Zachary, wir haben darüber geredet. Komm mir nicht so.«

»Aber Mrs. Abercromby –«

»Persy.«

»Sie nennen mich ja auch nicht –«

»Dein eidetisches Gedächtnis, Zachary!«

Zack gab es auf. »Meinetwegen, okay?«

»Zachary«, sagte Persy tadelnd. Er kniff die Lippen zusammen. »Also gut«, fuhr sie sanfter fort. »Dein Gespräch beginnt in fünfzehn Minuten. Du solltest dich jetzt auf den Weg machen. Hier hast du Kaugummis.«

Er griff sich die Packung, die sie ihm hinhielt, und öffnete die Beifahrertür, um zu entkommen. Er merkte, wie sehr er unter dem maßgeschneiderten Anzug schwitzte; hätte er doch nur ein T-Shirt tragen dürfen.

Zack schlug die Wagentür zu. »Du schaffst das«, sagte Persy durch das geöffnete Fenster. »Viel Erfolg, Zachary. Ich hole dich in ungefähr einer Stunde hier ab.«

Sie legte ihren Zeigefinger auf einen Scanner an der Armatur und sagte: »Eric, fahr mich zur Bank of Ireland am Trinity College. Und spiel die Biografie von Ida Rubinstein ab …« Der Wagen sprang an, rollte auf die Grange Road und ließ Zack allein zurück.

Zack rückte sich das Jackett zurecht und ging zur Mauer neben der geschlossenen Durchfahrt. Hinter einem vergitterten Fußgängertor bemerkte er ein weiß getünchtes Wachhäuschen, in dem ein Mann saß.

»Wie kann ich Ihnen helfen?«, fragte der Mann durch einen in die Mauer eingelassenen Lautsprecher.

»Ich, ähm, bin Zachary Murray. Ich habe ein Gespräch mit – mit Mr. Lancaster«, stammelte Zack. »Um neun – ich habe eine Einladung bekommen –« Aber er hatte sie überhaupt nicht dabei, wurde es ihm eiskalt bewusst.

»Kommen Sie rein«, sagte der Mann freundlich. Ein Summer ertönte, und das Tor sprang auf. Zack fiel ein Stein vom Herzen. »Gehen Sie den Weg immer geradeaus, dann kommen Sie direkt zum Haupthaus. Viel Glück!«

»Danke.«

Er trat durch das Tor, wobei sich ihm der Magen zusammenzog. Zum ersten Mal setzte er einen Fuß auf das Gelände der Akademie, von der er seit Jahren träumte. Sogar die Luft kam ihm hier ein bisschen anders vor; sie schmeckte verheißungsvoll. Ein langer Weg, breit genug für ein Auto, verlief im sanften Linksbogen zwischen den Bäumen, durch deren dichtes Laub er die Schule noch immer nicht entdecken konnte. Rechts hinter dem Wachhäuschen machte er ein ausgedehntes Hurlingfeld aus, auf dem ein paar Jungs Fußball spielten. Er sah ihnen eine Weile sehnsüchtig zu, bevor er dem Weg folgte. Im Licht der frischen Morgensonne schwirrten ihm Mücken um den Kopf. Neben einem Holunderbaum ging ein Kiesweg ab, und dort bemerkte Zack eine alte schwarze Laterne, die noch aus dem letzten Jahrhundert stammen musste. Ob sie nachts noch leuchtete? Er würde es herausfinden, wenn Lancaster ihn aufnahm. Und er im Internat lebte.

Es stimmte Zack ruhiger, die vielen neuen Eindrücke bewusst in sich aufnehmen zu können; die Risse im sanierungsbedürftigen Boden, die gewaltige Kastanie mit ihren stacheligen Früchten und eine Temposchwelle, die ihn stutzen ließ. An jenem 24. Juni, von dem heute die ganze Welt sprach, war er auf dem Weg zu Melpo auf Lachlans Kawasaki mit Vollgas über genau so eine Schwelle gefahren, was ihn fast das Leben gekostet hätte.

Sein Herz setzte einen Schlag aus: Da vorne blitzte zwischen den Bäumen ein hellgraues Gebäude auf. Die Akademie! Zum ersten Mal sah er sie mit eigenen Augen. Mit weichen Knien ging er weiter, wobei sich das Haupthaus in sein Sichtfeld schob. Zack zwinkerte nicht, bis er sich den Anblick des kastigen Gebäudes für alle Zeiten eingeprägt zu haben glaubte: die in neun gleichmäßige Segmente unterteilten Sprossenfenster; die rechteckigen Säulen; den breiten, geraden Treppenaufgang – und in der Mitte die Eingangstür, hoch, mit einem Rundbogen abschließend.

Die Bäume lichteten sich, und Zack erreichte die Wiese, an der die Straße im gleichmäßigen Bogen vorbeiführte. Dort bemerkte er eine schwarze Büste auf einem Sockel. Patrick Pearse. Mit spitzem Kinn und leeren Augen sah der irische Nationalheld auf das Gebäude, in dem er bis vor einhundertfünfzehn Jahren gälische Gedichte geschrieben und Teenager im Umgang mit dem Gewehr geschult hatte. Das Museum in der früheren St. Enda's School war wie viele historische Einrichtungen 2019 der Weltwirtschaftskrise zum Opfer gefallen; seither residierte darin die SAP.

»Hallo?«, rief Zack, nachdem er durch die Eingangstür getreten war. Er schloss sie mit feuchten Fingern und drehte sich zu der schüchtern wirkenden Frau um, die ganz plötzlich in der Tür zu einem Nebenraum stand. »Guten Tag, ich bin Zachary Murray, und ich habe –«

»Sie sind also da«, sagte die Frau brüsk. Sie bedeutete ihm mit ausgestreckter Hand, auf einem Sofa Platz zu nehmen, das in der Halle stand. »Warten Sie hier.«

Sie verschwand.

Zack war nicht danach, sich hinzusetzen, doch er wollte nicht unhöflich sein, also ließ er sich auf das Polster sinken. Er erinnerte sich an Persys Anweisung – als Chefin eines Unternehmens musste sie ja wissen, wovon sie sprach – und rutschte nach hinten, bis er die Sofakante in den Kniekehlen hatte. Dann wischte er sich die Hände an der Hose ab. Ich muss damit aufhören, dachte er und schlang die Finger ineinander.

Er sah sich um. Ein quadratischer Raum, rechts und links Bürotüren, ein behaglicher Holzboden. Ein kalter Kamin, Bilder an den Wänden … Warum hatte die Frau so komisch reagiert? War sie die Schulsekretärin? Er dachte an die Sekretärin der Schule, an der er Anfang Juni seinen Abschluss gemacht hatte. Eine stille, aber unerbittliche Frau, die für angeblich kranke Schüler ein eigenes Fieberthermometer in der Schublade hatte. Vielleicht musste man so sein, wenn man Schulsekretärin werden wollte.

Er hatte einen unangenehmen Geschmack im Mund, erinnerte sich an Persys Kaugummis und wollte gerade einen aus dem Päckchen fummeln, als die Frau auf einmal wieder vor ihm stand. Sie hatte so helle Augen wie Lachlan, wenn er nervös war.

»Folgen Sie mir«, befahl sie ihm.

Zack erhob sich verunsichert und ging ihr nach.

Die Frau, die sich ihm mit keiner Silbe vorgestellt hatte, schwebte mit schnurgeradem Rücken durch die Flure; Zack hatte Mühe, mit ihr Schritt zu halten. Sie kamen an Türen vorbei, eine davon stand einen Spalt offen, und dahinter erkannte Zack Hanteln und Medizinbälle. Dann ging es eine alte Holztreppe hinauf, die unter ihren Schritten traurig knarrte, und durch eine Glastür. Zack konnte seine Gedanken nicht daran hindern, ihm davonzulaufen. Das war nicht ganz der Empfang, den er sich vorgestellt hatte. In seiner Fantasie hatte Lancaster ihn im Foyer abgeholt, Zack hatte ihm die Hand geschüttelt, Persys Begrüßungsformel abgespult und ihn in sein Büro begleitet, wo Lancaster ihm einen Stuhl und ein Glas Wasser anbot.

»Warten Sie«, sagte die Sekretärin, die so plötzlich stehen blieb, dass Zack um Haaresbreite in sie hineingerannt wäre. Er trat zurück und verhielt sich still.

Sie klopfte.

Öffnete die Tür.

»Er ist da«, sagte sie in den Raum. Ein Mann antwortete ihr. Sie kehrte zurück; wortlos bedeutete sie Zack, in das Büro zu gehen. In ihren hellen Augen steckte kein Funken Freundlichkeit.

Zack atmete durch und ging zur Tür. Er erinnerte sich an seine Haltung, straffte die Schultern.

»Guten Tag, Mr. Lan…«

Er verstummte.

In dem Raum saßen eine Frau und zwei Männer. Er hörte, wie die Sekretärin die Tür hinter ihm ins Schloss zog, ein Klicken wie von Handschellen.

»Entschuldigung, ich …« Was sollte er sagen? »… komme wegen des Vorstellungsgesprächs …«

»Zachary, nehmen Sie doch Platz«, sagte der Mann, der hinter einem wuchtigen Schreibtisch saß.

»Vielen Dank, Mr. Lancaster«, sagte Zack.

Die anderen beiden beobachteten ihn, als er zu dem freien Stuhl ging und Platz nahm. Der Mann neben ihm lächelte; sein Gesicht hatte die Farbe von Tierfett, das dunkle kurze Haar lag ihm platt auf dem runden Schädel. Niemand gab ihm die Hand oder bot ihm etwas zu trinken an. Er setzte sich trotzdem so hin, wie Persy ihm geraten hatte, und achtete darauf, sich nicht in der nächsten Bewegung die Hände an den Hosenbeinen abzuwischen. Es herrschte Schweigen.

»Danke, dass Sie gekommen sind«, sagte Lancaster.

»Vielen Dank für die Einladung«, sagte Zack betont selbstsicher, was ein wissendes Lächeln auf Lancasters Lippen rief.

Der Direktor war Zack auf Anhieb sympathisch. Er hatte sich den Leiter der Akademie als eine strengere Variante seines früheren Arbeitsgebers Martin Maddox vorgestellt, blond und solariumgebräunt, muskulös und ehrgeizig; doch Lancaster wirkte wie ein gemütlicher Großvater, der lieber ein Buch als eine Hantel zur Hand nahm und deshalb ein wenig zugelegt hatte.

»Das sind Alma und Steve«, sagte Lancaster und deutete auf seine beiden Besucher. »Ich konnte sie leider nicht daran hindern, heute hier zu sein.«

»Guten Tag«, sagte Zack.

»Die beiden arbeiten für die META.«

Zack brauchte eine Sekunde, um Lancasters Aussage zu begreifen, dann erstarb alles in ihm.

»Danke, Liam«, sagte Steve und nickte Lancaster zu, als gäbe es für ihn nichts weiter zu tun. »Zachary, es gibt da etwas, worüber wir mit dir reden möchten.«

Zack sah Hilfe suchend zu Lancaster, der sich mit einem schicksalsergebenen Lächeln zurücklehnte.

»Keine Panik«, sagte Steve. »Wir finden für alle Probleme eine Lösung. Dafür sind wir heute hier, nicht wahr, Alma?« Die Frau nickte aufmunternd.

»Was wird das hier?«, fragte Zack.

»Wir möchten mit dir über eine gewisse Penny sprechen«, sagte Steve im Ton eines Kindergärtners, der einem kleinen Jungen etwas beibringen wollte. »Du erinnerst dich – das ist der Name, den Lachlan Abercromby jener Drohne gegeben hat, die ihr gemeinsam gestohlen habt – ganz ruhig!« Steve lehnte sich vor und legte ihm die Hand aufs Knie. Die

Angst musste Zack offen ins Gesicht geschrieben stehen. »Es gibt keinen Grund, die Nerven zu verlieren, Zachary. Wie gesagt, wir finden eine Lösung. Du gehst wahrscheinlich nicht ins Gefängnis.«

Wahrscheinlich, durchfuhr es Zack.

»Wir haben einen Haftbefehl«, sagte Alma. Zack hatte noch nie einen so straffen Pferdeschwanz gesehen.

»Aber wir müssen ihn nicht umsetzen«, sagte Steve versöhnlich. Er hielt immer noch Zacks Knie fest. »Das liegt an dir und deiner Kooperationsbereitschaft.«

Endlich ließ er das Knie los.

Zack dachte darüber nach, alles abzustreiten, doch damit würde er sich lächerlich machen – Cosimo hatte ihm immerhin eindrücklich vor Augen geführt, dass die META über alles Bescheid wusste.

»Wieso kommen Sie erst jetzt? Wieso haben Sie uns nicht gleich festgenommen?«, fragte er.

»Die META«, sagte Steve mit einem überlegenen Lächeln, »weiß auch Dinge, die dir verborgen bleiben, mein Junge. Die Wege der META sind unergründlich. Sieh mal …« Er öffnete die linke Hand, als wollte er Zack tatsächlich etwas zeigen. »Es gibt da etwas, wobei du uns behilflich sein könntest. In deinem eigenen Interesse, wenn du verstehst.«

»Wir haben nicht vor, Ihnen etwas zu tun«, sagte Alma. »Wir sind sehr interessiert an einer partnerschaftlichen Kooperation mit Ihnen, Mr. Murray.« Nicht ein einziges ihrer Haare bewegte sich, während sie sprach.

»Wir sind geradezu auf dich angewiesen«, sagte Steve überschwänglich. »Deshalb haben wir dich für eine Weile in Ruhe gelassen. Um dir«, und wieder legte er seine große rote Hand auf Zacks Knie, »unseren guten Willen zu beweisen. Die META ist nämlich nicht der Teufel, für den du sie hältst. Wir wollen einfach nur deine Hilfe.«

»Meine –« Zacks verstummte. Er merkte, dass Lancaster ihn aufmerksam musterte. »Wenn Sie doch sowieso alles wissen und können, warum wollen Sie dann gerade meine Hilfe?«

»Wir wissen zwar alles, doch das bedeutet nicht, dass wir auch alles können«, räumte Alma ein.

»Einen Platz an dieser Schule – und auch noch deine Freiheit!«, sagte Steve mit gespielter Begeisterung. »Das kannst du dir unmöglich entgehen lassen.«

Zack starrte sie an. »Und was soll ich tun?«

»Gut!«, sagte Steve, als hätte er die ganze Zeit eine echte Wahl gehabt. »Es geht um deinen Freund. Lachlan Abercromby. Du weißt ja, was mit ihm passiert ist.«

»Keine Ahnung. Er ist verschwunden«, sagte Zack schroff. Und mein Freund ist er auch nicht, dachte er und ballte die Hand zur Faust.

»Und du weißt, wohin«, entgegnete Steve. »Du weißt natürlich von Griffin, dem Terroristen. Oder wie der gute Cosimo es ausgedrückt hat: *die Königin eines Bienenstocks voll Terroristen.*«

Cosimo.

Ob die META ihn von der Landkarte gelöscht hatte?

»Der Anschlag in Dublin, mein Junge, war das Werk Griffins. Das ist dir natürlich bekannt. Verstehst du? Wir sind nicht hier, um dich daran zu erinnern, dass du etwas viel

Schlimmeres getan hast, als eine Drohne zu stehlen – nämlich mit Terroristen kooperiert«, sagte Steve sanft. »Sondern wir sind hier, um dich um deine Unterstützung zu bitten. Bei der Jagd auf den Terroristenkönig.«

»Und wie?«, fragte Zack.

»Dein Freund, Zachary. Du weißt doch, dass er unter den Einfluss dieses Mannes geraten ist.«

»Ja, und?« Das hatte er von Anfang an gesagt: dass Griffin Lachlan irgendwie manipuliert hatte.

»Deine Freundin, die du Melpo nennst, deren wahrer Name aber Femke Sommerfeld ist, obwohl sie bisweilen auch als Miranda Mottenstein unterwegs ist –«

»Sie ist nicht meine Freundin«, fuhr Zack dazwischen. »Und mit Lachlan bin ich auch fertig.«

»Bei ihr war es jedenfalls ganz ähnlich«, sagte Alma. »Eine junge Frau, die er eingesponnen hat.«

»In sein Netz«, sagte Steve mit einem Blitzen in den Augen. »Er ist Charismatiker. Und«, seine Stimme wurde noch sanfter, »der gefährlichste Mann der Welt.«

»Wir müssen ihn stoppen«, sagte Alma hart. »Und wir haben einen Plan, wie uns das mit Ihrer Hilfe gelingen kann. Wir bieten Ihnen dafür Amnestie und die Möglichkeit, auf die Akademie für Personenschutz zu gehen.«

Zack sah zu Lancaster, der auf Almas Worte mit einem leichten Nicken reagierte.

»Lachlan wurde also auch – eingesponnen«, sagte Zack.

»Das wurde er gewiss«, sagte Steve.

»Das heißt, Sie gewähren ihm auch Amnestie?«

Steve und Alma tauschten einen Blick.

»Ja«, sagte Alma entschieden. »Wenn er bis dahin keine gravierenden Straftaten begeht.«

»Sie meinen, bis zu Griffins Verhaftung?«

Alma nickte.

»Also gut«, sagte Zack und rieb die feuchten Handflächen aneinander. Die Aussicht, Griffin das Handwerk legen zu dürfen und dabei gleichzeitig Lachlan zurückholen zu können, drängte ihn zu einer vernünftigen Entscheidung; er wollte nicht kindisch sein und sich querstellen, nur weil er Lachlan die Pest an den Hals wünschte. »Ich will Ihnen helfen. Aber ich weiß nicht, wo Griffin sich aufhält. Ich habe keinen Kontakt zu meinem Freund.«

»Das ist kein Problem«, sagte Steve. »Überlass das Denken uns. Alles, was du brauchst, ist ein Cronos Cube und ein Ort, an dem du dich einloggen kannst. Alles Weitere wird dir unser Mittelsmann in Cronos erklären.«

»Ich habe weder einen Cronos Cube noch einen Ort, an dem ich mich einloggen kann«, sagte Zack kategorisch. Persy würde keine Konsole in ihrem Haus dulden, und auf die Schnelle fiel Zack kein Freund ein, dem er genügend vertraute, um sich bei ihm in Cronos einzuloggen. Er hatte keine Lust, es noch einmal bei Kathy zu probieren.

»Wir haben uns bereits um alles gekümmert«, sagte Alma. »Ihre Kabine im Wohnsilo, 16.35, ist noch immer für Sie reserviert. Der Schlüssel.« Sie reichte ihm die abgegriffene Karte seiner alten Wohnsilozelle.

»Aber – die Kabine wurde gekündigt«, sagte er verblüfft.

»Die Wege der META …«, sagte Steve übertrieben geheimnisvoll. »Wir schicken dir einen Cronos Cube ins Wohnsilo – er dürfte dir schon heute Abend vorliegen.«

»Und was mache ich in Cronos?«

»Einer unserer Mittelsmänner wird mit Ihnen in Kontakt treten«, sagte Alma. »Sie müssen nichts weiter tun, nur abwarten. Er wird Ihnen alles erklären.«

»Ich verstehe«, sagte Zack langsam.

»Das ist gar nicht notwendig«, sagte Steve. »Führe einfach nur deine Befehle aus, Zachary.«

Alma und Steve erhoben sich von ihren Stühlen. Sie nickten Lancaster wortlos zu; dann klickte das Schloss, und ihre Schritte entfernten sich auf dem Flur.

Zack sah verstört zu Lancaster auf.

»Ich schätze, das haben Sie sich anders vorgestellt«, sagte dieser verständnisvoll. »Wenn ich Ihnen einen Tipp geben darf: Sie haben Ihr Leben noch vor sich, Zachary. Versauen Sie diese Sache lieber nicht.«

Donnerschlagartig begriff Zack, was es bedeutete, dass Lancaster das Gespräch mit der META mit angehört hatte. Ein gewöhnlicher Schulleiter wäre von den Agenten nach draußen geschickt worden. Lancaster gehörte zur META und war dort gewiss nicht nur ein kleines Rad.

»Ja, Sir«, sagte Zack.

[8]

Als Lachlan aufbrach, lag Melpo noch in ihrem Bett. Die Schlacht in Ma'quoia dauerte an, und Lachlan hatte keinen blassen Schimmer, ob die Verteidigung den Alchemisten und ihren Dämonen bislang standhielt.

Es interessierte ihn auch nicht besonders. Unterm Strich war Cronos doch nur eine virtuelle Welt aus Bits und Bytes. Er konnte Melpos Aufregung nicht verstehen; sollte Ma'quoia ernsthaft etwas zustoßen, würden die Entwickler sie wiederherstellen, allein schon deshalb, weil es eine irre Arbeit gewesen sein musste, die Stadt zu kreieren. So etwas würde kein Game-Designer aufgeben.

Nur in einem gedanklichen Nebensatz fragte er sich, was die Alchemisten von ihrem Angriff hatten. Außer vielleicht Spaß an der Verzweiflung ihrer Gegner.

Er zog sich die Regenjacke über und lief die Straße Village Moorings hinab in Richtung Meer. Sherkin Island lag wie ein langes, flaches, von der Erosion geschundenes Plateau im Nebel; zwischen den Felsen erahnte er die grün überwucherte Schiffsfestung, Dún na Long genannt, aber vielleicht waren es auch die Überreste eines Franziskanerklosters. *Inis Arcain,* erinnerte sich Lachlan: Morris hatte gestern den irischen Namen verwendet, nicht den englischen, obwohl er sonst kein Irisch sprach. Lachlan hatte Iren im Westen getroffen, für die das Englische eine Fremdsprache war; ihr unverwechselbarer Akzent hatte sie verraten. Morris indes klang wie ein Dub. Trotzdem hatte er *Inis Arcain* gesagt. Lachlan grübelte darüber nach, als er auf der Schwelle zum Pub stand. Es lenkte ihn ab von den Gefühlen, die ihn aufwühlten und denen er sich jetzt nicht stellen wollte.

Lachlan kannte solche Gefühle, kannte die weichen Knie, das Herzklopfen, die Achterbahnfahrt im Magen. Aber jetzt, wo er ein bisschen Abstand gewonnen hatte, konnte er damit umgehen. Zack war für ihn eine viel schwierigere Prüfung gewesen, weil der im Zimmer neben ihm gelebt hatte und mit ihm zur Schule gegangen war. Mit Morris würde er deshalb spielend fertig werden. In Dublin hatte er sich zwei Jahre lang bemüht, Zack gegenüber als heterosexuell aufzutreten, mit zittrigen Beinen aufrecht zu stehen und in der Schulsportumkleide peinliche Situationen zu vermeiden. Abgesehen davon, dass sein Herz an Zack klebte wie eine zappelnde Fliege an einem Klebeband, hatte er auch nie versucht, Kontakt zu einem Flirt im Club aufzunehmen, obwohl es solche Gelegenheiten durchaus gegeben hätte. Er war keine Jungfrau mehr, aber seine zweijährige Liaison in den War Memorial Gardens geheim zu halten, hatte ihm alles abverlangt. Nur die Dunkelheit und ihr einvernehmliches Schweigen hatten ihn beschützt. Dublin mochte wie eine große Stadt aussehen, aber in Wirklichkeit war es ein Dorf; wäre er in Clubs auf Partnersuche gegangen, hätte irgendjemand ihn gesehen, erkannt und sein Geheimnis in die Welt hinausposaunt. Eine Vorstellung, die Lachlan lähmte – damals, und jetzt wieder, hier in Baltimore, wegen Morris.

Der gravierende Unterschied war, dass Zack nie etwas geahnt hatte, während Morris Bescheid wusste – und selbst anscheinend auch interessiert war.

Ich darf mich nicht ablenken lassen, dachte Lachlan. Für Gefühle hatte er keine Zeit. Griffin hatte ihn bei ihrem Treffen im Teehaus vergangene Nacht mit einem Anruf beauftragt, und deshalb hatte Lachlan nur ein einziges Ziel: das Festnetztelefon.

Er trat ein.

Ein dicker Mann im Schottlandpullover saß am Tresen, ein anderer grübelte an einem der zerkratzten Holztische über einem Pint. Morris, der heute eine Tweedmütze trug, sah unter dem tief herabgezogenen Schirm hervor zu Lachlan. Er lächelte und nahm ein Glas zur Hand.

»Heute einen Irish Mist«, sagte Lachlan.

Morris hielt in der Bewegung inne. »Im Ernst? Ich weiß nicht mal, wo die Flasche steht«, sagte er, schnaubte spöttisch und stemmte die Hände in die Hüfte. Eine Weile suchte er die Flaschen auf dem Holzregal ab – fast ausnahmslos irische Whiskeys und dreierlei Scotch – und kramte dann einen staubigen Likör aus einer Ecke.

»Meine Bekannte steht drauf«, sagte Lachlan und schob sich auf den Hocker, den achten von rechts. »Jetzt will ich mal wissen, ob man das Zeug trinken kann.«

»Kann man nicht«, sagte der dicke Mann am anderen Ende des Tresens. »Schmeckt wie Pisse mit Zucker.«

»Hör nicht auf Pat«, sagte Morris und stellte Lachlan ein Whiskeyglas voll goldenem Likör hin.

»Danke.«

Morris lehnte sich mit verschränkten Armen auf den Tresen, was den Abstand zwischen ihren Gesichtern verkürzte. »Ich habe gedacht, du kommst nicht mehr.«

»Warum sollte ich wegbleiben?«, fragte Lachlan buttrig.

Morris sagte nichts, versenkte seine Augen im Schatten der Schirmmütze und widmete sich der Spülmaschine. Lachlan wünschte, er wäre noch ein bisschen geblieben, so verlockend dicht vor seinem Gesicht.

»Kann ich euer Telefon benutzen?«, fragte er.

»Klar. Dafür bist du doch gekommen, oder?«, entgegnete Morris und reichte Lachlan das Gerät. Bildete er sich das ein, oder hatte Morris gekränkt geklungen? Lachlan nahm das Telefon entgegen und kippte sich den Likör in den Hals. Der Alkohol wirkte schnell und ermutigte Lachlan dazu, das Vorhaben in Angriff zu nehmen. Während Morris sich mit dem Mann im Schottlandpulli unterhielt, glitt Lachlan vom Hocker und ging durch die Tür mit dem Toilettenwegweiser. Weil sich derzeit keine Frauen im Pub befanden und die Herrentoilette neben der abschließbaren Kabine noch ein Pissoir im Waschraum hatte, stahl sich Lachlan auf die Damentoilette. Dort war er allein mit einem tropfenden Spülkasten, dem Waschbecken und dem penetranten Blumenduft eines Raumerfrischers. Er verriegelte die Kabinentür und setzte sich auf den Klodeckel, bevor er den Blick auf das altmodische Tastentelefon senkte.

Das ist verrückt, dachte er.

Wenn die META das Gespräch abhörte, würde sie ihn in Baltimore aufspüren und nach Hause bringen. Aber die Wahrscheinlichkeit war gering; Lachlan hatte sich seinen

Gesprächspartner gezielt ausgesucht. Er hatte Griffin im Teehaus erklärt, dass sich sein alter Lehrer mit den Methoden der META auskannte und entsprechende Vorkehrungen getroffen hatte. Wenn sie also an Zack herankommen wollten, mussten sie es über Mr. Arnott versuchen.

Griffin hatte sein Einverständnis gegeben. Es war nicht so, dass sie eine Wahl hätten, schließlich handelte es sich bei ihrer Erion um eine Mimikrykarte, und Zack war Lachlans Vater, dem Schöpfer Erions, derzeit näher als irgendjemand sonst. Deshalb hatte Griffin Lachlan damit beauftragt, Zack zu täuschen – er würde ihm erzählen, dass Griffin eine große Bedrohung war und dass er, Lachlan, Erion dringender denn je benötigte, um ihm das Handwerk zu legen. Lachlan fühlte sich nicht wohl bei dem Gedanken, doch es stand viel auf dem Spiel: die Revolution; der Sieg über die META; und nicht zuletzt seine, Lachlans, Freiheit. Denn nach Hause zurückzukehren kam nicht infrage. Die META würde ihm keine Ruhe lassen. Und falls doch, würde ihn seine Mutter umbringen.

»Wir haben einen META-Agenten in Flüsterheim«, hatte Griffin ihm im Teehaus anvertraut. »Es ist mir gelungen, ihn dazu zu bringen, sich den Kings anzuschließen. Das ist einer der Shooter-Clans, die sich in Flüsterheim bekriegen. Wir müssen ihn mithilfe von Erion unter Kontrolle bringen, bevor er die Lust verliert und in eine High-End-Region abhaut, zu der du noch keinen Zutritt hast. Es muss schnell gehen – nur deshalb habe ich dich gestern so schlecht behandelt. Ich wusste nicht, ob ich auf dich zählen konnte. Es tut mir sehr leid – kommt nicht wieder vor.«

Lachlan hatte ihm geglaubt und sich Griffin näher gefühlt als je zuvor. Heilfroh, Melpo vor ihrer Begegnung losgeworden zu sein, hatte er sich Griffins Lösungsvorschlag angehört. »Ich weiß, dass dir das nicht leichtfallen wird. Aber Zachary ist unsere einzige Chance, unseren META-Agenten noch rechtzeitig zu erwischen.«

Und er hatte recht.

Im Pub gab Lachlan die Dubliner Vorwahl ein, dann die Nummer, die sich ihm über all die Jahre hinweg so tief ins Gedächtnis gebrannt hatte, dass er nicht einmal darüber nachdenken musste. Er hob den Hörer ans Ohr. Wartete das Freizeichen ab. *Brrrt …* Ihm fiel der Schimmel auf, der unter der Decke wucherte. *Brrrt …*

»Komm schon«, zischte er.

Jemand hob ab. »Hallo?«

»Mr. Arnott?«

»Ja. Wer ist da?«

»Lach«, sagte Lachlan.

»Oh!«, rief Mr. Arnott aus. »So eine Überraschung. Ich dachte, nach deinem Abschluss bist du auf und davon. Wie geht's dir? Genießt du die Ferien?«

Mr. Arnotts Small Talk weckte in Lachlan die Sehnsucht nach unbeschwerten Zeiten. Obwohl die Welt nur noch selten unbeschwert gewesen war, seit ihm sein ehemaliger IT-Lehrer die Augen für die dunklen Seiten der Überwachung geöffnet hatte. »Nicht wirklich, Mr. Arnott«, sagte Lachlan ernst. »Ich stecke in Schwierigkeiten und brauche dringend Ihre Hilfe. Kann ich auf Sie zählen?«

Mr. Arnott schwieg einen Moment. Vielleicht wechselte er das Ohr. »Das klingt nicht gut, Lach.«

»Ob ich Ihnen *vertrauen* kann.«

»Selbstverständlich«, sagte Mr. Arnott mit Nachdruck. »Sag mir, was ich für dich tun kann.«

»Rufen Sie Zack an. Sagen Sie nicht, dass es um mich geht. Sagen Sie meinetwegen, es geht um einen gemeinsamen Freund oder so – *die* dürfen nichts davon mitkriegen.« Mr. Arnott wusste schon, von wem die Rede war.

»Okay.«

»Holen Sie Zack zu sich, und zwar heute Nacht. Mitternacht. Oder ein Uhr. Es könnte sein, dass Zack wieder bei meiner Mutter wohnt, und die darf auch auf keinen Fall etwas davon mitbekommen, haben Sie verstanden?«

»Geht klar.«

Lachlan wurde vor Erleichterung ganz schwindelig. Mr. Arnott wusste, wann er Fragen stellen durfte und wann er es lieber bleiben ließ. »Danke. Ich werde Sie um Mitternacht wieder anrufen, in der Hoffnung, dass Zack dann bei Ihnen ist. Ich muss mit ihm persönlich sprechen, aber das geht nur über einen sicheren Kanal wie den Ihren.«

Mr. Arnott zögerte nicht. »Du kannst dich auf mich verlassen, Lach. Darf ich fragen, was bei dir los ist? Bist du in Sicherheit, geht es dir gut?«

»Mir geht es gut«, antwortete Lachlan. »Und ich bin in Sicherheit – halbwegs.«

»Also gut.« Mr. Arnott schien sich Notizen zu machen. »Ich tu, was du gesagt hast. Wenn du mir versprichst, dass du gerade nicht in Lebensgefahr bist.«

»Versprochen.«

»Wir sprechen uns dann wohl heute Nacht.«

»Ja. Danke, Mr. Arnott.«

Lachlan legte auf und las von dem schlammgrünen Display die Uhrzeit ab. Es galt, einen halben Tag rumzubringen. Ob er noch mal nach Cronos sollte? Melpo hatte eine dieser extrem seltenen Taschenuhren, aber sie war immer noch in Ma'quoia, und in Flüsterheim gab es wohl niemanden, der ihn, Lachlan, so recht leiden konnte und ihm die richtige Uhrzeit verraten würde. Unentschlossen kehrte er in den Schankraum zurück. Der dicke Mann am Tresen hatte sich verdünnisiert; der andere meditierte über seinem Pint, das er noch nicht angerührt hatte. Morris sah Lachlan entgegen, nahm das Telefon zurück und ging ein wenig auf Abstand, um sich ausgiebig mit einem Zahnstocher zu beschäftigen. Er stand mit dem Rücken zum Tresen; noch so ein No-Go für gute Kellner. Morris verhielt sich, als wäre die Bar sein Wohnzimmer, und als Lachlan das bewusst wurde, kam er sich unwillkommen vor. Ein ungebetener Gast, der nie bezahlte. Er wünschte, Morris hätte sich noch einmal so zu ihm hingelehnt wie vorhin, mit diesem Glanz in den Augen, während ein wenig knisternde Luft ihre Gesichter trennte, und er wünschte auch, Morris hätte noch einmal seinen Namen gesagt, noch einmal seinen Unterarm gedrückt … Lachlan krallte die Hände ineinander. Krieg dich wieder ein, dachte er. Das ist ja nicht auszuhalten. Wie sollte er es schaffen, bis um Mitternacht im Pub zu bleiben, wenn er in Morris' Anwesenheit keinen klaren Kopf bewahren konnte? Ignorieren konnte er Morris aber auch nicht, denn das ging nur, wenn der ihm weiterhin Drinks ausgab. Er hatte immer noch kein

Geld. Seine eigene Schuld – er hätte Griffin um welches bitten müssen, nachdem sie diesen Plan besprochen hatten. Melpo versteckte bestimmt irgendwo ein paar Scheine. Er hatte keine Wahl. Er musste Morris ein weiteres Getränk abschnorren, und das hieß, dass er sich verdammt noch mal unter Kontrolle bringen musste.

»Manche Menschen nennen mich wirklich Loki«, sagte er. »Ist mir auch lieber als Lachlan.«

Das war eine Lüge, denn tatsächlich hatte ihn bislang nur ein einziger Mensch so genannt. Aber Morris interessierte das ohnehin nicht besonders.

»Aha«, sagte er.

»Was ist denn los?«, fragte Lachlan.

»Diese Tussi heute Morgen«, sagte Morris zu seinem Zahnstocher, »dafür, dass sie nicht deine Freundin ist, hat sie 'nen ganz schönen Ton drauf.«

»Da hast du allerdings recht.«

»Du kannst sie nicht ausstehen, was?«

»Kein bisschen.«

Morris warf ihm ein Lächeln zu, für das er nur einen einzigen Mundwinkel bemühte.

»Deswegen bist du angefressen?«, fragte Lachlan. »Wegen meiner schrecklichen Bekannten?«

»Was? Ich bin doch nicht angefressen.« Morris tat empört. »Wie kommst du auf den Unsinn?«

Die Sache wurde Lachlan peinlich. »Keine Ahnung – nur so ein Gefühl, vermute ich.« Gott, er weiß genau, was ich hier mache, dachte Lachlan, während sich ihm die Eingeweide verknoteten. »War nicht so gemeint.«

»Pack mal deine Fühler ein, Kleiner.« Morris warf den Zahnstocher in den Müll. »Noch einen Irish Mist?«

Lachlan lehnte ab. »Dann lieber richtigen Whiskey.«

»Ich geb dir einen Glenmorangie.«

»Scotch?«

»Das Zeug muss auch weg«, sagte Morris und füllte im Handumdrehen zwei Tumbler. »Die Schotten können nichts dafür, dass die Iren am liebsten diese gemischte Plörre trinken. Blend ist doch kein Whisky. Probier mal, ich schwör auf den Glenmorangie, ehrlich.«

Morris reichte ihm das Glas über den Tresen. Während Lachlan den ersten Schluck nahm, beobachtete Morris ihn unter dem Rand seiner Schirmmütze hervor. Da war er wieder, dieser Blick, der Lachlans Herz schälte wie einen Apfel.

Er schluckte den Whisky.

»Der ist gut«, sagte er.

Morris hob sein Glas. »Cheers, Loki.«

Sie stießen an.

[9]

Gegen drei Uhr nachmittags holte Persy Zack aus seinem Zimmer. »Champagner!«, rief sie und stöckelte auf Highheels treppab. Zack hievte sich aus dem Bett; ihm war nicht nach feiern, aber das konnte er Persy schlecht sagen. Er rieb sich die Wangen, übte ein Lächeln und verzichtete darauf, von seiner ausgebeulten Jogginghose in etwas Tageslichttaugliches zu wechseln.

»Hol doch Oliver herüber«, bat ihn Persy, als sie mit drei Gläsern und einer dunkelgrünen Flasche aus der Küche kam, »ich glaube, er ist im Lesezimmer.«

Seit Lachlans Verschwinden hatte Oliver den mit Büchern gefüllten Raum im Nebenflügel kaum mehr verlassen. Er saß dort mit seinem Laptop an einem Teetisch, tippte bisweilen gedankenverloren auf der Tastatur herum und las sich ansonsten durch Joyces ›Ulysses‹.

»Ich wollte schon immer sagen können, dass ich den gelesen habe«, hatte er einmal am Esstisch enthüllt. »Es gibt nicht viele, die das behaupten können.«

»Weil es keinen Grund gibt, das behaupten zu wollen«, hatte Persy lächelnd erwidert. Es war fast immer sie, die Gespräche am Esstisch beendete.

Zack hörte, wie Persy im Esszimmer Kerzen anzündete und eine Schallplatte auflegte. Er klopfte an die Tür des

Lesezimmers und öffnete die Tür. »Mr. Abercromby?« Er atmete den Geruch eines Antiquariats ein, unter den sich der Duft der Lilien mischte, die am Fenster in einer Porzellanvase standen. Oliver Abercromby saß auf einem Stuhl zwischen deckenhohen Bücherregalen, den hellblonden Kopf und die Kleiderbügelschultern über die Tastatur seines Laptops gebeugt. Jetzt sah er auf.

»Zachary. Wie ist es gelaufen?«

Einen wunderbaren Moment lang erwog Zack die Möglichkeit, Oliver die Wahrheit zu sagen – weil sie letztlich Verbündete im Geiste waren und weil Oliver ihm Erion überlassen hatte, in der Hoffnung, er, Zack, würde Lachlan damit zurückholen. Andererseits hatte Oliver seit jenem schicksalsschweren Nachmittag im St. James's Hospital kein einziges Mal mehr das Gespräch mit ihm gesucht. »Toll«, sagte Zack betont munter. »Ich bin zu den Prüfungen zugelassen. Sie waren schon ziemlich von mir angetan. Ich denke, das klappt. Aber nervös bin ich natürlich trotzdem ...«

»Wer wäre das nicht?«

Oliver klappte den Laptop zu, erhob sich vom Stuhl und kam zu Zack herüber. »Und jetzt feiern wir mit einem Glas Champagner, nehme ich an?«

Im Esszimmer löste sich ploppend ein Korken aus einer Flasche. Persy juchzte. Sie hatte wieder den Bolero aufgelegt; Zack fühlte sich in seiner Jogginghose auf einmal unwohl.

»Scheint so«, sagte er.

Oliver lächelte unverbindlich und reichte ihm die Hand. »Ich freue mich für dich, Zachary.«

»Danke.«

Zack spürte, wie sich etwas Kleines, Hartes in seine Hand drückte, als Oliver sie packte; Zack nahm es an sich und steckte es in die rechte Hosentasche, ohne sich etwas anmerken zu lassen. Was mochte es sein? Eine SD-Karte offenbar, kaum größer als ein Fingernagel.

Oliver zog die Tür zum Lesezimmer hinter ihnen zu und schlurfte ins Esszimmer.

»Auf den künftigen Personenschützer des Präsidenten der Europäischen Republik«, sagte Persy und hob ihren fein perlenden Dom Pérignon.

»Ach was«, sagte Zack verschämt.

»Nun erzähl doch mal genauer. Was wollte Mr. Lancaster alles von dir wissen? Und hast du dein eidetisches Gedächtnis erwähnt?«

»Natürlich«, sagte Zack, ohne sie anzusehen. »Ich habe ihm genau beschrieben, wie das Foyer aussah, und seine Sekretärin vom Empfangsbüro …«

»Ich wusste, du würdest ihn beeindrucken.«

»Ja, er war hin und weg von mir.«

Persy öffnete gerade den Mund, um ihn weiter auszufragen, als es in der Eingangshalle läutete. »Die sind aber früh dran, ich habe das Essen doch gerade erst …« Sie nahm das Ende des Satzes mit aus dem Zimmer.

Während sie weg war, saßen sich Zack und Oliver schweigend gegenüber. Die Frage, was Oliver ihm da heimlich gegeben hatte, lag Zack auf den Lippen – doch er wusste, dass die META in der Eingangshalle eine Mikrokamera versteckt hatte, und er hielt es nicht für ausgeschlossen, dass es im Esszimmer auch eine gab. Oliver wird schon wissen, was er tut, dachte er nervös.

»Zachary!« Persy kam mit einem breiten Lächeln zurück. »Das ist für dich – du hast Besuch!«

Zack starrte sie dümmlich an. »Ich?«

»Ja, die kleine Hübsche von gestern. Hast du ihr unsere Adresse gegeben? Du weißt doch, dass du das mit mir absprechen sollst – aber an einem so freudigen Tag wie heute will ich nicht mit dir schimpfen ...«

Die kleine Hübsche ... Zack sprang so plötzlich vom Stuhl, dass er fast umfiel. Sein Herz machte einen freudigen Hüpfer, nur um gleich darauf wieder abzustürzen. Vögelchen. Teresa. Was hatte sie hier zu suchen? Und viel wichtiger: Wie hatte sie ihn gefunden? Cosimo hatte sich immer noch nicht bei ihm gemeldet. Ob er seine Schwester schickte, damit sie ihn an einen geheimen Treffpunkt brachte?

Er fegte in die Halle. Auf dem Display der Überwachungsanlage sah er Teresa zwischen den Apfelbäumen den Weg heraufkommen, gekleidet in einen petrolblauen Sommermantel. Vor dem Spiegel fuhr er sich mit den Fingern durch die Haare – er hatte sich vor dem Vorstellungsgespräch gestylt, und obwohl er sich danach buchstäblich die Haare gerauft hatte, sah er immer noch ganz passabel aus. Er atmete tief durch und machte sich mit lässigem Gang auf den Weg zur Haustür. Konnte nicht schaden, sich schon mal einzustimmen. Er öffnete die Tür und lehnte sich an den Rahmen. Und jetzt ganz cool, dachte er.

Teresa hatte es nicht eilig, und so dauerte es, bis sie aus der Apfelbaumallee auftauchte. Alles, was sie zu Gesicht bekam, versetzte sie in Erstaunen: Sie machte eine Verbeugung vor einer Büste, die auf einem Sockel zwischen den Bäumen stand, bemerkte eine Kamera im Geäst und winkte ihr fröhlich zu, schlug beim Anblick des Klatschmohnrondells an der Auffahrt die Hände vor den Mund und fiel fast in Ohnmacht, als sie die weiß getünchte Villa mit den kornblumenblauen Fensterläden entdeckte.

Zack fand, er hätte keinen besseren Auftritt hinlegen können. Sie schmolz vor Bewunderung, als sie die Treppe heraufkam, und ihre ganze Ehrfurcht vor dem prunkvollen Manor kanalisierte sich auf ihn, der so selbstsicher in der Tür lehnend ein Teil des Ensembles war.

»Hi!«

»Hallo«, sagte sie mit leuchtenden Augen. »Meine Fresse, und hier wohnst du? Im Ernst?«

»Jaa«, antwortete er achselzuckend, als hätte er sich nicht bis vor zwei Wochen mit Händen und Füßen gegen eine Rückkehr nach Phoenix Manor gewehrt.

»Wow!« Sie spähte an ihm vorbei in die Villa.

»Wie hast du mich gefunden?«

»Betriebsgeheimnis. Vielleicht verrate ich es dir, wenn du mich hereinbittest.«

»Klar, komm rein.« Er trat einen Schritt zur Seite. Teresa schwebte mit glühenden Wangen an ihm vorbei. Sie roch nach Zigaretten.

»Mrs. Abercromby hat sich mir gestern doch mit vollem Namen vorgestellt«, erzählte sie. »Da habe ich ein bisschen recherchiert, und dabei bin ich auf einen alten Artikel gestoßen, in dem stand, dass sie das Grundstück des St. Mary

Hospitals gekauft hätte, das 2019 vom Blitz getroffen wurde.«

»Raffiniert«, sagte Zack beeindruckt. »Darf ich dir den Mantel abnehmen?«

»Ms. O'Connor! Was für eine schöne Überraschung«, sagte Persy, als Teresa verschüchtert ins Esszimmer kam. »Sie hätten sich keinen besseren Tag für einen Besuch aussuchen können.« Während sie Teresa die frohe Botschaft überbrachte, goss sie ihr Champagner ein. Teresa spreizte beim Trinken den kleinen Finger ab, und Zack fragte sich, ob sie immer so kerzengerade auf einem Stuhl saß oder ob sie das nur tat, um sich dem Haus anzupassen.

»Und ich dachte, du wärst in einer Gang, als ich dich das erste Mal gesehen habe«, sagte Teresa. »Ich wusste ja nicht, dass du in Wahrheit ein Prinz bist.«

Persy lachte auf. »Ein Prinz!«

Teresa errötete. Sie trug kein Make-up, nicht einmal Wimperntusche, was ganz bezaubernd war, weil sie – womöglich durch eine Pigmentstörung – platinblonde Wimpern besaß. Zack, der so etwas noch nie zuvor gesehen hatte, starrte ihr so fasziniert in die Augen, dass er gar nicht merkte, wie sich Oliver davonstahl. Er ließ ein halb volles Glas zurück.

»Wie geht es Cosimo?«, fragte Persy.

Viel lieber wollte Zack wissen, warum Teresa hier war. Vermutlich hatte sie sich einfach nur nicht die Gelegenheit entgehen lassen wollen, Phoenix Manor von innen zu sehen. Aber vielleicht interessiert sie sich ja auch für mich, dachte er, wobei ihm ein Schauer über den Rücken lief. Sie trug eine Bluse aus rosa Seide, die ihre Brüste perfekt umfloss. Beide hatten die richtige Größe, eine Handvoll … Er riss sich zusammen und sah ihr wieder in die Augen. Sie hatten die Farbe des Sommers.

»Ehrlich gesagt, keine Ahnung«, sagte Teresa, und das Leuchten wich aus ihrem Gesicht. »Also, gestern haben ihn ja die Sanitäter versorgt. Die wollten ihn auch mitnehmen ins Krankenhaus, aber er hat Nein gesagt. Und als die weg waren, hat er sich auch von dannen gemacht.«

»Er ist nach Hause gefahren?«

»Ja, leider. Ich wollte ihn davon abhalten, aber es war klar, dass Dad irgendwann nach Hause kommt, und Cosy hat gesagt, dann sollte er lieber nicht mehr da sein.« Sie sah schüchtern zu Persy auf. »Sorry, ich möchte Sie wirklich nicht mit meinem Kram belästigen.«

»Ach«, machte Persy.

»Und? Ist dein Dad nach Hause gekommen?«, fragte Zack.

»Ja, natürlich. Aber erst sehr spät. Und er war wie immer reumütig. Hat sich entschuldigt.« Sie wippte unter dem Tisch im ostinaten Rhythmus des Boleros.

»Wollt ihr nicht ein bisschen in den Garten gehen?«, schlug Persy fröhlich vor. »Ich bereite in der Zwischenzeit alles fürs Essen vor. Der Caterer dürfte in einer Stunde eintreffen – ich habe Lamm geordert –, Teresa darf natürlich mitessen, ich bestehe sogar darauf.«

»Danke, Mrs. Abercromby«, murmelte Teresa.

Zack hätte Persy nicht dankbarer sein können. »Ich geh mich nur noch kurz umziehen«, sagte er und flog nach oben in sein Zimmer, wo er sich in Windeseile den Sweater und die Jogginghose auszog, um sie gegen eine schlichte Jeans und ein dunkles T-Shirt einzutauschen. Es gab seine Oberarme frei, und das sah gut aus; er klopfte sich mit den Fingern gegen den Bizeps, spannte die Muskeln an, atmete tief durch und kehrte in die Halle zurück – nicht aber, ohne vorher die Chipkarte zum Wohnsilo einzustecken. Er wollte nicht, dass sie Persy in die Hände fiel.

Teresa hatte sich bereits Mantel und Schuhe angezogen. Zack verzichtete der Optik wegen auf eine Jacke; als sie nach draußen in den Garten gingen, legte er ihr galant die Hand auf den Rücken. Teresa lachte.

»Du bist ja ein Gentleman.«

»Ich passe mich der Gesellschaft an«, entgegnete Zack. Die leicht über dem Rücken schwebende Hand war eine Geste, auf die fast alle Mädchen ansprangen.

Phoenix Manor hatte einen ausladenden Garten, der die Neugierigen hinter dem Eisenzaun auf Abstand zum Wohnhaus hielt. Persy vertraute die Gestaltung und Pflege einem englischen Unternehmen an, das vor genau zehn Jahren etliche Tonnen Mutterboden herangekarrt und damit die Grundlage für ein kleines Privatparadies geschaffen hatte, das mit den Inseln Garinish oder Mainau hätte konkurrieren können, wäre das Klima in Dublin ein bisschen wärmer gewesen. Teresa jedoch machte da keinen Unterschied: Sie war von dem Seerosenteich, den geschwungenen Natursteinpfaden, dem Heckenlabyrinth, den Statuen und den malerischen Lauben zwischen blauen Blumen genauso angetan, als würde sie von John Annan Bryce persönlich herumgeführt. Als Zack ihr einen verkohlten Mauerrest des alten St. Mary's Hospitals zeigte, faltete sie die Hände und schwieg einen Moment. Zack sah sich gezwungen, dasselbe zu tun, obwohl er als Kind auf der Mauer herumgeklettert war.

»Du hast wirklich Glück, hier leben zu dürfen«, sagte Teresa, als sie sich in eine von Clematis überwucherte Laube setzten. »Da möchte ich am liebsten gar nicht mehr nach Drumcondra zurück. Jedes Wochenende haben wir die besoffenen Footballfans in der Straße, immer wenn in Croke Park ein Spiel zu Ende ist, es ist zum Kotzen.«

Zack streckte den Arm auf der Lehne der Bank aus, wie um ihn ihr um die Schulter zu legen. »Warum bleibt deine Mutter bei deinem Vater?«

»Das Haus gehört nun mal ihm. Und sie arbeitet nicht. Wovon soll sie dann leben?« Das klang, als hätte Teresa sich darüber schon oft Gedanken gemacht.

»Scheiße«, murmelte Zack.

»Jedenfalls, das war ein echt mutiger Einsatz von dir gestern«, sagte Teresa bewundernd.

»Kein Ding«, sagte Zack. »Ich hab versucht, ihn zu erreichen. Cosimo. Aber es –«

»– geht nur die Mailbox ran.« Sie fing an, am Nagel ihres Zeigefingers herumzukauen. »Ich mach mir ein bisschen Sorgen um ihn. Na ja, das ist untertrieben.«

Zack ging es da nicht anders; seit die META ihm enthüllt hatte, dass sie von Cosimos Fehltritt wusste, versuchte er nicht näher darüber nachzudenken. »Ach, er ist doch ein Bulle. Dem geht's bestimmt gut.«

»Er sah echt scheiße aus.«

Das stimmte.

»Ehrlich gesagt«, Teresa wandte sich abrupt zu ihm um, »bin ich hergekommen, um dich zu fragen, ob du mitkommen magst. Zu Cosy.«

»Nach Hause?«

»Ja. Ich könnte natürlich auch alleine gehen. Nur – na ja, ich hab dir doch von dieser Kooperation mit den Gangs erzählt – was, wenn die ihm – also, wenn –«

Er begriff, woran sie dachte: an die Berichte von Schießereien unter Gangs, die ständig durch die Dubliner Presse gingen. Selbst die Drohnen hatten diese jahrzehntelangen Fehden nicht eindämmen können. Möglich war es, dass eine feindliche Gang O'Connors schwachen Zustand ausgenutzt hatte … Zumindest konnte man das denken, wenn man wie Teresa nichts von der Bedrohung durch die META wusste. Zack zögerte.

»Wenn da Gangs im Spiel sind, sollten wir vielleicht lieber die Polizei rufen«, sagte er.

»Aber mein Bruder ist doch schon die Polizei.«

»Jaa, schon …«

Und wenn die META nicht wollte, dass er sich in diese Angelegenheit einmischte? Andererseits musste er sowieso ins Wohnsilo, und eine bessere Gelegenheit, Persys Fuchtel zu entkommen, würde sich ihm kaum bieten. Die Karte zum Wohnsilo hatte er ja schon eingesteckt. Als hätte er es geahnt.

»Bitte, Zachary«, sagte Teresa und griff nach seiner Hand.

Er drängte seine Bedenken zurück und fasste einen Entschluss. »Nenn mich Zack. Willst du noch ein bisschen hier sitzen, oder brechen wir gleich auf?«

Zack bedauerte, dass die Polizei Lachlans Kawasaki noch nicht herausgerückt hatte, denn ein Ritt auf dem Motorrad hätte Teresa sicher mehr beeindruckt als der Bus, den sie stattdessen nahmen. Außerdem hätte er sich nicht ständig nach META-Agenten umsehen müssen; eine Paranoia, die ihn vom Eisentor Phoenix Manors bis nach Kilmainham begleitete und Teresa nicht entgehen konnte.

»Ich glaube nicht, dass die Gangmitglieder uns schon im Bus auflauern«, flüsterte sie ihm zu, als der gelbe Doppeldecker an der Conyngham Road entlangfuhr.

»Man kann nie wissen«, antwortete er.

»Die ahnen ja nicht, dass wir kommen.«

Sie passierten das Gerichtsgebäude und überquerten am Heuston-Bahnhof die Liffey. Der Bus hielt vor dem klassizistischen Kastengebäude, ließ die Hälfte der Passagiere aussteigen und nahm die doppelte Menge auf.

»Ich finde, man sollte diesen Bahnhof umbenennen«, sagte Teresa. Es war leicht, sich mit ihr zu unterhalten, weil sie immer etwas fand, worüber sie reden konnte. Zack, dem vor Anspannung nicht nach einer Unterhaltung war, konnte sich mit Zuhören begnügen. »Ich meine, ich bitte dich: Heuston! Das ist doch nicht mehr zeitgemäß.«

»Warum?«, fragte Zack.

Sie verdrehte die Augen. »Seán Heuston war ein Rebell der Fianna Éireann. Er hat 1916 im Osteraufstand gekämpft, so wie Patrick Pearse. Dann wurde er zusammen mit anderen Rebellen im Kilmainham Gaol erschossen, von den Engländern. Und deshalb kippte die Stimmung im Land, und so kam es 1919 zum Unabhängigkeitskrieg. Und das ist doch alles alter Käse. Es gibt keine Republik Irland mehr. Wir sind jetzt Europäer, und das ist auch gut so. Wen interessieren noch die Helden von gestern? Benennen wir unsere Bahnhöfe doch lieber nach heutigen Helden. Adams zum Beispiel.«

»Dem Präsidenten?«

»Ja, wer denn sonst?«

»Der ist Engländer.«

»Und?«

Zack wollte die Diskussion nicht vertiefen, doch seiner Meinung nach wohnte Teresas Idee eine gewisse Ironie inne, wenn nicht sogar Zynismus. Warum sie in Präsident Adams wohl einen Helden sah? Er beschloss, das Thema zu wechseln. »Ist Cosimo dein Halbbruder?«

»Ja, und er ist auch elf Jahre älter als ich.«

»Wie alt bist du?«

»Ich bin gerade achtzehn geworden. Nächstes Jahr mache ich meinen Schulabschluss.«

»Glückwünsch nachträglich«, sagte Zack.

»Danke!«

Achtzehn, so wie Lachlan. Ob sie noch Jungfrau war? Sicher sagen konnte Zack es nicht. Vielleicht gehörte sie zu den Mädchen, die sich aufsparten, aber in Wirklichkeit vor Neugierde fast umkamen.

»Cosimo – total komischer Name, oder?«, sagte Teresa.

»Jaa. Schon.«

»Cosimo O'Connor. Er ist bestimmt der einzige irische Europäer, der von einem blonden Sizilianer gezeugt wurde. Das war 2001, als der Ätna ausgebrochen ist. Eigentlich eine witzige Geschichte. Mum war da gerade in Sizilien, sie erzählt immer, wie die Leute unter dem Vulkan gepicknickt und sich das Spektakel angesehen haben. Und da war dieser Italiener namens Cosimo, ein Kunstliebhaber und Musikkenner, der sie zum Essen eingeladen hat.«

Sie grinste vielsagend.

»Klingt nach einer unvergesslichen Nacht«, sagte Zack.

»Und tatsächlich war es nur eine einzige Nacht. Zurück in Dublin war sie schwanger, und Cosimo der Sizilianer ward nie mehr gesehen.« Ihr Lächeln schwand. »Ich wünschte, Mum hätte mich mal so vergöttert wie Cosy. Aber mein Dad ist halt nur ein dämlicher Säufer, der Verdi für einen Fußballer und Aida für ein Kreuzfahrtschiff hält.«

»So wie meine Eltern«, sagte Zack.

»Was ist mit deinen Eltern?«

Zack wünschte, er hätte nichts gesagt. »Erzähl ich dir ein andermal«, wich er aus.

Cosimo O'Connor verdiente bei der Polizei offensichtlich nicht schlecht – sein Appartement befand sich im zehnten Stock eines modernen Hochhauses, das mit typisch irischen Wohnungen nichts gemein hatte, aber gut in die Nachbarschaft des Museum of Modern Art passte.

Es gab kein Klingelschild, jedoch einen Portier, der sie über die Gegensprechanlage empfing. Teresa nannte den

Namen ihres Bruders, worauf ihr der Mann mitteilte, dass Cosimo O'Connor nicht zu Hause sei. Er sprach ein Englisch, das Zack keiner Region zuordnen konnte.

»Seit wann?«, fragte sie.

»Darüber darf ich Ihnen keine Auskünfte erteilen.«

»Aber ich bin seine Schwester.«

»Auch dann nicht, Ma'am.«

»Dann möchte ich gern meine eigene Zugangskarte verwenden und in seiner Wohnung auf ihn warten.« Zu Zacks Überraschung zog sie eine edle schwarze Chipkarte aus der Jackentasche, die sie dort bereitgehalten hatte. Sie hielt die Karte gegen das Lesegerät, und die Schiebetüren glitten beiseite. Teresa vergrub die Hände in die Manteltaschen.

Es war nicht verwunderlich, dass Teresa eine Karte zur Wohnung ihres Bruders besaß – in gewöhnlichen Häusern hätte man dazu wohl Zweitschlüssel gesagt –, aber warum hatte sie das Ding nicht sofort eingesetzt? Zack kam der unbehagliche Gedanke, dass Cosimo womöglich nichts davon wusste, dass sie seine Wohnung jederzeit betreten konnte. Teresa ging an dem Portier vorbei, ohne ihn zu grüßen; Zack musterte ihn kurz, nickte ihm zu und folgte ihr.

»Was bringt es uns, in seine Wohnung zu gehen, wenn er nicht da ist?«, fragte er beiläufig.

»Ich – möchte nur sichergehen.«

Sie stiegen in den Fahrstuhl, drehten dem Spiegel den Rücken zu, sahen zu, wie sich die Türen schlossen. Zack bemerkte die Kamera im Augenwinkel und sah bewusst nicht hinein. Wenn die META Cosimo aus seiner Wohnung entführt hatte, gab es dann noch die Aufnahmen der Überwachungskamera? Die META hatte bestimmt die Möglichkeit, sie aus der Ferne zu löschen. Ein Knopfdruck, und die Sache war nie passiert. Aber andererseits: Wenn die META ihn *von der Landkarte gelöscht* hätte, dann hätte es auch keine Mietwohnung mehr auf seinen Namen geben dürfen. Das beruhigte Zack ein wenig.

Teresa indes wurde immer nervöser.

»Früher haben sie nur wie die Bekloppten aufeinander geschossen«, sagte sie. »Die Gangs, meine ich. Aber sie sind klüger geworden. Es wäre möglich, dass sie hier waren. Sogar der Portier könnte zu ihnen gehören.«

»Unmöglich«, sagte Zack.

»Warum?«

»Er ist ein heimlicher Muslim.«

Sie starrte ihn an. »Aber was redest du denn da, die sind doch alle deportiert worden!«

»Deshalb ja heimlich. Er trägt eine Gebetskette um den Hals. Man sieht eine der Perlen am Hemdkragen.« Und die hatte er nur gesehen, weil er Übung darin hatte; Teresa wäre sie niemals aufgefallen.

Die Stockwerkanzeige sprang auf acht, dann neun. Teresa kaute auf ihrer Unterlippe herum. »Es könnte auch eine buddhistische Kette oder ein Rosenkranz sein, oder? Es wäre ziemlich leichtsinnig von ihm …«

»Sie sind mit einem Symbol verziert, das aus dem Islam kommt – keine Ahnung, wie man es nennt, aber ich bin mir ganz sicher«, sagte Zack. »Jedenfalls würde ein Muslim keiner irischen Gang angehören, oder?«

»Ich weiß nicht. Er dürfte nicht mal in Europa sein, und

wenn du mich fragst, gehört er hier auch nicht hin. Sag mal, kennst du den Portier persönlich?«

»Nein.«

»Wie hast du dann die Gebetskette so schnell …« Sie beendete ihre Frage nicht.

Zehnter Stock; die Fahrstuhltüren öffneten sich und entließen sie in einen dunklen Flur. Sie gingen über weichen Teppich an einer Reihe anthrazitgrauer Türen vorbei, auf denen silberne Nummern standen.

Zack nutzte die Ablenkung durch den Ortswechsel, um ihre Frage zu ignorieren. Persy war zwar begeistert von ihm, aber Teresa würde ihn sicher für einen Angeber halten. Er hätte die Gebetskette gar nicht ansprechen dürfen. Auch deshalb nicht, weil sie anscheinend etwas gegen Muslime hatte – eine Meinung, mit der er nicht häufig konfrontiert wurde. Selbst Persy hielt die Deportation für eine Katastrophe.

»Hier«, sagte Teresa. Zimmer Nummer 10.6. Sie klopfte, rief nach ihrem Bruder (»Cosy?«) und wartete. Nichts. Sie hielt die Karte an den Scanner, eine LED sprang auf Grün, und das Schloss ging klickend auf. Teresa schob die Tür auf und betrat vorsichtig das Appartement. Zack sah wie aus Reflex den Flur auf und ab, bevor er ihr nachging. Während Teresa in das rechts gelegene Badezimmer schaute und dann ins lichtdurchflutete Wohnzimmer eilte, schloss Zack die Tür und sah sich um. Er fühlte sich wie in einem feinen Hotelzimmer, obwohl es Zeichen dafür gab, dass ein Junggeselle hier wohnte: ein Paar Laufschuhe in einem Metallregal, eine Jacke und ein Mantel auf Bügeln an einer Stange, ein gerahmtes Bild abstrakter Kunst an der Wand zwischen Bad und Wohnzimmer. Einzig der leicht muffige Geruch passte nicht zur sauberen Erscheinung der Wohnung – anscheinend war hier seit zwei, drei Tagen nicht mehr gelüftet worden. Obwohl Teresa das nicht getan hatte, zog sich Zack die Schuhe aus.

»Gott sei Dank«, hörte er sie im Wohnzimmer sagen. Also lag Cosimos Leiche wohl nicht auf dem Sofa. Als Zack ihr nachging, wurde ihm klar, dass Cosimo mit diesem Luxus ein Leben kompensierte, das von Frust geprägt sein musste; Frust einerseits wegen Zeugen wie ihm, Zack, der wochenlang den Mund nicht aufmachte, und Frust andererseits wegen der Rohheit der Menschen, über die Cosimo als Polizist besser Bescheid wissen musste als jeder andere da draußen. Wenn er nach Hause kam, war er umgeben von Reinheit und Perfektion, die vielleicht seinem Sinn für Schönheit entsprachen: Durch eine kristallklare Fensterfront blickte er in den Dubliner Osten (Kirchturmspitzen, der nadelförmige Spire im Zentrum, der Hafen an der Irischen See), und in seiner Freizeit sah er fern auf einem Flachbildschirm, der nicht kleiner war als der von Persy. Er nahm vermutlich oft Lieferdienste in Anspruch, denn die Küchenzeile war blitzsauber und unbenutzt, und er legte Wert auf Ordnung, denn nirgends standen Pizzakartons oder mit Alu verschweißte Plastikschalen herum. An einer Magnetwand hingen Notizen und Flyer: Arzttermine, Speisekarten von Lieferdiensten, Abholpläne der Müllabfuhr und ein grünes Faltblatt der Partei Convivari. Einen Hund oder eine Katze besaß er nicht, doch das bedeutete nicht, dass er keine Haustiere hatte – gegenüber der Fensterfront stand ein irrwitzig großes Aquarium, in dem sich auf den ersten Blick nur mitternachtsblaues Wasser befand.

In dem Quallen schwebten.

»Ich werd' verrückt«, flüsterte Zack.

Die Nesseltierchen glitten wie Geister durch das dunkle Wasser, mit langsam pumpenden Schirmchen und sich elegant ineinander windenden Tentakeln, versunken in einen traumwandlerischen Tanz – wunderschöne Räuber, die unvorstellbare Schmerzen bereiteten.

»Mein Bruder spinnt eben. Ich hab echt Angst gehabt, dass die von der Gang ihm seine dämlichen Habus über den Kopf gekippt haben könnten«, sagte Teresa.

»Die Quallen heißen Habus?«

»Chironex yamaguchii. Frag mich bitte nicht, warum ich das so genau weiß«, sagte Teresa. »Auf Japanisch nennt man sie Habu-kurage, von da drüben kommen sie nämlich. Es sind Würfelquallen. Eine Berührung, und dir bleibt das Herz stehen, oder deine Lunge füllt sich mit Blut.«

»Du machst dir echt große Sorgen um deinen Bruder«, sagte Zack. Er war davon überzeugt, dass sich Teresa nur deshalb so gut über die Chironex yamaguchii informiert hatte, um zu wissen, was Cosimo zugestoßen sein konnte.

»Weil er sich nicht genügend Sorgen um sich selbst macht. Und eine Frau hat er nicht.«

»Du dachtest, die von der Gang sind hier eingedrungen und haben ihn mit seinen Quallen beworfen?«

»So ungefähr. Aber es sind noch alle Habus da, und der Deckel wurde auch nicht unsachgemäß geöffnet.«

»Also kein Überfall.«

»Zumindest nicht hier.«

Die META hat es nicht nötig, Cosimo mit seinen Haustieren kaltzumachen, dachte Zack. Da würde womöglich ein Anruf von seinem Vorgesetzten reichen: »O'Connor, kommen Sie doch mal ins HQ, hier ist Besuch für Sie.«

Ihn fröstelte.

Er nahm das Handy, um Cosimo noch einmal anzurufen, als er sah, dass Teresa schon dabei war. Mailbox. Als sie das Handy sinken ließ, brach die Angst zuckend in ihr hübsches Gesicht. »Wo steckt er denn bloß?«, stieß sie hervor und drückte sich eine Hand auf die Augen.

»Es wird ihm schon gut gehen«, sagte Zack.

»Aber das hat er noch nie –«

Er streckte den Arm aus, in der kalten Angst, sie könnte vor ihm zurückweichen. Doch sie ließ es zu, und als er sie an seine Brust zog, fing sie an zu schluchzen, sodass ihm vor Mitgefühl die Knie weich wurden.

Der Punkrock-Song, mit dem sein Handy Anrufe ankündigte, brach in ihre Umarmung. Zack ließ Teresa los und sah aufs Display: Persy. Sie wollte ihn wahrscheinlich fragen, wo er steckte, weil sie in Phoenix Manor vor einem duftenden Lammbraten saß und ihn nirgends finden konnte. Zack schaltete das Handy stumm und steckte es ein.

Er musste ins Wohnsilo – die Chipkarte hatte er geistesgegenwärtig mitgenommen –, wollte Teresa aber nicht alleine lassen. »Soll ich dich heimbringen?«, fragte er, während sie sich die Tränen abwischte.

»Das ist lieb von dir, aber ich glaube, es ist nicht gut, wenn mein Dad dich noch mal sieht.«

»Möchtest du mit mir zurück nach Phoenix Manor fahren?«

Zu seiner Erleichterung schüttelte sie den Kopf. »Ich glaube, ich gehe Mrs. Abercromby auf die Nerven.«

Zack glaubte nicht, dass das stimmte, aber es wäre unklug, Teresa umzustimmen. Sie lächelte ihm scheu zu und wartete, bis er sich die Schuhe angezogen hatte. Dann fuhren sie schweigend mit dem Fahrstuhl ins Erdgeschoss und schlenderten zur Bushaltestelle an der St. John's Road. Zack suchte nach einer guten Ausrede; am Ende verabschiedete er sich mit der Behauptung, er wolle noch einen Freund besuchen. Teresa und er tauschten Nummern aus, sie drückte ihn und winkte ihm aus dem Bus.

Zum Wohnsilo lief er nur knapp zwei Kilometer, am Museum of Modern Art und dem Kilmainham Gaol vorbei – bei seinem schnellen Schritt ein Fußmarsch von vielleicht fünfzehn Minuten. Es war ein windiger und wolkiger Tag, der Zack bald bereuen ließ, keine Jacke dabeizuhaben. Mit Gänsehaut auf den Armen ging er durch den quadratischen Innenhof des Kunstmuseums und folgte einer schnurgeraden Straße durch das dahinterliegende Parkgelände. Wenn die META ihm seine Kabine im Wohnsilo bereits nach seinem Auszug reserviert hatte, wie lange plante sie diesen Coup dann bereits? Hatte sie von Anfang an über Lachlans Kontakt zu Griffin Bescheid gewusst? Denn hätte sie am 18. Juni eingegriffen und Penny sofort zurückgeholt, wäre Lachlan vielleicht niemals mit Griffin untergetaucht.

Und das Vorstellungsgespräch in der Akademie hätte nicht stattgefunden, weil er, Zack, ins Gefängnis gewandert wäre. Konnte die META so weit vorausgeplant haben? In der Hosentasche spürte er die Wohnsilokarte, hart und scharfkantig. Er griff hinein, befühlte sie. Erpressung hin oder her: Nur die Chance zählte. Vielleicht würde er Lachlan doch noch persönlich erwürgen können. Das war es doch, was er sich gewünscht hatte. Nur deshalb hatte er Kathy zu Hause besucht: um Lachlan zu finden.

Er fing an zu joggen, um sich aufzuwärmen und auf andere Gedanken zu kommen, als erneut ›Sweet Dreams‹ von den Freaking Picks aus seiner Hosentasche schepperte. Zack wurde langsamer und zog das Handy heraus, sich in Gedanken eine Ausrede für Persy zurechtlegend. Aber es war gar nicht Persy. Sondern eine Dubliner Nummer.

Ob ihn die META anrief, weil er bei O'Connor zu Hause gewesen war? Sie würde ihm vielleicht drohen. Oder Teresa rief ihn von unterwegs an … Nein, das hier ist eine Festnetznummer, dachte Zack. Vielleicht Cosimo?

Er berührte den grünen Button. »Hallo?«

»Hallo, Zachary, hier ist Dillen Arnott, Ihr alter IT-Lehrer«, sagte eine vertraute Stimme durch den Lautsprecher. »Störe ich Sie wohl gerade?«

»Nein, ich bin nur ein wenig joggen«, sagte Zack reserviert. Er hatte Mr. Arnott zu Schulzeiten nicht ausstehen können. Ihm fiel kein Grund ein, warum dieser ihn anrufen sollte, außer um ihm noch eine letzte Gemeinheit reinzuwürgen. »Wie kann ich Ihnen behilflich sein?«

»Gut! Sie machen also nach wie vor Sport, um die jungen

Damen zu beeindrucken«, sagte Mr. Arnott mit unverhohlenem Spott. »Haben Sie Lust, mich heute Abend zu besuchen? Ich möchte etwas mit Ihnen bereden.«

»Ehrlich gesagt, nein«, sagte Zack in einem Ton, den er sich zu Schulzeiten nie erlaubt hätte.

»Das ist schade«, sagte Mr. Arnott. »Es geht um eine ziemlich sensible Angelegenheit.«

»Und welche?« Zack konnte sich nicht vorstellen, was das sein sollte. Außer vielleicht – er stockte. Lachlan hatte immer ein hervorragendes Verhältnis zu Mr. Arnott gehabt. Ob es da einen Zusammenhang gab? Von der Entführung konnte Mr. Arnott nichts wissen. Persy hatte die Angelegenheit unter Verschluss halten lassen.

»Kommen Sie doch einfach mal her. Geht es bei Ihnen um – sagen wir – Mitternacht?«

Zuerst kam Zack die Uhrzeit verrückt vor, doch dann begriff er die unbequeme Wahrheit hinter Mr. Arnotts Lässigkeit. »Da hab ich noch nichts vor«, sagte er finster. »Wenn Sie unbedingt wollen – meinetwegen.«

»Gut! Ich gebe Ihnen meine Adresse. Sagt Ihnen die Henrietta Street etwas? Liegt gleich am King's Inn. Da wohne ich nicht, aber in einer Seitenstraße namens Henrietta Place …«

Zack merkte sich die Adresse und versprach, gegen Mitternacht bei Mr. Arnott zu klingeln. Er beendete das Gespräch und spähte zu einer Drohne hoch, die in drei Meter Höhe an ihm vorbeisurrte. Die META hatte dieses Gespräch sicher mitbekommen. Hoffentlich wusste Mr. Arnott, was er tat … Zack sah auf die Uhr und entschied, das Wohnsilo noch warten zu lassen. Irgendetwas sagte ihm, dass er besser nicht nach Cronos ging, bevor er mit Mr. Arnott gesprochen hatte. Schade, dass Teresa schon weg war – es hätte sie bestimmt beeindruckt, wenn er ihr einen Besuch im Museum of Modern Art vorgeschlagen hätte.

[10]

Lachlan erwachte in der Dunkelheit eines Zimmers, fremde Gerüche in der Nase und unter sich eine dünne Matratze, durch deren Polsterung er das Drahtgeflecht spürte. Neben ihm lag Morris, mit dem Rücken zu ihm, Hitze abstrahlend und regelmäßig atmend. Lachlan blieb bewegungslos liegen, so hellwach wie nach einem Sprint.

Ich bin nackt, dachte er.

Nackt bis auf die Salbenkompresse, unter der sich die Brandwunde stechend meldete. An einigen Stellen waren die Klebestreifen gelöst und wieder festgedrückt worden, als hätte jemand die Kompresse abgenommen.

Lachlan erinnerte sich dunkel daran, wie er Morris von der Entführung und Emils Folter berichtet hatte, und von Emils Beeinflussung durch eine Sekte namens Freemind, die es auf ihn, Lachlan, abgesehen hatte, wenn er auch nicht so genau wusste, inwiefern. Morris hatte unaufdringlich nachgehakt und ihm dabei den Nacken gekrault, und irgendwann hatte er gefragt, ob er es mal sehen durfte, das Zeichen. Lachlan war da schon zu betrunken gewesen, um ihm den Wunsch zu verweigern.

Nun hatten es bereits drei Menschen gesehen, von den Polizisten in Emils Versteck einmal abgesehen. Melpo, Morris und …

Lachlan setzte sich ruckartig auf. Zack! Mr. Arnott! Wie spät war es? Hektisch sprang er aus dem Bett und suchte auf Zehenspitzen nach seinen Boxershorts. Er fand sie zusammen mit seiner Jeans auf Morris' Seite des Betts. Während er sich anzog, tastete er sich durch den Flur und versuchte, sich zu orientieren.

Der Ausgang … er musste hier irgendwo sein. Details des Abends fielen ihm ein; mit heißen Ohren knöpfte er sich die Hose zu. Alles war so schnell gegangen. Etwa um zehn hatte Morris die Glocke zur frühen Sperrstunde geläutet; dann hatte er die Tür des Pubs abgeschlossen, die Vorhänge zugezogen, das Licht gedämmt, neue Kohlen in den Kamin gelegt und ihnen Merlot und Glenmorangie besorgt. Davon abgesehen hatte er keine Zeit verloren, als wäre es eine Ewigkeit her, seit zuletzt so brauchbares Material wie Lachlan durch die Tür des Pubs getreten war. Seinem ersten Kuss hatte sich Lachlan noch erschrocken entzogen, doch Morris hatte nur drei Handgriffe und die Überzeugungskraft der Erfahrung benötigt, um ihn umzustimmen. Lachlan war von Morris' Selbstvertrauen im Nu so besoffen gewesen, dass er sich die Klamotten selbst vom Körper gerissen hatte. Sein T-Shirt würde er irgendwo unten im Pub finden, und das war ihm fast noch peinlicher als alles, was danach gekommen war.

Fieberhaft versuchte er sich zu erinnern, durch welche Tür es runter ins Pub ging. Stattdessen stand er plötzlich in der Küche. Auf der Anrichte fand er einen kleinen Fernseher mit Receiver; vermutlich nur drei oder vier Kanäle. Irgendwo würde sicher die Uhrzeit zu lesen sein. Lachlan schaltete die Geräte mit den beiden Fernbedienungen ein, die auf dem Receiver lagen. Die Zeitanzeige wurde rechts oben im Fernseher eingeblendet: halb zwölf. Lachlan atmete auf.

Durch das Fenster strahlte ein sehr dunkles Königsblau, wie es in dieser Klarheit nur in Mondnächten zu sehen war. Es hätte auch das Blau eines anbrechenden Morgens sein können. Lachlan trank Wasser aus dem Hahn und gab sich einen Moment, um zur Ruhe zu kommen. Alt und heruntergekommen sah alles aus, eine schal riechende Melange aus Fett und Schmutz hing in den Fugen und klebte auf der Anrichte. Irgendetwas daran machte Morris attraktiv – vielleicht, weil sie einander in dieser Sache ähnelten. An seiner Körperhygiene lag Lachlan zwar viel, in seinem Zimmer regierte aber das Chaos.

Lachlan fand die Wohnungstür, stieg eine Treppe hinab und betrat die dunkle Schankstube. Das Licht einer Straßenlaterne fiel schräg durch das Fenster neben der Tür, ansonsten war es finster im Pub. Barfuß ging Lachlan an den Barhockern vorbei. Er hob sein T-Shirt vom Boden auf, zog es sich über den Kopf und sah nervös zur Eingangstür. Morris hatte die Tür abgesperrt, und doch fühlte sich Lachlan, als könnte sie jeden Moment aufgehen. Er dachte an den blonden Mann, den er vor dem Pub gesehen hatte. Eher kein Mann aus Baltimore. Ob er auf Sherkin Island ein Ferienhaus hatte?

Lachlan nahm das Festnetztelefon von der Anrichte und ging damit in die Damentoilette. Das Licht ließ er gelöscht, obwohl er kaum die Hand vor Augen sehen konnte. Er hockte sich auf den heruntergeklappten Klodeckel und befühlte die gummierten Tasten. Sobald er die Null drückte, leuchtete die Tastatur auf, und er konnte die Nummer eingeben, ohne sich zu vertippen. Die Erkenntnis, dass er gleich – womöglich – bestimmt – mit Zack sprechen würde, stürzte ihm in den Magen. Er schloss die Augen und rief sich die Worte ins Gedächtnis, die er sich für Zack zurechtgelegt hatte, bevor er auf den grünen Knopf drückte und sich den Hörer ans Ohr legte. Das Freizeichen ertönte.

[11]

Auf der Henrietta Street – einst Wohnsitz des englischen Adels und später eines der schlimmsten Armenviertel Europas – lag ein träumerischer Glanz, als Zack kurz vor Mitternacht dort eintraf. In den restaurierten Häusern leuchteten hohe Fenster, und am Ende der Straße parkte eine Limousine vor einem Hotel. Hier lebte Mr. Arnott … beinahe. Zack bog links in den Henrietta Place ab, eine andere Welt: wahllose Graffiti, abgeplatzter Putz, Stacheln auf einem verschmierten Stahltor, Flecken auf unebenem Boden. Sogar die Sirene eines fernen Polizeiwagens klang hier ein wenig lauter als in der Henrietta Street.

Zack durchquerte eine vergitterte Durchfahrt und betrat einen Innenhof, in dem es nach Fisch roch. Er fand die Eingangstür zum linken von zwei sich gegenüberliegenden Mietgebäuden, klingelte bei ›D. Arnott‹ und stieg, als der Summer ertönte, die Treppe hoch. Der Hausflur stank heftig nach Chlor. Im dritten Stock, wo Mr. Arnott lebte, ging Zack durch eine Glastür auf die im Freien gelegene Galerie und klopfte an die dritte Tür, wo der scharfe Geruch eines Katzenklos seine Nase berührte.

Mr. Arnott öffnete prompt.

»Zachary«, sagte er mit gespielter Wiedersehensfreude.

»Mr. Arnott«, gab Zack kühl zurück.

»Sie verwirren mich mit Ihrer Pünktlichkeit. Warum haben Sie das in meinem Unterricht nicht hinbekommen? Treten Sie ein!« Mr. Arnott öffnete voller Elan die Wohnungstür. »Aber sehen Sie sich hier nicht zu genau um. Es kostet viel Zeit und Kraft, solchen wie Ihnen das Programmieren beizubringen, da bleibt nicht viel Zeit zum Putzen. Also lassen Sie bitte die Schuhe an, und geben Sie mir Ihr Handy.« Er schloss die Tür und streckte die Hand aus.

Zack gefiel das nicht, aber er ahnte, was Mr. Arnott vorhatte, also händigte er ihm das Smartphone aus. Mr. Arnott ging in die Küche – als sich die Tür öffnete, kam Zack ein übler Gestank entgegen, er erspähte schimmliges Geschirr – und legte das Gerät in den Kühlschrank. »Kommen Sie, nehmen Sie Platz«, sagte Mr. Arnott und wies Zack den Weg in ein kleines Wohnzimmer. Es hatte nichts Gemütliches an sich: An den schmutzig weißen Wänden hingen keine Bilder, der Teppich starrte vor Dreck und warf Falten, und das Sofa verschwand fast vollständig unter Mülltüten und einem irren Sammelsurium aus Kabeln, Kisten und Metallgehäusen. In einer Ecke surrte laut die Lüftung eines deckenhohen Servers, dessen Leitungen in den Flur hinausquollen und nebenan unter einer unscheinbaren Tür verschwanden. Zack wusste nicht, ob er lachen oder Mitleid haben sollte – auf die Idee, dass Mr. Arnott ein Messie war, wäre er im Traum nicht gekommen.

»Wollen Sie etwas trinken?«

»Nein danke.«

Mr. Arnott hatte auf dem Sofa zwei Sitzflächen freigeräumt und hieß Zack, sich zu setzen. Zack wäre gern stehen geblieben, aber er hatte den Eindruck, dass diese Begegnung nicht in fünf Minuten überstanden sein würde. Er kam besser so schnell wie möglich zum Thema.

»Also, warum bin ich hier?«

Mr. Arnott schlurfte mit einem verkabelten Festnetztelefon herüber und stellte es vor Zack auf einen Tisch, neben ein goldenes Benzinfeuerzeug mit Klappdeckel. »Ich wurde heute Mittag angerufen. Von Lachlan.«

Obwohl Zack schon damit gerechnet hatte, faltete sich ihm der Magen zusammen. »Ach.«

»Er hat sich angehört, als wäre er in Schwierigkeiten. Hat mich gebeten, Sie zu mir zu holen, damit er Sie um Mitternacht hier anrufen kann.«

Zack starrte das Telefon an.

Er hätte gern auf die Uhr gesehen, aber sein Handy lag in dem fauligen Kühlschrank. Mr. Arnott zog eine Zigarette aus einer Schachtel Gauloises Brunes und zündete sie sich mit dem Benzinfeuerzeug an.

»Komisch«, sagte Zack. »Da ruft Sie ein ehemaliger Schüler an, der offenbar in Schwierigkeiten steckt, und Sie legen die Hände in den Schoß, statt jemanden zu informieren?«

»Lachlan hat mich gefragt, ob er mir vertrauen kann, und ich sagte Ja«, erklärte Mr. Arnott und zog an seiner Zigarette. »Es überrascht Sie gar nicht, zu hören, dass Lachlan in Schwierigkeiten steckt. Haben *Sie* schon jemanden informiert?«

»Ich weiß nicht, wo er steckt«, gab Zack widerwillig zu. »Wenn er mit mir sprechen will, hätte er mich doch auch persönlich anrufen können.«

Mr. Arnott seufzte. »Und das ist der Grund, warum ich Sie für einen ausgemachten Hohlkopf halte. Kommt Ihnen wirklich gar kein Grund in den Sinn, warum Lachlan mich und nicht Sie kontaktiert haben könnte, Zachary?«

»Doch. Wegen der META«, sagte Zack knapp. »Und Ihnen? Fällt Ihnen ein Grund ein, warum Lachlan Angst davor haben sollte, von der META verfolgt zu werden?«

»Sagen Sie es mir.« Mr. Arnott nahm eine benutzte Kaffeetasse und begann, die Asche seiner Zigarette an ihrer Innenwand anzuspitzen.

»Ich dachte, Lachlan vertraut Ihnen. Da wird er es Ihnen doch bestimmt erzählt haben.«

»Anders als Sie habe ich die Fähigkeit, zu kombinieren«, sagte Mr. Arnott und stand auf. »Ich nehme an, Lachlan hat sich in außergesetzliches Terrain begeben, was mich nicht so sehr verwundert, wie es Sie verwundert haben dürfte, als Lachlan einen Teil seiner Schuluniform in Brand gesetzt hat. Was ich damit sagen will, ist, dass ich unseren gemeinsamen Freund ziemlich gut kenne.«

Seine Worte drangen wie Nadeln in Zack ein. Er wusste immer, dass Lachlan und Mr. Arnott kein bloßes Schüler-Lehrer-Verhältnis hatten, aber dass sie auch das subversive Gedankengut teilten, überforderte ihn.

»Diese Aktion hätte Lachlan seine Zukunft kosten können«, sagte er.

»Er war ein freier Mensch.«

»Ein guter Lehrer hätte Lachlan die Idee ausgeredet.«

»Ich wusste vorher nichts davon. Aber anders als Sie hätte ich sie ihm tatsächlich nicht ausgeredet.«

Zack sah Mr. Arnott kalt an.

»Sie haben ihn nie richtig akzeptiert«, sagte Mr. Arnott herausfordernd. »Alles, was Lachlan im Inneren wirklich war, haben Sie gezielt unterdrückt. Erst war Lachlan der Fels, an dessen Seite Sie der traumatisierte Wildfang sein durften. Dann war Lachlan das reiche Söhnchen, das Sie beschützen konnten, um Ihr Gewissen zu beruhigen. Lachlan erfüllte für Sie jahrelang nur eine Funktion, eine Rolle, aus der er nicht ausbrechen durfte.«

»Das stimmt überhaupt nicht.«

»Jedes Mal, wenn Lachlan Ihnen gegenüber revolutionäre Gedanken geäußert hat, haben Sie ihn kritisiert und zurechtgebogen, ohne zu merken, dass sich Lachlan dadurch immer weiter von Ihnen entfernte.«

»So ein Quatsch –«

»Beweisen Sie mir das Gegenteil«, sagte Mr. Arnott und deutete mit seiner angespitzten Zigarette auf das Telefon.

Es hätte gepasst, wenn es in dieser Sekunde geklingelt hätte, aber das Gerät blieb stumm.

Zack presste sich die Fäuste auf die Oberschenkel, wütend auf sich selbst, weil er in Mr. Arnotts Gegenwart einfach nicht gelassen bleiben konnte.

»Wissen Sie«, entfuhr es ihm, »ich mag ein paar psychische Probleme haben, und bestimmt war ich auch nicht immer fair zu Lachlan – aber wenn ich mich hier so umsehe, haben Sie auch nicht alle Tassen im Schrank.«

»Touché.« Mr. Arnott lachte auf und machte eine wegwerfende Handbewegung, wobei etwas Asche auf das Sofa fiel. »Lassen wir das, Zachary. Nennen Sie mich Dillen. Wir haben doch ein gemeinsames Ziel, und das ist Lachlans Sicherheit. Begrab–«

Das Telefon schrillte ihm ins Wort.

In der darauffolgenden Stille hörte Zack seinen Herzschlag unnatürlich laut. Sollte er abheben?

Mr. Arnott griff nach dem Hörer. »Ja?«

Ganz leise hörte Zack eine Stimme aus der Muschel dringen, und der Gedanke, dass es Lachlans Stimme war, löste ihm die Eingeweide auf. Er schluckte hart, bereute, nichts zu trinken angenommen zu haben.

Was sollte er sagen? Vielleicht: »Du Arschloch, ich polier dir die scheinheilige Fresse, wenn ich dich sehe!« Oder: »Wo steckst du denn, ich bin seit zwei Wochen krank vor Sorge.« Oder: »Hey, Kumpel, ich kann auf die SAP gehen, aber erst musst du mir deinen neuen besten Freund ausliefern, also, kommen wir ins Geschäft?«

»Er sitzt neben mir«, sagte Mr. Arnott.

Zacks Schultern versteiften sich.

»Einen Moment.«

Und Mr. Arnott reichte ihm den Hörer. Zack nahm das Telefon entgegen und legte es sich ans Ohr.

»Zack?« Lachlans Stimme.

Auf einmal hatte Zack einen Kloß im Hals.

»Ja«, drückte er hervor.

Die Stille am anderen Ende der Leitung war die längste und lauteste, die Zack je erlebt hatte.

»Es ist schön, dich zu hören«, sagte Lachlan.

Zack sagte nichts.

»Wie geht es dir?«, wollte Lachlan wissen. Er klang vorsichtig, als wüsste er sehr genau um die Gefahr, dass Zack stinkwütend auf ihn war.

»Hervorragend«, sagte Zack.

»Ich weiß, wie das gemeint ist«, sagte Lachlan nüchtern. »Ich hab's verdient. Was immer du mir an den Kopf werfen willst, ich hab's verdient. Ich verspreche dir, dass ich mich nicht wehren werde – du kannst mich windelweich schlagen, wenn wir uns sehen –«

»Du bist so ein Idiot«, sagte Zack.

»Das bin ich.«

»Wo bist du?«

»Weiß ich leider nicht genau.«

»Bist du wenigstens in Sicherheit?«

Lachlan schwieg einen Moment. »Nicht wirklich. Ich stecke ziemlich in der Klemme.«

Wieso? Hat Griffin dich sitzen lassen?, lag es Zack auf der Zunge. Er verkniff sich die Frage; das letzte Mal, als er Griffins Namen laut ausgesprochen hatte, war er fast ins Gefängnis gewandert. »Inwiefern?«

»Es geht um *ihn*. Du weißt, wen ich meine. Er ist gefährlich. Ich habe unterschätzt, wie gefährlich. Ich habe einen schrecklichen Fehler gemacht, Zack – und jetzt schaffe ich es nicht mehr allein, ohne dich.«

Zack spürte, wie die Angst ihn am Nacken packte; diese Sache war zu ernst, um wütend zu bleiben. Außerdem konnte er kaum glauben, wie sich die Dinge fügten. Die META hätte diese Entwicklung kaum besser einfädeln können. »Jetzt kommst du wieder angekrochen«, sagte er. »Weil du genau weißt, dass ich dich nicht im Stich lasse.«

»Auch diesmal nicht?«, fragte Lachlan.

»Was denkst du denn?«

»Na ja, dass du mich umbringen willst.«

»Keine Sorge. Das hebe ich mir für hinterher auf. Jetzt hol ich dich erst mal da raus.«

Er hörte, wie Lachlan ausatmete. »Danke, Zack. Ich werde dir das nie vergessen, niemals, okay?«

»Hast du einen Plan?«, fragte Zack. Zuversicht wogte in ihm auf, urplötzlich sah alles so einfach aus – er würde Lachlan treffen, ihm vom Plan der META erzählen und sich von ihm zu Griffin führen lassen. Binnen weniger Tage würden sie wieder in Dublin sein und auf das verrückteste Abenteuer anstoßen, das je einem Iren widerfahren war.

»Den habe ich«, sagte Lachlan, zu alter Selbstsicherheit zurückfindend, »aber lass uns unter vier Augen darüber reden. Kannst du nach Cronos kommen?«

»Zufällig kann ich das«, sagte Zack.

»Wann?«

»Wenn ich ein Taxi nehme – in zwanzig Minuten.«

»Gut. Warst du seit damals noch mal in Cronos?«

Zack verneinte.

»Dann wird die Sache ein bisschen komplizierter. Sobald du hier bist, besorg dir ein Kommunikationsbuch und einen Stift, okay? Dann schreibst du meinen vollen Namen hinein und darunter, wo du dich befindest. Wenn das nicht klappen sollte, schreibe ich dich an.«

»Du scheinst dich inzwischen ganz gut auszukennen.«

»Geht so – ein paar Grundlagen hab ich drauf.«

»Wieso treffen wir uns nicht einfach in Ma'quoias Rast?«

Zack wunderte sich darüber, wie schnell ihm der Name der Herberge wieder eingefallen war.

»Ich bin schon eine Region weiter. Flüsterheim. Ich weiß auch gar nicht, ob man sich in Ma'quoia derzeit einloggen kann. Schwer zu erklären …«

»Wir finden uns schon«, sagte Zack.

»Ja. Wie gesagt: das Kommunikationsbuch.«

»Verstanden. Lachlan – bis später.«

Nachdem er aufgelegt hatte, fühlte sich Zack so einsam wie an jenem Tag, an dem er zum ersten Mal in Lachlans leerem Zimmer gestanden hatte. Er legte den verkabelten Hörer auf das Kunststoffgehäuse und faltete die Hände, wie um etwas zu haben, woran er sich festhalten konnte.

Mr. Arnott musterte ihn erwartungsvoll. Dabei drückte er seine halb aufgerauchte Zigarette in der Kaffeetasse aus.

»Ich kann Ihnen leider keine Details nennen«, sagte Zack. »Aber ich werde mich heute Nacht noch mit Lachlan treffen. In Cronos. Ich weiß nicht, wo er ist.«

Mr. Arnott nickte verständnisvoll. »Es wird seinen Grund haben, warum er mit Ihnen darüber sprechen wollte, und nicht mit mir«, sagte er anerkennend.

Das stimmte Zack versöhnlich. »Danke, dass Sie Diskretion bewahrt haben«, sagte er.

»Ich wäre sonst nicht ich«, antwortete Mr. Arnott. »Zachary, lassen Sie uns Frieden schließen. Das hier ist nicht mehr die Schule. Ich bin Dillen.«

Zack nickte. »Okay. Zack.«

Sie gaben einander die Hände. Dillen klopfte ihm auf die Schulter. »Wissen Sie, Sie sind gar nicht so dumm, Zack.

Sie haben sicher einen hohen EQ. Lachlan ist eher kognitiv veranlagt – Sie beide ergänzen sich.«

»Ich weiß zu schätzen, dass Sie das sagen.«

Mr. Arnott nickte, als wüsste er genau, was Zack meinte. »Ich rufe Ihnen ein Taxi. Und bringe Ihnen Ihr Handy. Wollen Sie jetzt etwas trinken, Zack?«

Nach einer Dose Limo traf das Taxi im Henrietta Place ein; Zack sagte Dillen Auf Wiedersehen, ignorierte einen weiteren Anruf von Persy und verharrte mit verschränkten Armen auf der Rückbank des Taxis, während draußen die roten Backsteinbauten der King Street North vorbeizogen. Alma und Steve hatten ihm angekündigt, dass ein Mittelsmann in Cronos Kontakt zu ihm aufnehmen werde, um ihm alles Weitere zu erklären. Wer auch immer das war, Zack nahm sich vor, ihm von Lachlans Kooperationsbereitschaft zu erzählen. Die META konnte Lachlan nicht zu einem Glühwürmchen machen, wenn er ihr half, Griffin zu schnappen.

»Da wären wir.«

Der Taxifahrer ließ ihn in der Sarsfield Road aussteigen, keine hundert Meter Luftlinie vom Wohnsilo entfernt. Zack tat so, als klingelte er bei einem der Reihenhäuser, und als das Taxi um die Ecke gebogen war, schlug er den Weg in Richtung Grattan Crescent ein. Dort ragte auf dem Grundstück einer ehemaligen Gartenanlage der dreißig Stockwerke hohe schwarze Klotz auf, die Pointe einer grassierenden Wohnungsnot, die ein paar Tausend Menschen ein Bett und ein Dach über dem Kopf bot, in winzigen Zellen, in denen es weder Fenster noch Küche noch Toilette gab. Gegessen wurde in einer klebrigen Kantine im Erdgeschoss, uriniert und geduscht in je einem Gemeinschaftsbad pro Stockwerk – fast wie in der Henrietta Street zu Zeiten der letzten großen Wohnungsnot. Selbst als Kind hatte Zack mit seiner Mutter nicht so schäbig und schmutzig gehaust wie während seiner wenigen Wochen im Wohnsilo, wo kaum Hygiene- und keinerlei Brandschutzbestimmungen eingehalten wurden. Jedoch hatte seine Zelle im sechzehnten Stock auch ein gewisses Maß an Freiheit für ihn bedeutet – Freiheit von Persy, die genau wie Lachlan gern alles unter Kontrolle hatte, und zwar am allerliebsten Zacks Zukunft.

Wieder am Fuß des Wohnsilos zu stehen, löste einen heftigen Widerwillen in Zack aus. Als er das vorletzte Mal hier gewesen war, hatte ihm Emil, Lachlans Entführer, einen Cronos Cube in die Zelle gelegt. Bis heute wusste Zack nicht, wie es Emil gelungen war, den Scanner zu überlisten – schließlich konnte er nicht, wie etwa die META, einfach eine Schlüsselkarte benutzt haben.

Zack verabscheute die Vorstellung, sich an diesem unwirtlichen Ort erneut in Cronos einloggen zu müssen, ohne zu wissen, ob nicht währenddessen jemand in seine Zelle eindrang, um ihn auszurauben oder ihm ein Messer in den Hals zu stechen. Aber die Aussicht auf ein Wiedersehen mit Lachlan trieb ihn durch die mit Panzertape geflickte Glastür in das nach Chemikalien und zerkochten Zwiebeln stinkende Foyer hin zum Fahrstuhl, der ihn monoton summend hinauf in den sechzehnten Stock brachte.

Es war derselbe lange, schummrige Flur mit derselben endlosen Aneinanderreihung von immer den gleichen Türen, den Zack drei Wochen lang auf dem Weg zur Arbeit durchquert hatte. Mit der Chipkarte in der Hand eilte er den fensterlosen Gang hinab, horchte auf die Geräusche laufender Fernseher und einer schreienden Frau (all das wirkte wie ein Echo aus einer fremden Welt) und blieb vor der Kabine 16.35 stehen. Zack zog die Karte durch den Scanner und schob die Tür auf.

Es war stockfinster in der Zelle. Zack legte den Lichtschalter um, und kaltweißes Neonlicht füllte die vier Quadratmeter Wohnraum. Alles sah aus wie vor zwei Wochen; fast meinte er noch das Männerparfüm zu riechen, das er sich jeden Tag aufs Hemd gesprüht hatte. Zack schloss die Tür hinter sich.

Er wunderte sich nicht über das Päckchen auf dem Bett – Alma und Steve hatten ihr Versprechen gehalten.

Mit einem Déjà-vu-Erlebnis, das ihm die Kehle zuschnürte, zog er den Pappdeckel ab und entnahm dem Karton den mit gebürstetem Stahl verkleideten Würfel, der auf einer Seite die silbernen Initialen CC trug. Bevor er den Cube ans Stromnetz anschloss, nahm er eine Blaue Pille; wenige Minuten später lag er ausgestreckt auf dem Bett und beantwortete die Frage der Konsole nach seinem Safeword mit »Vögelchen«.

»Speichere Safeword: Vögelchen«, sagte der Cronos Cube. »Ihr letzter Aufenthalt war in Kokonstadt. Leider ist es derzeit aus spielinternen Gründen nicht möglich, in der Kokonstadt zu starten. Sie werden jetzt nach Vyllas weitergeleitet. Genießen Sie Ihren Aufenthalt.«

Zack öffnete die Augen und blickte aufs Meer. Die Sonne knallte ihm auf die schwarze Cargohose und heizte ihm die Stiefel auf, der Rest seines Körpers lag im angenehmen Schatten einer Strandkorbmarkise. Vor sich hatte er ein Postkartenmotiv von einem Ozean: azurblau unter dem schönsten Sommerhimmel gelegen, keine einzige Wolke und keine einzige Insel weit und breit, dafür gut gefüllt mit Badegästen, die im Wasser umhertollten.

Zack hievte sich aus dem Strandkorb und sah sich um. Der Sand war so fein, dass es sich in den Stiefeln nur schwer darauf gehen ließ. Er bückte sich und ließ die Körnchen durch seine Finger rieseln; der Sand war verlockend warm, aber nicht so heiß, dass er sich die Fußsohlen an ihm verbrannt hätte. Zack atmete die Karibikluft tief ein, witterte Aromen von Zitrone und Orange, von Sonnencreme und Salz. Er fühlte sich an die Südsee versetzt: Überall lagen halb nackte Leute auf Handtüchern und Decken in der Sonne, als wäre es möglich, einen virtuellen Körper zu bräunen. Unter einem Trio prächtiger Palmen lagen zwei Mädchen in Bikinis. Zack ging zu ihnen.

»Hi«, sagte er.

Die beiden Mädchen sahen auf, musterten ihn und tauschten einen Blick.

»Also, ähm … Wo genau bin ich hier?«

»Sorry«, sagte eines der Mädchen kühl, »aber wir reden nicht mit solchen wie dir.«

»Wie mir?«, fragte Zack verdutzt.

»Hau ab«, sagte das andere Mädchen.

»Danke fürs Gespräch«, murmelte Zack mit roten Ohren und machte, dass er wegkam. Was hatten die für ein Problem mit ihm? Er bemerkte, wie andere Badegäste zu ihm herüberspähten; ein Mann in Badehose stupste eine Frau an, die sich zu ihm umdrehte und herüberbrüllte: »Verpiss dich!«

Jemand applaudierte.

Zack kehrte dem Meer den Rücken und ging auf eine Ansammlung von kleinen Häuschen zu, in der Hoffnung, er könnte dort ein Kommunikationsbuch erstehen. Eine Steintreppe führte vom Strand hinauf auf den befestigten Boden und an den Rand einer kleinen Stadt. Die Hütte, die Zack am nächsten war, hatte die Form eines Nautilus, mit einer Tür an der Stelle, aus der bei den lebendigen Vorbildern der Schneckenkopf quoll.

Die anderen Häuser sahen daneben enttäuschend langweilig aus, rund und grün wie Blumenstiele, mit flachen, weichen Dachdeckungen, die von unten an Blütenblätter erinnerten. Erst auf den zweiten Blick bemerkte Zack, dass an jedem Häuschen eine Leiter stand. Einige andere Häuschen schwebten in der Luft, hoch oben im wolkenlosen Sommerhimmel. Im leeren Raum zwischen den schwebenden Häusern war einiges los, ständig sah Zack Menschen, die – irgendwie – von Haus zu Haus sprangen. Auf manchen Dächern waren Sonnenschirme aufgespannt.

Zack erklomm eine Leiter und entdeckte, dass die Dachdeckungen nicht nur von unten aussahen wie Blüten. Es handelte sich tatsächlich um große, weiche Blumenkissen – dieses hier stellte eine Sonnenblume dar, doch als er sich umsah, entdeckte er auf den Dächern noch andere Farben und Formen, Margeriten, Tagetes, Gänseblümchen und Mohn. Nicht alle Kissen waren so groß wie die seiner Sonnenblume. Zack stieg auf das Dach. Das elastische Kissen federte unter seinen Schritten, ansonsten erfüllte es keinen erkennbaren Zweck. Wenn diese Blumen gemütliche Liegeflächen sein sollten, wieso lag dann niemand auf ihnen? Nur hoch oben im Himmel sah er Menschen. Zack wünschte, er hätte einen von ihnen erreichen können – vielleicht gab es hier ja auch Spieler, die ihn nicht beschimpften und ihm ganz in Ruhe erklärten, wo er das Kommunikationsbuch kaufen und dann nach Flüsterheim reisen konnte.

Nicht weit von sich sah Zack einen Mann mit aschblonden Dreadlocks, der auf das Kissen eines Gänseblümchens kletterte. Er trug nichts als eine knielange Badehose und ein sonnengelbes Tuch mit Troddeln.

»Hey!«, rief Zack.

Der Mann hörte ihn nicht. Er ging ein wenig in die Knie und fing an, auf der Blüte Trampolin zu springen. Erst hüpfte er nur ein bisschen vor sich hin, doch plötzlich stieß er sich ab, stieg drei oder vier Meter in die Höhe, fiel zurück auf die Blüte, knickte ein bisschen ein – und sprang wie ein Grashüpfer auf das benachbarte Haus. Der Schwung warf ihn erneut hoch in die Luft – jetzt übersprang er ein Haus und nahm gleich das übernächste – und im Nu war er über das bunte Dächermeer auf und davon.

Zack sah auf seine Stiefel. Er fing an zu wippen, ging wie der Mann mit den Dreadlocks ein wenig in die Knie und versuchte einen Sprung. Die Blüte reagierte tatsächlich wie ein Trampolin. Zack sprang in die Höhe und immer höher, bis er vor seiner eigenen Courage erschrak, aus dem Gleichgewicht geriet und auf dem Hintern landete – was überhaupt nicht wehtat. Einmal verdrehte er sich den Fuß, doch dieser war wie aus Gummi; kein Zucken, kein Ziehen – er fühlte sich geradezu unverwundbar.

Ermutigt nahm Zack das Haus nebenan ins Visier, eine hübsch flatternde Mohnblume mit schwarzem Kissen. Als er hoch genug war, ließ er sich ein letztes Mal zurück auf die Sonnenblume fallen – und sprang hinüber auf die Mohnblüte. Er landete unkoordiniert mit dem Kopf voraus und hätte sich im realen Leben womöglich den Hals gebrochen, doch in Vyllas zog er sich nicht einmal einen Kratzer zu.

Nach ein paar Häusern erwischte sich Zack dabei, wie er aufjuchzte, als es ihm gelang, fünf Blüten nacheinander zu nehmen, ohne hinzufallen oder erneut Schwung holen zu müssen. Er fühlte sich leicht und befreit, als könnte er fliegen und als wären seine Sorgen zu schwer für die Trampolinblumen, sodass sie am Boden bleiben mussten, während er seine Freiheit genoss.

Lachlan fiel ihm wieder ein, und im selben Moment sah Zack das Ende des Blumenmeers und den Anfang einer echten Stadt. Er landete auf der roten Blüte eines Flammenweins und kletterte mit schwirrendem Kopf die Leiter hinab. Elfenbeinweiße Häuser, gestreifte Markisen, eine belebte Fußgängerpassage, Musiker und eine Eisdiele, die kürbisgroße Kugeln in Waffelmuscheln verkaufte. Ein Mädchen blieb auf der anderen Straßenseite stehen, um Zack angeekelt anzustarren, und das brachte ihn zurück auf den Boden der Tatsachen. Er war in Vyllas nicht willkommen und hatte keinen Schimmer, warum. Aber er hatte auch nicht vor, hier länger zu bleiben.

Er näherte sich einem mit Muscheln und Schnecken dekorierten Pavillon, in dem ein paar Leute saßen. Er stapfte durch den Sand auf die Veranda; in dem Pavillon spielte jemand auf einer Ukulele, zwei Frauen tanzten auf dem Parkett, ein Mann lachte aus vollem Halse –

Und verstummte, als er Zack bemerkte.

Alle Augenpaare wischten herüber, die Ukulele erstarb, das Tanzpaar hielt abrupt inne. Selbst die Sonne schien auf einmal ein wenig kühler.

»Jetzt mal ganz langsam«, sagte der Mann, der Zack als Erster bemerkt hatte. Zack hatte ihn vorhin auf den Blumen gesehen; der mit den Dreadlocks, der ihn nicht rufen gehört hatte. »Du hast hier nichts verloren.«

»Ich will auch nicht hier sein«, entgegnete Zack energisch. »Eigentlich wollte ich nach Ma'quoia, aber meine Konsole hat Nein gesagt und mich hierhergeschickt.«

»Der Computer sagt Nein«, johlte jemand dümmlich.

»Der Computer schickt keine Shooter nach Vyllas«, sagte eine Frau, die am Rand der Veranda saß und Nüsse naschte. »Ayahascha ist eine Pazifistenregion.«

»Vielleicht ist in Ma'quoia was passiert«, sagte eine andere Frau. Sie stellte ihren neongrünen Cocktail ab und zauberte ein kleines Radio aus ihrem Kartenstapel.

»Der Cube sagte wörtlich, es sei derzeit aus spielinternen Gründen nicht möglich, sich in –«

»Klappe, Shooter«, sagte der Typ mit den Dreadlocks.

Die Frau pustete Sand vom Radio und drehte an einem Knopf. *Klick!* Ein UKW-Rauschen setzte ein, das anscheinend nur zur Show einprogrammiert worden war, denn kurz darauf regelte sich das Radio von ganz allein einen klar verständlichen Sender herbei.

»Können wir nicht weitertanzen?«, fragte eine der Frauen auf dem Parkett.

»Psst!«, machte jemand anderes.

»... hart umkämpfte Schnappblütenhain ist gefallen«, sagte eine aufgeregte Reporterin. »Den Admins zufolge treffen in Ma'quoia nur zwei Dutzend Alchemisten auf fast fünfhundert Verteidiger, die Laubwichte nicht eingerechnet, und trotzdem sind sie nahezu unbesiegbar. Unter den Gefallenen sind der bekannte Scharfschütze Pumpkin – Orcis, der Großmeister der Okkultisten – sechs Purgatoren, die zu einem mindestens sieben Meter hohen Mech verschmolzen waren – und Evine, die Oberhexe der Eisenklamm –«

»Evine!«, seufzte die Frau mit den Nüssen auf.

Zack hatte das Gefühl, dass etwas Schlimmes im Gange war.

»Was ist denn?«

»Psst!«

»... kann man behaupten, dass in der Geschichte von Cronos noch nie so sehr um eine Stadt gekämpft wurde – die Erfahrungen von Florahall haben gezeigt, was passieren kann, wenn man den Apokalypsemodus auf die leichte Schulter nimmt, die Leute haben daraus gelernt – doch damals waren die Gegner NPCs – diesmal sind es Spieler, die in Begleitung von Stufe-3-Dämonen sind, und mit denen marschieren sie einfach über ihre Gegner drüber!«

Inzwischen drängten sich auch die Tänzerinnen und der Ukulelespieler um das Radio. Sie pressten sich die Hände auf die Münder. »Scheiße«, flüsterte einer.

»Kann mich mal jemand –«

»PSST!«

»Noch weiß niemand, was die Alchemisten beabsichtigen, natürlich mit Ausnahme der Admins, die in die Aktion vorher eingeweiht waren – oh, einen Moment, bitte. Was ist los? – Wir bekommen neue Bilder rein. Die Laubwichte haben sich im Temenos versammelt! Wie vorhin berichtet, wurde der Stamm kurz nach Beginn der Apokalypse-Quest von den Laubwichten gesperrt. Unsere Kugelfischkameras sind jetzt im Temenos … Da sehen wir sie, die Laubwichte. Es sind Tausende, keiner ist vom anderen zu unterscheiden, Tausende weißer Masken, die das Stamminnere ausfüllen. Was haben sie vor? Ist dies der Moment, auf den wir alle gewartet haben? Rufen sie jetzt die Atzilotha Ma'quoia zu Hilfe?«

Der Mann mit den Dreadlocks stand auf, sprang mit einem Satz von der Veranda und rannte in Richtung Eisdiele. »HEY! KOMMT ALLE HER! SCHNELL!«, brüllte er.

»Es geht offenbar los. Die Laubwichte legen einen Schutzschild um den Temenos – ob sie sich im Stamm einschließen, um sich vor den Alchemisten in Sicherheit zu bringen? Ich glaube nicht dran – die Dämonen haben auch die erste Barriere mühelos eingerissen. Wir können jetzt die Magie der Laubwichte sehen, wunderschön, Millionen grüner Lichter, die … Moment … das ist gar kein Schutzschild. Die Funken regnen auf die Laubwichte herab. Und jetzt … oh, mein Gott … das ist …«

»Ja, was denn?«, rief ein Mädchen.

Die Veranda füllte sich mit Menschen. Die Radiobesitzerin drehte den Ton lauter; niemand nahm mehr von Zack Notiz, der ebenfalls gebannt lauschte.

»Die Laubwichte – sie haben ihre Masken abgenommen!«, rief die Reporterin. »Zwei Jahre lang haben wir uns gefragt, was sich darunter befindet, und jetzt ist das Geheimnis gelüftet. Es ist – es sind – ich *weiß* nicht, was das für Dinger sind – aber ich glaube, es sind Bienen – es sind schwarze Bienen! Millionen, Milliarden, sie schwirren aus den Gesichtern der Laubwichte, man hat das Gefühl, dass sie die Laubwichte ausfüllen, dass es gar keinen Körper unter diesen Mänteln gibt, denn jetzt fallen die Stoffe zu Boden, die Mäntel sind leer, seht ihr das? Sie sind leer! Und all die Fliegen – Wespen – Bienen – was auch immer das ist – die Luft ist ganz schwarz!«

Die Stimme der Reporterin überschlug sich vor Aufregung, während es am Stadtrand von Vyllas mucksmäuschenstill war. Selbst das Meer rauschte leiser.

»Blackbees, höre ich gerade, nennt man diese Insekten. Es sind fleischfressende schwarze Bienen, die wie eine riesige Gewitterwolke aus dem Temenos schwirren … Sie sind jetzt etwa auf Höhe von Ma'quoias Rast, wo sich die letzten noch unversehrten Verteidiger zusammendrängen. Was passiert als Nächstes? Werden die Blackbees versuchen, die Alchemisten aufzufressen? – Da tut sich schon wieder was!«, kiekste die Reporterin. »Die Blackbees – sie verdichten sich, ich weiß nicht, wie ich das anders beschreiben soll – sie drängen sich zusammen, was aussieht, als wollten sie eine Säule bilden – nein, wartet … das ist ein Körper. Sie bilden einen Körper! Einen Frauenkörper – einen gigantischen Frauenkörper – krass, der Mech der Purgatoren kann einpacken! Heilige Scheiße, wisst ihr, was das ist? Das ist die Frau, deren Statue im Temenos steht! Das, was wir hier vor uns sehen, ist die Atzilotha Ma'quoia! Die Laubwichte sind ihr eigener Schutzgeist!«

Ein Raunen ging durch die Menge.

»*Sie* ist der Endboss der Kokonstadt. Werden die Alchemisten an Ma'quoia vorbeikommen? Wird es den Verteidigern gelingen, die Stadt zu retten? Himmel, ich dreh total durch! Aber ich berichte hier jetzt schon seit was-weiß-ich-wie-vielen Stunden und muss jetzt mal nach meinen Kindern sehen, also – ich logg mich mal kurz aus –«

Und damit verstummte das Radio, woran auch die entgeisterten Mienen der Zuhörer nichts ändern konnten.

»Tja«, sagte die Frau, der das Radio gehörte, beklommen. »Geht uns nichts an, oder? Wir sind schließlich hier, weil wir entschieden haben, nicht mit den anderen Krieg spielen zu wollen. Das ist deren Sache.«

Betretenes Schweigen.

»Aber wir haben alle in Ma'quoia angefangen«, sagte Dreadlock. »Bis auf die wenigen unter uns, die noch Florahall kennengelernt haben.«

»Die Kokonstadt ist anders als die anderen Städte. Friedlicher. Ich bin da ganz gern«, sagte eine der Frauen, die auf dem Parkett getanzt hatten.

»Und wenn Ma'quoia fällt?«, rief jemand. »Dann brauchen sie eine neue Anfängerregion.«

»Genau, und das wird Ayahascha sein.«

Empörtes Gemurmel.

»Aber das ist unsere Region hier!«

»Wenn die das machen, kommt der ganze Mist zu uns, den wir ablehnen, die Monster und die Waffen –«

»Und die Shooter!«

»Nun warten wir doch erst mal ab. Ma'quoia fällt bestimmt nicht, die Admins werden das verhindern.«

»Hast du nicht zugehört? Die Dämonen marschieren einfach über die Verteidiger drüber –«

»Wenn ich schon das Wort *Verteidiger* höre.«

»Wir werden uns das nicht bieten lassen.«

»Friedlicher Protest!«

»Genau, wir werden demonstrieren und ihnen zeigen, wie wichtig uns Ayahascha ist …«

Zack verzichtete auf einen weiteren Versuch, diesen Leuten eine brauchbare Information zu entlocken, und verließ den Pavillon, um sich weiter umzusehen. Es musste irgendeinen Weg nach Flüsterheim geben; er erinnerte sich an die Luftschiffe in Ma'quoias Stamm – wäre doch gelacht, wenn Vyllas nicht etwas Ähnliches hatte.

»Hey, du da!« Dreadlock hüpfte von der Veranda in den Sand und kam ihm hinterher. »Hey, sorry für den blöden Einstieg vorhin. Ich bin C, und du?«

Er nannte sich tatsächlich nur *C*, wie der Buchstabe des Alphabets. »Kein Problem. Ich bin Zack.«

»Anfänger, was? Tja, kannste ja nicht wissen. Hier sind fast alle Pazifisten. Die stehen nicht so auf Krieg, wie du dir denken kannst – und, ähm, ihr Shooter seid eben irgendwie die Verkörperung des Krieges.«

Zack sah kurz an sich herab.

Da war was dran.

»Ich komme in Frieden«, sagte er.

»Und unfreiwillig, wie wir gerade gehört haben. Also, was kann ich für dich tun?« C stemmte grinsend die Hände in die Seiten. Er war ungefähr dreißig, hatte eine Zahnlücke und trug seine braun gebrannte Brust selbstbewusst zur Schau. Nichts an ihm verriet seine Klasse.

»Wie komme ich von hier aus nach Flüsterheim?«

»Mit dem Wolkenwal«, sagte C und deutete in die Stadt hinein. »Ich hab sogar noch irgendwo ein Ticket – als kleine Entschädigung für vorhin. Sekunde.«

Er tastete seine geblümte Badehose nach einer Tasche ab und zog einen Stapel Karten heraus.

»Das ist wirklich sehr nett von dir, danke«, sagte Zack, der tatsächlich nicht wusste, ob er überhaupt genügend Pyrops besaß, um sich ein Ticket zu kaufen. Er konnte es nicht erwarten, Vyllas zu verlassen – die sengende Sonne kochte ihn in seiner schwarzen Uniform.

»Nichts zu danken. Hier ist das Ticket auch schon.«

Zack steckte die Karte ein. »Und jetzt?«

»Immer geradeaus. Du kommst da auf einen Weg, der … Entschuldige, da muss ich rangehen –«

C tippte sich gegen ein Gerät, das er am linken Ohr trug. Es sah aus wie ein kabelloser Bluetooth-Kopfhörer – doch als C ihn aktivierte, projizierte er eine Brille aus Licht vor seine Augen. »Ja, C hier?« Er lauschte einer Stimme, die Zack nicht hören konnte, während Cs Augen über Bilder oder Texte glitten, die nur er sah. »Klar, ich bin immer im Einsatz, das weißt du doch«, sagte er grinsend. »Warte, du meinst, ein Kopfgeld, hier in Vyllas? Mach keine Witze … ein Shooter? Mh-hm. Kurios …« Seine Augen huschten hinüber zu Zack. »Wie heißt er, sagst du? Ah … okay … ja, da kann ich was machen. Ist gleich erledigt. Sag schon mal in Celladom Bescheid. Ciao!«

Mit einem sehr tiefen Seufzen klopfte er gegen das Gerät an seinem Ohr. »Das ist jetzt bedauerlich.«

»Wieso?«, fragte Zack argwöhnisch.

»Weißt du, was Kopfgeldjäger sind?«

»Natürlich – also, so allgemein«, sagte Zack.

»In Cronos sind Kopfgeldjäger Spieler, die andere Spieler, die etwas angestellt haben, einfangen und ins Gefängnis bringen«, erläuterte C geduldig.

»Und du bist so einer?«

»Ich bin Kopfgeldjäger, ja.«

»Und woher weißt du, ob jemand was angestellt hat?«

C zuckte mit den Achseln. »Na ja, es gibt nicht so viele Möglichkeiten, in Cronos etwas anzustellen, da fast alles erlaubt ist. Aber wenn du etwas Verbotenes machst, landet dein Name automatisch auf einer Kopfgeldliste. Die hat sogar eine Ortungsfunktion, echt cool.«

»Verstehe«, sagte Zack, dem nichts Gutes schwante.

»Eines der wenigen Dinge, die so richtig verboten sind, ist, als Shooter auf einen Spieler zu schießen, der kein Shooter ist«, fuhr C fort. »Und sogar noch verbotener ist es, als Shooter auf eine Hexe zu schießen. Aber weißt du, was überhaupt nicht verboten ist?«

»Nein«, sagte Zack.

»Das hier.«

C machte eine Handbewegung, als wollte er einen Stein über Wasser springen lassen – und etwas Weiches knallte Zack mitten ins Gesicht. Es floss ihm klebrig über den Mund und verschloss ihm die Lippen. Er versuchte es abzukratzen, aber seine Nägel glitten einfach von der Substanz ab. *Vögelchen,* durchfuhr es Zack. Nichts geschah.

»Zachary Murray, ich verhafte dich wegen des Angriffs auf eine unschuldige Hexe, am 24. Juni 2030 im Schnappblütenhain der Kokonstadt – hey, bleib hier!«

Zack dachte gar nicht daran. So schnell ihn seine Füße durch den Sand trugen, rannte er davon – und schaffte es immerhin ein paar Meter weit unter eine Palme, als ihn Cs Zauber von hinten erwischte. Wurzeln schossen aus dem Sand und legten sich wie Schlingen um seine Füße. Zack stolperte und stürzte der Länge nach hin, wobei er mit dem Kopf erst gegen die Palme und dann in den Sand knallte – wo ihm eine herabfallende Kokosnuss den Rest gab.

Als Zack keine Sterne mehr sah, lag er verschnürt wie ein Paket unter den wogenden Palmenblättern.

C beugte sich über ihn und zeigte grinsend seine Zahnlücke. »Ich hab gesagt, dass hier *fast* alle Pazifisten sind. Aber nicht alle. Gestatten: C, Admin, Kopfgeldjäger und Hexer, und du fliegst jetzt nach Celladom.«

Er trat einen Schritt zurück, stellte sich kerzengerade hin und machte mit den Händen eine theatralische Geste, wie ein Zauberer, der seine Assistentin zerteilen wollte. Zack spürte, wie er sank; der Sand bewegte sich und kroch ihm die Arme hoch … Er presste hilflose Laute durch den Knebel und wand sich wie eine Raupe – doch das machte alles nur schlimmer. Der Sand stieg schneller … er umfloss seinen Kehlkopf … Zack reckte das Kinn – seine Schultern versanken – die Beine, die Arme, die Hüfte, die Brust – der Sand rann ihm über das Kinn – jetzt musste er die Augen schließen – er holte ein letztes Mal Luft durch die Nase und hielt sie an –

Es wurde dunkel. Zack spürte, wie das Gewicht des Sands ihn in die Tiefe eines kühlen Grabs drückte. Gerade als ihm die Luft auszugehen drohte, öffnete sich unter ihm der Boden, und Zack stürzte im freien Fall. Begleitet von rieselndem Sand knallte er auf einen Steinboden. Dabei zerrissen die Fesseln, und der Knebel floss ihm vom Gesicht.

Zack setzte sich auf, rieb sich die schmerzende Schulter und den klebrigen Mund. Er konnte nicht richtig sehen; grelles Licht stach ihm in die Augen, von einer Art Flutlichtanlage ungefähr fünfzig Meter entfernt. Blinzelnd sah Zack sich um. Er bemerkte die Schatten dünner Gitterstäbe, mit denen das Flutlicht den Boden linierte wie ein Blatt Papier; eine Pritsche und ein Fenster. Wo das grelle Licht die Schatten nicht auffraß, war die Dunkelheit so scharfkantig, dass man sich an ihr schneiden konnte. Zack schützte seine Augen mit der Hand gegen das Licht und näherte sich dem Gitter, das die langen Schatten warf: Es ersetzte eine ganze Wand vom Boden bis zur Decke und war mit einer ebenfalls vergitterten Tür versehen. Zack versuchte, sie zu öffnen. Sie bewegte sich nicht.

Ich sitze im Knast, dachte Zack verblüfft.

Fast hätte er gelacht.

[12]

»Hallo?«, rief Zack in das Licht. »Wie geht das Spiel jetzt weiter? Komme ich vor Gericht?«

»Die reagieren nicht«, sagte eine Männerstimme aus der Zelle nebenan. Weil die Zellenmauern einen guten Meter über das Gitter hinausragten, konnte Zack nicht sehen, was sich links und rechts befand. Aber hin und wieder hörte er Stimmen von Zelleninsassen – sporadisch und zögerlich nur, als wäre es verboten, sich zu unterhalten.

»Hi«, antwortete Zack. »Bist du eine computergesteuerte Figur?«

»Ich, ein NPC? Ha! Zum ersten Mal hier, was?«, bekam er zur Antwort. Sein Zellennachbar hatte eine tiefe Bassstimme, zu der sich Zack einen bulligen Mann mit kahl rasiertem Schädel vorstellte. »Ich bin Pelle. Wer bist du?«

»Zack.«

»Shooter?«

»Ja.«

Pelle ließ ein höhnisches Reibeisenlachen hören. »Hast 'ne Hexe abgeknallt, was? Ich auch.«

»Nein, hab ich nicht«, sagte Zack. »Ich habe niemanden … abgeknallt. Ich bin heute erst das vierte oder fünfte Mal in Cronos. Wo bin ich hier denn?«

»Das ist das Panoptikum von Celladom, oder anders gesagt: der Knast von Cronos. Hier kommt man nicht hin, wenn man nicht auf der Liste der Kopfgeldjäger steht, also musst du wohl jemanden abgeknallt haben.«

»Das wüsste ich wohl noch.« Aber hatte C nicht gesagt, dass er eine Hexe angegriffen habe? Ende Juni. Zack versuchte sich seine ersten zwei Tage in Cronos ins Gedächtnis zu rufen. Die einzige Hexe, mit der er damals zu tun hatte, war Melpo – und wieso hätte er die angreifen sollen? Er hatte den Gedanken gerade gefasst, als er wieder vor sich sah, wie sie Lachlan Erion stahl. Er war ihr nachgelaufen, hatte den Revolver gezogen und mit dem zweiten Schuss ihre Geige getroffen. Aber Melpo war unversehrt geblieben.

Zack lehnte sich mit dem Rücken gegen das Gitter, um seinen Augen eine Pause zu gönnen.

»Was soll das Licht?«, fragte er.

»Damit beobachten sie uns«, antwortete Pelle tonlos, »die sind nämlich da drüben – durch das Licht kannst du sie nicht sehen, aber sie beobachten uns. Manchmal aber auch nicht. Wie sollen wir das wissen? Geh am besten immer davon aus, dass sie dich gerade anglotzen.«

Zack meinte auf einmal, den bohrenden Blick im Nacken zu spüren. »Wer sind die?«

»Okkultisten«, sagte Pelle finster.

Zack, der auf Anhieb an Emil denken musste, spürte eine heftige Abneigung gegen die Menschen hinter dem Flutlicht. »Und die reden nicht mit uns?«

»Nur wenn sie Lust haben.«

»Dann kapier ich nicht, was wir hier sollen. Und Zeit

habe ich dafür auch nicht.« Er fragte sich, was Pelle hier hielt – der Komfort war es eher nicht.

»Du kannst ja mal versuchen, dich aus- und wieder einzuloggen«, sagte Pelle mit einem sardonischen Lächeln in der Stimme. »Spoileralarm: Du wirst wieder hier im Knast auftauchen, ob du willst oder nicht. Du kannst dich erst wieder an einem anderen Ort einloggen, wenn du deine Zeit hier abgesessen hast. Ist so.«

Zack setzte sich vor die Gitterstäbe und knetete seine Hände. »Und wie lange ist das?«

»Kommt drauf an, wen du getötet hast. Einen Alchemisten: zwei Tage. Einen Okkultisten: vier Tage. Einen Muerto: eine Woche. Eine Hexe: einen Monat. Natürlich in Echtzeit. Wenn du dich ausloggst, bleibt die Uhr stehen.«

»Ich habe niemanden getötet.«

»Dann war es vielleicht ein Querschläger. Ein Versehen. Der Cube unterscheidet da nicht.«

»Ruhe jetzt!«, zischte eine Stimme. Zack fuhr vor Schreck zusammen und suchte nach der Quelle; die Stimme war von der Decke gekommen. Über seinem Kopf bemerkte er einen trichterförmigen Kupferlautsprecher.

»Die hören jedes Wort, das du sagst«, erklärte Pelle. »Und wenn du nicht auf sie hörst, verlängern sie deine Haftzeit. Du kannst nichts dagegen machen.«

»Genau«, raunte die Stimme aus dem Lautsprecher. »Und dafür bekommst du einen Tag mehr, Pelle.«

Der Shooter mit der Bassstimme grunzte. »Mir egal. Ich hab was zu lesen dabei. Lerne gerade für eine Prüfung … kommt mir also sehr gelegen, das hier.«

Zack zog es vor, zu schweigen.

»Die sind machtgeil, die Okkultisten«, sagte Pelle wie zu sich selbst. »Manchmal habe ich das Gefühl, wir Shooter sind die Einzigen, die sich nur um ihren eigenen Kram kümmern, während alle anderen versuchen, die Welt nach ihren moralischen Idealen zu formen.«

Zack wollte den Okkultisten keinen Anlass geben, ihn auch zu bestrafen. Er erhob sich vom Gitter und sah aus der glaslosen Fensteröffnung. Diese war ein steinerner Torbogen, der bis zum Boden reichte; ohne die Stäbe hätte er sich mühelos in den Tod stürzen können, und wenn es stimmte, was Melpo bei ihrer ersten Begegnung (nun, eigentlich ihrer zweiten, denn die erste hatte in den War Memorial Gardens stattgefunden) über das Sterben in Cronos gesagt hatte, hätte es ihm nicht mal wehgetan. Aber freigekommen wäre er dadurch wohl auch nicht.

Zum ersten Mal erlebte er eine Nacht in Cronos, und das ließ ihn seine missliche Lage für einen Moment vergessen. Ihm war, als betrachtete er ein besonders realistisches Stück Weltraumkunst: Mehrere rote und blaue Planeten hingen am Himmel, einer mit Ring, andere mit Trabanten, als hätte jemand Mars, Saturn, Neptun und Jupiter näher an die Erde herangeschoben, sodass man mit bloßem Auge ihre Stürme und Landschaften beobachten konnte. Zack betrachtete den Himmel mit dem beklemmenden Gefühl, das einen überkommt, wenn man vor einem Wolkenkratzer oder einem Funkturm den Kopf in den Nacken legt; als könnten die Planeten jeden Moment auf ihn herabstürzen, oder als kippte der Erdboden hinter ihm in die Schräge. Er riss sich los und sank verstört auf die Pritsche.

Was jetzt? Er musste sich ausloggen und Lachlan Bescheid geben. Vielleicht konnte der ihn vorzeitig hier rausholen. Aber wie sollte er das anstellen? Er hatte keine Nummer von Lachlan, und Mr. Arnott vermutlich auch nicht. Ein Kommunikationsbuch besaß er nicht. Sollte er Pelle um Hilfe bitten und riskieren, dass ihm die Okkultisten dafür noch eine weitere Woche aufhalsten? Pelle besaß wahrscheinlich ein Kommunikationsbuch. Aber dann musste er ihm Lachlans vollen Namen anvertrauen, und selbst Teresa hatte ein Name gereicht, um die Villa zu finden.

Je länger er darüber nachdachte, desto wütender wurde er. Wieso musste er sich damit abfinden, dass ihm andere Spieler einfach so den Weg abschnitten, obwohl er Wichtigeres zu tun hatte, als sich den absurden Regeln von Cronos zu beugen? Er hatte ja nicht einmal jemandem wehgetan! Gut, er hatte es versucht, aber er hatte dafür gute Gründe gehabt. Bestimmt steckte Melpo dahinter. Melpo, die mitten in einer Menschenmenge ein Auto in die Luft gejagt hatte. Ob sie in Lachlans Nähe war und wusste, dass sie einen Schlag gegen Griffin planten? Die Angst, Lachlan könnte etwas zugestoßen sein, wusch die Wut aus Zacks Kopf. Er kaute auf seiner Unterlippe. Nein, Lachlan wusste sich bestimmt zu helfen. Falls Melpo oder Griffin etwas mitbekommen hatten, würde er ihnen schon eine glaubhafte Geschichte auftischen. Viel wichtiger war, dass er, Zack, so schnell wie möglich nach Flüsterheim gelangte – bevor

Lachlan noch auf die Idee kam, er hätte es sich anders überlegt.

»Hallo? Kann ich bitte mit jemandem reden? Es ist wichtig!«, rief er in das Flutlicht hinein.

Nichts passierte, nur Pelle kicherte.

»Anfänger.«

»Kann ich meine Strafe vielleicht später absitzen?«, bot Zack an. »Oder gibt es hier Anwälte?«

Pelle seufzte.

»Gib Ruhe!«, fauchte die Stimme aus dem Lautsprecher. »Dies ist meine allerletzte Warnung!«

Zack sank auf den Rücken und hörte der Zeit beim Verrinnen zu, die Augen unsichtbarer Beobachter auf der Stirn. Als ihm das Warten zu dumm wurde, stieß er das Wort »Vögelchen« hervor, und die Pritsche tat sich auf.

Zack zapfte sich in der klebrigen Kantine einen Kaffee; außer ihm war da nur eine knochige Frau, die an der Wand saß und vorgab, ihn nicht zu bemerken. Zack ging mit dem Kaffee nach draußen, um frische Luft zu schnappen. Jetzt, wo er nicht mehr hier wohnte, war ihm das schmutzige Wohnsilo noch unheimlicher denn je, doch gleichzeitig fühlte er sich ihm seltsam zugehörig, als hätte er seinen Namen in die Fassade geritzt. Er hätte jetzt alles für einen Scone gegeben, doch der Weg zum Bahnhof war ihm zu weit, und nach Inchicore wagte er sich um diese Uhrzeit nicht.

Er starrte sein Handy an (zwei verpasste Anrufe von Persy) und dachte darüber nach, Kathy anzurufen. Aber es ging bereits auf halb drei zu – entweder war sie gerade in Cronos unterwegs, oder sie schlief. Selbst wenn er sie davon überzeugen konnte, dass er ihre Hilfe wirklich brauchte, würde sie sich bestimmt nicht sofort in Cronos einloggen. Außerdem durfte er am Handy weder Lachlan noch Griffin erwähnen, was die Sache kompliziert machte.

Er setzte sich auf die Treppe, die vom Grattan Crescent hoch zum Wohnsilogelände führte, und entschied sich für einen Mittelweg. *Hi Kathy, bist du noch wach?*, schrieb er ihr in den Chat. Sie war zuletzt vor zwei Stunden online gewesen. Nachdem er die Nachricht abgeschickt hatte, switchte er den Kanal und trank vom Kaffee.

Teresa war online.

Hi, schrieb er.

Die Häkchen wurden so prompt blau, als hätte Teresa den Chat auch gerade offen gehabt. *Hallo.*

Geht's dir besser?, fragte Zack.

Geht so, antwortete sie. *Wo bist du?*

Zu Hause.

Ach so.

Er hatte ein schlechtes Gewissen, wusste aber nicht, wie er ihr erklären sollte, dass er sich beim Wohnsilo herumtrieb. Ungeduldig schaltete er zurück auf den Chat mit Kathy. Sie hatte die Nachricht nicht empfangen.

»Verdammt«, zischte er.

Es war schön heute bei dir, schrieb Teresa.

Sein Magen, der sich gerade noch zusammengezogen hatte, löste sich unversehens in einen Schwarm Schmetterlinge auf. *Ja, fand ich auch*, antwortete er. *Hab mich echt gefreut, dass du vorbeigekommen bist. ;)*

Sie reagierte mit einem fröhlichen Emoticon.

Ich kann gern öfters vorbeikommen.

Zack grinste.

Klar, wann immer du magst.

Gleich morgen?

Okay.

Wollen wir uns ›Chronik der Aschevögel‹ im VRC anschauen?

Zacks Laune hob sich sofort. *Klar, den will ich eh sehen.*

Ich auch. Ich liebe alle Filme mit Lili Yokohama. Wegen ihr wähle ich nächstes Jahr Convivari.

Zack konnte sein Glück nicht fassen. Nicht nur, dass er ein hübsches Mädchen an der Angel hatte, sie mochte auch noch die gleiche Schauspielerin wie er!

Auf einmal war er nur noch ein ganz normaler junger Mann, der in seiner Freizeit Mädchen ins VR-Cinema ausführte und mit seinem Kumpel im Pub zwei, drei Bier zischte. Ihm war ganz leicht um die Brust. *Cool. Bis morgen,* schrieb er.

Bis morgen, antwortete Teresa.

Zack fragte sich, wie sich die Einladung nach Phoenix Manor für sie anfühlen mochte; vermutlich wie eine Einladung vom Präsidenten. So hatte es seine Mutter vor vielen Jahren ausgedrückt, als Phoenix Manor noch eine Baustelle gewesen war und die Abercrombys in einem Anwesen stadtauswärts gelebt hatten. Für Menschen, die so wenig besaßen, dass sie sich noch nicht einmal einen Restaurantbesuch, geschweige denn die Altersvorsorge leisten konnten – und zu diesen Menschen zählten die O'Connors ganz offensichtlich, Cosimo ausgenommen –, lebten reiche Leute wie die Abercrombys das sorglose Leben von Königen. Die Armen lehnten sich nur deshalb nicht gegen die Reichen auf, weil sie hofften, eines Tages an den Tischen der Reichen zu speisen.

Das Wohnsilo war vielleicht der einzige Ort in Dublin, an dem diese Hoffnung versiegt war. Und aus diesem Grund – so wurde es Zack mit einem Blick auf den Boden seines leeren Kaffeebechers bewusst – verbrachten die Leute hier weit mehr Zeit in Cronos, als gesund war.

Das ist es, dachte er.

Die Lösung lag vor seiner Nase. Oder besser: saß. Er knüllte den Becher zusammen, warf ihn zum Müll auf der Treppe und kehrte in die Kantine zurück. Bevor er sein Vorhaben in die Tat umsetzte, checkte er ein letztes Mal sein Telefon (keine Nachricht von Kathy). Dann schlenderte er zu der Frau, die an der Wand saß und eine Suppe in sich hineinlöffelte.

»Guten Abend«, sagte er.

»Ich hab Pfefferspray in der Hand«, platzte es aus ihr heraus. »Verzieh dich lieber, sonst –«

Sie hielt die rechte Hand unter dem Tisch verborgen. Zack hatte das Gefühl, dass sie flunkerte, blieb aber trotzdem lieber auf Abstand. »Ich hab nur 'ne ganz kleine Frage. Spielst du vielleicht Cronos?«

»Wieso?«, schoss sie zurück. »Bist du vom Amt? Komische Arbeitszeiten, findest du nicht?«

»Jaa, wenn ich vom Amt wäre, würde ich kündigen«, sagte Zack mit gespieltem Entsetzen. Anscheinend bezog sie Sozialhilfe und befürchtete Sanktionen – das Amt hatte eine ausgewiesene Abneigung gegen Cronos-Spieler.

»Du wohnst niemals im Wohnsilo«, sagte sie mit gerümpfter Nase. »Sieh dich doch mal an.«

Sie meinte seine gute Kleidung; Persy hatte ihm nicht ein einziges ausgeleiertes T-Shirt gelassen. »Ich weiß, wie das wirkt. Aber ich brauche dringend Hilfe. Ich hab gerade erst mit Cronos angefangen, und jetzt sitze ich plötzlich in diesem komischen Knast, obwohl ich gar nichts angestellt habe. Wie komme ich da raus?«

»Klasse?«, blaffte die Frau.

»Shooter.«

Sie schnaubte so heftig, dass ihr Rotz aus der Nase schoss. Sie wischte ihn mit dem Handrücken ab. »Ihr Scheißshooter habt nie was angestellt.«

Bevor er sich selbst daran hindern konnte, fuhr Zack herum und trat gegen einen Plastikstuhl. Der krachte gegen einen Tisch, kippte um und schlitterte über den Boden. Zack, erschrocken über sich selbst, verkniff sich eine Verwünschung, bedachte die Frau mit einer wegwerfenden Handbewegung und wirbelte aus der Kantine. Er hatte es so satt, ständig auf seine Klasse reduziert zu werden. Als hätte er sich den Revolver selbst ausgesucht! Gut, hätte er die Wahl gehabt, hätte er ihn wahrscheinlich tatsächlich freiwillig genommen – aber machte ihn das zu einem Monster? Er war so vollgepumpt mit Adrenalin, dass er zwei Stufen auf einmal nehmend die Treppe hochsprintete. Im siebten Stock konnte er nicht mehr und stieg schwitzend in den Fahrstuhl um. In seiner Kabine warf er sich auf die Pritsche (sie war nur geringfügig bequemer als die im Panoptikum der Okkultisten) und schluckte eine Blaue Pille.

»Ihr letzter Aufenthalt war in Celladom«, sagte der Cube. »Leider ist es Ihnen derzeit nicht möglich, den Startpunkt zu variieren. Genießen Sie Ihren Aufenthalt.« Und es stimmte: Als Zack in Cronos die Kontrolle über seinen virtuellen Körper erlangte, lag er wieder in der Zelle, und das Flutlicht strahlte grell.

Er wollte schreien vor Wut.

Weil er sonst nichts zu tun hatte, setzte er sich wieder vor das vergitterte Fenster und betrachtete den faszinierend absurden Nachthimmel. Gelangweilt ging er seine Karten durch, verspeiste aus reinem Frust einen Heilmuffin, der immerhin fast ein Scone war, und zählte seine Patronen. Ihm kam die Idee, mit dem Revolver auf das Flutlicht zu schießen, aber wer wusste schon, wie die Okkultisten darauf reagierten – mit ein, zwei oder drei zusätzlichen Monaten? War ihrer Willkür eigentlich irgendeine Grenze gesetzt? Kam jemand, den die Okkultisten nicht leiden konnten, jemals wieder aus dem Gefängnis heraus?

Wuuusch!

Eine Karte segelte Zack mitten in die Patronen. Hinter den Gittern des Fensters schlug eine weiße Taube mit den Flügeln; jetzt drehte sie eine Runde durch die Luft und flatterte in die Nacht davon. Auf der Karte war ein grünes Buch mit einem Bleistift abgebildet.

Zack verwandelte die Karte, und als er das grüne Buch öffnete, fiel ihm ein kleiner Bleistift entgegen. Auf der ersten Seite las er:

Hallo,

wenn du der rothaarige Shooter aus Dublin bist, dann hat die Taube den richtigen Empfänger gefunden. Ich habe dort eine Bekannte, die mir erzählt hat, dass du in Celladom festsitzt und eventuell Hilfe brauchst …

»Leg das weg«, fauchte die Stimme durch den Lautsprecher. »Ich gebe dir drei Sekunden.«

Zack zuckte zusammen und schloss das Buch mit klopfendem Herzen. Aber diese Nachricht ging direkt an ihn, sofern es hier keinen zweiten rothaarigen Shooter aus Dublin gab. Vielleicht hatte es sich diese Ziege aus der Kantine anders überlegt. Er nahm all seinen Mut zusammen und schlug das Buch wieder auf. Hastig las er weiter.

»Drei«, sagte die Stimme drohend. »Zwei …!«

Ich kann dir helfen. Wenn du in Celladom sitzt, hast du wahrscheinlich etwas angestellt. Aber meine Bekannte sagt, dass du sagst, dass du unschuldig bist, und es ist wichtig für mich, dass du es wirklich bist …

»Komm zum Punkt«, knurrte Zack.

»Eins«, rollte die Stimme in die Zelle, »Null – ich befürchte, du wirst eine weitere Woche sitzen, Murray, und ich gebe dir drei Sekunden, um zu verhindern, dass daraus ein ganzer Monat wird. Drei …!«

Also bitte schildere mir hier unten kurz deinen Fall, damit ich einen Shooter-Verteidiger kontaktieren kann. Aber bitte liefere mir ein schlagkräftiges Argument, die rücken nämlich nicht für jeden aus, musst du wissen –

Zack übersprang den Rest des Texts.

»Einen weiteren Monat … du kommst hier nie wieder raus, Murray«, sagte der Okkultist lakonisch. »Leg den Stift weg, oder ich brech dir die Hand. Du weißt, dass ich mich dazu nicht von der Stelle bewegen muss.«

Zack kritzelte, so schnell er konnte.

Hab keine Hexe getötet nur Geige getroffen es ist wirklich wichtig dass ich hier rauskomme –

Sein Handgelenk knackte, als ihm ein Knochen darin brach; Zack ließ den Stift fallen und brüllte vor Schmerzen. Japsend hielt er sich den rechten Arm, von dem die Hand in einem ungesunden Winkel baumelte.

»Ich hab dich gewarnt«, schnurrte die Stimme. »Du bist so ausgefüllt mit Wut und Angst, dass es für mich ein Kinderspiel wäre, dich dazu zu bringen, dir deine eigenen Augen rauszureißen. Also, schieb jetzt das Buch durch die Gitterstäbe und dann gib Ruhe.«

»Wieso macht ihr das?«, würgte Zack hervor; ihm war übel vom Schmerz. »Das hier ist nur ein Spiel!«

»Das KomBu, Murray.«

Woher wusste dieser Okkultist überhaupt, wie er hieß? Zack kam der Gedanke, dass es Emil sein mochte, der da mit ihm sprach, aber die Stimme passte nicht – an Emils ruhige, sonore Stimme würde er sich bis an sein Lebensende erinnern; diese hier aber war anders, hektischer, kratziger. In der Hoffnung, dass der Absender des Briefs seine Nachricht erhalten hatte, schob er das Kommunikationsbuch auf die andere Seite der Gitterstäbe. Dann kramte er in seinen Karten nach einem weiteren Muffin. Er hatte keine mehr.

Zack war drauf und dran, sich erneut auszuloggen und es für heute Nacht bleiben zu lassen. Ob seine Hand von selbst heilen würde, wenn er eine Weile offline war? Zack versuchte, sie ruhig zu halten, aber sie tat trotzdem höllisch weh. Mit einer unbändigen Wut im Bauch kauerte er sich auf die Pritsche, hielt den Schmerz noch ein paar Minuten aus und öffnete dann den Mund, um sein Safeword zu sagen – als zwei Gestalten vor die Zelle traten.

Die eine war klein und zierlich und hatte zwei geflochtene Zöpfe, die ihr bis zu den Kniekehlen reichten. Die andere war groß und kastenförmig gebaut; im ersten Moment wusste Zack nicht, ob es ein Mann oder eine Frau war. Die Person war offenbar ein Shooter, denn sie trug eine Uniformjacke mit silbernen Knöpfen und einem offiziell wirkenden Emblem auf der Brust. Das war alles, was Zack im grellen Gegenlicht erkannte.

»Hallo, bist du der wütende Shooter aus Dublin?«, fragte das Mädchen mit den Zöpfen. Sie bemerkte das Kommunikationsbuch auf dem Boden. »Oh, du bist es. Das ist nämlich mein KomBu, das ich dir da geschickt habe.«

»Was haben die mit dir gemacht?«, fragte ihr Begleiter, der, wie Zack überrascht zur Kenntnis nahm, eine eindeutig weibliche Stimme hatte.

»Ich schätze, sie haben mir die Hand gebrochen«, sagte Zack und stand von der Pritsche auf.

»Hinsetzen!«, zischte es aus dem Lautsprecher.

»Jetzt mal langsam!«, rief die Shooterin in das Licht hinein. »Wir haben von den Admins die Erlaubnis, Angehörige unserer Klasse anwaltlich zu vertreten, und deshalb will ich jetzt sofort den Scheißkerl sprechen, der das hier zu verantworten hat. Ich werde dich melden!«

Der Okkultist schwieg.

»Das passiert, wenn man Menschen Macht gibt«, sagte das Mädchen traurig. »Wer bist du?«

»Zack.«

»Ich bin Porkupine. Das hier ist Smilla, eine Shooter-Anwältin. Sie wird für dich mit den Admins sprechen, aber zuerst musst du ihr deine Geschichte erzählen. Stimmt es wirklich, dass du unschuldig bist? Das behaupten die Shooter nämlich immer, oft ist es gelogen.«

Zack war so erleichtert, dass er eine Träne wegdrücken musste, als er den beiden die ganze Geschichte erzählte: von der Hexe, die ihn beklaut hatte, und wie er deshalb auf sie geschossen, aber nur ihre Geige getroffen hatte. »Das war an meinem allerersten Tag. Mir hat bis heute niemand gesagt, dass es verboten ist, auf andere Spieler zu schießen. Aber verletzt habe ich eh niemanden.«

»Was ist dein Level?«, fragte die Anwältin namens Smilla.

»Keine Ahnung, wo sehe ich das?«

»Da du ein Shooter bist, wahrscheinlich hier.« Smilla zeigte sich auf den rechten Oberarm. Mit der unversehrten Hand schob Zack sich den T-Shirt-Ärmel hoch. Dort, wo sich sein Trizeps wölbte, hatte er ein kleines Tattoo: eine Zwei.

Er zeigte es Smilla; sie schnaubte. »Ein blutiger Anfänger muss sich in Celladom die Hand brechen lassen. Das sind die Tage, an denen ich Cronos hasse. Man kann es mit der absoluten Freiheit auch übertreiben.«

»Da *müssen* die Admins einfach zwei Augen zudrücken«, sagte Porkupine. »Wenn obendrein niemand verletzt wurde … Auch wenn es schade ist um die Geige.«

Smilla hatte bereits Buch und Stift gezückt und schrieb geschäftig eine Nachricht hinein.

»Hier, trink das.« Porkupine reichte Zack eine Flasche durch die Gitterstäbe. »Das ist Adeptenserum. Es kappt alle Verbindungen, die Okkultisten heimlich zu dir aufgebaut haben. Du solltest in Celladom immer welches dabeihaben. Und hier … das ist ein Heilmittel für deine Hand.«

Sie legte eine winzige Zitronentarte auf den Boden und schraubte ihm die Flasche auf.

»Danke.« Mit dem Saft aus der Flasche und der Zitronentarte im Bauch ging es Zack auf Anhieb besser; er konnte zusehen, wie sich seine Hand regenerierte, und genoss das warme Gefühl der Zuversicht, das ihm durch den Körper strömte. Porkupine lächelte ihn an.

»Du siehst schon viel besser aus.«

Smilla klappte entschlossen ihr Buch zu. »Ein Admin ist auf dem Weg hierher. Wir rühren uns nicht vom Fleck, bis er da ist«, fügte sie lauter hinzu und drehte sich dabei zu dem Licht um. »Was soll eigentlich das Flutlicht, ihr Psychos? Immer wenn ich hier bin, will ich jemandem den Hals umdrehen«, sagte sie an Zack gewandt.

»Hey, Smilla, Süße!«, rief Pelle herüber. »Hier ist noch jemand, der gerettet werden möchte!«

»Sorry, Pelle«, sagte Smilla, ohne nachzusehen, »aber bei dir ist Hopfen und Malz verloren.«

Der angekündigte Admin kam schon nach wenigen Minuten: ein Schrank von einem Mann, mit schokoladenbrauner Haut, die seine weißen Zähne leuchten ließ. Er trug den soutaneähnlichen Mantel der Okkultisten und stellte sich mit französischem Akzent als Yves vor – ein viel zu feiner Name für diese Respekt einflößende Erscheinung. Als Zack sah, welcher Klasse Yves angehörte, stimmte ihn das skeptisch. Doch Yves schüttelte Smilla die Hand, als hätten sie schon oft miteinander zu tun gehabt.

»Das geht natürlich klar, da müssen wir gar nicht lange diskutieren«, sagte er und öffnete Zacks Zellentür mit einem kleinen Schlüssel. Zack schlüpfte sofort hinaus; nichts würde ihn noch eine Sekunde länger in diesem Gefängnis halten. »Aber nur für die Zukunft: Du weißt jetzt Bescheid. Shooter dürfen keine anderen Spieler anschießen, in die Luft sprengen oder auch nur ohrfeigen. Wenn du es trotzdem machst, landest du wieder hier.«

»Okay«, sagte Zack rasch. »Kein Ding.«

»Nicht so eilig«, sagte Smilla zu Yves, »was ist mit seiner

gebrochenen Hand? Das waren deine Schäfchen, die ihm das angetan haben!«

»Das sind nicht meine Schäfchen, und tun kann ich dagegen auch nichts, sorry«, sagte Yves. »In Cronos gilt das Prinzip der absoluten Freiheit. Niemand wird gezwungen, sich hier einzuloggen. Jeder darf machen, was er will. Und wenn er Lust hat, jemandem die Hand zu brechen, dann ist das eben so. Dafür gibt es das Safeword.«

»Aber warum darf ich dann keine Spieler anschießen?«, fragte Zack. »Nicht, dass ich das vorhätte.«

»Das ist nicht das Gleiche. Wir Admins haben echt lange über diese Einschränkung diskutiert. Es ist was anderes, ob du von einem magischen Feuer verbrannt wirst oder eine Kugel in den Kopf bekommst«, sagte Yves und wuchtete die Zellentür ins Schloss. »Von dem einen wirst du nicht traumatisiert. Von dem anderen hingegen schon.«

»Komisch, dann hätten wir ja ein paar Tausend traumatisierte Spieler in Cronos«, sagte Smilla sarkastisch. »Wir pusten uns nämlich ständig gegenseitig die Köpfe weg. Headshots bringen die meisten Punkte …«

Sie gingen an anderen Zellen vorbei – manche waren leer, in den meisten aber saßen Shooter, die ihre Waffen putzten, in Büchern lasen oder auf der Pritsche schliefen – und stiegen am Ende des halbrund verlaufenden Gangs in einen Fahrstuhl. Durch eine Glasröhre ging es abwärts, an unzähligen Etagen vorbei. Der Aufbau des Gefängnisses hatte etwas von einem Turm in einem Turm, doch das sah Zack erst, als sie im Erdgeschoss den Fahrstuhl verließen und ihn das Flutlicht nicht mehr blendete. Das Gefängnis hatte einen kreisförmigen Grundriss: Auf der Innenseite stapelten sich die vergitterten Zellen übereinander wie die Fächer eines Aktenschranks. Alle Zellen öffneten sich zu einem geräumigen Hof hin, in dessen Mitte der zweite Turm stand. An diesem hingen die Strahler, deren sonnenhelles Licht die Gefangenen daran hinderte, in die gegenüberliegenden Zellen zu spähen – und die Menschen zu sehen, die sich im Turm aufhielten. Es war ein gläserner Turm, in dem die Okkultisten mit ihren schwarzen Mänteln wie Käfer umherwuselten. Hätte er eine Handgranate besessen, hätte er kaum widerstehen können, sie mitten in den Turm zu werfen.

Smilla erriet seine Gedanken. Nachdem Yves sie durch eine Schleuse aus dem Gebäude geführt und sich verabschiedet hatte, nahm sie Zack beiseite. Ihm fiel auf, was für ein plattes, viereckiges Gesicht sie hatte, mit einem fast hautfarbenen Mund und kleinen Zähnen.

»Was dir fehlt, ist Anleitung«, sagte sie. »Ich bringe dich zu ein paar Leuten, die sich in der Gegend aufhalten. Die sollen dich an die Hand nehmen.«

»Das ist wahnsinnig nett, aber ich muss dringend nach Flüsterheim«, entgegnete Zack.

»Oh, da wollte ich auch gerade hinfahren«, sagte Porkupine munter. Smilla schob sie beiseite.

»Sorry, wenn ich das so sage, aber die Shooter in Flüsterheim sind keine guten Vorbilder. Uns geht es um ein bisschen mehr als Punkte und Headshots – ich habe vorhin nur einen Witz gemacht«, setzte sie nach. »Was hältst du davon: Du kommst noch ’ne halbe Stunde lang mit, und dafür schenke ich dir was von diesem Adeptenserum, das dir die Okkultisten vom Hals hält. Ist das ein Deal?«

Zack schlug ein.

»Oh, da kann ich dann wohl nicht mit«, sagte Porkupine enttäuscht. »Oder geht ihr – ihr geht doch nicht in dieses Etablissement, oder etwa doch?«

»Genau dahin, Schätzchen«, sagte Smilla.

»Mach's gut, danke für deine Hilfe.« Zack gab Porkupine die Hand. Sie schien noch etwas sagen zu wollen, doch Smilla zog ihn weg, eine gepflasterte Straße hinauf.

So wie das Mountjoy-Gefängnis in Dublin lag das Panoptikum von Celladom inmitten einer brodelnden Stadt, nur dass diese hier mit Dublin wenig gemein hatte. Zack fühlte sich in eine chinesische Megametropole hineinversetzt: Überall wölkte Dampf, schillerten Lichter, kreischte Gelächter; er roch gebratenes Fleisch und im nächsten Moment Tabak, dann verbrannte Marshmallows, toten Fisch, süßes Parfüm. Manche Fenster waren blutrot, dahinter bewegten sich rhythmisch menschliche Gestalten in Qualm und Dunst zu Musik … Sie drückten sich an eine Hauswand, als eine Straßenbahn durch die enge Gasse rasselte; zwei Shooter sprangen von der Bahn aufs Pflaster, ohne darauf zu warten, dass sie anhielt, und drückten sich durch eine Menschenmenge in ein dunkles, vernebeltes Lokal. Ihre Sturmgewehre zogen die Blicke an, doch niemand hielt sie auf.

»Duck dich!«, sagte Smilla. Zack ging gerade rechtzeitig in die Knie, als ein stachelbewehrter Aal über ihre Köpfe hinwegglitt. Auf Höhe eines neonpinken Reklameschilds fing er an zu knistern; weiße Blitze liefen ihm über den wendigen Körper, schlugen aus und knallten zischend in die Tafel. Die Elektronik explodierte in einen roten Funkenregen, rosa Scherben fielen auf die Straße.

»Hier rein – wir sind da.«

Sie schlüpften in die Bar, in der die Shooter verschwunden waren, hinein in eine warme und stickige Höhle, in der das wenige Licht jeden Gast zu einem Schatten gerinnen ließ, der mit allen anderen verschmolz. Musik dröhnte von der Decke, Musik, wie sie Zack gefiel, elektronisch, hart und schnell – den Freaking Picks hätte es hier gefallen, dachte er, und Lachlan auch. Wenn alles vorbei war, würden sie vielleicht einmal gemeinsam herkommen. Zack bemühte sich, Smilla nicht aus den Augen zu verlieren … tanzende Körper stießen ihn von beiden Seiten an, umschmeichelten ihn … der Nebel machte ihn dösig im Kopf … jemand packte ihn am Oberarm und zerrte ihn aus der Menge.

Ein Vorhang. Anderes Licht, ein bisschen heller, türkis, wie unter Wasser. Süßer Dampf brachte Zack zum Husten. »Das hier ist Zack«, hörte er Smilla wie aus weiter Ferne sagen. »Er ist neu und könnte Hilfe brauchen.«

Die Jungs, die auf dem halbrunden Sofa lümmelten, beäugten Zack. Jeder einzelne sah aus, als stünde er kurz vor einem Spezialeinsatz im zerstörten Kriegsgebiet. Sie trugen ihre Sturmgewehre wie Statussymbole mit sich herum; die Helme hatten sie abgenommen und sich die Schutzbrillen in die Haare geschoben. Granaten hingen an ihren Hüften, Messer an ihren Oberschenkeln und gruselige Gasmasken an ihren vollgestopften Munitionswesten.

Einer fing an zu lachen.

»Der trägt ja noch 'n T-Shirt!«, rief er.

Die anderen stimmten mit ein.

»Level zwei«, klärte Smilla sie auf, »er kann nichts dafür – seid nicht so hart zu ihm. Er wurde aus Ma'quoia rausgeworfen, als die Apokalypse losging, und in Vyllas hat ihn ein Jäger eingesammelt, weil er einer Hexe die Geige zerschossen hat. So bescheuert, so wahr.«

Die Shooter johlten. »Die Geige zerschossen!« – »Eingesackt bei den Baumkuschlern!« – »Ist das geil, der Kleine ist mein Held.« Einer stand auf und griff nach Zacks Hand, um sich ihm vorzustellen; die anderen taten es ihm gleich und überschütteten Zack mit Namen und Glückwünschen. Er ließ sich in ihre Mitte ziehen.

»Hier!«, sagte Smilla und reichte Zack eine Karte. »Wie versprochen – macht's gut, Jungs!«

Und sie tauchte in die tanzende Menge ein. Auf der Karte war das Elixier abgebildet, das Porkupine ihm vorhin verabreicht hatte – der versprochene Schutz gegen die Okkultisten. Zack steckte die Karte zu den anderen in die Hosentasche. Jetzt hielt ihn nichts mehr in Celladom.

»Wie komme ich von hier aus am schnellsten nach Flüsterheim?«, fragte er den Shooter neben sich, einen stämmigen Mann mit schwarzem Bart.

»Was willst du in Flüsterheim?«

Die anderen setzten die Unterhaltung fort, die Smilla mit ihrem Auftauchen unterbrochen hatte; sie tauschten Karten aus und lachten über schmutzige Witze.

»Einen Freund treffen«, sagte Zack.

»Einen Shooter?«

Zack schüttelte den Kopf. Fabrice (oder Fabio?) tat, als wischte er sich den Schweiß von der Stirn. »Ich dachte schon, das ist einer von den Kings.«

»Hab ich gerade Kotzkübelkompanie gehört?«, rief ein anderer, der unter all seinem Soldatenequipment ein speckiger Typ mit rosa Gesicht war.

»Nein, das sind die Executors!«

»Ach ja, stimmt, die Kings waren die Popelfresser.«

»Die heißen Pampersbomber.«

»Das is 'n Auto, du Honk.«

»Honk-Drink!«, riefen alle im Chor und griffen nach den Schnapsgläsern auf dem Tisch in ihrer Mitte. Schwarzlicht ließ den Inhalt in den Farben der französischen Trikolore leuchten; irgendeine Hand im Lederhandschuh drückte Zack einen weiß glühenden Schnaps in die Hand; sie stießen klirrend die Gläser zusammen und skandierten gemeinsam: »Honk! Honk! Honks sind wir!«

Sie kippten die Schnäpse und knallten die Gläser auf den Tisch. Zack stellte seines zurück, als einer aufstand und sagte: »So, wird Zeit für …« Er machte eine eindeutige Bewegung mit der Hüfte. Die anderen pfiffen und wünschten ihm viel Erfolg; dann stand der nächste auf. »Ich versuch mein Glück auch mal.« Und weg war er, durch den Vorhang in den nebligen Tanzsaal verschwunden.

»Fabio, was ist mit dir?«, fragte der Shooter mit dem rosa Gesicht. Alex hieß er, fiel es Zack wieder ein. Der stämmige Italiener zuckte mit den Achseln.

»Ich hab 'ne Frau zu Hause.«

»Und? Das hier ist virtuell. Ist doch egal.«

»Es sind echte Frauen«, sagte Fabio, dem die Unterhaltung merklich unangenehm war.

»Du könntest mich begleiten«, schlug Zack vor. »Ich hab keine Ahnung, wo ich hinmuss, um nach Flüsterheim zu kommen. Und ich muss dringend los.«

»Aber lass dich von den Clans dort nicht bequatschen«, beschwor ihn Alex. »Im Ernst, wenn du dich einem Clan anschließen willst, komm lieber zu uns.«

»Wo ist der Unterschied?«, fragte Zack, der nicht vorhatte, sich irgendeinem Clan anzuschließen.

»Ganz einfach. *Wir* schießen auf Nubbun und NPC. Wir gehen in Dungeons und versuchen bei Quests durch Strategie und Taktik hundert Prozent rauszuholen. Die Shooter in Flüsterheim hingegen spielen gegeneinander. Und das heißt, sie blasen einander jede Nacht die Köpfe weg.«

»Wenn's Spaß macht«, sagte Fabio beiläufig.

»Die sind schuld daran, dass uns alle hassen«, sagte Alex ernst. »Aber egal. Wenn Fabio keine Lust hat, bringe ich dich zum Bahnhof. Nach Flüsterheim nimmst du am besten den Zug – das Luftschiff fliegt über Dannoir und Hellavlei, mit dem Zug bist du etwas schneller.«

»Danke«, sagte Zack und stand auf.

»Nicht so schnell«, sagte Fabio, hielt Zack zurück und beugte sich zu ihm hin. »Ich will dich ja zu nichts überreden, aber die Signorina da drüben zieht dich schon die ganze Zeit mit den Augen aus.«

Alex folgte ihren Blicken und stieß einen Pfiff aus.

»Alter, hast du ein Glück!«

Die junge Frau, die sie meinten, hätte ein Filmstar sein können: blond, mit großen Brüsten und langen Beinen, die sie überschlagen hatte. Selbst Zack, der sonst kein Problem damit hatte, einem Mädchen zu schmeicheln, bekam vor Schreck einen trockenen Mund. »Die ist nicht meine Liga«, sagte er. »Ihr irrt euch.«

Außerdem kam ihm Vögelchen in den Sinn.

Die noch nicht deine Freundin ist, sagte eine Stimme in seinem Kopf.

»Von wegen, wir täuschen uns«, sagte Alex und musterte Zack bewundernd. »Und die ist voll deine Liga, hast du mal in den Spiegel geschaut?«

»Ha ragione«, murmelte Fabio.

Die Frau auf der anderen Seite des Raums drehte eine Haarlocke in ihren Fingern, während sie Zack mit lasziv geöffneten Lippen betrachtete. Selbst Zack konnte die offensichtliche Anmache nicht entgehen. Vielleicht sollte er seinen Aufbruch nach Flüsterheim noch ein wenig verschieben. Eine halbe Stunde mehr oder weniger, was machte das schon, nach allem, was passiert war?

»Gehst du hin? Gehst du hin?«, fragte Alex aufgedreht.

»Trau dich«, sagte Fabio grinsend, klopfte Zack auf die Schulter und reichte ihm einen neonroten Drink. Zack kippte ihn runter und stand auf, ermutigt vom virtuellen Alkohol oder einem Placebo-Effekt. Die Blondine lächelte ihm verführerisch zu, erhob sich von ihrem Stuhl und glitt auf ihn zu wie die Allegorie der Eleganz. Als sie nach seiner Hand griff, johlten und pfiffen die beiden Shooter auf dem Sofa. Zack hörte sie nur noch sehr leise … etwas umgab diese Frau wie ein Duft … es drang ihm durch die Nase ins Gehirn, dämpfte die Musik und beschleunigte sein Herz … Sie drehte ihm den Rücken zu und zog ihn durch den Raum in einen engen Flur … Zack schwebte ihr nach, als folgte er einer Feenkönigin in die Anderswelt. Ganz kurz dachte er an Teresa, und einen Moment lang auch an Lachlan, doch dann schloss sich eine Zimmertür hinter ihm, und er ließ alle Bedenken auf dem Flur zurück.

Sie zog ihn vor das Fußende eines Betts und drehte ihm das Gesicht zu. Aus der Nähe war sie noch schöner; sie war so süß und makellos wie die Zeichnung eines Künstlers. »Wie findest du mich?«, raunte sie.

»Perfekt«, hauchte er.

»Zittern dir die Knie?«

»Ja.«

Sie legte ihm den Finger auf die Lippen.

»Dann hilf mir mal kurz.«

Jetzt drehte sie ihm den schwanenweißen Rücken zu, holte sich mit den Händen die Haare nach vorne und legte einen silbernen Reißverschluss frei.

In ihrem Nacken.

Der Reißverschluss *kam aus ihrem Nacken.*

»Na los«, sagte sie. »Mach ihn auf.«

Zack griff nach dem Schieber und zog ihn vorsichtig nach unten. Mit jedem Zentimeter tauchten entlang ihrer Wirbelsäule neue Krampen auf, die er mit dem Schieber auseinanderlöste. Als er beinahe an ihrem Steißbein angekommen war, klafften die beiden Seitenteile so weit auf, dass Zack hineinsehen konnte.

Auf einen tiefschwarzen Stoff.

»Danke«, sagte die Frau mit veränderter, dunklerer Stimme. Sie beugte sich immer weiter nach vorne, dann zog sie sich die Haut mit einem Ruck über den Kopf – und richtete sich auf. Nicht mehr blond, sondern schwarzhaarig. Gekleidet in eine schwarze Soutane aus unbiegsamem Stoff. Mit Segelohren, die Zack unter Hunderten erkannt hätte. Die Frau, die ein Mann war, drehte sich zu ihm um.

»Hallo, Zachary«, sagte Emil.

[13]

Eine unsichtbare Hand riss Zack den Teppich unter den Füßen weg. Er stürzte auf den Rücken und hatte noch nicht einmal Zeit, sich umzudrehen, da stieg ihm Emil mit der Schuhsohle ins Gesicht. Zack, eingeklemmt zwischen Emils Fuß und dem Boden, tastete nach dem Revolver, zog ihn aus dem Holster und zielte – als die Waffe schlagartig so heiß wurde, dass er sie mit einem Schrei fallen ließ. Emil rieb seine Schuhsohle an Zacks Wange und lachte höhnisch, als dieser kraftlos seine Wade packte.

»So einer bist du also – springst mit der ersten Blondine ins Bett, die du in Cronos triffst – was wird die süße Ms. O'Connor nur davon halten?«

Er nahm den Fuß von Zacks Gesicht und trat ihm gegen den Hinterkopf – nicht mehr so, als wollte er Zack verletzen, sondern beinahe spielerisch.

»Steh auf, wir haben Geschäftliches zu besprechen«, sagte er.

»*Du*«, stieß Zack hervor. Er rappelte sich auf, griff nach dem Revolver und ließ ihn sofort wieder los. Die Waffe war so heiß wie eine Herdplatte. In Zack pulsierte der Hass; blass stand er auf und ballte die Fäuste. »Du – du schmieriges, widerliches Stück Scheiße, ich reiß dich in Stücke, ich zerfetz dir die –«

»Jetzt mal langsam«, sagte Emil mit beschwichtigender Geste. »Du bist wütend. Ich versteh das! Bin ich auch. Du weißt schon, warum – diese Sache mit Erion ... nicht schön, dass ihr mich verarscht habt.« Er grinste diabolisch. »Aber dazu komme ich noch.«

»Halt den Mund!«, brüllte Zack. »Du bist kein Mensch! Du bist ein Monster! Wo versteckst du dich? Irgendwann kriegen wir dich, wenn du dich in Cronos herumtreibst, bist du zu fassen, ich werde die META informieren –«

Emil fing an zu lachen, als hätte er noch nie einen so guten Witz gehört. »Die META!«, japste er. »Oh Mann, die META! Du bist so eine Hohlbirne, Zachary, so eine – oh Mann!« Er legte die Hand auf die Stirn, schüttelte den Kopf. »Glaubst du echt, die META hätte mich nicht längst geschnappt? Glaubst du im Ernst, die sind so dumm?«

»Was redest du da?«, fauchte Zack. Ein kalter Schauer lief ihm den Rücken hinunter, ohne dass er so genau sagen konnte, warum. Emils Selbstsicherheit – hinter ihr steckte mehr als nur ein aufgeblasenes Ego.

»Schauen wir doch mal«, sagte Emil, »was das hier ist.« Er zog eine Karte hervor, schnipste sie an und trat einen Schritt zurück, als aus der funkelnden Wolke ein langer Kasten auf den Teppich fiel. Er war aus Holz oder Kunststoff und schwarz lackiert, mochte von der Form her ein Instrument enthalten. Auf der Vorderseite, Zack zugewandt, prangte ein rotes Logo, das aus vier Buchstaben bestand, die ihm das Herz und den Atem stocken ließen.

META.

»Weshalb ich eigentlich hier bin ...«, sagte Emil, als hätten sie bislang nett geplaudert. »Ich soll da eine Kleinigkeit bei dir abgeben. Alma und Steve waren so nett, die Vorarbeit zu leisten und dich darüber aufzuklären, dass dir die Aufgabe zukommt, die Bienenkönigin der Terroristen, wie wir Griffin nennen, für uns zu fassen.«

»Uns?«, krächzte Zack.

»Die META«, antwortete Emil genüsslich.

Nein, durchsickerte es Zack. Er hielt sich an der Wand fest. Das ist ein schlechter Scherz.

»Die META soll uns beschützen«, sagte Zack heiser.

»Vor Gefahren«, ergänzte Emil.

»*Du* bist eine Gefahr –«

»Lachlan ist auch eine. Und Griffin erst. Und die beiden zusammen!« Emil machte große Augen.

»Ohne dich wäre Lachlan nie mit Griffin gegangen.«

»Denk nicht zu lange drüber nach«, sagte Emil. Sein Lächeln erstarb; er trat gegen den Koffer, der sich wie durch Geisterhand selbst entriegelte. Der Deckel schwang auf. Ein Gewehr lag darin, ausgestattet mit einem armlangen Lauf und einem Zielfernrohr.

»Das hier ist ein Tagger«, begann Emil im Ton eines Staubsaugervertreters. »Wen auch immer du damit beschießt, der wird getaggt, also markiert. Sobald das Projektil das Zielobjekt berührt, wird Alma und Steve dessen exakter Standort übermittelt, vergleichbar mit einer IP-Adresse. Das heißt, wenn es dir gelingt, Griffin mit diesem Gewehr zu taggen, wissen wir, wo er ist.«

»Und dann werdet ihr ihn verhaften?«, fragte Zack frostig. Er traute Emil keinen Millimeter über den Weg, und er konnte sich immer noch nicht vorstellen, dass die META wusste, was er Lachlan angetan hatte.

»Das werden wir.« Emil schubste den Deckel des Koffers mit dem Fuß zu, ohne Zack aus den Augen zu lassen. »Und wie versprochen erhält Lachlan Amnestie, wenn er bis dahin nichts anstellt.« Er ging in die Hocke und schnipste mit dem Finger gegen den Koffer, worauf dieser sich *(Plopp!)* wieder in eine Karte verwandelte.

»*Du* bist derjenige, der bestraft werden sollte«, sagte Zack fassungslos. »Du hast Lachlan – welcher Mensch tut so etwas? Hast du gar kein Mitgefühl?«

Emil betrachtete seine Fingernägel.

»Oh, ich habe eine Menge gefühlt«, sagte er wehmütig. »Ich fand es schade, dass es so schnell vorbei war. Aber ich denke manchmal noch daran, wie schön er geschrien hat und wie wunderbar seine Haut unter dem Eisen gezischt hat. Es war, wie als Erster durch frisch gefallenen Schnee laufen zu dürfen, weißt du? *Zisssch.*«

»Halt's Maul!«

»ZISSSCH!«, machte Emil.

»DU MONSTER!«

»ZISSSCH!«

Und mit einem Mal war er verschwunden – als wäre das dreifache Zischen sein Safeword gewesen. Zack sackte auf einen Sessel, weil er sonst zusammengebrochen wäre; er zitterte von den Zehen bis zu den Lippen und kämpfte gegen die Tränen und die Erinnerung an den Geruch von verbranntem Fleisch. *Zisssch.* »Gott«, hauchte er und presste sich die Hand auf den Mund. Ob man sich in Cronos übergeben konnte? Er fühlte sich stark danach.

Als er wieder stehen konnte, fand er die Kofferkarte auf

dem Bett. Er steckte sie ein, schob sich den Revolver ins Holster und kehrte in das Lokal zurück. Alex und Fabio brachen in Jubel und Applaus aus, doch als er näher kam, hörten sie rasch damit auf.

»Was ist los?«, fragte der stämmige Italiener.

»Du bist ja ganz blass. Hat sie sich dadrin in einen Mann verwandelt?«, fragte Alex besorgt.

»Ich muss hier raus«, sagte Zack. »Kann mich einer von euch zum Bahnhof bringen?«

Sie kamen beide mit.

»Was ist denn nur passiert?«, fragte Alex zum hundertsten Mal, als sie die enge, dampfige Gasse hinter sich ließen und auf ein Bahnhofsgebäude zuhielten.

»Hör auf zu fragen«, sagte Zack gereizt.

»Aber sie war doch so scharf.«

»Sie war ein Monster.«

»Ein Monster? Welcher Kategorie?«, fragte Fabio.

»Nicht *so* ein Monster.«

»Wohin willst du noch mal?«, fragte Alex.

»Nach Flüsterheim.« Hoffentlich hatte sich Lachlan nicht inzwischen ausgeloggt. Er musste ihn irgendwie kontaktieren. »Wo bekomme ich dieses Buch her, über das man Nachrichten verschicken kann?«

»Da gibt es einen Questbedarfladen am Bahnhof«, sagte Alex munter. »Mann, du bist so grün wie eine Gurke, dass du noch nicht mal das KomBu hast.«

»Kommunikationsbuch«, erläuterte Fabio ungefragt. »Als Gurke weißt du das natürlich auch nicht.«

»Ich weiß wirklich nicht, ob Flüsterheim da für dich das richtige Terrain ist«, sagte Alex. »Die Shooter dort lieben solche wie dich.«

»An vorderster Front«, sagte Fabio.

»Als Kanonenfutter.«

Zack bereute, die beiden mitgenommen zu haben; er war so geladen, dass ihn jeder ihrer Witze nur noch weiter aufstachelte. »Wann geht der Zug?«

»Viermal in der Stunde«, sagte Alex. »Und da sehe ich ihn auch schon stehen – Beeilung!«

Sie teilten sich auf: Fabio lief mit Zack zu einem alten, knisternden Automaten und zog ihm ein Ticket für fünf Pyrops; Alex sprang in den Questbedarfladen, einen muffigen Kiosk am Bahnsteig, und kehrte kurz darauf mit einem grünen Heft zurück. »Lass stecken«, sagte er, als sich Zack nach dem Preis erkundigte. Er hatte auch einen Stift gekauft. Mit einem Blick auf die flackernde Abfahrtsanzeige – noch zwei Minuten – schlug er die letzte Seite auf. Während das gesamte Buch liniert war, befand sich dort ein Register mit Spalten für Namen und Kürzel.

»Du musst deine Kontakte hier eintragen, damit dein KomBu weiß, wer gemeint ist, wenn du eine Nachricht verschickst«, sagte er und kritzelte erst seinen und dann Fabios Namen in die Spalten. »Du kannst natürlich auch andere kontaktieren, aber dann musst du immer den vollen Namen angeben. Für uns reichen jetzt Fab und Mr. X.«

»Mr. X«, spöttelte Fabio.

Alex reichte Zack das Buch und schlug ihm kräftig auf

den Rücken. »Hat mich gefreut! Sobald du keine Gurke mehr bist, kommste mit in 'nen Dungeon, okay?«

»Danke«, sagte Zack und gab den Jungs die Hand.

Ein Pfiff gellte über den Bahnsteig.

Zack sprang in den Zug und winkte ein letztes Mal durch die offene Tür. Sie schloss sich leise zischend, und Alex und Fabio glitten zur Seite weg; der Zug nahm an Fahrt auf, und wie ein Pfeil schoss er aus der Stadt hinaus. Zack suchte sich einen Platz im Großraumwaggon.

Es war nichts los; er war fast für sich.

Durch das Fenster sah er noch eine ganze Weile den Turm des Panoptikums leuchten, weiß und kalt wie ein Bürogebäude. Er erkannte wenig von der Landschaft, nur hie und da bemerkte er verästelte rote Linien wie von Lavaflüssen. Die Planeten hingen bauchig-schwer am Himmel; der Ring des einen war so nah, dass Zack einzelne Gesteinsbrocken erkennen konnte. Weil ihn der Anblick verstörte, richtete er seine Aufmerksamkeit auf das Innere des Zugs. Vor sich hatte er ein kleines Display – es war in die Rückseite des vorderen Sitzes eingelassen –, und darauf war eine Landkarte abgebildet, durch die sich der Zug als rote Linie bewegte. Die Region, in der sie sich derzeit befanden und deren Hauptstadt Celladom war, hieß Scharlachfurt; die Region, auf die sie zuhielten, hieß Atlas.

Zack berührte das Display.

»Willkommen«, sagte eine fröhliche Frauenstimme. »Danke, dass Sie mit dem CronExpress fahren. Sie befinden sich derzeit in der Scharlachfurt. Dies ist die Region der Okkultisten. Sie beherbergt das Gefängnis von Celladom, den Albtraumpark und das Observatorium der Seele. Nächster Halt ist Dannoir in Atlas, der Region der Shooter. Wir fahren derzeit mit einer Geschwindigkeit von sechshundert Stundenkilometern und erreichen Dannoir in voraussichtlich zwanzig Minuten. Wenn Sie Speisen oder Getränke wünschen, drücken Sie bitte den Glockenknopf neben dem Display.«

Zack rutschte tiefer in den Sitz.

Er konnte nicht glauben, dass Emil ein Agent der META sein sollte. Nie und nimmer wäre ihm in den Sinn gekommen, dass Alma und Steve ihn gemeint hatten, als sie sagten, jemand werde in Cronos mit ihm Kontakt aufnehmen. Er hätte ihnen sofort erzählt, was Emil Lachlan angetan hatte … Aber vielleicht hätte sie das gar nicht überrascht. Wussten sie womöglich davon? War es im Sinn der META gewesen, dass Lachlan derart gefoltert wurde?

Zack konnte sich keinen Grund vorstellen. Kein gesunder Mensch hätte darin eine Logik erkennen können, davon war er überzeugt. Und hatte Lachlan nicht irgendeine Sekte erwähnt, der Emil zum Opfer gefallen sei? *Die Sekte hat Emil zerstört, sie steckt hinter allem.* So oder so ähnlich hatte Lachlan sich ausgedrückt. *Es ist noch nicht vorbei. Die wollen irgendwas von mir. Die kommen wieder.* Danach hatte er zur Betäubungspistole gegriffen.

Allerdings stammten diese Informationen allem Anschein nach von Griffin, also war es gut möglich, dass es gar keine Sekte gab und Lachlan einfach nur auf ein paar Märchen hereingefallen war. Aber warum sollte Griffin Emil als Opfer einer Sekte darstellen, wenn Emil in Wirklichkeit für die META arbeitete, die Griffin wiederum schnappen wollte? Zack bekam Kopfschmerzen.

Das Einzige, was er ganz sicher zu wissen glaubte, war, dass die META nichts von der Folter wusste. Und gewiss auch nichts von Emils Rolle bei Lachlans Entführung. Es war einfach nur ein Zufall, dass Alma und Steve Emil zum Kontaktmann gemacht hatten – vielleicht, weil es nicht so viele META-Agenten gab, die Cronos spielten. Sie hatten nicht geahnt, dass Zack Emil bereits kannte. Und bestimmt ahnten sie auch nichts von Erion.

Gab es diese Sekte doch?

Freemind hatte Lachlan sie genannt.

Zack erinnerte sich daran, dass er Lachlan Bescheid geben sollte; er schlug das KomBu auf und blätterte zur ersten Seite. Lachlan war schneller gewesen.

Hey Zack, ist alles okay bei dir? Ich hoffe, du hast inzwischen ein Kommunikationsbuch. Wo steckst du? Ich warte in Flüsterheim auf dich. – Gruß, L.

Zack schrieb ihm, er sei auf dem Weg. Dann trug er Lachlans Namen ins Register ein und verlieh ihm das Kürzel SG für Sackgesicht. Die Umstände erforderten, dass sie zusammenarbeiteten, aber was Lachlan ihm angetan hatte, war für Zack weder vergeben noch vergessen. Er wusste nicht, was er tun würde, wenn Lachlan vor ihm stand – verprügeln durfte er ihn nicht, sonst landete er wieder in Celladom; er musste damit warten, bis Lachlan heimkehrte.

»Ähm, ist da noch frei?«, fragte ein dünnes Stimmchen. Zack sah auf: Porkupine stand neben ihm.

»Oh – klar, bitte.«

Der ganze Waggon war so gut wie leer, sie hätte sich überall hinsetzen können. Wahrscheinlich wollte sie etwas von ihm. Sie lächelte ihn schüchtern an.

»Ich kenn dich doch«, sagte Zack überrascht. »Wir haben uns schon mal in Ma'quoia gesehen. Ich meine, abgesehen von heute. Ungefähr vor zwei Wochen. Das war in Ma'quoias Rast, glaube ich.«

»Oh, da bin ich öfters«, sagte Porkupine. So wie damals trug sie ein gelbes Sommerkleid, das ihr zusammen mit den geflochtenen Zöpfen das Aussehen eines Püppchens verlieh. »Oder besser gesagt: war ich öfters.«

»Wie steht es um Ma'quoia?«, fragte Zack, dem die Radiosendung aus Vyllas wieder einfiel.

»Du weißt es noch nicht?«

Als er verneinte, senkte sie betrübt den Kopf.

»Die Alchemisten haben die Atzilotha Ma'quoia zwar nicht besiegt. Es hat für die Verteidigung eine Weile ganz gut ausgesehen, aber dann hat sich herausgestellt, dass es den Alchemisten gar nicht darum ging, die Schlacht zu gewinnen. Sie wollten nur Zeit gewinnen.«

»Und wofür?«

»Hast du mitbekommen, dass sich über der Kokonstadt der Himmel verdunkelt hatte? Da war ein gewaltiges Gewitter aufgezogen, und das war in Ma'quoia noch nie vorgekommen. Dort hat immer die Sonne geschienen, jeder wusste das. Aber plötzlich waren da diese Wolken.«

Sie erzählte, dass die Alchemisten den Sturm gebraut hätten, um sich dahinter zu verstecken. Während die Verteidigung unten gegen zwei Dutzend Alchemisten und ihre Dämonen kämpfte, näherte sich über den Wolken ein Luftschiff der Alchemisten. Kurz nachdem sich die Laubwichte in die Atzilotha Ma'quoia verwandelt und den Temenos geräumt hatten, schickten die Alchemisten eine bemannte Sonde durch die Wolken. Sie flogen durch die Schleuse in den Stamm, den wegen der tobenden Schlacht niemand mehr bewachte, und zündeten dort eine Bombe. Nicht etwa eine Bombe, die Dinge zerriss oder in Flammen aufgehen ließ. Sondern eine Bombe voll gemeiner Pilzsporen.

»Der grüne Pilz hat Ma'quoia von innen befallen und in wenigen Minuten alles, was dort blühte, vernichtet.« Porkupine wischte sich eine Träne aus dem Augenwinkel. »Die Kokonstadt ist jetzt toter Wald.«

»Aber wozu?«, fragte Zack bestürzt.

»Das weiß noch niemand. Wir wissen jetzt nur, dass es die Alchemisten gewesen sind, die Ma'quoia mit dem grünen Pilz infiziert haben. Anscheinend hatten sie von Anfang an das Ziel, den ganzen Baum zu töten.«

»Aber was bringt ihnen das?«

Porkupine zog die Schultern hoch.

Sie schwiegen betroffen. Zack erinnerte sich an den knochenweißen Stelzwurzelwald am Rande der Kokonstadt; dass ganz Ma'quoia jetzt so aussehen sollte, konnte er sich beim besten Willen nicht vorstellen.

Er merkte, dass Porkupine ihn von der Seite anlächelte. »So ein schwerer Gesprächseinstieg …«

»Ja. Heißt du wirklich Porkupine?«

»In Cronos schon«, sagte sie. »Wie nennst du dich?«

»Einfach nur Zack.«

»Okay.« Sie wippte schüchtern hin und her, als wüsste sie nicht, was sie sagen sollte.

»Bist du aus Dublin?«, fragte Zack.

»Nein, ich wohne ganz woanders.«

»Woher kennst du meine Nachbarin?«

»Sie ist ab und zu in meinem Pub in Flüsterheim.«

»In deinem Pub?« Er konnte sich nichts weniger vorstellen, als dass dieses Mädchen eine eigene Kneipe besitzen sollte. Doch sie nickte eifrig.

»Ja, ich habe ein Pub! Aber ich kann ihn leider nur acht bis zwölf Stunden am Tag öffnen.«

Für Zack klang das nach einer ganzen Menge. »Sag ihr schönen Dank für ihre Hilfe. Und sorry, dass ich sie so erschreckt habe. Ich steckte in der Klemme.«

»Ja, sie hat mir erzählt, du hättest einen Stuhl durch eine Kantine geworfen. Du warst wie Hulk! Aber sie wusste, dass ich jemanden suche, dem ich einen Gefallen tun kann, und deshalb hat sie sich danach gleich eingeloggt und mir eine Nachricht geschickt. Dein Glück!«

»Du wolltest jemandem einen Gefallen tun?«

»Ja. Denn ich könnte einen Hulk gebrauchen«, sagte Porkupine lächelnd. »Und da ich dir geholfen habe, schuldest du mir ja jetzt auch einen Gefallen.«

Zack begriff. Er fühlte sich, als wäre er in eine Falle gegangen. Vielleicht hatte er sie unterschätzt – und sicher war auch das ihre Absicht gewesen.

»Klar, du hast mir geholfen, jetzt helfe ich dir«, sagte er. »Was kann ich für dich tun?«

»Das erzähle ich dir in Flüsterheim. Komm zum Schlafenden Stachelschwein in der Sonnensturzgasse 9. Aber nicht, wenn es Nacht ist, okay? Nur tagsüber.« Sie stand auf, als wäre alles geklärt. »Wir sehen uns dann dort!«

»Geht in Ordnung.«

Zack sah ihr verwundert nach, als sie den Gang hinablief und im benachbarten Waggon verschwand. Im Kartenstapel suchte er das Schuldenbuch, das ihm Octavian vor zwei Wochen im Temenos der Kokonstadt überreicht hatte; er verwandelte die Karte, öffnete das Buch und las die Einträge. Er schuldete Melpo immer noch drei Gefallen – einen, weil sie ihm eine Tunnelmurmel geschenkt, einen, weil sie ihn zur Mystagoge gebracht, und einen, weil sie ihn vor dem Rauchlöwen gerettet hatte. Jetzt waren weitere offene Posten hinzugekommen: Alex hatte etwas gut bei ihm für das KomBu, Fabio ebenso, und zwar für die Hilfe beim Ticketkauf – und Porkupine (die in Wirklichkeit Luise Miller hieß, wie das Buch verriet) schuldete er etwas für die Vermittlung einer Shooter-Anwältin.

Porkupine. Ähnlich dem englischen Wort für Stachelschwein, nur dass sie es merkwürdig aussprach.

Vor ein paar Jahren hatten Lachlan und er einmal eine uralte japanische Zeichentrickserie namens Neon Genesis Evangelion gesehen. Darin war das Stachelschwein-Dilemma eine Metapher dafür, dass Menschen einander immerzu verletzten, wenn sie sich zu nahe kamen. Ob Porkupine die Serie auch kannte? Vielleicht hatte sie aber auch nur ein

Faible für Stachelschweine, so wie er einmal eines für Desmodontidae, Vampirfledermäuse, gehabt hatte. Er schrieb Lachlan, dass sie sich in Porkupines Pub treffen würden, nannte Namen und Adresse, dann verirrte er sich wieder im Labyrinth seiner unruhigen Gedanken und Gefühle.

Mit der Schläfe an der kühlen Scheibe rief er sich die Essgewohnheiten des Desmodus rotundus ins Gedächtnis, der anders als Dracula kein Blut saugte, sondern die Haut von Tapiren oder Rindern mit seinen messerscharfen Zähnen anritzte und das austretende Blut aufleckte. Die angezapften Tiere bekamen davon meistens nichts mit, und sie starben auch nicht etwa an Blutverlust – eine irrwitzige Vorstellung, waren doch die Vampirfledermäuse selbst nur ein paar Zentimeter groß –, sondern wenn überhaupt an der übertragenen Tollwut. Vor Zacks innerem Auge mutierten die plüschigen Tiere mit den Hamsteraugen und Schweinchennasen zu geflügelten Menschen. Sie würgten ihm Blut vor die Füße, pflückten ihn mit ihren Krallen vom Boden und hoben ihn in den Himmel empor, bevor sie ihn fallen ließen … Er stürzte in die Tiefe und schreckte aus dem Halbschlaf, mit dem Gefühl, treppab eine Stufe verfehlt zu haben. Verwundert richtete er sich auf. Vor den Fenstern flog eine hügelige, bewaldete Landschaft vorbei. Er hätte nie gedacht, dass man in Cronos auch einschlafen konnte.

Die digitale Karte zeigte an, dass sie die Region Limbus durchquerten und in fünf Minuten die Hauptstadt Flüsterheim erreichten. Zack stand nervös auf und stellte sich an die geschlossene Waggontür.

Der Zug folgte einem Fluss, der anfangs noch an Felsen

aufschäumend dahinschoss, sich nach einer Weile aber zusehends beruhigte und bald sogar so still wurde, dass sich der Pfirsichhimmel darin spiegelte. Gerade, als Zack erkannte, dass sich der Fluss an dieser Stelle zu einem von Schilf und roten Trauerweiden umstellten Stausee ausdehnte, tauchte der Zug unter die Erde. Er wehte durch die Schwärze eines Tunnels und verringerte dabei spürbar sein Tempo; Zack schluckte gegen den Druck auf seinen Ohren und hielt sich an einer Stange fest, als die Räder in einer Kurve kreischten und die Fliehkraft ihn durch den Gang werfen wollte. Plötzlich wischte Licht die Dunkelheit von den Fenstern, und inmitten einer weitläufigen, wuseligen Bahnhofshalle kamen sie zum Stehen. »Flüsterheim. Endstation. Bitte aussteigen«, sagte die freundliche Frauenstimme.

Zischend glitten die Türen auf. Zack sprang auf den Bahnsteig und hielt einen Moment inne. Türkise Oberlichter filterten ein Licht in die Halle, das an die Stimmung in dunklen Aquarien erinnerte; er hörte ein Rauschen wie von Wassermassen, die durch Rohre stürzten; und der Geruch war der von Petrichor. Abgesehen davon hätte dieser Bahnhof in fast jeder europäischen Großstadt stehen können. Zack nahm die Treppe nach oben und ließ sich von den anderen Passagieren über feucht schimmernde Fliesen nach draußen spülen – in eine trockene und kühle Abendluft, die nach vermoderndem Herbstlaub roch.

»Wenn du möchtest, kannst du gleich mitkommen«, sagte ein vertrautes Stimmchen. Porkupine ging lächelnd an ihm vorbei, als hätten sie sich nie getrennt.

»Wo warst du in der Zwischenzeit?«, fragte er, ohne es wirklich wissen zu wollen.

»Ich muss ab und zu für mich sein, sonst platzt mir noch der Kopf«, antwortete sie. »Reizüberflutung. Ich bin hochsensibel, sagt dir das was?«

Als er verneinte, erzählte sie ihm davon, doch er hörte nicht zu. Flüsterheim war anders, ganz anders als Ma'quoia. Die Kokonstadt war Zack wie ein Märchen vorgekommen; Flüsterheim wirkte dagegen wie eine Zeitreise an den Anfang des zwanzigsten Jahrhunderts. Eine Druckwelle ging durch das Pressgas-Rohrsystem und entzündete nacheinander alle Gaslaternen in den Straßen, ein Glockenturm schlug dreimal, von Schattenziegen gezogene Kutschen rumpelten über Pflastersteine und wurden von knatternden Benzinern überholt, Gleise warteten auf Straßenbahnen, Balkone hingen an sechsstöckigen Sandsteinbauten, und unter beinahe jeder Häuserzeile stand eine Baumallee. Und überall waren Menschen, die er – anders als in Ma'quoia – selten anhand ihrer Kleidung Klassen zuordnen konnte.

»... und deshalb gerate ich schneller an meine Grenzen als andere Menschen. Celladom war ein bisschen zu viel für mich, verstehst du?«, sagte Porkupine.

Zack nickte fahrig. »Wie groß ist diese Stadt?«

»Zu groß. Ma'quoia ist ein Dorf dagegen.« Sie stockte und fügte leiser hinzu: »Pardon. War.«

Das Schlafende Stachelschwein lag am Rande eines weitläufigen Platzes, auf dem sich fünf Straßen sternförmig trafen. In der Mitte befanden sich Tramstationen, Tafeln an Masten informierten über ihre Ziele: ›Spinnerei‹ hieß es auf dem einen, ›Kohlegrube‹, ›Waffenschmiede‹, ›Autofabrik‹ und ›Kraftwerk‹ auf den anderen. Ein Wettbüro machte Werbung für das Duell zwischen den Shooter-Clans Executors und Kings of the Dawn; rundum gab es Filialen von Flavius' Questbedarfladen, Peter's Potion, Pierre & Lyrik, Diamantweg und den Drei Scherenschwestern, einem Bekleidungsgeschäft, das es in Ma'quoia nicht gegeben hatte. Überall wurden gerade Markisen eingeholt und Gitter herabgelassen, vor den Türen und den Fenstern; Porkupine war die Einzige, die ihren Laden auf- und nicht abschloss.

»Herein in die gute Stube – ich bin wirklich stolz drauf, ich hätte nicht gedacht, dass mir das Pub so gut gelingt«, plapperte Porkupine munter und stieß die Tür auf, worauf ein Strauß Glöckchen bimmelte. »Das ist das Tollste an Cronos, oder? Jeder kann alles werden.«

Sie drehte ein paar Lampen auf und enthüllte Zack eine Kneipe, die genauso gut ein Wohnzimmer oder eine Buchhandlung hätte sein können. An den Wänden standen Hunderte Bücher in Regalen, gegessen und getrunken wurde in samtenen grünen Ohrensesseln, und auf dem Tresen reihten sich Flaschen mit Säften und Schnäpsen aneinander, die dem Etikett nach aus Molitor kamen.

»Wow – das ist schön hier«, sagte Zack beeindruckt.

»Danke.« Porkupine errötete.

»Ja, ganz hübsch. Aber vielleicht sollte der Laden lieber Zum Lesenden Murmeltier heißen«, sagte jemand an der Tür. Zack drehte sich um und erblickte Lachlan, so plötzlich und unmittelbar, dass es wie ein Schlag in die Kniekehlen war.

Lachlan lächelte. »Zack! Wie schön.«

Er kam herüber, um ihm die Hand zu geben. Zack hatte gedacht, dass er vor Wut explodieren würde, wenn er Lachlan das nächste Mal sah; er hatte sich diesen Moment lebhaft ausgemalt, in Gedanken hatte er ihm hundertmal die Faust ins Gesicht geschlagen und ihn geschüttelt. Doch als Lachlan vor ihm stand, spülte ihm die Erleichterung die Wut aus dem Blut.

»Du Arschloch«, flüsterte er und drückte Lachlans Hand fest. Lachlan schnitt ihm eine Grimasse.

»Au«, sagte er halbironisch. Dann legte er die Hand auf Zacks Schulter und sagte: »Tut gut, dich zu sehen, Zack. Ich freue mich, dass du hier bist.«

Zack wusste nicht, was er sagen sollte.

»Ihr kennt euch?«, fragte Porkupine begeistert. »Wie klein die Welt doch ist – auch hier!«

Lachlan musterte sie kurz. »Ah – stimmt, hi. Wie war der Name noch mal?«

»Porkupine, wir haben uns in Ma'quoia –«

»Ja, richtig«, winkte er ab. »Und das hier ist also dein Pub?«

Sie bejahte mit stolzgeschwellter Brust.

»Was darf ich euch bringen?«

»Nichts«, sagte Lachlan. »Ich schätze, wir machen einen kleinen Spaziergang – oder, Zack?«

Zack nickte.

Es verwirrte ihn, wie selbstsicher Lachlan auftrat. Am Telefon hatte er noch ganz verzweifelt geklungen – allerdings verstand es auch niemand so gut wie Lachlan, sich zu verstellen. Alles, was ihn normalerweise verriet, waren seine

Augen, die bei Angst und Stress wasserhell wurden. Doch jetzt waren sie dunkelblau.

»Aber bitte vergiss nicht den Gefallen, den du mir schuldest!«, rief Porkupine Zack nach. Er winkte ihr und folgte Lachlan auf den Platz.

»Was hat dich so lange aufgehalten?«, fragte Lachlan. »Ich dachte schon, du kommst nicht mehr.«

Zack, froh darüber, dass Lachlan ihm den Gesprächseinstieg so einfach machte, erzählte ihm von seinen Erlebnissen. Die Episode mit Emil ließ er aus.

»Cronos kann tückisch sein«, sagte Lachlan, als wäre er ein alter Hase in der virtuellen Welt.

Sie schlenderten durch Gassen, in denen die Häuser so dicht zusammenstanden, dass die Abendsonne den Boden nicht mehr erreichte. Der Schatten verlieh ihnen im Treiben der vielen Menschen zusätzliche Anonymität, wenn auch Lachlan immer wieder Blicke auf sich zog.

»Ich sollte die Kleider-Quest machen und mir etwas anderes zum Anziehen besorgen«, sagte Lachlan.

»Warum?«

»Die Sache mit Ma'quoia hat das Ansehen der Alchemisten nicht gerade gesteigert.«

»Kaum vorstellbar, dass du Cronos vor zwei Wochen noch verabscheut hast«, sagte Zack.

»Stimmt!« Lachlan lachte auf. »Aber ich bin ein Opfer der Umstände und plädiere auf unschuldig.«

Zack zog die Brauen zusammen. *Unschuldig* war das Stichwort. »Hat er dich schon zu etwas verleitet?«

Er wusste nicht, wie er es anders ausdrücken sollte. Doch

Lachlan verstand ihn auf Anhieb. »Nein. In den vergangenen zwei Wochen habe ich wenig anderes getan, als rumzuliegen und in Cronos die Zeit totzuschlagen.«

Zack spürte, wie sich ein Knoten ihn ihm löste. Wenn Lachlan noch nichts angestellt hatte, konnte ihm die META Amnestie gewähren. »Das erleichtert mich.«

Lachlan berührte ihn am Arm. Irgendwann zwischen der Entführung, der Folter und seiner Flucht mit Griffin musste etwas mit ihm passiert sein, denn Lachlan hatte nie zu den Menschen gehört, die durch solche Gesten Nähe und Sympathie ausdrückten.

»Sag mal, wieso hast du mich betäubt?«, fragte Zack.

»Was meinst du?«

Zack schnaubte. »Du weißt schon, was ich meine. Das hätte nicht sein müssen, oder? Du bist erst im Krankenhaus verschwunden, damit hatte ich eigentlich gar nichts zu tun. Also, warum hast du mich betäubt?«

Lachlan dachte nach. »Ich hatte Angst, dass du mitbekommst, wie sie mich wegbringen.«

Sie. Er meinte wohl Griffins Handlanger. »Aber die Sanitäter haben uns in zwei verschiedene Wagen geladen, das hätte mir klar sein müssen. Es wäre also nicht nötig gewesen, dich zu betäuben.«

»Meine ich aber auch«, sagte Zack, obwohl er ein bisschen enttäuscht war. Er hatte gehofft, Lachlan würde sagen, dass er ohne ein Wort des Abschieds nicht hätte verschwinden können. »Wie war das im Krankenhaus?«

»Wie die mich da rausgeholt haben? Das war eine ziemlich abgefahrene Aktion. Filmreif!«

Lachlan erzählte, er erinnere sich noch daran, wie die Tür der kleinen Wohnung, in der Emil ihn festgehalten hatte, aufsprang und die Polizei die Wohnung stürmte, mit Helmen, kugelsicheren Westen und Waffen im Anschlag. Er sackte neben dem bewusstlosen Zack zusammen und brüllte vor Schmerzen, bis ihm ein Sanitäter Morphium gab – die Erlösung seines Lebens. In seiner nächsten Erinnerung lag er im Krankenwagen, und eine Frau gab ihm eine Spritze. Sie half ihm auf und überschüttete ihn mit Informationen und Anweisungen, die irgendwie von Griffin stammten. Sie hatten diesen jungen Mann im Sanitäterdress dabei, der wie er lang, blass und schwarzhaarig war; der Mann zog sich aus und legte sich an Lachlans Stelle auf die Liege, während die Frau Lachlan einen provisorischen Wundverband verpasste.

»Der Krankenwagen hat meinen Doppelgänger ins Krankenhaus und mich danach zu Melpo gebracht, die am Stadtrand auf mich gewartet hat. Dann ging es ab in unser Versteck.«

»Und wo ist das?«

Lachlan schüttelte den Kopf. »Das weiß ich leider nicht. Niemand hat es mir gesagt.«

»Versteh schon. Und er? Ist er bei dir?«

»Nein. Ich habe ihn noch kein einziges Mal zu Gesicht bekommen, seit wir da sind.«

Zack war gleichzeitig enttäuscht und erleichtert. Hätte sich Griffin bei Lachlan befunden, hätte er seinen Job jetzt sofort erledigen können – immerhin hatte er noch einen Schuss auf Lachlan gut, fand er. Andererseits hätte Lachlan den Schuss vermutlich kaum gespürt.

»Wie geht es deiner – Wunde?«
»Sie wird«, sagte Lachlan. »Sieht aber nicht schön aus.«
»Du gehörst in ein ordentliches Krankenhaus.«
»Zweifellos. Aber Melpo kümmert sich um mich.«
Melpo. Ob Lachlan wusste, dass sie und Griffin hinter dem Anschlag in der O'Connell Street steckten? Zack war froh, sie noch nicht zu Gesicht bekommen zu haben. Er wusste nicht, wie er reagieren würde; eine direkte Konfrontation kam nicht infrage, solange er Griffin nicht getaggt hatte. Er musste sich ahnungslos geben.
Aber ganz ignorieren konnte er das Thema auch nicht. »Was hältst du von dem Anschlag in Dublin?«, fragte er beiläufig. »Falls du davon gehört hast …«
»Selbstverständlich«, sagte Lachlan kühl. »Das war definitiv ein Inside-Job der META. Bei solchen Dingen muss man sich immer fragen: Cui bono? Wer profitiert am meisten? Und das ist in diesem Fall eindeutig die META mit ihrer kranken Fantasie von den Sicherheitszonen.«
Entweder bluffte Lachlan, oder er wusste es wirklich nicht. Zack beschloss, ihm die Wahrheit vorzuenthalten. »Ja, vermutlich hast du recht.«
»Ich bin davon überzeugt. Aber wir haben uns nicht getroffen, um über diesen Feind zu sprechen – sondern über einen ganz anderen.« Er blieb stehen und wandte sich Zack zu. Die Leute umströmten sie wie Wasser einen Haufen Totholz, niemand nahm Notiz oder belauschte, worüber sie sprachen. Einen anonymeren Ort hätten sie für dieses Gespräch kaum finden können, dachte Zack anerkennend.

»Ich habe einen schrecklichen Fehler gemacht und jetzt schaffe ich es nicht mehr ohne dich.«

»Das sagtest du schon am Telefon.«

»Ich wollte es dir noch mal persönlich sagen.«

»Und, wie sieht dein Plan aus?«

»Mein Plan …«, wiederholte Lachlan und sah an Zacks Ohr vorbei, als stünde hinter ihm an einer Hauswand geschrieben, was er sagen wollte. »Ich denke, wir sollten Griffin mit Erion dazu bringen, sich der Polizei zu stellen.«

»Gute Idee. Aber dazu brauchst du mich doch gar nicht.«

»Weil ich Erion bereits habe?«

»Das wollte ich damit sagen.« Zack war stolz auf sich, weil ihm das Theater so mühelos gelang.

»Mein Vater hat uns eine Fälschung geschickt. Mit der Erion, die ich besitze, könnte man nicht mal in einem Flötenchor spielen«, sagte Lachlan geradeheraus.

»Eine Fälschung? Im Ernst?«

»Ja. Die Erion, mit der wir Emil über den Tisch gezogen haben, war ebenfalls eine Kopie.«

Zack tat bestürzt. »Dein Dad hat Griffin ausgetrickst?«

»So sieht's aus.«

»Ganz schön riskant. Wenn Griffin das rausgefunden hätte, hätte er dich vielleicht nicht gerettet.«

»*Du* hast mich gerettet«, entgegnete Lachlan brüsk. »Er hat dir vielleicht geholfen, aber in Wirklichkeit hat er keinen Finger gerührt. Das warst du.«

Zack nickte. Es berührte ihn unerwartet, dass Lachlan dieser kleine Unterschied bewusst war.

»Aber ohne Erion können wir Griffin nicht dazu bringen,

sich der Polizei zu stellen.« Ob er Lachlan doch von dem Tagger erzählen sollte? Er war sich noch nicht ganz sicher. Es fühlte sich richtig an, aber …

»Genau. Und da kommst du ins Spiel. Du bist der Einzige, der derzeit nah genug an Dad dran ist, um das Original zu beschaffen. Sag ihm ruhig, was ich vorhabe – es dürfte in seinem Interesse sein, denke ich.«

»Okay«, sagte Zack. »Ich rede mit Oliver und bringe ihn dazu, dass er uns hilft. Aber du sollst wissen, dass wir noch einen Verbündeten haben.«

Lachlan zog die Augenbrauen zusammen. »Wen? Falls du von Melpo sprichst, ich würde nicht –«

»Die META.«

Lachlan blinzelte. »Was?«, fragte er tonlos.

»Du hast richtig gehört. Die erpressen mich zwar; wenn ich Griffin nicht für sie finde, dann machen sie mich zu einem Glühwürmchen. Aber wenn ich es schaffe, die META zu ihm zu führen, dann bekomme ich meine Freiheit. Und du auch, wenn du bis dahin nichts anstellst.«

»Aha. Und wie sollst du die META zu ihm führen?«

»Ich habe ein Gewehr erhalten. Einen Tagger.«

»Ah«, machte Lachlan, denn er hatte offenbar begriffen. »Das ist schlau von denen. Das Problem ist nur, dass Griffin sich an einem Ort versteckt, zu dem man nur mit einem täglich wechselnden Passwort Zugang hat. Man kann bei ihm nicht einfach so an die Tür klopfen.«

»Er darf auf keinen Fall Verdacht schöpfen.«

»Das wird er nicht. Wenn du mit Erion in Cronos auftauchst, wird er sich zeigen. Und ob wir ihn dann mit Erion oder mit dem Tagger erwischen, werden wir sehen. Es ist gut zu wissen, dass wir einen Joker in der Hand haben. Wir kriegen dieses Schwein. Gemeinsam.«

Zack legte Lachlan die Hand auf die Schulter und bohrte ihm die Finger in den Muskel. »Du hast keine Ahnung, wie erleichtert ich bin, Lachlan.«

»Doch. Ich denke schon.«

Sie klemmten sich in eine Umarmung und drückten einander, als trügen sie ein Kräftemessen aus. Zack konnte sein Glück nicht fassen; selbst die META hätte diese Entwicklung nicht vorhersehen können. Lachlans Plan war so einfach wie brillant. Griffin würde in seiner Gier nach Macht gar nicht merken, wie ihm geschah. Und bald, da war Zack sicher, würde alles wieder so sein wie früher.

[14]

»Wo bist du gewesen?«, begrüßte Persy Zack am nächsten Morgen. »Ich habe eine Stunde lang auf dich gewartet, und dann war der Lammbraten kalt. Es wäre nett gewesen, hättest du dich wenigstens abgemeldet!«

Während er sich die Schuhe auszog, fädelte sie sich Brillanten in die Ohrläppchen. Sie trug ein elegantes Kostüm mit Rock und schwarzen Pumps.

»Tut mir leid«, entgegnete Zack kraftlos, zu müde für eine raffinierte Ausrede. Es hatte seinen Preis, die ganze Nacht in Cronos zu verbringen; der Körper kam nicht richtig zu Ruhe, das Gehirn verbrauchte zu viel Energie. Er hätte auf der Stelle einschlafen können.

»Warst du mit Teresa unterwegs?«

»Ja, genau«, sagte er, dankbar für die Steilvorlage.

»Ich hoffe, du hast sie anständig behandelt.«

»Was denken Sie von mir?«

»Ach, Zachary, es ist doch kein Geheimnis, wie du die Mädchen behandelst. Du willst ihnen heimzahlen, was deine Mutter dir angetan hat – wer könnte das nicht verstehen …« Sie wedelte ihn aus dem Weg und griff an der Garderobe nach ihrer Handtasche. »Ich muss los. Ich denke nicht, dass ich heute Abend schon aus Donegal zurückkehre – es gibt keinen Grund, sich zu hetzen. Ach, übrigens, da liegt ein Brief für dich im Wohnzimmer. Mach's gut!«

Sie zwang ihm einen Wangenkuss auf, den Zack wortlos über sich ergehen ließ. Er ärgerte sich über sie, weil sie so oberflächlich über seine gescheiterten Beziehungen urteilte, aber er war zu erschöpft und sie zu wuselig für eine Diskussion. »Gute Fahrt«, sagte er.

»Danke. Und putz dir die Zähne, Zachary.«

Die Tür fiel ins Schloss.

Als er nach oben in sein Zimmer ging, dachte Zack, er werde vor Nervosität keine Ruhe finden, doch dann schlief er bis in den Nachmittag wie ein Stein. Gegen ein Uhr wachte er auf, duschte und aß ein wenig kalten Lammbraten mit Kartoffeln. Danach ging er noch einmal in Lachlans Zimmer und setzte sich auf das Sofa.

Er schob die Hand hinter das Polster und erfühlte nach ein paar Zentimetern das Plastikband. Rasch zog er es heraus und steckte sich den daran hängenden USB-Stick in die Hosentasche, ohne hinzusehen. Jetzt, wo er hatte, was er wollte, hätte er sofort wieder gehen können. Aber etwas drückte ihn tiefer ins Sofa.

Eine seltsame Schwere befiel ihn; er hatte keine Lust mehr, ins Wohnsilo zu fahren und sich in Cronos einzuloggen. Was, wenn ihr Plan schiefging, Griffin den Tagger zerstörte und ihm Erion abluchste? Zack merkte, wie sehr ihn die ganze Geschichte erschöpfte. Er wollte nichts weiter, als in Ruhe auf die SAP zu gehen und abends ein Pint mit Lachlan zu zischen, ohne sich über die META, Revolutionen und Terroristen Gedanken machen zu müssen. Andererseits – die Sicherheitszonen kamen trotzdem, und das war schließlich wirklich krank, wie Lachlan gesagt hatte. Und die Perspektivlosigkeit der im Wohnsilo abgestellten Menschen – anders konnte man das nicht nennen – war so ungerecht, dass es zum Kotzen war. Hatte er das nicht selbst festgestellt, als Mr. Maddox ihm gekündigt und er auf einmal vor dem Nichts gestanden hatte?

Weil er gestern gelüftet hatte, war es hier nicht mehr ganz so muffig, und so fiel ihm auf, wie sehr das Zimmer nach Lachlan roch. Zack schob die Hand in ein getragenes T-Shirt, das auf dem Sofa lag, und befühlte die weichen Fasern mit den Fingerspitzen. Das hier war der Stoff eines Shirts, wie wohlhabende Jungs in Lachlans Alter sie trugen. Angenehm anzufassen, mit dem Emblem einer teuren Marke gezeichnet. Wenn sich Lachlan damit zufrieden gegeben, wenn er sich einfach als Mitglied einer privilegierten Gesellschaftsschicht akzeptiert hätte, wäre er dann noch Lachlan gewesen? Vielleicht war es doch so, wie Mr. Arnott gesagt hatte. Lachlan erfüllte für ihn seit Jahren eine Funktion, eine Rolle, aus der er nicht ausbrechen durfte. Vielleicht war Lachlan nicht der Typ, der teure Shirts trug. Sondern der Typ, der teure Shirts trug und dafür kämpfte, dass alle sie tragen durften.

Zack nahm das T-Shirt und hielt es sich an die Nase. Er roch die Rückstände eines Deodorants und eine besondere Note, die nur zu Lachlan gehörte. Jeder Mensch hatte einen ganz eigenen Geruch; es war jener, der in der Kleidung hängen blieb, wenn man sie auszog, und der bestimmte, ob man jemanden riechen konnte oder nicht.

Das hier war Lachlan, wie Zack ihn kannte. Stand es ihm zu, Lachlan die Eigenschaften abzusprechen, die nicht zu seiner teuren Kleidung passten? Lachlan hatte doch im Großen und Ganzen recht mit dem, was er früher immer gesagt hatte. Oder mit dem, was er in sein Flugblatt geschrieben hatte. Wer nicht recht hatte, war Griffin, mit seinem Blutdurst, seiner Mordlust, seinem Wahnsinn und seinen Revolutionsfantasien. Zack nahm sich vor, Lachlan zu sagen, dass er grundsätzlich schon auf seiner Seite stand, aber den Weg nicht befürwortete. Deprimiert legte er das T-Shirt weg. Ihm dämmerte, was er gerade getan hatte, doch das Läuten an der Tür nahm ihm die Bürde ab, darüber nachdenken zu müssen. Er stand auf und ging nach unten.

Kathy und Teresa standen vor dem Tor. Dass Teresa zu ihm kam, überraschte ihn nicht so sehr wie Kathys Auftauchen. Es mochte ein, zwei Jahre her sein, seit sie Persy zuletzt in Phoenix Manor besucht hatte. Zack öffnete das Tor per Knopfdruck und betrachtete sich kritisch im Spiegel, bevor er zur Haustür ging. Als die beiden das Klatschmohnrondell erreichten und somit nah genug waren, hörte er Teresa und Kathy Floskeln austauschen.

»Das Wetter hat sich gebessert«, sagte Teresa. »Was machen Sie an schönen Tagen, Kathleen?«

»Ich mache nicht viel. Entweder ich unterrichte Kinder im Tanzen, oder ich spiele Cronos.«

»Cronos? Im Ernst?« Teresa rümpfte die Nase so sehr, dass man ihre Vorderzähne sah.

»Ja. Ich finde, da ist nichts dabei. Sie etwa?«

»Natürlich ist da was dabei«, sagte Teresa mit einem herablassenden Schnaufen. »Wissen Sie denn nicht, dass der Anschlag in der O'Connell Street mit großer Sicherheit in Cronos vorbereitet wurde?«

Kathy reagierte unerwartet heftig. »Die Terroristen sind zufällig auch Mitglieder der Gesellschaft. Sollen wir uns jetzt präventiv alle umbringen?«

Teresa sah sie an wie ein Alien.

»Was macht ihr denn hier?«, fragte Zack.

Er ließ sich von Kathy drücken; auch die schüchtern lächelnde Teresa lehnte sich kurz in seine Umarmung. Sie duftete nach einem süßen Parfüm, wie man es günstig bei Tesco bekam, und hatte Lippenstift aufgetragen.

»Da bin ich, wie abgemacht.«

»Komm rein«, sagte Zack und hielt ihr die Tür auf. »Kathy, Persy ist leider nicht da – sie ist heute Morgen nach Donegal gefahren.«

»Oh.« Kathy blieb wie angewurzelt stehen. Durch den feuerrot leuchtenden Streifen auf ihrer Stirn sah er, wie blass sie war. Außerdem hatte sie geweint.

»Alles okay?«, fragte er. Sie nickte nur fahrig und drehte sich zum Gehen, doch er hielt sie zurück; so konnte er sie unmöglich wieder ziehen lassen.

»Ist schon gut«, stammelte Kathy.

»Nein, komm doch auf einen Kaffee rein.«

Als er im Wohnzimmer drei Tassen auf den Tisch stellte, rückte Kathy mit der Sprache heraus.

»Ich hab diesen Brief bekommen«, sagte sie und zog ein gefaltetes Blatt Papier aus ihrem Parka. Sie hatte ihn partout nicht ausziehen wollen, wie um zu betonen, dass sie nicht lange stören würde. »Die stufen uns jetzt anscheinend alle ein. Nach A, B, C und D.«

»Ja, das stimmt«, sagte Teresa munter. »Davon wollte ich dir auch unbedingt erzählen, Zack!«

Während Teresa auflebte, kauerte sich Kathy zusammen. Zack schwante nichts Gutes. »Darf ich mal sehen?« Kathy reichte ihm das Blatt Papier. Die Haut ihrer Hand wurde vom Alter allmählich weich. Eine Erinnerung an die Hand seiner Mutter streifte Zack; er verdrängte sie und öffnete den Brief.

Sehr geehrte Mrs. Macfarlane,

große Veränderungen stehen Dublin bevor: Um die Sicherheit der in der Europäischen Republik lebenden und arbeitenden Bürger zu erhöhen, greift die Kanzlerkammer in Kooperation mit der Regierung des Bundesstaats Irland zu einigen notwendigen Maßnahmen. Eine neue Ordnung zieht in die Hauptstädte der Bundesstaaten: Die Dubliner Stadtverwaltung freut sich nach dem tragischen Anschlag ganz besonders über die bevorstehenden Veränderungen. Von denen werden auch Sie künftig im Rahmen Ihrer Möglichkeiten profitieren. Von Januar 2031 an wissen Sie immer, auf welches Umfeld Sie sich an Ihrem Wohnort einstellen müssen.

Auf Basis der uns über Sie vorliegenden persönlichen Daten wurde Ihnen die Sicherheitsstufe C verliehen. Wir freuen uns, Ihnen mitteilen zu können, dass Ihr derzeitiger

Wohnort in der künftigen Sicherheitszone C liegt und ein Umzug daher nicht nötig ist. Für Fragen konsultieren Sie jederzeit das Bürgerbüro unter der Telefonnummer …

Zack blickte vom Brief auf. »Aber das ist doch gut, oder?«

Tränen stiegen Kathy in die Augen.

»Also, wir haben die Stufe A erhalten, und das heißt, dass wir bald ins Zentrum ziehen dürfen«, verkündete Teresa strahlend. »Ist das nicht irre?«

Kathy legte sich die Hand auf die Augen. »Ich – die können das doch nicht einfach so machen, oder? Ich seh die Kinder nie wieder. Meine Schule liegt in einer A-Zone. Die darf ich dann nicht mehr – nicht mehr –«

Sie fing an zu weinen. Zack starrte hilflos auf den Brief. Was für eine Ungerechtigkeit … »Aber warum hast du denn Stufe C bekommen?«, fragte er. »Du tust doch keiner Fliege was zuleide.«

»Das ist doch offensichtlich«, flüsterte Teresa ihm über den Tisch hinweg zu. Als er sie nur verdutzt ansah, fuhr sie sich mit dem Finger über die Stirn.

Zack sah zurück zu Kathy.

Der Streifen.

»Ich sp-spiele Cronos«, schluchzte Kathy. »Und d-da wurde der verdammte A-Anschlag geplant.«

Teresa nickte ernst.

»Das steht aber nicht in dem Brief«, sagte Zack aufgebracht. »Sie müssen das doch begründen!«

»Die müssen gar nichts. Die machen es einfach. So war es immer. So wird es immer sein.« Kathy grub das Gesicht in die Knie, so zusammengefaltet wie der Brief, den Zack auf den Wohnzimmertisch legte. Er erinnerte sich daran, dass Persy von einem Brief für ihn gesprochen hatte, und als er sich auf die Suche danach machte, fand er ihn auf der Kommode neben dem Grammofon. Während Kathy hinter ihm jämmerlich weinte und Teresa sie mit einem halbherzigen »Ist ja schon gut« zu beruhigen versuchte, riss Zack den Brief auf. *Sehr geehrter Mr. Murray, große Veränderungen stehen Dublin bevor: Um die Sicherheit der in der Europäischen Republik lebenden und arbeitenden Bürger zu erhöhen …* bla, bla, bla … *wurde Ihnen die Sicherheitsstufe A verliehen.*

Zack steckte den Brief zurück in den Umschlag. Für ihn hatte dieser Buchstabe keine Bedeutung; wenn er scheiterte, steckte ihn die META nach Gundremmingen, ganz egal, was für eine Sicherheitsstufe er hatte.

Er schenkte Kathy ein Glas Gallagher ein, das sie ihm dankbar aus den Händen nahm.

»Ich würde am liebsten auswandern«, sagte sie mit leeren Augen und wischte sich über die Wangen. »Aber wohin? Es ist doch überall das Gleiche.«

»Weil die Welt gefährlicher geworden ist«, konstatierte Teresa. »Die machen das ja nicht aus Spaß, sondern um uns zu schützen. Mein Dad zum Beispiel hat auch die Stufe C bekommen, also sind wir ihn bald los, und der Staat hilft uns auch noch beim Umzug.«

»Der Staat?«

Kathy nickte. »Das stimmt. Viele, die in den künftigen A-Zonen leben, haben keine A-Berechtigung erhalten. Der

Wohnungstausch wird staatlich organisiert. Du kannst dir nicht wirklich aussuchen, wo du landest. Sie wollen das unbedingt bis Januar schaffen.«

»Und wie wollen sie verhindern, dass du in die A-Zone gehst, Kathy?«, fragte Zack kampflustig.

»Dafür gibt es doch die Drohnen«, sagte Teresa. »Gesichtserkennung, Datenbankabgleich, Abgleich deiner Sicherheitsstufe mit der Stufe deines Aufenthaltsorts – zack, Anzeige. Ist doch nicht schwer.«

»Wenn ich vorhabe, in einer Menschenmenge eine Bombe zu zünden, ist mir die Anzeige auch egal. Ich verberge natürlich mein Gesicht«, sagte Zack.

Teresa sah ihn erschrocken an.

»Wenn *du* vorhast –«

»Das war nur ein hypothetisches Beispiel.« Ich drück mich aus wie Lachlan, dachte Zack.

»Das mit den Drohnen ist auch nur eine Übergangslösung«, sagte Kathy deprimiert zu ihrem Whiskey, von dem sie regelmäßig tiefe Schlucke nahm. »Die fangen nächstes Jahr mit dem Bau von Schleusen an.«

»Und Mauern?«, spottete Zack.

»Zäunen«, sagte Teresa.

»Was ist mit Familien ohne prügelnde Väter, in denen die Eltern unterschiedliche Sicherheitsstufen erhalten? Oder wenn die Kinder andere Stufen bekommen als ihre Eltern? Wie lange haben die über dieses neue Sicherheitskonzept nachgedacht, fünf, zehn Minuten?«

»So lange?«, fragte Kathy dunkel.

»Das muss aufhören!«, brauste Zack auf. »Da hat eine Verrückte ein Auto in der Innenstadt gesprengt. Sind wir deshalb alle potenzielle Täter?«

Kathy und Teresa reagierten nicht sofort; Kathy nahm einen Schluck von ihrem Whiskey, während Teresa Zack anstarrte. »*Eine* Verrückte?«

Zacks Herz setzte einen Schlag lang aus. »Oder – oder ein Verrückter, wer weiß das schon.«

»Du hast aber gesagt: *eine* Verrückte. Weiblich.«

»Ich hab einfach so dahergeredet.«

Teresa schien sich damit zufriedenzugeben. Aber Kathy warf ihm durch den Schleier ihrer dunklen Haare einen langen Blick zu. Sie wechselte das Thema.

»Was macht Persy in Donegal?«

Zack erzählte ihnen von dem Einbruch, dass der Täter gefasst worden sei und Persy sich persönlich mit ihm unterhalten wolle. Teresa, die alles, was mit Persy zu tun hatte, ungeheuer aufregend fand, wollte ihm sofort alle Einzelheiten aus der Nase ziehen und war enttäuscht, als er sagte, dass er nicht mehr wisse.

Kathy, vom Whiskey und ihrem Gespräch einigermaßen beruhigt, verabschiedete sich nach einer Stunde. Zack brachte sie zur Tür, und als sie draußen auf dem Treppenabsatz kurz allein waren, fuhr ihm Kathy mit dem Finger über die Stirn. Der Streifen, den die Stimulanzkappe auf seiner Haut hinterlassen hatte, war fast unsichtbar, aber Kathy kannte sich aus. Sie sah ihn fest an.

»Geht es Lachlan gut?«, flüsterte sie.

Zack nickte.

»Und bringst du ihn zurück nach Hause?«

»Ja.«

»Gut.« Sie drückte ihn fest. »Bitte achte auf dich. Und sei nett zu Teresa. Sie ist vielleicht ein bisschen dumm, aber lieber dumm als hinterhältig.«

»Was habt ihr nur alle?«, fragte Zack halb verärgert. »Als wäre ich ein Frauenhasser oder so.«

»Wir Menschen tun unvernünftige Dinge, wenn wir verliebt sind«, sagte Kathy. »Das weißt du nur nicht, weil du noch nie richtig verliebt warst.«

»Natürlich war ich verliebt«, protestierte Zack.

»Nein. Das, was du warst, nennt man geil. Verliebt – das waren deine armen Freundinnen.«

Er sah ihr nach, bis sie zwischen den Apfelbäumen verschwunden war, und kehrte zu Teresa zurück.

»Möchtest du was trinken?«

»Ich dachte schon, du fragst nie.«

Sie hatte sich herausgeputzt, trug einen Rock und Seidenstrümpfe. Mit überschlagenen Beinen lächelte sie zu ihm hoch. Zack schlug Tee vor und dass sie ihn draußen im Garten trinken sollten; das Wetter sei zu gut, um drinnen zu bleiben. Mit ihren Tassen setzten sie sich in die Laube und sahen den Fröschen dabei zu, wie sie von den Seerosenblättern in den Teich sprangen. Nachdem er sich einmal an ihr süßes Parfüm gewöhnt hatte, konnte er es als Kompliment sehen, dass Teresa ihm so unbedingt gefallen wollte. Lachlan erwartete ihn am späten Nachmittag in Cronos, also war vielleicht noch Zeit, Teresa auszuziehen … Zack dachte an sein Zimmer, an die fast noch frische Bettwäsche, die Musik, die er über sein Handy abspielen würde, die Kondome, die er in der Unterwäscheschublade aufbewahrte. Geduscht hatte er auch.

»Hast du gewusst, dass Lili Yokohama die Spitzenkandidatin von Convivari wird?«, fragte Teresa, offenbar auf der Suche nach einem Gesprächsthema.

»Echt jetzt? Ist sie politisch aktiv?«

»Eigentlich nicht. In einem YouTube-Video hat sie gesagt, dass sie was gegen die Missstände in Europa tun will.« Sie überkreuzte die Füße erst in die eine, dann in die andere Richtung. »Jetzt, wo wir diesen Brief bekommen haben, weiß ich nicht mehr, ob ich sie nächstes Jahr wählen kann. Denn ich finde die Veränderung ja gut.«

Zack schwieg. Er fand die Veränderung beschissen, aber jetzt war nicht der Moment, um Teresa gegen sich aufzubringen.

»Geht's dir besser als gestern?«, fragte er und legte ihr den Arm um die Schulter. Er fühlte, dass sie vor Aufregung zitterte.

»Ja. Aber ich mache mir immer noch Sorgen.«

»Also hat Cosy sich nicht gemeldet.«

»Hey, nur ich darf ihn so nennen«, sagte sie und pikste ihn mit dem Finger in die Seite. Er pikste zurück, und sie bog sich kichernd. Er hielt sie fest und kitzelte sie erneut, und als sie den Kopf zurückwarf, legte er die Hand auf ihre Taille und zog sie in einen Kuss, der nach Lipgloss, Kaffee und Aschenbecher schmeckte.

Selten war es so einfach gewesen, ein Mädchen rumzukriegen, wie bei Teresa. Er küsste sie ganz zärtlich, nur mit den Lippen, und schob ihr die Hand ins Haar, um sie zu stützen. Er streichelte ihren Hinterkopf, schmeckte ihren Lippenstift, fühlte, wie sie in seinen Armen schmolz, und langweilte sich ein wenig dabei. Dass es so einfach war, machte ihn aggressiv. Er beherrschte sich, unterbrach den Kuss und sah ihr tief in die großen Augen.

»Ich hab mich noch am ersten Abend in dich verliebt«, flüsterte er und strich ihr eine Strähne hinters Ohr. Ihre Augen weiteten sich, wurden feucht.

»Ich auch«, hauchte sie.

Er küsste sie wie eine lang vermisste Geliebte und dachte dabei erst ganz unwillkürlich an Lachlan und dann mit Schuldgefühlen an Kathy. Natürlich war er ein bisschen verliebt in Teresa, schließlich fand er sie echt heiß, und sie war hübsch und nett und mochte genau wie er Lili Yokohama, also wie sollte man seine Gefühle sonst nennen? Teresa befühlte seinen Bizeps und seufzte glücklich. Auf einmal verlor Zack die Lust, ihr die Hand auf das Bein zu legen und zu erforschen, wie weit er sie nach oben schieben durfte, bis Teresa ihn aufhalten würde. Er knutschte noch eine Weile mit ihr und wandte sich abrupt ab, um einen Blick aufs Handy zu werfen.

»Ach, Mist«, sagte er.

»Was ist denn?«

Er steckte das Handy ein und lächelte wie jemand, dem etwas schrecklich leidtat. »Ich wünschte, ich müsste das nicht sagen, aber ich muss dringend weg.«

»Jetzt? Im Ernst?«

»Ich muss was erledigen. Ich wusste ja nicht, dass heute meine Traumfrau hier aufkreuzt …«

»Kann ich hier auf dich warten?«

»Das wäre Persy nicht recht, glaube ich.«

»Dann komme ich mit.«

Lästige Ziege, dachte Zack genervt. »Das geht leider nicht. Aber ich ruf dich an, sobald ich fertig bin, okay?« Er beugte sich zu ihr hin, ein letzter Kuss, sie nickte verträumt, und Hand in Hand kehrten sie ins Haus zurück. Teresa sagte ihm hundertmal Auf Wiedersehen, bevor sie ging, und als sie endlich weg war, nahm auch Zack seine Jacke. Er fühlte sich frustriert, unbefriedigt und schäbig, aber nur ein kleines bisschen, denn eigentlich hatte Teresa ja förmlich drum gebettelt, dachte er.

Im Bus nach Kilmainham recherchierte er sichere Verstecke in Cronos. Da er für einen transportablen Briefkasten noch nicht genügend Pyrops besaß, ohne die Kleider-Quest keine diebstahlsichere Hose anziehen konnte und nicht herausfand, wie man ein Item im Inventar sperrte, sodass es im Falle einer Entwendung automatisch zum Eigentümer zurückkehrte, entschloss er sich, Erion in der Residenz am Rande zu verstauen.

Im Wohnsilo schluckte er sofort die Blaue Pille. Die Konsole spuckte ihn in einem Raum mit gemauerten Wänden aus. Aus einem kalten Kamin stieg der Geruch von abgebrannten Streichhölzern, von der Decke hing eine Glühlampe, und auf einer Kommode spielte ein Radio rauen Swing. »Guten Tag«, sprach ein Moderator in die Musik hinein, »noch zwei Stunden, bis der Abend anbricht. Die Eksis sind in der Blüte ihres Lebens und geschäftstüchtig, deshalb haben alle Geschäfte geöffnet. Nutzt die Zeit bis zur Melancholie der Lebensmitte und deckt euch mit Heilmitteln, neuer Kleidung, Waffen und statusverbessernden Präparaten ein. Pierre & Lyrik gewährt noch den ganzen Mittag über zwanzig Prozent auf alle Bücher …«

Daneben stand eine Uhr, die nur vier Zeiten kannte: Morgen, Mittag, Abend und Nacht. Jede Tageszeit war mit einem Symbol geschmückt, der Morgen mit einer Blume, der Mittag mit einer Sonne, der Abend mit einem gebräunten Ahornblatt und die Nacht mit einer Schneeflocke. Im Moment stand der Zeiger zwischen Mittag und Abend. Durch das geviertelte Fenster neben der Kommode fiel kräftiges Sonnenlicht, der Himmel war so sattblau wie im August.

Zack hatte den USB-Stick vor dem Login an den Cronos Cube gesteckt; als er jetzt seinen Kartenstapel durchblätterte, fand er eine, die mit Zahnrädern bedruckt war. Darunter stand der Name ›erion.exe‹.

Zack schnipste die Karte an. Anstelle der Zahnräder erschien ein Ladebalken, der sich im Handumdrehen füllte. Wie beim letzten Mal, als Lachlan eine Mimikryversion dieser Anwendung aktiviert hatte, tauchte eine blau leuchtende Schrift über der Karte auf: »Materialisieren?« Zack tippte die Option ›OK‹ an und verengte die Augen, als die Karte hell erstrahlte. Sie verwandelte sich in eine Tin Whistle, die genauso aussah wie die wirkungslose Kopie, die Lachlan vor zwei Wochen im Schnappblütenhain in den Händen gehalten hatte. Damals hatten sie noch nicht geahnt, was die echte Erion anzurichten vermochte.

Diesmal war das anders.

Zack fing die Flöte auf und begutachtete sie voller Abscheu. Er hatte Oliver im Krankenhaus gesagt, dass er nichts besitzen wolle, womit sich der freie Wille fremder Menschen brechen ließ, und daran hatte sich bislang nichts geändert. Erion war Gestalt gewordener Faschismus, ganz egal, wie hehr Olivers Absichten auch gewesen sein mochten, als er sie erschaffen hatte. Gründeten nicht selbst Völkermorde in guten Absichten? Er war froh, dass er wahrscheinlich nicht dazu kommen würde, Erion gegen Griffin zu verwenden. Denn Griffin wollte ihm die Karte abluchsen, so viel stand fest, und er ahnte nichts von dem Gewehr der META.

Zack verwandelte die Pfeife in eine Karte – auf der jetzt kein Zahnrad mehr, sondern Erion selbst abgebildet war – und rief sich den Prozess des Kopierens ins Gedächtnis, von dem er vorhin im Internet gelesen hatte. Er legte die Karte auf die Kommode und tippte sie zweimal mit Zeige- und Mittelfinger an. Es klappte: Geräuschlos verdoppelte sich die Karte und fächerte sich auf. Zack steckte das Original ein und legte die Mimikrykarte in die Kommodenschublade, bevor er mit dem Fuß die Teppichkante umschlug und den Raum verließ. Draußen auf dem Flur schlenderte er eine Tür weiter, drückte die Klinke und drang in das Zimmer ein. Als Erstes bemerkte er den umgeschlagenen Läufer. Er öffnete die Kommodenschublade – Bingo.

Zack entnahm dem Fach die Mimikrykarte und legte das Original hinein. Mit klopfendem Herzen schloss er die Schublade. Wenn es stimmte, was er im Internet gelesen hatte – und es sah ganz so aus, schließlich hatte auch der Teppichtrick funktioniert –, dann betrat kein Spieler dasselbe Zimmer wie alle anderen, selbst wenn er dieselbe Tür benutzte. Nur er hatte Zugang zu exakt dieser Kommode und ihrem Inhalt. Wenn er Lust hatte, konnte er den Raum sogar individuell herrichten, denn niemand außer ihm würde ihn anschließend betreten können.

Trotzdem blieb ein Rest Unbehagen, als er Erion zurückließ, als hätte er eine Million Euro in Scheinen in einem Schwimmbadschließfach versteckt. Als er den Flur entlang zur Treppe ging und nach unten lief, fühlte er sich weniger raffiniert als grundlos schuldig.

Lachlan saß in der fast menschenleeren Schankstube, ein Strichmännchen in einem schwarzen Rollkragenpullover, und verfolgte wie gebannt die Nachrichten auf der Leinwand. Offenbar hatte er die Kleider-Quest absolviert und sich etwas Neues zum Anziehen zugelegt. Zack zapfte sich ein Bier in einem Krug und setzte sich dazu.

»Anscheinend ging es ihnen um Metall«, sagte Lachlan ohne Einleitung. »Die Alchemisten – deshalb haben sie sich Ma'quoia unter den Nagel gerissen.«

Er deutete auf den Bildschirm, griff nach einem Glas Wein, das vor ihm auf dem Tisch stand, und hielt es Zack hin, um mit ihm anzustoßen. »Hi, übrigens.«

»Hast du dem Red Rebel abgeschworen?«, spottete Zack.

»Mir war danach«, sagte Lachlan. »Wie könnte man bei einem Namen wie Molitor Noir widerstehen?«

Bilder der Kokonstadt flimmerten über die Leinwand, doch Zack erkannte sie nicht wieder. Ein trauriges Gewirr weißer Äste, auf denen grüne Flecken pulsierten; hätte Zack nicht mittendrin den gespenstisch grauen, giftig gemaserten Stamm bemerkt, hätte er gedacht, die Aufnahmen stammten von der Randregion des Baums. »Wollen sie aus dem Gelände eine Mine machen?«, fragte er.

»Das Metall befindet sich in den Pilzen. Sie haben mit dem Abbau bereits begonnen – typisch Alchemisten, verlieren keine Zeit.« Lachlan lächelte.

Zack fand es ziemlich kühn von Lachlan, nach nur zwei Wochen in Cronos wissen zu wollen, was für die einen oder anderen Spieler typisch war. Außerdem konnte er sich an keine Zeit in Lachlans Leben erinnern, in der er derart oft gelächelt hatte wie jetzt, wo es am wenigsten Grund zum Lächeln gab. Er fragte nach seinem Befinden.

»Mir geht's gut«, sagte Lachlan. »Mach dir keine Sorgen. Wie sieht's aus, hast du Erion dabei?«

Zack zog die Mimikrykarte aus der Hosentasche und legte sie auf den Tisch, ohne sie loszulassen.

»Gut«, sagte Lachlan. Er lehnte sich näher zu Zack hin. »Es hat eine Planänderung gegeben.«

»Inwiefern?«

»Wir müssen etwas für Griffin erledigen, damit er keinen Verdacht schöpft. Aber das ist gut. Vielleicht ergibt sich dabei eine Gelegenheit, Erion einzusetzen und ihn dazu zu bringen, sich zu zeigen.«

»Verstehe. Und was erledigen wir?«

»Darüber reden wir mit Melpo. Aber nicht hier. Sondern im – wie war der Name? Schnarchendes Stinktier?« Er trank aus.

Es war Zacks zweiter Besuch in Flüsterheim, und die Stadt präsentierte sich ihm in völlig neuem Gewand. Hatte gestern noch alles alt und heruntergekommen ausgesehen, begegnete ihm jetzt das genaue Gegenteil: Die Fassaden leuchteten in Weiß und Gelb, auf den Eichenbalken der Fachwerkhäuser glänzten frische Lasuren, von den Balkonen quollen Blumen, und in den Baumalleen, von denen es in Flüsterheim viele gab, wuselten gehörnte Eichhörnchen, die den in Cafés sitzenden Leuten das Essen von den Tellern klauten. Ein paar Kinder versuchten sie zu vertreiben, indem sie mit Reisigbesen auf sie einschlugen, woraufhin sich die Eichhörnchen kichernd verzogen.

Die Kinder begegneten Zack überall, und so merkte er bald, dass es gar keine Kinder waren, sondern knubbelige Wesen mit riesigen schwarzen Laubwichtaugen und Armen und Beinen, die kaum dicker waren als die Stiele der Besen, die sie zum Angriff schwangen. Wenn sie nicht gerade auf Eichhörnchen einprügelten, lachten sie mit ihren breiten Mündern und klimperten mit ihrem Ohrschmuck.

»Eksis«, sagte Lachlan, dem Zacks Blick nicht entgangen war. »So nennt man sie. Kommt von Ekdysien, was sich auf ihre Eigenart bezieht, sich alle sechzehn Stunden zu häuten. Siehst du die Ohren? Metall – sie befestigen daran ihre Habseligkeiten. Magnetisch …«

Ein Eksi rasselte an ihnen vorbei. Vor lauter Schlüsseln, Werkzeugen, Stiften und Münzen hingen ihm die Ohrläppchen bis auf die Schultern. »Cheerio!«, grüßte er Zack und winkte fröhlich. Zack sah ihm nach.

»Gestern sah hier alles total marode aus«, sagte er.

»Das wird es auch wieder. In etwa zwei Stunden. Dann bricht hier der Abend an, es wird Herbst, die Eksis altern, die Stadt geht allmählich zugrunde. In sechs Stunden ertönt die Sirene, es wird Nacht, die Häuser brechen zum Teil zusammen. Der Winter kommt, häufig auch Schnee. Die Eksis ziehen in die Residenz am Rande, das eine Art Seniorenheim ist. Nach weiteren vier Stunden häuten sie sich, werden zu Kindern, der Morgen bricht an, Frühling, und dann kannst du zusehen, wie sich hier alles erneuert.«

Auf einem Uhrenturm, der sonnenbeschienen in den blauen Himmel ragte, sah Zack, wie der Zeiger ein Stück in Richtung Abend rückte. »Beeindruckend.«

»Die Stadt? Ja.«

»Nein. Wie gut du dich auskennst.«

»Ach, man schnappt ein paar Grundlagen auf«, sagte Lachlan bescheiden, obwohl Bescheidenheit normalerweise nicht zu seinen Tugenden zählte. Er streckte die linke Hand aus, um ihnen die Tür zu Porkupines Pub aufzustoßen. Jemand rief Zacks Namen; er drehte sich um und erkannte C, den Kopfgeldjäger mit den blonden Dreadlocks. Er trug diesmal einen mit den Symbolen des Lebensbaums bestickten Wollmantel. Mit einem breiten Zahnlückengrinsen kam er auf Zack zu und rief: »Du bist ja schon wieder auf freiem Fuß!«

»Ich wurde freigelassen – von einem Admin«, sagte Zack, mit Betonung auf das letzte Wort.

»Keine Sorge, ich bin nicht deinetwegen da«, entgegnete C, und sein Grinsen verblasste. »Ich ermittle wegen des Anschlags auf den Damm.«

»Was ist passiert?«

»Das weißt du nicht? Vor einigen Wochen hat jemand

versucht, den Staudamm zu sprengen. Flüsterheim hätte das nicht überlebt.« C zuckte mit den Achseln. »Jedenfalls – rein in die gute Stube, nicht wahr?«

Er ging an Lachlan vorbei, der ihre Unterhaltung geduldig abgewartet hatte. Die Jungs folgten ihm.

»Wow«, entfuhr es Zack. Der Laden brummte; hätte Melpo ihnen keinen Tisch besetzt, hätten sie wohl keinen freien Platz mehr gefunden. Porkupine flitzte mit Getränken und Snacks hin und her, nahm Bestellungen auf, plauderte mit Gästen und schaffte es irgendwie, nichts zu verschütten, obwohl sie offensichtlich überfordert war.

Melpo legte das Buch weg, in dem sie las (»Von der Hexe zur Harmonikerin, Band 3: Die Dirigentin«), und sah überrascht zu Zack auf. »Oh, hallo – du hier?«

»Er wird uns mit Lynch helfen«, sagte Lachlan gedämpft.

»Verstehe«, sagte Melpo reserviert. »Neuerdings werde ich ja nicht mehr über alle Einzelheiten informiert – warum auch, bei solch unbedeutenden Details.«

»Reiß dich zusammen«, sagte Lachlan.

Sie strich sich das Haar hinter die Schulter. »Darüber reden wir noch.«

»Griffin weiß Bescheid. Wir ziehen das heute Nacht gemeinsam durch. Zack bringt Erion mit.«

Zack verkniff sich den Kommentar, dass er ja noch gar nicht wisse, worum es gehe. Fürs Erste durfte Melpo ruhig denken, dass sie leichtes Spiel mit ihm hätten. »Sagt mir nur, was ich tun soll.«

Lachlan öffnete den Mund, doch Porkupine kam ihm zuvor. Sie entdeckte Zack an Melpos Tisch, stolperte vor

Überraschung über ihre eigenen Füße und fegte zu ihm herüber. »Du! Jetzt gibt es kein Entkommen mehr.« Sie knallte ihm ein ungeheuer dickes Schuldenbuch hin und zeigte ihm den Eintrag in der letzten Zeile. »Schon vergessen?«

Zack wusste sofort, welchen Gefallen sie meinte. »Keine Sorge, wenn ich vorhätte, mich aus dem Staub zu machen, wäre ich jetzt bestimmt nicht hier.«

»Stimmt«, antwortete sie versöhnlich und setzte sich auf den letzten freien Stuhl, ohne auf das Winken eines Gasts zu achten. »Dann seid ihr wohl alle gekommen, um mir zu helfen? Das ist wirklich lieb von euch, nachdem ich doch das mit dem Anruf in diesem Pub vermasselt habe.«

Lachlan versuchte erneut, etwas zu sagen, aber Porkupine redete einfach weiter. »Worum ich euch bitte, ist eigentlich keine große Sache –«, sie sah über die Schulter, als suchte sie nach jemandem, von dem sie nicht belauscht werden wollte, »– solange ihr nicht zu den hiesigen Shooter-Clans gehört.« Jetzt sah sie Zack an. »Aber da du mit einer Hexe unterwegs bist, kann ich dir vertrauen.«

»Ich gehöre zu keinem Clan«, sagte Zack.

»Das ist auch besser so. Denn mit dem, was wir vorhaben, könntest du deine Leute in Bedrängnis bringen«, flüsterte Porkupine verschwörerisch. »Ich erkläre euch alles Weitere eine Stunde vor Einbruch der Nacht.«

Damit stand sie auf, warf einen dramatisch-ernsten Blick in die Runde und wehte davon, um weiter Kaffee, Bier und Snacks zu servieren. C hatte an der Bar Platz genommen; während er an einem Getränk schlürfte, beobachtete er verstohlen eine Frau, die mit ihrer Katzenmaske und ihrem

Bodysuit ein bisschen wie Catwoman aussah. Wer nicht wusste, warum C hier war, hätte sein Verhalten wohl anders gedeutet. Observierte er die Frau?

»Jetzt wüsstet ihr zwei Idioten wohl gern, was euch erwartet.« Melpo lächelte süffisant.

»Nicht schwer zu erraten«, entgegnete Lachlan lakonisch. An den Fingern zählte er ab: »Die Fakten. Erstens ist Porkupine eine Pazifistin. Zweitens führt sie ein eigenes Pub. Drittens wissen wir, dass alle Gebäude mit Ausnahme der Residenz am Rande nachts zu Ruinen werden. Was wir aber auch wissen, ist – viertens –, dass es möglich ist, einzelne Häuser zu Friedenszonen zu machen.« Er faltete die Hände auf dem Tisch. »In conclusio: Es ist bislang niemandem gelungen, eine neue Friedenszone zu erschaffen, weil die Shooter-Clans diejenigen, die es versuchen, daran hindern. Denn eine neue Friedenszone würde gleichzeitig ihr Schlachtfeld verkleinern. Was also liegt näher, als dass Porkupine, die mit ihrem Dasein als Pazifistin den genauen Gegensatz zu den Shootern darstellt, Hilfe dabei anfordert, ihr Pub in eine Friedenszone zu verwandeln?«

Melpo nickte anerkennend. »Nicht schlecht, Superhirn. Man könnte meinen, du wärst hier zu Hause. Eines aber muss ich berichtigen: Die Shooter hindern einen nicht nur daran, eine Friedenszone zu erschaffen. Man muss ihnen dazu persönlich auf den Schlips treten.«

Sie schwieg, wie um Lachlan Zeit zu geben, zu erkennen, dass er die Antwort nicht kannte.

»Und wie?«, fragte Zack.

»Man muss dem Clan, der aktuell die Stadt beherrscht –

und das sind die Kings – ein Feuer stehlen und es an den Ort bringen, der zur Friedenszone werden soll. Und das am besten, bevor man abgeknallt wird.«

»Aber die Shooter dürfen keine anderen Spieler verletzen«, widersprach Zack. Er fragte sich, ob Melpo auf dem Schirm hatte, dass er ihretwegen in Celladom gelandet war; falls ja, ließ sie sich nichts anmerken.

»Das stimmt – normalerweise. In der Nacht von Flüsterheim gilt das aber nicht. Deshalb sollen sich um diese Zeit keine Spieler anderer Klassen draußen herumtreiben. Die Shooter hier schießen auf alles, was sich bewegt, solange es nicht zu ihrem eigenen Clan gehört.«

»Es geht dem Stachelschwein also um eine Fackel, die wir zu ihrem Pub tragen sollen«, sagte Lachlan. »Wollen wir uns wirklich mit so etwas aufhalten?«

»Oh ja, unbedingt«, sagte Melpo mit einem Blitzen in den Augen. »Sie ist wie ein Geschenk. Einen besseren Plan hätten wir uns nicht ausdenken können.«

Lachlan legte sich beim Nachdenken einen Finger auf die Lippen. »Ich glaube, ich weiß, worauf du hinauswillst. Unser Ziel ist ein Shooter …«

»Und er ist vorübergehend bei den Kings.«

Sie rückten näher an den Tisch, steckten die Köpfe zusammen. »Das heißt«, fuhr Melpo leise fort, »Porkupine gibt uns den perfekten Vorwand. Wir verhelfen ihr zur Friedenszone und treten dabei in Kontakt mit Lynch.«

»Wer ist Lynch?«, hakte Zack nach.

»Das hat dich nicht zu interessieren«, sagte Melpo. »Wichtig ist nur, dass du heute Nacht Erion dabeihast, und zwar die echte. Wir werden sie an Lynch anwenden. Den Inhalt der Hypnose werde ich dir kurz vorher mitteilen.«

»Oder ich«, sagte Lachlan.

»Das werden wir sehen.« Melpo stand auf und nahm das Buch vom Tisch. »Und wenn ich mir die Bemerkung erlauben darf, Zack: Du solltest lieber zusehen, dass du bis zum Einbruch der Nacht noch ein paar Level auf die Rippen bekommst. Es wäre doch jammerschade, wenn wir dich zum Friedhof bringen müssten, weil dir ein Kieselstein auf den Kopf gefallen ist. Bis später«, fügte sie mit heller Stimme hinzu, glitt mit gerecktem Kinn durch die Schankstube und nahm an einem anderen Tisch Platz, der gerade frei geworden war.

»Ts«, machte Lachlan und sank grinsend in den Stuhl. »Oh Mann, die hat echt Probleme.«

»Wer ist Lynch?«, fragte Zack erneut.

»Ein Agent der META. Ich weiß nicht, was Griffin mit ihm vorhat – aber wenn alles gut geht, kommt er nicht mehr dazu, ein krummes Ding mit ihm zu drehen, weil wir Griffin vorher in den Knast schicken. Allerdings hat Melpo nicht ganz unrecht.« Mit dem Zeigefinger schob er Zacks rechten Ärmel hoch und legte das Tattoo frei. »Du solltest wirklich dringend etwas für dein Level tun.«

[15]

Lachlan und Zack kehrten zurück, als die Glockentürme Flüsterheims halb Nacht schlugen. Sie hatten die Straßenbahn zur Kohlegrube genommen und sich tief hinab in ein verzweigtes Höhlensystem gewagt, wo es vor Monstern nur so wimmelte: riesige Geißelspinnen, die sich aus den Leichen der Spieler Marionetten bastelten; Tausendfüßler mit menschlichen Füßen, die entsetzlich nach altem Fisch stanken; Arien schmetternde Fledermäuse, deren schlechter Gesang einem das Trommelfell zerreißen wollte – Zack wusste nicht mehr, wie viele von denen er in den vergangenen zwei Stunden erschossen hatte. Sehr gut erinnerte er sich noch an ein wollenes Nashorn, das ihn zu Tode kuscheln wollte, und an eine geflügelte Schlange namens Viver, der sie nur knapp durch einen Felsspalt entkommen waren. »Das war der Höhlenboss«, hatte Lachlan gekeucht, »das war knapp!«

In der Straßenbahn schob sich Zack zum wiederholten Mal den Ärmel hoch und bewunderte die blau schimmernde Zehn auf seinem Oberarm. Er fühlte sich stärker und war merkwürdig stolz auf sich und seine Leistung.

»Wo hast du dein Tattoo?«, fragte er Lachlan.

»An einer unmöglichen Stelle«, wich dieser aus.

»Wo? Auf dem Hintern?«

»Jedenfalls ist es eine Fünfzehn«, sagte Lachlan. Er hatte seinen Dämon in der Kohlegrube bei sich behalten und Zack stattdessen mit einer eigenen Waffe, einem halb automatischen Colt, unterstützt. Woher er die Flakons weißen Shooter-Aurums hatte, erzählte er nicht im Detail; seine Antwort lautete, er habe fleißig bei anderen Spielern gesammelt. So erklärte sich wohl auch sein Level.

»Residenz am Rande«, säuselte eine Stimme von der Decke der Straßenbahn. Zack stand auf.

»Hier muss ich raus – muss noch was holen«, sagte er. »Fahr schon mal vor, ich komm nach.«

Zack stattete seinem Zimmer einen Besuch ab, erleichtert, als er in der Schublade Erion fand, und zwar in genau der Ecke, in die er sie geschoben hatte. Mit klopfendem Herzen steckte er sie in die linke Hosentasche, während er die Mimikrykarte in der rechten behielt. Dann verwandelte er geistesgegenwärtig eine Karte in ein Fläschchen Adeptenserum und trank es restlos aus. Das Letzte, was er mit Erion in der Tasche gebrauchen konnte, war ein Okkultist, der seine Nervosität zehn Meter gegen den Wind roch.

Er zog die Karte heraus, die er von Emil erhalten hatte, und verwandelte sie in den schwarzen, länglichen Waffenkoffer. Er wuchtete den Deckel hoch und besah sich den Inhalt genauer. Der Tagger besaß einen Gurt, mit dem er sich das Gewehr um die Schultern schnallen konnte. Das Magazin war mit sechs Schuss geladen. Im Futter des Koffers fand er eine Kiste mit zwölf weiteren Kugeln – die META ging anscheinend nicht davon aus, dass er ganze achtzehn Mal danebenschoss. Und das werde ich auch nicht, dachte

Zack. Er schnipste den Tagger an und steckte die Karte ein. Den Koffer machte er zu einer eigenen Karte und steckte ihn zu den Muffins und Pyrops in die andere Hosentasche.

Er rechnete nach. Gegen sechzehn Uhr hatte er sich in Cronos eingeloggt, damals war es halb Abend gewesen. Jetzt war es halb Nacht, also waren vier Stunden vergangen, und in Dublin musste es ungefähr zwanzig Uhr sein. Persy hatte nicht vor, noch heute aus Donegal zurückzukehren, und Oliver war es egal, wo er sich herumtrieb, also gab es niemanden, der auf Nachricht von ihm wartete – außer Teresa, aber für die würde er sich schon etwas einfallen lassen. Weil er auch nicht das Bedürfnis verspürte, die Toilette aufzusuchen, verließ er die Residenz und stieg für zwei weitere Stationen in die Straßenbahn. Am Schlafenden Stachelschwein angekommen, hörte er Porkupine eine Glocke schwingen.

»Sperrstunde!«, rief sie durch das Bimmeln. »Danke, dass ihr da wart, aber jetzt müsst ihr gehen.«

Die Leute hievten sich aus den gemütlichen Sesseln, manche tauschten verwundert Worte, andere wirkten verärgert (»Es wird doch erst in zwei Stunden Nacht!«). Das Pub leerte sich langsam; Porkupine musste die Glocke ein zweites Mal läuten, um auch ein hartnäckiges Grüppchen in der Ecke zu vertreiben; dann schloss sie die Tür ab.

»Wenn das hier erst mal eine Friedenszone ist, wird das Pub rund um die Uhr geöffnet sein. Möchte vielleicht einer von euch als Kellner anfangen?« Sie setzte Pfaffelnussmilch auf und summte fröhlich vor sich hin.

Melpo klappte ihr KomBu zu und stand auf. Wortlos ging

sie von Fenster zu Fenster und zog überall die Vorhänge zu. Porkupine drehte die Lichter auf.

»Hilf mir mal«, sagte Lachlan und fing an, die Sessel auseinander- und die Tische zusammenzuschieben. »Vier Tische reichen – wir brauchen Platz für die Karte.«

»Was meinst du?«, fragte Zack.

Melpo, die das Pub komplett abgedunkelt hatte, kam herüber und schnipste eine Spielkarte auf die zusammengestellten Tische. Die Karte rotierte kurz um die eigene Achse, machte *Plopp!* und entfaltete sich zu einem großen Stadtplan aus Papier. Auf dem nördlichen Rand stand in verschlungenen Versalien der Name ›Flüsterheim‹ geschrieben.

»Also«, begann Lachlan, »das Ziel ist, den Kings of the Dawn eine Fackel voll ihres Feuers abzuluchsen und es in dieses Pub hier zu bringen. Fragen, die es zu klären gilt: Wo ist das Feuer, wie reagieren die Kings, welche Route nehmen wir, und wie stehen unsere Chancen?«

»Hier, zur Stärkung.« Porkupine stellte ein Tablett auf einer Ecke des Stadtplans ab und reichte Tassen herum.

»Die letzte Frage kann ich dir sofort beantworten«, sagte Melpo zu Lachlan. »Unsere Chancen sind gleich null. Die Kings sind nicht auf den Kopf gefallen, außerdem wissen sie von Porkupines Versuchen, ihr Pub zu einer Friedenszone zu machen. Es ist nicht ihr erster.«

»Warum tun sie ihr nicht den Gefallen?«, fragte Zack.

»Wegen der Schmach«, antwortete Melpo. »Es gibt für einen PvP-Shooter nichts Schlimmeres, als mit einer Pazifistin zu kooperieren oder gar von ihr beklaut zu werden. –

PvP seht für Player versus Player«, ergänzte sie, bevor Zack fragen konnte. »Anders gesagt: Das sind die Shooter, die anderen Spielern die Köpfe wegpusten.«

»Das heißt, sobald wir auftauchen, werden die Kings sich ganz darauf konzentrieren, uns kaltzumachen«, fasste Zack zusammen. »Tolle Aussichten.«

»Genau so ist es. Und deshalb stehen unsere Chancen gleich null, denn erstens sind sie in der Überzahl, zweitens sind sie hervorragend organisiert und drittens sind sie allesamt High-Level-Shooter, die mit allem möglichen Schnickschnack ausgestattet sind, darunter Zielsuchraketen, C-Waffen, ein Panzer und Optronikbrillen, mit denen sie uns auch bei Dunkelheit und Nebel sehen können.«

»Die Aussichten werden immer besser!«, sagte Lachlan. »Warum genau machen wir das hier noch mal?«

»Weil Zack mir einen Gefallen schuldet«, sagte Porkupine.

»Unter anderem«, ergänzte Melpo. »Hier oben im Norden seht ihr den Staudamm, das Wasserkraftwerk und den Wald. Im Kraftwerk gibt es einen Maschinenraum, in dem die Turbinen und Generatoren stehen. Hier befindet sich das Hauptquartier der Kings, und hier geht zum Einbruch der Nacht das Feuer an, auf das wir es abgesehen haben. Allerdings werden wir da nicht die Einzigen sein.

Im Westen seht ihr die Autofabrik und die Spinnerei, im Süden die Waffenfabrik, hier im Nordwesten steht der Bahnhof und da drüben im Osten die Kohlegrube. Das sind alles Hauptquartiere von Shooter-Clans, die das Feuer der Kings stehlen wollen. Denn wenn ihnen das gelingt –«

»– werden sie zu den neuen Herren der Stadt«, beendete Lachlan den Satz.

»Ungefähr ein Drittel aller Shooter hier sind Frauen«, wandte Melpo ein. »Aber sonst hast du recht. Die Kings gehen also zum jetzigen Zeitpunkt noch davon aus, dass sie das Feuer heute Nacht nur gegen die anderen vier Clans verteidigen müssen. Dieser Wettstreit hätte einen entscheidenden Nachteil für uns. Sobald die anderen Clans mitbekämen, dass Porkupine die Fackel hat, würden sie versuchen, sie ihr zu stehlen, um sie in ihre eigenen Hauptquartiere zu bringen.«

»Konjunktiv?«, merkte Lachlan an.

»Konjunktiv, weil das nicht passieren wird«, sagte Melpo und sah mit stolzer Miene in die Runde. »Die Shooter-Clans werden sich verbünden und gemeinschaftlich gegen uns vorgehen. Und der Grund bin ich.«

»Du?«, fragte Zack perplex.

»Ja, ich. Denn die Hexen waren es, die durchgesetzt haben, dass Shooter keine Spieler anderer Klassen verletzen dürfen. Die Shooter fühlen sich schikaniert – nicht ganz zu Unrecht, wenn ihr mich fragt –, und obwohl sie es lieben, einander zu erschießen, sind sie sich doch alle in einer Sache einig: Sie hassen Hexen. Die Shooter hassen uns so sehr, dass sie, sobald auch nur eine einzige Hexe in ihrem Revier auftaucht, sofort alle Rivalitäten und Feindschaften beilegen und zusammenarbeiten, um diese eine Hexe für die Ungerechtigkeit büßen zu lassen.« Melpo lächelte.

»Und da du die Stärkste in unserem Verbund bist, wird es sich kaum vermeiden lassen, dass die Shooter dich bemerken«, sagte Lachlan. »Das ist heikel, aber nicht so schlimm. Wir machen uns das zunutze, indem wir sie auf dich hetzen und dann unbemerkt das Feuer stehlen.«

»Ein Vorschlag, der wirklich nur von einem Alchemisten kommen kann«, sagte Melpo abschätzig. »Man kann nicht behaupten, dass ich kein Selbstvertrauen hätte, aber ich bin sicher nicht so dumm, zu glauben, ich könnte es mit einhundert High-Level-Shootern aufnehmen. Zum Glück habe ich schon deutlich weiter gedacht …«

Sie legte eine effektvolle Kunstpause ein, in der jemand an die Tür klopfte.

»… und jemanden informiert«, beendete Melpo den Satz.

Sie nickte Porkupine zu, die mit verwirrter Miene aufstand und zum Schlüsselbund griff.

»Wann habt ihr diesen Auftritt geübt?«, spottete Lachlan.

»Kann man uns von da draußen hören?«, fragte Zack.

»Keine Sorge. Das war nur ein dramaturgisch willkommener Zufall«, sagte Melpo.

»Guten Abend …«

Eine Frau trat an den Tisch, eine Hexe wie Melpo, jedoch anders als diese ganz in Weiß gekleidet. Sie hatte einen elfenbeinfarbenen Kopfschmuck, der wie Wurzelwerk auf ihren blonden, aufwendig geflochtenen Haaren saß, und in den Händen trug sie wie eine königliche Insigne einen goldenen Apfel.

»Darf ich vorstellen: Das ist Evine, die Oberhexe der Eisenklamm von Nemoramea«, sagte Melpo. »Evine: Das sind Lachlan, Zack und Porkupine.«

»Die Pazifistin?«, fragte Evine an Porkupine gewandt.

Sie hatte eine schleppende Art zu sprechen und flatterte dabei mit den Wimpern. »Vorweg eine Frage an dich … Warum willst du deinen Laden unbedingt hier in Flüsterheim eröffnen? Warum kommst du nicht zum Beispiel nach Kyrill? Wir würden dich mit offenen Armen begrüßen.«

»Ich habe meine Gründe«, sagte Porkupine. Sie bekam rosa Wangen und starrte auf ihre Hände.

»Soll mir recht sein …«, sagte Evine mit leicht gerümpfter Nase. Sie wandte sich wieder zu Melpo um. »Der einzige Grund, aus dem ich hier bin, ist Pumpkin. Ungefähr zweihundert Hexen meines Zirkels stehen heute Nacht bereit, um den Shootern eine Lektion zu erteilen, die sie nicht so schnell vergessen werden. Was ist mit diesem Shooter?« Sie zeigte auf Zack, ohne ihn anzusehen.

»Er gehört keinem Clan an«, sagte Melpo. »Er ist auf unserer Seite und außerdem ein Anfänger.«

Die Oberhexe drehte den Kopf und musterte nun Lachlan von Kopf bis Fuß. »Hm … und dieser hier? Klasse?«

»Ein Alchemist. Er hat keine Kontakte zur GENA und nichts mit Ma'quoia zu tun, versprochen.«

»Aha … sein Dämon?«

»Eine Larve«, sagte Melpo.

»Nun … gewiss hast du ihn darüber aufgeklärt, dass er lernen sollte, auf seinen Dämon zu verzichten?«

»Ein ums andere Mal«, sagte Melpo.

»Tja … auf deine Verantwortung«, erwiderte Evine tonlos. »Zum Plan. Wie sieht der deine aus?«

»*Wir* haben noch keinen Plan«, sagte Lachlan. »Wir waren gerade dabei, zu erörtern, warum uns Melpos Anwesenheit Kopf und Kragen kosten wird.«

»Da wusstet ihr noch nicht, dass ich Hilfe gerufen habe«, wandte Melpo ein. »Evine und ihre Hexen werden die ganze Aufmerksamkeit der Shooter auf sich ziehen. Wir inszenieren die Schlacht als den Angriff der Eisenklammhexen auf die Shooter von Flüsterheim. CronTV wird in einer Stunde informiert – unter der Hand und mit der eindringlichen Bitte um Geheimhaltung. Natürlich wird die Sache nicht geheim bleiben, irgendwer wird sie den Shootern stecken.«

»Hervorragend!«, sagte Lachlan beeindruckt. »Die Shooter wappnen sich für die Schlacht mit den Hexen und vergessen Porkupine vollständig.«

»Aber warum sollten die Hexen so plötzlich einen Krieg mit den Shootern vom Zaun brechen?«, fragte Zack.

Evine musterte ihn mitleidig.

»Er ist ja wirklich noch grün«, sagte sie.

»Hexen brauchen keinen Grund«, erklärte Melpo. »Allerdings gibt es diesmal tatsächlich einen.«

Sie sah Evine an, die hochmütig das Kinn reckte. »In der Tat«, hauchte sie. »Wie euch zu Ohren gekommen sein dürfte, bin ich in der Schlacht um Ma'quoia gefallen … nicht jedoch durch die Hand eines Alchemisten oder seines Dämons. Sondern durch die Kugel eines – Verbündeten, denn zu diesem Zeitpunkt standen wir auf derselben Seite. Pumpkin konnte der Versuchung nicht widerstehen. Sein Hass auf mich und die Hexen ist grenzenlos …«

»Er hat ihr den Kopf weggeblasen«, sagte Melpo.

Porkupine zuckte zusammen. »Diese Seite von Cronos mag ich nicht – so viel Hass – so viel Tod –«

Und trotzdem wollte sie ihr Pub unbedingt in Flüsterheim haben. Zack fragte sich, was Porkupine verbarg; vielleicht verriet sie es ihm, wenn sie heute Nacht erfolgreich waren. Sie war doch sonst so gesprächig. Außerdem fragte er sich, von welchem Anruf in einem Pub sie vorhin gesprochen hatte. Offenbar kannte sie Lachlan und Melpo bereits ein bisschen länger. Aber woher?

»Jedenfalls weiß es ganz Cronos, und deshalb gibt es für die meisten nichts Einleuchtenderes, als dass Evine und ihr Zirkel heute Nacht zurückschlagen.«

»Und ich gebe zu, dass wir darüber nachgedacht haben, bevor du mir geschrieben hast, Melpo«, sagte Evine. »Wenn es hilft, dass wir die Shooter herausfordern, stehen wir dir und Porkupine gern zur Seite …«

»Danke, Evine. – Und uns habe ich auch Unterstützung geholt.« Melpo wandte sich an Lachlan, Zack und Porkupine. »Nichts für ungut, Jungs, aber selbst wenn sich nur drei oder vier Shooter an unsere Fersen heften, sind wir mit euch beiden verloren. Deshalb habe ich ein paar alte Freunde angeschrieben. Ich bin sicher, dass sie bald hier sind. Und dann besprechen wir den Rest.«

Melpo sonderte sich mit Evine ab. In einer ruhigen Ecke flüsterten sie miteinander.

»Die Hexen der Eisenklamm! Wieso bin ich da nicht selbst darauf gekommen?«, murmelte Porkupine und verschwand hinter dem Tresen mit den bunten Flaschen.

Lachlan und Zack blieben allein zurück.

»Was ist mit diesem Lynch?«, fragte Zack im Mundwinkel.

»Mach dir darüber keine Gedanken«, flüsterte Lachlan. »Wir informieren dich rechtzeitig. Lass uns über etwas anderes reden, solange wir hier sind.«

Zack gefiel das nicht; wenn er Erion schon einsetzen musste, wollte er sich wenigstens richtig darauf vorbereiten können. Aber als er den Mund zum Protest öffnete, schüttelte Lachlan knapp den Kopf. Zack gab nach.

»Ich frage mich, warum dich alle daran erinnern, dass du deinen Dämon nicht benutzen sollst«, sagte er. »Mir leuchtet nicht ein, warum ein Spieler freiwillig auf eine so starke Waffe verzichten würde.« Andererseits war er ganz froh, Lachlans Dämon noch nicht zu Gesicht bekommen zu haben – das letzte Mal hatte er das unbequeme Gefühl gehabt, dass ihn die Kreatur auf dem Kieker hatte.

»Mein Dämon ist nur so lange nützlich, wie ich ihn im Griff habe«, sagte Lachlan. »Und jedes Mal, wenn ich ihn rufe, wird er ein bisschen stärker.«

»Und wenn du ihn nicht mehr im Griff hättest?«

»Was dann passiert, weiß angeblich niemand so genau. Es gibt vier Entwicklungsstufen, fünf, wenn man das Larvenstadium mitzählt. Die letzte Stufe hat noch niemand miterlebt. Es wird aber erzählt, dass die Alchemisten dann verschwinden oder zu ihren Dämonen werden.«

»Und die Dämonen, die Ma'quoia plattgemacht haben?«

»Stufe drei«, sagte Lachlan. »Alle.«

»Und deiner?«

Er lächelte dünn. »Stufe null. Larve.«

»Woran erkennst du, dass er die erste Stufe erreicht hat?«

Zack setzte sich zu Lachlan und trank zum ersten Mal von der inzwischen lauwarmen Pfaffelnussmilch. Das Geplänkel ging ihm auf die Nerven; Cronos interessierte ihn, das konnte er nicht leugnen, aber heute wollte er nichts über Dämonen wissen, sondern über Lynch.

»Ein Stufe-eins-Dämon hat einen Heiligenschein aus Stein«, sagte Porkupine, die wieder zu ihnen stieß. Sie hatte eine kleine Uhr mitgebracht, die sie auf den Stadtplan stellte. Der Zeiger stand kurz vor der Schneeflocke. Noch etwa eine Stunde, schätzte Zack.

»Ein Heiligenschein aus Stein?«

»Ja. Und dieser Ring, der ihm über dem Kopf schwebt, wird ständig größer, so wie der Dämon auch. Er dreht sich die ganze Zeit.« Sie malte sich mit dem Finger einen Kreis über den Kopf. »Wenn der Ring ihm auf den Rücken rutscht, hat er die zweite Stufe erreicht. Und der Dämon wächst mit dem Ring weiter, wird sogar größer als Hochhäuser und füllt den Himmel aus. Zumindest, wenn er sich zu voller Größe aufbläht. Er kann sich und den Ring auch klein machen, so wie in Ma'quoia …« Sie legte die Hände so plötzlich in den Schoß, als wäre ihr auf einmal etwas peinlich.

»Und auf Stufe drei?«, fragte Zack.

»Auf Stufe drei nimmt der Dämon den steinernen Ring und stülpt ihn über den Alchemisten«, sagte Lachlan. »Und der Alchemist kann den Ring als Waffe benutzen oder in ihm fliegen wie in einem Gleitdrachen.«

»Klingt cool«, sagte Zack. »Ich kann mir vorstellen, dass kein Alchemist auf so einen Gefährten verzichten will. Vor allem nicht, wenn man mit ihm so entspannte Dinge tun kann, wie ganze Städte zu zerstören.«

»Das in Ma'quoia war kein Dämon, sondern eine Sporenbombe«, widersprach Porkupine. »Ich glaube nicht, dass ein einzelner Dämon eine Stadt vernichten könnte.«

»Ich glaube, in Flüsterheim ginge das schon«, sagte Lachlan. »Wäre ein Dämon nicht stark genug, um ein, zwei Löcher in den Staudamm zu reißen?«

Porkupine schlug die Hände auf den Mund. »Du meinst doch nicht, es war ein Alchemist?«

Lachlan und Zack tauschten einen Blick.

»Ach, du sprichst gar nicht von dem geheimnisvollen Angriff auf den Damm«, sagte Porkupine und wedelte mit der Hand durch die Luft, wie um einen üblen Geruch zu zerstreuen. »Jedenfalls – heute Nacht könnten wir so einen Stufe-drei-Dämon ziemlich gut gebrauchen. Aber nach dem, was sie in Ma'quoia angerichtet haben, bin ich doch ganz froh, dass du noch ein Anfänger bist, Lachlan.«

»Was bin ich noch mal? Ich höre es so gern, und man sagt es mir so selten«, frotzelte Lachlan.

Porkupine wurde wieder pink im Gesicht.

Melpo kam zu ihnen herüber. »CronTV ist jetzt informiert«, sagte sie mit dem KomBu in der Hand, »das heißt, es kann sich nur noch um Minuten handeln, bis die Shooter – OH!« Sie fuhr erschrocken herum, als ein Krachen durch das Pub knallte. Sie starrten in die Richtung, aus der das Geräusch gekommen war – ein Fenster. Porkupine stand auf, näherte sich mutig dem Vorhang und schob ihn beiseite, sodass sie die Ursache sehen konnten: einen Sprung, der die Scheibe schräg mittig teilte.

»Das war nichts«, sagte sie. »Es wird nur Nacht. Die Stadt verwandelt sich in eine Ruine.«

»Während wir drin sind?«, fragte Zack erschrocken. Niemand antwortete ihm. Zack schielte an die Decke und hoffte, dass sie hielt. Wäre es nicht witzig, wenn er tatsächlich sterben würde, weil ihm ein Stein auf den Kopf gefallen war? Er stellte sich Melpos Gackern vor.

Porkupine wollte den Vorhang gerade wieder zuschieben, als Lachlan sagte: »Da ist jemand.«

»Na, endlich«, seufzte Melpo.

Sie ging zur Tür und öffnete sie in der Sekunde, als es klopfte. Evine war heimlich gegangen. Melpo ließ zwei Gestalten herein, die ungefähr gleich groß waren: Die eine trug ein Langschwert auf dem Rücken, die andere hatte ein Gewand aus flatternden Seidentüchern an, die auch ihren Kopf und ihre Haare verhüllten. Es war Shadiya, die Freundin von Zacks verstorbenem Nachbarn Eamon. Als sich ihre Augen trafen, lächelte sie herzlich.

»As-salam alaykom.« Sie gab ihm die Hand. »Schön, dich zu sehen, mein Freund. Wie geht es –«

»Da sind wir«, platzte Hideki dazwischen. »Hallo, Lachlan – hallo, Zack – so sieht man sich wieder.« Er drückte Lachlan die Hand und hielt sie fest. »Hoppla, das ging jetzt schnell. Haben wir uns nicht erst gestern gesehen? Da warst du wie eine offene Tür, und jetzt bist du eine Mauer.« Er ließ Lachlan los und griff bei Zack zu. »Bei dir ist es einfach«, sagte Hideki sofort, »das Adeptenserum, nicht wahr?

Es legt so einen verwaschenen Schleier auf deine Gefühle, durch den ich nicht dringen kann. Aber das ist anders als eine Mauer. Ihr lernt dazu, Jungs …« Hideki verengte die Augen, musterte Lachlan und wandte sich ab. »Wie ist der Plan? Wo ist diese Pazifistin?«

»Das bin ich«, sagte Porkupine und hob die Hand.

Melpo stellte sie den beiden Neuankömmlingen vor; Shadiya lachte, als Porkupine ihren arabischen Gruß mit einem flüssigen »Wa alaykom as-salam« beantwortete. Ihr Lachen erstarb, denn neue Sprünge schlugen sich in die Scheiben, und ohne Vorwarnung brach ein Regalbrett ein. Während sich die Bücher auf den Boden ergossen, veränderte sich die Stimmung im Raum. Die Gesichter wurden ernst.

»Hana ist nicht dabei?«, fragte Melpo.

»Ich hab's ihr nicht erzählt. Es ist halb fünf am Morgen, ich hoffe, sie schläft«, sagte Hideki.

»Das, was uns bevorsteht, ist auch nichts für sie«, sagte Shadiya. »Selbst mir ist dabei unwohl.«

»Jetzt schon?«, fragte Hideki. »Warte, bis die Köpfe rollen und das Blut durch die Straßen –«

»Keine Sorge«, sagte Shadiya hart. »Das habe ich schon gesehen. Und es war nicht virtuell.«

Hideki nickte einsichtig. »Entschuldige.«

»Wir haben noch ungefähr eine Stunde«, sagte Melpo. »Und ich würde vorschlagen, dass wir es folgendermaßen machen.« Sie versammelten sich um den Stadtplan und hörten Melpo zu. Als ihr Monolog endete, widersprach niemand. Melpo machte den Stadtplan wieder zur einer Spielkarte.

»Was machen wir, wenn die Shooter auf die Pazifistin schießen?«, fragte Hideki.

»Waffen weg, wenn sie unersetzlich sind, ansonsten abwarten«, sagte Melpo. »Wenn sie auf Porkupine schießen, ist die Fackel ohnehin hinüber.«

»Warum?«, fragte Zack.

Einem Tisch brachen die Beine, und die Platte krachte zu Boden. »Das erklären wir dir später.«

»Apropos Waffen«, sagte Hideki zu Zack, »du hast Glück, mich zu haben – ich sammle alle möglichen Items, man weiß nie, wozu man sie braucht … Welches Level hast du inzwischen?«

»Level zehn.«

Routiniert durchsuchte Hideki seinen Kartenstapel und warf Zack eine nach der anderen auf einen heilen Tisch. »Hose – Jacke – Handschuhe – Munitionsweste – Magazin – Patronen – Kampfmesser – zwei Granaten – ich habe sogar noch einen Dannoir-Colt. Vergiss den Revolver, das Ding hier ist besser. Leg das an, alles außer den Patronen. Schnell.«

Zack verlor keine Zeit. Als er fertig war, sah er fast ein bisschen aus wie Fabio und Alex, die Shooter aus Celladom. Die neue Hose hatte ein Flecktarnmuster, und die Jacke, die sich ihm nach Anschnippen der Karte automatisch über die Arme gestülpt hatte, besaß einen eingenähten Rückenschild und Ellenbogenschützer. Die fünf schmalen, tiefen Taschen der Munitionsweste enthielten leere Magazine.

»Und jetzt die Patronen, hier auf dem Boden. Nicht, dass wieder ein Tisch einbricht«, sagte Hideki und ging in die

Hocke. Zack schnipste routiniert die Karte an. Als sich die glitzernde Rauchwolke verzog, lagen die bronzefarbenen Patronen vor ihm auf den Holzdielen. Fünf Dutzend; das wusste er von der Aufschrift der Karte.

»Und jetzt?«, fragte er verblüfft.

»Nimmst du die Magazine raus und fängst an, sie zu füllen. Ich helfe dir, sonst sitzen wir morgen noch hier.« Hideki ließ sich von Zack ein leeres Magazin geben. »Sieh her. Du nimmst eine Patrone, drückst sie gegen den Zubringer und schiebst sie rein.«

Zack brauchte eine Weile, bis er raushatte, wie er das Magazin halten musste, um mit dem rechten Daumen die Patronen gegen den Widerstand der Feder in das Magazin zu drücken. Weil der Zubringer, ein daumendicker Metallquader, der oben auf der Feder saß, ein wenig abgerundet war, rutschte er mit den Patronen jedes Mal ab, sobald er ein bisschen Druck auf sie ausübte. Es galt, den richtigen Winkel zu erwischen und zu halten; doch er hatte den Dreh schnell heraus und füllte immerhin zwei Magazine zu je zehn Patronen, während Hideki drei vollmachte. Je mehr Patronen er in einem Magazin hatte, desto mehr Druck musste er ausüben, weil die Feder immer größeren Widerstand leistete. Nach der zehnten Patrone des dritten Magazins dachte er, der Daumen fiele ihm ab.

»Gut«, sagte Hideki, »jetzt fehlt nur noch ein Magazin: das im Colt. Da sind zwei Knöpfe an der Seite, die du gleichzeitig drücken musst, damit es rausfällt …«

Als auch das sechste Magazin gefüllt war, schob Zack es zurück in den Griff der Schusswaffe, bis es mit einem

Klicken einrastete. Die anderen steckte er in die vertikalen Taschen der Munitionsweste, und weil jedes Magazin ein halbes Kilo wog, saß ihm kurz darauf ein Gewicht von zweieinhalb Kilo fest und prall auf dem Bauch. Seine Hände fühlten sich in den Lederhandschuhen irre stark an. An seinem linken Bein steckte ein Kampfmesser in einer Kunststoffhülle; an seinem rechten Bein hing das Holster.

»Danke«, sagte Zack.

»Du schuldest mir jetzt was«, antwortete Hideki.

»Du wirst mir immer sympathischer«, sagte Melpo trocken zu Zack, und Porkupine rümpfte die Nase. »Hier ist noch etwas für dich – von Evine. Damit dich die Hexen von den anderen Shootern unterscheiden können.«

Sie gab ihm einen grünen Knopf. Während Zack ihn sich ansah, schmolz er auf dem Leder und versank im Handschuh. »Oh – er ist weg«, sagte er verdutzt.

»Du hast jetzt eine grüne Aura, die nur wir Hexen sehen können«, klärte Melpo ihn auf. »Das heißt, dass du von denen heute Nacht nicht gegrillt wirst.«

»Gut zu wissen. Danke.«

Zack widmete sich dem Colt, der trotz Lederhandschuhen gut in der Hand lag – zumindest nach Zacks Empfinden, der bis auf den Revolver nie zuvor eine Schusswaffe gehalten hatte.

»Zieh den Schlitten nach hinten«, sagte Hideki. Er meinte ein Bauteil, das fast den gesamten Lauf des Colts umschloss und sich mit einer Hand nach hinten ziehen ließ. »Mit einem kraftvollen Ruck. Damit die Patrone vor den Schlagbolzen rutschen kann.« Hideki machte die Bewegung in der Luft nach. »Danach ist die Waffe einsatzbereit.«

»Verstehe.« Zack zog am Schlitten, einmal, zweimal, dann spürte er, wie die oberste Patrone in den Lauf rutschte. Er legte den Finger auf den Abzug, zielte mit Kimme und Korn auf die Lücke, die das durchbrochene Regalbrett im Bücherregal hinterlassen hatte, und ignorierte Melpo, die rief: »Nicht!«

Ein Schuss krachte, das Bücherregal erzitterte, und der Schlitten des Colts zuckte zurück, um eine Patronenhülse auszuwerfen und die nächste Kugel in Position zu bringen. Einen Moment war es ruhig, und Zack öffnete den Mund, um etwas zu sagen – als das Bücherregal knarrte und barst. Bücher flogen durch das Pub, Holzsplitter regneten auf die Tische. Ein Fenster knallte und zerbrach, ein Sessel spie seine Polsterung aus, und wie um diesem Crescendo noch eins draufzusetzen, gab hinter dem Tresen das Regal mit den Gläsern und Flaschen nach. Zack blinzelte, als ihm Staub ins Gesicht rieselte. Er sah nach oben: Die Decke wölbte sich ächzend und bekam Risse.

»Raus hier!«, schrie Porkupine.

Sie stürzten gleichzeitig zur Tür, stolperten und quetschten sich über die Schwelle und schafften es gerade so nach draußen. Hinter Hideki, der als Letzter das Haus verließ, brach die Decke durch, Staubwolken stießen aus den zerstörten Fenstern, die Außenwände bogen sich – und mit einem letzten traurigen Stöhnen fiel das Haus zusammen.

»M-m-mein Pub«, stammelte Porkupine.

Shadiya hustete.

»War ich das?«, fragte Zack erschrocken.

»Ja, das warst du. Und da es ohne Pub keinen Ort gibt, an den wir die Fackel bringen können, können wir ja jetzt alle nach Hause gehen«, sagte Hideki.

»Aber –«

»Hideki verarscht dich nur«, stöhnte Melpo. »Das Pub sieht in vier Stunden aus wie neu. Zack, ein Shooter schießt nicht in geschlossenen Räumen, schon gar nicht in Flüsterheim, verstanden?«

Zack schob den Colt ins Holster. »Verstanden.«

»Für den Plan ist das egal. Porkupine muss die Fackel nicht in den Raum bringen, sondern auf das Grundstück. Also, sind alle bereit? Dann legen wir los. Da kommt auch schon deine Straßenbahn zur Residenz, Lachlan.«

»Pass auf dich auf«, sagte Lachlan mit einem Klaps auf Zacks Oberarm, dann lief er los, um die Tram zu erwischen, die neben dem Schild mit der Aufschrift ›Kohlegrube‹ hielt. Er würde zwei Stationen weiter an der Residenz am Rande aussteigen und seine Stellung in der Schankstube beziehen, um sie von dort aus über den Livebericht auf CronTV auf dem Laufenden zu halten. Zack wünschte, er hätte Lachlan begleiten können. Aber sein Platz war hier unten. Er befühlte Erion in der Hosentasche.

»Oh, ich bin so aufgeregt«, sagte Porkupine und hielt sich den Bauch. »Ich habe das Gefühl, dass es heute echt klappen könnte – nach so langer Zeit –«

Sie nahmen die Straßenbahn in Richtung Kraftwerk und stiegen am Stadtrand aus. Hinter ihnen brachen die Balkone von den Fassaden und die Scheiben aus den Fenstern, die Straßen leerten sich, ein letztes Taxi verschwand um eine Kurve. Die Tram änderte ihre Zielanzeige von ›Kraftwerk‹ zu ›Ich fahre nirgendwohin‹, als sich die Gleise knirschend in die Luft bogen und ein Oberleitungsmast umkippte. »Noch zehn Minuten bis zur Nacht«, sagte Shadiya.

Ein eisiger Wind biss Zack in die Nasenspitze.

Melpo klatschte in die Hände; als sie sie wieder auseinanderzog, entstand aus einem weißen Lichtfaden die Molitor-Geige. Melpo packte sie am Steg und ließ die rechte Hand im Halbkreis herabschnellen. Ein Knall wie bei einem Peitschenhieb – und sie hielt den Bogen in den Fingern. »In Ma'quoia lassen uns die Monster in Ruhe, weil wir so ein hohes Level haben«, sagte sie. »In Flüsterheim sind sie frecher.« Sie ließ den Bogen über die Saiten gleiten und spielte ein Lied, mit dem sie Zack, Hideki, Shadiya und sich selbst in einen gelben Lichtschleier hüllte. Zack kannte diesen Schutzschild bereits. Die im Wald hausenden Monster würden sie nun ignorieren.

»Bekommt Porkupine keinen?«, fragte er.

Porkupine lächelte ihm zu. »Danke. Ich brauche keinen. Die Nubbun lassen Pazifisten in Ruhe.«

Die Fichten umfingen sie kühl. Zack war sich der mächtigen Dammmauer hinter den Bäumen merkwürdig bewusst. Er lauschte in die Schwärze des Dickichts: Wie still es war … Da spürte er, wie ihn etwas an der Hand berührte. Melpo gab ihm einen kleinen Gegenstand.

»Steck dir das ins Ohr«, zischte sie.

»Wie bitte?«, fragte Hideki.

»Ach, mich regen meine Schuhe auf«, antwortete Melpo.

»Die Absätze verhaken sich ständig in den Wurzeln – ich schmeiße sie gleich ins Gebüsch!«

»Jetzt wäre ein Besen praktisch, was?«

»Lieber etwas Licht.«

Melpo beschwor mit einem Geigenstrich ein kleines Wesen herauf, ein überdimensioniertes Glimelin, das ihr vorausflog. Sein grüner Schein spendete gerade genug Licht, um sie unfallfrei vorankommen zu lassen. Schon lange vorher hörte Zack das Summen der Turbinen und Generatoren; ein Summen, das zu einem Brummen anschwoll, je näher sie dem Kraftwerk kamen. Er befühlte den weichen Stöpsel, den Melpo ihm gereicht hatte, ließ sich zwei, drei Schritte zurückfallen und tat so, als kratzte er sich am Ohr. Das Kügelchen rutschte ihm wie lebendig in den Gehörgang. Zack hörte ein Knistern. Und Atem.

»Hallo?«, raunte er.

»Zack? Hörst du mich?«, kam Lachlans Stimme zurück.

»Ja.«

»Okay. Du musst nicht sprechen, es reicht, wenn du mir zuhörst. Melpo kann mich auch hören.«

Im Schein des Glühwürmchens nickte Melpo kaum merklich. Hideki, Shadiya und Porkupine gingen weiter, ohne auf sie beide zu achten. Sie wussten, dass Melpo mit Lachlan in Kontakt war, aber nicht, dass das auch Zack betraf – und dass sie noch mehr vorhatten.

»Ich habe meinen Dämon losgeschickt, um nach Lynch zu suchen«, sagte Lachlan. »Es ist, wie wir gehofft haben: CronTV hat eine undichte Stelle. Alle fünf Shooter-Clans versammeln sich in diesem Moment am Luftschiffhafen, um sich für den Angriff der Hexen zu wappnen. Ich würde mich trotzdem nicht darauf verlassen, dass das Hauptquartier unbewacht ist. Die sind nicht doof.«

»Lachlan sagt, dass es geklappt hat, die meisten Shooter sind in der Innenstadt«, sagte Melpo, sodass alle es hören konnten. »Wir sollten uns aber nicht darauf verlassen, dass das Hauptquartier unbewacht ist.«

»Dafür habt ihr mich«, sagte Hideki. »Ich suche gerade nach einem geeigneten Nubbun …«

Plötzlich lichteten sich die Bäume, und ein schwarzes Schattengespinst erhob sich vor dem dunkelblauen Himmel: das Schaltwerk mit seinen mannshohen Isolatoren, den turmartigen Hochspannungsmasten und einem Gewirr aus Kabeln. Die Temperaturen stürzten ab; als Melpo das Glimelin verpuffen ließ, stieg Zacks Atem als Kondenswolke auf. »Es ist schon fast Nacht«, sagte Porkupine.

»Noch sechs Minuten«, warf Shadiya ein. Zack sah, dass sie eine kleine hübsche Taschenuhr in der Hand hielt, deren Zeiger auf kurz vor ein Uhr standen.

»Wir sind jetzt nah genug. Wenn wir weitergehen, sehen sie uns vielleicht«, flüsterte Melpo.

»Ich habe ein Nubbun gefunden. Einen Eisenbussard«, sagte Hideki. Er schloss die Augen und schwieg. »Hab ihn unter Kontrolle«, sagte er dann. »Alles klar … das Vieh hat gute Augen. Das Feuer ist noch nicht an, aber ich sehe im Hof einen Shooter. Ein zweiter steht am Eingang. Ein dritter ist auf dem Dach. Die Bewaffnung ist schwer zu erkennen … Der auf dem Dach ist ganz klar ein Scharfschütze. Die anderen beiden scheinen mir ganz normale Damage-

Dealer zu sein. – Oh, da ist noch ein vierter. Er ist auf dem Weg vor uns auf Patrouille. Kommt auf uns zu.«

»Wie weit noch?«, fragte Melpo.

»Etwa fünfzig Meter.«

»Sind das alle Shooter hier?«

»Ja.«

»Dann fang ich jetzt an«, sagte Shadiya. Aus ihrem Kopftuch pflückte sie eine Feder: Sie hingen ihr aus der Öffnung über den Rücken, berührten mit ihren zarten Spitzen fast den Boden. Shadiya hauchte zwei arabische Wörter, die wie »Muchtaf, muchtaf« klangen. Die Feder in ihren Händen wuchs lautlos in die Höhe, dehnte sich aus auf die Größe und Form eines Sonnensegels und senkte sich herab auf Melpo und Porkupine. Im nächsten Augenblick waren die beiden jungen Frauen spurlos verschwunden.

»Hat's geklappt?«, fragte Melpos körperlose Stimme.

»Ja«, sagte Shadiya. »Und noch einmal zur Erinnerung: Der Zauber hält nur so lange, bis jemand auf euch schießt oder du einen Zauber wirkst, Melpo.«

»Die werden uns sowieso bemerken, wenn Porkupine das Feuer stiehlt. Ich bin gewappnet«, entgegnete Melpo. »Porkupine, hast du die Fackel bereit?«

»Ja, ich habe sie hier«, antwortete Porkupines Stimme.

»Autsch!«, machte Melpo. »Du sollst mir das Ding nicht gleich gegen den Kopf hauen.«

»'tschuldigung. Wo bist du?«

»Hier. Nimm meine Hand.«

»Dreißig Meter«, sagte Hideki gedämpft.

»Ich kann Lynch nicht finden«, murrte Lachlan. »Schon

mal versucht, in einer Horde Soldaten ein Individuum zu suchen? Ich seh nur Flecktarn und Waffen.«

»Streng dich an«, zischte Melpo.

»Ich gebe mein Bestes«, sagte Porkupine, die sich angesprochen fühlte.

»Achtung – es ist Nacht«, sagte Shadiya, und in dieser Sekunde erhob sich eine Sirene. Es war ein gemeines Heulen, das Zack an Kriege und Bombenhagel denken ließ. Die Nackenhaare stellten sich ihm auf. Die Sirene kletterte die Tonleiter auf und ab, sättigte die Luft mit Angst und ließ das Grüppchen im Wald bewegungslos verharren. Nach der dritten Wiederholung verklang sie.

»Zehn Meter«, sagte Hideki. »Shadiya, los.«

»Gib mir keine Befehle«, sagte Shadiya kühl. Sie zupfte sich eine weitere Feder aus dem Kopftuch, beschrieb damit einen vertikalen Halbkreis durch die Luft und verwandelte ihn in einen hölzernen Langbogen. Als sie ihn ohne Pfeil anlegte, die Sehne zum Mundwinkel zog und stoßartig ausatmete, hörte Zack ein glitschiges Geräusch – und ein Pfeil aus Wasser legte sich auf die gespannte Schnur. Auf dem Kiesweg neben dem Schaltwerk stand ein bewaffneter Mann und spähte mit blassem Gesicht zwischen die Bäume. Shadiya zielte in aller Ruhe, und gerade als der Shooter etwas merkte und seine Waffe hob, ließ sie die Sehne los.

Der Wasserpfeil traf den Shooter mitten im Gesicht. Er stürzte zu Boden und rührte sich nicht mehr. »In ein paar Sekunden wird er zum Geist und informiert die anderen drei«, sagte Shadiya. »Beeilt euch, Melpo!«

»Bis gleich«, flüsterte Melpo.

Zack hörte das leise Knirschen sich entfernender Schritte; er blieb allein mit Hideki und Shadiya zurück. Eine Schneeflocke schwebte in ihre Mitte.

»Das Feuer brennt jetzt«, flüsterte Hideki.

Es begann sanft zu schneien.

»Epischer Moment am Luftschiffhafen«, raunte Lachlan in Zacks Ohr. »Evine und Pumpkin stehen sich gegenüber. Hinter Evine alles voller Hexen. Hinter Pumpkin alles voller Shooter. Ihr solltet die Reporterin von CronTV sehen – die flippt hier fast aus vor Freude.«

»Such Lynch«, flüsterte Melpo. »Nichts, Porkupine – konzentrier dich auf den Weg –«

»Erlaubt mir, dass ich mich in eure kleine Konferenz einmische«, sagte eine Stimme, die Zack auf Anhieb vertraut vorkam. »Lachlan, ich habe Lynch lokalisiert. Er ist im Dachgeschoss des roten Backsteingebäudes gegenüber der Kathedrale. Das Fenster rechts außen.«

Zack runzelte die Stirn. Von einem vierten Verbündeten war bislang nicht die Rede gewesen.

»Nichts für ungut, Griffin, aber hier sind alle Gebäude aus rotem Backstein«, antwortete Lachlan.

Zack gefror das Blut in den Adern. Griffin. Das war Griffins verfluchte Stimme, die er da hörte!

»Du musst nur die Flugbahn der Kugel nachvollziehen«, sagte Griffin gelassen. Zack fühlte sich, als könnte er nach ihm greifen und ihn doch nicht erreichen.

»Welcher Kugel?«, fragte Lachlan.

Ein gewaltiger Knall erschütterte die Stadt; Shadiya und

Hideki, die ihre Konversation nicht mithören konnten, fuhren erschrocken herum. »Was war das?«

»Ah. *Diese* Kugel«, sagte Lachlan.

»Anscheinend geht es da unten heiß her«, sagte Hideki.

Lachlan lachte. »Lynch hat gerade einen Krater in die Mitte der Hexen gerissen. Ein Volltreffer. Und jetzt ist Krieg. – Ich habe Lynch entdeckt. Er lädt gerade die nächste Kanone. Mein Dämon macht das schon …«

»Gut. Lass ihn da nicht weg. – Zachary«, sagte Griffin, »sieh zu, dass du da hinkommst. Los.«

Zack schwoll der Hals an von all den schrecklichen Worten, die er nicht aussprechen durfte.

»Du schaffst das, Zack«, sagte Lachlan sanft, als wüsste er genau, was ihm durch den Kopf ging. Zack stellte sich vor, wie sie zu Hause in Phoenix Manor in Lachlans Zimmer saßen und sich darüber freuten, dass Griffin hinter Gittern schmorte, und gab sich einen Ruck. Damit sich Griffin zeigte, um ihm Erion abzuluchsen, musste Zack ihm erst beweisen, dass er die echte besaß.

»Ich sichere den Weg hinter uns«, sagte er zu Shadiya und Hideki, und machte sich auf den Weg, bevor die beiden anfangen konnten, Fragen zu stellen.

»Aber du musst nicht –«

»Lass ihn gehen, Shadi. Die drei haben da irgendetwas Geheimes am Laufen«, sagte Hideki.

»Nenn mich nicht Shadi«, sagte Shadiya scharf. »Das dürfen nur Freunde. Und das bist du nicht.«

Zack zog den Colt und behielt ihn in der Hand, während er in der Schwärze der Nacht den Rückweg durch den Fichtenwald suchte. »Hallo, Griffin«, sagte er, als Hideki und Shadiya außer Hörweite waren. Den feindseligen Unterton konnte er sich nicht verkneifen.

»Hallo, Zachary. Es freut mich, dass du dich uns angeschlossen hast – davon hat Lachlan immer geträumt, musst du wissen«, antwortete Griffin.

Mistkerl, dachte Zack mit zusammengebissenen Zähnen.

»Wir sind am Feuer«, hörte er Melpo sagen. »Die Turbinen sind hier so laut, dass man nichts anderes hört. Der Shooter am Eingang und der Shooter im Hof haben uns noch nicht bemerkt. Bist du bereit, Porkupine?«

Zack konnte den Waldrand sehen, ein Spalt unsicheren Lichts zwischen den pechschwarzen Bäumen.

»Okay. Warte. Ich lege jetzt den Bogen auf die Saiten … bei drei fange ich an zu spielen, und du hältst die Fackel ins Feuer. Shadiyas Zauber wird dann sofort enden. Hab keine Angst – wenn die Shooter anfangen, auf uns zu schießen, verlass dich auf meinen Schild –«

»Ich supporte dich, Zachary. Wäre bedauerlich, wenn du auf dem Weg zum Luftschiffhafen abgefackelt wirst«, sagte Griffin. Zack erreichte das Ende der Fichtenschlucht und duckte sich hinter einen Busch, um die Straße nach Hexen und Shootern abzusuchen. Wieso kam ihm Griffins Stimme nur so bekannt vor? Er hatte sie erst kürzlich irgendwo gehört. Sie klang verändert, als benutzte Griffin einen Verzerrer, aber trotzdem – er *kannte* sie …

»Eins«, sagte Melpo oben am Kraftwerk.

»Die Schlacht dehnt sich aus«, sagte Lachlan. Über den

Häusern sah Zack ein rotes Leuchten wie von Feuer. Er hörte Explosionen.

»Zwei.«

»Sie sind jetzt in den Straßen – pass auf dich auf, Zack.«

»Drei!«

Aus der Ferne trug der Wind das Spiel einer Violine durch den Wald. Ein oder zwei Sekunden lang durchzitterte es die Luft, dann knatterten Sturmgewehre los. Eine Kollision der Kontraste, Felsen gegen Pusteblumen. Zack hoffte, dass Porkupine die Nacht unbeschadet überlebte; er hörte sie schreien, und Melpo rief: »Lauf, verlass dich auf mich!«

»Die Luft ist rein«, sagte Griffin. »Los.«

Zack verließ seine Deckung.

[16]

Die Tram, die sie an den Waldrand gebracht hatte, stand noch da – eingekeilt zwischen verbogenen Gleisen und mit einem flackernden ›Ich fahre nirgendwohin‹ auf der Stirn. Zack lief zu ihr hinüber, drückte sich an die Karosserie und schob sich an ihr entlang, bis er in die schmale Straße spähen konnte, die gegenüber lag.

»HIDEKI – DER SCHARFSCHÜTZE AUF DEM DACH!«, schrie Melpo durch das Ding in Zacks Gehörgang.

Dann ein Knistern –

Stille.

»Ich war so frei, die Verbindung zu kappen, damit wir uns auf Lynch konzentrieren können«, sagte Griffin. »Entspann dich, Zachary – wenn Melpo mich richtig informiert hat, werden dich weder Hexen noch Shooter angreifen, weil dich beide für einen Verbündeten halten.«

Das mochte stimmen, aber dass ausgerechnet Griffin ihn daran erinnerte, machte Zack nur wütender. Er hasste *alles* an ihm; Griffin hätte sogar »Schönes Wetter« sagen können, und Zack hätte Schnee für den Rest seines Lebens verabscheut. Dieser bezuckerte inzwischen die Ruinen und rollte einen weißen Teppich auf den Straßen aus. Bislang war Zack der Einzige, der Fußspuren darin hinterließ.

»Ich will's nicht drauf ankommen lassen«, sagte Zack.

»Und damit hat er auch recht«, klinkte Lachlan sich ein. »Wenn die Shooter sehen, dass Zack nicht auf Hexen schießt, werden sie's sofort kapieren.«

»Und wenn ich auf Hexen schieße, werde ich gegrillt.«

»Dann schieß auf niemanden«, sagte Griffin. »Wenn du jede Deckung nutzt, die sich dir bietet, wirst du heute Nacht nicht mehr fertig. Beeil dich. Los.«

Zack schluckte eine Erwiderung runter und ließ die Tram hinter sich. Er eilte in die Gasse gegenüber, wo ihm der Schnee den Weg erhellte. Den Colt behielt er fest in beiden Händen; auch wenn er auf niemanden schießen wollte, fühlte er sich so ein wenig sicherer.

Doch vorerst gab es ohnehin niemanden, auf den er hätte zielen können. Die Straßen begegneten ihm verlassen und still; nur in weiter Ferne hörte er, wie aus einem laufenden Fernseher, Schüsse und Explosionen. Sie wurden langsam lauter und die Schneedecke tiefer. Unter einem gemauerten Turm, in dessen Erdgeschoss es brannte, bog Zack links in eine gepflasterte Straße ein; rechts befand sich ein Parkplatz, auf dem die Autos in wildem Durcheinander standen, ausgerechnet vor einer Feuerwache, in deren Fenster ebenfalls Flammen leuchteten. Unter den Geruch von Schnee mischte sich der von Ruß und Schwefel, als Zack in grauen Nebel geriet, der aus dem Fenster der Feuerwache zog. An einer Kreuzung duckte er sich unter einen Baum. Vier kleine Straßen trafen sich hier zwischen Wohnhäusern und einem Spielplatz … »Die Luft ist rein«, sagte Griffin wieder. »Geh geradeaus weiter. In ungefähr zweihundert Metern stößt du auf eine breite Straße.«

Warum wusste Griffin so genau Bescheid? Schließlich konnte er ihn nicht sehen, oder? Womöglich ein Dämon, dachte Zack und schielte zum Himmel. Er fragte sich ohnehin schon die ganze Zeit, welcher Klasse Griffin wohl angehörte. Doch hinter den stumm fallenden Schneeflocken, die ihn an eine Reise durch das Weltall erinnerten, sah er nur Schwärze. Ihm fiel auf, dass er seinen Atem nicht sehen konnte, obwohl es so kalt war; vielleicht ein Programmierfehler. Als er das nächste Mal ausatmete, nebelte ihm eine Kondenswolke aus dem Mund. Zack hielt sich die Hand verblüfft vor die Lippen, konnte seinen Atem aber durch die Handschuhe nicht fühlen. Cronos war wieder ein Stück realistischer geworden. Wie es sich wohl anfühlte, von einer Kugel durchbohrt oder von einem magischen Feuer verbrannt zu werden? Angeblich spürten Anfänger ihre ersten Tode kaum. Aber wie war es mit Verletzungen? Zumindest hatte es sich ziemlich echt angefühlt, als ihm dieser Okkultist in Celladom die Hand gebrochen hatte.

Die Häuserflucht öffnete sich zu der breiten Straße, die Griffin angekündigt hatte. An ihr offenbarte sich ein Anachronismus: Sechsspurige Straßen hatte es zur Zeit des Adler Standard 6 ganz bestimmt noch nicht gegeben, weil sich kaum ein Bürger den Wagen hatte leisten können und die Straßen entsprechend leer gewesen waren. In Cronos verhielt es sich anders, hier waren Autos vertraut und scheinbar eine lohnende Investition – was Verkehrsadern wie diese hier nötig machte. In einem echten Krieg wäre die Straße vielleicht voller hastig verlassener Autos gewesen. Doch die Spieler hatten sie mitgenommen, vielleicht sogar in Karten verwandelt, und deshalb qualmten auf dem Pflaster nur ein paar verloren wirkende Taxis.

Irgendwo knallte ein Feuerwerkskörper. Zumindest war das Zacks erster Gedanke. Er schluckte.

»Du näherst dich den Kämpfen«, informierte ihn Griffin.

»Wer gewinnt?«, fragte Zack.

»Lässt sich bislang nicht sagen. Lynch hat den Hexen Verluste beigebracht, aber ein Teil davon ist schon wieder am Leben. Es steht ungefähr unentschieden.«

Zack überkam eine verzweifelte Abneigung gegen das Krachen in der Ferne. Er wünschte, er hätte sich ausloggen und in ein Café gehen können, um einen Bagel zu essen. Was Menschen in Friedenszeiten eben so taten.

»Falls es jemanden interessiert«, schaltete sich Lachlan ein, »Melpo und die Pazifistin haben den Wald unbeschadet verlassen. Der Okkultist und die Muerto haben die Shooter am Kraftwerk restlos ausgelö–«

»Das ist irrelevant für uns«, sagte Griffin. »Konzentrier dich auf deinen Weg, Zachary. Da vorne ist ein Tunnel. Geh da durch.«

Lachlan schwieg wieder.

»Gibt es obenrum keinen Weg?«, fragte Zack. Er konnte den Eingang des Tunnels bereits sehen: Die sechsspurige Straße teilte sich direkt davor, rechts und links bog sich je eine Spur zwischen die Häuser, die verbleibenden vier führten in den Untergrund, getrennt durch eine Mauer, sodass Zack nur eine zweispurige Röhre blieb. Oberirdisch ging es nicht geradeaus; da standen Häuser.

»Das ist der kürzeste Weg zum Luftschiffhafen«, sagte Griffin. »Aber gib acht. Auf der anderen Seite wird gekämpft. Zwei Hexen, ein Shooter.«

Zack näherte sich der aufsaugenden Finsternis des rechten Tunneleingangs. Sein Herz schlug hart und schwer. Dadrin würde er die eigene Hand nicht vor Augen sehen, und eine Taschenlampe hatte nicht zu den Dingen gehört, die Hideki ihm gegeben hatte. Der Wind wehte eine leuchtende Schneespur ins Innere des Tunnels, die sich nach wenigen Metern verlor; dahinter wartete eine Schwärze, an die sich seine Augen vermutlich nicht gewöhnen würden.

Zack öffnete die Fahrertür eines liegen gebliebenen Taxis und tastete nach dem Schalter neben dem Lenkrad. Da war er … Zack legte ihn um, zweimal nach rechts – bingo. Die Scheinwerfer sprangen an und leuchteten ein paar Meter tief in den Tunnel hinein. Es war bestimmt kein Zufall, dass der Wagen hier stand. Nicht, wenn man bedachte, dass Cronos immer noch ein Spiel war. Er ging weiter, folgte dem Licht.

»Gut gemacht«, sagte Griffin.

Arschloch, dachte Zack.

Was seinen Verdacht betraf, behielt er recht: Sobald das Licht zu schwach und die Finsternis undurchdringlich wurde, fand er ein neues Taxi, dessen Scheinwerfer ihm den Weg leuchteten. Obwohl Zack kein Problem mit engen und geschlossenen Räumen hatte, machte ihn der Tunnel leicht klaustrophobisch; die Decke war niedriger als bei modernen Tunneln, und die Wände aus dunklem Beton; rechts und links neben den Fahrbahnen verliefen Fußwege, die gerade einmal so breit wie eine Schuhsohle waren und einem Menschen im Ernstfall keinen Schutz vor heranrasenden Lastwagen geboten hätten. Aber Lkws gab es in Cronos wahrscheinlich sowieso nicht, zumindest nicht in Flüsterheim, dachte Zack, kurz bevor ihm ein quer liegender Lastwagen den Weg versperrte.

Zack lief die Länge des Lasters auf und ab, auf der Suche nach einer Lücke. Vergeblich. Die Zugmaschine und ihr Anhänger verstopften den Tunnel diagonal; die Zugmaschine lag auf der Beifahrerseite, sodass er ihr Dach und die Oberseite des Anhängers vor sich hatte. Zack steckte den Colt ins Holster, nahm Anlauf und sprang an dem Anhänger hoch, in der Absicht, sich mit den Händen an der Oberkante festzuhalten. Es gelang ihm nicht, die Plane warf ihn zurück, er landete auf dem Hintern.

»Autsch«, machte Griffin.

Zack stand auf, eine Idee im Kopf. Aus der Kunststoffhülle an seinem Oberschenkel zog er das Messer und rammte es auf Höhe seines Knies in die Plane. Wie erwartet musste er viel Kraft aufbringen, um sie zu durchstoßen; sie war, wenn ihn nicht alles täuschte, aus PVC gemacht. Hagel, Schnee und Hitze machten der Plane nichts aus, aber ob sie auch einen Menschen trug? Zack schnitt mit dem Messer ein Loch hinein, das breit genug für seinen Fuß war, dann setzte er einen halben Meter höher an und rammte die Klinge erneut ins PVC. Der Anhänger war ungefähr zweieinhalb Meter breit und er, Zack, eins fünfundachtzig groß. Wenn er also noch ein drittes und viertes Loch schnitt, konnte er sich hochziehen. Ihm kam der Gedanke, dass er auch die gesamte Plane hätte aufschlitzen können, um sich aus dem, was sich im Inneren des Anhängers befand, eine Treppe zu bauen – aber was, wenn er leer war oder es nichts zum Klettern gab? Dann musste er den ganzen Weg zurückgehen und es im Nachbartunnel versuchen. Zeitverschwendung.

»Beeil dich«, sagte Griffin.

Zack stach noch zwei weitere Löcher in die Plane, dann steckte er das Messer weg und schob den Fuß ins erste Loch. Er war sich ziemlich sicher, dass der Schlitz unter seinem Gewicht ruckartig einreißen würde, aber er musste es versuchen. Er griff ins dritte Loch und stieß sich vom Boden ab. Die Plane hielt … *RATSCH.*

Fast.

Zack steckte den anderen Fuß rechtzeitig ins zweite Loch, griff mit der Hand nach und zog sich hoch, genau in der Sekunde, in der die Plane unter ihm nachgab. Hastig stieg er ins dritte Loch (*RATSCH!*) und stieß sich nach oben, warf die Oberarme über die Kante und hielt sich fest, während unter ihm die Plane weiter absackte. Zack biss die Zähne zusammen, suchte mit den rechten Fuß nach dem vierten Loch und nutzte es, um sich nach oben zu bugsieren, bis er weit genug über die Kante gerutscht war, dass er das Knie drüberziehen und auf den Anhänger klettern konnte.

Hier oben war es dunkel, und noch dunkler war es auf der anderen Seite des Lasters, wohin es das Licht des letzten Taxis nicht schaffte. Zack robbte über die nachgiebige Fläche, bis er ihr anderes Ende erreichte, und spähte in einen Abgrund. Wenn er davon ausging, dass sich in der Straße keine Löcher befanden, konnte es hier nur etwa zweieinhalb Meter in die Tiefe gehen, aber von hier oben wirkte die Finsternis bodenlos. Nur mit Fantasie meinte Zack die Unterseite des Lastwagens zu erkennen, die Tanks, Wellen und Unterbauboxen. Einen Reifen erfühlte Zack rechts vor sich. Er hatte ein mächtiges Profil, eine staubige Oberfläche und kühle Felgen. Zack rutschte ein Stück nach links; dass er unten auf einem Reifen landete, wenn er in die Dunkelheit sprang, war somit unwahrscheinlich. Trotzdem hatte er das ungemütliche Gefühl, sich für einen tiefen Sturz zu wappnen, als er die Beine über die Kante schwang und sich sacken ließ, bis er wieder an den angewinkelten Armen hing. Er rutschte abwärts, hielt sich mit den Fingern an der Kante fest und hing ausgestreckt am Unterbau des Lkws herab. Wenn er sich nicht verrechnet hatte, trennten ihn jetzt allenfalls noch vierzig oder fünfzig Zentimeter vom Boden. Er stieß sich mit den Füßen vom Unterbau ab und ließ den Lkw los – er fiel – landete – federte den Aufprall ab, indem er in die Knie ging, und hielt das Gleichgewicht. Rasch richtete er sich auf, stieß erleichtert Luft durch die Zähne und blickte sich um. Er sah absolut nichts, mit Ausnahme eines fahlen Lichtscheins über dem Lastwagen.

Er drehte sich um – und in der Ferne leuchtete ein Mündungsfeuer auf. Gewehrschüsse donnerten wie ein Gewitter durch den Tunnel. Zack riss mit schwitzigen Händen den Colt aus dem Holster und hielt ihn beidhändig vor sich.

»Shooter, etwa vierzig Meter vor dir«, sagte Griffin. »Er kniet hinter einem Auto. Die Hexen sind etwa zwanzig Meter vor ihm, sechzig Meter von dir aus.«

»Woher weißt du das?«, zischte Zack gereizt.

»Uninteressant. Bleib, wo du bist.«

Zack hatte ohnehin nicht vorgehabt, sich vom Fleck zu rühren. Er fand, Griffin hätte ihm ruhig vorher sagen können, dass sich die Hexen und der Shooter in seine Richtung bewegten; dann wäre er gleich zurückgegangen und hätte den anderen Tunnel genommen. Jetzt gab es kein Zurück mehr. Von dieser Seite aus hätte er fliegen können müssen, um den Lastwagen zu überwinden.

»Ich weiß ja nicht, was ihr denkt, wie lange ich Lynch festhalten kann«, sagte Lachlan, »aber wenn du ein *bisschen* schneller machen könntest, Zack …«

»Halt die Klappe«, entfuhr es Zack. »Griffin, sind hier Autos, hinter denen ich mich –«

»Granate«, fiel Griffin ihm ins Wort.

Zack hörte das Klingen von Metall auf Stein. Es gab einen gewaltigen Rums – und ein Feuerball füllte den Tunnel. Die vierzig Meter Abstand zwischen Zack und der Explosion schützten ihn vor Schaden, doch er spürte die heiße Druckwelle im Gesicht und roch Qualm, als sich der Feuerball in Luft auflöste. Zurück blieben kleine Brandherde, ein Wagen stand in Flammen. Zack hatte ein Klingeln im Ohr … nur allmählich wurde ihm bewusst, dass er ein paar Sekunden lang seinen Körper nicht gespürt hatte. Auf zittrigen Beinen blieb er stehen. Eine Granate … vor seinen Augen war gerade eine Granate hochgegangen.

»Die Hexen sind unversehrt«, sagte Griffin. »Sie gehen zum Gegenangriff über. In Deckung!«

Zack ging in die Hocke, wobei ihm ein Schatten die Sicht versperrte. Ein Wagen, direkt vor ihm. Zack pirschte sich an die Karosserie heran, tastete sich zu ihrem äußersten

Ende und lugte um die Ecke. Von den Hexen sah er nach wie vor nichts. Aber der Shooter, ein schmächtiger Typ mit Gasmaske vor dem Gesicht, erhob sich vorsichtig aus seiner Deckung. Er wollte wohl abchecken, ob er seine Ziele getroffen hatte. Da geschah etwas Seltsames mit dem brennenden Wagen; die Flammen erhoben sich wie Schwalben aus der Karosserie. Sie umwirbelten einander in der Luft und fügten sich zu etwas zusammen, das wie ein Adler aus Feuer aussah. Der Shooter machte einen Satz zurück, riss sein Sturmgewehr hoch und knatterte los. Er fetzte dem Vogel Löcher in den Flammenleib, doch er hätte genauso gut in Wasser schießen können, denn die Löcher schlossen sich sofort wieder. Der Vogel schlug mit den Flügeln, schmetterte ein Kreischen durch den Tunnel, von dem sich Zack die Zehennägel aufrollten, und stürzte sich auf den schmächtigen Shooter. Der Shooter sackte zusammen und wälzte sich auf dem Boden wie eine menschliche Fackel … Er schlug mit den Armen und strampelte mit den Beinen und schrie entsetzlich. Als die Flammen schrumpften, hatte er aufgehört, sich zu winden, und aufgehört zu schreien. Nur ein Knistern in der Stille blieb. Und das Gelächter zweier Hexen. Sie beschworen Lichter herauf, die durch den Tunnel flogen und sich wie Lampen an die Decke hefteten. Zack zog sich hastig hinter den Wagen zurück; sobald er aufstand, würden sie ihn sehen. Und darauf hatte er nicht die geringste Lust.

»Geh weiter«, befahl Griffin.

Zack reagierte nicht. Er horchte auf das Lachen. »Das kommt davon, wenn man mit Feuer spielt«, sagte eine Frau. Nein, sie sagte es nicht; sie sang es.

»Beweg dich«, sagte Griffin hart.

»Die bringen mich um«, erwiderte Zack zittrig.

»Nein. Du hast die grüne Aura.«

»Egal. Die wissen das nicht –«

»Die wissen das. Es sind Hexen.«

»Alles ist in Ordnung, Zack«, sagte Lachlan verständnisvoll. »Das hier ist nicht echt. Und wer nach Cronos kommt, weiß genau, worauf er sich einlässt.«

Zack sah immer noch diesen brennenden Menschen vor sich, der im Todeskampf kreischte. »Das kann doch niemand wollen, das ist doch irre, das ist komplett –«

»Die Shooter tun einander noch viel schlimmere Dinge an«, sagte Griffin kühl. »Und jetzt los.«

Zack kniff die Augen zusammen. Ruhig Blut, dachte er und atmete tief durch. Ich schaff das … Das ist nur virtuell. Nur ein Spiel. Alle sind freiwillig hier. Nun, das stimmte nicht ganz, denn er wäre jetzt liebend gern woanders gewesen, aber was diesen Shooter betraf … hatte er nicht auch auf die Hexen geschossen? Mit einem Sturmgewehr sogar. Und diese Granate … er hätte den Feuertod der beiden Frauen, ohne mit der Wimper zu zucken, in Kauf genommen. Hatte ihn sogar provoziert. Jetzt war er selbst zum Opfer geworden. Wen juckte das?

Zack gab sich keine Gelegenheit mehr, diese Erkenntnis zu zergrübeln, steckte den Colt weg und kam langsam hinter dem Auto hervor. Die beiden Hexen – junge Frauen, die in ihren aufwendigen, mit Goldgeschmeide verzierten Kleidern aussahen, als wären sie auf dem Weg zu einer Fantasy-Convention – schritten nebeneinander auf den Lkw zu.

Eine der beiden machte gerade nach, wie sich der Shooter in den Flammen gewunden hatte; sie ließ die Zunge raushängen und zuckte wie unter Strom, während sich die andere vor Lachen bog. Als sich Zack zeigte, verstummten sie. Die eine nahm den Holzstab, den sie als Wanderstock benutzte, in beide Hände, als wollte sie Zack eins überziehen. Doch die andere streckte den Arm aus. »Warte mal.«

»Den grill ich auch«, sagte die Hexe mit dem Stab.

»Bitte nicht«, rutschte es Zack heraus. Er hob die Hände, um zu zeigen, dass er unbewaffnet war.

Während die eine Hexe höhnisch grinste, kniff die andere die Augen zusammen. »Sieh hin. Das ist der mit der grünen Aura. Evine hat gesagt, der gehört zu uns.«

»Hä? Daran kann ich mich nicht erinnern.«

»Weil du nie aufpasst.«

»Aber er ist ein Shooter.«

»Der hat irgendwas mit der Pazifistin zu tun.«

»Ja, mit Porkupine«, sagte Zack hastig. »Ich bin sozusagen die Vorhut – ich gehöre zu Evine –«

»Es spricht«, sagte die Hexe mit dem Stab angeekelt.

»Komm, ignorier ihn einfach«, antwortete die andere. Sie schritten an ihm vorbei. Zack verzichtete darauf, sie auf den unüberwindbaren Lastwagen hinzuweisen, doch das war auch gar nicht nötig; als er über die Schulter sah, glitten sie wie schwerelos in die Luft und schwebten über das Ungetüm hinweg. Zack hörte sie auf der anderen Seite landen und sich entfernen.

»Der Tunnel ist frei. Nimm die Beine in die Hand, bevor das Licht ausgeht«, sagte Griffin.

Zack tat wie befohlen, aber nicht ohne neben der verbrannten Leiche des Shooters langsamer zu werden. Dass sie nicht mehr ganz allein war, lenkte ihn von dem grausam verkohlten Gesicht ab, aus dem die Augen des Mannes weiß und glasig starrten. Eine halbtransparente graue Version des Shooters stand neben dem Körper und taxierte Zack mit halb geöffneten Lippen. Zack wusste noch von Lachlans erstem Tod vor zwei Wochen, dass die Geister der Toten in Cronos nicht sprechen konnten. Aber das brauchte der Shooter auch nicht. Seine Miene sagte alles.

»Hi«, sagte Zack zaghaft.

Der Shooter kniff die Lippen zusammen.

Kein Zweifel: Er hatte alles gehört.

»Mach, dass du wegkommst. Vielleicht kannst du ihn abhängen«, sagte Griffin. »Solange er nicht in deiner Nähe ist, wenn andere Shooter auftauchen, kann er ihnen nicht sagen, dass du ein Verräter bist.«

Ein Verräter. Zack unterdrückte ein verzweifeltes Stöhnen. Wieso konnte er sich denn kein Schild umhängen: ›Lasst mich durch, ich spiele nicht mit‹? Zack wandte sich vom Geist und seiner Leiche ab und tat endlich, was er schon die ganze Zeit tun wollte: Er rannte weg.

Der Tunnel entließ Zack in den tiefsten Winter. Der Schnee reichte ihm inzwischen bis zu den Knöcheln, was das Laufen erschwerte. Zack verließ das offene Gelände – die vier Fahrbahnen flossen hier draußen wieder zusammen – und pirschte an den Häusern entlang. An einer Kreuzung, die sich vor ihm zu einem weißen Platz ausdehnte, sah Zack hinter sich. Seine Spuren verblassten bereits. Der

Geist des Shooters tauchte am Ausgang des Tunnels auf; er bewegte sich ungewöhnlich schnell und wie in Zeitraffer, sodass Zack das Gefühl hatte, zu blinzeln. Der Shooter näherte sich Zack bis auf Armlänge, wie um zu sagen: »Ich bin hinter dir, du Penner.« Zack bemühte sich, ihn zu ignorieren, doch das war nicht so einfach. Denn der Shooter kam so nah an ihn heran, dass sein Gesicht direkt über Zacks Schulter schwebte, und als er sich umdrehte –

»Panzer auf neun Uhr«, sagte Griffin.

Zack sah nach links. Er hörte das Brummen eines Motors, ein sich schnell näherndes Rasseln, Knattern, Knistern und Dröhnen wie von einem startenden Flugzeug. Ein unförmiger Schatten schob sich durch den Schnee.

»Okay, aufgepasst.« Griffin wurde hektischer. »Dein Verfolger wird die Typen im Kampfpanzer auf dich aufmerksam machen. Dann hast du ein ernstes Problem. Die können dir auf eine Distanz von fünfhundert Metern die Fersen wegballern, wenn sie wollen. Geh nach rechts und versuche das Ende der Straße zu erreichen, bevor sie da sind. Da vorne werden die Gassen zu eng für den Panzer.«

Der Panzer war jetzt nah genug, dass Zack schemenhaft den Geschützturm ausmachen konnte. Sein langes Rohr zeigte wie ein Finger in Zacks Richtung. Die Gleisketten walzten den Schnee platt … Zack wünschte, er hätte sich einfach in dieses Ding setzen und zu Lynch fahren können. Er verließ seine Deckung, bog rechts ab und lief die Straße hinab. Mit einem Blick über die Schulter registrierte er, dass der Shooter-Geist mit seinen abgehackten Bewegungen in Richtung Panzer lief.

»Er gibt denen Bescheid«, sagte Zack.

»Mach, dass du da wegkommst.«

»Scheiße, verdammte Scheiße –«

»Du hast es nicht mehr weit«, sagte Lachlan. »Porkupine und die anderen übrigens auch nicht.«

»LOS, LOS, LOS!«, schrie Griffin. Zack sah hinter sich – die Panzerkanone drehte sich ein Stück nach links – »DIE SCHIESSEN!« Ein Knall brach in die Straße, ein Knall wie von einem herabstürzenden Metalltor, mit einem langen Echo, das Zack nicht hörte, weil hinter ihm der Boden explodierte. Schnee, Schotter und Staub schossen haushoch in die Luft, ein Erdbeben riss Zack von den Füßen und dann in Stücke – zumindest glaubte er das, eine Sekunde bevor er begriff, dass die Explosion hinter ihm lag, weit hinter ihm. Er landete auf den Knien, als wäre er nur gestolpert, sah erschrocken über die Schulter und …

»Was zur –«

Etwa fünfzig Meter hinter ihm wehten Staubwolken aus einem Krater. Dass die Shooter im Panzer ihn verfehlt hatten, lag jedoch nicht daran, dass sie nicht zielen konnten. Das Geschoss hatte genau da eingeschlagen, wo sie es geplant hatten – das erkannte Zack an dem Haus, neben dem er vor einer Sekunde noch gestanden war.

»Kann ich mich teleportieren?«, fragte er verdutzt.

»Hör auf, dumme Fragen zu stellen, und LAUF!«

Das Dröhnen des Panzers näherte sich hinter dem Krater, als wäre ein Jet im Begriff, in Flüsterheim zu landen. Zack machte, dass er wegkam. Er rannte durch die Straße, bis sich rechts eine schmale Gasse auftat, und bog ab – »DE-

CKUNG!«, schrie Griffin, und in der gleichen Sekunde erschütterte ein zweiter Schuss die Nacht. Eine unvorstellbare Kraft zerriss das Haus am Eingang der Gasse – Zack warf die Hände über den Kopf, stürzte zu Boden – das Pflaster bebte unter Donnerschlägen – RUMMS! Ein dritter Knall, ein neues Gewitter, ein Haus rutschte von seinem Fundament und legte sich wie ein zerschlagenes Puzzle auf die Straße – »LAUF WEITER, DU VERDAMMTER TROTTEL!« – und Zack sprang auf die Füße, er rannte, Summen und Pfeifen in den Ohren, Sterne vor den Augen, er rannte, so schnell er konnte, rutschte auf dem Schnee, stolperte, fing sich mit den Händen auf und rannte weiter, er schwitzte, seine Lunge schmerzte, kalt und heiß, und das Dröhnen eines Jets auf Gleisketten schob sich vor die Gasse, die Kanone drehte sich, richtete ihren mahnenden Finger auf ihn –

»LINKS, LINKS!«

Zack stürzte in die nächste Gasse –

RUMMS!

Gesteinsbrocken füllten die Gasse, spülten Staubwolken in Zacks Kniekehlen – er nahm die nächste Abzweigung nach rechts, rannte, ohne die jähe Stille zu bemerken, bis ihm die Beine nachgaben und er ausgestreckt hinfiel, mit dem Gesicht voraus in den kalten, knirschenden Schnee. Mit geschlossenen Augen horchte er auf die Schüsse, die durch seinen Kopf knallten.

Aber nur dort.

»Du hast sie abgehängt.« Auch Griffin wirkte ein wenig außer Atem. Zack setzte sich auf, wischte sich den Schnee aus dem Gesicht und blickte hinter sich.

Er saß allein zwischen Ruinen, die der Schnee noch stiller machte. Am liebsten wäre er hiergeblieben.

»Aber nur vorübergehend. Keine Zeit zum Verschnaufen. Sie haben auch Kommunikatoren –«

»Das heißt, alle Shooter wissen jetzt Bescheid?« Zack fühlte sich wie gelähmt. Er legte den Kopf in den Nacken und ließ die Augen über die dunklen Fenster wandern. Wenn alle Shooter von ihm wussten, dann traf das auch auf die Scharfschützen zu. Er schluckte.

»Das bedeutet nicht, dass jetzt die ganze Stadt Jagd auf dich macht«, sagte Griffin.

»Ja, die meisten Shooter sind immer noch mit den Hexen beschäftigt«, wandte Lachlan ein.

»Weiter, Zachary«, befahl Griffin.

»Sekunde. Das warst doch du vorhin, oder? Wenn du mich – keine Ahnung – teleportieren kannst, wieso bringst du mich dann nicht direkt zu Lynch?«

»Das liegt nicht in meinen Möglichkeiten, und wenn ich das könnte, hätte ich eher Lynch in den Wald geschickt«, sagte Griffin. »Verlass dich nicht darauf, dass dieser Trick noch mal funktioniert. Und jetzt los.«

Zack rappelte sich auf und folgte der stillen Gasse. Bei einem Instrumentengeschäft, neben dem jemand das Wort ›Riot‹ an die Wand gesprüht hatte, hörte er ein leises Scheppern; er ging hinter einem Mauervorsprung in Deckung und spähte in die schräg gegenüberliegende Hofeinfahrt, aus der das Geräusch gekommen war. Wenn Griffin ihn kraft seiner Fähigkeiten fünfzig Meter durch die Luft teleportiert hatte, dann musste er hier irgendwo sein. Wieso zeigte er sich nicht? Wahrscheinlich wartete er auf eine Gelegenheit, ihm Erion zu stehlen. Er wollte sich nur noch mit eigenen Augen von ihrer Echtheit überzeugen.

»Drei Shooter im Hof«, sagte Griffin.

Zack sah eine Bewegung in der Dunkelheit der Hofeinfahrt. Eine schwarz gekleidete Gestalt schob sich mit erhobenem Sturmgewehr an der Wand entlang. Zack fühlte sich nackt mit seinem vergleichsweise winzigen Colt in den Händen und ohne Sturmhaube oder Helm, der seine roten Haare verdeckt hätte – zweifellos *das* Merkmal, anhand dessen die Shooter entschieden, ob sie ihn für einen von den ihren oder den gesuchten Verräter hielten. Er wünschte, Hideki hätte ihm gezeigt, wie man Granaten scharf machte.

Er drückte sich in den Schatten, als er hörte, wie eine Gruppe Frauen in die Gasse einbog. Anders als die Shooter versteckten sich die Hexen nicht in den Schatten, sondern schritten selbstsicher mitten auf der Straße. »Hey, ihr kleinen Scheißer, traut euch raus aus euren Löchern, putt-putt-putt!«, rief die eine.

»Putt-putt-putt«, stimmte eine andere Hexe ein.

»Ihr seid echt dämlich«, sagte eine dritte, doch sie gluckste dabei, als amüsierte sie sich prächtig.

Ich sitze in der Falle, dachte Zack.

Der Shooter gegenüber machte eine Bewegung mit der Hand, die wohl seinen Kameraden galt. Er hielt vier Finger hoch. Vier Hexen. Jetzt hob er einen Finger und machte eine Bewegung die Gasse hinab – ein Shooter tauchte aus dem Schatten auf, lief an dem Haus entlang und sprang lautlos durch ein zerbrochenes Fenster in das Gebäude.

Die Hexen waren verstummt.

»Wir können euch fühlen«, sang die eine. »Ihr seid hier, und wir werden euch fiiinden –«

Ein Schuss fiel, aus einem der Fenster im dritten Stock. Zack sah einen Schild aufleuchten, der die Hexen wie eine Seifenblase umgab. Der Shooter schien darauf vorbereitet, er schoss weiter – der Schild knallte und knisterte unter den aufprallenden Projektilen – und zerplatzte mit einem lauten PLOPP. Als der letzte Schuss fiel, verwandelte sich eine der Hexen in schwarzen Qualm. Die Kugel durchstieß den Rauch, zerschmetterte eine Scheibe. Der Qualm wirbelte in die Luft empor, ein, zwei, drei Stockwerke hoch – jetzt war er auf Höhe des Shooters – und Zack hörte einen Schrei: »DU SCHEISSHEXE!« Dann ging die Rauchwolke in Flammen auf, schoss in das Gebäude – und explodierte. Feuer brach aus allen Fenstern des Stockwerks, Scherben regneten in den Schnee, wo der Shooter an der Mauer gerade eine Granate entsicherte. Er warf sie einmal in die Luft und fing sie wieder auf, bevor er zwei Schritte nach vorne tat und die Granate um die Ecke warf. Sie schaffte es nicht einmal bis auf den Boden, sondern zündete genau zwischen den Hexen. Zack schlang die Arme um den Kopf, wartete die Druckwelle und das Krachen des einstürzenden Mauerwerks ab, ehe er wieder einen Blick riskierte. Eine Hexe, deren Schild wohl nicht mehr gehalten hatte, lag ausgestreckt am Boden. Die anderen beiden stürmten mit gefletschten Zähnen voran, verfolgt von Sturmgewehrsalven, denen sie so mühelos entwichen wie Luft. Da schoss eine Wurzel unter dem Shooter aus dem Boden und wand sich um seine

Kehle – zog sich fest zusammen – er ließ die Waffe fallen, packte die Wurzel, die Augen quollen ihm aus den Höhlen, er bog sich –

»Da ist ja noch einer!«

Zack fuhr zusammen – eine der Hexen stürzte sich auf ihn. Aus ihren Augen stierte der Hass. »Ich werde euch alle persönlich umbringen, ihr –«

»Ich bin der mit der grünen Aura!«, stieß Zack panisch hervor. Die Hexe hielt inne, starrte ihn mit malmendem Kiefer an, verengte die Augen – und spie aus wie ein Fußballer. Gerade als Zack dachte, dass sie Evines Befehle missachten würde, wirbelte die Hexe herum und flog auf einem zu Qualm gewordenen Rocksaum die Gasse hinab. Sie und ihre Gefährtin hatten das Gebäude, in dem sich der dritte Shooter versteckte, fast hinter sich gebracht, als dieser an der eingestürzten Fensterfront auftauchte, eine rohrförmige Panzerbüchse auf der rechten Schulter. Er richtete die Waffe auf die Hexen, zielte eine Sekunde und drückte den Abzug. Ein Tandemgefechtskopf, der wie eine kleine Rakete aussah, schoss aus dem Rohr – Zack drehte ihr rasch den Rücken zu – er hörte die Hexen kreischen – dann die nächste Explosion, das Rumsen, ein einstürzendes Gebäude, und wieder bebte der Boden unter seinen Füßen, doch Zack fühlte sich bei alldem, als hätte ihn jede einzelne Explosion, jeder Schuss in einen weiteren Schlafsack gepackt. Noch bevor das Krachen ganz verweht war, verließ Zack seine Deckung und rannte zu dem Shooter, der mit der Wurzel kämpfte.

»Was machst du?«, rief Griffin.

Zack hörte nicht hin, riss das Messer aus der Scheide und hieb damit auf die Wurzel ein. Es ging mitten hindurch. Die Wurzel verschrumpelte und fiel vom Hals des Shooters ab. Zack griff in seine Hosentasche und zog die Karte eines Muffins hervor. Vorhin hatte er massig davon in dieser Kohlemine abgestaubt. Der Shooter war auf die Knie gesackt und hielt sich nach Luft ringend den Hals. Zack reichte ihm die Karte.

»Lasst mich einfach in Ruhe«, sagte er.

Der Shooter starrte die Karte an. »Alter, ein Muffin? Im Ernst? Welches Level hast du?«

»Mach, dass du da wegkommst!«, rief Griffin. »Das sind Flüsterheim-Shooter, du Idiot!«

Zu spät. Der andere Shooter hatte seine Panzerfaust wieder in eine Karte verwandelt und zum Sturmgewehr gegriffen, das er wie alle anderen an einem Riemen vor der Brust trug. Der Typ, dem Zack geholfen hatte, eilte mit zwei Sprüngen aus der Schusslinie – und bevor Zack auch nur »Wie unfair« sagen konnte, setzte das Knattern ein. Zack zog den Kopf ein und brach seitlich aus – er rannte um die Ecke, die Gasse hinab, hinter einen Mauervorsprung –

»DU SOLLST AUF MEINE BEFEHLE HÖREN!«, brüllte Griffin.

»Beruhig dich, er ist ein Anfänger«, mischte sich Lachlan ein, als wäre er ein alter Hase.

Zack sagte nichts. Er konnte nicht fassen, dass der Shooter ihn nicht getroffen hatte … Vielleicht wollte er mich nicht töten, kam es ihm in den Sinn. Ein Toter könnte ihm nicht verraten, warum sich ein Shooter mit den Hexen verbündet hat … Zack hob den Colt zur Brust und lauschte um den Felsvorsprung … der Shooter knirschte durch den Schnee … Zack zuckte hervor, legte den Colt an und schoss. Die Kugeln trafen den Shooter frontal auf der Brust – und prallten von ihm ab. Zack warf sich zurück in die Deckung, als Feuer aus dem Sturmgewehr brach. RAT-TAT-TAT-TAT. Staub und Steinchen schossen aus dem Mauerwerk, in einer geraden Linie, die sich Zack näherte, während sich der Shooter Schritt für Schritt voranpirschte. Gleich würde er Zack direkt im Visier haben …

»Ergib dich«, sagte er in eine Schusspause hinein. Zack linste hinter dem Mauervorsprung hervor – dem Shooter war die Munition ausgegangen. Er ließ das Sturmgewehr hängen, erblickte Zack, griff nach seinem Kampfmesser und sprintete vor. Etwas geschah in Zack – er handelte wie ferngesteuert. Er tauchte unter dem Hieb des Shooters hindurch, packte ihn am Handgelenk und rammte ihm den Ellenbogen ins Gesicht. Dann trat er ihm zwischen die Füße, sodass er stürzte und das Messer fallen ließ. Zack drehte ihm den Arm auf den Rücken und pflanzte ihm die Knie auf den Rücken. Der Shooter lag ausgestreckt im Schnee und konnte nur noch zucken. »Was soll das?«, rief er, was ganz und gar nicht mehr nach dem toughen Soldaten klang, der mit einer Panzerbüchse auf Hexen schoss.

»Runter von ihm.«

Der Shooter, der durch die Wurzel fast gestorben wäre, kam mit gezücktem Sturmgewehr auf Zack zu.

»Lasst mich einfach weitergehen«, sagte Zack. »Ich mach nicht mit bei eurem dämlichen Krieg.«

»Wenn du nicht für uns bist, bist du gegen uns.«

»Knall ihn endlich ab, Basti!«, schrie der Shooter unter Zacks Knie.

»Ich hab dir das Leben gerettet«, sagte Zack.

»Damit wir dich laufen lassen«, erwiderte der Shooter namens Basti. »So eine Heldentat ist nichts wert. Und jetzt verrecke, du elender Verrät -IIIH!« Er fing an zu kreischen wie ein kleiner Junge. Sein Sturmgewehr hatte sich in Bewegung gesetzt – von der Mündung an zerfloss es in winzige, krabbelnde Tierchen, die ihm lautlos über die Hände flohen – »IGITT! – ICH HASSE SPINNEN – MACH SIE WEG!« Er schüttelte schreiend Arme und Beine und sprengte dabei winzige Spinnen nach allen Seiten in den Schnee. Plötzlich: ein Klirren wie von Glas – und Basti der Shooter verwandelte sich mitten in seinem Tanz in eine bläulich schimmernde Eisskulptur.

»Hübsch«, sagte eine Hexe, die unvermittelt neben Zack auftauchte. Sie lächelte süß auf ihn herab, was ihr nur gelang, weil er auf dem Shooter kniete – die Hexe selbst war ein laufender Meter; wenn sie auf einem Stuhl saß, baumelten wahrscheinlich ihre Beine in der Luft. »Was ist mit dem da, möchtest du ihn nicht kaltmachen?«

Zack senkte den Blick auf den Shooter unter sich.

»Tu es, aber beeil dich«, sagte Griffin.

»Ich?« Zack wurde blass.

»Ja, du bist doch einer von uns«, sagte die Hexe.

»Diskutier nicht, du Hohlbirne«, zischte Griffin. »Schieß ihm in den Nacken, dann umgehst du seinen Schild und hast die Angelegenheit erledigt.«

Zack sah auf den Colt in seiner Hand. Wie benommen legte er dem jungen Mann die Mündung in den Nacken. Ich erschieße einen Menschen, dachte er stumpf.

»Das ist nur virtuell, stell dich nicht so an!«

»Was ist denn?«, säuselte die kleine Hexe. »Was hindert dich daran, ihn zu erschießen? Du spielst doch nicht etwa ein falsches Spiel mit uns, oder? Es gibt ein paar von uns, die das sagen. Sie trauen dir nicht …«

»Du mieses Stück Dreck«, fauchte der Shooter. »Ich merke mir dein Gesicht, ich finde dich und zahl dir das heim, elender Verräter, warte nur, bis ich dich –«

»Halt die Fresse«, fauchte Zack.

»Oh-oh«, machte Lachlan da. »Ich will ja nicht hetzen, aber Lynch hat gerade Verstärkung bekommen.«

»Und das heißt?«, fragte Griffin fieberhaft.

»Keine Ahnung, wie lange ich ihn noch festhalten kann. Die greifen meinen Dämon an –«

»SCHIESS, ZACHARY!«, brüllte Griffin.

Doch Zack gelang es nicht, den Finger um den Abzug zu krümmen. Er konnte deutlich sehen, wie sich die Wirbel auf dem geröteten Nacken des Shooters abzeichneten. In seiner Fantasie erlebte er, wie die Kugel die Wirbel zerschmetterte. War es denn wirklich erwiesen, dass das reale Gehirn von so einem Tod keinen Schaden davontrug? Vermutlich war dieser Shooter schon oft gestorben, auf viel grausamere Weise, so wie sein Kamerad im Tunnel, der bei lebendigem Leib verbrannt war. Aber das hier war eine Hinrichtung … er war doch schon außer Gefecht gesetzt, wieso musste er da noch sterben?

Weil er sonst mich abknallt, begriff Zack.

»Hm, das dachte ich mir schon«, sagte die Hexe mit dieser abstoßend süßlichen Stimme, »du bist nicht wirklich einer von uns. Ich sollte dich lieber –«

»ZACHARY, ICH SCHWÖRE DIR, WENN DAS HIER SCHIEFGEHT –«

»– in einen Geist verwandeln, damit du keinen Schaden mehr anrichten kannst …«

»Schieß einfach, Zack«, sagte Lachlan. »Wenn der Typ Angst davor hätte, dass du abdrückst, hätte er doch schon längst sein Safeword gesagt, oder?«

Ja, das hätte er, dachte Zack. Er hätte schon längst weg sein können. Doch stattdessen legte er es darauf an, getötet zu werden … Weil er dann als Geist Teil des Geschehens bleiben konnte, wurde es Zack bewusst. Und eventuell sogar wiedererweckt wurde. Er verbot sich, länger darüber nachzudenken, und krümmte den Zeigefinger um den Abzug. Im Colt zündete die Munition, das Projektil platzte aus der Mündung und brach dem Shooter das Genick. Er zuckte ein letztes Mal und erschlaffte. Zack spürte es an dem Arm, den er immer noch auf den Rücken drehte; als er ihn losließ, fiel er kraftlos in den Schnee.

Die Hexe seufzte, irgendwie enttäuscht, wie Zack fand. Mit halb geöffneten Augen sah sie ihm dabei zu, wie er aufstand und von der Leiche zurücktrat. Sie verlor das Interesse und entschwebte ohne ein weiteres Wort.

»Wie ist die Lage, Lachlan?«, fragte Griffin.

»Ich habe eine gute und eine schlechte Nachricht. Die schlechte: Lynch ist frei und mein Dämon down. Ich kann Lynch noch verfolgen, aber mehr nicht.«

»FUCK!«, stieß Griffin hervor.

»Und die gute?«, fragte Zack.

»Er bewegt sich in deine Richtung. Aber …« Pause.

»Aber?«

»Nun, wenn mich nicht alles täuscht, ist das kein Zufall. Ich glaube, er sucht dich, Zack.«

[17]

»*Mich?*«

»Ah. Ja, das ergibt Sinn«, sagte Griffin, jetzt nicht mehr aggressiv, sondern geradewegs zufrieden. »Zack, versteck dich im Instrumentenladen.«

»Aber –«

»Tu es, bevor da alles voller Geister ist.«

Zack kniff die Lippen zusammen. Er stapfte durch den Schnee zu dem Gebäude, unter dem er sich vorhin versteckt hatte, und stieg durch ein zerschmettertes Schaufenster in einen dunklen Verkaufsraum. Scherben knirschten unter seinen Stiefeln. Auf den Tischen lagen keine Waren, auch nicht auf dem Boden, ebenso waren die Haken an den Wänden leer, als hätten die Inhaber des Geschäfts die Instrumente vor Anbruch der Nacht in Sicherheit gebracht.

»Warum sucht Lynch *mich*?«, flüsterte Zack.

»Fassen wir mal zusammen«, sagte Griffin selbstgefällig. »In Flüsterheim stoßen Hexen und Shooter aufeinander. Lynch aber wird bereits zu Beginn von einem Dämon festgesetzt, dem sogenannten Seelenschatten eines Alchemisten, der mit diesem Konflikt gar nichts zu tun haben kann. Gleichzeitig taucht ein Shooter auf, der mit Hexen kooperiert – und der sich ganz und gar nicht so verhält, als hätte er ein Interesse an dem laufenden Krieg. Kannst du folgen?«

»Lynch ist nicht dumm«, sagte Lachlan. »Aber er hat keine Ahnung, dass er uns einen Gefallen tut.«

»Er wird dich nicht töten wollen, Zachary, dazu ist er viel zu neugierig. Was ihn wirklich interessiert, ist, was hier läuft«, fügte Griffin hinzu.

Zack verstand. Eine ganz neue Nervosität kribbelte ihm den Nacken hoch; wenn er sich jetzt nur ein bisschen klüger anstellte als bisher, konnte alles nach Plan verlaufen. Er würde Lynch mit Erion hypnotisieren und ihm Griffins Befehle eingeben. Sollte es sich um etwas handeln, wodurch jemand zu Schaden käme, etwa einen Mord, würde er sich schon etwas ausdenken; die Hauptsache war schließlich nicht, dass Griffins exakte Anweisung ausgeführt, sondern dass dieser von Erions Echtheit überzeugt wurde.

Und dann? Zack war sich sicher, dass Griffin persönlich auftauchte, um ihm Erion abzunehmen. Diese Waffe war einfach zu wertvoll und zu gefährlich, um eine andere Person damit zu beauftragen. Vielleicht sollte ich mich jetzt schon mit dem Tagger bewaffnen, dachte Zack, die Karte in der Hand. Aber was, wenn Griffin Lunte roch? Er ließ die Karte doch in der Hosentasche und zog stattdessen Erion heraus. Der größte Fehler, den er jetzt machen konnte, war, zu viel darüber nachzudenken, was er tat.

»Woher weiß Lynch, wo er mich suchen muss?«

»Einer der zwei Hohlköpfe von eben wird ihn informiert haben. Wahrscheinlich kommt er her, um deine Spur aufzunehmen«, sagte Griffin.

»Aber er weiß nicht, dass ich noch hier bin, und wenn mich der Geist des Shooters nicht sieht, wird er es auch nicht erfahren.« Zack duckte sich hinter dem Verkaufstresen, der so niedrig war, dass er bequem knien und trotzdem die Straße beobachten konnte. Der tote Shooter lag wie ein vergessenes Kleidungsstück im Schnee. Die unablässig fallenden Flocken hatten ihm ein feines Tuch umgelegt. Da tauchte sein Geist auf: lautlos und unmittelbar, ein durchscheinendes graues Abbild des Toten, das mitten in der Leiche stand. Er sah sich um. Auch die anderen Shooter und Hexen waren zu Geistern geworden; sie liefen nach und nach davon. Zack hielt die Luft an – seine Fußspuren … sie verrieten, dass er zum Instrumentengeschäft gelaufen war. Doch anscheinend hatte der Schnee bereits alle Vertiefungen aufgefüllt, denn auch der letzte Geist entschwand in eine andere Richtung.

»Lynch ist nur noch zwei Straßen entfernt«, sagte Lachlan.

»Okay.«

Zack schnippte gegen die Karte in seiner linken Hand. Sie verpuffte in eine funkelnde Rauchwolke, aus der die irische Pfeife fiel. Zack fing sie auf. Das Instrument war aus Silber gemacht, besaß sechs Löcher und ein Mundstück aus hübsch gemasertem Holz. Zack zog die Handschuhe aus, machte sie zu einer Karte, steckte sie ein und befühlte Erion mit bloßen Fingern. Sie war von kühler Eleganz, ein Kunstwerk, wie er es Oliver nie zugetraut hätte. Er hatte Lachlans Vater immer eher für einen Pragmaten gehalten. Doch Erion bewies seinen Sinn für Ästhetik.

Zack legte die Flöte an die Lippen und die Finger auf die Löcher. Ob er eine Melodie spielen musste? Es war ungefähr zehn Jahre her, seit er zuletzt eine Tin Whistle in der Hand gehalten hatte. Mit etwas Mühe bekam er vielleicht noch ›Little Brown Jug‹ oder ›Maggie in the Wood‹ hin. Die Erinnerung an einen sonnigen Nachmittag in der Grundschule streifte ihn; er stand mager und mit rotem Sommersprossengesicht vor der Klasse und blies in seine gebrauchte Tin Whistle eine so schiefe Version von ›Little Brown Jug‹, dass sich ein paar Mitschüler die Ohren zuhielten. Falls Erion nur wirkte, wenn man korrekt spielte, dann hatte er verloren.

»Er hat die Gasse erreicht«, sagte Lachlan.

Zack nahm Erion von den Lippen und spähte über den Tresen nach draußen. Noch war niemand zu sehen. »Ich bin bereit. Was soll ich ihm eingeben?« Je eher er erfuhr, was Griffin von Lynch wollte, desto eher konnte er sich überlegen, wie er das Schlimmste verhinderte.

Aber Griffin spielte nicht mit. »Das sage ich dir, wenn es so weit ist – bleib unten!«

Ein Mann trat zu der Leiche im Schnee. Er sah anders aus als die Shooter, denen Zack bisher begegnet war. Statt in einer schwarzen Uniform steckte Lynch in einer komplizierten Kombination aus Panzerplatten. Auf seinem Kopf saß eine insektenhafte Gasmaske und auf seinem Rücken etwas, das wie ein stählerner Rucksack aus gebogenen Rohren aussah. Ihre Mündungen stapelten sich auf Lynchs Schultern zu Pyramiden, ein Dutzend furchterregender Schlangen mit aufgerissenen Kiefern, in denen Feuer lauerte.

Zack dachte unwillkürlich an sein Safeword.

»Ich wusste nicht, dass er als Kind in eine Rüstungsfabrik gefallen ist«, flüsterte er.

»Der Typ ist gruselig«, sagte Griffin, »aber das, was du da in der Hand hast, ist gruseliger. Bring ihn dazu, in den Laden zu gehen … spiel etwas.«

Zack befeuchtete sich die Lippen, bevor er sich Erions Mundstück dazwischenschob. Zeige-, Mittel- und Ringfinger der linken Hand legte er auf die oberen drei Löcher, die gleichen Finger der rechten Hand auf die drei Löcher darunter. Für den ersten Ton von ›Little Brown Jug‹ mussten alle Öffnungen geschlossen sein, für die nächsten beiden würde er alle Finger heben, bis auf die obersten zwei … die einzigen Griffe, an die er sich noch aus seiner Grundschulzeit erinnern konnte.

Er blies in die Tin Whistle. Ein kurzer, klarer Ton entstieg ihr, gefolgt von einem weiteren kurzen und einem langen. Die ersten Takte von ›Little Brown Jug‹ … die Erinnerung floss in Zacks Gedächtnis zurück, als hätte er diese Melodie erst gestern zuletzt gespielt. Intuitiv wusste er, wie es weiterging, und er wusste auch, dass er das ganze Lied fehlerfrei spielen konnte, obwohl ihm das als kleiner Junge nie gelungen war. Heute war das anders … es lag etwas in Erions weichem Ton … jeder konnte sie spielen, der sich traute, ihr Atem einzuhauchen.

Lynch hob den Kopf und drehte ihn langsam in Zacks Richtung. In Zeitlupe, so kam es Zack vor, stand er auf und tat zwei schwere Schritte auf das Instrumentengeschäft zu. Er blieb stehen und starrte bewegungslos in die Dunkelheit. Zack spielte die ersten drei Töne noch einmal, und sowie Lynch sie hörte, zuckte sein Kopf kaum merklich zur Seite. Er trat durch dasselbe Schaufenster, durch das auch Zack in den Laden eingedrungen war, und schritt die leeren Tische ab. Diesmal beließ Zack es nicht bei der Einleitung; er spielte weiter. Jeder Ton saß, seine Finger bewegten sich wie von allein. Trotzdem hörte sich das Ergebnis an wie ein Kinderlied – nichts, was Lynch auf einem Schlachtfeld der Shooter erwartet hätte. Doch heute Nacht war alles seltsam, erst der Dämon, dann dieser hexenfreundliche Shooter … Zack war, als könnte er Lynchs Gedanken hören … er fühlte sich von Erions Melodie magisch angezogen … sie war so friedlich, so weich und klar, so lieb, dass er wünschte, sie würde niemals enden. Er wollte ihre Quelle finden, um sich vor ihr niederzulassen und ihr zuzuhören … die Melodie gefiel ihm, er wollte sie sich einprägen, um sie mitsummen zu können … Zack stand auf. Als Lynch ihn sah, verspürte Zack keine Angst – Lynch würde nicht schießen … da war etwas zwischen ihnen, wie ein Tunnel, der ihre Gesichter verband … Lynch hatte vergessen, wo er war, was er vorhatte, die Waffen auf seinem Rücken interessierten ihn nicht, die Melodie in seinem Kopf umflirrte seine Gedanken und ließ ihn unter der Gasmaske wie entrückt lächeln … Zack spürte dieses Lächeln …

Er hatte Lynch in der Hand.

»Es klappt«, hauchte Griffin.

Zack spielte ›Little Brown Jug‹ von vorn. Er wusste nicht, wie lange Lynch nach Verklingen der Melodie hypnotisiert sein würde. Besser, er legte noch mal nach, während Griffin mit ihm sprach.

»Ich sage dir nun, was du ihm befehlen wirst, Zachary.«

Lynch stand jetzt unmittelbar vor Zack, mit schlaffen Armen und leicht schief gelegtem Kopf.

Zack nickte.

»Du wirst ihm Folgendes sagen«, hob Griffin an. »Lynch soll sich zu Anthony Mason begeben und ihn nach dem USB-Stick fragen. Befiehl es ihm. Los.«

Zack beendete ›Little Brown Jug‹ und ließ Erion sinken. Er fühlte, dass Lynch die Unterbrechung gar nicht bemerkt hatte; sein Geist schwamm noch immer wie ein Fisch in der angenehm einlullenden Melodie der Tin Whistle. Zack zögerte, dann sagte er: »Begib dich zu Anthony Mason und frag ihn nach dem USB-Stick.«

Das klang noch nicht nach einem tödlichen Verbrechen. Also war es ein Befehl, den er vertreten konnte. Auch wenn er zu gern gewusst hätte, wer Anthony Mason war und was es mit diesem USB-Stick auf sich hatte.

»Danach soll Lynch ins Rechenzentrum gehen und den USB-Stick in den Zentralcomputer stecken«, sagte Griffin.

Was hast du bloß vor?, dachte Zack. »Geh mit dem USB-Stick ins Rechenzentrum und steck ihn in den Zentralcomputer«, sagte er. Lynch regte sich nicht.

»Anschließend soll Lynch dafür sorgen, dass für zwei Stunden niemand das Rechenzentrum betritt«, fuhr Griffin fort. »Wenn du fertig bist, soll er sich ausloggen und sofort mit der Umsetzung seiner Befehle beginnen.«

Sollte das etwa schon alles gewesen sein?

»Dann sorgst du dafür, dass für zwei Stunden niemand das Rechenzentrum betritt«, sagte Zack. »Und jetzt logg dich aus und setze alle Befehle in die Tat um.«

Lynch hob den Kopf aus seiner Schieflage und sagte ein Wort, das wie ein Schleifstein auf einer Messerklinge klang.

»Persephone.«

Und damit war er verschwunden, vom Fleck weg, als wäre er nie da gewesen. Also hatte er sein Safeword gesagt. Ausgerechnet Persephone. Ein seltener Name. Zack kannte nur eine einzige Person, die so hieß.

Aber das musste ein Zufall sein.

Es sei denn …

Nein. Das konnte nicht sein.

»Es hat funktioniert«, stieß Griffin hervor.

Zack verwandelte Erion zurück in eine Karte und steckte sie sich in die linke Hosentasche. Mit der anderen Hand umfasste er rechts die Karte, die ihn blitzschnell mit dem Taggergewehr ausstatten würde, falls Griffin gleich vor ihm stand, womit Zack fest rechnete. Er behielt die Straße draußen genau im Auge, während er durch den Laden ging, auf eines der zerbrochenen Schaufenster zu.

»Und wie geht es weiter?«, fragte Lachlan. »Merkwürdiger Befehl übrigens, das nur am Rande …«

Zack fragte sich, ob Lachlan Lynchs Safeword gehört hatte. Falls ja, dann ignorierte er es.

»Wir warten erst mal ab«, sagte Griffin geistesabwesend. »Ich klinke mich aus – danke, Zachary.«

Zack sagte nichts. Er trat durch das Schaufenster und spähte argwöhnisch nach rechts und links.

Niemand hier. Wo steckst du, dachte er mit zusammengebissenen Zähnen. Und was zur Hölle hast du vor?

»Griffin?«, fragte Lachlan. Keine Reaktion. »Ich glaube, er ist auf dem Weg zu dir, Zack. Halte dich bereit.«

Lachlan hatte recht. Er sollte sich lieber mit dem Tagger bewaffnen, nur für den Fall. Zack schnippte die Karte an und legte sich das Gewehr am Gurt um die Schulter.

»Bin bereit«, sagte er.

»Gut. Du könntest da warten, aber ich wüsste etwas Besseres. Melpo und die Pazifistin sind nur wenige Straßen von dir entfernt. Shadiya und Hideki sind tot. Melpo schützt Porki mit den letzten Reserven.«

»Ich bin auf dem Weg«, sagte Zack. Vielleicht würde Griffin ihn eher bestehlen, wenn er gerade durch Porkupine und ihre Fackel abgelenkt war. Denn in der Gasse blieb es so still, dass er den Schnee knistern hören konnte, wenn nicht gerade irgendwo etwas in die Luft flog.

»Wie viele Shooter sind hinter ihnen her?«

»Eine Menge. Und da sind mindestens genauso viele Hexen. Die Schlacht tobt um sie herum, außerdem sind die beiden fast am Ziel. Aber es sieht nicht gut aus.«

Er konnte nicht zulassen, dass Porkupine scheiterte. Wenn irgendjemand heute Nacht einen Erfolg verdient hatte, dann sie. Ich muss einfach aufpassen, dachte Zack. Er ging neben der eingeschneiten Leiche des Shooters in die Hocke und nahm ihm das Sturmgewehr ab. Als er den Riemen ebenfalls um die Schulter trug – er überkreuzte sich mit dem des Taggers –, erleichterte Zack den Shooter noch um seine Sturmhaube. Er zog sie sich über die verräterisch roten Haare und sprintete los.

Er war vorhin durch diesen langen Tunnel gegangen und hatte sich danach endlos durch das Labyrinth der Gassen geflochten, weshalb er völlig verdutzt war, als er plötzlich wieder in der Straße stand, in der Porkupine ihr Pub hatte. Er bog auf den Platz ein, auf dem sich die Tramlinien trafen, und näherte sich in der Deckung einiger Autos einer der Straßen, die sternförmig von dem Platz abgingen. Er hörte das inzwischen schrecklich vertraute Knattern der Sturmgewehre und sah die magischen Flammen von Hexen, die in die Gebäude wirbelten und Feuersbrünste in ihnen explodieren ließen. Als Zack in einem ausgebombten Gebäude in Deckung ging, sah er das Licht einer Fackel: Da vorne, etwa hundert Meter entfernt, liefen Melpo und Porkupine. Melpo spielte auf ihrer Geige keine hübsche Melodie mehr, sondern nur noch die Tonleiter; sie wirkte erschöpft, während Porkupine mit verzerrtem Gesicht weiterdrängte. Sie war ihrem Ziel ganz nah, und das schien ihr Kraft zu geben; zumindest machte sie einen entschlossenen Eindruck. Die Hexen konzentrierten sich nicht mehr allein auf ihren Krieg gegen die Shooter, sondern beschützten die beiden Frauen unter dem Schutzschild – jedoch gab es nicht mehr viele von ihnen, genauso wie aufseiten der Shooter. Niemand zeigte Gnade; Shooter schossen mit Panzerfäusten auf verletzte Hexen, die direkt vor ihnen standen, und als Zack sich gerade aus der Deckung wagen wollte, sah er, wie eine Hexe einem Shooter beide Arme ausriss.

»Ist Griffin in der Nähe?«, fragte Zack.

»Noch sehe ich ihn nirgends«, antwortete Lachlan.

Zack legte das Sturmgewehr an.

»Du hast sechs Level zu wenig für diese Waffe«, sagte Lachlan. »Du kannst sie zwar trotzdem abfeuern, wirst aber schwerer zielen können.«

»Damit kann ich leben«, sagte Zack, legte die schwere Waffe an die rechte Schulter und neigte den Kopf nach vorne, sodass er durch das Zielfernrohr spähen konnte. Ihn trennten noch ungefähr achtzig Meter von Melpo und Porkupine, und vor ihm saß ein Shooter mit einem Scharfschützengewehr hinter einem Adler Standard 6 … Zack richtete das Sturmgewehr auf den Shooter, während er sich ihm von hinten näherte. Nicht nachdenken, befahl er sich.

Er drückte den Abzug und hielt die Waffe dabei so fest, wie er nur konnte. Der Rückstoß rammte ihn, doch er war gewappnet, spannte seinen ganzen Körper an und stemmte sich dagegen. Das Knattern schmerzte ihm in den Ohren. Leere Patronenhülsen landeten im Schnee – und der Scharfschütze ebenfalls. Eine von Zacks Kugeln hatte ihn am Hinterkopf getroffen. Zack verließ seine Deckung und pirschte zu ihm … noch etwa fünfzig Meter, bis er auf Porkupine und Melpo traf. Als er den toten Scharfschützen erreichte und nach seinem Gewehr griff, sagte Lachlan: »Vergiss es, Zack – für das Ding brauchst du eine Spezialisierung. Level 30 mindestens. Du kannst damit nur danebenschießen.«

»Woher weißt du das jetzt wieder?«, fragte Zack.

»Ich informiere mich.«

»Hey, du«, zischte ihm eine Hexe zu. Zack sah über die

Schulter: Eine dunkelhaarige Frau, ähnlich moppelig wie Melpo, kletterte aus dem Gebäude zu seiner Rechten und kam hinter das Auto. »Du bist der mit der grünen Aura. Ich vertraue dir, weil Evine dir vertraut.«

»Danke«, sagte Zack.

»Lass uns zusammenarbeiten. Wenn du das nächste Mal zielst, lege ich dir die Hand auf die Schulter – nicht erschrecken.« Sie zeigte ihm ihre blanken Hände.

»Okay.« Zack legte die Waffe an. Ein Stück vor ihnen zog gerade einer sein Messer, um auf eine Hexe loszugehen, deren Stab er zerschossen hatte. Zack zielte und drückte ab. In diesem Moment spürte er die Hand der molligen Hexe. Ein heißes Gefühl schoss ihm von der Schulter in die Hände, ein roter Schimmer überlief die Waffe – die Kugeln trafen den Shooter – er ließ das Messer los, schrie auf – und fiel zu Boden. Wasserdampf stieg auf, als er den Schnee berührte, und Zack meinte ein Zischen zu hören …

»Super, jetzt den nächsten!«, sagte die Hexe.

RAT-TAT-TAT-TAT-TAT –

Geschrei –

Zwei weitere Shooter fielen, dann der vierte. Melpo und Porkupine eilten an dem Auto vorbei, hinter dem sich Zack und die Hexe versteckten, als deren Hand plötzlich von seiner Schulter glitt. Er drehte sich um: Sie lag mit offenen Augen und blutender Stirn neben dem Scharfschützen. Zack drückte sich gegen die Karosserie des Adlers – was die Hexe getötet hatte, konnte auch ihn töten. Da landete ein Apfel zwischen den beiden Toten, direkt vor Zacks Füßen – ein grauer Apfel mit Stahlmantel –

Zack packte ihn und warf.

Die Granate flog durch die Luft, beschrieb einen Bogen und senkte ihre Flugbahn in der Sekunde, als Zack merkte, dass er einen schrecklichen Fehler gemacht hatte. Denn er hatte in die falsche Richtung geworfen.

In Melpos und Porkupines Richtung.

Die Granate explodierte. Feuer stob gegen Melpos geschwächten Schutzschild, ließ ihn knistern, fauchen – und platzen. Eine Druckwelle fegte Feuer und Qualm durch die Straße. Zack zog den Kopf zwischen die Arme, dann traf ihn die Hitze – er hielt die Luft an – hörte das Knattern eines Sturmgewehrs – jemand schrie –

»Melpo ist tot. Jemand hat sie erschossen, sobald der Schild zerstört war«, sagte Lachlan. »Keine Spur von Griffin. Wo bleibt dieser Bastard bloß?«

Zack sprang auf und rannte, so schnell er konnte. Der Qualm raubte ihm die klare Sicht, doch durch zusammengekniffene Augen sah er den Weg. Er stolperte fast über Melpos Leiche – ein Kopfschuss, so wie bei der anderen Hexe. Zack hoffte, dass der Schütze ihn nicht sofort als den Verräter erkannte. Da vorne lief Porkupine … ihre Fackel brannte noch. Wir schaffen es, dachte Zack mit verzweifelter Entschlossenheit. Als er Porkupine erreichte, drehte er sich um und schoss wie wild auf die Fenster. Irgendwo da oben saß der Scharfschütze … er eilte Porkupine nach, drehte sich wieder um, schoss weiter. Falls er jemanden traf, nahm er es nicht wahr … er war wie im Rausch … niemand würde ihn daran hindern, Porkupine ans Ziel zu bringen.

»Weiter so, Zack«, sagte Lachlan. »Übrigens: Du bist

gerade im Fernsehen. Die Reporterin ist ein bisschen verknallt in dich – die rastet total aus –«

Zack bemerkte die Kugelfischkameras, die ihn umkreisten, als er Porkupine nachsetzte. Sie waren jetzt ungefähr in der Mitte des Platzes … keine Shooter, keine Hexen … konnte es sein, dass der Krieg vorbei war? Hatten sie sich alle gegenseitig ausgelöscht? Porkupine hatte es nicht mehr weit. Noch wenige Meter. Zwanzig. Zehn. Wir schaffen es, dachte Zack euphorisiert, wir scha–

Und mit einem Mal war das Sturmgewehr weg, und mit ihm seine Hände. Zack starrte auf zwei blutende Stumpen herab, die kaum schmerzten. Dann wurde ihm mit einem Schlag so schwindelig, dass er stürzte.

»Meine Hände«, stieß er hervor. »L-Lachlan –«

»Sieh nicht hin, Zack«, sagte Lachlan streng. »Sieh nach oben, zu Porkupine. Sieh hin!«

Zack hob den Kopf, was sich anfühlte, als läge ihm ein Boxsack im Nacken. Porkupine war stehen geblieben, nicht seinetwegen, sondern weil eine Frau ihr den Weg versperrte. Sie sah aus, als versuchte sie Lara Croft zu imitieren, so knapp war sie bekleidet – mit schmutzigen Hotpants aus Jeansstoff und einem sandfarbenen Tanktop, das vor Blut starrte. Mit schwarzen Augen sah sie Porkupine an, eine Pistole in der Hand, die sie auf die junge Pazifistin gerichtet hielt. Es war eine ungewöhnlich große Pistole, eine, die bestimmt auch Hände in Fetzen reißen konnte. Aber aus irgendeinem Grund schoss sie nicht auf Porkupine. Zack brach es das Herz, zu sehen, wie diese auf die Knie sank und flehentlich zu der Frau aufsah.

»Bitte«, sagte sie zittrig. »Datura – sieh mich an.«

Es war gespenstisch still auf dem Platz.

Zack spürte, wie ihm das Blut aus dem Körper strömte. Ihm war kalt … Porkupine verdoppelte sich. Doch ihre Stimme war ganz klar zu vernehmen.

»Erkennst du mich nicht?«, fragte sie.

Die Frau namens Datura antwortete nicht. Zack konnte ihr Gesicht nicht mehr richtig erkennen … ihm schwand die Sicht. Verblutete er? Sollte er sich ausloggen? Ich kann nicht mehr, dachte er. Ihm wurde seine Erschöpfung bewusst, die Folgen einer unvorstellbaren Nacht.

»Datura, ich bin's. Porkupine.«

Sie ließ die Fackel sinken.

»Das hier – das tu ich nur für dich«, fuhr Porkupine mit tränenerstickter Stimme fort. »Ich hab dich immer wieder gesucht. Weißt du das nicht mehr?«

Die Shooterin blinzelte.

»Bitte, Datura«, flehte Porkupine. »Bitte –«

»Lauf«, sagte die Frau hart.

Porkupine stand auf. Zack riss sich zusammen – er musste wach bleiben … Porkupine brauchte ihn … aber was konnte er noch tun? »Meine Hände«, hauchte er wie in Trance. Porkupine umrundete Datura langsam, dann rannte sie weiter. In ihrem gelben Sommerkleid durchquerte sie den Schnee. Sie überwand die letzten Meter, und endlich holte sie aus … und warf. Die Fackel flog durch die Luft, hinein in die Trümmer, in die Zacks Colt ihr Pub verwandelt hatte. Kaum war sie zwischen den Gesteinsbrocken gelandet, erhob sich eine rosafarbene Wolke über der Ruine. Sie goss einen Regen aus Licht über die Trümmer. Zwei unfassbare Dinge geschahen: Das Schlafende Stachelschwein erstand vor Zacks Augen neu, mit seiner hölzernen Tür und seinen geviertelten Fenstern, seinem schmiedeeisernen Nasenschild und seinem dunkelgrauen Dach. Porkupine reckte beide Hände in die Höhe und schrie vor Freude.

»Unglaublich! Hier sind alle am Feiern!«, rief Lachlan. »Das ist zweifellos eines der größten Ereignisse, die in Cronos jemals passiert sind! Historisch!«

Jemand drückte ab.

Es ging zu schnell, um zu schreien; zu schnell, um etwas zu tun – selbst mit zwei gesunden Händen. Zack sah das Mündungsfeuer, als das Projektil den Lauf einer Waffe verließ, die aus dem Schatten eines Gebäudes ragte. Die Kugel zischte durch die Luft, auf Porkupine zu … und diese bäumte sich auf. Nicht, weil sie getroffen worden war.

Denn sie wurde nicht getroffen.

Das Projektil steckte in einem weißen Licht fest, das Porkupine wie eine Eierschale umhüllte. Die Shooterin namens Datura verwandelte ihre Waffe in eine Karte – und ein Puls wischte über den Platz. Porkupine, Epizentrum dieses Energiestoßes, stand mit einem Mal auf steinernem Boden. Der Puls hatte den Schnee weggefegt … doch er war nur ein Vorbote gewesen. Das Ei aus Licht erstrahlte hell – dann: ein Wummern wie das eines Basses – und das Licht pulste mit solcher Kraft durch die Stadt, dass Zack von den Knien gerissen wurde. Er überschlug sich einmal und knallte gegen eine parkende Tram. Als er zum Liegen kam, war das Licht verschwunden und die Nacht zurückgekehrt – wenn auch nichts mehr war wie vorher. Die verbogenen Gleise waren wieder gerade, die verbrannten Trams unversehrt, die zerbombten Gebäude heil – und Zacks Hände sahen aus, als hätte er sich seine Verletzung nur eingebildet. Er ballte sie zu Fäusten und öffnete sie langsam. Alles war wieder gut. Selbst das Blut auf dem Schnee und seiner Kleidung war verschwunden. Er merkte, dass er die Luft angehalten hatte, als er tief einatmete. »Was – was war das?«

»Das Licht des Friedens«, sagte Lachlan dramatisch. »Es wird ausgelöst, wenn man auf eine Pazifistin schießt. Es hat alle Wunden geheilt und jede Waffe, die nicht in eine Karte verwandelt war, zerbröselt.«

»*Jede* Waffe?«

Zack tastete nach den Riemen, die sich auf seiner Brust überkreuzt hatten. Die Waffen, die er am Körper getragen hatte, das Sturmgewehr, der Colt, das Kampfmesser, selbst die Munition und die Granaten – nichts war mehr da.

Auch der Tagger nicht.

[18]

»Gratulation«, sagte Lachlan. »Beide Missionen waren erfolgreich. Melpo und die anderen leben wieder, Friedenslicht sei Dank. Das heißt, wir treffen uns gleich im Schnarchenden Stinktier. Keine Ahnung, wie's dir geht, aber ich brauch jetzt 'ne Pause.«

Zack hörte nur mit halbem Ohr zu. Er zog seine Karten heraus und durchsuchte sie so hektisch, dass ihm ein paar Muffins in den Schnee flogen. Kein Tagger … und in Emils Koffer brauchte er gar nicht erst nachzusehen. Er würde leer sein. Das verdammte Gewehr war futsch, zerbröselt, und wenn Griffin jetzt auftauchte, um ihm Erion abzunehmen, hatte er nichts, um ihn zu markieren.

»Desmodontidae«, flüsterte Zack.

Der Boden tat sich auf und ließ ihn durch die elektrisch blitzende Dunkelheit der virtuellen Realität zurück ins Wohnsilo stürzen. Sobald Zack die Pritsche unter sich spürte, riss er sich die Stimulanzkappe vom Kopf und schwang sich in eine sitzende Position, um den USB-Stick aus dem Cronos Cube zu ziehen. Ob Erion jetzt wieder darauf gespeichert war? Oder würde sie sich immer noch in seiner Hosentasche befinden, wenn er sich einloggte? Er musste nachsehen, sobald er zurückkehrte, und Erion gegebenenfalls in der Residenz am Rande lassen.

Zack legte das Gesicht in die Hände; er hatte Mühe, seine Gedanken zusammenzuhalten. Ihm war glasklar, was sich in Flüsterheim gerade abgespielt hatte, es war ihm in der Sekunde vor seinem Logout bewusst geworden. Vielleicht war er Griffin damit nur um Haaresbreite entkommen. Irgendjemand hatte auf Porkupine geschossen, um den Tagger zu zerstören – eine andere Erklärung gab es nicht. Denn Porkupine hatte ihr Ziel bereits erreicht gehabt.

Wer hatte von dem Tagger gewusst?

Lachlan.

Und wer hatte ihn angewiesen, er solle ihn bereithalten?

Auch Lachlan.

Nervös ging Zack auf und ab. Es war wie immer: Lachlan hatte alles unter Kontrolle, während er, Zack, vor lauter Vertrauen dumm war wie ein Beutel Brot und seine Zukunft, seine Freiheit, sein Leben aufs Spiel setzte. Er dachte an Teresa und daran, wie sehr es ihn gelangweilt hatte, dass sie so leicht zu kriegen war. Ob Lachlan die gleiche Langeweile mit ihm empfand? Zack wurde schwindelig bei der Vorstellung, dass er Erion womöglich los gewesen wäre, wenn er nur eine Sekunde später kapiert hätte, was abging.

»Scheiße«, zischte er, »Scheiße – Scheiße!«

Und jetzt? Sollte er etwa zur META gehen und denen sagen, dass er einen neuen Tagger brauchte? Am besten erzählte er auch gleich davon, wie er Griffins engstem Verbündetem den ganzen Plan der META verraten hatte. Ich bin so ein dämlicher Trottel, dachte Zack und sank zurück aufs Bett. Er drückte die Hand auf die Augen.

Hinter der Wut lauerte die Trauer. Wenn Lachlan so fest auf Griffins Seite stand, wie sollte er da Amnestie erhalten? Allein wenn herauskam, dass er die Zerstörung des Taggers in die Wege geleitet hatte … Zack legte die Hand auf die Brust. Sein Herz klopfte so hart, dass er es bis in den Bauch spürte, wo sich ein Klumpen bildete, der ihm in den Hals stieg. Lachlan war Geschichte. Ihre Freundschaft war Geschichte. Ein für alle Mal. Wenn es noch Hoffnung gab, dann verborgen unter den Trümmern der Verzweiflung, die sich in seinem Inneren aufgetürmt hatten.

Wobei das nicht ganz stimmte.

Er wusste, was er noch tun konnte, damit alles wieder so werden konnte wie früher, aber … nein. Das kam nicht infrage. Außerdem wäre es dann nicht richtig wie früher. Denn Lachlan wäre nicht freiwillig da.

Außerdem reichte es ihm, dass er Erion einmal verwendet hatte. Wer wusste schon, ob sich das nicht noch als der größte Fehler seines Lebens entpuppte? Lynch, verdammt – er hatte doch die ganze Zeit das Gefühl gehabt, dass ihm der Name bekannt vorkam! Wieso hatte er denn nicht eine Sekunde lang darüber nachgedacht, ob Cilian Lynch gemeint sein mochte, der Manager von Gallagher Whiskey? Er kannte die Antwort schon: weil Lachlan gesagt hatte, Lynch sei ein Agent der META. Und er, Zachary Murray, dumm wie Brot, hatte ihm natürlich gleich geglaubt.

Aber vielleicht war es Lachlan auch nicht bewusst gewesen. Er würde doch nicht seiner eigenen Mutter schaden, oder? Und vielleicht drehte er, Zack, jetzt auch nur völlig am Rad. Denn Cilian Lynch hatte mit Rechenzentren nichts am Hut; er war Manager einer Whiskey-Destillerie. Trotzdem, Persys Name war sein Safeword gewesen …

Was hatte Griffin vor?

Kurzerhand wählte Zack Persys Nummer, ohne so recht zu wissen, was er ihr sagen, wie er sich erklären sollte. Sie hob nicht ab. Es war kurz vor Mitternacht; bestimmt schlief sie schon. Ob er ihr eine Nachricht schreiben sollte? Zack entschied sich dagegen. Lynch hatte sich bereits vor etwa einer halben Stunde ausgeloggt und mit der Umsetzung seiner Befehle begonnen. Er musste Persy *jetzt* erreichen, oder gar nicht mehr.

Er versuchte es noch einmal – wieder nichts – und zog sich dabei die Schuhe an. Er würde in die Kantine gehen und sich bei einem Kaffee sammeln, und es dabei immer weiter bei Persy versuchen, bis sie aufwachte. Oder noch besser: Er fuhr nach Phoenix Manor und erzählte Oliver alles. Dann konnte er auch Klartext sprechen.

Und hätte einen Verbündeten.

Der Kloß in seinem Hals ließ Zack wissen, dass er am Rande seiner Kräfte war. Er sehnte sich nach der ordnenden Besonnenheit eines Erwachsenen, der die Dinge in die Hand nahm, wenn sie aus dem Ruder liefen. Für einen Moment war er wieder vierzehn; seine Mutter hatte ihn über Nacht verlassen, und Persy ließ ihn in ihr Nest, damit er nicht hungern und frieren musste. Er erinnerte sich daran, wie er ein paar entsetzliche Tage lang geglaubt hatte, von nun an alleine klarkommen zu müssen. Dass er dachte, er müsse die Schule schmeißen und arbeiten gehen, um sich

Nudeln und Ketchup kaufen zu können. Obwohl er nicht einmal wusste, wie man einen Job bekam. Die Angst vor der Welt schlug über seinem Kopf zusammen und drückte ihn nieder – damals und auch jetzt wieder. Er war überfordert. Zu wem gingen Erwachsene, wenn sie überfordert waren? Kathy war zu Persy gekommen. Und er würde jetzt zu Oliver fahren.

Weil es ihm widerstrebte, den Cronos Cube erneut im Wohnsilo zurückzulassen, und Persy gerade sowieso in Donegal war, stopfte er die Konsole, die Gummimütze und die Kabel in den Kopfkissenbezug. Er wickelte die Jacke außenrum und klemmte das Bündel unter den Arm, bevor er die Tür öffnete. Er drehte sich ein letztes Mal um, sah nach, ob er etwas vergessen hatte, löschte dann das Licht und zog die Tür hinter sich zu, um zu gehen –

»A-ha!«

Zack fuhr erschrocken herum.

Teresa hockte neben der Tür, neben sich einen leeren Kaffeebecher voller Zigarettenstummel. Sie erblickte Zack, sprang auf und bohrte ihm den Finger in die Brust. »Ich hab dich erwischt, und ich weiß, was du dadrin gemacht hast – was ist das da unter deinem Arm? Der Cronos Cube?«

Zack trat von ihr weg. »Spinnst du, was machst du hier? Bist du mir nachgelaufen, oder was?«

»Klar! Für wie blöd hältst du mich?« Sie äffte ihn nach: »Ich muss was erledigen. Ich wusste ja nicht, dass heute meine Traumfrau hier aufkreuzt!« Sie ließ die Zunge raushängen und würgte. »Gott, ich hasse Typen wie dich. Eigentlich dachte ich, dass du zu dieser Kathleen fährst und mit ihr ins Bett steigst, so wie die dich angeguckt hat, ist sie bestimmt eine Päderastin –«

Zack ließ sie stehen.

Was sie nicht im Geringsten kümmerte.

»Aber dass du hier Cronos spielst, das schießt echt den Vogel ab«, sagte sie, während sie ihm hinterherfegte. »Ich meine, du lebst in einer Villa bei einer stinkreichen Frau, und dann fährst du in dieses Loch hier, um dich in einem Spiel einzuloggen, das nur die Asozialen und Schmarotzer spielen, ach so, und die Terroristen natürlich, was mich zu der –«

»Um Himmels willen, halt den Mund!«, rief Zack. Er hatte den Fahrstuhl erreicht und wusste, dass sie versuchen würde, mit einzusteigen, wenn er sie nicht rechtzeitig zurückstieß. Es war nicht seine Art, Frauen zu schlagen, aber er konnte kaum widerstehen, diesmal eine Ausnahme zu machen.

Teresa lachte ihn aus.

»Halt du doch den Mund, ich fange gerade erst an! Du hast vorhin eh so komisch geredet, und ich hab mich sehr darüber gewundert, in welcher Beziehung du zu meinem Bruder stehst, und jetzt weiß ich, was Sache ist, ich bin nämlich auch kein schlechter Detective, pass auf – du hast was mit dem Anschlag zu tun, nicht wahr?«

Zack wurde der Mund trocken. Nicht, dass er etwas zu befürchten hatte, immerhin arbeitete er derzeit für die META höchstselbst, die über die Wahrheit im Bilde war – aber wer wusste, wem Teresa dieses Zeug noch erzählte? Persy zum Beispiel, sobald sie zurückkam.

»Das ist nicht wahr«, sagte Zack, um einen ruhigen Ton bemüht. »Du steigert dich da in –«

»Und woher weißt du dann, dass es eine Attentäterin war?«, fragte Teresa herausfordernd. »Ja wohl nur, weil du weißt, wer die Bombe gezündet hat, oder?«

»Nein.«

»Wär nicht so schlimm, ehrlich gesagt – immerhin dürfen wir deswegen jetzt ins Zentrum ziehen, und Papa muss sich von uns fernhalten, Mama hat nämlich nicht vor, Einspruch einzulegen, was bedeutet, dass ich deiner Freundin schon fast dankbar bin. Fickst du sie?«

Der Fahrstuhl kam, die Türen glitten auf, und Zack ging über die Schwelle, um den Knopf fürs Erdgeschoss zu drücken. Teresa kam ihm nach, doch anders als geplant brachte Zack es nicht fertig, sie daran zu hindern. Sie durfte Persy nichts von alldem erzählen … wenn sie kapierte, dass Lachlan mit den Terroristen von der O'Connell Street unter einer Decke steckte, brachte sie ihn persönlich nach Gundremmingen. Aber warum juckte ihn das immer noch? Hätte Lachlan das nicht sogar verdient?

Nein, hätte er nicht.

Gott, es war immer noch Lachlan!

Fest stand jedenfalls, dass er Teresa die Entscheidung nicht überlassen wollte. »Es gibt keine Freundin, und ich kenne die Attentäter nicht«, sagte er, als sich die Fahrstuhltür vor ihnen schloss. »Woher willst du überhaupt wissen, dass ich dadrin in Cronos gewesen bin?«

»Du hast einen Streifen auf der Stirn, außerdem habe ich

das Piepsen gehört, und von meinem Bruder weiß ich, dass du das hier schon früher gemacht hast.«

Zacks Augen wischten über den Spiegel. Er war zum Teil gesplittert und mit Sprühfarbe beschmiert. Im grellen Licht der Neonröhren sah er, was Teresa meinte: Eine blassrote Spur teilte seine Stirn horizontal.

Was sollte er tun? Teresa ignorieren und sich darauf konzentrieren, dass er gerade andere Probleme hatte? Das erschien ihm unklug. Sie konnte jederzeit die Polizei ins Spiel bringen, die über die Pläne der META nicht informiert war und deshalb unnötig Ärger machen würde. Und Persy … die hatte sich in den letzten zwei Wochen zwar zum Kotzen verhalten, aber das war ein Thema, das sie irgendwann unter vier Augen erörtern würden, unbelastet durch Teresas Geschwätz. Warum war sie überhaupt hier? Warum hatte sie ihm ihre Entdeckung unbedingt unter die Nase reiben wollen? Warum stieg sie mit ihm, den sie doch für gefährlich hielt, sogar in einen Fahrstuhl – und das im zwielichtigsten Gebäude Dublins?

Vielleicht war sie bewaffnet. Er drehte sich zu ihr um und musterte sie. Zwar hatte sie eine kleine Handtasche umhängen, aber der Reißverschluss war verschlossen, und ihre Hände hingen offen herunter. Kein Pfefferspray, kein Taser. Nur diese selbstgefällige Miene.

Sie ist vielleicht ein bisschen dumm, hatte Kathy gesagt. Was durchaus stimmen mochte. Teresa hatte sich ja auch positiv über die Deportation der Muslime geäußert. Sie stand voll und ganz hinter der META … Zack ging ein Licht auf. Na, klar: Sie fühlte sich bewacht.

Also beschützt.

Die META, so dachte sie, wusste über ihr Handy, wo sie war. Sie konnte alles hören, was gesprochen wurde, und falls ihr etwas zustieß, würde sie Zack sofort schnappen. Teresa ging davon aus, dass ihm das bewusst war. Was sie nicht bedacht hatte, war, dass die META folglich auch ihr Gequatsche über den Anschlag gehört hatte.

Vielleicht war sie wirklich dumm.

Auf der Digitalanzeige glitten die Stockwerke vorbei. Teresa zündete sich eine Zigarette an. Sie sagte kein Wort mehr, als wollte sie ihm Zeit geben, zu begreifen, wie aussichtlos seine Lage war. Zack verlagerte sein Gewicht auf das andere Bein.

»Na schön. Was willst du?«

Sie zog so stark an ihrer Zigarette, dass ein halber Zentimeter des Papiers wegbrannte, und stieß den Rauch in die Fahrstuhlkabine. »Ich will, dass du bei mir bleibst«, erklärte sie.

»Bei dir«, wiederholte Zack trocken.

»Ja. Wenn du mich verlässt, verpfeif ich dich.«

»Was genau verpfeifst du dann?«

»Ich verpfeif dich an Mrs. Abercromby und an die Polizei.«

»Aber es gibt nichts zu verpfeifen«, sagte Zack. »Weil du nämlich mit allem falschliegst.«

»Was würdest du sagen, wenn ich dir verrate, dass draußen vor dem Wohnsilo ein Kollege meines Bruders steht, der mir noch etwas schuldet, und dass er dich sofort festnehmen wird, wenn ich ihm ein Zeichen gebe?«

»Dann würde ich sagen, dass du eine Lügnerin bist.«

»Das hättest du wohl gerne. Tatsächlich habe ich das alles in dem Moment geplant, als du gesagt hast, dass der Anschlag von einer Frau begangen wurde. Ich hatte seither viel Zeit, alles vorzubereiten.«

Erdgeschoss. Die Fahrstuhltüren glitten auf, und Zack lief mit großen Schritten los. So unauffällig wie möglich ließ er den Blick durch die Eingangshalle schweifen … niemand zu sehen, der ein Polizist sein mochte. Aber sie hatte ja auch gesagt, dass er *vor* dem Wohnsilo auf sie warte.

Er ging ein bisschen langsamer, damit es nicht mehr so aussah, als liefe er vor ihr weg. Als sich ihre Blicke kreuzten, kam ihm eine gemeine, aber glänzende Idee. »Warum willst du, dass ich bei dir bleibe?«

»Wie gesagt –«

»Ich mag dich wirklich«, fiel Zack ihr ins Wort und blieb stehen, um sich zu ihr umzudrehen. Sie standen sich gegenüber. »Aber gerade drehst du total durch. Ich wäre gern mit dir zusammen, aber doch nicht so.«

Sie blinzelte. Verunsichert? Er hatte schon den Eindruck. »Du hast nur so getan, als ob.«

»Hab ich nicht.«

»Was sollte das dann? Erst knutschst du mich, und dann haust du plötzlich ab!«, fauchte sie.

»Das war nicht okay von mir. Es ist nur so –« Eine Kunstpause. »Ich war noch nie richtig verliebt.« Es gelang Zack sogar, seine Stimme brechen zu lassen. »Mir macht das Angst. Meine Mutter hat mich verlassen, als ich vierzehn war. Seither hab ich ein paar emotionale Probleme, falls du das noch nicht mitbekommen hast.«

Sie starrte ihn an. Asche fiel auf den Boden.

»Ich weiß, wie ich aussehe und was für ein Bild das von mir vermittelt, aber so bin ich nicht. Ich hab das noch nie jemandem gesagt, aber was soll ich tun, wenn du so abgehst? Ich mag dich … wirklich.«

Teresa sagte nichts. Stattdessen rauchte sie weiter.

»Jedenfalls«, fuhr Zack fort, »mach, was du für richtig hältst. Weißt du was – rufen wir Persy doch sofort an. Dann kannst du ihr das mit dem Cronos Cube petzen. Sie mag dich übrigens. Schade, dass ich ihr sagen muss, dass aus uns doch kein Paar wird.« Damit drückte er auf Persys Namen auf dem Handydisplay und schaltete den Lautsprecher ein. Das Freizeichen tönte durch die menschenleere Eingangshalle … er sah, wie sich Teresa auf die Unterlippe biss. Bestimmt fragte sie sich gerade, ob sie überreagiert hatte. Ihre Augen flackerten ihm übers Gesicht. *Brrrt,* kam es aus dem Telefon … *Brrrt … Brrr–*

»Leg auf!«, rief Teresa.

In diesem Moment ging wieder die Mailbox dran, und Zack kappte die Verbindung. »Was ist jetzt?«

Teresa warf die halb aufgerauchte Zigarette auf den Boden und trat sie aus. Sie machte sich nicht die Mühe, sie aufzuheben. »Es – es tut mir leid. Ich bin so eine Idiotin. Jetzt habe ich alles kaputt gemacht.«

Zack ließ das Handy sinken. »Das heißt?«

»Ich mag dich doch auch – echt jetzt«, sagte sie mit Nachdruck. »Ich dachte nur, du bist – na ja, halt einer von diesen

Typen –« Sie zuckte hektisch mit den Achseln. Zack unterdrückte ein zufriedenes Lächeln.

»Was soll ich sagen? Das ist mir echt noch nie passiert, dass mich ein Mädchen, das ich mag, als Terroristen bezeichnet. Aber ich hab's wohl verdient. Ich hätte aufrichtig zu dir sein sollen.«

»Ja. Ich verstehe doch das mit deiner Mutter – und dass du ein bisschen Angst hiervor hast –«

Sie griff nach seiner Hand, aber er entwich ihr. »Sorry, aber das muss ich jetzt erst mal verdauen. Lass uns morgen darüber reden. Ich muss nach Hause.«

»Und warum spielst du Cronos?«

»Weil es mich ablenkt«, log Zack. »Komm jetzt. Ich will dich hier nicht alleine lassen, also …«

Das war wirklich einfach gewesen.

Sie folgte ihm schweigend, die Hand in der Jackentasche. Als sie den Platz vor dem Wohnsilo überquerten, sah sich Zack flüchtig nach einem Mann um, der hier nicht hingehörte, konnte aber niemanden entdecken – nicht einmal jemanden, *der* hierhergehörte. Teresa hielt den Kopf gesenkt, in Gedanken versunken. Ihre Flunkerei hatte sie anscheinend längst vergessen. Während sie der gebogenen Grattan Crescent folgten, fragte sich Zack, wie sie auf die bescheuerte Idee gekommen war, ihn zu einer fingierten Beziehung erpressen zu wollen. Mit einem Anflug von Übelkeit verstand er: Sie stammte genau wie er aus einem instabilen Elternhaus, und deshalb sehnte sie sich nach Sicherheit. Er hatte Cosimo vor seinem Stiefvater beschützt, lebte in einer Villa und hatte ihrer Ansicht nach Geld. Sie wollte, dass er bei ihr blieb, und das um jeden Preis.

Aber sie hatte keinen Schimmer, wie sie das ausdrücken sollte. Weil sie eben doch erst achtzehn war, und das vermutlich auch noch ganz frisch. Er bereute auf einmal, dass er sie geküsst hatte, fühlte sich schäbig. Was hatte er sich dabei gedacht? Und war er schon immer so gewesen? Er sah ein Taxi am Straßenrand und flüchtete sich aus seinen Schuldgefühlen in einen spontanen Akt der Selbstlosigkeit, indem er dem Fahrer winkte. Er drehte sich zu Teresa um und ergriff ihren Arm, was sie geschehen ließ. Er öffnete ihr die Hintertür.

»Fahr nach Hause«, sagte er. »Wir reden morgen.« Er schickte dem Fahrer zwanzig Euro über die Bezahl-App, was mehr als genug war, um bis nach Drumcondra zu gelangen, und winkte Teresa hinterher. Das Taxi bog auf die Schnellstraße ab, und Zack konnte endlich wieder atmen.

Kurz nach Mitternacht schloss er das Eisentor auf, in das verschnörkelt die Worte ›Phoenix Manor‹ eingearbeitet waren. Im Lesezimmer brannte noch Licht, was typisch war für Oliver Abercromby. Obsessive Phasen takteten sein Leben: Bis vor Kurzem hatte er mehrere Wochen im Keller verbracht, um Erion zu erschaffen und einen Abnehmer zu suchen. Und jetzt saß er seit zwei Wochen täglich in der Bücherei, um sich durch James Joyces Ulysses zu arbeiten.

Zumindest gab er das vor.

Als Zack in den Raum platzte, klemmte er vor seinem Laptop, auf der Nase eine Lesebrille, in deren Gläsern sich das Displaylicht spiegelte. »Zachary!«, sagte er überrascht und klappte das Gerät zu, als hätte er das ohnehin vorgehabt. »Was gibt's zu so später Stunde?«

»Ein Problem«, sagte Zack hektisch. »Wir müssen Mrs. Abercromby erreichen. Ich versuch's schon seit einer Stunde, aber ich krieg sie nicht dran –«

Oliver nahm die Lesebrille ab. »Was ist los?«

»Schwer zu sagen. Aber es hat etwas hiermit zu tun.« Zack zog den USB-Stick hervor, worauf Olivers Gesicht wächsern wurde. »Und mit Cilian Lynch. Glaube ich zumindest. Nein, ich bin mir sicher.«

»Cilian?« Oliver stand auf, zog sein Telefon hervor und wählte einen Namen an. Zack schwitzte wie verrückt; er war den Weg von Chapelizod nach Phoenix Manor gerannt, bergauf, und immer noch erschöpft von der Nacht in Cronos. Als er sich in den zweiten Sessel neben dem Tisch sinken ließ, merkte er, wie ihm die Knie zitterten. Oliver nahm das Handy vom Ohr. »Geht nicht dran.« Er taxierte Zack und zögerte. Als hätte er eigentlich beschlossen, damit nichts zu tun haben zu wollen.

»Also gut. Was ist passiert?«, fragte er widerwillig.

»Also gut?«, wiederholte Zack. Er war auf einmal so wütend, dass es ihn nicht mehr scherte, dass die META mithören konnte. Was hatte er noch zu verlieren? »Glauben Sie, Sie können mir Erion in den Schoß werfen und danach einfach so tun, als hätten Sie damit nichts am Hut? Ich habe Ihnen das Scheißding hier abgenommen, und jetzt erwarte ich ein bisschen Unterstützung von Ihnen!«

Oliver machte eine beschwichtigende Geste. »Schon gut, Zachary.« Er tippte auf seinem Handy herum. »Der Störsender ist an. Erzähl mir, was los ist.«

Zacks Wut verpuffte. Er fühlte sich schwach; dankbar legte er los. »Ich musste sie benutzen. Ich hatte keine Wahl, und ich wusste nicht, wen ich da hypnotisiere –« Oliver blieb stehen, während Zack redete; er unterbrach ihn zweimal, um sich das Handy ans Ohr zu legen, doch immer ohne Erfolg. Zack erzählte in einem Rutsch alles, was seit dem Vorstellungsgespräch bei der SAP geschehen war – es platzte einfach aus ihm heraus. »Und jetzt ist der Tagger futsch, Lynch stellt was-weiß-ich an, und Lachlan – Lachlan hat mich an der Nase rumgeführt.«

»Möglicherweise«, sagte Oliver nüchtern. »Fakt ist, dass du nicht weißt, wer auf die Pazifistin geschossen hat. Aber darüber unterhalten wir uns noch.«

»Wohin gehen Sie?«

»Ich muss eine Nummer raussuchen – Hares Afridis, ich glaube, ich weiß, wo Persy …« Den Rest des Satzes schnitt die zuschlagende Tür ab. Zack blieb noch einen Moment sitzen, in der Absicht, auf Oliver zu warten. Er hielt es nicht lange aus und folgte ihm.

Im Wohnzimmer hatte Oliver das Fach eines Mahagonischränkchens aufgeschlossen. Er blätterte in einem Ordner. »Hier«, murmelte er, mit dem Zeigefinger aufs Papier tippend, und gab die Nummer ein. »Wie gut, dass Persy diesen Papierkram liebt.«

Während das Freizeichen ertönte, nahm Oliver eine Flasche Gallagher Whiskey und einen Tumbler aus der Vitrine.

Er brachte beides zum Tisch, goss sich ein und setzte sich auf das wuchtige Ledersofa. Zack ließ sich ihm gegenüber in den Sessel fallen. Nervös rieb er die Hände zwischen den Knien. In der vom Ticken der antiken Standuhr zerschnittenen Stille hörte Zack das Freizeichen aus Olivers Telefon tönen. Plötzlich meldete sich jemand.

»Hares, hier ist Oliver, Oliver Abercromby. Hören Sie, es ist wirklich wichtig, dass Sie sich sofort auf die Suche nach meiner Frau machen – sie soll mich anrufen, es ist sehr wichtig, hören Sie?« Der Werkschutzleiter der Destillerie antwortete knapp. »Danke«, sagte Oliver, »bitte beeilen Sie sich.« Er beendete das Gespräch.

Dann legte er das Handy zwischen sie auf den Glastisch. Sie starrten es gebannt an. Oliver nahm den Tumbler vom Tisch, nippte daran, stellte ihn zurück und knetete seine langen Hände. Persy rief nicht an, nicht in der nächsten Minute, und auch nicht in der übernächsten.

»Läuft der Störsender noch?«, fragte Zack zögernd.

»Natürlich«, sagte Oliver.

Zack verstand nichts davon, für ihn war der Störsender ein Zaubertrick – doch das spielte jetzt keine Rolle. »Ich möchte Erion nicht benutzen. Sie verkörpert in meinen Augen den Faschismus. Was haben Sie sich dabei gedacht, als Sie dieses Ding erschaffen haben?«

Oliver nickte andächtig. »So habe ich das nie gesehen. Nun, ein paar faschistische Züge hat Erion zweifellos. Aber ich stehe trotzdem zu ihr. Wenn du willst, erzähle ich dir die Geschichte, Zachary – solange wir sowieso nur hier sitzen und auf Persys Rückruf warten.«

»Jetzt auf einmal? Nachdem Sie zwei Wochen lang kein Wort über Erion verloren haben?«

»Ja. Denn ich habe das Gefühl, dass uns dazu nicht mehr viel Zeit bleibt«, antwortete Oliver.

Zack schwieg.

»Schon mal von Edward Snowden gehört?«

»Nein«, sagte Zack.

»Der Held meiner besten Jahre. Ein Whistleblower, der öffentlich gemacht hat, dass die NSA uns alle überwacht. Dafür musste er um die halbe Welt flüchten, schlief wochenlang in einem Flughafenterminal, bekam am Ende Asyl in Russland … eine irre Geschichte. Wurde mehrmals verfilmt. Aber worauf ich eigentlich hinauswill, ist, dass mich dieser Mann geprägt hat wie kein zweiter auf der Welt. Als seine Geschichte ans Licht gekommen ist, war er ungefähr dreißig Jahre alt. So wie ich damals.«

»Sie haben Erion also seinetwegen erschaffen?«

»Nein. Aber Snowdens Heldentat hat den Anfang meiner Entwicklung zu dem Menschen markiert, der ich heute bin. Ich will dich nicht mit den Details meiner Biografie langweilen, sagen wir einfach, ich habe versucht, in seine Fußstapfen zu treten. Ich wollte Whistleblower werden.«

»Sie?«, fragte Zack ungläubig.

»Ja. Zuerst habe ich beim GCHQ angeheuert, dem damaligen britischen Geheimdienst. Aber der hat mich nicht genommen, was wahrscheinlich daran gelegen hat, dass ich im Internet keinen Hehl aus meiner Sympathie für Snowden gemacht habe. Ich habe auf Twitter, Facebook, in Foren und in einem eigenen Blog darüber geschrieben, überall mit meinem Klarnamen. Die ganze Bewerbung war daher recht albern.«

Zack konnte sich diesen ungestümen Oliver nicht vorstellen, der sorglos seine Spuren im Internet streute und sich dann beim britischen Geheimdienst bewarb, um zum Whistleblower aufzusteigen. Ein völlig anderer Mensch.

»Als fünf Jahre später die Bürgerkriege in Frankreich und Deutschland ausgebrochen sind, haben sich die europäischen Geheimdienste zur META zusammengeschlossen, das hast du ja wahrscheinlich in der Schule gelernt. Ich hatte mich inzwischen verändert, habe Verantwortung als Vater getragen und nach einem sicheren Job gesucht, also habe ich mich 2022 als IT-Experte bei GoodEye Systems beworben. Das ist die Tochter eines regierungsnahen Rüstungskonzerns, den die META mit der Entwicklung eines komplexen Überwachungssystems beauftragt hatte. Ich war sogar so gut in meinem Job, dass ich bald meine eigene Abteilung bekommen habe.«

»Also haben Sie die Drohnen mitentwickelt?«

»Unter anderem.«

»Was ist aus Ihrem Whistleblower-Traum geworden?«

»Den hatte ich nicht aus den Augen verloren. Ich bin auch zu GoodEye Systems mit dem Vorsatz gegangen, Daten zu sammeln und die ganze Firma auffliegen zu lassen. Leider hat das nicht funktioniert. Das sind nicht mehr Snowdens Zeiten gewesen, Geheimhaltung hatte nicht mehr oberste Priorität. Im Gegenteil. Die META hat ganz bewusst eine neue Form des Panoptikums inszeniert, was so viel heißt wie: gezielte Transparenz. Die Leute sind umfassend darüber informiert worden, was GoodEye Systems da baute. Über jedes Detail. Überall ist die Propaganda gelaufen, das war Indoktrination vom Feinsten, eine makellose Kampagne. Und was passiert mit den Menschen, wenn sie wissen, dass sie jederzeit und an jedem Ort überwacht werden könnten?«

»Sie stellen nichts mehr an.«

»Sie denken nicht einmal daran. Sie zensieren sich so lange selbst, bis sie vergessen haben, was eine eigene Meinung ist. Damals war es so, dass in der Öffentlichkeit bald jeder, der etwas gegen die META oder GoodEye Systems hatte, als dubios gegolten hat. In Frankreich und Deutschland ist die META sogar als Friedensbringer gefeiert worden, und die massive Überwachung wurde von vielen geradezu euphorisch erwartet. Nicht nur von Politikern. Sondern von ganz normalen Menschen wie dir und mir.«

»Also haben Sie die Klappe gehalten?«

Oliver nickte. »Fast.«

Das Handy auf dem Glastisch blieb stumm.

»So schnell habe ich nicht aufgegeben. Ich kannte ja weite Teile des Quellcodes, wusste, wie unsere Geräte funktionierten, wie sie vernetzt waren und so weiter. Also habe ich beschlossen, einen Wurm zu programmieren, der das Überwachungssystem in kürzester Zeit lahmlegen konnte. Dieses Ding sollte mein Lebenswerk werden. Rate mal, wie lange ich daran gearbeitet habe.«

Zack hob die Schulter. »Ein, zwei Jahre?«

»Sechs.« Oliver ließ die Zahl sacken.

Zack rechnete nach. »Also bis 2028? Das ist gerade mal zwei Jahre her. Da war ich schon hier.«

»Korrekt.«

»Was ist aus dem Wurm geworden?«

Oliver öffnete die Hände. »Er ist weg.«

»Wie, weg?«

»Von einem Tag auf den anderen war er verschwunden. Alles fort. Meine Sicherungskopien, meine Aufzeichnungen, sogar die Sticks, die ich versteckt hatte – es war, als hätte Gott mich ein bisschen damit spielen lassen, um eines Tages zu entscheiden, dass es nicht sein sollte.«

Zack begriff nicht. »Aber – einfach weg?«

»Die META«, sagte Oliver langsam. »Ihre Wege sind unergründlich. Wie die Wege Gottes.«

Ein eisiges Prickeln überlief Zack. Die Vorstellung, dass sich so etwas unter dem Dach dieses Hauses abgespielt hatte, während er seelenruhig darin gelebt hatte, versetzte ihn in Schrecken. Er war siebzehn gewesen; hätte er denn nicht irgendetwas merken müssen? Aber er erinnerte sich nicht einmal mehr daran, was Oliver zu dieser Zeit gemacht hatte. Er war zu sehr mit sich selbst beschäftigt gewesen. Und mit Lachlans plötzlicher Neigung zu subversiven Ideen, die damals nach und nach eingesetzt hatten. Daran erinnerte er sich sehr gut.

»Kurz zuvor hatte die META die Drohnen in den Städten eingeführt. Du erinnerst dich vielleicht noch an die Parade. Wie dem auch sei – ich war am Ende.« Oliver legte eine Pause ein. »Ich wollte sterben.«

Zack wusste nicht, was er sagen sollte.

»Aber dann ist etwas auf den Markt gekommen, das mich abgelenkt hat. Ich war einer der Ersten, die sich den Cronos Cube gekauft haben. Das ist genau das gewesen, was ich brauchte – eine Welt ohne Grenzen, zumindest fast, und vor allem: eine Welt ohne die verdammte META. Jedes Mal, wenn ich draußen eine Drohne gesehen habe, hat sie mich an mein Scheitern erinnert. Aber in Cronos konnte ich mich selbst neu erfinden. Ich war begeistert.«

Noch etwas, das Zack völlig entgangen war. Hätte er denn nicht mitbekommen müssen, wie Oliver von Cronos schwärmte? Andererseits war ihm auch seine Depression nicht bewusst gewesen. Er musste plötzlich an Dillen Arnott denken, der ihm vorwarf, dass er immer nur auf sich geschaut habe. Es steckte ein Funken Wahrheit darin.

»Und in Cronos haben Sie Erion programmiert.«

Oliver hob den Zeigefinger. »Du hast mich gefragt, warum ich sie erschaffen habe. Du hältst sie für ein Instrument des Faschismus …«

»Ja«, sagte Zack entschieden. »Das ist sie.«

»Damals hätte ich wohl auch so gedacht. Aber jemand hat mich zum Nachdenken gebracht. Ihr wisst das nicht, Persy auch nicht, aber ich habe einen Freund, mit dem ich mich regelmäßig treffe – Henry. Ich kenne ihn schon seit –« Er stockte. »Ach, schon fast immer eigentlich. Er hat mir damals mein IT-Studium finanziert. Ich kenne ihn sogar länger als Persy.« Oliver lächelte.

Zack nicht. »Was hat dieser Henry mit Erion zu tun?«

»Er hat mich im Prinzip drauf gebracht. Wenn irgendjemand je Einfluss auf mich gehabt hat, dann er. Eine der ersten Fragen, die wir erörtert haben – und die mir noch jahrelang zu denken gegeben hat –, ist die nach der Menschlichkeit von Androiden gewesen. Hast du Blade Runner von Philip K. Dick gelesen?«, fragte er, mehr anstandshalber, denn Zack nahm selten ein Buch zur Hand.

»Ich hab den Film gesehen«, sagte er, obwohl er sich kaum noch daran erinnern konnte.

»Das Buch ist anders und sehr lesenswert, solltest du mal das Bedürfnis verspüren. Jedenfalls, kürzen wir die Sache ab: Es ging um die Frage, was einen Menschen vom Androiden unterscheidet. Was denkst du wohl?«

»Der eine funktioniert mit Strom, der andere mit Blut.«

»Wir funktionieren auch mit Strom.«

»Aber das eine ist eine Maschine, und wir sind Menschen.«

»Hast du dich mal näher mit dem Aufbau des menschlichen Körpers beschäftigt? Wir sind wie unfassbar hoch entwickelte Maschinen konstruiert, nur nicht aus Stahl, sondern aus Biomaterial. Ich könnte mir sogar vorstellen, dass unser Prototyp eine Alien-KI gewesen ist.«

Zack runzelte die Stirn. »Aber wir sind keine Androiden.«

»Wo liegt der Unterschied?«

Zack starrte auf das stille Handy, ohne es wahrzunehmen. Es war nicht seine Art, über philosophische Fragen nachzugrübeln, aber diese eine begann ihn zu interessieren. »Wir sprechen von einem richtig menschlichen Androiden?«

»Ja. Natürlich.«

»Er kann alles, was ein Mensch kann?«

»Motorisch und kognitiv.«

»Kann er auch fühlen? Also, hat er Gefühle?«

Oliver nickte. »Genau das ist der Unterschied zwischen einem Menschen und einem Androiden: das Mitgefühl.«

»Das war einfach«, sagte Zack.

»Nicht überheblich werden. Denn wir erreichen jetzt die zweite Ebene. Stanley Milgram.«

»Von dem hab ich schon gehört«, sagte Zack, der sich an ein ähnliches Gespräch mit Lachlan erinnerte, nur wenige Monate zuvor. »Das Milgram-Experiment. Darin hat ein Psychologe nachgewiesen, dass ein Mensch einem anderen Menschen tödliche elektrische Schläge versetzen würde, wenn eine Autoritätsperson ihm das befiehlt.«

»Richtig. Jedoch ist man ungefähr ein halbes Jahrhundert später dahintergekommen, dass das nur die halbe Wahrheit ist. Gut die Hälfte aller Teilnehmer des Experiments soll sich in Wirklichkeit gegen die Befehle zur Wehr gesetzt haben. Dass ihnen eine Autoritätsperson etwas befahl, reichte also nicht. Das entscheidende Argument war, dass ihnen gesagt wurde, sie leisteten mit ihrem Gehorsam einen wertvollen Beitrag zur Wissenschaft.«

»Und dann haben sie mitgemacht?«

»Ganz genau. Interessant, nicht wahr? Der Mensch ist faktisch bereit, zu töten, wenn er glaubt, dadurch Gutes zu tun. Ist das nicht erschreckend?«

»Sehr sogar«, sagte Zack konsterniert. Dachte nicht auch Lachlan, dass er für das Gute stritt?

»Die Lehre, die wir daraus ziehen, ist die folgende: Der Mensch ist programmierbar.«

»Wie ein Android.«

Oliver nickte langsam.

»Wenn der Mensch die grausamsten Befehle umsetzt, nur weil eine Autoritätsperson sie ihm als guten Zweck verkauft, was denkst du, wozu man die Menschen alles bewegen könnte, würde man sie von der Last des freien Willens befreien und ihnen die guten Taten befehlen?«

Die Last des freien Willens.

Zack fühlte sich unbehaglich. »Und wer bestimmt, was eine gute Tat ist und was nicht?«

»Zwei Eigenschaften, die in dieser Konstellation nur bei den wenigsten Menschen vorkommen«, antwortete Oliver. »Anstand und Intelligenz. Die meisten Menschen sind nur entweder intelligent oder anständig oder nichts von beidem. Aber keine fünf Prozent sind beides. Welche Konsequenzen hat das für die Menschheit, was glaubst du?«

Zack dachte nach, wobei er unruhig auf dem Sessel herumrutschte, um eine bequemere Sitzposition zu finden. Er fand keine. »Wenn fünfundneunzig Prozent der Menschheit nur entweder intelligent oder anständig sind, dann könnte es sein, dass niemand eine richtige Entscheidung trifft. Weil man nicht alles berücksichtigt.«

»So ist es. Der freie Wille ist es folglich, der dem Durchschnittsmenschen am meisten schadet. Man könnte fast sagen, es liege in seiner Natur, destruktiven Thesen und Gruppierungen hinterherzulaufen – und so vieles mehr. Denken, das finden die meisten Menschen einfach zu anstrengend«, fügte Oliver hinzu. »Sie verwechseln Fühlen mit Denken und haben grundsätzlich nie einen Überblick über die Konsequenzen ihrer Taten.«

»Aber wir leben in einer Demokratie«, sagte Zack. »Es ist

gut, dass jeder einen freien Willen hat. Der freie Wille ist die Grundlage der Demokratie.«

»Durchaus. Die Demokratie ist eine feine Staatsform. Leider hat sie einen Makel. Sie funktioniert nur, wenn jeder, der in einer Demokratie lebt, auch Demokrat ist und Verantwortung übernimmt. Diejenigen, auf die das zutrifft, sind in der Minderheit. Die haben aber nichts zu entscheiden. Das tut die Mehrheit.«

Zack schüttelte stumm den Kopf.

»Tief in deinem Inneren weißt du, dass es stimmt«, sagte Oliver ruhig. »Henry sagte eines Tages – etwa vor drei Jahren –, man müsste eigentlich ein Gerät erfinden, das die Menschen dazu bringt, Gutes zu tun. Das sie nicht nur dazu ermuntert, sondern sie geradewegs zwingt. Das Gerät würde auf einer Ebene mit dem Geist der Menschen kommunizieren, die den Betroffenen nicht bewusst ist. Der Befehl würde ihnen also geradezu als Eingebung erscheinen, als ihre eigene Idee! Ein wahrlich brillantes Konzept.«

»Und das ist Erion.«

»Ja. Nach all den Jahren des Grübelns habe ich in Cronos endlich die Möglichkeit bekommen, ein solches Gerät zu entwickeln. Und es funktioniert.«

»Aber Erion funktioniert in alle Richtungen«, sagte Zack aufgebracht. »Heute habe ich einem Mann befohlen, einen USB-Stick in einen Zentralcomputer zu stecken, ohne zu wissen, was das soll. Und wer weiß, was jetzt passiert? Erion kann die Menschen zu allem bringen, nicht nur zu den guten Taten, sondern auch zu Mord und Suizid.«

»Deshalb wollte ich, dass du sie hast, Zack«, wandte Oliver ein. »Erion gehört in die Hände eines uneigennützigen Menschen, der sie für das Gute –«

»Ich bin nicht uneigennützig«, unterbrach Zack ihn. »Heute habe ich einem Mädchen den Kopf verdreht und es dann fallen gelassen wie ein benutztes Kondom.«

Oliver antwortete nicht sofort.

»Das … war nicht anständig von dir, zugegeben, aber ich halte an meinem Glauben an dich fest. Denn ich behaupte, du würdest Erion niemals einsetzen, um dieses Mädchen zu etwas zu zwingen, oder irre ich mich?«

»Nein. Das würde ich nicht. Ich würde Erion überhaupt nicht einsetzen, wenn ich nicht müsste.«

»Auch nicht, um zu verhindern, dass Lachlan großes Unheil anrichtet? Du könntest ihm mit Erion eine friedliche Zukunft schenken. Überleg mal: Er ist achtzehn – ungestüm, hormonell neben der Spur. Wie wird er wohl in zehn Jahren über sein heutiges Ich denken? Vielleicht wird er keine Gelegenheit bekommen, darüber zu reflektieren. Und falls doch, ist es für eine Umkehr bestimmt zu spät.«

»Aber es war sein freier Wille –«

»Zachary«, fiel Oliver ihm tadelnd ins Wort. »Spiel doch nicht immer dieselbe Schallplatte ab. Sieh doch dich an. Wenn du einen wirklich freien Willen hättest, wo wärst du dann jetzt? Was würdest du tun?«

Zack starrte ihn an. Er wusste keine Antwort.

»In einer Gesellschaft ist es notwendig, den freien Willen einem System aus Konventionen und Regeln unterzuordnen. Es ist nichts dabei, einen ungezogenen Jungen dazu zu zwingen, nach Hause zu kommen, wenn er gerade dabei ist, ein Kaufhaus abzufackeln. Also, Zachary, nimm diese verfluchte Pfeife und hol Lachlan zurück nach Hause.«

Zack schwieg.

Oliver nahm das Handy vom Tisch und wählte Persys Nummer; sie ging immer noch nicht dran. Also trank er von seinem Whiskey, und als die Stille zwischen ihnen unangenehm wurde, tat er, was er oft tat: Er ging.

»Ich kümmere mich um die Sache mit Persy und Cilian. Konzentrier du dich auf Lachlan.«

Zack nickte. Oliver ließ die Flasche Gallagher auf dem Tisch zurück, wo sie Zack bernsteingolden anfunkelte. Ihm stand der Sinn danach, sich sinnlos zu betrinken, um nicht länger dieses Gefühl ertragen zu müssen, das Oliver in ihm ausgelöst hatte. Denn er hatte recht. Verdammt, er musste Erion gegen Lachlan verwenden. Nein, nicht gegen ihn. Sondern für ihn. Für seine Zukunft.

Er würde Lachlans Willen brechen, damit er ein guter Bürger, vielleicht ein Familienvater werden konnte. Und damit er kein Feuer legte im Kaufhaus Europa. Zack kämpfte nicht gegen den Moment der Schwäche an, entstöpselte die Flasche Gallagher und nahm einen festen Schluck. Er hustete, als ihm der Alkohol unerwartet scharf in den Hals rann, und setzte die Flasche wieder ab. Dabei fiel sein Blick auf das Etikett. Ein Etikett, das er schon tausendmal gesehen, aber niemals richtig angeschaut hatte.

Er hustete noch einmal, legte die Hand auf den Mund und starrte mit tränenden Augen auf das Etikett. Nein, dachte er. Nein, das kann nicht sein. Jetzt dreh ich durch.

Er blinzelte, rieb sich über die Augen, sah erneut hin. Ihm dämmerte, dass er sich nicht täuschte.

›Gallagher Whiskey‹, stand da, darunter: ›Single Malt, Irish Whiskey, destilliert, gereift und abgefüllt in Glenveagh Castle, Donegal, Irland, 40 % vol.‹ Und darüber schwebte das Logo, ein Turm, den Zack immer für eine Anspielung auf Glenveagh Castle gehalten hatte. Doch jetzt sah er, dass der Turm zwei feine, silbern glänzende Beine hatte, die er rechts und links abspreizte. Oben aus den Turmzinnen ragte etwas, das ein Kran sein mochte. Aber nur, wenn man das Emblem nicht im Ganzen betrachtete.

Im Ganzen besehen stellte es nichts anderes dar als einen dreibeinigen Galgen. Das Symbol, das Emil Lachlan mit heißem Eisen auf die Brust gebrannt hatte.

»Was soll das?«, flüsterte Zack.

Er nahm die Flasche und lief in die Bücherei, um Oliver zu fragen. Doch er war nicht dort, und auch nicht im Keller, nicht im Bad im ersten Stock oder im Schlafzimmer. War er heimlich aus dem Haus gegangen? Zack konnte sich das nicht erklären. Mit Kopfschmerzen stand er in der Eingangshalle, die Whiskeyflasche in der Hand, und inspizierte die Garderobe. Olivers Schuhe fehlten.

Auf Zacks Anruf reagierte er nicht.

Zack packte den Kissenbezug, der neben seinen Schuhen lag, und schleppte ihn nach oben in sein Zimmer. Den Whiskey stellte er auf den Schreibtisch, und den Kissenbezug warf er aufs Bett, bevor er sich danebensetzte und das Kinn in die Hand stützte. Denk scharf nach, dachte er. Was hat das zu bedeuten? Vielleicht gar nichts. Vielleicht hatte

Emil sich einfach einen Spaß daraus gemacht, Lachlan mit dem Symbol zu schmücken, das auch auf dem Emblem der Firma seiner Mutter abgebildet war. Quatsch, dachte Zack; das wäre niemandem jemals aufgefallen, und wo wäre da der Witz gewesen? Emil war nicht diese Art von irre.

Die Sekte, fiel es ihm ein. Lachlan hatte sie Freemind genannt, und den Namen hatte er von Griffin – genau wie die Info, dass Emil angeblich unter dem Einfluss dieser Sekte stand. Was, wenn der dreibeinige Galgen das Symbol der Freemind-Sekte war? Wollte Emil an Lachlan eine Art Ritualmord verüben? Aber was hatte das Symbol dann auf der Flasche zu suchen? Womöglich war die Erklärung dafür ganz einfach. Der Designer des Etiketts hatte der Sekte angehört, und Persy war das Zeichen nie aufgefallen. Oder es handelte sich um einen Zufall. Zack öffnete die Suchmaschine auf seinem Smartphone und tippte nacheinander ›Freemind‹, ›Freemind-Sekte‹ und ›Freemind Symbol‹ in die Leiste, ohne etwas zu finden, das ihm auch nur einen Schritt weiterhalf. Die Unruhe trieb ihm das Herz an.

Wer – abgesehen von Griffin und vielleicht noch Persy – wusste wohl etwas darüber? Lachlan bestimmt. Und falls wirklich eine Sekte dahintersteckte … Zack fingerte den USB-Stick aus der Hosentasche, gab sich einen Ruck und stand auf, um die Zimmertür abzuschließen. Entschlossen schüttelte er den Cronos Cube aus dem Kissenbezug. Je früher Lachlan nach Hause kam, desto besser.

[19]

Vor den Fenstern der Residenz am Rande dämmerte der Tag heran, als Zack sich auf dem Bett aufrichtete. Er durchsuchte seine Hosentaschen und fand Erion dort, wo er sie zuletzt hatte – griffbereit isoliert von dem Stapel auf der linken Seite. Während er darüber nachdachte, was er tun sollte – ob er sie vorsichtshalber im Zimmer ließ oder mitnahm, um Lachlan im erstbesten Moment erwischen zu können –, trat er ans Fenster, öffnete es und lauschte nach draußen auf explodierende Granaten und das Knattern von Sturmgewehren.

Es war ganz still und eisig kalt. Doch auf dem Schnee, der die Dächer, Hügel und Bäume bedeckte, lag ein ganz besonderes, klares Licht, königsblau, noch nicht ganz Tag, aber auch nicht mehr ganz Nacht. Die Uhr neben dem Radio stand auf kurz vor Morgen, und in der Sekunde, bevor sich das Gerät von selbst einschaltete, ließ irgendwo da draußen ein Vogel einen einzigen Laut los, der vielleicht »Hey, schlaft ihr alle noch?« bedeutete.

»Die Nacht neigt sich dem Ende, und was für eine Nacht«, flüsterte die raue Stimme des Radiomoderators in einen Swing-Song hinein. »Die Hexen der Eisenklamm haben die Shooter von Flüsterheim zu einer Schlacht herausgefordert. Und wer hat sie gewonnen? Niemand. Außer einer Pazifistin, der das Wunder gelungen ist, aus ihrem Pub eine Friedenszone zu machen. Ein starkes Signal …«

Zack verließ das Zimmer und stieg die Treppe hinunter in den Schanksaal. Er wollte warten, bis die Nacht definitiv vorüber war, und zapfte sich am Rondell einen Kaffee. Die Hähne für alkoholische Getränke waren allesamt verschwunden; jetzt gab es neben Kaffee nur noch Tee, Kakao, weiße Schokolade, Mandel-, Reis-, Kuh- und Pfaffelnussmilch und Säfte von jeder Frucht der Welt.

Lachlan war nicht mehr da, was Zack bedauerte, denn er hatte Erion nun doch in der Hosentasche gelassen. Er hatte sich vorgenommen, sofort sein Safeword zu sagen, falls ihm auch nur die kleinste Kleinigkeit seltsam vorkam; aber sein Instinkt sagte ihm, dass nichts passieren würde, schließlich hatte Griffin vergangene Nacht die beste Gelegenheit verstreichen lassen, die er sich wünschen konnte. In einer Ecke saßen ein paar Leute mit Kugelfischkameras, mittendrin eine aufgedreht wirkende Frau, vermutlich die Reporterin. Zack wollte nicht das Risiko eingehen, erkannt zu werden (zum Glück hatte er auf den letzten Metern vor Porkupines Pub eine Sturmmaske getragen) und setzte sich so weit weg wie möglich. Der Saal hatte sich geleert. Auf der Leinwand liefen Aufnahmen der Schlacht.

Zack öffnete sein KomBu und legte sich eine Nachricht für Lachlan zurecht. Doch dieser war ihm zuvorgekommen: *Hey Zack,* schrieb er, *wir sind im Stinktier, wo steckst du? Porki fragt ständig nach dir.*

Ob Lachlan noch dort war? Vielleicht sollte ich ihm lieber nicht schreiben, dass ich ihn treffen will, dachte Zack.

Wenn Lachlan Verdacht schöpfte, würde er verhindern, noch einmal mit ihm allein zu sein.

Musste was erledigen, antwortete er. *Bin jetzt in der Residenz. Komme gleich zu euch.*

Wie genau würde er vorgehen? Würde er Lachlan einfach nur befehlen, nach Hause zu kommen? Oder ließ er sich vorher von Lachlan zu Griffin führen? Vielleicht würde er Lachlan den Befehl eingeben: »Sag mir, wie ich zu Griffin komme, und dann begib dich zur nächsten Polizeistation.« Oder er zwang Lachlan dazu, seinen Aufenthaltsort preiszugeben ... Zack sah sich schon im Auto sitzen.

Er hatte seinen herrlich bitteren Kaffee fast ausgetrunken, als ihn ein Tumult im Treppenhaus aus den Gedanken riss. Die Tür sprang auf, und eine Horde kreischender Kinder quoll in den Saal. Die frisch gehäuteten Eksis sprangen auf die Stühle und Tische, tranken Saft und Pfaffelnussmilch direkt aus den Hähnen, schubsten einander und lachten, wenn sie dabei in andere Spieler hineinrumpelten. Ein Eksimädchen blieb vor Zack stehen und starrte mit großen Augen zu ihm hoch. Es lutschte an seinem Zeigefinger.

»Wie heißt du?«, fragte sie.

»Zack.«

»Wie alt bist du?«

»Neunzehn.«

Sie riss den Mund auf. »SO ALT?« Und kichernd rannte sie davon. Nach und nach sammelten sich die Eksis vor dem Ausgang, in Zweierreihen, manche hielten sich wie Kindergartenkinder an den Händen. Es waren inzwischen mindestens zweihundert, und immer noch drangen weitere

Eksis aus dem Treppenhaus in den Schanksaal. Vor der Tür verebbte das Geschrei. Sie traten von einem Fuß auf den anderen. Ein Eksijunge rief: »Aaaufmachen!«

Doch selbst als ein Shooter hereinkam und die Tür dabei aufschwang, blieben die Eksis, wo sie waren. Sie wurden ganz still, sahen sich um, warteten auf irgendetwas – eine gute Minute oder länger. Bis ganz plötzlich ein Sonnenstrahl durch ein Fenster in den Saal fiel und ihn in ein magisch-goldenes Licht hüllte. Fast im gleichen Moment drang von draußen Glockengeläut herein, und die Vier-Jahreszeiten-Uhr an der Wand sprang auf Frühling. Jetzt stießen die beiden Eksis, die ganz vorne standen, die Tür weit auf, und hüpfend, springend und singend liefen sie in den Tag hinaus. Der Duft der Erneuerung wehte in den Saal, und Zack ertappte sich dabei, wie er tief einatmete.

Er musste zu Fuß zum Schlafenden Stachelschwein gehen, weil die Straßenbahn noch außer Betrieb war. So erlebte er Flüsterheim wie nie zuvor: Von den Fachwerkhäusern strahlten die Silikatfarben, und auf den Holzgestängen glänzten die Lasuren, die Fassaden der gemauerten Hochhäuser waren glatt, makellos und frei von Vogelkot, und kein Staubkorn beschmutzte das Pflaster, dessen rundliche Kopfsteine in Blau, Gelb, Rot und Grün leuchteten. Das Licht der aufsteigenden Sonne spiegelte sich in nagelneuen Fenstern, und in denen der Läden häuften sich die Auslagen. Nicht in allen allerdings: Die Geschäfte der Eksis blieben verwaist. Schilder verrieten, dass sie zur Mittagszeit öffneten; währenddessen sah man die lustigen Wesen mit den magnetischen Ohren durch die Straßen tollen, als wäre ihre Stadt ein einziger Spielplatz.

Der Schnee war fast geschmolzen, die letzten Häuflein auf den Grünstreifen wurden langsam immer kleiner. In den Bäumen raschelten die gehörnten Eichhörnchen. Ein Muerto mit Schürze stellte Tische und Stühle vor sein Café, und es dauerte nicht lange, bis die ersten Spieler dort saßen und die Gesichter in die Sonne hielten. Die Temperaturen stiegen so rasch, dass Zack in seiner Jacke zu schwitzen begann. Er bog in die Sonnensturzgasse ein und blieb überrascht vor der Nummer 9 stehen: Ein neues Schild hing über dem Eingang, ›Porkis Pub‹ stand darauf. Daneben hing in Himmelblau die schematische Darstellung einer fliegenden Taube, versehen mit dem Schriftzug ›Friedenszone‹.

»Zack!«, kiekste Porkupine, als Zack eintrat. Sie saß allein an der Bar – keine Spur von Lachlan oder Melpo. »Die anderen sind schon weg, du hast sie gerade verpasst, ich hab dich hier vermisst, wo warst du nur?«

Sie fiel ihm um den Hals.

»Was erledigen«, sagte Zack und klopfte ihr unbeholfen auf den Rücken. Er hatte jetzt wirklich keinen Nerv für so was. »Hat Lachlan gesagt, wo er hingeht?«

»Nein, aber ich bin wahnsinnig froh, dass du hier bist. Irgendjemand hat auf mich geschossen, und dabei wurden alle Waffen zerstört, da draußen laufen ein paar echt wütende Shooter herum … Immer ist irgendwas!« Munter plappernd wirbelte sie hinter den Tresen, klapperte mit Flaschen und Gläsern, schaltete Musik ein. »Du warst so unglaublich mutig! Ich bin dir so dankbar.«

»Ich habe am wenigsten von allen gemacht«, sagte Zack, ohne kokettieren zu wollen; er war schließlich hauptsächlich mit Lynch beschäftigt gewesen.

»Du warst da, als Melpo gefallen ist.«

Aber das wäre sie nicht mal, wenn ich die Granate in die andere Richtung geworfen hätte, dachte Zack. Egal; er hatte keine Lust, die Schlacht Revue passieren zu lassen. Was jetzt? Er hatte Lachlan schon geschrieben, dass er in Porkis Pub wolle; jetzt blieb ihm nur, hier zu sitzen und zu warten, bis er aufkreuzte.

Falls er aufkreuzte.

»Und, verrätst du mir jetzt, warum dein Pub unbedingt in Flüsterheim sein musste?«, fragte er.

»Ach, mir gefällt es hier«, wich Porkupine aus.

»Ich habe zufällig gehört, was du zu dieser Shooterin gesagt hast«, entgegnete Zack herausfordernd. »Wie war ihr Name noch mal? Hörte sich an wie Datum.«

»Datura«, sagte Porkupine leise. Zack konnte zusehen, wie sie vom Kinn bis zur Stirn rot anlief. »K-k-kannst du das bitte für dich behalten? Ja?«

»Klar«, sagte Zack. »Wer ist Datura?«

Sie stellte ihm eine Limonade in den Farben einer Regenbogenfahne hin. »Probier mal.«

Er klemmte den Strohhalm zwischen die Lippen, kostete und schüttelte sich. »Viel zu süß.«

»Das liegt daran, dass du ein Shooter bist.«

»Nein, ich mag einfach keinen Süßkram. Lachlan würde diese Limo lieben, der mag das so …«

»Er mochte sie auch nicht.«

Unmöglich, dachte Zack. Wahrscheinlich lag es daran, dass Lachlan Porkupine eh nicht besonders gut leiden konnte – zumindest hatte Zack den Eindruck.

»Datura ist – war – ach, ich weiß nicht – jedenfalls waren wir ein Paar«, sagte Porkupine. »Sie ist meine erste große Liebe. Ich wollte sie heiraten.«

»Oh«, machte Zack betroffen. Das war so ziemlich das Letzte, womit er gerechnet hätte. Er starrte sie an; es ging nicht in seinen Kopf, dass diese hübsche junge Frau lesbisch sein sollte, außerhalb seiner Reichweite.

»Es ist nicht so, wie du denkst«, sagte Porkupine, ohne ihn anzusehen. »Ich weiß, wie das aussieht – als würde ich meine Ex-Freundin stalken – aber es ist – komplizierter. Weißt du, Datura und ich, wir kennen uns nicht aus Cronos. Wir sind zusammen zur Schule gegangen.«

»Verstehe.«

»Wir waren gerade zusammengezogen, und ich habe meinen Führerschein gemacht. Meine Eltern waren mit uns nicht einverstanden, deshalb musste ich ihn selber bezahlen, und so hat es ein paar Jahre länger gedauert. Jedenfalls hatte ich ihn dann. Wir haben uns einen Wagen gemietet und sind damit nach Italien gefahren.« Porkupine kamen die Tränen. »Tut mir leid, ich erzähle das sonst nie jemandem«, sagte sie und zog die Nase hoch.

»Schon gut, du musst nicht –«

»Doch, du hast mir ja geholfen, du darfst das wissen. Datura hat den Wagen auf ihren Namen geliehen, und ich durfte ihn auch ein Stück fahren. Aber dabei bin ich in Panik geraten und hab die Kontrolle über den Wagen verloren, und wir sind auf die Gegenfahrbahn geraten, bei hundertvierzig oder so, und dabei hatten wir diesen schrecklichen Unfall. Mir ist fast gar nichts passiert, nur eine Gehirnerschütterung, aber Datura – Datura ist gestorben.«

Also hat man sie wahrscheinlich wieder zurückgeholt, dachte Zack. Und seither kann sie sich nicht mehr an Porkupine erinnern, oder sie ist wütend.

»Nach ihrer Beerdigung«, sagte Porkupine, »ist für mich die Welt zusammengebrochen. Ich habe wirklich nicht mehr gewusst, was ich tun sollte –«

»Hast du gerade gesagt, sie wurde beerdigt?«

Porkupine nickte. »Ja. Ich hab ja gesagt, es ist kompliziert. Ich war danach jedenfalls fast nur noch in Cronos unterwegs. Und irgendwann – das ist in Ma'quoia gewesen – habe ich sie plötzlich wiedergesehen. Datura, meine ich. Sie ist einfach an mir vorbeigelaufen, stell dir vor! Und als ich sie angesprochen habe, war sie ganz komisch. So höflich und distanziert, als hätten wir uns noch nie getroffen. Aber es war Datura, sie hat sogar auf ihren richtigen Namen reagiert.«

»Unmöglich«, sagte Zack.

»Das hab ich auch gedacht. Bis mich ein Entwickler kontaktiert hat – kein Admin, sondern ein richtiger Entwickler. Es war ein Japaner. Ich weiß seinen Namen nicht mehr – Yoshi, glaube ich. Oder Hoshi. Jedenfalls hat er mir erklärt, was er da gemacht hat. Das war nämlich sein Werk. Entschuldige, ich rede total wirr –«

»Gar nicht, ich komme mit. Sprich weiter.«

Er hatte den Eindruck, dass ihr das guttat. Porkupine lächelte zittrig. »Okay, dann halt dich fest … der Cronos

Cube erstellt bei jedem Login ein Image von deinem Gedächtnis, also eine Art Kopie. Nur so ist es möglich, dass der Cube eine Erfahrung, die du noch nie zuvor gemacht hast, für dich in einem anderen Gedächtnis abruft. Das passiert nicht am aktiv eingeloggten Spieler, sondern am aktuellen Image seines Gedächtnisses. Kannst du mir folgen? Denn ich fand das am Anfang echt schwer –«

»Ich kann dir folgen.«

»Gut. Also, das Image bleibt erhalten, wenn du dich ausloggst. Wie ein Back-up. Und wenn man ein Entwickler ist, dann kann man theoretisch darauf zugreifen. Das weiß nur niemand – die Leute würden wahrscheinlich durchdrehen, wenn sie es wüssten. Darüber denkt ja keiner nach, dass er sich mit einem Login in Cronos zum gläsernsten Menschen macht, der jemals auf Erden gelebt hat.«

Zack wusste nicht, was er sagen sollte.

»Dieser Yoshi – oder Hoshi – hat Datura persönlich gekannt, was ich nicht gewusst habe. Er hat mir erzählt, dass sie einen Deal hatten. Er durfte ein Image ihres Gedächtnisses für ein Experiment benutzen, und nach ihrem Tod hat er einfach das aktuellste genommen und es in einem NPC gespeichert, den er nach ihrem Aussehen modelliert hatte. Die Datura, die ich in Ma'quoia getroffen hatte, war also eine perfekte Kopie meiner Datura kurz vor unserem Unfall. Nur mit einem kleinen Fehler …«

Porkupine verlor die Fassung; sie schluchzte auf und konnte nicht weitersprechen. Zack hatte keine Ahnung, ob er ihr glauben sollte – vielleicht hatte der Entwickler ihr Unfug erzählt, so etwas konnte es ja schließlich nicht geben, oder? Er wartete ab, bis sich Porkupine beruhigt hatte, dann sagte er: »Sie erinnert sich nicht mehr an alles, zumindest nicht an dich, stimmt's?«

Porkupine nickte.

»Aber wenn ich lange genug in ihrer Nähe bin, dann kommt es langsam wieder. Es dauert zwei, drei Wochen, dann sieht sie mich wieder so an wie früher, vor dem Unfall. Und sie kann Details abrufen. Leider verspürt sie keine Angst mehr – sie ist so leichtsinnig, dass sie nie lange überlebt. Ständig wird sie in die Luft gejagt, erschossen, erstochen, oder sie fällt von einer Klippe.«

»Und dann?«

»Sie stirbt wie ein NPC – also vollständig. Yoshi resettet sie dann. Und das heißt für mich –«

»– dass du jedes Mal von vorne anfangen musst«, sagte Zack. Eine unerträgliche Geschichte. »Und weil Datura derzeit bei den Shootern von Flüsterheim abhängt, wolltest du dein Pub unbedingt hier haben?«

»Ja. Ich hoffe, sie kommt vorbei.«

Porkupine lächelte vorsichtig, und wieder hatte Zack das Gefühl, dass ihm das Herz brach. Er hatte das unwiderstehliche Verlangen, Porkupine zu beschützen, obwohl er niemals bei ihr landen würde.

»Schön, dass ich dabei helfen konnte.«

»Oh, ja«, sagte Porkupine. Sie wischte sich die Augen und fuhr munterer fort: »Ich bin wirklich erleichtert, dass die anderen beiden mitgeholfen haben, obwohl ich ihnen den Gefallen nicht erfüllen konnte.«

»Welchen eigentlich?«, fragte Zack.

»Ich sollte Mittwoch um 21 Uhr irischer Ortszeit in einem Pub anrufen. Zuerst hat mir Lachlan etwas auf einer Flöte vorgespielt, was mich so verwirrt hat, dass ich mir die Nummer danach nicht merken konnte. Willst du vielleicht etwas anderes trinken? Ein Bier?«

Zack starrte sie an. *Auf einer Flöte* ... Lachlan und Melpo hatten versucht, Porkupine zu hypnotisieren. Mit der Kopie von Erion. Die nicht funktioniert hatte. Und genau das wollten sie herausfinden – sein Herz ging schneller. »In welchem Pub solltest du anrufen?«

»Ich weiß den Ort nicht mehr genau. Die Nummer lautete null, null, drei, fünf, drei ...«

Die irische Ländervorwahl. »Weiter?«

»Warum willst du das so genau wissen? Ich weiß die komplette Nummer eh nicht mehr«, sagte sie.

»Egal, sag schon. Einfach so.«

»Na, gut. Danach kam zwei, acht, eins, neun, acht ... und von da an weiß ich nicht mehr.«

»Zwei, acht?«

»Ja.«

Wenn Lachlan persönlich im Pub gewesen war, um den Eingang von Porkis Anruf zu überprüfen, dann befand er sich noch in Irland, und zwar irgendwo im Süden im County Cork, wo alle Vorwahlen mit einer zwei begannen. Die Stadt Cork hatte die Vorwahl 21, also hielt sich Lachlan in den ländlicheren Regionen auf. Aber wo genau? Welcher Ort hatte die Vorwahl 28? Bantry? Oder Skibbereen?

»Gibt es eine Möglichkeit, von Cronos aus ins Internet zu gehen?«, erkundigte er sich.

Porkupine sah ihn an, als wäre er verrückt geworden. »Ich glaube nicht! Stell dir vor, was hier sonst los wäre! Was rauskann, das kann schließlich auch rein.« Sie stellte ihm unaufgefordert ein Bier hin, vielleicht um zu vermeiden, dass er sie hier allein ließ.

Doch das wäre gar nicht nötig gewesen.

Die Tür ging auf, und zwei Muertofrauen traten ein. Porkupine reckte den Kopf.

»Hallo«, sagte die eine. »Bist du die Pazifistin, die heute Nacht den Shootern das Feuer abgeluchst hat?«

»Ja, die bin ich«, sagte Porkupine.

»Wow«, raunten die beiden Frauen. »Herzlichen Glückwunsch! Hast du jetzt immer geöffnet?«

»Tag und Nacht«, verkündete Porkupine strahlend.

Als hätten die beiden Muertos einen Bann gebrochen, schwang die Tür von da an immer häufiger auf, und die Bar füllte sich. Porkupine wurde mit Glückwünschen und Bewunderung überschüttet, und nachdem Zack sie darum gebeten hatte, verzichtete sie sogar darauf, ihn ihren Gästen immer wieder als »den Helden des Tages«, »ihren mutigen Retter« oder »den furchtlosen Zack« zu präsentieren. Bald war sie so beschäftigt damit, Hände zu drücken, Bestellungen aufzunehmen und Getränke zu verteilen, dass Zack in Ruhe über das nachdenken konnte, was er gerade erfahren hatte. Lachlan war nicht aus der Welt. Es wäre tatsächlich möglich, ihn abzuholen – vielleicht sogar ohne den Einsatz von Erion. Was wollte er denn tun, wenn Zack und sein Vater plötzlich auf der Türschwelle standen?

Melpo war das größere Problem.

Oder … vielleicht auch nicht.

Während Zack darüber nachgrübelte, wurde ihm klar, dass Porkupine ihm ein Geschenk gemacht hatte. Nicht nur Lachlan, sondern auch Melpo betreffend. Melpo stand Griffin nah genug, um ein Auto für ihn in die Luft zu jagen, ganz zu schweigen von allem anderen, was Zack über sie wusste. Ganz bestimmt wusste sie auch, wie man Griffin in Cronos erreichte … Zack packte sein KomBu aus und schrieb hinein. Er hatte einen Plan. Einen ziemlich guten.

Etwa nach einer halben Stunde, als Porkis Pub derart brummte, dass wirklich nur noch der Barhocker neben Zack frei war, trat ein Purgator ein. Er war so groß, dass er sich unter dem Türsturz hindurchducken musste, obwohl er durch seine ziegenbockartig geknickten Beine ohnehin nicht ganz aufrecht stand. Seine Konstruktion war die eines hoch entwickelten Roboters, der mit einem kleinen Reaktor funktionierte, den der Purgator wie einen Rucksack auf dem Rücken trug. Mit grünen Augen, die in einem schwarzen Glasgesicht glühten, spähte er nach rechts und links durch das Pub – und blieb an Zack hängen. Er kam herüber und hielt neben ihm an. Um auf dem Hocker Platz zu nehmen, war er zu groß. Zack sah zu ihm auf.

»Hallo, Zack, was für eine Überraschung.«

»Kathy?« Es war ihre Stimme.

»Ja. Du hast eine andere Klasse erwartet, was? Warte mal einen Moment –« Sie drückte einen Knopf an ihrem linken Unterarm, der wie der Rest ihres Körpers ganz aus Chrom gemacht war. Es gab ein pneumatisches *Pffft,* und der ganze Purgator schrumpfte in sich zusammen, bis er groß genug war, um bequem neben der Bar zu stehen. Sie befanden sich jetzt auf Augenhöhe. Kathy betätigte einen zweiten Knopf, diesmal auf Höhe ihres rechten Ohrs (nur dass sie keine Ohren besaß). Die schwarze Scheibe, in der die grünen Augen leuchteten, schob sich nach oben in den Schädel wie ein Visier. Darunter kam Kathys langes Gesicht zum Vorschein. »So, jetzt kann ich auch was trinken«, sagte sie. »Das tut man als Purgator nicht so oft. Es ist nämlich nicht so, dass mein Körper in diesem Ding stecken würde. Das hier ist nur ein Feature, das für begrenzte Zeit meinen Kopf sichtbar macht. Ziemlich schräg, was?«

Sie lächelte.

»Schön, dass du so schnell gekommen bist«, sagte Zack. »Ich könnte nämlich deine Hilfe brauchen.«

»Geht es um Lachlan?«

»Auch.«

»Ist er hier irgendwo?«

Zack verneinte und erzählte ihr in groben Zügen, was passiert war, ohne dabei Erion oder Lynch zu erwähnen. Es reichte, sie wissen zu lassen, dass Lachlan nach Griffins Pfeife tanzte. »Aber ich weiß schon, wie ich ihn zurückhole. Es wäre gut, wenn du dich da vorerst nicht einmischst. Verlass dich ganz auf mich.«

»In Ordnung. Wie kann ich sonst helfen?«

Zack dämpfte die Stimme. »Wir stellen jemanden zur Rede. Ich sag dir draußen, wen. Frage vorab: Weißt du, zu welchem Ort in Cork die Vorwahl 28 gehört?«

»Das ist Skibbereen«, sagte Kathy. »Ich habe da unten Verwandtschaft. Ist Lachlan –?«

»Weiß ich nicht genau. Eine andere Frage: Wenn ich jemandem über das KomBu eine Nachricht schreibe, wird dann mein Name automatisch beim Empfänger angezeigt?«

»Nur wenn du ihn dazuschreibst.«

Perfekt.

Kathy bestellte sich einen Papayasaft und beglückwünschte Porkupine, mit der sie sich auf Anhieb verstand. Während sich Kathy von Porkupine noch einmal erzählen ließ, wie sie mit Melpos und Zacks Hilfe das Pub zur Friedenszone gemacht hatte, schlug Zack sein KomBu auf. Er musste seine Worte weise wählen; ein einziger Fehler, und der Plan ging nach hinten los. Als Porkupine einen Blanko mit Papayasaft füllte und diesen in ein hübsches, gewundenes Glas kippte, legte sich Zack auf eine Formulierung fest. Er schrieb:

Femke Sommerfeld, ich weiß, dass du den Anschlag verübt hast, und ich weiß auch, dass du dich in einem Dorf im County Cork versteckst. Ich habe die META schon darüber informiert. Sie ist längst vor Ort und behält dich im Auge. Solltest du dich jedoch kooperativ zeigen, wird die META darauf verzichten, dich festzunehmen. Ich erwarte dich zur Mittagszeit am Kraftwerk in Flüsterheim. Und ich rate dir nicht, jemanden einzuweihen.

Zufrieden mit sich selbst las Zack die Zeilen noch einmal, bevor er das KomBu schloss. Sein kurzer Brief würde genauso funktionieren wie die Propaganda der Regierung: durch die Verflechtung von Wahrheit und Lüge. Wenn Melpo las, dass er vom Anschlag wusste, würde sie keinen kühlen Kopf bewahren können und somit kaum durchschauen, dass er nicht den genauen Aufenthaltsort genannt hatte, sondern nur *ein Dorf im County Cork.* Auch das mit der META würde sie ihm abkaufen, denn wenn er ihr Versteck kannte, war der Gang zu den Sicherheitsbehörden nur die logische Konsequenz. Trotzdem kribbelte ihm die Nervosität in der Nase. Griffin war wie der Teufel, trickreich und omnipräsent – womöglich hatte er sogar einen Maulwurf bei der META, der ihm verriet, dass niemand Melpo observierte.

Aber er musste es versuchen.

Kathy verwandelte gerade eine Karte in einen Stapel Broschüren, die sie auf den Tresen legte. »Kannst du die hier auf den Tischen verteilen?«, fragte sie Porkupine, die anscheinend wusste, wovon die Rede war.

»Klar, ich unterstütze euch gern.«

Es handelte sich um ein dünnes Heft mit der Aufschrift ›Flüsterheims Führer für furchtlose Fußgänger‹. Kathy reichte Zack ein Exemplar und sagte: »Von der Initiative Autofreies Cronos, der ich angehöre. Lies doch mal rein.«

Er blätterte durch die Seiten, ohne auch nur einen einzigen Satz zu behalten. Als Porkupine außer Hörweite war, legte er die Broschüre weg und sagte zu Kathy: »Wir müssen mittags am Kraftwerk sein.«

»Ich bin gespannt«, sagte Kathy. »Steck dir noch ein paar Broschüren ein und erzähl deinen Freunden von uns, ja? – Oh! Ich bekomme gerade einen Notruf rein –«

»Notruf?«

Sie schloss ihr Visier per Knopfdruck. Die grünen Augen leuchteten auf, und Zack sah winzige Buchstaben über das schwarze Glas rieseln. »Ich hab dir gar nicht erzählt, dass ich ein Admin bin. – Ach, du grüne Neune! Ich muss los. Komm ruhig mit, vielleicht brauche ich Verstärkung. Wir nehmen draußen eine Tunnelmurmel. Los!«

Zack winkte Porkupine, die bei Gästen an einem Tisch stand und nur kurz über die Schulter sah.

»Was ist denn passiert?«, fragte er Kathy. Draußen vor dem Pub kramte sie einen goldenen Golfball aus ihren Karten und ließ ihn auf dem Boden zerspringen. Eine altmodische Straßenlaterne wuchs aus den Scherben in die Höhe, mit einem schwarzen Bein und einer Schnur, die von einem schmutzig-gläsernen Glühbirnenkasten hing.

»Verdächtige Personen am Staudamm«, sagte Kathy knapp. »Bist du schon mal mit einer Tunnelmurmel gereist? Du musst den Stiel anfassen – und festhalten –«

Kathy zog an der Schnur, und als hätte jemand die Sonne ausgeknipst, legte sich Dunkelheit auf den Platz. Das Klicken wiederholte sich, und das Licht kehrte genauso plötzlich zurück, wie es verschwunden war. Sie standen auf einem Waldweg, ähnlich jenem, der zum Kraftwerk führte. Nur lag dieser hier unter freiem Himmel, weil der Weg über eine von den Fichten freigegebene Lichtung lief. Der Staudamm ragte wie ein grauer Himmel über ihnen auf, so hoch, so gewaltig, dass Zack den Kopf tief in den Nacken legen musste, um seine Oberkante zu erspähen. Er stellte sich die Wassermassen vor, die sich von der anderen Seite gegen die Mauer drückten, ein mächtiger, schwerer, amorpher Körper, der jeden noch so haarfeinen Riss im Damm nutzen würde, um sich mit Getöse zu befreien.

Kathy eilte voran.

»Diesmal erwische ich den Mistkerl«, sagte sie. Mit ihren langen mechanischen Beinen eilte sie so schnell voran, dass Zack rennen musste, um mit ihr Schritt zu halten. Sie folgten dem Pfad ins Buschwerk: Er verlief leicht abschüssig und endete vor einem großen Loch, das in den Fuß des Damms gesprengt worden war. Schotter, Ruß und Staub. »Er denkt wohl, wir kriegen das nicht mit, wenn er sich einen Hintereingang bombt –«

»Von wem redest du?«, fragte Zack, der auf Kathys Fersen über den Schotter kletterte. Aus dem Loch im Damm kam ihnen kühle, muffige Luft entgegen.

»Der Typ, der den Anschlag auf den Damm verübt hat, vor ein paar Wochen«, sagte Kathy. »Er ist anscheinend zurückgekehrt und versucht es jetzt noch mal.«

Sie kletterten durch das gesprengte Loch in einen Tunnel, der horizontal durch den Staudamm verlief. Elektrische Lichter beleuchteten den Schacht, also musste es irgendwo auch offizielle Zugänge geben. Der ungeladene Gast hatte sich kurzerhand eine Abkürzung gesprengt. »Ich glaube nicht, dass er denkt, dass ihn niemand bemerkt hat«, sagte Zack.

»Ich ehrlich gesagt auch nicht.«

»Und das bedeutet –«

»– er braucht nicht lange.«

Zack sah sich im Tunnel um, wieder dachte er an die Wassermassen, die jetzt noch ein bisschen näher, noch ein bisschen bedrohlicher waren, und er stellte sich vor, wie der Beton in Schotter und Gischt explodierte, schneller, als er sich an sein Safeword erinnern konnte. Kathy blieb stehen und tippte auf einer Tastatur herum, die sie auf ihrem linken Unterarm geöffnet hatte. Plötzlich pulste ein grünes Licht durch den Tunnel, und sowie es nach beiden Seiten in der Ferne verschwunden war, tauchte ein schimmerndes Hologramm über Kathys ausgestreckter Hand auf. Eine dreidimensionale Karte des Tunnels. An einer Stelle blinkte gelb ein Warndreieck mit einem Baustellenpiktogramm – und darunter ein neonpinker Punkt.

Der Eindringling.

»Er ist da, wo er es schon einmal versucht hat – ich geh vor, sorry, Zack«, sagte Kathy, löschte das Hologramm und rannte los, ein paar Schritte weit – dann zerplatzte ihr Körper: Arme und Beine, Torso und Becken, der Kopf, alles fiel auseinander und schrumpfte, transformierte sich zu sieben Bowlingkugeln, die mit Düsenantrieb davonzischten. Zack blieb zurück, allein mit seinem Atem und seinen Schritten, die von der kathedralenartigen Decke hallten, und seinem Schatten, der vor jeder Glühbirne neu entstand, an ihm vorbeihuschte und verblasste. Kathy – oder die Kugeln, in die sie sich verwandelt hatte – waren am Ende des Tunnels nicht mehr zu sehen, und das ärgerte ihn. Der Weg kam ihm endlos vor. Wäre er nur in Porkis Pub geblieben. Vielleicht war sogar Lachlan inzwischen da.

»Hey, du!«

Wind schlug Zack in den Nacken. Er drehte sich um und duckte sich erschrocken, als die Flügel einer riesigen Gans haarscharf über ihn hinwegfegten. C saß auf ihrem Rücken; er ließ die Gans landen und warf sich die Dreadlocks über die Schulter. »Rauf mit dir!«

Zack zögerte nicht lange, kletterte hinter ihm auf den Rücken der Gans und hielt sich an Cs Schultern fest. Er wollte sich gerade bedanken, als die Gans mit den Flügeln schlug und sich vom Boden abstieß.

»Festhalten!«, rief C.

Zack presste die Knie gegen den weichen Gänsekörper. Der kühle Tunnelwind wischte ihm übers Gesicht, Cs Dreadlocks schlugen ihm gegen das Kinn, rechts und links dehnten sich die Lichter zu glühenden Linien … C musste es gewesen sein, der Kathy über den Eindringling informiert hatte … Hatte er sich nicht genau in dieser Angelegenheit zuletzt in Flüsterheim herumgetrieben? Gerade, als Zack herausgefunden hatte, wie er sitzen musste, um nicht vom Vogel zu rutschen, rauschte dieser zu Boden, tat noch ein paar Schritte, schlug die Flügel unter und hockte sich hin, damit sie absteigen konnten. Als die beiden Männer wieder festen Boden unter den Füßen hatten, drehte die Gans ihren langen Hals und beäugte Zack mit freundlichen schwarzen Augen, ein jedes so groß wie eine geballte Faust. C tätschelte die Gans am Kopf, bevor er an den Rand eines Kraters trat.

Eines Kraters mitten im Tunnel.

Der Schacht war an dieser Stelle fast doppelt so breit, weil eine Explosion – Zack wusste nicht, was es sonst gewesen sein sollte – tiefe Kuhlen in die Wände rechts und links gegraben hatte. Der Beton war rußgeschwärzt und wie zerfetzt, überall am Boden lag Schutt herum. Am tiefsten aber war die Mulde in der Mitte. Vielleicht war auch sie einmal nur eine Kuhle gewesen, doch dann hatte sich etwas mittig in die Tiefe gegraben. Ein vertikaler Tunnel … C sprang in den Krater und lief an den Rand des Lochs, um hineinzuspähen. Zack hörte Stimmen.

»Das Loch führt in eine Höhle«, sagte C.

»Sieht so aus«, sagte Zack. Noch während er sprach, zog C irgendwo eine Karte heraus, und im nächsten Moment öffnete er einen gelben Regenschirm.

»Halt dich an mir fest, los!«

»Aber –« Doch C hatte ihm schon den Arm umgelegt.

»Spring!«

Und ehe Zack wusste, was er tat, stürzte er an Cs Seite in das Loch. Wie Alice im Kaninchenbau rauschten sie durch die Dunkelheit und Enge eines steinernen Schachts. Zack schrie auf und hätte wie wild mit den Armen gerudert, hätte C ihn nicht mit aller Kraft festgehalten. Da entließ der Tunnel sie in einen weiten, unterirdischen Saal, aus dessen Decke sie geschossen kamen – und wie durch Magie, sogar ganz sicher durch Magie, bremste der Regenschirm ihren Sturz. Sanft trudelten sie dem Boden entgegen, mit genügend Zeit, um die Situation zu erfassen.

Kathy – jetzt wieder an einem Stück – stand einer schwarz gekleideten Frau gegenüber, falls man das so nennen konnte. Es wurde nicht gekämpft: Für Schüsse oder dergleichen war kein Platz, denn mitten in der Höhle lag ein gigantischer Hund. Es handelte sich um einen kuscheligen Langhaardackel von der Größe eines Häuserblocks. Seine lange

Schnauze ruhte auf einer Vorderpfote, seine Augen waren geschlossen, und sein flauschiger Körper hob und senkte sich unter ruhigen Atemzügen.

C lenkte ihren Sinkflug auf die andere Seite des Dackels. »Ich schnappe sie mir!«, rief er Kathy zu.

Die Frau hinter dem Dackel hob den Kopf. Zack erkannte sie wieder: Catwoman, die Frau aus Porkis Pub, die von C observiert worden war. Sie trug ihren schwarzen Ganzkörperanzug mit der Katzenohrenmaske, die nur die untere Hälfte ihres Gesichts freigab und deren Augen als weiße Schlitze zu ihnen heraufleuchteten. Auf dem Rücken hatte sie etwas, das wie ein Paar Flügel aussah: einen Rucksack, in dem seitlich die bunten Federn der Muertos steckten. Als die Frau C unter dem Regenschirm entdeckte, zupfte sie eine der Federn heraus und schüttelte sie. Die Feder wuchs in die Höhe, wurde lang und breit wie ein Palmenblatt, fiel auf die Frau herab – und ließ sie verschwinden.

»Mist«, zischte C. »Hier, halt das –«

Er überließ Zack den Regenschirm und sprang, sechs oder sieben Meter tief. Er landete leichtfüßig dort, wo die Frau gerade noch gestanden hatte, machte einen Satz und eine Geste, als wollte er jemanden umarmen –

Aber die Frau war fort.

»Sie hat sich unsichtbar gemacht!«, rief C.

»Warte kurz.« Das grüne Licht pulste durch die Höhle. Kathy rief: »Sie ist am Ohr, schnell!«

Zack sah aus der Luft, wie neben einem der Schlappohren des Dackels ein Steinchen über den Boden rollte, obwohl nichts zu sehen war, das ihn berührt haben könnte. C bemerkte das Steinchen auch, machte eine Handbewegung – Wurzeln schossen aus dem Boden und wickelten sich um – nichts. »Ich krieg dich!«, rief er und rannte los.

Zack landete sanft neben dem Hund, ließ den Regenschirm fallen und eilte C hinterher, um sich nützlich zu machen. Er war noch nicht weit gekommen, als ihm etwas Unsichtbares gegen die Schulter rempelte. Aus dem Nichts erschien die Frau mit den Katzenohren neben ihm – Zack packte zu, erwischte sie am Arm – »Ich hab sie!« – und schrie auf, als ihm vier messerscharfe Klingen durchs Gesicht schnitten. Er ließ den Arm los, stolperte zurück – wieder die Wurzeln, die aus dem Boden schossen – wieder entkam die Frau, diesmal mit einem geschickten Sprung auf den Hund. Mit der Grazie einer Katze kletterte sie auf seinen Rücken und lief auf dem flauschigen Fell nach vorne zur Nase.

»Alles in Ordnung?«

Zack hielt sich das Gesicht. »Geht schon.«

»Halt dich fern von ihr!«

»Haltet euch alle fern von mir!«, rief die Katzenfrau. Sie stand nun zwischen den Ohren des schlafenden Dackels und hielt eine Karte in die Höhe. »Ich habe niemandem etwas getan, ich möchte nur diesen –«

Sie duckte sich, ein Laserstrahl schoss über ihren Kopf hinweg, versengte ihr die Ohren –

» – Hund aufwecken«, beendete sie den Satz und schnippte gegen die Karte. Diese sauste in die Luft, verpuffte in einen glitzernden Nebel und …

… gab eine riesige Wurst frei.

Es handelte sich um eine rotbraun glänzende Bockwurst,

ein nach Speck duftender, prall gefüllter Schweinedarm von der Länge eines Kleinlasters. Die Wurst fiel zu Boden, direkt vor die Schnauze des schlafenden Dackels. Zack sah, wie die Nase zuckte und die Vibrissen zitterten, als das empfindliche Riechorgan den Speck witterte – ein Ruck ging durch das Tier, vom Kopf bis zur Rute – und dann schlug es die Lider auf. Zwei treue braune Augen blinzelten auf die Wurst herab. »Feines Hundchen«, sagte die Katzenfrau. Der Dackel sprang auf seine kurzen Beine. Kurz im Vergleich zum Rest seines Körpers – aber gigantisch für die winzigen Menschen, die direkt neben ihnen standen. Der Boden bebte und warf Zack von den Füßen. Auf allen vieren rettete er sich vor dem haarigen Berg.

»Was hat sie vor?«, rief C. »Kathy?«

»Geht in Deckung!«, kam es von der anderen Seite.

»Huch!« Die Katzenfrau klammerte sich an das Fell des Dackels, der sie fast von seinem Widerrist geworfen hätte. »Braves Hundchen – ganz brav –«

Der Dackel stürzte sich mit wild schlagender Rute auf die Wurst. Zack hörte die Katzenfrau jubeln: »Ich hab's geschafft! Ich hab den Hund aufge–«

Ein Lichtblitz, die Frau kreischte, dann ein Knall – Zack kniff die Augen zu – und Stille.

Er blinzelte.

Der Hund war verschwunden.

Die Katzenfrau stürzte aus großer Höhe zu Boden und landete unelegant auf ihrem Hintern. Sie jaulte, doch nicht unbedingt vor Schmerzen. »Nein!«, rief sie und sprang auf die Füße. »Das ist nicht fair!«

Sie sah hoch zur Decke: Ein anderer Muerto hing an einem Seil unter dem Loch, in der Hand etwas, das ein Kristall oder eine Glasphiole sein mochte. Was immer es war, es leuchtete noch von dem Zauber, den der Muerto damit gewirkt hatte. Das Licht erhellte für einen kurzen Moment das Gesicht des Mannes, ein blasses, stolzes Gesicht unter schwarzen Haaren, die ihm lang und wirr vom Kopf abstanden. Zack sah dieses Gesicht nur für ein oder zwei Sekunden, doch das genügte. Er wusste sofort, dass er es kannte.

Aber das war unmöglich.

Der Muerto verschwand durch das Loch, und die Katzenfrau schrie auf. »Das ist MEIN HUND!«

»Du bleibst hier!« C machte eine Handbewegung, als wollte er nach der Frau greifen. Etwas Graues, Weiches schoss ihm aus den Fingern, knallte der Frau gegen die untere Gesichtshälfte und verschloss ihr den Mund. So wie Zack in Vyllas versuchte sie das Zeug abzukratzen, aber ihre Krallen drangen nicht einmal unter die Oberfläche. Sie heulte frustriert auf und trat mit dem Fuß auf – kurz bevor C sie mit einem Bündel Wurzeln zu einem menschlichen Päckchen verschnürte. Er grinste grimmig.

»Das hätten wir.«

»Was ist mit dem anderen?« Kathy kam zu ihnen herüber. »Was war das für ein Hund?«

»Keine Ahnung, aber sie wird es uns sagen können«, sagte C. Er griff ungeniert in den Beutel, den sie an einem Gürtel um die Hüfte trug – in ihrem hautengen Anzug war für Taschen anscheinend kein Platz –, zog einen Kartenstapel heraus und durchpflügte ihn geschickt. Als er ihr Schuldenbuch fand, verwandelte er es und schlug die erste Seite auf. »Was haben wir hier? Ihr Name ist Maza e Keqe. Fünfundzwanzig Jahre alt, aus Tirana, Bundesstaat Albanien. Wir schicken sie nach Celladom und sagen Octavian Bescheid, er soll sich um sie kümmern.«

Die Frau namens Maza gab einen wütenden Laut von sich und krümmte sich in den Wurzeln.

»Ich habe nicht das Gefühl, dass sie bewusst versucht hat, den Staudamm zu sprengen«, sagte Kathy. »Vielleicht sollten wir sie fragen, was das alles sollte. Solange du ihre Karten hast …«

Sie beendete den Satz nicht, aber C verstand trotzdem. »Das würde mich ehrlich gesagt auch interessieren«, sagte er. An die Frau gewandt fuhr er fort: »Also, es lohnt sich nicht für dich, dein Safeword zu sagen, beim nächsten Login bist du eh in Celladom. Aber vielleicht wirst du nicht komplett gesperrt, wenn du uns sagst, warum du den Staudamm in die Luft jagen wolltest.« Und er zog der Frau den gummiartigen Knebel von den Lippen.

Sie holte tief Luft.

»Ichhatteesgarnichtaufdenstaudammabgesehen«, stieß sie hervor, »ichwolltenurdenhundfinden–«

»Langsam«, sagte Kathy sanft.

Maza holte erneut Luft.

»Ich wollte nur den Hund finden«, sagte sie, wobei sie jedes Wort einzeln betonte. »Das mit dem Staudamm tut mir leid. Aber es ist ja nichts passiert!«

»Um Haaresbreite«, sagte C verärgert.

»Was hat es mit dem Hund auf sich?«, fragte Kathy.

Maza biss sich auf die Unterlippe. »Ich – ach, der ist nur ein Bonus-Nubbun«, sagte sie mit heller Stimme.

Sie war eine ziemlich schlechte Lügnerin.

»Von dem wüssten wir Admins«, sagte C.

»Das ist so ungerecht!«, heulte Maza auf. »Ich habe monatelang recherchiert, und jetzt soll ich es euch einfach so auf die Nase binden?«

»Ja«, sagte C feixend.

»Wir versprechen dir, dass wir es nicht weitererzählen, wenn es nicht sein muss«, sagte Kathy.

»Och …«

»C!« Sie stieß ihm in die Seite, wobei sie vergaß, dass sie in einem Körper aus Metall steckte.

»Aua!«

»Geschieht dir recht.«

»Ich versprech's ja«, sagte C zähneknirschend.

»Ich auch«, sagte Zack.

Maza kniff die Lippen zusammen. »Na gut. Aber versprochen ist versprochen!« Sie sammelte sich und sagte: »In Cronos gibt es dreizehn Höllenhunde. In jeder Region einen. Ich suche sie, weil es heißt, dass …« Sie verstummte. »Das ist so ungerecht«, fauchte sie.

»Weiter«, verlangte C.

»Es heißt, dass die Vereinigung der dreizehn Höllenhunde den Atzilotha Cronos herbeirufen kann«, sagte Maza widerwillig. C riss die Augen auf, und Kathy murmelte etwas, das sich wie »Heilige Scheiße« anhörte. »Aber es ist so schwer, sie alle zu finden. Ich habe echt lang für diesen einen gebraucht! Also behaltet das für euch, ja?«

Kathy und C tauschten einen Blick.

»Du willst wirklich den Atzilotha Cronos beschwören?«, fragte Kathy vorsichtig.

»Natürlich!« Maza schnaubte. »Träumen wir nicht alle davon, die Letzte Quest zu aktivieren?«

»Die Letzte Quest?«, fragte Zack.

Maza starrte ihn an. »Wieso fragt er das? Ist er etwa kein Admin? Du hast es versprochen –«

»Es gibt außer dir sowieso noch jemanden, der davon weiß, oder?«, unterbrach C sie.

Maza machte einen Schmollmund. »Ja, schon. Aber nur einen. Und der geht mir so auf den Keks! Dieser blöde Kerl! Das ist jetzt schon das zweite Mal, dass er mir einen Hund vor der Nase weggeschnappt hat. Das erste Mal war in Ma'quoia, ein Golden Retriever – wochenlang …«

»Weißt du, wie er heißt?«, fragte Kathy.

»Irgendetwas Komisches«, sagte Maza. »Ich hab mal gehört, wie ihn jemand gerufen hat. Da hat er aber nicht reagiert, sondern ist weggelaufen. Scheint nicht wirklich viel zu reden … kein typischer Muerto.«

C bestand trotzdem darauf, Maza nach Celladom zu bringen. Als die beiden weg waren, versunken in den steinernen Höhlenboden, nahm Kathy Zack am Kragen seiner Jacke. Sie ging tief in die Knie und sprang mit einem einzigen Satz hinauf zu dem Loch, durch das sie – wieder begleitet vom pneumatischen *Pffft-Pffft* ihres mechanischen Körpers – nach oben kletterte. Zurück in dem Tunnel unter dem Damm stellte sie Zack auf die Füße.

»Das hätten wir.«

Zack folgte ihr aus dem Krater. Mazas letzte Worte ließen ihn nicht los; er war sich ziemlich sicher, dass er vorhin Eamon gesehen hatte, seinen Nachbarn aus dem Wohnsilo, der Ende Juni während eines Aufenthalts in Cronos überraschend gestorben war. Möglich, dass er nach Porkupines verrückter Geschichte Gespenster sah – aber auch Mazas Beschreibung hatte ziemlich gut auf ihn gepasst. Ob er Shadiya davon erzählen sollte? Sie hatte sich mit Eamon von allen Underminers am besten verstanden. Zack glaubte sogar, dass die beiden ein Paar gewesen waren. Wenn sie Porkupines Geschichte hörte, und dann von Eamons möglicher Wiederkehr, sich am Ende aber alles als Irrtum entpuppte … nein. Das konnte er Shadiya nicht antun.

Besser beließ er es dabei.

»Also, du sagtest, du bräuchtest Hilfe«, kam Kathy aufs Thema zurück. »Wen treffen wir am Kraftwerk?«

Zack machte innerlich einen Haken hinter die Causa Eamon. »Weißt du noch, wie ich in Phoenix Manor angedeutet habe, dass möglicherweise eine Frau hinter dem Anschlag in der O'Connell Street steckt?«

Kathy blieb abrupt stehen und drehte sich zu ihm um.

»Du willst mir doch nicht erzählen –«

Sie verstummte.

»Ich fürchte, doch«, sagte Zack.

[20]

»Warum ausgerechnet hier?«, fragte Kathy, als das Kraftwerk zwischen den Fichten in Sicht kam. Das umzäunte Schaltwerk streckte seine Hochspannungsmasten und Isolatoren in den blauen Mittagshimmel, dahinter erhob sich das gemauerte Gebäude mit den Turbinen und Generatoren. Um hineinzugelangen, würden sie durch den Hinterhof gehen, in dem Melpo und Porkupine den Kings das Feuer gestohlen hatten. Gerade war von Shootern nichts zu sehen.

»Hörst du das?«, entgegnete Zack.

»Das Dröhnen?«

»Ich will nicht belauscht werden.«

Kathy betrat den Hinterhof zuerst. Das Brummen aus dem Backsteinbau vermischte sich mit dem Getöse aus den mächtigen Rohren, die sich hinter dem Kraftwerk an die Dammmauer lehnten. Zack sah dort, wo nachts das Feuer der Kings brannte, einen schwarzen Fleck auf dem Boden, und er stellte sich vor, wie Porkupine und Melpo unsichtbar zwischen diese hohen Mauern traten, umgeben von Shootern und beschützt von diesem Rauschen und Rumoren, und wie Porki das Herz bis zum Hals sprang, so wie ihm jetzt. Ob Melpo kam? Falls nicht, musste er zu seinem alten Plan zurückkehren und Lachlan mit Erion einfangen. Und dann hätte er immer noch keine Ahnung, wie er an Griffin herankam.

Kathy fand die Tür zum Kraftwerk verschlossen vor, doch das war für sie kein Hindernis. Sie hielt ihren Finger an das Schloss, woraufhin sich seine Kuppe verflüssigte und in die Öffnung floss. Als er wieder fest wurde und sie ihn drehte, schwang ihr Handgelenk einmal um seine Achse. Das Schloss zickte kurz, dann war es offen.

»Beste Klasse aller Zeiten, oder?«, fragte Kathy.

Zack war zu nervös, um sich darüber zu amüsieren. »Also, wir sehen uns dann gleich da drin.«

Sie drückte die Tür auf, das Tosen wurde lauter, die Tür fiel ins Schloss. Ruhe. Zack malte sich aus, wie Kathy zum verabredeten Ort huschte, wobei ihr die grünen Augen einen Weg durch die Dunkelheit wiesen. In seiner Fantasie war es im Kraftwerk stockfinster, obwohl hier draußen die Sonne schien. Und das fast senkrecht.

Zack verschränkte die Arme und lehnte sich an die Wand, den Blick auf den Torbogen geheftet, der auf die Straße führte. Wie würde er anfangen? Würde er Melpo freundlich grüßen, ein bisschen Frieden simulieren? Würde er Druck aufbauen, indem er sie wortlos in das Gebäude schob? Stieg er mit einer Drohung ein? Was, wenn sie nicht allein war, wenn sie zum Beispiel Lachlan mitbrachte? Oder Griffin? Erion steckte griffbereit in seiner Hosentasche – und vielleicht war das sein größter Fehler gewesen. Wenn sie ihn hier draußen überrumpelten …

Er spürte, dass er beobachtet wurde, und drehte den

Kopf. Auf der Mauer, die das Schaltwerk und den Hinterhof trennte, saß eine Frau. Sie hatte schulterlange schwarze Haare und trug ein Tanktop, Stiefel und Hotpants, mit einem Holster am rechten Oberschenkel.

»Hey«, sagte er.

Datura sprang von der Mauer, als hätte sie nur darauf gewartet, von ihm entdeckt zu werden.

»Hey«, antwortete sie. Bei ihrer ersten Begegnung war Zack nicht aufgefallen, was für eine herrlich dunkle Stimme sie hatte.

»Alles klar?« Zack wusste nicht, was er sagen sollte. Unter anderen Umständen – ganz anderen Umständen – hätte er wohl versucht, sie anzugraben, und bei dieser Erkenntnis fühlte er sich augenblicklich schäbig.

»Ja, und bei dir?«, sagte Datura desinteressiert. »Was hast du hier zu suchen?«

»Ich warte auf eine Bekannte.«

»Ausgerechnet du, ausgerechnet hier?«

Anscheinend hatte sie ihn erkannt. »Nur wegen des Kraftwerks – interessante Einrichtung.«

»Das hier ist das Revier der Kings«, sagte Datura. Sie blieb in unaufdringlicher Distanz zu ihm stehen.

»Ich gehöre zu keinem Clan«, sagte Zack.

»Willst du beitreten?«

Zack lachte auf. »Als würdet ihr mich nehmen.«

»Würden wir auch nicht.«

Sie schenkte ihm ein spöttisches Lächeln, das sehr natürlich wirkte, menschlich, nicht programmiert.

»Du und ich, wir haben was gemeinsam«, sagte Zack, einem Impuls nachgebend. »Wir haben beide der Pazifistin geholfen, ihre Friedenszone zu bekommen.«

Sie betrachtete ihn schweigend.

»Warum hast du das gemacht?«, setzte Zack nach.

»Wieso hätte ich es nicht tun sollen?«, antwortete Datura. »Jetzt gibt sie endlich Ruhe.«

Zack nickte. »Jaa ... schon. Aber ich hatte den Eindruck, dass da noch mehr ist. Warum sollte Porkupine sonst so etwas sagen? *Datura, ich bin's. Porkupine.*«

»Sag du es mir«, raunte Datura.

»Ich weiß es auch nicht. Aber vielleicht solltest du mal zu ihr hingehen. Mal Hallo sagen.«

»Warum sollte ich?«

»Na ja, weil – sie alles nur für dich getan hat, oder?«

»Aber ich kenne sie gar nicht.«

Der Satz tat Zack in der Brust weh. Am liebsten hätte er ihr alles erzählt, was er von Porkupine wusste, aber dazu hatte er weder die Zeit noch das Recht.

»Nun, du hast ihr geholfen. Und jetzt hat sie die Shooter am Hals. Sieh doch mal bei ihr vorbei. Vielleicht könnte sie noch etwas mehr Hilfe gebrauchen.«

»Du bist echt lästig«, sagte Datura. Sie dachte nach und fügte hinzu: »Aber warum nicht.«

Ohne ein weiteres Wort ging sie davon. Er verzichtete darauf, ihr einen Dank nachzurufen, war nur froh und auch ein wenig stolz auf sich. Als Datura den Torbogen erreichte, drehte sie den Kopf und taxierte jemanden, der sich hinter der Mauer verbarg. Dann war sie fort, und in den Torbogen trat eine ernste, blasse Melpo.

Mit forschem Schritt kam sie auf ihn zu und hob den Zeigefinger, als er den Mund öffnete. »Ich wusste, dass der Brief von dir kam, aber ich bin nicht hier, weil du mir gedroht hast«, eröffnete sie ihm.

»Ach, und warum dann?«, gab er zurück.

Sie kam ihm unangenehm nah und sah ihm fest ins Gesicht. »Weil du ein guter Mensch bist.« Sie wurde leiser. »Und ich dringend deine Hilfe brauche.«

Ein Trick. Ob sie Griffin eingeweiht hatte? Oder wer hatte sich diesen Unsinn sonst ausgedacht? Zack deutete ihr mit einem Kopfrucken an, vorauszugehen, öffnete die Tür und wartete, bis sie an ihm vorbei war. Sie gingen durch einen Flur, in dem das Deckenlicht brannte und in dem das Getöse mit jedem Meter anschwoll, vorbei an befensterten Türen, hinter denen verlassene Büros und Spinde zu sehen waren. Zack behielt Melpo genau im Auge, doch sie verhielt sich ganz normal, obwohl sie unerwartet aufrecht ging, nicht scheu oder verschreckt, wie es ihm lieber gewesen wäre. Die Wahl des Treffpunkts stellte sie mit keinem Zucken ihrer Augenbrauen infrage; anscheinend wollte sie genauso schnell wie er zur Sache kommen. Ohne sich nach Zack umzudrehen, lief sie am Ende des Gangs durch die Glastür in die Generatorenhalle. Ihr Selbstvertrauen gefiel ihm nicht. Was hatte sie geplant?

Die Halle war vom roten Steinboden bis unter die kirchenhohe Decke mit diesem fast ohrenbetäubenden Dröhnen ausgefüllt, das überall auf dem Gelände zu hören war. Es quoll aus sechs oder acht blauen Torten aus Stahl, die sich in der Halle verteilten: zimmergroße Zylinder mit Lüftungsschlitzen, Messanzeigen und baumstammdicken Rohren, die wie Kerzen aus den Torten ragten. Um jede führte ein Eisengeländer herum, dahinter jeweils eine Treppe, die unter der Erde in die Zylinder mündete. In der heißen, dröhnenden Dunkelheit der Turbinen und Generatoren glühten rote Lichter wie die Augen der Nubbun in der Kohlegrube.

Jetzt erst drehte sich Melpo fragend zu ihm um, sie wollte etwas sagen, doch er drängte sie weiter, tiefer zwischen die Zylinder. Sie blinzelte zweimal zu oft; er hatte die Lage wieder im Griff, hatte *sie* im Griff. Wie gut, dass er Kathy um Hilfe gebeten hatte ... da entdeckte er sie, zwischen den Zylindern, geschrumpft auf Kniehöhe. Zack stieß Melpo an den Arm und bedeutete ihr, eine Treppe an einem Zylinder hinabzusteigen. Sie musterte sein Gesicht, wie auf der Suche nach etwas, dann kam sie seiner Aufforderung nach. Stufe für Stufe glitt sie unter die Erde.

Zack hielt Kathy den Daumen hoch.

Er tauchte in den Zylinder. Melpo stand in dem kleinen Raum auf einer Plattform und hielt ihm ihr weißes Mondgesicht entgegen, das wie körperlos in der Dunkelheit hing. Zack widerstand dem Drang, sie zu packen und alles aus ihr herauszuschütteln, was sie über Griffin wusste. Aber er musste mit Bedacht vorgehen.

»Du steckst in Schwierigkeiten«, rief er gegen das Dröhnen an. »Die META weiß, was du getan hast und wo du bist. Sie kann jederzeit zugreifen.«

Melpo nickte.

Und fing an zu weinen.

»Ich wollte das nicht!«, würgte sie hervor. »Ich – ich wusste nichts von dem Sp-Sprengstoff!«

»Du hast in dem Auto gesessen!«, schrie Zack ohne Mitleid. »Ich habe die Aufnahmen der Drohne gesehen, du bist aus dem Wagen gesprungen, und dann ist es explodiert! Menschen sind gestorben! Kinder und Mütter –«

»Ich weiß! Und das war er!«

»Du wusstest genau, was passieren wird!«

»Nein, ich schwöre es bei allen Menschen, die ich liebe, ich wusste nichts davon! Nachdem du ausgestiegen warst, hat Griffin mich angerufen. Er hat gesagt – er hat gesagt –« Sie konnte nicht weitersprechen, vergrub die Hände im Gesicht. Zack packte sie an den Handgelenken und riss sie herunter.

»WAS HAT ER GESAGT?«

»Du hast zehn Sekunden«, antwortete sie gequält und schluchzte. »Z-z-zehn Sekunden, um das Auto zu verlassen. Lauf die Straße zur Linken entlang, bis zur dritten Haustür. Ein Mann wird dir öffnen und dir ein neues Gesicht geben und neue Kleidung, und so war es, ich bin gerannt, da war die Explosion und das Geschrei und der Rauch, und ich stand so unter Schock, dass ich keinen klaren Gedanken mehr fassen konnte, ich …« Ihre Stimme schwankte so sehr, dass er sie im Getöse nicht mehr hören konnte. Außerdem war es zu dunkel, um in ihrem Gesicht zu lesen – es half alles nichts, er musste wieder nach oben, ans Tageslicht. Wütend zerrte er sie von der Plattform und scheuchte sie die Treppe hinauf.

Sie sah schrecklich aus; ihre Tränen waren echt.

»DU LÜGST!«, brüllte er.

Melpo schüttelte den Kopf. Und aus irgendeinem Grund glaubte er ihr – vielleicht aus dem gleichen Grund, aus dem er immerzu Lachlan vertraut hatte. Dummheit. Und wenn sie aber die Wahrheit sagte? Wenn es Griffin wirklich so leichtfiel, seinen Handlangern solche Grausamkeiten unterzuschieben, was hatte er dann noch mit Lachlan vor?

Er traf eine Entscheidung und winkte Kathy. Sie kam aus ihrem Versteck und wuchs im Herüberkommen zu ihrer alten Größe an. »Femke, das hier ist Libby Ahern. Sie arbeitet für die META«, behauptete er.

Melpo wirbelte herum und schlug die Hand auf den Mund. Zack beobachtete ihre Reaktion genau.

»Guten Tag«, sagte Kathy.

»Sie behauptet, von dem Sprengstoff nichts gewusst zu haben«, sagte Zack. »Außerdem soll Griffin das Auto gesprengt haben. Richtig, Femke?«

»Ja«, sagte Melpo.

»Gesetzt den Fall, dass das stimmt – wie gedenken Sie damit in Bezug auf Griffin umzugehen?«

Zack war stolz auf Kathy. Sie spielte ihre Rolle perfekt.

»Ich habe Angst vor ihm«, presste Melpo hervor. »Und ich habe keine Lust mehr, seine Handpuppe zu sein. Das ist nicht alles, was ich inzwischen über ihn weiß. Ich weiß noch etwas über Lachlan. Und die Entführung.«

»Sind Sie bereit, uns den Rest zu erzählen?«

Melpo nickte. Es war ein andächtiges, ein entschlossenes Nicken, eine Zäsur in ihrem Leben, und auf einmal empfand Zack nicht mehr nur Wut, sondern auch Respekt für

Melpo. Als ihm das auffiel, biss er sich auf die Zunge. Er fasste ihr grob an den Arm und zog sie zu sich.

»Ich glaube dir nicht, damit das klar ist!« Er bugsierte sie den Weg zurück, den sie gekommen waren. »Los, durch die Tür! Wir gehen in eines der Büros.«

Es war ein Risiko, den Schutz des Getöses zu verlassen, aber diese Sache schien länger zu dauern, und was sie jetzt brauchten, war ein wenig Ruhe.

Die bekamen sie in einem der Nebenräume. Die Maschinen dröhnten immer noch dumpf durch die Wände, dennoch musste jetzt niemand mehr brüllen, um verstanden zu werden. Sie setzten sich auf zwei Stühle. Kathy schrumpfte sich auf eine Größe, mit der sie bequem unter die niedrige Decke passte, und blieb an der Tür stehen.

»Bitte denken Sie daran, dass ich meinen Kollegen jederzeit den Zugriff befehlen kann«, sagte Kathy. »Sie sollten also keine Spielchen mit uns spielen.«

»Das habe ich nicht vor«, sagte Melpo. Sie klang wieder etwas fester. »Aber Sie müssen mir versprechen, dass Sie mich vor Griffin beschützen.«

»Wenn wir Griffin schnappen, musst du nicht mehr vor ihm beschützt werden«, sagte Zack.

Melpo wischte sich die Tränen von den Wangen.

Schweigen.

Dann sagte sie: »Griffin hat Lachlans Entführung eingefädelt. Und mich dazu benutzt.«

»Lüge. Emil hat Lachlan entführt«, sagte Zack. Er saß auf der Stuhlkante, um Melpo zu signalisieren, dass er sich nicht einlullen lassen würde.

»Ja, das ist richtig. Und Griffin war es, der Emil – nein, eigentlich Edward Cromwell – den Floh ins Ohr gesetzt hat. Griffin hat sich das ausgedacht.«

»Die beiden haben das gemeinsam geplant?«

»Nein, es ist komplizierter. Wenn ein Spieler Level fünfzig erreicht, dann bildet er eine individuelle Begabung aus. Die lässt sich nicht voraussagen und auch nur ganz selten von außen erkennen. Vor allem die Okkultisten halten ihre Spezialfertigkeiten gerne geheim.

Emil und Griffin sind beide Okkultisten der höchsten Stufe. Emils Begabung ist, dass er …«, sie suchte nach Worten, »… in die Psyche eines anderen Spielers schauen kann. Auf seine geheimsten Wünsche, seine Sehnsüchte. Er muss dazu nur einen Tunnel öffnen.«

»Und Griffin ist auch ein Okkultist?«

»Ja. Und seine Begabung heißt *Floh im Ohr*. Es reicht ein einziger Satz, der einem nicht mehr aus dem Kopf geht, bis man ihn für seinen eigenen Gedanken hält. Das ist wie Erion in einer schwächeren Form, nicht ganz so komplex, aber …«

Ihre Stimme verlor sich.

Zack sah zu Kathy.

»Sie sagt die Wahrheit. Solche Begabungen gibt es, und auch die genannten sind mir bekannt.«

»Wie soll ich mir das vorstellen? Dass Griffin bei Emil vorbeigegangen ist und gesagt hat: Hey, Kumpel, wie wär's, wenn du Lachlan Abercromby entführst? Und wenn du schon dabei bist, brenn ihm doch noch ein Symbol auf die Brust! – Das Symbol, was weißt du darüber?«

»Es ist das Zeichen der Turmgesellschaft«, antwortete Melpo geradeheraus. »Das Zeichen des Feindes.«

»Ich dachte, die META ist der Feind.«

»Das ist sie auch. Aber verglichen mit der Turmgesellschaft ist die META eine Welpenschule. Lachlan möchte der META das Handwerk legen, aber für Griffin ist das nur jugendlicher Sturm und Drang, den er auf die Turmgesellschaft umlenken will. Das ist alles, was ich weiß.«

Zack spürte sein Herz, hart und schwer. »Und was soll das für eine Gesellschaft sein?«

»Die Turmgesellschaft ist eine uralte Familie, die einen jahrhundertealten Plan verfolgt. Jeder Angehörige dieser Familie hat darin eine Rolle. Es gibt den Patriarchen. Den Schurken. Den Mentor. Sie alle tragen das Zeichen, das ihnen mit Feuer in die Haut geschrieben wurde, und seither sind sie entflammt, sagen sie. Entflammt für das Werk. Und das Werk ist dieser uralte Plan.«

»Sie alle tragen das Zeichen? So wie Lachlan?«

»Nicht so groß wie er. Aber ansonsten, ja. Es war Teil des Plans, Lachlan zu entflammen.«

»Aber ich dachte, Griffin hat Emil dazu gebracht, es zu tun, und die Turmgesellschaft ist sein Feind!«, sagte Zack aufgebracht. »Das ergibt alles –«

»Lachlan wurde entflammt«, fiel Melpo ihm ins Wort. »Für Griffins Werk. Nicht für das der Turmgesellschaft. Das ist alles, was für Griffin zählt.«

»Und wieso hat Griffin Lachlan dann erzählt, dass die Freemind-Sekte hinter ihm her sei?«

Melpo betrachtete ihre Hände. »Die Turmgesellschaft ist eine eingeschworene Familie, die eine sehr krude Ideologie kultiviert. Sie vertritt die These, dass es auf der Welt nur zwei Arten von Menschen gibt: die Freigeister und die Leergeister. Die Freigeister verfügen über das Privileg eines klaren Verstands, die Gabe der Logik. Die Leergeister besitzen diese Gabe nicht. Sie sind nicht in der Lage, vernünftige Entscheidungen zu treffen. Das ist es, was die Turmgesellschaft felsenfest glaubt.«

Zack verspürte einen Druck auf der Brust und atmete ein. Das klang sehr nach Oliver.

»Das Ziel der Turmgesellschaft ist es, eine neue Gesellschaftsordnung einzuführen. Sie hat damit begonnen, sie an sozialen Gruppen auszuprobieren, und so ist die Freemind-Sekte entstanden«, fuhr Melpo fort. »Die Anhänger der Sekte sind Leergeister, denen Glückseligkeit versprochen wird, wenn sie ihr Schicksal in die Hände eines Freigeists legen. Wer keine eigenen Entscheidungen trifft, kann keine Verantwortung übernehmen, was zu größerer Zufriedenheit führt – so lautet das Dogma.«

»Die Freemind-Sekte ist der Experimentierkasten der Turmgesellschaft«, wiederholte Zack. Und Henry?, fragte er sich. Henry, der Oliver auf die Idee gebracht hatte, Erion zu erschaffen. Gehörte er auch zu diesem Teufelsbund? Tat Oliver es vielleicht selbst?

Und Persy?

»Sozusagen. Emil gehört jedenfalls zur Turmgesellschaft, und in ihrem Plan ist er der Schurke. Sie haben ihn gezielt gegen sich aufgebracht, als er sechzehn Jahre alt war. Haben ihm ohne Betäubung das Zeichen auf die Brust gebrannt. Seither hasst er seine Familie.«

»Und wie passt Lachlan da rein?«

Melpo zuckte mit den Achseln. »Das weiß ich nicht. Ich weiß nur, dass sie eine Rolle für ihn vorgesehen haben und dass Emil Lachlan deshalb ermorden wollte. Griffin sagt, dass das sein Plan gewesen sei: Lachlan brandmarken und töten, um die öffentliche Aufmerksamkeit auf den dreibeinigen Galgen zu lenken und die Turmgesellschaft unter Druck zu setzen. Um ihr zu sagen: Seht her, ich habe euer Lamm getötet und eure Visitenkarte hinterlassen. Emil hatte das vorher schon einmal getan. Sein Opfer war ein junger Franzose. Alain. So haben wir uns kennengelernt.«

»Emil und du?«

Melpo nickte bedeutungsschwanger. »Der Drang zu quälen und zu töten steckt tief in Edward Cromwell. Als er in Cronos entdeckt hat, dass er die geheimsten Sehnsüchte anderer Spieler sehen kann, hat er ein Geschäft daraus gemacht. Er hat die Spieler mit den dunkelsten Wünschen zu sich eingeladen und ihnen einen Handel vorgeschlagen. Er machte ihre Träume wahr. Dafür mussten sie sich von ihm abschlachten lassen wie Vieh. Virtuell natürlich, wodurch ihnen real nicht viel passiert ist. Aber viele haben psychische Schäden davongetragen.«

»Scheiße«, entfuhr es Kathy.

»Alain, dieser Student aus Paris, litt unter Schlafsucht. Er hatte mit Cronos eigentlich nichts am Hut, aber dafür eine Freundin von ihm. Sie hat ihm geraten, sich in Cronos mit Emil zu treffen, und das hat Alain getan, weil er wegen der Schlafsucht sein Studium nicht –«

»Komm zum Punkt«, fuhr Zack dazwischen.

»Das ist wichtiger, als du denkst«, sagte Melpo spröde. »Aber ich versuche, mich kurzzufassen. Alains Schlafsucht wurde zwar geheilt, aber er hat sich aus Cronos zurückgezogen, bevor Emil seinen Teil des Deals einfordern konnte. Daraufhin hat Emil Alain gesucht, ist zu ihm nach Paris geflogen und hat ihn ermordet. Und dabei hat er das Symbol auf Alains Brust hinterlassen, so wie bei Lachlan. Die Turmgesellschaft hat verhindert, dass die Bilder um die Welt gingen. Emils Plan war also gescheitert. Zumindest fast. Denn Emil war es diesmal um mehr gegangen. Er hatte Alain geholfen, obwohl dessen Wunsch nicht seinem üblichen Opferprofil entsprach. Durch Alain bekam er einen Anlass, Kontakt zu Griffin aufzunehmen, dem einzigen Hacker in Cronos, der einen Brainhack durchführen konnte.«

»Einen Brainhack«, wiederholte Zack spöttisch.

»Ich weiß, wie das klingt. Aber du müsstest inzwischen am besten wissen, dass so etwas funktioniert, denn Erion ist nichts anderes, oder? Auch ein Brainhack nutzt nur die Schwachstellen in den Verbindungsschnittstellen zwischen Cube und Gehirn aus, sonst nichts. Und wie gesagt, es hat geklappt. Griffin hatte Alains Schlafsucht für Emil geheilt. Er konnte danach normal weiterleben.«

»Und warum wollte Emil mit Griffin in Kontakt treten?«

»Wegen Erion«, sagte Melpo.

»Erion.«

»Oliver Abercromby hatte Erion zu diesem Zeitpunkt fertig und angefangen, nach Rebellen zu suchen, Menschen, Gruppen, irgendjemandem, dem er Erion anvertrauen konnte. Griffin war einer von denen, die Erion unbedingt haben wollten. Aber Oliver Abercromby hat ihm –«

»– Erion nicht gegeben, ich weiß.«

»Genau. Anscheinend wusste Emil selbst erst nichts über Erion. Aber er wusste, dass Griffin an irgendetwas Großem Interesse hatte, und er wollte wissen, was das war. Also hat er einen Weg gesucht, an Griffin heranzukommen. Und Alain war für ihn der ideale Vorwand.

Über einen Vermittler hat Emil Griffin um den Brainhack gebeten. So ist der erste Kontakt zustande gekommen. Darauf folgte ein Treffen, bei dem Alain von jemandem abgeholt und zu Griffin gebracht wurde. Emil hat Alain zu dem Treffen mit der Kontaktfrau begleitet, weil es genau sie war, auf die er es abgesehen hatte. Das war ich.«

Sie strich sich eine Strähne aus dem Gesicht.

»Bei der Übergabe hat Emil einen sehr unangemessenen Spruch gebracht – über meine Figur«, sagte sie hölzern. »Das hat mich so wütend gemacht, dass er einen Tunnel zu mir öffnen konnte. Ich war ungeschützt und habe nicht darüber nachgedacht, außerdem ging alles so schnell, und er war ja kurz darauf wieder weg, also …« Sie machte eine wegwerfende Handbewegung. »Der Tunnel ist also offen gewesen. Kurz darauf – sehr kurz darauf – hat mir Griffin alles über Erion erzählt. Und über die Pläne der Turmgesellschaft in Bezug auf Lachlan. Und dabei sagte er die folgenden Worte: *Es wäre am einfachsten, Oliver Abercrombys Sohn zu entführen und dessen besten Freund nach Erion suchen zu lassen. Wie gut, dass niemand auf diese Idee kommt, denn er könnte damit nicht nur eine Schlüsselfigur im System der Turmgesellschaft auslöschen, sondern auch ihre mächtigste Waffe an sich reißen.*«

Ihre Worte füllten den Raum, hallten in ihm nach, gesprochen nicht mit ihrer, sondern mit Griffins verzerrter Stimme. Zack ballte die Fäuste im Schoß.

»Das war geplant«, sagte er.

»So ist es. Griffin wusste von dem Tunnel zwischen Emil und mir, als er mir von Erion und der Turmgesellschaft erzählt hat. Er hat Emil auf diese Weise den Floh ins Ohr gesetzt, Lachlan zu entführen und dich nach Erion suchen zu lassen. Als Lachlan in Emils Gewalt war, da hat Griffin dich, Zack, benutzt, um Oliver Abercromby zu erpressen. Und als Lachlan Griffin zum ersten Mal in Cronos getroffen hat – nachdem ich Lachlan zu ihm gebracht hatte –«

Wieder brach ihre Stimme.

Zack lehnte sich vor, sah sie an.

»– ich bin mir nicht sicher, aber ich glaube, da hat er Lachlan den Floh ins Ohr gesetzt, sich ihm anzuschließen. Und zwar augenblicklich, gleich nach der Entführung, verwundet. Ich weiß nicht genau, warum. Ich vermute, dass er es getan hat, um Lachlan aus der Reichweite der Turmgesellschaft zu schaffen.«

»Wie nett von ihm«, sagte Zack zynisch.

»Woher wissen Sie das alles? Hat der Superschurke es Ihnen selbst erzählt?«, fragte Kathy.

»Nein.« Melpo hob die Hände. »Ich hole nur mein KomBu raus«, erklärte sie Zack, der sich alarmiert aufrichtete. Sie zog die pinke Schachtel aus der Tasche, entnahm ihr die erste Karte und verwandelte diese in das grüne Kommunikationsbuch. Sie schlug es auf und hielt es Zack hin, damit er sehen konnte, was darin geschrieben stand. Die Seiten waren bedeckt mit vielen unterschiedlichen Handschriften; manche ordentlich oder verspielt, manche steil oder gedehnt. Die meisten waren ein wirres Gekrakel. Diese Nachrichten stammten alle vom selben Absender.

»Edward Cromwell!«, flüsterte Zack, als er den Namen las. »Du schreibst dir Briefe mit Emil?«

»Wie hätte ich sonst dahinterkommen sollen?«, fragte Melpo.

»Ähm – anders?«, rief Zack.

»Aber Emil hasst Griffin«, sagte Melpo mit Nachdruck, »und damit war er der stärkste Verbündete gegen Griffin, den ich finden konnte. Du warst ja –«

»Ein Verbündeter!«, japste Zack. »Weißt du, was sein Safeword ist? Das Zischen von Lachlans verbrennender Haut! Er ist völlig krank im Kopf!«

»Das ist Griffin auch«, sagte Melpo trocken.

Zack ließ die Augen über die Zeilen rinnen. »Und warum hatte er so großes Interesse an Erion, nur weil Griffin sie haben wollte? Woher kennen die sich?«

Melpo schlug eine Seite um, suchte in Emils Gekrakel, fand die richtige Zeile und zeigte sie ihm: ›Er ist mein Cousin.‹

»Was?«

»Griffin ist auch ein Sprössling der Turmgesellschaft. Ein abtrünniger allerdings, der den Plan kennt und ihn infrage stellt. Aber so dachte er nicht immer.« Ihr Gesicht verzerrte sich. »Er war dabei, als sie Edward gebrandmarkt haben. Er war einer von denen, die ihn festgehalten haben, während sein Vater ihm mit dem Stab –«

»Hast du Mitgefühl für ihn?«, stieß Zack hervor. »Mitgefühl für dieses miese Stück Scheiße?«

»Die haben ihn dazu gemacht, zu diesem Stück Scheiße«, sagte Melpo bitter. »Die sind schuld.«

»Nein, nein, das sind sie nicht, Emil war es, der Lachlan gefoltert hat, das war seine Entscheidung, er trägt die Verantwortung daran, er allein!«

Zack merkte, dass er gebrüllt und sich dabei ein Stück vom Stuhl erhoben hatte. Frustriert fiel er zurück und tastete sein Gedächtnis nach dem Anfang dieser Unterhaltung ab, versuchte sich an den Grund ihres Hierseins zu erinnern. Was fing er denn nun an mit all diesem Wissen?

»Und Lachlan? Wie denkt er jetzt?«, fragte Kathy ruhig.

»Griffin hat ihn. Voll und ganz.«

»Weiß Lachlan von diesen Dingen?«

»Nein. Wie soll ich sie ihm erzählen, wenn er denkt, dass ich zwischen ihm und Griffin stehe? Ich habe durchaus gemerkt, was er von mir hält. Nämlich nichts. Wenn ich ihm davon erzählt hätte, dann hätte er sich bedankt und mich bei Griffin verpfiffen, und dann –«

Sie hielt sich den Mund zu.

»Dann hätte Griffin dich kaltgemacht«, sagte Zack.

Melpo sagte nichts.

»Wie lange ist das schon so?«, wollte Kathy wissen. Zack bewunderte sie für ihre Gelassenheit. »Wie lange hat Griffin Lachlan bereits unter Kontrolle?«

»Das weiß ich nicht«, sagte Melpo. Sie stutzte und fügte hinzu: »Wobei er mal erwähnt hat, dass Lachlan seine Schuluniform angezündet hätte. Und dass er das Feuerzeug von ihm, Griffin, bekommen hätte.«

»Das war diesen Sommer«, sagte Kathy.

»Ja, nach den Abschlussprüfungen«, ergänzte Zack. »Wie soll Griffin das gemacht haben?«

»Ist er in Irland?«, fragte Kathy.

Melpo zog die Schultern zu den Ohren und ließ sie fallen. »Jedenfalls verwendet er viel Zeit darauf, sich seine Marionetten zu basteln. Aber mich hat er verloren. Ich wäre lieber tot als weiter seine Puppe.«

Und als wäre sie bereit für das Schafott, lehnte sie sich in den Stuhl zurück und schwieg.

Kathy gab Zack ein Zeichen und ging nach draußen. Zack folgte ihr mit einem nervösen Gefühl im Magen. Siedeheiß fiel ihm das Video ein, das er noch auf seinem Handy hatte, das Video von Lachlans brennender Schuluniform.

»Hast du, was du wolltest?«, fragte Kathy.

Zack sah den leeren Flur auf und ab, ohne ihn richtig wahrzunehmen. »Ich traue ihr nicht.«

»Ich weiß nicht«, sagte Kathy. »Ich verstehe sie. Ich bin auch mal einem Psychopathen auf den Leim gegangen, der mich manipuliert und benutzt hat.«

»Das ist etwas anderes.«

»Das denke ich nicht.«

»Du hast kein Auto in die Luft gejagt!«

»Sie auch nicht. Sie hat etwas getan, was alle Menschen tun, wenn sie lieben: Sie hat vertraut.«

Zack beobachtete Melpo durch den Glaseinsatz in der

Bürotür. Einen ähnlichen Satz hatte Kathy vor Kurzem schon einmal zu ihm gesagt: *Wir Menschen tun unvernünftige Dinge, wenn wir verliebt sind.* Vertrauen war also etwas Unvernünftiges, im Wortsinne, weil es nicht im Kopf geschah, sondern im Herzen. Zack verspürte den Druck des Mitgefühls auf der Brust. Etwas in ihm verstand Melpo, irgendwie.

»Und ich denke, ich weiß auch, warum Lachlan sich diesem Griffin angeschlossen hat«, sagte Kathy. »Oder besser gesagt: Wieso es so weit gekommen ist.«

»Die beiden haben gechattet«, sagte Zack.

»Noch vorher. Lange vorher.«

»Du meinst, Griffin hat ihn schon als Kind –«

»Nein. Hast du denn Powerman vergessen?«

Er brauchte einen Moment, um sich zu erinnern. »Ach Quatsch, diese alte Geschichte. Wie soll das was hiermit zu tun haben, ich war ein Kind!«

Kathy legte ihm die Hand auf die Schulter, und obwohl sie aus kühlem Metall war, spürte er die Wärme der Geste. Es bedurfte keiner weiteren Worte, um eine neue Unruhe in ihm zu entfachen, einen Sturm, in dessen Epizentrum ein Junge mit einem Umhang gegen Schatten boxte. Die Gefühle stiegen in ihm hoch wie eine Springflut, trieben ihm Hitze ins Gesicht und in die Augen, wuschen ihm die Spannkraft aus den Muskeln, die ungewohnte Härte aus dem Herzen. Die Knie wurden ihm weich, das Kinn zittrig.

Er schüttelte den Kopf, Kathy nickte.

»Kümmer du dich um Griffin«, sagte sie. »Ich rede noch ein paar Worte mit Femke Sommerfeld.«

Zack war ihr so dankbar, dass er ihr gern etwas gesagt hätte, aber er brachte nur noch sein Safeword heraus. Als er in seinem Bett in Phoenix Manor zu sich kam, liefen ihm bereits die Tränen übers Gesicht.

Wenn es stimmte, was Kathy angedeutet hatte, dann war es auch ein Stück weit seine Schuld, dass Lachlan so geworden war. Aber er hätte das nicht vermeiden können – er war immerhin ein Kind gewesen. Wie alt noch gleich? Acht? Neun? Damals war der neue Spider-Man mit Tom Holland auf Blu-Ray rausgekommen, und danach hatten sie ganze Wochenenden nur damit verbracht, sich durch alle Marvel-Filme zu gucken, die sie finden konnten, Captain America, Avengers, Hulk, Thor, Iron Man. In dieser Zeit hatte er, Zack, sich Powerman ausgedacht. Lachlan musste wahlweise den Verbündeten oder den Schurken spielen und Zack fiese Fallen stellen, worin er ausgesprochen gut war. Lachlan schrieb sogar zwei Geschichten über Powerman, die Zack noch irgendwo hatte; die erste hieß ›Powerman und der Vampyrkönig‹ (mit Lachlan in der Rolle des Vampyrs), die zweite ›Powerman und das Parallelportal‹ (mit Lachlan in der Rolle eines ziemlich ausgefuchsten Dr. Who). Die meiste Zeit aber spielte Lachlan Powermans Erzfeind: einen reichen Banker, der sich allerlei Schnickschnack basteln konnte, während Powerman nur auf seine Muskeln angewiesen war, die Zack simulierte, indem er sich Kissen an den Körper band.

Ein Banker.

Er hörte seine Mutter sagen: *Diese reichen Pisser stecken sich die Kohle ein, und wenn ich ein paar Euro zum Le-*

ben brauche, sagen sie: »Sorry, Mrs. Murray, aber wir können Ihnen leider keinen weiteren Dispo einräumen, uuh, uuh!« – Schlampe.

Zack sah sie jetzt wieder vor sich, Bree Murray mit den wilden roten Locken und dem Schnapsglas in den lackierten Fingern, und er roch den scharfen Alkohol, den er so sehr hasste, weil er ihn immer dann gerochen hatte, bevor sein Vater die Kontrolle verloren hatte, und auch Bree Murray verliert sie allmählich, sie sieht ihn an, als wäre es Zacks Verdienst, dass ihm die Frau in der Bank keinen Dispo gegeben hat, und plötzlich singt sie: »Könntest du nicht Mrs. Abercromby bitten, dir eine Hose zu kaufen?« Sie singt es so lieblich, und das Kettchen um ihr Handgelenk blinkt und zittert, als sie das Glas zu den Lippen hebt. »Wenn du sie lieb bittest, wird sie kaum ... Es tut ihr ja nicht weh. Sie hat doch so viel!«

Er trägt diese löchrige, ungewaschene Hose, und sein T-Shirt ist fleckig, er fühlt sich schäbig, aber noch schäbiger fühlt er sich, als er die elegante, reiche Persephone Abercromby um eine Hose bittet, er starrt dabei auf seine Schuhe, Lachlan steht neben ihm und sagt nichts, er nimmt ihn nur an der Hand und zieht ihn in sein Zimmer, öffnet den Schrank und wirft Zack all diese Hosen hin, all diese Jeans und Hosen aus Cord und Baumwolle. »Bitte«, sagt Lachlan, »kannst du alle haben«, und Zack spürt die Scham, den Neid und die Angst in sich rumoren, er brüllt: »Du kannst deine vollgeschissenen Hosen behalten!«

Und am Ende sitzt er in Persys Mercedes, Lachlan ist nicht dabei, er wird diesen Streit nie wieder ansprechen, sie fahren in die Grafton Street, Zack sucht sich mit brennenden Wangen ein paar Hosen aus, er schämt sich so, aber er liebt auch die neuen Hosen, sie fühlen sich so glatt an, sie sind modisch, sie sind wie die von Lachlan, und irgendwie überwiegt der Stolz seine Scham … er kommt nach Hause, seine Mutter sieht die neue Hose an seinen Beinen, sie schnappt nach Luft, murmelt irgendetwas, nimmt ihn in den Arm, trinkt nichts an diesem Abend, macht ein schönes Abendessen und lobt immer wieder diese Hose und Persys Großzügigkeit, und in der kommenden Nacht geht sie mit einer Schere in sein Zimmer, sie denkt, dass er schläft, doch während er starr in seinem Bett liegt, hört er das Schnippschnapp des Edelstahls, *schnipp* –

Bald hat er einen Schrank voll neuer Kleidung …

Schnapp –

… und dann findet er das T-Shirt. Es ist ein XL-Shirt mit einem Spider-Man-Motiv, es ist sein liebstes Stück, er zieht es an, obwohl er noch lange nicht hineinpasst, er trägt die Spinne mit Stolz, doch jetzt hat ihr eine Schere die Beine abgeschnitten, ein Loch mitten durch, er schreit, der Schrei und der Schock gehen ihm durch Mark und Bein, er klammert sich an das T-Shirt, er läuft zu seiner Mutter und nennt sie eine Schlampe, worauf sie ihm mit der flachen Hand ins Gesicht schlägt und ihn auf sein Zimmer schickt, »Du hast Hausarrest«, sagt sie, und als er nicht geht, schlägt sie ihn noch einmal, bis er weint und ruft: »Ich hasse dich, ich hasse dich, ich hasse dich …«

»Also, ich bin Powerman und du bist der Böse«, sagt er später zu Lachlan und bindet sich das zerstörte T-Shirt um, das jetzt ein Umhang ist. Er weiß noch nicht, dass er ihn sechs Jahre später in einer vergessenen Schublade wiederfinden wird, am Tag nachdem seine Mutter ihre Sachen gepackt und ihn ganz Persy überlassen hat, er weiß noch nicht, dass er den Umhang aus der Schublade ziehen und ihn wiedererkennen wird, dass er ihn sich umbinden und weglaufen wird, und dass es Lachlan ist, der ihn dann findet, der sieht, wie er, Zack, vollkommen ausrastet, wie er alles kurz und klein schlägt und dann auf Lachlan losgeht, der sich nicht wehrt, obwohl Zack erst aufhört, als Lachlan Blut aus der Nase läuft, und dass er Zack trotzdem sofort verzeiht, wortlos, weil er alles versteht.

Und da ist dieser Satz von Kathy. »Wahre Helden beschützen die Menschen, die sie lieben, vor sich selbst.« Er hebt den Blick, Lachlan sitzt ihm gegenüber, er hat den Satz auch gehört, er ist dreizehn oder vierzehn, er sitzt hinter einer Mauer der Arroganz, tut immer so, als wäre er zu cool für alles, aber in diesem Moment flackern seine wasserhellen Augen zu Zack herüber, sie sehen einander an, eine Sekunde lang berühren sich ihre Seelen, elektrisches Knistern, trockener Mund, springendes Herz … *Wir Menschen tun unvernünftige Dinge, wenn wir verliebt sind.*

Zack öffnete die Augen.

Die Erschöpfung hatte ihn zum Schlafen gezwungen; Tageslicht fiel durch die Vorhänge, grau, Regen tippte gegen das Fenster. Zack spürte, dass er die Stimulanzkappe noch trug, riss sie sich vom Kopf und sprang auf. Wie spät war es? Wie lange hatte er geschlafen? Verdammt, dachte er und schaltete das Smartphonedisplay ein.

Drei Uhr. Nachmittags.

Außerdem fünfzehn Anrufe von Teresa.

Er fluchte und ging aus dem Zimmer, um nach Oliver zu suchen. Kaum war er über die Türschwelle, hörte er unten eine Frauenstimme: »Ja, vielen Dank, Cilian, ich bin gut angekommen.« Persy war wieder da. Er lief zurück in sein Zimmer, stopfte den Cronos Cube unter das Bett und ging nach unten. Ob sie nach ihrer Rückkehr in sein Zimmer gelinst und den Cube zu Gesicht bekommen hatte? Egal. Auf diese Diskussion würde er sich nicht einlassen, nicht bevor er ein paar Antworten bekommen hatte.

»Zachary!« Persy strahlte, als er die Treppe herunterkam. Sie hatte sich die Schuhe ausgezogen und schlüpfte gerade aus dem Mantel. »Gibt's was Neues? Wie läuft es mit Teresa? Oh, ich brauche dringend einen Kaffee, kurz vor Dublin war dieser irre Stau, ich bin …«

Zack folgte ihr in die Küche, wo Persy eine Kaffeemühle aus dem Schrank nahm und Wasser aufsetzte. »Ach, apropos Teresa, sie hat mich vorhin angerufen, ungefähr vor einer halben Stunde, und gefragt, ob ich wüsste, wo du steckst. Hast du ihr meine Telefonnummer gegeben?«

»Sie hat dich angerufen?«

»Ja, anscheinend hat sie versucht, dich zu erreichen. Stand draußen vor dem Tor, aber niemand hat aufgemacht … Wo ist eigentlich Oliver? Ist er nicht da?«

»Hab ihn seit gestern Abend nicht gesehen.«

Sie kippte die Bohnen in die Mühle, verschloss sie und drehte die auf der Oberseite angebrachte Kurbel, und während die Mahlscheiben die Bohnen zerkleinerten und der milde Duft nach Jamaica Blue Mountain durch die Küche strich, dachte Zack fieberhaft darüber nach, wie er vorgehen sollte. Er musste Persy auf das Symbol ansprechen, aber wenn sie wirklich zur Turmgesellschaft oder zu Freemind-Sekte gehörte, begab er sich damit vielleicht in Gefahr. Was für eine absurde Vorstellung, dass die Frau, die ihn aufgenommen und in ein besseres Leben gerettet hatte, eine Gefahr für ihn sein mochte. Aber war es nicht genauso unvorstellbar, dass sie etwas mit diesen Ideologen zu tun hatte, die den freien Willen unterdrücken wollten? War sie nicht eine Verfechterin der Demokratie?

Am besten fragte er sie zuerst nach Cilian Lynch. Aber mit dem hatte sie doch noch vor fünf Minuten telefoniert, also war anscheinend alles in Ordnung. Wie sollte er ihr erklären, was ihn beunruhigte? Er würde Cronos ansprechen müssen und Erion und Griffin und Lachlan, und von all diesen Dingen wusste sie nichts. Sie war wieder hier, ihr ging es gut, Cilian verhielt sich normal, Gallagher Whiskey war nichts passiert, also war die Namensgleichheit nur ein verrückter Zufall gewesen …

»Wie lief es in Donegal?«, fragte er, als Persy das Kaffeepulver in die Espressokanne löffelte.

»Es ist alles in Ordnung«, antwortete Persy. »Unser Einbrecher war ein gewisser Anthony Mason, und anscheinend wollte er ein paar Geheimnisse ausspionieren, für die Destillerie seines Vaters. Ich erinnere mich an diesen armen Tropf … wollte seine Firma nicht an mich verkaufen … jetzt laufen seine Geschäfte nicht. Weißt du, warum Oliver heute Nacht Hares zu mir geschickt hat?«

Anthony Mason.

Der Typ, von dem Lynch den USB-Stick holen sollte.

Was sollte er tun?

Was sollte er sagen?

»Ich …«

Die Türglocke ging. Persy bat Zack mit einem Blick, sich darum zu kümmern, während sie die Espressokanne im Auge behielt. Zack war dankbar für die zusätzliche Bedenkzeit; er hoffte nur, dass Teresa nicht draußen stand. Er aktivierte das Display am Toröffner und …

Es waren drei erwachsene Männer und eine Frau. Zwei der Männer trugen die Uniform der Garda Síochána, der Polizei, der dritte eine Lederjacke. Steve, der META-Agent, dem Zack in der Akademie begegnet war. Und neben ihm stand Alma, mit dem straffesten Pferdeschwanz, den Zack je gesehen hatte. Zack wurde schwindelig … sie waren hier … sie würden Antworten erwarten … die Türglocke ging erneut. Zack drückte den Knopf, der das Haupttor öffnete, und trat benommen von dem Gerät zurück.

Würden sie ihn sofort zu einem Glühwürmchen machen? Oder wollten sie nur wissen, wie es lief? Aber wozu brachten sie dann die Polizisten mit? Ihm war schwindelig – er spürte, wie er in Panik geriet.

»Zachary?«

»Mrs. Abercromby – die META ist hier –«

Sie hob die Augenbrauen. »Die kommen hier nicht rein«, sagte sie kühl, nahm die Espressokanne vom Herd und ging an Zack vorbei in die Eingangshalle.

Er musste es ihr erzählen … von der Erpressung, von dem Gespräch in der Akademie …

»Die wollten, dass ich G-Griffin finde«, begann er stockend, er lief ihr hinterher, »die haben mir einen Cronos Cube gegeben und ein Gewehr, und es ist so viel schiefgegangen, der Tagger ist kaputt, und ich –«

Persy hielt inne und drehte sich zu ihm um. »Du solltest Griffin für die META finden?«

Er öffnete den Mund, doch eine Erkenntnis nahm ihm die Worte von der Zunge. Er hatte Persy nie von Griffin erzählt. Sie konnte seinen Namen gar nicht kennen, oder? Es sei denn, sie gehörte zur Turmgesellschaft.

Ein dumpfes Pochen an der Tür. Jemand fand den Klingelknopf und drückte ihn lang anhaltend.

»Wieso hast du das vor mir verheimlicht?«

»Ich durfte nicht.«

Persy zeigte auf die Tür und sah Zack fragend an.

Er nickte.

»Denen werde ich was erzählen«, sagte Persy wie zu sich selbst. Sie warf sich die langen schwarzen Haare über die Schulter und marschierte durch die Eingangshalle, streckte die Hand nach der Klinke aus, drückte sie, riss sie auf, holte Luft, um etwas zu sagen –

Ein Polizist stülpte ihr einen Sack über den Kopf. Der andere drehte ihr die Hände auf den Rücken, legte ihr Handschellen an, schnell und routiniert. Steve sagte: »Persephone Abercromby, Sie sind eine Gefahr für die nationale Sicherheit und werden hiermit, wie man so schön sagt, von der Landkarte gelöscht.«

[21]

Alles passierte so schnell und wirkte so natürlich wie in einem Traum, dass Zack kaum begriff, was sich vor seinen Augen abspielte. Alma nahm ein Spray aus ihrer Handtasche und sprühte den Sack damit ein, Persy rief mit schriller Stimme: »Ich habe das Recht auf meine Anwältin, Sie können mich nicht einfach unter einen Sack stecken und mitnehmen, dazu haben Sie kein –«

Und dann war sie still und schlaff, hing in Steves Arm, der sie an die Polizisten weitergab. Sie packten die dünne Frau rechts und links unter den Achseln und schleiften sie über den Boden nach draußen, nahmen keine Rücksicht auf ihre Beine und ihre Feinstrumpfhose, als es treppab ging, schleiften sie davon wie ein Gepäckstück. Alma steckte das Spray ein, während Steve auf Zack zuging und ihn anwies, die Hände hinter den Kopf zu heben.

»Lasst sie frei!«, entfuhr es Zack.

»Hände an den Kopf«, wiederholte Steve.

»Was wollt ihr von ihr? Warum –«

»HÄNDE AN DEN KOPF!«

Widerwillig riss Zack die Arme hoch, legte die Finger an den Hinterkopf. Er stierte Steve an und stellte sich vor, wie er ihm mit der Faust das Gesicht polierte. Der META-Agent bedachte Zack mit einem Lächeln.

»Tief durchatmen, Zachary. Wir sprechen gleich über Persy. Jetzt komm erst einmal zu dir und denk an deine eigene Zukunft. Wir haben einen Deal, du kannst immer noch auf die SAP gehen – das willst du doch nicht für eine Frau aufs Spiel setzen, die du im Grunde gar nicht richtig kennst, oder?« Er klopfte Zack mit seiner schwitzigen Hand auf die Brust, ließ sie eine Sekunde zu lang dort liegen. »Lass uns fernsehen. – Alma, Süße, riecht es hier nicht nach frischem Kaffee?«

Als er Zack anstieß, setzte sich dieser in Bewegung, obwohl Hass und Wut in seinem Bauch brodelten und er mit seinen zitternden Knien kaum mehr stehen konnte. Sie hatten Persy mitgenommen … wo steckte Oliver? Ich muss ihm Bescheid sagen, dachte Zack fiebrig, ich muss jemanden informieren, Kathy, Persys Anwältin, ich …

»Hinsetzen.« Steve bugsierte Zack auf die Ledercouch. »Ah-ah! Die Hände oben behalten.«

Zack klemmte die Hände wieder hinter den Kopf und starrte mit zusammengekniffenen Lippen vor sich hin. Wo brachten sie Persy hin? Nach Gundremmingen? An einen anderen Ort? Unter die Erde? Angst durchzitterte ihn, dann überwältigte ihn wieder der Hass, als sich Steve dicht neben ihn setzte. Genießerisch lehnte er sich zurück und spreizte die Beine wie ein Mann, der so tat, als bräuchte sein Gemächt mehr Platz als das anderer Männer. Als Zack von ihm wegrücken wollte, packte Steve ihn am Genick.

»Lassen Sie mich los«, sagte Zack durch zusammengebissene Zähne. »Sie haben kein Recht –«

»Schön die Hände oben lassen, Zachary«, unterbrach Steve ihn. Er hob die Stimme und rief in den Raum: »Eric, schalte doch mal die Nachrichten ein!«

Er nahm die Hand von Zacks Nacken und legte sie ihm am Hals auf die Schulter. Zack fragte sich, ob er die Schlagader spüren konnte, die dort pochte.

»Hallo, Steve«, sagte Erics Computerstimme von der Decke. »Ich freue mich, Sie im Hause Abercromby begrüßen zu dürfen. Ich starte nun die News für Sie.«

»*Was?*«, krächzte Zack. »Wieso –«

»Shhht«, machte Steve. Alma kam ihnen nach, mit einer dampfenden Porzellantasse in der Hand, die sie vor Steve auf den Tisch stellte. Dieser ließ Zack los, um sich nach der Tasse auszustrecken. Während er den Duft des Kaffees in seine fleischige Nase sog und Alma sich kerzengerade in den Sessel schräg gegenüber setzte, schaltete sich der Fernseher ein. Eric startete nicht wie sonst Persys persönliche Nachrichten, sondern den TV-Sender RTÉ Euronews. Er zeigte gerade die Aufnahmen einer Newsdrohne, die über ein gemauertes Landhaus mit Türmen und Zinnen hinwegflog. Polizeiautos und schwarze Transporter standen draußen vor der niedrigen Grundstücksmauer, Soldaten tigerten als schwarze Schatten durch den Garten. Als sich eine Tür öffnete, zoomte die Kamera heran. Ein verstört wirkender Mann mit rotbraunen Haaren wurde herausgeführt. Er trug Handschellen. Zack erkannte ihn, obwohl es Jahre her war, seit sie einander persönlich begegnet waren, von jenem Intermezzo in Cronos abgesehen.

»Cilian Lynch, Manager der Gallagher-Whiskey-Destillerie, wurde soeben von den Sicherheitsbehörden verhaftet«, sagte ein Nachrichtensprecher aus dem Off.

Lynch und die Polizisten erreichten eines der Einsatzfahrzeuge. Kurz bevor die Kamera wegschwenkte und Lynch auf den Rücksitz gedrückt wurde, sah Zack, wie ihm jemand einen Sack über den Kopf stülpte. Neben Zack schlürfte Steve geräuschvoll Persys Kaffee.

»Pass gut auf«, sagte er.

Auf der Bauchbinde am unteren Bildschirmrand stand geschrieben: ›GROSSEINSATZ IN GLENVEAGH CASTLE, COUNTY DONEGAL – GESCHÄFTSFÜHRERIN UND MANAGER VON GALLAGHER WHISKEY UNTER TERRORISMUSVERDACHT –‹

Wieder der Nachrichtensprecher. »Europa hält den Atem an. Ein bislang unbekannter Whistleblower hat heute am frühen Nachmittag ein schockierendes Geheimnis enthüllt. Demnach befindet sich in den Kellern Glenveagh Castles, dieses neugotischen Adair-Schlösschens am Lough Beagh, eine illegale Serveranlage. Auf dieser sollen Terabytes an pikanten Informationen über Politiker, Wirtschaftsmagnaten, Journalisten, Juristen und Beamte gespeichert sein. Aktuell läuft eine Razzia bei dem Familienunternehmen, das seit 2019 im Glenveagh-Nationalpark residiert. Soeben treffen Informationen ein, denen zufolge die Inhaberin der Destillerie, Persephone Abercromby, vor wenigen Minuten verhaftet worden sein soll.«

Schnitt zu einer anderen Newsdrohne. Der Phoenix Park mit seinen endlosen Wiesen, kleinen Wäldchen und verschlungenen Wegen. Mittendrin saß satt und strahlend

Phoenix Manor. Zack sah das Klatschmohnrondell, die roten Ahornbäume, den frisch lackierten Eisenzaun, der unter der Drohne hinwegglitt. Die Fassade kam näher, die Drohne sauste um das Haus herum, und plötzlich sah Zack die Terrasse, auf der O'Connor ihn vor zwei oder drei Wochen befragt hatte. Das Wohnzimmer der Abercrombys erschien auf dem Bildschirm, da waren die antike Standuhr, das wuchtige Ledersofa und er, von hinten, mit feuerroten Haaren und den Händen am Kopf. Zack drehte sich langsam um und sah die Drohne vor der Terrassentür. Ein Frisbee mit mattschwarzen Glaskuppeln auf der Ober- und Unterseite. Zacks Augen begegneten dem roten Licht einer Kamera, die in der unteren Kuppel steckte.

Er wandte der Drohne den Rücken zu. Im Fernsehen konnte er sich selbst dabei zusehen, und dabei kam ihm eine bittere Erkenntnis. Die ganze Welt bezeugte gerade, wie er hier von der META festgehalten wurde. Und die ganze Welt wusste, dass Persy verschleppt worden war. Wer würde ihm, wer würde Persy helfen? Niemand, dachte er.

Niemand.

»Eric, schalte den Ton aus«, sagte Steve. Der Fernseher verstummte, während die Bilder weiter wechselten. Eine Kamera fuhr durch die feudalen Räume des Landhauses, durch enge holzvertäfelte Gänge, sie filmte die Muschelornamente an den Wänden und die bodentiefen Fenster, zeigte eine Treppe mit gedrechseltem Geländer und das rund geschnittene Turmzimmer, in dem Zack öfters mit Lachlan übernachtet hatte. Er dachte daran, wie sie auf die Hundeskulpturen in den Gärten geklettert waren, wie sie im Bambus Verstecken gespielt hatten und wie er zu den Respekt einflößenden Kiefern und Zedern aufgeschaut hatte, er erinnerte sich an das heimelige Gefühl und den Duft der knisternden Kamine und an das Badezimmer, das mit seinem Sessel und Teppich wie ein kleines Wohnzimmer ausgesehen hatte. Die Kamera glitt durch den angebauten Wintergarten hinaus über die blühenden Stauden, an einer steinernen Putte vorbei, die auf einer Kugel saß und ein Loch im Arm hatte, und dann durch ein im Grün halb verborgenes Tor, das auf einen Kiesweg führte. Über eine Treppe, schief und moosbewachsen, zwischen Bäume, ins Halbdunkel, und dann durch eine verwitterte Tür, die im Nichts zu stehen schien wie ein Tor in eine Parallelwelt, nur dass hinter ihr eine Treppe in die Tiefe führte. Die Drohne tauchte ab, folgte den Stufen, Finsternis, jetzt Helligkeit, blau und kühl, eine Glaswand, die Flora und Fauna von einem Saal voller Türme trennte. Türme aus blinkenden Lichtern und Kabeln und Dingen, von denen Zack nur so viel verstand, dass er sagen konnte, worum es sich handelte. Server, Server, Server.

Steve betrachtete ihn schweigend, seit er Eric befohlen hatte, den Ton auszuschalten.

»Du wirst eine Menge Fragen haben«, sagte er freundlich.

»Persy hat damit nichts zu tun«, sagte Zack.

»Du weißt es besser, Zachary. Schließlich hast du erst letzte Nacht im Internet nach dem Symbol der Freemind-Sekte gesucht. Du wirst es auf dem Etikett von Gallagher Whiskey entdeckt haben.« Er schnippte mit den Fingern, worauf Alma aufstand und die Whiskeyflasche aus dem

Schrank holte. Dass sie sofort wusste, wo der Schnaps stand, beantwortete eine von Zacks vielen Fragen: Die META hatte auch im Wohnzimmer eine Mikrokamera versteckt. »Außerdem hattest du heute Nacht vermutlich ein interessantes Gespräch mit Oliver Abercromby, das wir aus dir bekannten Gründen leider nicht mithören konnten. Aber das macht nichts. Du wirst uns noch ganz freiwillig davon erzählen.«

Was meinte er damit?

Steve hielt Zack die Flasche hin. Mit dem Finger fuhr er das fast unsichtbare Zeichen nach.

»Tja, die Turmgesellschaft«, sagte er gedankenvoll. »Glaub es oder glaub es nicht: Das Zeichen auf der Flasche ist uns nicht aufgefallen. Ohne diesen Whistleblower hätten wir wohl nie davon erfahren, dass Persephone Abercromby für die Turmgesellschaft mit Repressionsmaterial dealt. Ist das nicht lustig? Früher wollten Whistleblower uns schaden. Heute spielen sie uns in die Hände.«

»Ich verstehe nicht, was Sie meinen.«

Zack wurden die Arme schwer.

»Es ist ganz einfach. Sagen wir, eine terroristische Organisation will eine Firma infiltrieren. Aber dem Aufsichtsrat gefällt das nicht – schön die Hände oben lassen, Zachary. Nun wendet sich ein führendes Mitglied der Organisation, sagen wir, ein Mitglied der Turmgesellschaft, an Persy Abercromby mit der Bitte um Informationen über die Aufsichtsräte der zu infiltrierenden Firma. Persy beauftragt Lynch, mal nachzusehen, was man so über die betreffenden Personen weiß. Bestimmt liegt etwas Brauchbares auf den Servern, weil die

Server einfach alles wissen, *alles*. Die delikaten Informationen werden gefunden, weitergeleitet, et voilà …« Steve öffnete die Flasche und goss sich Whiskey in den Kaffee. »Mission erfüllt.«

Aber doch nicht Persy, dachte Zack. Was sollte jetzt werden, aus Phoenix Manor, aus ihm, aus Lachlan? »Was machen Sie mit Persy? Wo bringen Sie sie hin?«

»Zerbrich dir darüber nicht den Kopf«, sagte Steve.

»Natürlich tu ich das«, stieß Zack hervor. »Sie hat mich aufgenommen, für mich gesorgt – sie ist kein schlechter Mensch. Sie war immer für mich da.«

»Aber gute Menschen unterdrücken den freien Willen nicht. Es ist falsch, Menschen zu erpressen, die sich der Turmgesellschaft nicht unterwerfen wollen.«

»Die META tut nichts anderes!«, rief Zack.

»Die META beschützt die Menschen«, widersprach Steve. »Du wirst dich daran erinnern, wenn du uns Griffin ausgeliefert hast und wir dir und Lachlan dafür Amnestie gewährt haben. Du wirst sehen, wir sind gütig.«

»Wie weit sind Sie mit Ihrer Mission?«, fragte Alma; es war das erste Mal, dass sie sprach.

»Ich bin an ihm dran«, sagte Zack spröde.

»Es wäre besser, wenn du die Mission allmählich zu Ende bringst«, sagte Steve. Er nippte mit spitzen Lippen am Kaffee. »Köstlich, dieser Whiskey.«

»Wer war der Whistleblower?«, fragte Zack, obwohl er es schon wusste.

»Das finden wir noch heraus.«

Steve hatte also keinen Schimmer, dass der Terrorist, den

er in die Finger bekommen wollte, der Whistleblower war, der ihm Persy ausgeliefert hatte.

Wobei das nicht ganz stimmte. *Er* hatte der META Persy ausgeliefert, wurde es Zack bewusst. Schließlich hatte er Lynch mit Erion hypnotisiert. Er hatte ihm Griffins Befehle eingegeben, und das alles in dem Bewusstsein, dass Griffin nichts Gutes vorhaben konnte. Der Einbrecher hatte den USB-Stick nach Glenveagh Castle geschmuggelt, und Lynch hatte ihn ins Rechenzentrum gebracht, damit Griffin seinen schrecklichen Hack durchführen konnte.

Zack schwieg darüber. Steve durfte nicht auf die Idee kommen, die Mission zu beenden und ihn mitzunehmen. Nicht, bevor er noch mal mit Lachlan gesprochen hatte. Lachlan, der nicht ahnte, was Griffin getan hatte.

Es nicht ahnen konnte.

»Nun, wir erwarten baldige Ergebnisse«, sagte Steve, kippte sich den Kaffee runter und stand auf. Auch Alma erhob sich. »Wir behalten dich im Auge, Zachary.«

Zack sagte nichts. Während die Agenten das Zimmer verließen, nahm er die Hände vom Hinterkopf und verschränkte die Arme. Erst als er die Haustür klicken hörte, stand er auf und ging in die Eingangshalle.

Er ertrug den Gedanken nicht, in Phoenix Manor bleiben zu müssen, doch die Vorstellung, draußen von einer Newsdrohne verfolgt zu werden, war noch viel schlimmer. Zurück in seinem Zimmer zog er die Vorhänge so fest zu, wie es ging. Er schloss die Tür ab und setzte sich aufs Bett, faltete die Hände vor Mund und Nase und versuchte, die Situation objektiv zu betrachten. Über Persy durfte er sich jetzt keine Gedanken machen; das war Olivers Sache, und dem hatte er eine Nachricht geschickt, nachdem drei Anrufe erfolglos gewesen waren. Alles, was von nun an zählte, war Lachlan. Zack konnte sich nicht vorstellen, dass Lachlan jetzt noch zu Griffin hielt, nachdem dieser ihn so hintergangen hatte. Von wegen, Lynch war ein META-Agent!

Vielleicht würde er Erion nicht brauchen, um Lachlan zurückzuholen. Sie würden sich in Cronos treffen und Griffin gemeinsam das Handwerk legen. Und danach … vielleicht können wir ja Persy mit Erion retten, dachte Zack, während er sein Smartphone hervorholte. Bevor er nach Cronos ging, wollte er noch etwas nachsehen. Er rief den Ordner mit den Fotos und Videos auf, die Lachlan ihm in den vergangenen Monaten geschickt hatte. Er scrollte sich durch die Bildervorschauen und öffnete das Video, das Eliot im Juni auf dem Schulhof aufgenommen hatte.

»Alles klar? Kann's losgehen? Halt drauf, Eliot!«

»Ja, Mann.«

Der Schulhof. Überall aufgedrehte Schüler. Lachlan zog sich den Pullover über den Kopf … »Ich erkläre hiermit feierlich das Ende!«, rief er. Kniete sich hin, öffnete den Rucksack, holte eine Flasche heraus, stand wieder auf. »Der Soldat verlässt die staatliche Schularmee mit einem symbolischen Akt der Trennung!« Jetzt schraubte er die Flasche auf und begoss im Kreis ihrer Mitschüler den Pullover mit dem Spiritus.

»Mach schneller, Lach!« Eliot.

Lachlan steckte die Hand in die Hosentasche und … bingo. Er zog das Zippo heraus und hielt es hoch in die Luft, damit alle es sehen konnten. Zack tippte das Display an, worauf das Video pausierte. Er zoomte auf das Feuerzeug. Wie war es Griffin nur gelungen, das Ding in die Schule zu schleusen? Hatte er Lachlan dort etwa persönlich getroffen? Ihn vielleicht beobachtet? Oder hatte er einen Schläfer unter den Sicherheitsleuten gehabt? Lachlans Hand mit dem goldenen Benzinfeuerzeug füllte den Bildschirm, hochauflösend, denn Eliots Eltern hatten ihrem Sohn immer nur den neuesten Technikkram gekauft. Ein Glück.

Denn dadurch sah Zack, dass er das Feuerzeug kannte. Nicht aus diesem Video. Er hatte es erst vor Kurzem gesehen. Er sah wieder vor sich, wie es golden in Chaos und Schmutz lag wie eine Perle im Saustall, so edel, dass es vielleicht irgendwo Initialen trug, etwa die Initialen D. A., für Dillen Arnott. Das Handy entglitt Zack und fiel mit einem dumpfen Knall zu Boden. Wie in Trance hob er es wieder auf und starrte das Feuerzeug an.

Täuschte er sich? Spielte ihm sein Gedächtnis einen Streich? Nein, sicher nicht. Wenn es etwas gab, worauf er sich verlassen konnte, dann war es sein Gedächtnis.

Dillen Arnott.

Sein alter IT-Lehrer war Griffin.

»Scheiße«, flüsterte Zack. Auf einmal ergab alles einen Sinn. Wieso Lachlan und Mr. Arnott subversive Gedanken teilten. Oder warum Lachlan erst mit vierzehn so anstrengend politisch geworden war – etwa zu der Zeit, als sie Mr. Arnott als Lehrer bekommen hatten. *Er verwendet viel Zeit darauf, sich seine Marionetten zu basteln …* Zack schluckte. Dann hatte Lachlan also bei Griffin angerufen, um Hilfe gegen Griffin zu suchen. Und er, Zack, hatte ahnungslos auf dessen Sofa gesessen, dem Schwein direkt gegenüber. Er hatte ihm die Hand gegeben, seine Limo getrunken! Er musste sofort Steve und Alma Bescheid geben.

Oder?

Was wurde dann aus Lachlan? Bekam er wirklich Amnestie? Würden die beiden ihr Wort halten? Zack zog sich der Magen zusammen. Er fühlte wieder Steves heiße, schwitzige Hand im Nacken. *Schön die Arme oben lassen.* Wut stieg in ihm hoch. Zuerst rede ich mit Lachlan, dachte Zack und knickte eine Blaue Pille aus dem Blister. Er zerdrückte sie am Gaumen und setzte die Wasserflasche an die Lippen, streckte sich auf dem Bett aus und dachte darüber nach, wie er in Cronos am schnellsten an Lachlan herankommen würde. Sollte er Melpo auch kontaktieren? Vielleicht konnten sie ihre Hilfe auch ganz gut gebrauchen …

Sobald er in Flüsterheim die Augen aufgeschlagen hatte, schwang er die Beine über die Bettkante und kramte das KomBu heraus. Seine erste Nachricht ging an Lachlan: *Wir müssen uns in der Residenz am Rande treffen, SOFORT.* Draußen war es stockfinster – er hatte keine Lust, auf dem Weg zu Porkis Pub von einer Granate hochgejagt zu werden.

Er behielt das KomBu in der Hand und stieg die Treppe in den Schanksaal hinunter, der wie bei seinem ersten Besuch in der Residenz am Rande rappelvoll war. Er verzichtete auf ein Getränk, blieb eine Weile am Eingang stehen und entdeckte plötzlich ganz in der Nähe einen freien Tisch, der eine Sekunde vorher noch nicht da gewesen war. Nervös behielt er das KomBu im Auge. Keine Nachricht von Lachlan. Nach fünf oder zehn Minuten hielt er es nicht mehr aus; er stand auf und drängte sich durch die Menge zum Ausgang. Draußen empfing ihn eine klirrend kalte Nacht. Unberührter Schnee lag auf dem Weg, der den Hügel hinabführte. Zack vergewisserte sich des Revolvers im Holster; den Colt hatte er durch Porkupines Friedenslicht verloren. Er wappnete sich innerlich dafür, durch das Kampfgebiet der Shooter zu laufen – unweit der Residenz hörte er bereits die Sturmgewehre knattern –, als ihm eine lange Gestalt entgegenkam, die auf einen Schlag alles veränderte.

»Zack!«

Lachlan stützte sich vor ihm auf die Knie und rang nach Luft. »Ich habe mich auch gerade eingeloggt – war auf dem Weg zu Porki, als deine Nachricht kam – bin umgedreht und so schnell wie möglich zurück –«

»Komm mit rein«, sagte Zack erleichtert, »schnell.« Sie kehrten zurück in den stickig-warmen Schanksaal, bahnten sich einen Weg durch die Leute und durchquerten am anderen Ende des Raums die Tür zu den Schlafzimmern. Der Lärm blieb hinter ihnen zurück, in der Stille hörten sie nur ihre hektischen Schritte auf den Stufen. Als sie den ersten Stock erreichten, sah sich Zack flüchtig um – sie waren allein. Ohne Vorwarnung drehte er sich zu Lachlan um, bugsierte ihn gegen die Wand, hielt ihn fest.

»Hey, was soll –«

»Ich frage dich das jetzt nur ein einziges Mal«, unterbrach Zack ihn, und um seinen Worten Nachdruck zu verleihen, stieß er Lachlan noch einmal grob gegen die Wand. »Hast du was damit zu tun, dass Porkupine angeschossen wurde? Hast du Griffin von dem Tagger erzählt?«

Lachlans Arme erschlafften. Mit unnatürlich hellen Augen starrte er Zack an und wurde dabei noch blasser um die Nase. Er öffnete den Mund, schloss ihn wieder, als suchte er nach Worten. Jetzt schluckte er.

»Ja. Das habe ich.«

Zack hatte nicht mit einer ehrlichen Antwort gerechnet, eher mit einer schwachen Lüge. Lachlans Aufrichtigkeit verwirrte ihn; Zack ließ ihn los, rieb sich mit der frei gewordenen Hand den Mund und sagte nichts.

»Und das war ein Fehler«, sagte Lachlan dünn. »Ich wusste nicht, wem ich da vertraue, Zack.«

»Du wusstest nicht –«

»Er hat irgendetwas an sich, das dir das Gefühl gibt, in guten Händen zu sein«, sagte Lachlan resigniert. »Wenn er mit dir spricht, glaubst du ihm alles. Er hat mich dazu gebracht, dich anzurufen. Dir diese Geschichte zu erzählen, dass er gefährlich sei und ich Erion bräuchte, um mich gegen ihn zu wehren. Er hat auch eingefädelt, dass du diesen META-Agenten für uns hypnotisierst.«

»Der keiner war!«, rief Zack.

»Ich weiß«, hauchte Lachlan. Etwas Merkwürdiges geschah: Er senkte den Kopf und verdeckte seine Augen mit der linken Hand. »Ich war so ein Idiot.«

Seine Stimme klang gepresst.

»Heulst du etwa?«, blaffte Zack, weil er sich auf einmal hilflos fühlte und ihn das rasend machte.

Lachlan lachte humorlos. »Komisch, oder?«

»Komm mit.«

Zack wollte runter vom Flur. Er öffnete die nächstgelegene Tür und winkte Lachlan hinter sich her, um zu sehen, ob es ihm möglich war, das Zimmer zu betreten. Es klappte; Lachlan trat ein, und Zack warf die Tür zu.

»Ich war dabei.«

»Als sie Mum geholt haben?«

»Ja. Sie haben ihr einen Sack über den Kopf gestülpt. Ich habe keinen Schimmer, wo sie jetzt ist.«

Lachlan hielt sich den Mund zu.

»Und Oliver ist seit heute Nacht verschwunden.«

»Verschwunden?«

»Nicht zu erreichen. Lynch, verdammt! Lachlan, wieso hast du das nicht gemerkt? Cilian Lynch!«

»Ich weiß es nicht – ich war so –«

»Und wo wir schon dabei sind: Griffin hat deine Entführung eingefädelt, nicht Emil«, sagte Zack. Es tat so gut, das Entsetzen in Lachlans Gesicht wachsen zu sehen. »Für die Details haben wir jetzt keine Zeit, aber ich dachte, das interessiert dich vielleicht.«

Lachlan nickte.

»Es … es ist nicht so, als wäre mir das noch nie in den Sinn gekommen«, gab er zu.

»Dass Griffin etwas mit der Entführung zu tun haben könnte? Willst du mich veralbern?«

»Nein. Ganz am Anfang mal kurz.«

»Und was ist hiermit? Ist dir das auch schon in den Sinn gekommen? Mr. Arnott ist Griffin.«

Lachlan war wie vom Donner gerührt.

»Was?«

»Dillen Arnott, unser alter IT-Lehrer.«

»Aber ich habe ihn doch angerufen, damit er dich für mich kontaktiert, ich verstehe das nicht –«

»Das Feuerzeug, mit dem du deine Schuluniform abgebrannt hast, von wem hattest du das?«

»Mr. Arnott. Aber –«

»Und von Melpo weiß ich, dass Griffin damit prahlt, er habe dir das Feuerzeug damals gegeben.«

Lachlan atmete stoßartig aus.

»Deswegen also. Mr. Arnott hat mir den Weg in das Darknet gezeigt, und dort habe ich Griffin getroffen. Wie viele Jahre hat er das alles geplant?«

»Fragen wir ihn.«

Lachlan sah zerknirscht zu Zack auf. »Mir tut das alles so leid, Zack, ich …«

»Was tut dir leid?«

Lachlan suchte nach Worten, fand aber offenbar keinen Anfang. Er hatte ganz rote Augen, als stünde er vor einem Tränenausbruch, und etwas daran berührte Zack empfindlich. »Ich werde mich der Polizei stellen«, sagte Lachlan zum Fußboden. »Heute noch.«

Zack empfand eine Mischung aus Erleichterung und Grauen. »Ich bin wirklich froh, dass du das sagst, aber zuerst müssen wir Griffin schnappen.«

Lachlan rieb sich die Augen.

»Dass ich dabei geholfen habe, den Tagger zu zerstören, hat Griffin meine Loyalität bewiesen«, sagte er vorsichtig. »Griffin vertraut mir.«

»Das könnte uns helfen«, sagte Zack. Lachlan sah ihn wieder direkt an, ein wenig ängstlich zwar, aber doch entschlossen. Er meinte es ernst.

»Und was ist mit dir?«, fragte Lachlan behutsam.

»Was soll mit mir sein?«

»Ob du mir vertraust.«

Zack wandte ihm die Schulter zu. »Vertrauen ist so ein großes Wort«, wich er aus.

»Ich habe in letzter Zeit wenig getan, um es zu verdienen«, sagte Lachlan. »Ich bereue so viel, dass ich gar nicht weiß, wo ich mit dem Aufzählen anfangen soll. Wie ich dich behandelt habe. Die Lügen –«

»Wer einmal lügt, dem glaubt man nicht mehr. Woher soll ich wissen, wann es wieder losgeht?«

»Nie wieder.«

»Und woher weiß ich das?«

»Außer dir habe ich niemanden mehr. Na ja, außer Dad.«

»Und vielleicht noch Griffin?«

»Mit dem bin ich fertig.«

Zack suchte die List in Lachlans Augen, die Verschlagenheit, die Arroganz, doch er fand nur die hoffnungsvolle Hilflosigkeit eines Jungen, der auf die schiefe Bahn geraten war und den Weg zurück nicht fand. Und er las die Angst aus Lachlans Gesicht, Angst vor Griffin zum einen, Angst vor Zacks Ablehnung zum anderen, und das machte ihn so menschlich, so zerbrechlich, dass Zack ein Gefühl überkam, das er zuletzt in O'Connors Wohnung verspürt hatte, als Teresa neben ihm in Tränen ausgebrochen war. Nur war dies hier eine völlig andere Situation, denn Teresa war neu und aufregend gewesen, Lachlan hingegen gehörte zu seinem Leben, solange er denken konnte. Ihn so verletzlich zu erleben, tat Zack körperlich weh. Nachdem er seinen Ärger überwunden hatte, streckte sich etwas in ihm nach Lachlan aus; es war der Teil von ihm, der sich das Leben zurückwünschte, das sie vor der Entführung geführt hatten, die gemeinsamen Abende, die Kabbeleien, die Club-Besuche. Das bedingungslose Vertrauen.

Lachlan war seine Familie.

Er fasste in die linke Hosentasche und zog Erion heraus. Die rechte Hand legte er auf Lachlans Schulter. »Ich habe einen Plan, wie ich dich da raushole.«

Lachlan erkannte, was Zack ihm da geben wollte, und seine Augen weiteten sich.

»Das ist nicht dein Ernst, Zack.«

»Du wirst Erion nehmen und zu Griffin gehen. Bring ihn dazu, sich der Polizei zu stellen.«

»Und was machst du?«

»Ich fahre zu Mr. Arnott. Und wenn alles gut geht, hole ich dich noch heute Abend nach Hause.«

Lachlan starrte ihn an. »Du … holst mich?«

»Natürlich. Weil ich weiß, wo ihr euch versteckt.«

»Woher?«

»Durch die Telefonnummer, die ihr Porkupine gegeben habt. Von diesem Pub«, sagte Zack.

Lachlan hob ebenfalls den Arm und legte ihn auf Zacks Schulter. Zack sah die Worte, die Lachlan auf den Lippen saßen, doch dieser hielt sie geschlossen, sprach nur mit den Augen, erleichtert, dankbar.

»Wieso fährst du zu Mr. Arnott?«

»Vielleicht braucht er einen Anreiz, um dich in Cronos aufzusuchen, wenn du verstehst.«

Lachlan nickte. »Pass auf dich auf.«

Zack winkte ab. »Ich logge mich jetzt aus. Wir sehen uns dann. Viel Erfolg mit Griffin.«

Lachlan nickte.

»Desmodontidae«, sagte Zack. Die Dunkelheit verschlang Lachlans bleiches Gesicht, und der Abgrund nahm Zack auf, um ihn nach kurzem Sturz in Phoenix Manor wieder auszuspucken. Zack, noch leicht benommen von der Wirkung der Blauen Pille, hievte sich vom Bett hoch, klatschte sich mit beiden Händen ein paarmal ins Gesicht, nahm die Stimulanzkappe ab und sprang auf. Er zog Olivers USB-Stick aus dem Cronos Cube und stopfte ihn sich in die Hosentasche, bevor er ans Fenster trat und durch die Vorhänge linste. Es war Nachmittag, noch immer fiel leichter Regen, der an der Scheibe herabrann und den Garten verwischte. Nichts zu sehen von der Newsdrohne. Vielleicht hatte sie aufgegeben.

Zack lief nach unten, holte den Parka aus der Garderobe und schlüpfte in seine Sneakers. Als er an der Haustür stand, atmete er ein letztes Mal tief durch. Er hatte das Gefühl, einen größeren Schritt zu tun, als nötig war, um die Türschwelle zu überwinden. Phoenix Manor, riesig, leer und verlassen, blieb dunkel hinter ihm zurück, mit niemandem darin, der ihn zurückerwartete.

[22]

Auf dem Weg hügelabwärts zur Chapelizod Road rief sich Zack ein Taxi. Es traf fast zeitgleich mit ihm ein; der Fahrer sagte, Zack habe Glück, er habe gerade eine Fahrt stadtauswärts gehabt. Zack setzte sich auf den Rücksitz und klemmte sich hinter die Scheibe, um den Himmel nach der Drohne von RTÉ Euronews abzusuchen.

Nichts. Im Radio lief die Razzia rauf und runter.

»Ham Se gehört? Da oben wohnt die Abercromby.«

Zack tat ahnungslos. »Was meinen Sie?«

»Da oben, wo mal die Seniorenresidenz stand. Da is 'ne Villa, und da drin wohnt die Abercromby.«

»Wer?«

»Ham noch keine Nachrichten gehört heute, was?«

Er drehte das Radio lauter.

»– WERDEN DIE KATAKOMBEN VON GLENVEAGH CASTLE DERZEIT DURCHSUCHT. SICHERHEITSBEHÖRDEN TRAGEN DATENTRÄGER HERAUS –« Zack versuchte, nicht hinzuhören, sondern sich auf das zu konzentrieren, was vor ihm lag. Er durfte sich Mr. Arnott gegenüber nicht anmerken lassen, dass er etwas wusste. War es richtig gewesen, Lachlan Erion auszuhändigen? Noch vor wenigen Stunden hätte er sich für seine Naivität verurteilt, aber die letzte Unterhaltung mit Lachlan hatte etwas in ihm verändert. Er war sich ganz sicher, dass Lachlan ehrlich zu ihm gewesen war. Die Vernunft streute Zweifel, weil sie nichts anderes konnte, aber er verspürte Zuversicht und eine angenehme Nervosität, wenn er daran dachte, dass Lachlan bald wieder in Dublin sein würde. Gemeinsam würden sie Griffins teuflisches Werk heute Nachmittag beenden …

Und dann? Was war mit den Sicherheitszonen? Mit Persys Verschleppung? Lachlan war vielleicht bald zurück. Dennoch würde nichts mehr so sein wie zuvor. Griffin mochte ins Gefängnis gehen, aber er hatte die Welt dennoch in zweierlei Hinsicht zerstört. Zack versuchte sich nicht in dieser Gedankenkette zu verheddern, sondern an Lachlan zu denken, der jetzt in Cronos darauf wartete, dass Griffin sich zeigte. Zu zweit würden sie das alles schon schaffen, oder? Denk an Dillen Arnott, ermahnte sich Zack. Draußen flog das Haupttor des Phoenix Parks vorbei, danach erreichten sie das Ufer der Liffey und folgten ihr stadteinwärts, so wie damals Melpo, als Lachlans Leben auf dem Spiel gestanden hatte. Der Taxifahrer gab Gas, solange es möglich war, doch es war Rushhour, Feierabendverkehr, und so dauerte es nicht lange, bis sie zwischen Autos, Doppeldeckerbussen und lebensmüden Fahrradfahrern vor roten Ampeln standen. Zack knetete seine Hände. Auf seinem Handy recherchierte er eine schnellere Route. Es gab keine. Er warf dem Fahrer im Rückspiegel einen verzweifelten Blick zu.

»Kann ich nix für«, sagte dieser.

Orange – grün – orange. Sie schafften es gerade noch über eine Ampel. Das Taxi folgte dem Ellis Quay, der zum Arran

Quay wurde, und ordnete sich links ein, um in die Church Street abzubiegen, eine Einbahnstraße. »Können Sie sich ein bisschen beeilen?«, fragte Zack.

Der Fahrer hob resigniert die Hände vom Lenkrad.

Er gab Gas, überholte einen Wagen rechts, den nächsten links, und als sich die erste Gelegenheit ergab, bog er rechts in eine ruhigere Seitenstraße ab. Zack packte den Griff überm Fenster.

»Besser?«, rief der Fahrer, der in einem Affenzahn die schmale Straße entlangbretterte.

Zack hob den Daumen.

»Passen Sie auf die Temposchwellen auf!«

Endlich: die King Street North. Der Taxifahrer bremste abrupt, setzte den Blinker und tauchte links zwischen die Häuser. Die schmuddelige Gasse, durch die er fuhr, war kaum breiter als ein Radweg. Zack erkannte das Tor wieder, das die Wohnhäuser des Henrietta Place 14 nachts von der finsteren Gegend trennte, falls niemand vergaß, es abzuschließen. Jetzt stand es offen.

»Anhalten! Ich steige hier aus.«

»Zahlen Sie per App?«

Zack gab dem Fahrer ein sattes Trinkgeld und sprang aus dem Wagen. Er eilte durch das Tor in die Wohnanlage, drückte auf dem Klingelbrett den Knopf neben dem Namen ›D. Arnott‹. Jetzt durfte nichts schiefgehen. Durchatmen, dachte Zack. Du schaffst das.

Der Summer.

Zack eilte durch das nach Kohl und Chlor riechende Treppenhaus hinauf in den dritten Stock. Mr. Arnott – Griffin – stand in der Tür und sah ihm entgegen. Ein fauliger Gestank wehte aus seiner Wohnung.

»Zachary!«, sagte er überrascht.

»Mr. Arnott«, japste Zack, »Mr. Arnott – ich brauche Ihre Hilfe – darf ich bitte reinkommen?« Dass Dillen ihm das letzte Mal seinen Vornamen angeboten hatte, wusste Zack noch, aber er brachte ihn nicht über die Lippen.

Griffin ließ ihn herein.

»Was ist los? Ist etwas mit Lachlan?«

»Ja. Nein, fast. Jemand ist hinter mir her –«

»Hinter dir her«, wiederholte Griffin spöttisch. Dann, als erkenne er den Ernst der Lage, verblasste sein Lächeln. »Mein Gott, Zachary, wer ist es?«

»Sie dürfen es niemandem sagen.«

»Gib mir zuerst dein Handy.«

Zack stutzte. Daran hatte er nicht gedacht … Sei's drum. Mitspielen. Er reichte Griffin sein Smartphone und sah mit klopfendem Herzen zu, wie er es in seine Küche brachte, um es in den Kühlschrank zu legen. Als er zurückkam, winkte er Zack ins Wohnzimmer.

»Jetzt noch mal langsam. Nimm Platz.«

»Ich kann jetzt nicht sitzen, ich muss gleich wieder los.«

»Wer ist hinter dir her?«

Zack schluckte. Er machte das gut, seine Panik wirkte echt. »Die META, Sir.«

Er hatte Mr. Arnott noch nie Sir genannt, und gerade deshalb wirkte es.

»Die META? Was könnte die von dir wollen? Hat es mit Lachlan zu tun? Geht es Lachlan gut?«

»Es hat hiermit zu tun.« Zack zog Olivers USB-Stick heraus und ließ ihn am Bändchen vom Finger baumeln. Griffin hatte sich perfekt im Griff; Zack sah keine Spur der Überraschung oder des Erkennens in seinem knochigen Gesicht. Er war ganz Dillen Arnott, der IT-Lehrer.

»Mit einem USB-Stick? Hast du etwas gestohlen?«

»Nein. Es ist komplizierter – schwer zu erklären. Da ist etwas drauf, was Lachlans Vater gemacht hat. Ich kann Ihnen doch vertrauen, oder?«

»Selbstverständlich, Zachary«, sagte Griffin mit Inbrunst. »Was es auch ist –«

»Verstecken Sie das hier für mich.«

Er hielt ihm den USB-Stick hin.

»Du kannst dich auf mich verlassen, Zachary«, sagte Griffin. Er streckte die Hand aus und nahm den USB-Stick am Bändchen an sich. Geschickt wickelte er es sich um die Finger, bis der Stick fest in seiner Hand lag.

»Danke.« Zack seufzte erleichtert.

»Du siehst nicht gut aus, Zachary. Lass mich das hier kurz in den Safe legen – ich mache dir einen Kaffee –«

»Nein, ist schon gut –«

»Keine Widerrede.«

Zack lauschte angespannt auf Griffins Schritte. Er ging in einen Nebenraum … Zack hörte einen Schlüssel klappern. Er trat in den Flur und sah nebenan eine unscheinbare Tür offen stehen. Dahinter … Monitore, vier oder sechs, teilweise übereinander. Sie spendeten das einzige Licht in der Kammer. Griffin kehrte zurück.

»Alles in Ordnung. Er ist verstaut.«

»Danke.«

»Gehen Sie doch zurück ins Wohnzimmer.«

Zack trat rückwärts über die Türschwelle und sah Griffin dabei zu, wie er in der Küche verschwand. Als er außer Sichtweite war, drehte sich Zack um und ging zum Sofa. Was nun? Unschlüssig blieb er stehen. Er hörte ein Klicken. »Umdrehen«, sagte Griffin.

Zack fuhr herum.

Er sah die Pistole in Griffins Hand und hob die Hände.

»Vielen Dank für dein kleines Präsent«, sagte Griffin. »Um dich kümmere ich mich später. Hier lang.« Er bedeutete Zack, aus dem Wohnzimmer zu kommen, und trat rückwärts in den Flur. Zack näherte sich ihm vorsichtig und versuchte, Ruhe zu bewahren. Wenn er mich erschießen wollte, wäre ich schon tot, dachte er. Ganz cool …

»Da rein, los.«

Die Tür zum Schlafzimmer.

»Mr. Arnott, ich –«

»LOS!«

Zack stolperte in die muffige Höhle, in der Griffin schlief, und drehte sich um. Griffin grinste über den Lauf seiner Pistole hinweg, schnappte mit der linken Hand nach der Klinke, zog die Tür zu und drehte den Schlüssel.

Zack wurde schwindelig.

Er setzte sich aufs Bett und wischte sich die feuchten Hände an den Hosenbeinen ab. Griffin hatte ihn nicht erschossen. Gut, er war hier gefangen, aber wenn alles gut lief, dann würde Griffin ihn schon hier rausholen. Ansonsten finde ich einen Weg, dachte Zack. Jetzt war erst einmal Lachlan an der Reihe.

Durch die Wand hörte er Gelächter.

»Ich kann Ihnen doch vertrauen, oder?«, äffte Griffin Zack nach und krümmte sich vor Lachen. »Was für ein dressierter Affe du doch bist ... oh, Mann!«

Er schloss die Kammertür hinter sich und steckte den USB-Stick in die Buchse am Computer. Ein Ladebalken, dann stand ihm das Speichermedium zur Verfügung. Es enthielt nur eine einzige Datei: erion.exe.

Griffin klickte sie mit der rechten Maustaste an und schickte die Datei an ein Programm zur Quellcodeanalyse. Es gab nicht viel darin zu sehen, in den Zeilen stand nur Kauderwelsch, Buchstabensalat: Es handelte sich um eine Mimikrykarte, eine Fälschung.

Griffin gackerte leise in sich hinein. Er hatte es gewusst. Vorhin erst hatte sich Zachary noch einmal das Video angesehen, in dem Lachlan den Pullover seiner Schuluniform abbrannte. Und was hatte ihn daran so interessiert? Natürlich das Feuerzeug. Griffin hatte sich schon gedacht, dass es von Vorteil sein könnte, das Ding direkt neben das Festnetztelefon zu legen. Dank seiner Beobachtungsgabe hatte Zack es selbstverständlich bemerkt, und von Melpo hatte er den Rest erfahren. Dass die ihn verriet, wusste Griffin schon lange, schließlich flirtete sie mit Edward, dem Psycho. Melpo stand auf Psychos – jetzt hatte sie sich den nächsten gesucht. Auf *diese* Unterhaltung freute sich Griffin ganz besonders. Aber zuerst hatte er noch eine andere vor sich. Mit ihren simplen Gemütern hatten die

Jungs natürlich den naheliegendsten Plan ausgeheckt: In Cronos wartete Lachlan jetzt mit der echten Erion, um ihn, Griffin, zur Selbstanzeige zu zwingen. Süß.

Na, dann zwing mich mal, Kleiner.

Griffin warf den USB-Stick in das Sammelsurium auf dem Tisch und begann, die Kabel umzustecken, die den Cronos Cube mit seinem Computer verbanden. Um Lachlan Erion abzunehmen, würde es diesmal vielleicht nicht reichen, sich nur halb einzuloggen, zumindest wollte er das Risiko nicht eingehen. Zum ersten Mal seit Monaten würde er wieder mit ganzem Geist in Cronos eintauchen – ein Kontrollverlust, der ihm nicht behagte. Doch das, was er vorhatte, würde nicht lange dauern, niemand konnte in diese Wohnung eindringen, und Zachary, der Troll, saß im Schlafzimmer fest. Ich hätte ihn erschießen sollen, dachte Griffin, aber wohin dann mit der Leiche und dem Teppich? Er stellte sich vor, wie er den viel schwereren Zack in den Teppich rollte und ihn wie in einem Film aus dem Haus trug. Wieder lachte er.

Er nahm die Blaue Pille, zwängte seinen Kopf in die Stimulanzkappe und warf den Cronos Cube an. Während die Login-Sequenz anlief, betätigte er einen Hebel am Chefsessel, der die Lehne in eine bequeme Lage kippte. Er hatte keine Lust auf Kopfschmerzen. Die bekam er immer, wenn er sich verspannte. »Zur Vermeidung nervlicher Überbelastung benötigen Sie ein Safeword, mit dem Sie sich aus dem Spiel ausloggen können, indem Sie es laut aussprechen. Achten Sie darauf, dass das Safeword für Sie gut zu merken ist und Sie bei spielinterner Konversation nicht behindert. Nennen Sie bitte jetzt Ihr Safeword.«

»Trollkacke«, sagte Griffin.

»Speichere Safeword: Trollkacke. Ihr letzter Aufenthalt war in Eisenstadt. Wünschen Sie auch diesmal dort zu starten?«

»Nein.«

»Nennen Sie bitte Ihren gewünschten Startpunkt.«

»Flüsterheim«, sagte Griffin, während ihm die Blaue Pille nach und nach die Gliedmaßen abknipste, bis nur noch sein Gesicht übrig war.

»Gerne. Sie werden jetzt nach Flüsterheim weitergeleitet. Genießen Sie Ihren Aufenthalt.«

Und dann die Dunkelheit mit ihren Blitzen und dem Flackern und den Feuerringen und den Bildern, die durch ihn hindurchstürmten. Er erinnerte sich daran, wie sehr er sich beim ersten Mal vor zwei Jahren davor gefürchtet hatte, wie er sich geschworen hatte, Cronos nie wieder zu betreten, und wie sehr er das Spiel – das so viel mehr war als ein Spiel – danach zu lieben gelernt hatte. Jetzt genoss er den Sturz, und er genoss die Schreie, die er wie jedes Mal hörte, Edwards Schreie, die ihm nie wieder aus dem Kopf gegangen waren, seit damals, seit jener Nacht in den Katakomben, und die ihm jetzt wie Geister hinterherflogen durch die Blitze und Feuerringe. Edward, Edward, dachte er, armer, naiver, impulsiver, kranker Edward …

Er fühlte das weiche Bett unter sich und schlug die Augen auf. Gemauerte Wände, geviertelte Fenster, das altmodische Radio auf der Kommode – er war in der Residenz am Rande, zum ersten Mal seit Ewigkeiten, doch den verstaubten Dreißigerjahrecharme Flüsterheims erkannte er sofort wieder. Er stand auf, zog dem Radio den Stromstecker, bevor es anfangen konnte, ihn vollzulabern, und durchsuchte seine Karten.

Da, Griffins Kostüm … er schnippte sie an und ließ sich von funkelndem Nebel einhüllen, spürte, wie er ihn in einen Kimono mit psychedelisch buntem Blumenmuster hüllte und ihm einen Adlerkopf aufsetzte, durch dessen orangerot glühende Augen er sehen konnte, als wären es seine eigenen. Er hörte den Reißverschluss, *ratsch*, hinten auf dem Rücken, und der Nebel verzog sich. Griffin sah in den Spiegel. Zufrieden strich er sich über den Schnabel.

Er war wieder er.

Griffin machte eine Karte zu einem Stück Kreide und trat an die Zimmertür heran. Feierlich malte er drei astrologische Symbole auf das Holz, die er mit der Handkante verwischte, bevor er die Klinke drückte.

Er öffnete die Tür und trat über die Schwelle in sein Teehaus. Die Schiebewände standen zum Teil offen, dahinter lag die Nacht auf den Wäldern und dem stillen See. Griffin schloss die Tür hinter sich, hörte sie mit einem Ploppen verschwinden und setzte sich an den Tisch, wo sein KomBu bereitlag. Er griff zum Bleistift.

Lachlan,

wir müssen etwas besprechen. Es betrifft Lynch und deine Mutter. Tut mir leid, was passiert ist. Aber es war notwendig. Ich erkläre dir alles Weitere im Teehaus, komm so schnell wie möglich her.

Er fügte die drei Symbole hinzu, die Lachlan auf eine Tür malen musste, um direkt im Teehaus zu landen, klappte das KomBu zu, verwandelte es in eine Karte, steckte es ein und stand auf. Seelisch gestärkt von der mystischen Umgebung und seiner Verkleidung, trat Griffin auf die Terrasse. Er ließ die Augen auf dem See ruhen, genoss das Leuchten der Mondlaternen auf der Wasseroberfläche und lächelte unter der Maske. Wunderbar, wie das Schicksal ihm in die Hände gespielt hatte. Das Duell mit seiner Familie hatte er fast gewonnen, und es gab praktisch nichts mehr, das schiefgehen konnte. Er besaß beinahe Erion, und bald besaß er auch Lachlan. Game over, ihr Ficker.

Hinter sich hörte er das Geräusch einer sich öffnenden Tür. Er drehte sich um und sah Lachlan das Teehaus betreten. Er trug einen schwarzen Rollkragenpullover, also hatte er wohl die Flüsterheimer Kleider-Quest gemacht. Erion hielt er nicht in der Hand. Eine Aura der Nervosität umgab ihn; Griffin spürte es so deutlich wie ein Tuch auf der Hand. Es war eine Tür – nicht so weit geöffnet wie durch Wut oder Hass, aber ein Spalt genügte ihm auch.

»Hallo, Griffin«, sagte Lachlan.

»Hallo, Lachlan. Danke, dass du so schnell kommen konntest.« Ein bisschen Small Talk vorneweg, um die Vorfreude auszukosten. Griffin gab sich ernst. »Ich bin sicher, dass du ein paar Fragen hast …«

»Lynch betreffend? Und meine Mutter?«

Wut loderte in Lachlan auf – die Tür öffnete sich ein wenig weiter. Griffin schickte seinen Geist hinein, ließ sich ganz von Lachlans Gefühlen umschmeicheln. Er war drin. Ein einziger Gedanke würde reichen, um Lachlan zu binden.

Dämlicher Anfänger.

»Nun, ein bisschen Ehrlichkeit in dieser Hinsicht wäre nett gewesen, aber ich vermute, du hattest Angst, dass ich dann nicht mitmachen würde.«

»Scharfsinnig wie immer«, sagte Griffin.

»Tatsächlich hättest du mich dazu aber gar nicht gebraucht«, fuhr Lachlan fort. »Ich saß ja nur in der Residenz herum und habe ferngesehen. Allerdings hätte ich mit dem Wissen um deine wahre Intention womöglich nicht Zack dazu gebracht, uns diesen Gefallen zu tun.«

Griffin hörte zu.

»Mir scheint, du bist uns immer zwei, drei Schritte voraus«, sagte Lachlan, »und das macht dich zu einem so hervorragenden Anführer.«

»Das Kompliment nehme ich an.«

Das Geplänkel begann Griffin zu langweilen. Wenn Lachlan nicht gleich zur Sache kam, würde er den ersten Schritt machen, um zum Punkt zu kommen.

»Und weil du uns immer ein paar Schritte voraus bist, weißt du natürlich auch, warum ich hier bin.« Lachlan stand auf der anderen Seite des niedrigen Tischs und lächelte. »Und dass ich dich verraten werde.«

Griffin schwieg. Es ging los. Er spürte Lachlans Selbstsicherheit, seinen Triumph.

»Eigentlich wartest du sogar nur darauf, dass ich das hier tue.« Und Lachlan zog Erion heraus. Er schnippte sie an, ließ sich einnebeln und fing die Tin Whistle aus der Luft. Jetzt hielt er die silberne Pfeife in der Hand – und Griffin packte in Gedanken zu, lähmte Lachlan, verschloss ihm den Mund, rollte ihm die Zunge ein.

Dachte er.

In dem Moment, als er es versuchte, schoss etwas Eiskaltes durch die Schleuse. Es sprang aus Lachlans Innerem direkt in Griffins Körper – ein Klirren und Scheppern – und er sah, wie das Teehaus schockgefrostet wurde. Von einer Sekunde auf die andere lag eine weiße Reifschicht auf den Papierwänden und der Terrasse. Eiszapfen hingen vom Türrahmen, auf dem Tisch brach eine Teekanne. Der See war gefroren; eine glatte Eisfläche, von den Stelzen des Teehauses bis ans Ufer, wo die Bäume plötzlich Grau trugen.

Griffin atmete aus. Eine Wolke. Er fror.

Ein Freeze. Aber Lachlans Level war viel zu niedrig für diese verbotene Spezialfertigkeit.

»Tja, damit hast du wohl nicht gerechnet«, sagte Lachlan. Er setzte nach: »Wirf ihn raus.«

Griffin würgte. Seine Atemwolken färbten sich schwarz, vermehrten sich, wurden zu Qualm, der ihn umwirbelte – und von den Füßen riss. Griffin knallte gegen das Geländer, machte einen Salto und raste rückwärts über den See, bis er hart auf der Eisfläche landete, sich überschlug, weiterschlitterte und zum Stehen kam. Er sah auf: Das Teehaus qualmte wie ein brennendes Haus, nur dass der Rauch rußschwarz war und Augen hatte, rote Schlitze, die in die Breite wuchsen, als sich der Dämon in den Nachthimmel erhob und die Sterne schluckte. Die Arme wuchsen ihm seitlich aus dem gigantischen Körper, krallten sich klirrend in das Eis …

»Trollkacke«, flüsterte Griffin.

Nichts passierte.

Der Freeze verhinderte, dass er flüchtete.

Er sah, wie der Dämon eine Hand vom Eis nahm und hinter sich griff; er war inzwischen so groß, dass er den instanziierten Raum komplett ausfüllte, groß wie der See, höher als die Fichten, und auch der steinerne Ring auf seinem Rücken war von so unfassbarer Größe, dass das Eis splitterte und brach, als der Dämon ihn vor Lachlans Füße warf. Dieser sprang von der Terrasse in den Ring, ging leicht in die Knie, hüpfte in die Luft – und blieb dort. Der Ring bäumte sich auf … er nahm Lachlan mit … Lachlan schwebte … er kam auf Griffin zu. Der Ring grub mit seiner unteren Kante eine Schneise ins Eis. Griffin krabbelte rückwärts, warf sich herum, rappelte sich auf, rutschte aus, fiel hin. Lachlan war jetzt über ihm, winzig im Vergleich zu dem Dämon und seinem Ring. Er legte Erion an die Lippen.

Griffin hielt sich die Ohren zu. »DU KRIEGST MICH NICHT!«, brüllte er. Das Eis bebte – KRA-ACK! – und zerbrach in Schollen. Griffin wurde in die Luft geworfen, reflexartig riss er die Hände vor sich, um den Sturz abzufangen … er hörte die Melodie der Pfeife … sie drang in ihn ein wie warmer Honig … »Nein«, fiel es ihm über die Lippen, doch seine Hände gehorchten ihm nicht. Er musste sich die Ohren zuhalten, musste sich … aber diese Melodie … er kannte sie. Es war das Schlaflied, das ihm seine Mutter früher vorgesummt hatte, ein Lied, das Lachlan unmöglich kennen konnte. Griffin fielen die Augen zu. Wie wunderbar warm ihm war in dieser weichen Wiege. Satt von der Milch, glücklich unter den Händen, die ihm übers feine Haar strichen … er war in Sicherheit …

»Warum hast du Lachlan gezeigt, wie Edward gefoltert

wurde, Dillen?«, fragte seine Mutter. »Warum agierst du gegen die Turmgesellschaft?«

»Weil ich der Chaosbringer sein wollte«, antwortete Griffin mit schwerer Zunge. »Ich wäre so viel besser gewesen als diese Schwuchtel. Aber ihr wolltet mich nicht, ihr wolltet unbedingt das Skript einhalten.«

»Weil du der Mentor warst.«

»Aber ich wollte nicht nur Mentor sein. Der Mentor stirbt immer. Ich wollte der Chaosbringer sein.«

»Also wolltest du dich an uns rächen?«

»Ja. Ich wollte es euch zeigen.«

»Wie kann man nur so dämlich sein?«

Griffins Geist schwamm in der Melodie, und all diese Worte hatten für ihn keine Bedeutung mehr.

»Du wirst dich jetzt ausloggen«, sagte die Stimme seiner Mutter, die gleichzeitig summte und sprach, »und dich schnell und effektiv umbringen.«

Ja, das werde ich tun, dachte Griffin.

»Tu es jetzt. Sag dein Safeword.«

Der Freeze löste sich auf, die Eisschollen verschwanden, das Wasser klatschte ihm um die Füße, doch er tauchte nicht unter, weil ihn der Dämon am Kragen festhielt.

»Trollkacke«, sagte Griffin.

Zack sprang vom Bett – hatte er gerade einen Schuss durch die Wand gehört? Er ging zur Tür und lauschte angestrengt. Alles war wie in den vergangenen zehn oder fünfzehn Minuten; nichts zu hören, nicht einmal von draußen. Was hatte das zu bedeuten? Nervös ging Zack im Zimmer herum. Griffins Bett stank nach Schweiß, die Wäsche war ganz klamm; er hatte sie seit Monaten nicht gewechselt. Im Schrank herrschte Chaos, auf einer Nachttischlampe lag eine dicke Staubschicht. Ansonsten gab es hier nichts.

Die Schlafzimmertür öffnete sich nach innen, also konnte er sie nicht aufbrechen. Er hätte sich aus einem Kleiderbügel womöglich einen Dietrich biegen können, aber in Griffins Kleiderschrank fand er nur ein paar aus Plastik. Das Fenster ging zur Straße raus, nicht in den Innenhof und damit zur Galerie; Zack zog die Jalousien hoch und spähte hinaus. Springen kam nicht infrage, zu hoch. Womöglich konnte er jemanden auf sich aufmerksam machen und dazu bringen, die Polizei zu rufen. Zack öffnete das Fenster und lehnte sich hinaus, auf der Suche nach einem Fußgänger. Er erspähte eine schmächtige Frau, die an dem Haus vorbeiging, versunken in ihr Smartphone … perfekt.

»Hey!«, rief er. »Hey, du da unten!«

Die Frau sah sich verwirrt um – und in diesem Moment traf es Zack wie ein Schlag.

»Teresa!«, rief er.

Sie hob den Kopf und machte ein erstauntes Gesicht. »Da bist du ja! Ich suche dich schon die –«

»Du musst mir helfen! Ruf die Polizei! Ich werde hier festgehalten!«

Sie stemmte die Hände in die Hüfte. »Ha, ha«, machte sie trocken. »Sehr witzig, du Arsch.«

»Nein, wirklich, Teresa, du musst die Polizei rufen, hier oben ist ein Terrorist, er hält mich in seinem Schlafzimmer gefangen, bitte, tu, was ich –«

»Ein Terrorist?«, mischte sich eine andere Frau ein. Sie lehnte sich aus dem benachbarten Fenster und sah Zack vorwurfsvoll an. »Mr. Arnott? Niemals! Er bringt meiner Katze immer Milch mit.« Sie hatte ein langes, fahles Gesicht.

»Unglaublich, Zack!«, rief Teresa herauf. »Arnott, sagtest du? Ich komm rauf.«

»Ich mache dir auf«, sagte die bleiche Nachbarin und verschwand vom Fenster.

»NEIN, TERESA, ER IST GEFÄHRLICH –«

Aber da war sie schon um die Ecke gefegt. Zack bemerkte einen Mann mit Schirmmütze, der grinsend zu ihm hoch filmte, verzichtete darauf, ihn auch um Hilfe zu bitten, und zog sich aus dem Fenster zurück. Die Klingel ging. Zack lief zur Zimmertür und lauschte nach draußen.

Griffin kam nicht aus seinem Zimmer. Ob er noch in Cronos war? Er dachte an den Schuss.

Jemand, wohl die Nachbarin, drückte den Summer, und kurz darauf hörte Zack Teresas eilige Schritte auf der Galerie. Jetzt: Stimmen vor Griffins Wohnung. Zack hielt den Atem an, um nichts zu verpassen. Plötzlich hörte er Metall klappern, ein Schlüssel wurde ins Türschloss gesteckt und gedreht. »… Zweitschlüssel von der Vormieterin, Dillen weiß nichts davon, wollte es ihm schon längst –«

»Teresa!«, rief Zack und hämmerte gegen die Schlafzimmertür. »Ich bin hier! Lasst mich raus!«

Die Nachbarin verstummte.

»Zack?« Teresas Stimme klang hell und dünn. Anscheinend kapierte sie endlich, dass er nicht gelogen hatte.

Zack klopfte erneut. »Mach schon!«

Jemand trat vor die Tür und drehte den Schlüssel, den Griffin stecken gelassen hatte. Zack riss die Tür auf. Teresa schreckte zurück. »Was ist hier –«

Zack schob sie grob beiseite; er sah die Nachbarin an der Haustür, kaninchenäugig erstarrt. »Macht, dass ihr rauskommt«, sagte er, »los!«

Die beiden Frauen rührten sich nicht. Es war ihm gleich; er war jetzt an der Kammertür, sie war unverschlossen, er stieß sie auf. Die Nachbarin folgte ihm.

Und kreischte.

Griffin lag in seinem Chefsessel, die Stimulanzkappe noch auf dem Kopf. Dort, wo die Kugel Gaumen- und Schädeldecke durchschlagen hatte, war die Gummimütze zerfetzt. Im Licht der Monitore glänzten Blut und Gehirnmasse auf dem Sessel. Die Pistole, mit der er vorhin Zack ins Schlafzimmer gedrängt hatte, lag in seinem Schoß.

Zack dachte an die Schulstunden bei Mr. Arnott. An die schrecklich unfair bewerteten Prüfungen. An seinen Hass auf diesen einen Lehrer, und wie oft er sich gewünscht hatte, er wäre tot. Sein Magen revoltierte; er lehnte sich gegen den Türrahmen und wartete darauf, erbrechen zu müssen. Die Nachbarin kreischte; sie würde die ganze Nachbarschaft aus den Wohnungen holen. Teresa brachte sie mit einem scharfen »Shhht!« zum Verstummen.

»Geht … geht raus«, sagte Zack.

Teresa packte die Nachbarin und zog sie auf die Galerie.

Zack schloss die Kammertür.

Er begriff nur sehr langsam, weil sich alles in ihm dagegen sträubte. Lachlan hatte Griffin nicht befohlen, sich der Polizei zu stellen. Er hatte ihm befohlen, sich umzubringen. Ein Mord, und er, Zack, hatte ihn ermöglicht. Niemand würde Lachlan je zur Rechenschaft ziehen können, solange niemand von Erion erfuhr … und das würde Lachlan schon zu verhindern wissen. Zack kämpfte gegen die Übelkeit. Benommen ging er in die Küche und holte sein Handy aus dem Kühlschrank. Er musste jemanden anrufen … oder konnte die META ihn hören, wenn er einfach ins Mikrofon sprach? Er würde Alma und Steve Bescheid geben. Und Lachlan – was sagte er ihnen über Lachlan? Er würgte, hielt sich den Mund zu. Da hörte er ein Geräusch. Ein Klingeln.

Das Telefon läutete.

Zack betrat das Wohnzimmer. Das verkabelte Tastentelefon stand noch auf dem Couchtisch, gleich neben dem Zippo. Das laute Ringen wirkte surreal, zu normal in Anbetracht der Leiche im Nebenraum.

Zack griff nach dem Hörer.

»Ja?«

Jemand atmete rasselnd ein. »Zack?«

»Lachlan«, flüsterte Zack.

»Zack – es tut mir leid, dass wir uns in Flüsterheim nicht treffen konnten«, sagte Lachlan panisch. »Da ist dieser blonde Mann gewesen, er hat uns belauscht, und dann hat er mich betäubt und eingesperrt – wie lange war ich weg? Heute ist doch Freitag, oder?«

Zack fand seine Stimme nicht wieder.

Es war Samstag.

»Zack? Bist du noch dran?«

»Verarschst du mich?«, fragte Zack. »Machst du das, um zu vertuschen, dass du Griffin getötet hast?«

»Was?«, stieß Lachlan hervor. Er hörte sich aufrichtig schockiert an, aber das musste nichts heißen.

»Wir haben uns doch erst vor einer Dreiviertelstunde in Cronos gesprochen«, sagte Zack. »Du hast fast geheult, weil dir alles so unglaublich leidtat, und ich hab dir gesagt, dass Griffin hinter deiner Entführung steckt und dass er in Wirklichkeit Mr. Arnott ist –«

»Was, was, was?« Lachlans Stimme überschlug sich. »Zack, ich schwöre dir, ich war nicht in Cronos, seit wir telefoniert haben, ich versteh gar nichts mehr, was meinst du damit, Mr. Arnott – WAS ZUR HÖLLE –«

Zack begriff.

»Ein Avatar-Hack«, hauchte er und sank auf die Couch. Der Wein, den Lachlan in der Residenz getrunken hatte, obwohl er Wein normalerweise nicht mochte. Die untypischen Berührungen, die Emotionalität, seine fundierten Kenntnisse über Cronos, die über Grundwissen weit hinausgingen. Zack dachte an Emil, der sich aus dem Frauenkörper schälte wie aus einem Mantel. Lachlans Doppelgänger hatte in Flüsterheim einen Rollkragenpullover getragen. Um den Reißverschluss im Nacken zu verbergen? Natürlich.

»Wieso habe ich das nicht gemerkt?«, fragte Zack.

»Was meinst du? Und wieso soll Griffin – warum sagst du, er sei – Scheiße, ist er tot?«

Und all die Dinge, die dieser falsche Lachlan gewusst hatte? Über den Ablauf seines Verschwindens etwa? Oder über sie beide, ihre Freundschaft? Er hatte Porkupines Stimme im Ohr. *Der Cronos Cube erstellt bei jedem Login ein Image von deinem Gedächtnis, also eine Art Kopie.* Wenn jemand auf dieses Image Zugriff hätte …

»Zack?«

»Wer ist dieser Mann, der dich betäubt hat?«

»Ich kenne ihn nicht, aber er ist noch hier, im Raum nebenan. Er schläft.«

»Du musst da weg.« Zack stand auf. »Versteck dich, Lachlan, ich versuche, einen Wagen zu finden, und fahre zu dir, so schnell ich kann. Bist du noch in Skibbereen?«

»Nicht in Skibbereen, sondern in Baltimore. Zumindest sieht es danach aus, wenn ich aus dem Fenster schaue«, sagte Lachlan. »Ich werde mich draußen irgendwo in der Nähe des Pubs verstecken. Am besten im Hafen. Was ist mit Griffin?«

»Er hat sich erschossen. Und glaub mir, Mr. Arnott war nicht dein Freund, Lachlan.«

Lachlan schwieg eine Sekunde.

»Nein … offensichtlich nicht.«

»Ich finde dich«, sagte Zack energisch. »Ganz egal, wo du bist, ich werde dich finden.«

»Zack, ich …« Lachlan verstummte. Er schien noch etwas hinzufügen zu wollen, doch dann überlegte er es sich anders und sagte nur: »Danke, Kumpel.«

Er legte auf, Zack ebenfalls. Einen Wagen … er brauchte ein Fahrzeug. Ob Teresa eines besaß? Ihm kam eine bessere Idee. An einem Kleiderhaken im Flur fand Zack Mr. Arnotts grüne Windjacke. In der linken Tasche erfühlte er das kühle Metall eines Schlüssels, als hinter ihm jemand aus der Kammer trat, in der Griffins Leiche lag. Ihre Tür stand einen Spalt offen.

»Hallo, Zachary«, schnurrte eine dunkle Stimme.

Zack drehte sich um und starrte in den Lauf einer Waffe. Sie lag ruhig in Emils Hand.

»Hallo, Emil. Hast du deinen Cousin gefunden?«, fragte er.

Emil feixte. »Interessant, dass du davon weißt … Femke? Ja, richtig, Femke. Wer sonst?«

Zack fragte sich, ob es ihm gelingen würde, sich blitzschnell zu ducken, zur nur zwei Schritte entfernten Haustür hinauszuhuschen und treppab zu Griffins Wagen zu laufen. Aber Emil, der die Wohnung betreten haben musste, als Zack gerade mit Lachlan telefonierte, hatte die Haustür geschlossen. Er musste vernünftig bleiben, die Wut unterdrücken und diplomatisch vorgehen.

»Ich weiß noch mehr«, sagte er. »Nämlich, dass du die Turmgesellschaft hasst. Sie ist deine Familie, und sie hat dich furchtbar gequält.«

Emil gähnte demonstrativ. »Ja, und das hat dir auch Femke erzählt, schön, schön, schön, und jetzt? Was kommt als Nächstes? Dass Dillen, das Arschloch, mich benutzt hat? Ich immer noch nach seiner Pfeife getanzt habe? Hast du etwa Mitgefühl mit mir, dem Stück Scheiße? Ich hab dein Gespräch mit Femke mitgehört. Sie war so nett, mich einen Tunnel öffnen zu lassen, falls du ihr was antust. Dachte wohl, ich springe ihr dann zu Hilfe.«

Zack kniff die Lippen zusammen. Vielleicht konnte er

Emil die Waffe aus der Hand schlagen. Aber wenn Emil wirklich für die META arbeitete, hatte er bestimmt eine Nahkampfausbildung. Mit Emils Schnelligkeit hatte Zack schon einmal Bekanntschaft gemacht. Es war ihm nur durch Glück gelungen, Lachlan und sich selbst vor ihm zu retten und Emil zu vertreiben. Emil hatte bestimmt keine Lust, diese für ihn peinliche Episode zu wiederholen.

»Der Mentor ist also aus dem Weg geräumt, aber Lachlan lebt noch. Und wenn mich nicht alles täuscht, ist er gerade in der Gewalt der Turmgesellschaft, die außerdem Erion hat, was bedeutet, dass sie ihn jetzt zum Chaosbringer machen wird. Das hast du super angerichtet.«

»Nein, er versteckt sich«, sagte Zack durch zusammengebissene Zähne, »und die Turmgesellschaft wird ihn nicht kriegen, wenn du mich jetzt gehen lässt. Ich fahre zu ihm hin, um es zu verhindern.«

»Nein, *ich* fahre hin, um es zu verhindern«, entgegnete Emil. »Und zwar, indem ich Lachlan die Birne wegpuste. Weißt du, was die Turmgesellschaft dann tut? Sie züchtet sich einen neuen Chaosbringer heran. Und das wird Jahre dauern, denn sie brauchen dazu ein neues Baby, das sie formen und entflammen können. Wirklich dumm, wenn man sich um jeden Preis ans Skript halten will.«

»Beweise mir, dass du besser bist«, sagte Zack. Er versuchte die Pistole zu ignorieren und den Blickkontakt mit Emil zu halten. »Melpo hält zu dir. Sie sagt, die haben dich zu diesem Menschen gemacht, der du jetzt bist. Sie haben dich ohne Betäubung gebrandmarkt!«

Emil grinste wölfisch. »Was kommt nun?«

»Denkst du nicht, dass die Turmgesellschaft irgendeinen Vorteil aus deiner blinden Wut zieht? Wieso hätten sie dich sonst so wütend machen sollen?«

»Sie kontrollieren mich nicht«, sagte Emil, immer noch mit diesem breiten Raubtiergrinsen.

»Doch, das tun sie. Weil starke Gefühle den Okkultisten den Zugang zu anderen Menschen eröffnen.«

»Wir sind hier nicht in Cronos.«

»Aber das Prinzip ist das gleiche. Und das weißt du. Sonst wärst du neulich nicht geflüchtet, nachdem du Lachlan diese Wunden zugefügt hattest. Du hattest dich hinreißen lassen, das weißt du – du hattest nicht alles perfekt durchdacht – vor lauter Hass –«

»HALT DIE SCHNAUZE!«

Emil packte die Waffe mit der zweiten Hand, wie um besser zielen zu können. Die Angst fuhr Zack kalt in den Magen. »Denk nach. Du bist eine Marionette der Turmgesellschaft – was wäre, wenn du mich erschießt?«

»Dann wärst du endlich still«, knurrte Emil.

»Nein. Dann gäbe es niemanden mehr, der Lachlan retten kann. Lachlan würde alles tun, was die Turmgesellschaft will – was sie für ihn vorgesehen hat. Niemand würde versuchen, ihn aufzuwecken. Ihn aufzuhalten.«

»Außer mir«, sagte Emil.

»Und wenn die Turmgesellschaft will, dass du mich erschießt? Und sie danach keine Verwendung mehr für dich hat und dich auch hinrichtet, so wie Griffin?«

»Sie können mich nicht töten.«

»Das dachte Dillen auch, Edward.«

Zack wusste nicht, wo all die Worte herkamen, denn er konnte vor Angst kaum noch klar denken, seine Zunge bewegte sich wie von allein, er redete sich um Kopf und Kragen. Wenn nur Emil endlich diese Waffe herunternahm, wenn nur Lachlan die Flucht gelungen war, wenn nur –

»Tu endlich etwas Vernünftiges, Edward, tu das Gegenteil von dem, was die Turmgesellschaft will!«

Emil hob die Waffe zwischen ihre Gesichter. Er wollte Zack mit einem Stirnschuss zum Schweigen bringen.

»Ich tu, was ich will«, fauchte er.

Etwas zischte, die Waffe krachte, Zack fiel auf die Knie und brüllte vor Schreck. Er sah die Drähte eines Tasers: Sie steckten in Emils Beinen. Er zitterte und schlotterte, Augen und Mund weit aufgerissen. Er ließ die Waffe fallen. Die Kugel war neben Zacks Kopf eingeschlagen; das Krachen schmerzte ihm im Ohr, er hörte ein Pfeifen.

Zack sprang auf, lief zur Wohnungstür, die jemand vorsichtig von außen geöffnet hatte. Teresa hockte am Boden, mit dem Taser in den Händen. Verstört sah sie zu, wie Emil zu Boden sackte. »Danke, Teresa!«, rief Zack.

»Gehörst du etwa doch zu einer Gang?«, rief sie ihm nach. »Ist das hier ein Bandenkrieg?«

Er antwortete nicht, sondern rannte die Galerie entlang, wischte durch die Glastür und die Treppe hinab, mehrere Stufen auf einmal nehmend. Draußen im Hinterhof parkten ein paar Autos, eines davon an der Mauer einer benachbarten Fakultät, die anderen rund um einen umzäunten Bereich für Mülltonnen und Spielgeräte. Zack verdrängte die Vorstellung, wie Emil wieder zu sich kam und ihm folgte, schnell wie der Wind die Treppe herabflog und ihn hier draußen abpasste, mit der Waffe in der Hand, die Zack nicht vom Boden aufgehoben hatte. Schwitzend begutachtete er Griffins Schlüsselbund, fand den eiförmigen Autoschlüssel und drückte auf die Taste mit dem Symbol für geöffnete Schlösser. Er hatte Glück: Eines der Autos, an denen er gerade entlanglief, zwinkerte ihm mit gelben Lichtern zu. Zack erkannte es, weil es bis vor wenigen Wochen immer auf dem Parkplatz der Schule gestanden hatte: ein silberner Ford mit einem Adlersticker auf dem Kofferraum, einer Fledermaus in der Windschutzscheibe und einer Delle auf der linken Hintertür. Zack öffnete die Fahrertür auf der rechten Seite und glitt auf den Sitz. Es war kein neues Modell, noch ein Benziner mit einem Loch für den Zündschlüssel anstelle eines Fingerabdruckscanners.

Zack drückte den Knopf, der den Schlüssel ausklappte, und steckte diesen in die Zündung.

Der Motor sprang an.

[23]

Lachlan ließ das Telefon sinken und schob die Badezimmertür auf. Er lauschte mit angehaltenem Atem, hörte aber nur das Pochen in seinen Ohren und den Wind, der ohne Regen um das Haus peitschte. Ob der blonde Mann noch schlief? Er hatte vorhin nicht ausgesehen, als hätte er sich auf die Couch gelegt, um zu schlafen. Eher, als wäre er bei einer langweiligen Tätigkeit eingenickt, die da lautete, Lachlan zu bewachen. Ein Job, den er gründlich in den Sand gesetzt hatte – denn welcher Kidnapper kettete seine Beute mit Handschellen an die Heizung und ließ dann den Schlüssel auf dem Couchtisch liegen? Lachlan hatte sich nur ein wenig strecken müssen, um den Tisch näher zu sich zu rücken und sich den Schlüssel zu holen. Dann war er mit dem Handy des Mannes im Klo verschwunden, um Mr. Arnott anzurufen.

Griffin.

War er wirklich tot?

Die Information versickerte in seinem vernebelten Verstand. K.-o.-Tropfen, vermutete er, aufgelöst in dem Wasser, das ihn der Fremde mit vorgehaltener Waffe zu trinken gezwungen hatte. Gestern (oder vorgestern? Wie lange war er weg gewesen?), nachdem er mit Zack telefoniert hatte. Er war aus der Damentoilette des Pubs gekommen, und da war dieser Mann an der Bar gesessen, an den Lachlan sich noch hatte erinnern können, weil er ein oder zwei Tage zuvor auf der Straße vor dem Pub herumgelungert hatte. Er hatte ihm das Wasserglas hingeschoben und etwas Seltsames gesagt: »Ich wünschte, wir hätten uns unter anderen Umständen kennengelernt, Lachlan, aber jetzt musst du das hier trinken.«

Lachlan hatte versucht, zu flüchten und sich in der Toilette einzuschließen – immerhin hatte er noch das Telefon in der Hand gehabt. Aber der Mann war so schnell und schonungslos gewesen wie ein Verzweifelter, hatte ihn im Flur zu den Toiletten eingeholt, ihm den Arm wie ein Polizist auf den Rücken gedreht, ihm die Pistole in den Rücken gedrückt und ihn fast inständig darum gebeten, das verdammte Wasser zu trinken: »Ich will nicht schießen müssen!«

Lachlan schlich durch den Flur ins Wohnzimmer und betrachtete den Mann. Das Handy, das er auf dem Tisch gefunden hatte, war gläsern. Das Bild auf der Startseite zeigte eine junge braunhaarige Frau, vermutlich seine Freundin. Der Mann sah selbst im Schlaf fix und fertig aus – er war richtig in sich zusammengesackt. Das Zimmer stank nach kaltem Zigarettenrauch, und der Aschenbecher auf dem Tisch quoll über vor lauter zerdrückten Filtern mit Tabakresten. Ob er das hier freiwillig tat? Lachlan beschloss, kein Risiko einzugehen. Vielleicht sollte er dem Kerl lieber ein Kissen aufs Gesicht drücken. Aber wenn er aufwachte und ihn wieder mit diesem Polizeigriff packte … nein. Kein Risiko, auch dieses nicht. Lachlan zog die Zimmertür leise zu. Er hatte keine Schuhe an und konnte sie auch nirgends sehen; wohl weil er auch Morris' Wohnung barfuß verlassen hatte. Ob Morris aufgefallen war, dass er seine Schuhe vergessen hatte? Ob ihn das misstrauisch gemacht und er die Polizei gerufen hatte? Vielleicht befand sich diese Wohnung ja ganz in der Nähe des Pubs. Durch das Fenster im Wohnzimmer hatte er nur den von Sturmwolken verfinsterten Nachmittagshimmel gesehen, keine Spur vom Atlantik und Sherkin Island. Er würde zu Morris laufen und sich bei ihm verstecken. Falls er den Weg zum Hafen fand.

Er entdeckte eine Treppe, die nach unten führte, und stieg sie leise hinab. Das gläserne Handy steckte er sich in die Tasche seiner Jeans. Schade, dass er die Pistole des Typen nicht mehr hatte finden können – wahrscheinlich trug er sie unter der Jacke wie ein Bulle. Eine Stufe knarrte unter seinem Gewicht; Lachlan zog den Fuß zurück und spitzte die Ohren. Nichts. Er machte einen großen Schritt auf die übernächste Stufe, achtete darauf, den Rest des Weges möglichst nah an der Wand hinter sich zu bringen, und erreichte endlich das Parterre.

Unterhalb der Treppe sah er Türen, die in andere Zimmer führten, alle dunkel und still. Nur eine führte nach draußen. Genau genommen waren es zwei: eine Haustür und der Windfang. Er drückte die erste Klinke. Verschlossen. Ihm sank das Herz, doch dann bemerkte er das Drehschloss auf Augenhöhe. Zitternd drehte er das Rädchen nach links. Der Riegel schob sich zur Seite. *Klack.* Er drückte die Klinke … die Tür öffnete sich. Auf nackten Füßen trat er in den kleinen Raum dahinter. Der Wind pfiff durch den schlecht isolierten Windfang, Böen fielen von den Hügeln und knallten gegen die Bäume und Mauern. Auch diese Tür war verschlossen, und diesmal gab es keinen Riegel an einem Rädchen. Lachlan kehrte in den Flur zurück, wo ihm ein kleiner Haken auffiel, mittig an der Haustür montiert. Zwei Schlüssel an einem Ring. Er nahm sie an sich, horchte nach oben – nichts. Erst jetzt kam ihm der Gedanke, dass er dem Mann die Handschellen um die Füße hätte legen sollen. Mit den Schlüsseln kehrte er in den Vorraum zurück. Zuerst den mit der Gummikappe um den Griff. Er schob ihn ins Schloss, konnte ihn aber nicht drehen –

Ein Knall aus dem ersten Stock. Als wäre jemand auf die Füße gesprungen. Lachlan riss den falschen Schlüssel aus dem Schloss, packte den anderen Schlüssel. Er zitterte zu stark und ließ das Bündchen fallen.

»Hey, HEY! HEY!«

Der Mann erreichte die Treppe. Lachlan hob die Schlüssel auf, fummelte sich den ohne Gummikappe zwischen Daumen und Zeigefinger – und verlor ihn erneut. In letzter Sekunde fing er den Schlüsselbund auf. Der Mann sprang die letzte Stufe herab, und Lachlan wusste, dass er keine Chance mehr hatte, ihm zu entfliehen. Es sei denn –

»BLEIB HIER!«

– Lachlan knallte die Haustür zu, nahm den gummierten Schlüssel und balancierte ihn ins Schloss –

»HEY!«

Der Mann packte die Klinke von der anderen Seite, er riss sie herunter, zog an der Tür, keine Sekunde nachdem Lachlan den Schlüssel gedreht hatte. Wütend starrte er Lachlan durch die Scheibe an. Dieser zog den Schlüssel heraus, wechselte ihn und brachte den anderen in das Schloss der Vordertür. Er ließ sich widerstandslos drehen. Lachlan sah hinter sich; der Mann war weg.

Lachlan war jetzt draußen. Ein Weg führte von der Tür weg zu einem Tor, das vom Wind auf- und zugeschoben wurde. Steinchen piksten ihm in die nackten Sohlen – »Au«, machte Lachlan und hüpfte auf einem Bein. Der blonde Mann kämpfte mit dem Riegel eines Fensters im Nebenraum. Lachlan rannte durch das Tor, dachte nicht lange nach und folgte der Straße nach links. Hinter sich hörte er Glas splittern – etwas Hartes landete im Vorgarten, vielleicht ein Stuhl – jetzt war er hinter ihm her, schneller, ausgeruhter, stärker –

Lachlan hatte keine Ahnung, wo er war. Er schlug einen Haken in den Garten eines Nachbarn, sprang über eine niedrige Mauer und rannte über eine gemähte Wiese. Vielleicht sollte er klingeln und um Hilfe bitten – doch das Haus war dunkel, das Auto in der Einfahrt fort. Lachlan sah, wie sein Verfolger auch über die Mauer sprang; er hielt seine Pistole in der Hand. »BLEIB STEHEN!«

Lachlan lief hinter das Haus. Ein Stein, er würde die Terrassentür einschlagen, sich im Bad einsperren – da entdeckte er das Tor. Rostig und zugewuchert stand es im hinteren Winkel des Gartens, fast unsichtbar in der sturmverwischten Dunkelheit. Dahinter ging es abwärts … eine Treppe? Lachlan erreichte das Tor, als der Mann ums Haus herumkam. Tatsächlich – eine Treppe. Und dahinten, zwischen den Bäumen, der Atlantik. Er rüttelte an der Klinke. Abgesperrt. Lachlan stellte den Fuß auf die ins Eisen geschmiedeten Schnörkel und sprang auf die andere Seite, mitten hinein in die Brombeerranken, die sich über die Stufen streckten. »AUTSCH!«

»BLEIB HIER, ODER ICH –«

Die Waffe zeigte auf Lachlan. Dieser duckte sich und rannte treppabwärts – der Mann schoss nicht. Er will mir nichts tun, dachte Lachlan panisch. Aber er wird mich festhalten – für wen auch immer. Die Lunge brannte ihm, er stolperte auf den Stufen, fing sich, erreichte das Ende, das ihn in eine kleine Seitengasse entließ. Rechts und links dunkle Häuser. Der Wind spielte eine Melodie auf den Stromleitungen, die den Himmel zerschnitten. Lachlan rannte die Gasse entlang, so schnell ihn seine Füße trugen. Der Mann sprang die Stufen geschickt hinab, die Pistole in beiden Händen. Lachlan erkannte die Straße, in welche die Gasse mündete: Village Moorings – nach links ging es bergab, an parkenden Autos und leeren Geschäften vorbei. Morris' Pub war gleich da unten, er musste nur schneller sein, es war später Nachmittag, Morris würde geöffnet haben. Die Hoffnung auf Rettung gab Lachlan neue Energie. Er ignorierte die Schmerzen, die das Rennen seinen Füßen bereitete, preschte die Straße hinunter, hörte seinen Verfolger hinter sich aus der Gasse biegen: »WENN ICH DICH KRIEGE, DANN KANNST DU –«

Und dann war er da, er bog nach links ab, raste an den Fenstern des Pubs vorbei. Erschrocken blieb er stehen: Sie waren dunkel. Und an der Eingangstür hing ein Schild: »Wegen Krankheit heute geschlossen.« Sie ließ sich nicht öffnen, eine Klingel gab es nicht – und der blonde Mann hatte ihn gleich. Lachlan kehrte um, stolperte halb die Treppe zu den Docks hinunter, und da hörte er den Schuss – ein Fenster des Segelclubhauses barst explosionsartig. Der Schock schlug ihm gegen den Schädel wie ein Stein, jeden Moment würde eine seiner Gliedmaßen genauso zerspringen, ein Arm oder ein Bein. Vielleicht sollte er stehen bleiben, sich ergeben, die Schmerzen vermeiden – nein, nein, nein, er riss sich zusammen, er musste rennen! Der Mann war am Fuß der Treppe angekommen. Lachlan nahm den Weg, der ihn am schnellsten aus der Schusslinie brachte, nicht über die Rampe hoch zu den Fischerbooten, sondern rechts an trockengelegten Booten und einem schmutzig grauen Gebäude vorbei. Hinter parkenden Autos ging es auf eine kleine Wiese, dahinter: der Fischereihafen. Lachlan drückte sich zwischen den Autos hindurch, sprang über eine Kette und rannte durch das Gras. Auch hier lagen Boote herum, bunt angestrichen und ohne Segel oder Ruder. Er erreichte die Mauer, sie war hüfthoch, oben ein grobes Metallgestänge – BANG! Eine Kugel knallte von dem Stahl ab, als sich Lachlan gerade unter dem Querbalken hindurchschob. Eine Sekunde lang war er wie gelähmt, dann kletterte er weiter und stand auf. Alte Fischernetze, Hölzer, Stangen, oberschenkeldicke Taue, zu mächtigen Trommeln gerollt. Der Mann war jetzt direkt hinter ihm, drei Meter, zwei, er zielte, und Lachlan tat das Erste, was ihm in den Sinn kam. Ein Fischernetz, das lose auf einem Haufen lag – er packte es, warf es über das Geländer – es fiel dem Mann mitten ins Gesicht – er griff in die Maschen –

Lachlan wartete nicht, bis er sich befreit hatte. Zwischen den Haufen aus Netzen, Tauen, Europaletten und Plastikwannen lief er hindurch. Schläuche, lange Stangen, zu lang, um sich damit zu verteidigen. Schmerz fuhr in seinen linken Fuß, er schrie auf – Glasscherben, er war mitten hindurchgelaufen. Lachlan biss die Zähne zusammen, zog sich eine Scherbe aus dem Fleisch und humpelte weiter. Jeder Schritt zerschnitt ihm den Fuß von Neuem. An einem Netzecontainer wurde er langsamer: Das Gitter des Containers war so grobmaschig, dass sich ein erwachsener Mensch mühelos hineinschieben konnte. Aber die Netze sahen schwer aus und lagen dicht aufeinander. Er humpelte weiter, horchte auf den Mann. Dass er neben dem Wind und den Wellen gar nichts mehr von ihm hörte, machte ihn noch nervöser als die Schüsse. Weiter. Kanister, Bretter. Er entdeckte zwei Trommeln mit Seilen, eine davon in blaues Plastik geschlagen. Daneben eine Holzkiste, übervoll mit benutzten Seilen – und zwischen Trommeln und Kisten befand sich ein Abstand von mehreren Zentimetern.

Genug für ihn.

Er schob sich in die Lücke. Hinten ging es weiter, ein Spalt zwischen den aufgestapelten Kisten und Containern. Lachlan machte sich schmal und glitt hinein. Ein paar Schritte weiter links öffnete sich der Spalt zu dem Haufen mit den Tauen und Plastikwannen, durch den er gerade gegangen war und in dem er sich an den Glasscherben verletzt hatte … Sein Verfolger nahm denselben Weg. Lachlan hörte die Scherben unter Schuhsohlen knirschen. Dann glitt der Mann an dem Spalt vorbei … jedenfalls fast. Er blieb stehen. Er hätte nur nach rechts blicken müssen, um Lachlan zu entdecken. Lachlan hielt die Luft an und starrte ängstlich auf das Ohr des Mannes. Geh weiter, dachte er, oh bitte, geh weiter. Der Mann bückte sich, unterzog die Glasscherben einer genaueren Betrachtung … und schlich weiter. Lachlan atmete auf. Er machte einen vorsichtigen Schritt in die Richtung, aus der er gekommen war. Jetzt sah er die Lücke, durch die er sich gedrückt hatte … und den Mann, der hinter dem Container mit den Netzen hervortrat.

»Ich finde dich sowieso!«, rief er in den Wind. Seine Augen suchten den Boden neben den in Plastik gewickelten Seilwinden ab. Lachlan zog sich zurück und schob sich hektisch, aber so leise es ging durch den Spalt. Als er zu Boden sah, bemerkte er, dass er eine Blutspur hinterließ. Er hatte das Ende des Spalts erreicht. Empfindlich auf Glasscherben achtend, trat er hinaus zwischen die Taue und Netze. Er stahl sich durch das Sammelsurium aus Dingen, bis er wieder scherbenfreien Boden unter den Füßen hatte, und rannte in die andere Richtung. Die weißen Antennen der Fischerboote heulten und schwankten im Sturm wie Peitschen. Die Trawler standen teilweise zweireihig, Bordwand an Bordwand, mit der langen Seite zum Kai. Man gelangte in das hintere Boot, indem man auf das vordere kletterte und dann auf der gegenüberliegenden Seite über die Reling sprang.

Die beiden vordersten Trawler erinnerten mit ihren Kränen an die Roboter, die in Autofabriken die Wagen zusammensetzten. Im Heck lagen aufgehäuft die Netze, im Boot dahinter waren sie unter Plastikplanen verborgen. Wenn es ihm gelänge, unter diese Plane zu kriechen, würde der Kerl ihn kaum finden. Er würde ausharren, bis Zack ankam, und ihn auf dem Handy anrufen, falls ihm seine Nummer wieder einfiel. Der Sturm peitschte das Wasser auf, und die Wellen ließen die tonnenschweren Trawler auf und ab schwanken, als Lachlan sich die Leiter hinabließ, die vom Kai zum Heck des vorderen Schiffes führte. Ein letzter Blick die lange Betonmauer entlang: Er war unbeobachtet. Lachlan biss die Zähne zusammen gegen den brennenden Schmerz im linken Fuß und stieg die Sprossen hinab. Eisig kaltes Atlantikwasser spritzte die Mauer herauf und benetzte seine Beine. Er war nun auf Höhe des Hecks, drehte sich auf der Leiter und schätzte ab, wie weit er springen musste. Die Achterleine, ein dickes, straff gespanntes Tau, verlief genau zwischen ihm und den Netzen, auf denen er im Falle eines Sturzes weich landen würde. Die Leine machte das Schiff an einem Poller auf der Kaimauer fest. Lachlan umfasste es mit der rechten Hand. Ein Ausfallschritt – er stand mit einem Fuß auf dem Heck – bückte sich unter der Achterleine hindurch – und sprang in die Netze. Der Aufprall war hart, die Fracht unter ihm unerwartet fest. Lachlan rappelte sich auf und kletterte auf allen vieren über die Netze. Der Mann war auf dem Weg in seine Richtung, interessierte sich aber mehr für das Zeug, das auf dem Kai lag. Lachlan ließ sich auf den Boden des Trawlers gleiten.

Die Maschinen auf dem Schiff gerannen im Dämmerlicht zu unförmigen Gebilden. Vielleicht musste er gar nicht auf das benachbarte Schiff steigen – was, wenn er von der Reling rutschte und ins Wasser fiel? Wie kalt sich allein das Spritzwasser auf seiner Haut angefühlt hatte! Im Atlantik würde er nicht erfrieren, aber gewiss beinahe. Andererseits war ein Sprung ins Wasser am Ende womöglich seine letzte Rettung. Und das konnte er nur vom zweiten Boot aus, falls er im Sturm nicht von den Schiffsbäuchen zerdrückt werden wollte. Er stieg über die Reling, machte einen weiteren Ausfallschritt mit dem verletzten Fuß, erreichte mit ihm die gegenüberliegende Stange und rutschte ab. Eine Blutspur blieb auf der weißen Reling zurück. Lachlan zwang sich, es noch einmal zu versuchen, klemmte die Zehen um die Stange und streckte dann den Arm aus. Es klappte – er bekam die Reling zu fassen –, er sprang.

Das Geländer hieb sich ihm unsanft in den Bauch und nahm ihm den Atem. Lachlan schob den zerschnittenen Fuß auf die andere Seite, lehnte sich nach vorne und schwang das andere Bein nach. Japsend ging er in die Knie. Geschafft … er war drüben. Unter der Plane würde der Kerl ihn nicht finden. Er war fast in Sicher–

»HEY!«

Lachlan duckte sich blitzschnell. In wenigen Schritten war er an der Steuerkabine; er glitt hinter sie und hockte sich hin. Nein, dachte er, bitte nicht.

»Komm raus, ich hab dich sowieso!«, brüllte der Mann. Lachlan linste um das Häuschen herum und sah ihn auf der Kaimauer stehen.

»Lassen Sie mich in Ruhe!«, rief er.

»Das kann ich nicht! Komm raus, oder ich komm zu dir, und ich schwöre dir, das willst du nicht!«

Lachlan schluckte. Sein Fuß pulsierte.

Was sollte das heißen, er konnte nicht?

»Wer zwingt Sie?«, schrie Lachlan zurück. »Lassen Sie uns zusammenarbeiten!«

»Ich zähle bis drei«, erwiderte der Mann hart, »EINS –«

Lachlan eilte am Steuerhäuschen entlang, wobei er eine feuchte, rote Spur hinter sich herzog. Es würde ihm nichts bringen, sich zwischen den Netzen unter der Plane zu verstecken; der Mann wusste jetzt, dass er hier war. Und wenn er wartete, bis sein Verfolger auf dem hinteren Schiff angekommen war, und dann auf das Heck des ersten Trawlers sprang, die Leiter zur Kaimauer erklomm und hoffte, dass er diesmal schneller auf und davon war, als es sein Verfolger von den Booten schaffte? Die Vorstellung, erneut rennen zu müssen, lähmte Lachlan; er war ausgelaugt von den langen Stunden der Bewusstlosigkeit, und vom Kopf bis zu den Füßen tat ihm alles weh. Ihm stiegen Tränen der Erschöpfung in die Augen, als er hörte, wie der Mann mit der Waffe in den vorderen Trawler sprang.

»Also gut, du willst es auf diese Weise.«

Scheiße.

Lachlan kletterte auf die Plane, die auf den Netzen im Heck lag. Das Schiff schwankte und warf ihn von den Füßen. Er hielt sich an der Kante fest.

Unter ihm das dunkle, aufgewühlte Wasser.

Kalt, tief, unbekannt.

Lachlan spürte, dass er es nicht tun konnte, weil er schlotterte und fror und litt, und dass der Mann gleich hinter ihn treten würde, um ihn am Arm zu packen, ihn niederzuringen und irgendwo hinzubringen, wo Zack ihn nicht finden konnte, und dass es nichts gab, was er dagegen tun konnte, weil das Wasser ihn ängstigte mit seiner eisigen Kälte und seiner schwarzen Farbe. Er sah den Wellen zu, während er hörte, wie der Mann die Reling überwand und auf den zweiten Trawler sprang. Jetzt musste er nur noch um die Steuerkabine herumkommen und auf ihn zugehen. Lachlan spähte hinter sich, und da war er, mit gesenkter Waffe ging er an den Maschinen vorbei, trat er über Seile am Boden. Ein Anflug von Erleichterung in seinem Gesicht, gleich verdrängt von Härte und Wut. Er hob die Waffe mit beiden Händen, nahm Lachlan in die Schusslinie. Lachlan wurde schwindelig vor Verzweiflung. Der Wind trieb das Wasser gegen das Heck, wühlte in ihm, türmte es auf.

»Komm her«, sagte der Mann ernst.

»Sie brauchen mich lebend, oder?«, fragte Lachlan. Die Augen des Mannes weiteten sich, als er begriff, doch da war es schon geschehen. Lachlan trat über das Heck und ließ sich fallen. Ein Sturz durch den leeren Raum, dann der Aufprall, wie auf Stein, und die nasse Kälte, die ihm über dem Kopf zusammenschlug. Eine schwarze Unterwasserwelt dröhnte ihm in den Ohren, Nadeln perforierten seine Haut, so eisig bestürmte ihn die Kälte. Seine Kleidung saugte sich mit Wasser voll, doch es war nicht viel, was er trug, und so gelang es ihm mit ein paar kräftigen Beinstößen, zwischen die fauchenden Wellen zurückzukehren. Er durchstieß die Wasseroberfläche, schnappte nach Luft, füllte seine Lungen. Dann schwamm er los. Als er zurückblickte, war der Mann auf dem Trawler nicht mehr zu sehen.

In Mr. Arnotts Wagen roch es mal nach Hundekot und mal nach Chlor, ohne dass sich Zack erklären konnte, woher der Geruch kam. Bei seinem Aufbruch aus Dublin waren ihm die bevorstehenden vier Stunden Fahrt wie vier Wochen vorgekommen, doch jetzt wusste er, dass es eher vier Monate werden würden. Auf dem Chapelizod Bypass, ein paar Kilometer vor der Auffahrt auf die Stadtautobahn, die ihn ein gutes Stück nach Süden und dann auf die M7 in Richtung Cork bringen sollte, sah er nur noch rote Bremslichter. Endlos, so kam es ihm vor, kroch er im ersten Gang von einer Standposition zur nächsten.

Zigarettenrauch wölkte aus dem Wagen vor ihm; ein Sprinter mit Anhänger transportierte neue Gabelstapler; in einem Auto saß ein Hund in einer Gitterbox. Zack wusste, wären die Bäume und Büsche zur Rechten nicht gewesen, hätte er Phoenix Manor in der Ferne auf dem Hügel gesehen, eine gepflegte, aber verlassene Villa, falls Oliver nicht inzwischen zurückgekehrt war. Auf der Gegenfahrbahn hatten die Autos freie Fahrt; ohne die Leitplanken und den Grünstreifen hätte er die Gefahr einer Geisterfahrt auf sich genommen und auf eine dieser Spuren gewechselt. Sobald er auf der M50 wäre, würde er aufs Gas treten, der Tempolimits zum Trotz. Er konnte nicht gemütliche hundertzwanzig fahren, solange er nicht wusste, ob Lachlan in Sicherheit war. Wenn er ihn wenigstens hätte anrufen können … In Mr. Arnotts Wagen begann es nach Abgasen zu riechen. Zack drehte die Lüftung aus, was es nur geringfügig besser machte. Endlich ging es ein Stück voran; er ließ die Kupplung kommen und rollte im ersten Gang zwei, drei Meter weiter, ehe er wieder auf die Bremse steigen musste.

Und was, wenn alles zu spät war, wenn er ankam? Wer war dieser Mann, von dem Lachlan gesprochen hatte? Zack kannte nur einen blonden Mann, der derzeit verschollen war, nämlich Cosimo. Aber der kooperierte gewiss nicht mit der Turmgesellschaft, schließlich hatte er verbissen versucht, Lachlans Entführung aufzuklären.

Er ging von der Bremse, rollte ein Stück weiter.

Stop and go.

Mr. Arnotts Auto war ähnlich verdreckt wie seine Wohnung. Aus dem Fach hinter dem Zigarettenanzünder quollen Schokoriegelfolien, leere Chipstüten, benutzte Taschentücher, die Holzstiele von Eis. Manches davon verteilte sich im Fußraum des Beifahrersitzes, auf dem Zack ein paar Einkaufsbons und Krümel gefunden hatte. Vom Rückspiegel baumelte an einem Faden eine Gummifledermaus, die jedes Mal, wenn Zack bremste, mit ihren ledrigen Flügeln schlug. Wenn nicht gerade fremde Gerüche von draußen hereinströmten, stank das Auto nach Benzin oder etwas in der Art, ein Geruch, den viele Wagen hatten und den Zack so sehr verabscheute, dass er sich einfach nicht daran gewöhnen konnte. Ab und zu ließ er das elektrische Fenster herab, doch dann prasselte ihm der Regen ins Gesicht. Er schaltete die Lüftung wieder ein. Go.

Stop.

Go.

An der Dubliner Stadtgrenze, fast unmittelbar nach dem Schild, das den Übergang von der Hauptstadt ins County South Dublin markierte, lockerte sich der Verkehr. Angesichts der noch fast vollen Tankuhr beschloss Zack, die Tankstellen rechts und links zu ignorieren und ohne Umwege zur M50 zu fahren, den blauen Schildern nach, die den Weg nach Dún Laoghaire, zum Hafen und zur Autobahn wiesen. Er ordnete sich links ein und folgte einer langen Kurve, fuhr an der Ausfahrt zum Nordring vorbei, erreichte den Südring, blinkte auf dem Einfädelungsstreifen rechts, dann noch mal rechts und noch einmal, bis er auf der äußersten Spur war, mit nichts als ein paar Schleichern vor sich, die er zur Not mit der Lichthupe aus dem Weg räumen würde. Dreieinhalb Stunden Fahrt lagen vor ihm. Zwei, falls er von jetzt an den Fuß nicht mehr vom Gaspedal nahm.

In Sichtweite der Trawler erhoben sich rotbraune Hügel aus dem Wasser; am Fuße Fels, dann Gras, dann vertrocknete Erhebungen, die aussahen, als könnte man zwischen ihnen verschwinden, wenn man sich nur ausgestreckt hinlegte. Lachlan hielt darauf zu, von den Wellen auf und ab geworfen, und nach nur zwanzig Metern oder weniger wusste er, dass er das vergessen konnte. Er hatte keine Kraft mehr in den Armen und Beinen. Der Sturm warf ihn ständig zurück – es war ein Kampf gegen die Naturgewalten, ein Kampf mit der eigenen Willenskraft. Am liebsten hätte er sich einfach treiben lassen. Vielleicht hätte ihn das Wasser nach Sherkin Island gespült. Aber er wusste auch um den Atlantik auf der anderen Seite Baltimores; gerade schwamm er durch eine Bucht, aber nur ein kleines Stück weiter westlich, fußläufig erreichbar, begann die große Weite, das stählerne Blau bis an den Rand des Horizonts.

Die Angst verlieh ihm genug Kraft, um es bis zu einer Steinrampe zu schaffen, die sich am oberen Ende der Kaimauer aus dem Wasser erhob. Lachlan spürte Steine und weiche Algen unter seinen Füßen, er konnte wieder stehen – vorübergehend. Wind und Wellen klatschten ihm ins Gesicht, warfen ihn von den Beinen, spülten ihm in den Rücken, ließen ihn stürzen. Klitschnass und mit steifen Knien stakste Lachlan die Rampe hinauf. Sobald seine Füße den Atlantik verlassen hatten, rutschte er aus: Moosig weiche Algen wuchsen auf dem Gestein und ließen ihn auf alle viere fallen. Lachlan prustete und keuchte. Seine Arme wollten nachgeben, sein Körper war am Ende, er wollte sich hinlegen, mitten auf die Rampe, ganz egal, ob sein Verfolger da oben herumschlich und ihn sah. Komm schon, Alter, dachte er und zwang sich aufzustehen. Zack ist bald hier. Komm.

Er wankte die Rampe hoch, vorsichtig darauf bedacht, nicht auf die grünen Algenflächen zu treten. Oben gelangte er an die Straße, die rechts – in hundert oder zweihundert Metern – an Morris' Pub vorbeiführte. Sollte er es wagen? Nein, besser nicht. Er musste sich verstecken, durfte sich nicht auf den Präsentierteller setzen. »Komm schon, weiter«, flüsterte er. Überquerte die Straße. Sah sich unablässig um. »Wo ist er …?« Seine Zähne klapperten. Er ging an einem Maschendrahtzaun vorbei, durch den ein Busch wucherte. An einer Stelle war der Zaun eingerissen. Ein Trampelpfad zwischen Brombeerranken und Unkraut … Lachlan zögerte nicht lange und schlüpfte ins Gestrüpp. Der Wind schlug ihm Zweige ins Gesicht. Er schob sie mit dem Unterarm beiseite und folgte dem Pfad über eine wilde Wiese, um die sich wohl seit Jahren niemand mehr kümmerte. Vor ihm öffnete sich ein moosbewachsener Platz. Ein rotes Backsteingebäude, das in Einsamkeit verwitterte, stand in einigem Abstand zu dem Zaun, den Lachlan gerade durchbrochen hatte. Alle Fenster und Türen waren mit Pressspanplatten versiegelt, doch rechts stand ein breites Tor offen, genauer gesagt: Es gab kein Tor mehr, nur noch die Öffnung.

Vielleicht fand er einen Eingang zu dem Gebäude. Lachlan huschte zu dem Tor, stieg eine Mauerstufe hinauf und lief hinter das Haus. Das Gras tat gut unter seinen geschundenen Füßen, so lange, bis er mit dem verletzten Fuß auf eine Brombeerranke stieg. Er heulte auf und hielt sich den Mund zu. Mit tränenden Augen schleppte er sich weiter, einen Weg aus platt getrampeltem Gras entlang. Ein Bierfass aus Metall lag mitten auf dem Pfad; er stieg darüber hinweg und arbeitete sich weiter voran. Alle Fenster waren dicht. Ohne Werkzeug würde er durch keine einzige Pressspanplatte dringen, und selbst wenn es ihm gelingen sollte, etwa weil er eine Art Stemmeisen fand, würde das zu sehr auffallen. Da drin säße er in der Falle, falls der Mann ihn hier fand. Wenn er schon in das Gebäude gelangte, dann nur durch eine Tür, die von außen so aussah wie alles andere hier, als hätte man sie seit Jahren nicht mehr angefasst. Als er fast über einen zerborstenen Plastikpflanzkübel stolperte, bemerkte er eine Hintertür. Ob sie abgeschlossen war? Er wollte sofort hin, doch dann schrak er zurück. Der Boden war übersät mit Glas- und Porzellanscherben … ein halber Teller, ein Pflanzkasten, zerschellte Flaschen. Lachlan biss die Zähne zusammen und ging auf Zehenspitzen durch die Splitter. Vor jedem Schritt suchte er eine freie Stelle, bevor er sein Gewicht verlagerte. Die Scherben schienen ihn anzuziehen, er fragte sich, ob ihm noch Glas in der Sohle steckte, und falls nicht, ob er sich bereits eine Blutvergiftung zugezogen hatte. Endlich war der Metallgriff der Tür in Reichweite, ein Hebel, auf dem in schwarzen Lettern ›Ziehen‹ geschrieben stand. Lachlan versuchte es –

Verschlossen.

Er balancierte zurück, die Hand an der Mauer, und atmete auf, als er endlich zurück im Gras war. Ein Stück weiter wurde der Pfad zu Beton, umrandet von Efeu und Rohren. Das Gebäude endete. Dahinter: eine Metalltreppe. Lachlan sah sich um, bevor er sich um die Ecke stahl. Das Gelände war so zugewachsen, dass es von der Straße aus nicht einsehbar war. Keine Spur von seinem Jäger.

Unter der Treppe gab es eine weitere Tür, genauso verschlossen wie die andere. Lachlan setzte den Fuß auf die erste Stufe der Metalltreppe und zögerte. Falls es da oben eine Tür gab, würde sie bestimmt auch versperrt sein. Von der Gebäuderückseite aus hatte er gesehen, dass diese Treppe in eine Sackgasse führte. Sollte er es trotzdem wagen? Wenn der Mann hier auftauchte und diese Treppe nahm, gäbe es kein Entkommen mehr. Aber vielleicht konnte er sich wenigstens so lange verstecken, um einen Anruf zu tätigen … Lachlan gab sich einen Ruck. Er stieg über einen dicken, verzweigten Brombeerast hinweg, der quer über die Treppe hing, und eilte die Stufen hoch. Von oben hatte er freie Sicht auf die Nebengebäude und eine verwitterte Hütte ein Stück näher an der Straße. Die Treppe mündete in eine kleine Betonterrasse, auf der eine Pfütze glänzte.

Die einzige Tür ließ sich wie erwartet nicht öffnen, und auch sonst gab es keinen Weg in das Gebäude. Lachlan setzte sich unter die Mauer, welche die betonierte Fläche umgrenzte, und zog die Knie an.

Er war so fertig, dass er eine Sekunde lang deutlich spürte, dass er gleich aufschluchzen würde. Er ballte die Hände zu Fäusten und atmete durch, bis der Drang nachließ. Er würde sich nicht unterkriegen lassen. Schlotternd umklammerte er seine Knie. Wie kalt ihm war … falls der Kerl ihn nicht fand, würde er erfrieren, bis Zack in Baltimore eintraf. Wie viel Zeit war inzwischen vergangen? Eine halbe Stunde? Zack würde länger brauchen. Viel länger. Baltimore lag am anderen Ende der Insel, tief im Süden.

Lachlan fingerte das gläserne Smartphone aus der Hosentasche. Er schaltete es ein, aber das Display blieb schwarz; erst beim zweiten Versuch ploppte das Foto des Mädchens auf. Es war also wasserdicht – Glück gehabt. Warum hatte der Typ es nicht gesichert, durch eine Gesichtserkennung oder einen Fingerabdruckscanner? Vielleicht nur Nachlässigkeit. Lachlan rief die Telefontastatur auf und schloss die Augen. Wie lautete die Nummer von Morris' Pub? Eins, acht, neun … nein, erst neun, dann acht … und wie weiter? Er gab die Nummer ein, bis auf die letzten drei Ziffern. Drei, zwei, eins? Eins, drei, zwei? Oder war eine Fünf mit dabei gewesen? Der Wind tobte unerbittlich.

»Komm schon«, wisperte er mit zusammengebissenen Zähnen, »erinnere dich, verdammt noch mal –«

Er versuchte es mit der Endung eins, drei, zwei.

Die Nummer existierte nicht.

Dann drei, zwei, fünf …

»Hallo?«, meldete sich eine knatschige Frauenstimme. Lachlans Herz schlug höher.

»Hallo? Entschuldigen Sie die Störung, aber ich brauche Hilfe, ich werde verfolgt –«

Die Frau legte auf.

Lachlan biss sich so fest auf die Unterlippe, dass er Eisen schmeckte. Er wählte erneut, diesmal mit einer anderen Endung, und legte den Hörer ans Ohr. Das Freizeichen. Jedes *Brrrt-Brrrt* war gefühlt eine Minute lang. Die Pausen dazwischen ließen Lachlan den Atem anhalten – hatte jemand abgehoben? Dann wieder *Brrrt* –

»Ja?«

Der Klang von Morris' Stimme traf Lachlan mit überwältigender Wucht. »Morris«, stieß er hervor. »Gott, ich bin so froh, du musst mir helfen, Morris, bitte!«

»Loki?« Morris klang irritiert. »Was ist denn los? Wo bist du? Du hast deine Schuhe vergessen, ich dachte, du bist Hals über Kopf vor mir geflohen.«

»Nein, das bin ich nicht. Ich bin um Mitternacht runter ins Pub, um zu telefonieren, und da war dieser Mann an der Bar, er hat mir irgendwas gegeben, ich weiß nicht, wie lange ich bewusstlos gewesen bin –«

»Auf jeden Fall hast du dich anderthalb Tage nicht bei mir gemeldet«, sagte Morris. »Das ist eine ziemlich schräge Geschichte. Wo bist du gerade?«

»Ich verstecke mich hinter einer Ruine. Der Typ ist hinter mir her, ich musste ins Wasser springen.«

»Eine Ruine? In Baltimore?«

»Ja.«

»Muss der alte Bahnhof sein. Bleib, wo du bist, ich hol dich, okay?« Morris legte auf.

Lachlan legte das Handy neben sich. Er war so fertig wie noch nie zuvor. Gott, er war über diese Trawler geklettert und dann geschwommen – wie um alles in der Welt hatte er das geschafft? Ihm war immer noch schwindelig. Er besah sich seinen Fuß. Ein tiefer Schnitt, rosafarben in der kreideweißen Haut. Lachlan wusste, dass ihm jeder Schritt von nun an noch mehr wehtun und er immerzu an den Schmutz auf dem Boden und seine lange zurückliegende Tetanusimpfung denken würde. Er winkelte das linke Bein seitlich an, sodass der Schnitt den Boden nicht berührte, und legte die Stirn aufs rechte Knie. Der Sturm brach durch die Wellen, Boote rumpelten gegen die Kaimauer. Wie lange würde Morris brauchen? Sicher nur ein paar Minuten, auch wenn er zu Fuß kam. Ich hätte ihm sagen sollen, dass er eine Waffe mitbringen soll, dachte Lachlan.

Ihn wärmte der Gedanke an das, was Morris noch gesagt hatte. Es hatte ihn anscheinend geärgert, dass Lachlan so grußlos verschwunden war, ohne sich wieder blicken zu lassen. War diese Nacht für ihn also mehr gewesen? Lag Morris etwas an ihm? Lachlan kam die wunderbare Idee, dass er gemeinsam mit Zack nach Baltimore zog. Er kam über Zack hinweg, gestand ihm seine Homosexualität, zog zu Morris, und Zack fand irgendein hübsches Mädchen in Skibbereen oder Cork. Zu viert würden sie hier unten ein friedliches Leben führen. Zum ersten Mal, seit Sex und Beziehungen überhaupt ein Thema in seinem Leben waren, konnte er sich vorstellen, eine Frau an Zacks Seite zu akzeptieren. Womöglich konnte er sich sogar für ihn freuen und einen guten Trauzeugen bei ihrer Hochzeit abgeben. Und wer hatte diesen Sinneswandel ermöglicht? Morris, der diese andere Art der Freiheit verkörperte, Unabhängigkeit und Individualität, sogar sexuelle Freiheit. Morris war ganz anders als Zack, der seit Jahren verbissen auf ein Ziel zustrebte, als ginge er durch einen Tunnel, an dessen Ende die Akademie auf ihn wartete. Morris hatte kein Ziel mehr, das Leben selbst war sein Ziel, und das gefiel Lachlan. Seine Revolutionsgedanken kamen ihm in Morris' Nähe albern vor. Und seine Gefühle für Zack genauso, und all seine Bemühungen, sie vor ihm zu verbergen.

Lachlan wusste noch, dass Zack Billy Whitehead einmal eine Schwuchtel genannt hatte. Daran dachte er oft zurück.

Er hörte Schritte auf der Metalltreppe und riss den Kopf hoch. Panisch stand er auf. Mist. Was jetzt? Zum Springen lag die Terrasse zu hoch. Und wenn er aufs Dach kletterte? Dazu musste er nur auf die Mauer steigen. Aber vielleicht war es ja gar nicht der Mann, der ihn jagte. Womöglich hatte Morris ihn bereits gefunden.

Ein blonder Haarschopf tauchte auf der Treppe auf. Die hellen Augen des Mannes trafen auf die Lachlans. Er nahm die verbleibenden Stufen mit einem Satz, war jetzt auf der Terrasse, riss die Waffe hoch.

»So«, sagte er mit einem Funkeln in den Augen. »Hab ich dich.«

[24]

Zack trat so aufs Gas, dass er schon nach einer Dreiviertelstunde die erste Mautstation bei Portlaoise erreichte. Sein Kopf fühlte sich vom Adrenalin an wie ein Bienenstock, als er auf die Bremse trat und sich in die Bezahlschleusen einordnete. Sein Herz hämmerte los: Wieso dachte er erst jetzt daran, dass er in einem gestohlenen Fahrzeug saß? Andererseits, wer hätte es gestohlen melden sollen? Vielleicht hatte Teresa bereits die Polizei in Mr. Arnotts Wohnung geholt. Eigentümlich, wie sie war, hatte sie womöglich behauptet, Zack hätte etwas mit Mr. Arnotts Tod zu tun und das Auto geklaut.

Er sah zu, wie der Fahrer im Wagen vor ihm das Handy gegen den Scanner hielt, der an dem Häuschen angebracht war, in dem früher Menschen gesessen und die Münzen entgegengenommen hatten. Zack hoffte, dass das Gerät mit der Geldbeutel-App umgehen konnte und keine spezielle App erforderte; eine Verzögerung aus technischen Gründen war das Letzte, was er jetzt gebrauchen konnte.

Die Schranke hob sich, das Auto fuhr hindurch. Als Zack neben den Scanner fuhr, war die Schranke wieder herabgesunken. Sein Handy verriet sowohl der Polizei als auch der META, wo er sich befand, doch das hatte er bei seinem Aufbruch in Kauf genommen. Falls die Polizei bereits bei

Mr. Arnott war, konnte ihm das jetzt das Genick brechen – er sah schon vor sich, wie er durch die Schranke brach und in einem Affenzahn weiterraste.

Bis zur nächsten Mautstation kurz vor Watergrasshill, eine Stunde weiter, etwas weniger, wenn er bei hundertachtzig oder zweihundert gut durchkam.

›BITTE HALTEN SIE DAS SMARTPHONE AN DEN SCANNER‹, forderte ihn das Display des Lesegeräts auf.

Zack startete die Bezahl-App und führte das Telefon an den Scanner heran. Drei Sekunden vergingen, vier, fünf … und die Schranke schwang nach oben.

›VIELEN DANK UND GUTE WEITERFAHRT.‹

Zack rollte durch die Schleuse. Sobald sich das sechsspurige Mautareal wieder auf die zwei Spuren der M8 verengte, trat er das Gaspedal bis zum Boden durch, schaltete rasch hoch und konzentrierte sich angestrengt darauf, die Kontrolle über den Wagen zu behalten und die Schleicher rechtzeitig mit der Lichthupe zum Spurwechsel zu animieren. Jetzt, wo er wieder freie Fahrt hatte, fiel ihm noch etwas ein, was er gar nicht gebrauchen konnte. Die Polizei hinter sich, wegen zu schnellen Fahrens. Bis vor Kurzem war er noch ein gesetzestreuer Mensch gewesen, mit großem Respekt vor den Hütern von Recht und Ordnung. Aber jetzt konnte er darauf keine Rücksicht mehr nehmen.

»Auf den Boden, los!«, rief der Mann und machte eine Abwärtsbewegung mit seiner Pistole. Lachlans Blick flog an ihm vorbei; wenn er sich in die Knie sacken ließ und dann zur Treppe hechtete, konnte ihm die Flucht gelingen. Da packte der Mann die Pistole blitzartig am Lauf und rammte ihm den Griff gegen den Kopf.

Lachlan tauchte aus der Benommenheit auf. Er lag auf dem Bauch, ein schmerzhaftes Ziehen im rechten Oberarm, weil ihm der Mann die Hand bis zu den Schulterblättern drehte. Lachlan wand sich wie eine Schlange, was die Schmerzen nur schlimmer machte. Der Mann schob ihm das Knie auf den Rücken. »Gib endlich auf«, knurrte er. »Ja, ich hab ihn gefunden und festgenagelt.« Er telefonierte.

Jemand antwortete.

»Von dem Zeug hab ich nichts mehr. Weißt du, wie viel ich ihm davon spritzen musste?«

Der Mann hörte zu. Lachlan schwitzte und fror. Morris – ob er schon in der Nähe war?

»HILFE!«, brüllte er.

Der Mann stieß ihm gegen den Kopf. »So habe ich mir das nicht vorgestellt«, sagte er hitzig ins Telefon, »er wird sich noch den Tod holen! Ich –«

»LASSEN SIE MICH LOS!«

Der Mann rüttelte an seinem verdrehten Arm. Lachlan schrie auf, ließ es so richtig raus, je lauter, desto besser. Was, wenn Morris ihn im Sturm nicht hörte, weil der Wind seine Schreie zerriss? Lachlan brüllte weiter, als hätte ihm der Mann den Arm gebrochen. Doch der beachtete ihn gar nicht mehr, hielt ihn nur fest.

»Ja – ja, okay. Mach ich.«

»HILFE!«

»Nein. Alles gut. Ich … tut mir leid.«

Das Telefonat endete, und der Mann ließ Lachlan los. »Steh auf!« Er zerrte ihn auf die Füße. Lachlan verzog das Gesicht, als er mit dem linken Fuß auftrat.

»AU! AU – DAS TUT WEH –«

Der Mann ließ ihn schreien. Er bugsierte ihn treppabwärts, die Hand fest an Lachlans Oberarm. »Wir gehen da rüber«, sagte er und hielt mit Lachlan auf die Nebengebäude zu, »ins Trockene.« Manche der Fenster des zweigeschossigen Hauses waren nicht mit Pressspanplatten zugenagelt worden; vielleicht wollte er einen Stein durch das Glas werfen und sich so Zutritt verschaffen.

»Ich bin barfuß, Sie können mich nicht durch Scherben laufen lassen«, sagte Lachlan panisch, »ich habe mir vorhin schon den Fuß aufgeschnitten, ich –«

»Du verwöhnte Heulboje«, fauchte der Mann. »Jetzt gib Ruhe, ich kann hierfür auch nichts, okay?«

»Wer sind Sie?«

»Sei einfach sti–«

RUMMS. Etwas traf ihn am Kopf, schnell und effektiv. Die Hand des Mannes glitt von Lachlans Arm; er klappte zusammen und blieb ausgestreckt liegen, ohne sich zu rühren. Die Stange, die ihn getroffen hatte, flog klappernd neben ihn. Lachlan drehte sich um –

Morris.

»Hey, ich dachte, du verarschst mich und das hier ist irgendein Fetisch, aber …« Er zeigte auf den Mann am Boden. »Der sieht echt aus.«

»Danke, Morris«, sagte Lachlan. Er fühlte, dass sich sein Kreislauf verabschiedete.

»Mann, Loki, du siehst echt kacke aus«, sagte Morris erschrocken. »Was läuft hier? Du bist ja ganz nass!«

Er zog sich die Jacke aus und wickelte Lachlan darin ein, und irgendwie wurde daraus eine Umarmung, in der sich die Gefahr verflüchtigte. Lachlan atmete Morris' Geruch ein, eine Mischung aus Pub, Regen und Körperwärme, und wo sich ihre Gesichter berührten, die eine Haut die andere, da sprang ein Funke über. Morris hielt ihn fest und strich ihm mit einer Hand über den Rücken.

»Wir sollten hier weg.«

Sie eilten über den Betonplatz auf den Zaun zu, der die Ruine von der Straße trennte. Morris musterte Lachlan besorgt, als er sein Humpeln bemerkte. Lachlan winkte ab, obwohl ihm bei jedem Schritt eine Lanze in den Fuß stach. Er mochte einiges sein, aber bestimmt keine verwöhnte Heulboje. Bevor sie durch das Gatter kletterten, sah Lachlan zurück. Der Mann lag noch da, wo Morris ihn niedergeschlagen hatte. Er wünschte, Morris hätte die Stange wieder mitgenommen, am besten auch die Pistole, nur für den Fall, dass der Mann zu sich kam und ihnen folgte.

Was er nicht tat.

Morris stützte Lachlan auf dem Weg zum Pub. Er führte ihn hinter das Gebäude in die kleine Gasse, von der aus die Steintreppe den Hügel hochkletterte, und schloss dort eine Haustür auf. Kurz darauf betraten sie Morris' kleine muffige Bude, in der sich Lachlan auf Anhieb geborgen fühlte. Morris brachte ihm noch im Flur ein großes Handtuch und winkte ihn ins Schlafzimmer. »Du solltest diese Sachen ausziehen. Was ist mit deinem Verband?«

Er war klitschnass.

»Runter damit, mit allem.«

Während sich Lachlan schlotternd die nassen Sachen von der Haut zog, wühlte Morris in seinem Kleiderschrank. »Hier, eine Jogginghose, ein Pullover – wir sind ungefähr gleich groß, oder? Sollte dir passen. Was ist eigentlich los bei dir? Wer war der Kerl?«

»Ich weiß es nicht.«

»Er hat dir um Mitternacht im Pub aufgelauert, hast du gesagt. Wie ist er reingekommen?«

Das wusste Lachlan erst recht nicht.

»Wieso musstest du so spät telefonieren?«

»Komplizierte Geschichte.«

Aber er konnte sich auf einmal vorstellen, sie Morris anzuvertrauen. Nicht jetzt, aber vielleicht, wenn das alles überstanden war. Doch wann würde es überstanden sein? Wer waren die Leute hinter dem Mann, der ihn durch den Hafen gejagt hatte? Gehörten sie zu dieser Freemind-Sekte, von der Griffin gesprochen hatte?

»Du hast mir doch von dieser Sekte erzählt«, sagte Morris, als hätte er Lachlans Gedanken gelesen. »Sind sie das jetzt? Sind sie hier?«

»Kann ich auch nur vermuten.«

»Soll ich mich umdrehen?«

Lachlan war es lieber so, obwohl Morris ihn nicht zum ersten Mal nackt sah. Als Morris ihm den Rücken zukehrte und weiter in seinem Kleiderschrank herumgrub, zog sich Lachlan Jeans und Unterwäsche aus. Er trocknete sich mit dem Handtuch ab, zog dann die Boxershorts an, die Morris ihm hingeworfen hatte, und die Jogginghose drüber. Es war eine gemütlich dicke Hose mit weichem Futter.

»Danke«, sagte Lachlan.

»Darf ich wieder gucken?«

Lachlan lachte auf, obwohl er sich wie erschlagen fühlte. Er begann, die Pflaster der Salbenkompresse zu lösen, und sehnte sich eine Blaue Pille herbei, die seine Schmerzen einfach ausschaltete.

»Leg dich hin.«

Morris übernahm den Rest. Weil sie vom Meerwasser feucht waren, ließen sich die Pflaster leichter lösen als gewöhnlich, und so dauerte es nicht lange, bis Morris die Kompresse von der Brandwunde ziehen konnte. Lachlan biss die Zähne zusammen. Morris betrachtete ihn voller Mitgefühl.

»Am Fuß hast du auch was, oder?«

Aus einem Verbandskasten, den Morris unten im Pub fand, zauberte er zwei Mullbinden hervor, die er ihm um Brust, Bauch und Fuß wickelte, so vorsichtig, als hätte er es mit dem weichen Kopf eines neugeborenen Babys zu tun. Lachlan fühlte sich so wohl, wie er es angesichts der Gefahr, die draußen auf ihn lauerte, nicht mehr für möglich gehalten hätte. Als Morris fertig war, legte er sich neben Lachlan, seitlich, den Kopf auf die Hand gestützt, sodass er ihn leicht überragte wie ein Schild. Er sah Lachlan ins Gesicht, nicht flüchtig, sondern mit viel Zeit, und senkte dabei den Kopf, um ihn zu küssen.

Danach lagen sie schweigend da.

»Willst du jemanden anrufen? Die Polizei?«

»Nein«, sagte Lachlan. »Keine Polizei. Jemanden anrufen, vielleicht …« Aber er hatte Zacks Nummer nicht im Kopf. »Ein Freund von mir ist auf dem Weg hierher.«

»Ein Freund?«

»Genau der Freund.«

»Er kommt dich retten, hm?«

Lachlan traute sich nicht, zuzugeben, dass das stimmte. »Wie gesagt, eine komplizierte Geschichte. Ich erzähl sie dir, wenn es so weit ist. Aber es gibt noch jemanden, den ich kontaktieren könnte.«

»Soll ich das Telefon holen?«

»Nein, ich kenne ihre Nummer nicht. Meine Tanzlehrerin. Kathy Macfarlane …«

»Tanzlehrerin«, wiederholte Morris spöttisch. »Du liebe Güte, bist du schwul.«

»Meine Mutter hat mich dazu gezwungen.«

»Aber du bist gut, oder?«

Lachlan lächelte. »Verdammt gut.«

»Wie kannst du sie kontaktieren?«

»In Cronos.«

Morris richtete sich auf. »Damit kann ich dienen.« Er streckte sich ein bisschen und zog unter der Bettdecke einen Cronos Cube hervor. Anscheinend hatte er ihn erst vor Kurzem benutzt. »Hier, nimm meinen.«

»Ich hätte nie gedacht, dass du Cronos spielst.«

»Ich bin Profi«, sagte Morris. »Hier, die Mütze … ich hol dir was zu trinken für die Pille.«

Morris ließ Lachlan allein. Deshalb also hielt er es hier in der Einsamkeit aus, deshalb war er so genügsam – weil alles, was er darüber hinaus brauchte, in diesen schwarzen Würfel passte. Lachlan befühlte die Stimulanzkappe, bevor er sie sich über die Haare zog. Sie strahlte etwas Morrisartiges aus, obwohl sie aussah wie jede andere Stimulanzkappe, die Lachlan bisher gesehen hatte.

»Hier.« Morris reichte Lachlan die weiße Schachtel und ein Glas Wasser. »Ich pass auf dich auf, solange du drüben bist. Aber dafür tanzt du mir was vor, wenn es deinem Fuß wieder besser geht, versprochen?«

»Deal«, sagte Lachlan.

Morris steckte das Stromkabel ein, und der Cube begann die Startsequenz. Lachlan nahm die Blaue Pille, trank das Glas aus, streckte sich auf dem Bett aus und legte den Kopf aufs Kissen. Es machte ihn angenehm nervös, dass sich Morris neben ihm langmachte. Vielleicht würden sie eines Tages gemeinsam nach Cronos gehen.

»Welche Klasse spielst du?«, fragte Lachlan.

»Alchemist«, sagte Morris.

»Ich auch. Verrückt, dabei –«

»– sind sie doch so selten«, beendete Morris den Satz. Er feixte. »Ich weiß nicht, wie es dir geht, aber mir steht die Uniform ausgezeichnet. Noch besser sehe ich nur in einem schwarzen Rollkragenpullover aus.«

Lachlan konnte sich das gut vorstellen.

Der Cube verlangte sein Safeword. »Digital Terror«, sagte Lachlan, ohne die Augen von Morris zu nehmen. Er fühlte, wie ihm die Blaue Pille den Schmerz nahm, ihn wegtreiben, ihn schwerelos werden ließ.

»Speichere Safeword: Digital Terror.«

»Und willst du noch etwas über mich wissen?«, raunte Morris.

»Ihr letzter Aufenthalt war in Flüsterheim. Wünschen Sie auch diesmal dort zu starten?«

»Ja«, sagte Lachlan zur Konsole. Um Morris zu fragen, was er meinte, reichte seine Kraft nicht mehr; die Blaue Pille stahl ihm das Gefühl für Lippen und Zunge und drückte ihm die Augen zu. Morris lehnte sich zu ihm herunter. Lachlan hörte sein Flüstern im Ohr.

»Sag ich dir gleich.«

Die Worte fielen mit Lachlan in die Dunkelheit. Als er in der Residenz am Rande zu sich kam, hatte er eine Gänsehaut auf den Armen und ein angenehmes Kitzeln im Ohr, so als hätte er ein Stück von Morris mit nach Flüsterheim genommen. Lachlan sprang vom Bett und suchte in seinen Karten nach dem KomBu. Er fand die Karte, verwandelte sie und setzte den Stift auf die Zeilen, um Kathy einen Hilferuf zu senden – als draußen etwas knallte.

Es hörte sich an wie eine Explosion, die mitten im Hotelflur losgegangen war. Lachlan sah zur Tür. Geschrei drang durch die Wände. Nicht mein Bier, dachte Lachlan und wandte sich dem KomBu zu. RUMMS – der Fußboden vibrierte, etwas krachte gegen die Zimmertür. Lachlan fuhr erschrocken herum. Er klappte das KomBu zu, durchmaß das Zimmer mit schnellen Schritten und öffnete die Tür.

Doch draußen war alles ruhig.

Lachlan steckte den Kopf zur Tür hinaus. Der Flur lag völlig unberührt da; ein uralter Eksi spazierte am Stock an den Türen vorbei und sah Lachlan verwundert an. »Cheerio«, sagte er mit kratziger Stimme.

»Haben Sie das auch gehört?«, fragte Lachlan.

»Was gehört?«

»Nicht so wichtig.«

»Cheerio«, wiederholte der Eksi-Opa, »pass mal besser auf deine Füße auf, junger Mann.«

Lachlans Blick fiel nach unten. Schwarzer Nebel wirbelte ihm um die Knöchel, strudelte seine Beine herauf und legte sich um sein Gesicht, schneller, als Lachlan sein Safeword auch nur denken konnte. Ein Ruck, und er wurde von den Füßen gerissen, raste rückwärts durchs Zimmer – und rammte die Wand mit dem Rücken. Doch anstatt von ihr abgestoßen zu werden und auf den Boden zu stürzen, versanken seine Arme in der Mauer wie in Butter. Er zerrte an ihnen, vergeblich – sie waren wie einbetoniert.

»Ganz ruhig, Lachlan«, sagte eine Stimme, die Lachlan sofort bekannt vorkam. Als er zur Zimmertür sah, wusste er, warum: Es war seine eigene.

Ein zweiter Lachlan, genauso knochig, genauso lang und genauso blass, trat in das Zimmer. Er warf die Tür hinter sich zu und kam mit langen, lässigen Schritten auf ihn zu. Lachlan begriff, wen er vor sich hatte – den Doppelgänger, der Zack an der Nase herumgeführt hatte. Lachlan hätte gern etwas gesagt, aber der Dämon – buchstäblich eine Geisterhand – versiegelte ihm die Lippen.

Moment. Dämon?

Also war sein Doppelgänger auch ein Alchemist. Allerdings trug er nicht wie Lachlan die Uniform, sondern … einen schwarzen Rollkragenpullover.

Lachlan fühlte etwas in sich fallen.

Nein, dachte er.

»Ah, du hast mich erkannt«, sagte der falsche Lachlan und zuckte mit den Achseln. Er griff sich mit beiden Händen an den Nacken, fummelte an etwas herum, das *ratsch-ratsch* machte, und fasste sich dann mit der linken Hand von unten an den Rücken. Lachlan hörte das Geräusch eines sich öffnenden Reißverschlusses. Sein Gegenüber erschlaffte wie ein Kleidungsstück. Mit beiden Händen griff er nach dem faltigen Kopf, zog ihn ab –

Morris schlüpfte heraus. Er schälte sich aus der falschen Haut, ebenfalls in einen schwarzen Rollkragenpullover und eine Bügelfaltenhose gekleidet, und warf die Körperhülle beiseite. Er lächelte verlegen wie ein Junge, der bei einem Streich erwischt worden war.

»Als O'Connor dich vorhin am alten Bahnhof gefunden hat, da hat er mich angerufen«, sagte er mit belegter Stimme. »O'Connor, das ist dieser blonde Typ. Wir haben ihn frisch rekrutiert, die hätten ihn fast zu einem Glühwürmchen gemacht. Wir haben ihn gerettet – ein Polizist aus Dublin, nicht sehr gut in seinem Job, aber eine ehrgeizige und treue Seele. Er sollte deine Entführung aufklären. Hat sich nur nicht sehr gut angestellt.«

Wir haben ihn rekrutiert. Lachlan starrte Morris an. Er begriff nicht. Wer war *wir*? Die Freemind-Sekte? Wieso war ihm das nie in den Sinn gekommen? Weil es nicht gepasst hatte. Nicht zu Morris.

»Tut mir leid, Lachlan«, sagte Morris leise. »Ich war auf dich nicht vorbereitet. Auf irgendeinen Bengel aus reichem Hause, ja, aber nicht auf dich. Du hast mir den Kopf verdreht. Am liebsten würde ich alles hinschmeißen und …« Sein Gesicht versteinerte. »Aber das Skript muss eingehalten werden. Nichts ist wichtiger.«

Lachlan schüttelte den Kopf. Bitte, lass uns alles hinschmeißen, dachte er, wobei er Morris flehentlich anstarrte. Doch der senkte den Blick nun auf eine Karte, die er hervorgezogen hatte. Er schnippte sie an. Funkelnder Nebel, ein gleißendes Licht – und er hielt Erion in der Hand. Er betrachtete sie mit gesenktem Kopf, und eine Sekunde lang wirkte es so, als könnte er es nicht über sich bringen. Er ballte die Faust um die Tin Whistle und hob den Kopf. Ihre Augen trafen sich.

»Dafür wurden wir geboren«, flüsterte er.

Wieder schüttelte Lachlan den Kopf.

»Das Werk ist größer als du und ich. Wir können es mit unserem winzigen Verstand nicht erfassen. Wir dürfen unser Glück nicht über das Wohl der Menschheit stellen – es ist unsere Pflicht, uns zu opfern.«

Nein, dachte Lachlan. Er zog mit aller Kraft an den Armen, die in den Backsteinen steckten.

»Mein einziger Trost ist, dass das nicht unser Ende ist«, sagte Morris. »Du wirst nur nicht mehr ganz der sein, in den ich mich verliebt habe. Schade.«

Er legte sich Erions Mundstück auf die Lippen und die Finger auf die Löcher. Ich darf nicht hinhören, dachte Lachlan panisch und kniff die Augen zu, als könnte er damit seine Ohren verschließen. Durch seinen qualmenden Knebel stieß er eine Reihe undeutlicher Laute hervor, doch die konnten das Pfeifenspiel nicht übertönen. Es war eine schöne Melodie, die man einem Kind an seiner Wiege vorsingen würde. Lachlan entspannte sich … vielleicht passierte gar nichts Schlimmes. Vielleicht würde er nur …

Nein, durchzuckte es ihn. Ich darf nicht – ich muss bei mir bleiben, ich –

Aber die Melodie war so hübsch … sie beruhigte ihn auf eine wunderbar wohlige Weise …

– muss bei mir … bleiben, dachte Lachlan erschöpft. Nicht einschlafen … nicht …

Er rief sich Zack vor Augen, der in diesem Moment über die Autobahn raste, als gäbe es kein Morgen. Er wusste nicht, ob Zack das wirklich tat, aber er glaubte daran. Das sah Zack einfach ähnlich … Zack würde immer zu ihm halten, ganz egal, was er sich wieder für einen kranken Unsinn ausdachte. Lachlan konzentrierte sich auf Zacks Lachen. Das Funkeln in seinen Augen, wenn er von der Akademie sprach. Sein peinliches Verhalten gegenüber Frauen. *Hast du die gesehen? War die scharf oder was?*

Wenn Zack morgens im Bad war, roch das ganze Obergeschoss nach Duschgel, Deo, Rasierwasser und Parfüm. Jede Woche brachte er ein anderes Mädchen mit, bis Persy ihm zu verstehen gab, dass ihr eine solch hohe Frequenz an unbekannten Gästen nicht behagte und er Mädchen deshalb erst nach dem dritten Date nach Hause einladen solle. Lachlan dachte an den zugemauerten Friedhof hinter dem Gelände von Phoenix Manor, an Billy Whiteheads abgeschnittenen Finger und ihre Begegnungen, bei denen nicht gesprochen werden durfte. An Powerman, den pausbackigen Jungen mit den Sommersprossen, der Lachlan die Nase blutig schlug. An ihre Umarmung in Cronos vor ein paar Wochen, nachdem sie Erion aus diesem Briefkasten gezogen hatten.

»Du bist Lachlan Abercromby«, sagte Zack ihm ins Ohr, während er Lachlan im Arm hielt. »Und als Auserwählter der Cromwell-Dynastie gelobst du, das hundertjährige Werk der Familie Cromwell zu schützen und zu achten und ohne Rücksicht auf dein eigenes Wohl sowie unter Aufbietung all deiner Kräfte zu vollenden.«

Und auf einmal war es Morris, der ihn an sich drückte, Morris, der ihm in der Schankstube des Pubs die Hose aufknöpfte, Morris, der ihm unter dem Rand seiner Schirmmütze hervor in die Augen sah, Morris, der ihm ins Ohr raunte: »Das Zeichen wirst du mit Stolz tragen, es befreit dich von der Last des freien Willens und macht dich zum Werkzeug einer höheren Sache. Vom heutigen Tag an wirst du in jeder Minute deines Daseins in der dir vorherbestimmten Rolle aufgehen. Nun, da das Zeichen deine Haut ziert, bist du entflammt für das Werk …«

Und Lachlan konnte es spüren, das Feuer, das in ihm brannte, der dreibeinige Galgen stand in Flammen, aber nicht schmerzend, sondern energetisierend, Kraft durchpulste ihn, er hatte eine Aufgabe, eine Rolle, die nur für ihn bestimmt war. Er war etwas Besonderes.

»Du«, sagte Morris, »bist der Chaosbringer. Und sobald du zu dir kommst, wird dich nichts anderes mehr interessieren. Du wirst den Zielen der Turmgesellschaft folgen und alles tun, was Henry Cromwell oder ich dir befehlen. Jeder Befehl wird dir wie der eigene Wille sein.

Du wirst dich in fünf Sekunden an nichts erinnern, was hier gesprochen wurde«, flüsterte Morris. »Logg dich jetzt aus. Bis gleich, und … ich liebe dich, Loki.«

Lachlan schreckte hoch.

Er war noch in der Residenz am Rande, stand jedoch nicht mehr an der Zimmertür, sondern an der Wand. Das KomBu lag neben dem Bett auf dem Fußboden; er ging hin, hob es auf und öffnete es. *Kathleen Macfarlane,* stand in der letzten Zeile. Warum wollte er Kathy eine Nachricht schicken? Ach ja, wegen dieses blonden Typen, der ihn in Baltimore verfolgt hatte. Lachlan überlegte es sich anders, verwandelte das KomBu in eine Karte und dachte nach.

Der Ausflug nach Cronos war eine dumme Idee gewesen. Und wahrscheinlich war sie ihm ohnehin nur gekommen, weil er hier keine Schmerzen hatte.

»Digital Terror«, sagte er, schloss die Augen und ließ sich fallen. Im nächsten Moment lag er in Morris' Bett. Er sah neben sich und begegnete Morris' entspanntem Gesicht. Morris hatte wie versprochen neben ihm Wache gehalten. Lachlan zog die Stimulanzkappe ab – seine Hände waren von der Blauen Pille noch ganz taub – und drehte sich zu Morris hin. »Da bin ich schon wieder«, sagte er.

Morris lächelte. »Wie geht es dir?«

»Gut«, sagte Lachlan. »Auch wenn ich das Gefühl habe, etwas Wichtiges erledigen zu müssen.«

»Dazu kommen wir später«, antwortete Morris und legte eine Hand auf Lachlans Wange. »Doch zuerst muss ich dir etwas über deinen Freund sagen. Diesen Zack.«

Zack hatte das Lichtermeer Corks hinter sich gelassen und war irgendwann in der Dunkelheit eines Wolkengebirges auf die N22 abgebogen, eine einspurige, dicht von Bäumen umstandene Staatsstraße. Sie brachte ihn weiter in den Südwesten, tiefer hinein in den Sturm, der allmählich an Fahrt aufnahm. Irgendwo im Niemandsland, wo es nur noch Hügel, Büsche, Hecken und Wiesen gab, bremste er vor vier weißen Richtungsschildern. Die Verkäuferin in einer Corker Tankstelle hatte ihm geraten, nicht die Ausfahrt mit der Aufschrift Skibbereen zu nehmen, sondern in Richtung Bantry und Crookstown abzubiegen, weil er sonst eine Stunde lang auf engen Wegen Schlangenlinien fahren würde. Genau diese Namen las er nun auf den Richtungsschildern. Er setzte den Blinker links, obwohl außer ihm niemand hier war, der das sehen konnte, und bog auf eine Straße ab, die so schmal war, dass er an jeder Kurve fürchtete, in einen Rad- oder Autofahrer hineinzurasen.

Er kam nun deutlich langsamer voran. Ab und zu öffnete sich die Straße zu einer Allee, doch meistens ging es um scharfe Kurven, in denen er den Gegenverkehr nur in allerletzter Sekunde gesehen hätte. Zack trat aufs Gas, sooft er konnte, vertraute aufs Fernlicht, das er nur in den Ortschaften ausschaltete. Niemand kam ihm entgegen. Der Landstrich war wie ausgestorben. Er war schon eine halbe Stunde oder länger durch diese Gegend gefahren, als er auf die Idee kam, das Fenster herunterzulassen und den Atlantik zu erschnuppern. Der Wind brauste ihm scharf ins Auto, er roch nach Gras, nach Regen auf trockener Erde, nach Pferden. Als er das Fenster ein drittes Mal herabließ, meinte er erstmals, Algen und Fisch wahrzunehmen. Kurz darauf gleißte im Fernlicht das Ortsschild Skibbereens auf.

Er fuhr durch eine beschauliche Ortschaft – hauptsächlich frei stehende Häuser, verlassene Straßen – und überquerte auf einer Steinbrücke einen Fluss, in dem Wissen, dass es jetzt nicht mehr weit sein konnte. Die Landschaft glättete sich, der Fluss dehnte sich, die Möwen flogen tief. Meeresluft strömte durch das herabgelassene Fenster. Zack rieb sich den Hals. Ortschaften zogen vorbei, kaum mehr als drei, vier oder fünf Häuser im Grün. Ganz plötzlich wurde daraus eine Siedlung, geduckte Cottages, ein-, höchstens zweistöckig, die die Straßen säumten. Idyllisch leuchtende Fenster, Oasen im Sturm. Zack folgte der Regionalstraße geradeaus, obwohl ihm Baltimore genügend Gelegenheiten zum Abbiegen bot; er hatte das Gefühl, dass die Straße bergab verlief, also zum Hafen, dorthin, wo seinen Recherchen nach Baltimores einziges noch existierendes Pub lag. Die Häuser wuchsen zusammen, wurden zu Reihenhäusern, kreuz und quer über die Straße verbunden durch Stromleitungen. Die Straße teilte sich, als Zack zwischen einzelnen Gebäuden das dunkle Meer wahrnahm. Er bog nach links ab und hielt im Parkverbot am Straßenrand. Da drüben war es.

Das Pub.

Zack sprang aus dem Wagen. Der Sturm schlug ihm feucht

und kühl ins Gesicht. Er sperrte den Wagen ab, lief über die Straße und spähte durch die quadrierte Fensterfront in die Schankstube. Sie war hell erleuchtet, aber niemand saß drin, bis auf den Barkeeper, der hinter dem Tresen in einer Zeitung blätterte. Zack trat ein.

»Hi«, sagte er und eilte zum Tresen.

Der Barkeeper, ein junger Typ mit leicht gelocktem, chaotisch geschnittenem Haar und einem grauen Kapuzenpullover, sah überrascht auf. »Hi, wie geht's?«

Beschissen, dachte Zack. »Ich suche meinen Freund, vielleicht wissen Sie, wo ich ihn finde.«

»Wohnt er hier?«, fragte der Barkeeper.

»Nein, er ist nur zu Besuch. Schwarze Haare, ziemlich schmal – wenn er Angst hat oder nervös ist, werden seine Augen ganz hell. Haben Sie ihn gesehen?«

»So genau sehe ich meinen Gästen nicht unbedingt in die Augen«, spottete der Barkeeper.

»Kommen Sie, denken Sie nach. Er ist sehr blass und nicht hier an der Küste aufgewachsen. Er müsste vor ein oder zwei Wochen hier aufgetaucht sein –«

»Ah«, machte der Barkeeper. »Ja, den kenn ich. Kommt manchmal her und trinkt was. Zahlt nie. Wenn du ihn siehst, sag ihm, Morris wartet auf sein Geld.«

Zack war versucht, Lachlans Schulden augenblicklich zu begleichen, aber er hatte jetzt andere Sorgen. »Wissen Sie, wo er wohnt? Wo ich ihn finde?«

»Ja, er wohnt oben in der New Road, hat er mir erzählt. Neben diesem petrolblauen Haus –«

»Wie komme ich dahin?«

Morris beschrieb es ihm: rechts den Hügel rauf – also die Straße, die Zack gerade herabgekommen war – und dann die erste rechts. Zack rief ihm einen Dank zu und saß im nächsten Moment wieder im Auto. Er startete den Motor, setzte zurück, wendete und fuhr den Hügel hoch, ohne darauf zu achten, dass es sich um eine Einbahnstraße handelte. Ein Fußgänger blieb stehen und sah ihm empört hinterher. Zack ignorierte ihn – da vorne ging es rechts in eine Seitenstraße; das musste sie sein, die New Road. Er fuhr um die Ecke, legte den zweiten Gang ein und raste los. Als rechts das dunkelblaue Haus in Sicht kam, hieb er den Fuß auf die Bremse. Er schaltete den Motor aus und sprang aus dem Wagen, ohne den Schlüssel mitzunehmen. Das petrolblaue Haus war finster, aber in dem daneben, ein Stück abseits der Straße, leuchteten ein paar Fenster. Ob er Lachlan dort finden würde? Er schlüpfte durch das Tor, das die Auffahrt blockierte, und rannte einen Kiesweg hoch zur Haustür. Noch bevor er dort ankam, sah er die Bewegungen von Menschen hinter einem Vorhang. Er presste den Klingelknopf und trat von einem Fuß auf den anderen.

Jemand öffnete.

»Lachlan!«

»Da bist du ja«, sagte Lachlan.

Zack stürzte über die Türschwelle direkt in Lachlans Arme und drückte ihn. »Du lebst«, sagte er, »du lebst, ich dachte schon, ich komme zu spät, ich …«

»Schon gut«, sagte Lachlan. Er drückte Zack von sich weg. »Komm rein, hier ist jemand für dich.«

»Für mich?«

»Hier, im Wohnzimmer.« Lachlan ließ ihn vorausgehen. Zack fragte sich, wen Lachlan meinen mochte – vielleicht war es Oliver, der vor ihm herausgefunden hatte, wo sich Lachlan aufhielt, und sofort losgefahren war.

Aber es war nicht Oliver.

O'Connor empfing ihn mit gezogener Pistole. In dem kleinen Raum standen ein Tisch und vier Stühle; auf einem saß Melpo, ein Häuflein Elend in Handschellen, und starrte benommen vor sich auf die Wachstischdecke.

»Hände hinter den Rücken«, befahl O'Connor.

Zack sah entgeistert zu Lachlan, der am ausgestreckten Zeigefinger die Handschellen hochhielt.

»Du hast ihn gehört, Zack«, sagte er kühl.

»Was läuft hier?«, hauchte Zack.

»Ich fordere dich nur noch ein einziges Mal auf, dann schieße ich. Hände hinter den Rücken!«

Zack schluckte. Er begriff das nicht ... benommen schob er die Hände auf den Rücken und spürte, wie ihm Lachlan die Handschellen umlegte, das kühle Metall auf der Haut, das Klicken beim Einrasten. Nach verrichtetem Werk trat Lachlan hinter Zack hervor und nickte O'Connor zu.

»Hinsetzen, los.«

O'Connor wedelte mit der Pistole. Lachlan stieß Zack an, worauf dieser sich in Bewegung setzte. Er sank auf den Stuhl, der Melpo gegenüberstand. Sie sah kurz zu ihm hoch, verzweifelt und panisch.

Etwas davon sprang auf ihn über. »Lachlan, was läuft hier? Ich verstehe das nicht, ich –«

Und plötzlich begriff er doch.

»Erion!«, keuchte er. »Um Gottes willen, Lachlan, die haben dich erwischt! Die Turmgesellschaft!«

»Du irrst dich«, sagte Lachlan. »Ich tue das hier freiwillig.«

»Aber – wozu? Warum?«, schrie Zack.

»Weil es keinen anderen Weg gibt, die Menschheit vor sich selbst zu retten. Wir brauchen ein Zeitalter der Vernunft. Und ich werde es einläuten.«

»UND DAS HIER? FINDEST DU DAS HIER VERNÜNFTIG?«

»DU hast kein Recht, mir Vorwürfe zu machen«, fauchte Lachlan. »Du hast dich von der META benutzen lassen, weil du unbedingt auf diese verfluchte Akademie gehen wolltest. Griffin hat für die META gearbeitet – warum sonst hätte er in Dublin eine Bombe zünden sollen? Und du, du hast mitgemacht! Du und Melpo, ihr habt das Auto in die Innenstadt gefahren. Dass die META ihre Macht ausbaut, das ist damit auch euer Verdienst. Griffin und die META haben von Anfang an versucht, die Turmgesellschaft zu behindern. Weil sie wussten, dass nur die Turmgesellschaft die Menschheit zu Einheit, Ordnung und Frieden führen kann. Und du – in deiner fanatischen Fixierung auf diese bekloppte Akademie –, du hast dich für die Sache der META aufgegeben.«

Zack war sprachlos. Er wollte Lachlan etwas entgegnen, wollte diesen ganzen Haufen Bullshit richtigstellen, aber er wusste nicht, wo er anfangen sollte. Es war auf so vielen Ebenen falsch. »Griffin hat nicht für die META … ich habe nicht …«

»Wenn du nur dein Gesicht sehen könntest«, sagte Lachlan. »Du elender Verräter. Ich wusste ja, dass du unbedingt auf die Akademie willst. Aber mir wäre nie in den Sinn gekommen, dass du dafür so tief sinken würdest.«

Lachlan kehrte ihm den Rücken zu und verließ das Wohnzimmer. Die Haustür fiel ins Schloss. Zack erhob sich vom Stuhl, als er draußen eine Bewegung sah. Eine Gestalt, auf die Lachlan zuging, und die ihm den Arm um die Schulter legte.

Das musste ein Albtraum sein.

»Das ist der Barkeeper«, stieß er hervor. »Wohin gehen sie? War er es, der das getan hat? Ist er der Doppelgänger, der mich in Cronos verarscht hat?«

»Setz dich, Zachary«, sagte O'Connor erschöpft.

»NEIN! WAS IST HIER LOS? ICH WILL WISSEN –«

»ICH SAGTE, SETZ DICH!« Ein Schuss fiel und riss ein Loch in die Decke. Staub rieselte auf den Tisch. Zack setzte sich langsam. Er hörte O'Connor schwer atmen. »Ich mag auch nicht, wie die Dinge hier laufen, Zachary«, sagte er nach Luft ringend. »Aber ich hatte keine Wahl! Die META war hinter mir her. Die wollten mich nach Gundremmingen schicken. Die Turmgesellschaft hat mich gerettet – sie passt auf mich auf – alles, was ich dafür tun muss, ist, dich auszuliefern.«

»An wen?«, fragte Zack. »An die META? Die weiß längst über alles Bescheid. Sie hat mich selbst damit beauftragt, Griffin für sie zu finden.«

»Ja. Ich weiß.« O'Connor zog eine Packung Zigaretten aus der Jackentasche. »Aber jetzt … jetzt liegen die Dinge anders.«

Es klopfte an der Tür, dann schrillte die Klingel. O'Connor steckte die Schachtel wieder zurück, ohne sich eine Zigarette genommen zu haben, ging aus dem Raum und öffnete.

»Hey, Melpo, was ist hier los?«, zischte Zack. »Ich dachte, du wärst Lachlans Verbündete!«

Melpo zog die Nase hoch. »Wer weiß?«, sagte sie gepresst. »Er mochte mich noch nie richtig, aber jetzt – Lachlan ist hier mit O'Connor aufgekreuzt und – und –« Sie konnte nicht weitersprechen. Hinter ihrem dichten schwarzen Haarvorhang hörte Zack sie verhalten weinen.

»Gute Arbeit, Ex-Detective O'Connor«, sagte eine schnarrende Männerstimme im Flur. »Ich weiß zwar nicht, wie Ihnen dieses Kunststück gelungen ist, aber ich denke, es wird viel zu Ihrer Rehabilitierung beitragen.«

Zack hörte, wie eine Gruppe Menschen das Haus betrat, Füße über Füße, die über die Schwelle kamen und in das Wohnzimmer strömten. In Wahrheit waren es nur vier Personen: Alma, Steve und zwei junge Polizisten.

»Zachary, Zachary, Zachary«, seufzte Steve. Er legte seine schweinefettblasse Hand auf Zacks Schulter. »Du enttäuschst mich. Ich dachte, ich könne mich auf dich verlassen. Aber was sehe ich hier? Du und die Terroristin, die den Anschlag in Dublin verübt hat, ihr beide, unter einer Decke, an einem Tisch. Ich hätte es wissen müssen.« Er ließ Zacks Schulter los. »Jungs, packt die beiden ein«, befahl er.

Die Polizisten zogen Säcke hervor.

»Nein!«, schrie Zack. »Ich habe nicht –«

Zwei Hände stülpten ihm einen Sack über den Kopf und zurrten ihn an Zugbändern fest. Ihm war, als legte sich ihm ein Ring um den Hals, der ihm den Kehlkopf eindrückte. Melpo sagte kein Wort, doch durch den Stoff hörte er sie leise schluchzen. Ein Feuerzeug schnappte zu, dann roch Zack Zigarettenrauch. O'Connor, der Verräter.

»Ich bin unschuldig«, sagte Zack in den Sack. Er spürte seinen eigenen Atem auf der Haut.

Niemand reagierte. Ein Reißverschluss ging, etwas ploppte auf, dann ein Zischen wie von einer Sprühdüse, und Feuchtigkeit drang durch den Sack. Ein süßlicher Geruch stieg Zack in die Nase, und er hatte das Gefühl, in seinen Kopf gesaugt zu werden, Dunkelheit wusch ihm die Angst aus der Brust und trug seine Gedanken davon. Sein Oberkörper kippte nach vorn, und sein Kopf knallte auf den Tisch –

Doch das bekam Zack nicht mehr mit.

[25]

Mein Kaffee wird kalt, war das Erste, was Persy dachte, als sie zu sich kam. Sie schwebte noch in dem diffusen Bereich zwischen Schlafen und Wachen, roch den Kaffee, den sie sich doch gerade in ihrer Küche in Phoenix Manor zubereitet hatte, und fühlte ein dumpfes Pochen in den Schläfen von dem Betäubungsmittel, das die META auf den Sack gesprüht hatte. Ganz allmählich kam zu ihr zurück, was geschehen war.

Sie war *von der Landkarte gelöscht* worden.

In ihrem eigenen Haus.

Sie hielt die Augen fest geschlossen, weil sie mit dem Gemäuer einer Gefängniszelle rechnete, das sie lücken- und fensterlos umgab. Sie fragte sich, wer sie dann wohl umgezogen haben mochte und ob ein Soldat oder ein Polizist es gewagt hatte, sie zu entkleiden, als sie bewusstlos war. Hübsche Details für eine spätere Gerichtsverhandlung.

Sie machte sich eine geistige Notiz, als ihr aufging, dass etwas nicht stimmte.

Die Betten in Gefängnissen waren sicher nicht so gut gepolstert, und die Zellen dufteten nicht nach Muskatnuss und Rohrzucker. Zögernd öffnete sie die Augen. Die Realität hatte ihr Interesse geweckt.

»Okay«, sagte sie überrascht.

Mehr interessiert als erschrocken ließ sie die Augen über ein türkisblaues Meer wandern. Sie lag auf einer Chaiselongue, die auf einer Plattform in einem türkisblauen Ozean stand, in Blickweite einer Insel mit sich sanft wiegenden Palmen und einem elfenbeinweißen Sandstrand. Das Wasser war so flach, dass sie zur Insel hätte gehen können, ohne ihr Kostüm zu ruinieren. Sie trug es noch.

Persy richtete sich auf, sortierte ihre Bluse und ihr Haar und sah sich um. Die Plattform, auf der sie lag, war mehr eine Art Pavillon. In der Mitte befand sich ein langer Pool, bestens geeignet zum Bahnenschwimmen. Dahinter stand eine gemütlich wirkende Sitzecke aus Designersesseln und einem Glastisch. Auf einem der Sessel saß ein Mann, der ihr mit einem dunkelroten Campari-Milano zuprostete.

Persy gab ein genervtes Stöhnen von sich und lachte auf. »Ich hätte es wissen müssen!« Sie glitt von der Chaiselongue. »Du Fuchs!«

Henry Cromwell war groß, wenn auch nicht so groß wie Oliver, und breitschultrig, allerdings auf eine weiche, muskulöse Weise und damit ebenfalls nicht wie Oliver. Er trug nur ein Handtuch um die Hüfte, und seine blonden Haare waren nass, anscheinend war er gerade schwimmen gewesen. Weil er viel Haut zeigte, konnte Persy die Spuren seiner Vitiligo betrachten. Große weiße Flecken bedeckten seine breite Brust, die runden Schultern und die muskelbepackten Arme dort, wo die Krankheit eine Verdunklung seiner Hautpigmente nicht zuließ. Auch in seinem kantigen Gesicht zeigte sich die Weißfleckenkrankheit; sie zeichnete ihm einen weißen Kranz rund um Stirn, Wangen und Kinn.

Persy lächelte.

»Ich hatte damit gerechnet, in einem Gefängnis zu mir zu kommen«, erklärte sie und ging, ohne um Erlaubnis zu bitten, zu dem Servierwagen neben der Sitzecke. Eine Flasche Gallagher stand darauf. Sie schenkte sich einen Tumbler ein. »Stattdessen stellt sich heraus, dass ich in die Karibik verschleppt wurde!«

»Das war leicht«, sagte Henry und stieß mit ihr an. Persy ließ sich ihm gegenüber in einen Sessel fallen. »Ein Anruf bei Magnus, und die Polizisten, die dich abgeholt hatten, haben dich zum Hafen gebracht, wo Paul dich persönlich in Empfang genommen hat. Tut mir leid, dass deine Deckung aufgeflogen ist und du Dublin verlassen musstest. Dillen ist uns in den Rücken gefallen …«

»Ich habe davon gehört, ungefähr eine Minute, bevor die mir einen Sack über den Kopf gestülpt haben«, sagte Persy sarkastisch. »Mir scheint, es gibt einiges, das ich nicht weiß – möchtest du mich aufklären?«

Henry machte mit seiner großen, von der Vitiligo gefleckten Hand eine wegwerfende Bewegung.

»Belaste dich nicht mit Details, Persy.«

Das bedeutete, dass sie zu gehorchen und keine Fragen zu stellen hatte. Persy bemühte sich, weiterhin breit zu lächeln. Ganz die gehorsame Soldatin, dachte sie. »Natürlich nicht, Henry. Ich danke dir für meine Rettung. Ist Lachlan denn auch hier?«

»Noch nicht«, sagte Henry. Offenbar wollte er sie auch hinsichtlich ihres Sohns nicht mit weiteren Details belasten.

Persy begann sich unwohl zu fühlen. Sie hatte zu lange mit Oliver zusammengelebt, zu lange ein Unternehmen geleitet, um in diese unterwürfige Rolle zurückzufinden, die Henry jetzt von ihr erwartete.

»Was ist meine nächste Aufgabe?«, fragte sie und stellte das Whiskeyglas auf den Tisch.

»Es gibt keine«, antwortete Henry. »Du hast die Serverstadt verwaltet, den Chaosbringer großgezogen, Oliver für uns im Auge behalten …« Er strahlte Persy an. »Du hast alle deine Aufgaben zu meiner vollen Zufriedenheit erfüllt! An Dillens Verrat bist du natürlich nicht schuld. Im Großen und Ganzen steht dir eine Belohnung zu, jedoch …«

Er verzog das Gesicht. Persy wartete darauf, dass er weitersprach, aber Henry trank schweigend von seinem Cocktail. Dabei betrachtete er Persy, die merkte, wie sie ihre Hände im Schoß umklammerte. Rasch hörte sie damit auf und legte die Hände geöffnet übereinander, sodass sie auf ihrem Oberschenkel ruhten. Henry schwieg immer noch. Als wollte er sie selbst auf ihre einzige Verfehlung kommen lassen. Eine Verfehlung, die so gewaltig war, dass sie all ihre Verdienste überschattete.

Aber Persy hatte Übung darin, sich nichts anmerken zu lassen. »Jedoch, Henry?«

Sein Lächeln schwand ein wenig. Er mochte es wohl nicht, wenn andere das Spiel genauso gut spielten wie er. »Du weißt doch, was ich meine.«

»Ich habe keine Ahnung.«

»Zachary Murray.«

»Was ist mit ihm?«

»Er ist nicht Teil des Skripts. Sein Einfluss auf Lachlan war unvorhersehbar. Habe ich dir nicht vor fünf Jahren befohlen, ihn loszuwerden?«

»Aber Henry«, sagte Persy mit der Liebenswürdigkeit einer Frau, die ihren Ehemann besänftigte. »Es war doch dein Wunsch, dass Lachlan eine bürgerliche Schule besucht. Und zugleich wolltest du, dass er in einem reichen Elternhaus aufwächst. Es ging dir doch darum, dass Lachlan genau dieses Spannungsfeld erlebt, nicht wahr? Auf der einen Seite seine Familie, reich durch deine Gnade, Henry. Und auf der anderen Seite die Schule mit ihren Kindern aus der Unterschicht, Kindern wie Zachary …«

»Was ich nicht sagte, war, dass ihr die Unterschicht zu euch nach Hause holen sollt.«

»Aber ohne Zachary wäre es Lachlan in der Schule schlecht ergangen«, sagte Persy. »Billy Whitehead und diese anderen Idioten, die hätten ihn bei lebendigem Leib zerrissen. Lachlan war ohne Freunde, Henry. Er trug gute Kleidung, er drückte sich gewählt aus, er besaß die bessere Bildung. Die Kinder haben ihn gehasst.«

Henry sagte nichts, was Persy ermutigte.

»Was du gewollt hast, ist ein Lachlan, der im vollen Bewusstsein der Wirkung finanziellen Reichtums für das Proletariat streitet. Aber ohne Zachary hätte Lachlan die Schule mit dem Wunsch verlassen, das Proletariat in die Luft zu sprengen.« Sie lehnte sich zurück, in der Hoffnung, dadurch etwas gelassener zu wirken, als sie sich fühlte. »Zachary hat Lachlan in der echten Welt verankert. Wir haben ihm viel zu verdanken.«

»Hm«, machte Henry.

»Und hat es denn nicht funktioniert?«, fragte Persy.

»Durchaus«, räumte Henry ein. »Dennoch – wir können uns keine Ablenkung mehr leisten. Ich habe Lachlan von Zachary trennen lassen. Von jetzt an wird sich Lachlan nur noch auf das Werk konzentrieren.«

»So war es vorherbestimmt.«

Henry prostete ihr zu.

»Und was geschieht jetzt mit Zachary?«

»Auch das kann dir egal sein. Du musst nur gehorchen, Persephone.« Henry stand auf, knotete das Handtuch neu um seine Hüfte und kam zu Persy herüber, um ihr den rechten Handrücken hinzuhalten. Sie glitt aus dem Sessel auf die Knie, nahm seine Hand in ihre Finger und drückte die Lippen auf die gefleckte Haut.

Henry strich ihr eine Strähne hinters Ohr, nahm mit der Hand, die sie gerade geküsst hatte, ihr Kinn und hob es hoch, sodass sie zu ihm aufsehen musste. Mit stechend blauen Augen sah er auf sie herab.

»Jawohl, Herr«, sagte Persy. Sie legte wie eine Katze das Gesicht in seine Hand und versuchte mit aller Macht, ihre Übelkeit zu unterdrücken.

Sie hatte getan, was sie konnte.

Der Rest lag an Zack.

Flüsterheims Führer für furchtlose Fußgänger

herausgegeben von der Initiative
Autofreies Cronos (IAC) und
verfasst von Kathleen Macfarlane

Willkommen in Flüsterheim, liebe Wanderer!

Wenn ihr die Stadt zum ersten Mal betretet, seid ihr vermutlich aus Ma'quoia oder Ayahascha angereist. Dann lernt ihr jetzt einen Ort kennen, der ganz anders ist als die Kokonstadt oder Vyllas, deren Infrastruktur aber stark jener ähnelt, mit der ihr aufgewachsen seid: Ihr findet in Flüsterheim Schulen eurer Klassen, eine Feuer- und eine Polizeiwache, ein Gebetshaus für Alle, ein Krankenhaus und einen Friedhof für Erdbestattungen, darüber hinaus zahlreiche Läden – manche davon kennt ihr bereits – und ein gut ausgebautes Straßenbahnnetz.

Was ihr hier außerdem findet, sind Autos. Zwar sind in Flüsterheim bislang nur Privatwagen erlaubt, die für westliche Städte des frühen zwanzigsten Jahrhunderts typisch waren. Doch auch deren Zahl steigt Monat für Monat, mit der Konsequenz, dass der für Fußgänger zugängliche Raum schrumpft. Wir wollen vermeiden, dass die Autos den Menschen auch in Flüsterheim auf die schmalen Gehwege drängen. Diese Broschüre soll euch zeigen, dass ihr euer sauer erspartes Geld nicht in einen eigenen Adler Standard 6 stecken müsst, um euch in Flüsterheim zurechtzufinden.

Ein paar allgemeine Daten:

Größe: 200,37 km²
Stadtteile: 16
Bewohner: 10 000 Eksis, 54 000 Wanderer (49 000 Mieter und 5000 Eigentümer)
Verwaltung: Admin-Zentrale am Stern
Tagesrhythmus: 16 Stunden (je vier Stunden Morgen, Mittag, Abend und Nacht)
Bezirk: Limbus, Region Süd-Cronos

Wer aus Ma'quoia anreist, landet mit dem Wolkenwal auf dem Luftschiffhafen am Gebetshaus im Zentrum. Wer aus den meisten anderen Regionen kommt, beginnt seine Reise durch Flüsterheim im Bahnhof unter dem Damm im Norden. So oder so: Wenn ihr euch das Geld für ein Taxi sparen wollt, steuert ihr danach wahrscheinlich zuerst die Straßenbahn an.

Straßenbahnnetz

Das Wichtigste zuerst: Die Nutzung der Flüsterheimer Trams ist kostenlos! Ihr könnt zu- und aussteigen, ohne euch um Tickets, Streifenkarten oder derlei Firlefanz kümmern zu müssen. Alle Straßenbahnen fahren autonom und elektrifiziert. Das Netz hat 81 Haltestellen, die sich auf sieben Linien mit einer Gesamtlänge von 69 Kilometern verteilen. Sie starten alle vom Stern aus und fahren im Zehn-Minuten-Takt, mit Ausnahme der Linien vier, fünf und sechs, die alle drei Minuten zwischen Stern und Luftschiffhafen verkehren.

Luftschiffhafen

Wer mit dem Wolkenwal anreist, sieht als Erstes diesen wunderschönen Platz im Südzentrum Flüsterheims. Durch seine kunterbunte Mandalapflasterung ist er selbst aus großer Höhe gut zu erkennen. Die Wolkenwale verkehren von hier aus nach Ma'quoia, nach Nemoramea, ins Purgatorium, nach Atlas und – jeweils ab einer Stunde vor Einbruch der Nacht – auch nach Ayahascha. Einmal am Tag fliegt zudem ein Wolkenwal nach Ährenfeld, allerdings nur für Wanderer ab Level fünfzig. Die Tickets nach Ährenfeld kosten 100, alle anderen Tickets 20 Pyrops.

Gebetshaus

Obwohl sich die Cron Company bei der Namensgebung einiger Atziloth und Nubbun schamlos bei irdischen Religionen bedient hat (nicht zuletzt bei ›Cronos‹ selbst, das eine Mischung aus den Göttern Chronos und Kronos ist), wird in Cronos keine Glaubensrichtung über die andere gestellt. Tatsächlich soll die Erfinderin von Cronos, Shinya Watanabe, Hinduistin gewesen sein; ihre Vorstellungen von Leben und Tod sind angeblich in den Spielmechanismus eingeflossen. Darüber hinaus ist Cronos eine humanistische Welt. Religionskonflikte sind hier streng verboten und können sogar zum Spielausschluss führen.

Deshalb wurde direkt am Luftschiffhafen ein Gebetshaus für Alle errichtet. Oberste Regel für Besucher der Kathedrale: Jeder hat jeden zu respektieren, niemand darf versuchen, andere von seinem Glauben zu überzeugen (das gilt auch für Atheisten). Das funktioniert: Unter dem Dach der Kathedrale beten friedlich Christen neben Muslimen, und Buddhisten neben Hinduisten und so weiter, und alle dürfen ihre Kreuze, Bilder, Statuen und Teppiche aufstellen oder auslegen. Auch für Atheisten und Agnostiker lohnt sich der Besuch. Es gibt fast jede Woche interreligiöse Feste und dann immer tausend leckere Speisen zu probieren.

Am Stern

Vom Luftschiffhafen zum Stern sind es nur drei Stationen – und schon steht ihr mitten im pulsierenden Zentrum der Stadt. Dieser leider nicht so schön gepflasterte, aber ebenso markante Platz hat seinen Namen von den fünf Hauptstraßen, die sich sternförmig auf ihm treffen. Hier fahren alle sieben Straßenbahnlinien ab. Außerdem findet ihr am Stern das Rathaus mit der Admin-Zentrale, das Wettbüro sowie zahlreiche Geschäfte, darunter den Laden der Drei Scherenschwestern, der gerade für Neulinge sehr interessant sein dürfte.

Die Drei Scherenschwestern

Wer keine Lust hat, für immer die Kleidung zu tragen, die er in der Mystagoge erhalten hat, muss irgendwann zu den Drei Scherenschwestern. Die Inhaberinnen dieses Ladens sind Cousinen der Weberin. Alle vier gehören dem Elfenvolk der Nornen an, deren Heimatstadt irgendwo im Limbus versteckt liegen soll (sucht danach!). Ihr könnt euch Kleidung von der Stange kaufen oder euch von den Scherenschwestern beraten lassen, wenn ihr euch nicht für eine neue Garderobe entscheiden könnt. Kleiner Tipp: Lasst euch nicht von allen gleichzeitig beraten, denn sie fangen an zu streiten und zerreißen dabei eure Sachen.

Eine weitere Möglichkeit ist der Papierkleidzauber: Ihr zeichnet eure Wunschgarderobe (oder lasst sie zeichnen), und die Scherenschwestern verwandeln das Bild in die neue Kleidung, indem sie es vom Papier abziehen. Das ist ziemlich cool und lohnt den Versuch.

Aber bevor ihr irgendetwas davon tun dürft, müsst ihr den Drei Scherenschwestern einen Gefallen tun – und dieser führt euch mit großer Sicherheit in die Spinnerei, die ebenfalls von den Nornen betrieben wird.

Das Wettbüro und die Shooter-Clans

Mitten auf dem Stern steht eine kleine Holzbude: Walleys Wettbüro. Wenn ihr die nächtlichen Straßenkämpfe der Shooter-Clans verfolgt, könnt ihr dort euren Tipp für den Ausgang der nächsten Schlacht abgeben. Derzeit gibt es fünf Clans, die einander alle sechzehn Stunden bekriegen. Die Kings of the Dawn haben ihre Basis im Wasserkraftwerk, die Executors sitzen in der Waffenfabrik, die Cookies (ja, die heißen wirklich so) besetzen die Kohlegrube, Hasta La Vista hat sich in der Autofabrik einquartiert und die Blutritter im Bahnhof. Im Wettbüro erhaltet ihr Infos über die Mannschafts- und Feuerstärke der jeweiligen Clans. Wenn ihr einem Clan beitreten wollt, müsst ihr euch zu den jeweiligen Hauptquartieren begeben. Die meisten sind auch am Tag besetzt. Versucht es aber nicht unter Level zwanzig, sonst endet ihr als Kanonenfutter.

Pierre & Lyrik

Ihr kennt den Buchladen bereits aus Ma'quoia, doch die Filiale am Stern in Flüsterheim hat noch einiges mehr zu bieten: etwa einen Bestellservice für klassenspezifische Literatur, die ihr sonst nur in den Klassenstädten Celladom, Glas, Kyrill, Hellavlei, Tides oder Dannoir erhaltet. In nur einer Stunde können euch die Mitarbeiter von Pierre & Lyrik jede beliebige Fachliteratur liefern.

Das Beste aber sind zweifellos die Wettbewerbe für junge Schriftsteller und Lyriker – und die eigene Abteilung für Indie-Literatur. Jeder, der schreibt, kann seinen Roman, seine Anthologie oder seinen Gedichtband bei P&L verkaufen. Um in der Buchhandlung eine Lesung halten zu dürfen, genügt es, eine relativ leichte Quest für P&L zu erledigen. Ihr erhaltet die Quest vom Personal.

Das Indie-Angebot wird regelmäßig von den Literanauten bewertet, denen derzeit über fünfzig Leser angehören. Der Zirkel spricht jeden Woche neue Empfehlungen aus, kann aber auch bewirken, dass ein Buch wieder aus dem Regal entfernt wird. Dies ist zum Beispiel dann der Fall, wenn ein Text zu viele Fehler enthält. Ich empfehle euch deshalb, nichts zu überstürzen. Lasst euer Manuskript wenigstens auf Rechtschreibfehler prüfen, bevor ihr es beim P&L-Personal abgebt. Eure Leser werden es euch sicher danken!

Diamantweg

Na, habt ihr auch in der Kokonstadt vor dem Schaufenster des Diamantwegs gestanden und die schönen Edelsteine und Schmuckstücke angeschmachtet? In Flüsterheim werdet ihr sie euch endlich leisten können. Denn die Filiale am Stern – gleich neben P&L gelegen – verkauft nicht nur, sie kauft auch ab. Die Nubbun in den Kampfgebieten in und um Flüsterheim hinterlassen euch Erz und Edelsteine, mit denen ihr persönlich noch nicht viel anfangen könnt. Das Personal im Diamantweg gibt euch je nach Qualität der Klunker bis zu fünfzig Pyrops. Auf diese Weise füllt sich eure Kasse wie von selbst, und bald könnt ihr euch eigenen Schmuck kaufen.

Achtet dabei darauf, dass teurer und bunter nicht unbedingt besser bedeutet. Ein Shooter kann nichts mit einem Armreif anfangen, der Zaubereien unterstützt, Stirnbänder mit Edelsteinen für Astralreisen sind nur für Muertos gedacht, einige Diamantschrauben und gravierte Metallplatten sind allein Purgatoren von Nutzen und so weiter. Okkultisten sollten sich gut überlegen, ob sie sofort mit Räucherfässern aus Onyx anfangen, wenn sie noch nie den Seelenschatten eines Alchemisten eingefangen haben, und Alchemisten sollten von dem meisten Schmuck die Finger lassen, weil fast alle Nebenwirkungen ihre Dämonen einschränken – es sei denn, sie wollen genau das bewirken.

Residenz am Rande

Wenn ihr am Stern in die Linie 3 steigt, erreicht ihr in wenigen Minuten die Residenz am Rande. Sie ist Flüsterheims einzige Friedenszone (Stand: April 2030) und deshalb unverzichtbar für alle Nicht-Shooter, die Flüsterheim während der vierstündigen Nacht nicht verlassen möchten. Der Schanksaal in der Residenz hat kein Personal, es gibt nur Selbstbedienung. Abends und nachts sind neben Blankos zahlreiche alkoholische Getränke erhältlich, morgens und mittags gibt es Kaffee, Tee, Säfte und Smoothies. Auf einem großen Bildschirm überträgt CronTV nachts die Schlacht zwischen den Shooter-Clans, falls nichts Wichtigeres in der Welt passiert. In den oberen Stockwerken der Residenz wohnen nachts die Ekdysien, Eksis genannt, die zu dieser Zeit die Ruhe des Alters genießen. Wer Lust hat auf ein paar Brettspiele, Geschichten oder Extra-Quests, kann die Eksis auf ihren Zimmern besuchen.

Wohngebiet

Mit der Linie 4 gelangt ihr in den dreizehnten Bezirk, in dem ihr euch ein Eigenheim kaufen könnt – falls ihr damit leben könnt, dass die Stadt alle sechzehn Stunden für vier Stunden zur Ruine wird. Euer Eigenheim ist davon nämlich nicht ausgenommen. Um es zur Friedenszone zu machen, müsst ihr dem herrschenden Shooter-Clan eine Fackel voll seines Feuers stehlen und sie bis zu eurem Haus tragen. Da das für Wanderer mittleren Levels fast unmöglich ist (die höheren siedeln sich bevorzugt in den Städten ihrer Klassen oder in Molitor an), sind die Privathäuser in Flüsterheim mit zehntausend Pyrops sehr günstig.

Ihr könnt euch auch bei den Admins eine Wohnung

mieten, unter den gleichen Voraussetzungen wie eben beschrieben, nur deutlich günstiger: In Flüsterheim kostet die Miete zehn Pyrops im Monat. Glücklicherweise darf jeder nur eine Wohnung pro Stadt mieten und nicht etwa zehn oder hundert. So ist für alle genügend da.

Fabriken

Mit den Linien 5, 6 und 7 kommt ihr zu den drei Fertigungsstätten der Stadt: zur Waffenfabrik (Linie 5), zur Autofabrik (Linie 6) und zur Spinnerei (Linie 7). Die Waffenfabrik stellt zwar ausschließlich Waffen für Shooter und Purgatoren her, ist für alle anderen aber trotzdem nicht uninteressant. Denn in und um die Fabrik gibt es Massen an Quests sowohl für Wanderer, welche die Fabrik am Laufen halten wollen, also auch für solche, die sie sabotieren möchten. Ähnlich ist es mit der Autofabrik. Selbst wenn ihr darauf verzichtet, euch einen Wagen zu kaufen, gibt es dort allerlei für euch zu tun. Mit etwas Glück dürft ihr ein Petromobil nach Florahall ausliefern – ein Auto mit Propeller, das in Flüsterheim verboten ist, sich aber toll für die Rennstrecke zwischen Florahall und Molitor eignet (sobald ihr Level 50 erreicht habt). Anders als in der Waffen- und in der Autofabrik könnt ihr in der Spinnerei auch selbst mit anpacken. Anfangs geben euch die Nornen nur leichte Arbeitsaufträge. Später dürft ihr in der angeschlossenen Weberei eure eigenen Muster und Stoffe herstellen, mit denen ihr dann zu den Drei Scherenschwestern geht, um euch etwas nähen zu lassen. Ich verspreche euch: Es ist ein besonderes

Gefühl, ein Kleidungsstück zu tragen, dessen Stoff man selbst geschoren, gewaschen, gekämmt, gesponnen und gewoben hat. Und wartet erst ab, bis ihr Schattenschafe scheren dürft …!

Bahnhof

Mit der Endhaltestelle der Linie 1 erreicht ihr den Bahnhof im Norden. Von dort aus steht euch Cronos offen: Die Züge fahren in alle Winkel des Kontinents, abgesehen von Ma'quoia, der Eisenstadt, und einigen Inseln. Die meisten können kaum erwarten, in einen der Züge zu springen und irgendwohin zu fahren. Es gibt so viel zu entdecken! Dennoch solltet ihr nichts überstürzen. Sobald ihr Level zwölf erreicht habt, könnt ihr den Zug nach Castell nehmen, ab Level 18 den nach Florahall. Die Aufbauregionen umfassen alle Klassenregionen und sollten erst ab Level 25 bereist werden. Lest euch aber unbedingt ein, bevor ihr blind in den Zug steigt. Eine Hexe sollte nicht mit Level 25 zu den Shootern nach Atlas reisen, und ebenso ein Shooter-Anfänger nicht zu den Hexen in Nemoramea. Und absolut niemand sollte zu früh zu den Alchemisten in die Winterkatakomben fahren; es hat dort minus vierzig Grad.

Anders als der Stadtverkehr ist die Zugfahrt nicht kostenfrei. Wer einmal schwarzfährt, muss eine Stunde im Gefängnis von Celladom verbringen, wer es das zweite Mal wagt, sitzt zwei Stunden, beim dritten Mal sind es drei Stunden und so weiter. Da die Tickets günstig sind, lohnt sich das Risiko aber eh nicht.

Wasserkraftwerk

Nicht nur der Luftschiffhafen ist aus großer Höhe sofort zu erkennen. Auch der Staudamm im Norden der Stadt ist mit seiner Länge von 16 Kilometern und seiner Höhe von 180 Metern schwer zu übersehen.

Im Osten des Damms steht das Kraftwerk, das ihr erreicht, indem ihr mit der Linie 2 zum Waldrand fahrt und den Rest des Weges zu Fuß geht (keine Chance, mit dem Auto bis zum Kraftwerk zu gelangen!). Der dort gewonnene Strom fließt nur zu einem sehr geringen Prozentsatz nach Flüsterheim. Der größte Teil wird zu den Fabriken des Purgatoriums transportiert. Ursprünglich sind die Kings of the Dawn von den Purgatoren zum Schutz des Kraftwerks abgestellt worden. Wie sich daraus die nächtlichen Schlachten mit den vier anderen Shooter-Clans entwickelten, ist eine Geschichte für sich.

Territorien der Monster

Während die Sichere Zone in Ma'quoia vergleichsweise klein ist und man nur ein paar Schritte gehen muss, um zwischen den infizierten Nubbun zu landen, sucht man in Flüsterheim ein bisschen länger. Fahrt mit der Linie 3 an der Residenz am Rande vorbei bis zur Endhaltestelle Brüllberg, um von dort aus zu Fuß zur Kohlegrube zu gehen. Diese ist eines von drei städtischen Monstergebieten und konfrontiert euch mit Nubbun wie der Marionettenspinne, der Singenden Fledermaus, dem Todeskuschler und Viver, der geflügelten Schlange. Darüber hinaus könnt ihr euch im Wald unter dem Staudamm und rund um das Kraftwerk in den Kampf stürzen. Dort erwarten euch unter anderem der Eisenbussard, die Schattenziege, eine neue Mutation der Titanmaus, die Klamaukfichte und – wenn ihr ganz viel Pech habt – der Moosmann. Das dritte innerstädtische Territorium der Monster ist ein Feld zwischen dem Bahnhof und der Spinnerei im Nordwesten. Dort trefft ihr ausschließlich auf eine Kolonie Wrestling-Wombats, für die der Kampf mit euch ein Spiel ist, bei dem niemals Blut vergossen wird. Ihr erreicht die Wombats, indem ihr die Linie 7 in Richtung Spinnerei nehmt und an der Station Wombatwiese aussteigt.

Diese Broschüre kann unmöglich vollständig sein – dazu ist Flüsterheim einfach zu groß. Doch ich hoffe, dass euch jetzt nichts mehr auf den Stühlen hält und ihr voller Elan aufbrecht, um diese schöne Stadt selbst zu entdecken – per Straßenbahn und nicht mit dem Auto, das ihr, wie ihr gesehen habt, dazu gar nicht benötigt.

Eure Kathy

IAC Flüsterheim

Danksagung

Es muss ungefähr 2007 gewesen sein, als meine beste Freundin Inna Geffel ihre Ausbildung machte. Nach dem Feierabend kam sie zu mir nach Hause, hockte sich vor den kleinen Ikea-Tisch in meinem WG-Zimmer und fing an, Korrekturen in mein aktuelles Manuskript einzuarbeiten. Ich hatte das ganze 800 Seiten dicke Buch ausgedruckt und meine Änderungen winzig klein mit Rotstift zwischen die Zeilen geschrieben. Inna ließ sich davon nicht abschrecken und arbeitete sich präzise durch alle Anmerkungen.

Ich war eine wirklich schreckliche Freundin. Es tut mir bis heute leid, dass ich Inna das zugemutet habe. Zumal das Buch rückblickend eine Katastrophe war, ein überladenes, postpubertäres Fantasyepos (»Schlechtes Gewissen, kaltes Entsetzen und eine Brise Angst kniffen fest in Yumes Magengrube …«), das ich nach der Fertigstellung in der Schublade verschwinden ließ. Dass Inna aber ihre Freizeit opferte, um mir mit den Korrekturen zu helfen, bleibt unvergessen. Sie tut es noch heute. Während der Korrekturphase des Chaosbringers erhielt ich jeden Tag ihre Anmerkungen, die teilweise sogar ziemlich streng ausfielen: »Ich bestehe darauf«, schrieb sie mir bei dem einen oder anderen Änderungswunsch. Inna weiß eben, dass sie inzwischen ein Mitspracherecht hat.

Ich danke Inna für unsere seit fünfzehn Jahren andauernde Freundschaft, für ihre kritische Haltung zu meinen Texten und ihre erbarmungslose Ehrlichkeit. Dieses Buch ist offiziell ihr gewidmet, aber in Wirklichkeit trifft das auf alles, was ich schreibe, zu.

Ich danke außerdem den Nerds, die mein Leben und Cronos Cube bereichern. Michael Zwack, der mir eine Schreckschusspistole hinlegte und sagte: »Ich dachte, die kannst du für Cronos gebrauchen.« Michael Kreser, der mir nach der Lektüre des Chaosbringers einen Vortrag über die Bewaffnung von Panzern hielt. Michael Martin, der immer wieder mit Ideen um die Ecke kommt wie: »Könnte ein Purgator nicht aus den Silberfäden einer Gespinstmotte ein unzerreißbares Seil machen?«

Julian Hirche danke ich dafür, dass er sich seit Jahren meine Ideen anhört und den Technikfirlefanz, den ich mir ausdenke, auf Machbarkeit prüft. Dafür danke ich auch meinem Ehemann Rainer. Fast alle meine IT-Grundlagen habe ich von meinen beiden Standard-Nerds.

Anja Kreser und Andreas Pätsch danke ich für ihre seelische Unterstützung. Schließlich braucht eine Autorin auch Betaleser, die einfach nur zufrieden sind und nach der Fortsetzung fragen. (An manchen Tagen ist das sogar das Einzige, was sie braucht.)

Wenn es um Cheerleading geht, ist Judith Anna Neugum die unübertroffene Meisterin. Judith und ihr Mann Christian haben uns 2018, als es finanziell sehr eng wurde, großzügig über Patreon unterstützt und sich so als Maza e Keqe und C einen festen Platz im Cronoversum gesichert. Besonderer Dank gilt im gleichen Zusammenhang Max Riedl (der obendrein meinen Autorenblog und www.cronos-cube.de hostet), Oliver Dolp, Luca Müller-Hellwig, Andreas Roemer, Aderito M. da Silva, Marc Braun, Thong Ta, Karla Wenzel und allen, die ich – wie es in Danksagungen so schnell geschieht – vor lauter Kopfchaos bestimmt vergessen habe.

Ich danke auch der Ärztin Elke Tschakert, die mich über den Heilungsprozess von Brandwunden aufgeklärt hat, und meiner Dubliner Gastgeberin Noeleen, die meine Rechercheреise durch interessante politische Gespräche bereichert hat. Und natürlich danke ich den Einwohnern von Baltimore, obwohl sie sich nur über mich gewundert haben (»Wie passen ein Science-Fiction-Jugendbuch und Baltimore zusammen?«, fragte mich ein Pubbesucher sehr erstaunt).

So bleibt am Ende nur noch einem Menschen zu danken: Isabella Clausing, die schon Cronos Cube lektoriert hat und die nun mit all ihrer Detailversessenheit und ihrem feinen Sprachgefühl auch den Chaosbringer geschliffen hat. Die Zusammenarbeit mit Isabella ist so harmonisch, witzig, erhellend und produktiv, dass ich unser nächstes gemeinsames Projekt kaum erwarten kann.